驱魔犬

QUMO QUAN

QuMo Quan

雪悠 ◎著

重庆出版集团
重庆出版社
出版

图书在版编目（CIP）数据

驱魔犬/雪悠著. 一重庆：重庆出版社，2009.5
ISBN 978-7-229-00448-4

Ⅰ. 驱… Ⅱ. 雪… Ⅲ. 长篇小说—中国—当代
Ⅳ. I247.5

中国版本图书馆 CIP 数据核字（2009）第 025987 号

驱魔犬
QUMO QUAN
雪 悠 著

出 版 人：罗小卫
丛书策划：李 子
责任编辑：李 子 李云伟
责任校对：李小君
装帧设计：余一梅

重庆出版集团
重庆出版社 出版

重庆长江二路 205 号 邮政编码：400016 http://www.cqph.com
重庆现代彩色书报印务有限公司印刷
重庆出版集团图书发行有限公司发行
E-MAIL:fxchu@cqph.com 邮购电话:023－68809452
全国新华书店经销

开本:720mm×1 000mm 1/16 印张:24 字数:588 千
2009 年 5 月第 1 版 2009 年 5 月第 1 版第 1 次印刷
ISBN 978-7-229-00448-4
定价: 26.80 元

如有印装质量问题,请向本集团图书发行有限公司调换:023－68706683

目录
CONTENTS

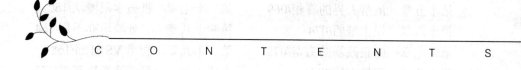

C O N T E N T S

第一章　我被狗咬了

注：小说纯属虚构，文章中所涉及的人名和地名请勿对号入座！如有雷同，实属巧合！

　　早上八点多钟，我挎着皮包准时出门，准时坐上从世界之窗开往罗湖方向的地铁，对于生活和工作都十分有规律的我来说，一切都机械得如同完成任务一般。出了地铁口，很快就走到了赛格大厦，上班的人很多，电梯挤得和沙丁鱼罐头一样，好不容易贴身挤了进去，人气旺盛的电梯里，冷气却直逼头顶而来，寒气从头冰到脚底，我忍不住哆嗦了一下，收紧了一下身体，感觉到今天的冷气比以往都要强。切！该死的电梯，想冻死人吗？随着电梯的慢慢爬升，电梯里的人越来越少，庆幸！我们公司是在39楼，走进公司打卡的时间都是差五分钟左右到九点，和同事打了几声招呼，就开始了一天的工作。

　　在自己的位置坐下，手指刚刚碰到电脑的 Power 键，就听见市场部经理李志明那急促的喊声："杜金湘，赶快帮我复印一下这份文件！"我循声望去，只见他一脸的焦急神色，眼睛里布满血丝，双手不停地在电脑键盘上飞舞。我冲他微微一笑，走到他身旁，趁机戏弄说："李世民，怎么啦？昨晚又跑去风花雪月，忘了今天要交市场分析报表了！"李世民，是同事们给他取的外号，因为他的名字有些音同，所以就让他捡了一个当皇帝的便宜。他今年29岁，长相很一般，十分的大众化，身高1.70米左右，仍然是单身一个，晚上下班之后常常和市场部的几个同事跑去酒吧里泡着，沉醉于灯红酒绿之中。

他没有抬头望我一眼，眼睛死死地盯着电脑液晶显示屏，急声说道："拜托，这个时候别找我开涮啦！快帮我把文件复印一下！"说着，腾出左手朝桌子上放着的一份厚厚的文件指了一下，又开始忙活起来。

我嗤笑了一声，双手托起文件，举止优雅地走到复印机旁开始复印。这时，平时最八卦的李珍莎鬼鬼祟祟地走到我旁边，凑近我的耳边神神秘秘地轻声说道："我听小张说李经理昨晚撞鬼啦！还被吓得尿了裤子，一个晚上都没有睡着。你看他，乌云盖顶，八成是这样！你不要太接近他，要不然会把霉运传给你的！"言语间带些奚落，夸张的眼神闪动着媚人的波光。

我失声笑了起来，不以为然地说道："这怎么可能！多嘴婆，大清早地尽说这些，也不觉得很无聊吗？如果要说鬼故事，应该是在月黑风高或是电闪雷鸣的晚上，说说《鬼吹灯》《咒怨》什么的，这样才够刺激。"她用惊异的眼神瞪着我，似乎没有得到她想要的害怕表情。这也难怪她找错了对象，我平时最爱看的除了动漫就是恐怖片，那些血腥的、恶心的场面已经看到麻木，早就有了免疫能力，至于其他什么爱情片肥皂剧之类从来不看，更不看什么新闻，因为我对国家大事不感兴趣，只要战火没有烧到自己眉毛，就让它一边儿待着去吧。

李珍莎显得有些失落，悻悻地离开，像搜寻自己的猎物一样寻找下一个目标，直到把公司里面胆小的女同事吓得花容失色、掉下眼泪为止。也不知道是真是假，整个上午，除了李珍莎在到处散播之外，就连昨晚和他一起回去的张小华，在同事面前说得都是有声有色，而且面露惊恐之色，说明他昨晚也被吓得不轻。事情经过大概是这样的：昨晚李志明约了几个同事一起到红岭南路一家酒吧里喝酒，一直喝到凌晨一点多钟。李志明同往常一样喝得醉醺醺的，然后和同事们道别。张小华和他都住在红岭中路，也就顺路一起回家。在经过大剧院的时候，李志明突然觉得尿急，在深圳很少有公共厕所，只能找个隐蔽点儿的地方就地解决。于是他带着醉意，摇摇晃晃地朝大剧院对面的公园走去。张小华就站在大剧院旁有路灯的地方等他，过了十几分钟都不见他回来，突然想起他去的地方就是深圳"四大邪地"之一，浑身禁不住哆嗦几下，起了一层的鸡皮疙瘩；再加上从身边吹过的阴风,四周静得可怕而诡异,难免有种想逃跑的冲动;转念一想又不能扔下他不管。张小华正准备去找他,却看见他一路跌跌撞撞,满脸惊恐地跑过来,像刚从十八层地狱逃出来一般,嘴里含糊不清地嚷着"见鬼啦!有怪物啊!救命啊!"定下神一看,发现他裤子全湿了,酒醒了大半。他死死地抓住张小华的手,吓得瞳孔都放大了好几倍,脸色苍白毫无血色,含糊不清地说着:"小张,我见鬼啦!我见鬼啦!"把张小华吓得夺路而逃,直奔回家。至于见到的是什么样的鬼和怪物,李志明死也不肯说,也就无从得知了。

我把复印好的文件连同原文件一起放到李志明的桌上,他没有回头看我,只是轻声地道谢一句,然后继续工作。我沉思片刻,嫣然一笑,淡淡地说道:"李世民,昨晚是你装神弄鬼吓小张吧!我是不相信鬼怪之说啦!你这样做到底有什么目的?是想让全公司的人知道你昨晚没有睡好,今天才迟交了市场分析报表呢,还是想让多嘴婆把你的名声炒到天下皆知?"

他的眼神里闪过一丝慌乱,对昨晚的事情似乎还心有余悸。他停下了手里的工作,抬起头望着我,像个傻瓜似的嘿嘿笑着,对我奚落道:"想不到杜金湘如此了解李某,真是感激得热泪盈眶!公司里的大美女就是聪明过人,也由此证明你并不是胸大无脑,令李某佩服!你说得没错,这两个目的都有,呵呵!千万不要告诉别人哟,中午我请你吃饭怎么样?"

我分明看到他额头上冒出的几滴冷汗,双手微微地颤抖了一下,急忙放在键盘上敲出几个奇怪的字符,显得十分不自然。我没有理会,翻翻白眼,冷笑一声,不屑一顾地回答道:"臭美你!李世民,我可不是那么容易被人约到的!第一,你不是帅哥;第二,你不是我喜欢的那种类型,还是等下辈子吧!"

他闻言一愣,厚着脸皮调笑道:"那是当然,我们公司里有好几个碰了你的冷钉子,谁不知道你不喜欢男人!整天都看些卡通片和恐怖片,如果不知道的还以为你脑子有问题呢!"他接着凑上来,贴在我耳边小声戏说道,"难道你喜欢女人?还是有性暴力倾向?"

"你说什么?!"我气得脸色一沉,恨得咬牙切齿地说,"李世民,我杜金湘可没有说过不喜欢男人,只是没有找到自己喜欢的而已!你都快奔三十了,还不是一样没有女朋友,难道你是喜欢男人不成?还有,我喜欢看动漫和恐怖片那是我个人的自由,你无权干涉!你要是再乱说,小心我把你当成纸给撕成碎片!"说着,毫不客气地把他桌上的一张白纸硬是撕成了碎片,然后丢在了他的桌上,气冲冲地回到自己的座位上。

他吓得脸色惨白，说不出一句话，愣了半天才回过神，喃喃念道："这小女人，跟她开个玩笑就这么认真，吃了火药，想吓死人啊！肯定有暴力倾向！"

很快就到了中午吃饭的时间，李珍莎和我，还有一个同我年龄差不多的，也是市场部的业务经理张娜一起去吃午饭。中午的电梯一样拥挤不堪，而且很难等到，眼看电梯的指示楼层快要接近39时，却直接跳了过去，唉！错过一次，电梯里一旦人满为患，电梯就会直下。我们三人面面相觑，继而又笑了起来，另一部电梯已经下来了，我们三人终于小心翼翼地挤了进去，生怕电梯来个超载报警。

"去哪里吃呢？"张娜提出了令我们一直都头痛为难的问题，每天中午都为吃什么犯愁，快餐的菜式都是千篇一律，只能说是为了填饱肚子，对色、香、味从来不敢奢求。

我翻了翻白眼，叹口气说："随便，你们拿主意好了！"

李珍莎沉默了一会儿，提议道："我们今天不吃盒饭，去吃肯德基好了，怎么样？"

"那个东西一点儿营养都没有，而且还是高热量食物，又是垃圾，一个月吃一次就可以了，还是不要！"张娜第一个反对道。这个女人对自己的身材超级在乎，仔细一瞧，瘦得跟小鸡仔似的，还在提倡减肥到底，我真是佩服了广东女人的爱美之心。

出了赛格大厦，我们眼望四周，开始搜寻吃饭的地方，找了十几分钟都没有结果。我们的肚子开始强烈抗议，再不进五脏庙，胃酸就要倒出来了，我可不想因此而胃疼。

突然，一只十分罕见的白色牧羊犬，以猎豹般的速度朝我冲了过来，前腿猛然向前一蹬，腾空跃起飞扑在我身上，身形十分巨大，像一个身高1米7以上的魁梧男人。我还没来得及反应，它已经将我扑倒在地，张开血盆大口，一口咬住我的左肩。我疼得惨叫一声，感觉到从它嘴里发出的热气流入我的体内，心脏一阵痉挛，全身滚烫，好像骨头也要熔化了一样。

这种恐怖的场面把我的两位同事和路人吓得呆愣当场，半天回不过神来。后来我才知道他们并不是吓傻了，而是玄月使用了封绝术。我忍着巨痛，拼命地挣扎着想要推开它。可它的身体好重，使我无法动弹。它死死地咬住我，灼热的呼吸喷打在我的脸上，紫瞳色的眼睛放出异样而美丽的光芒。从未觉得狗原来这么可怕，平时连最凶猛的藏獒都会主动地亲近我，没想到这次却要死在一只牧羊犬嘴里，心里十分不甘心，意识却越来越模糊，为什么没有人帮我把这该死的狗推开呢？

"发誓成为我的主人吧！叫我的名字，我叫玄月！"牧羊犬突然松开嘴对我说道。

是我痛得产生幻觉了吗？还是我已经死了？狗居然说人话了！周围什么也听不见、看不见，好像被拉入了异次元空间一样。我没有回答，惊恐地望着它紫色闪电般的眼睛。它的爪子按住我的心脏，再次重复道："你是我玄月选中的女人，如果不想死的话，发誓成为我的主人！"说完只是稍稍地用力，我顿时感觉心脏快被撕裂一样，疼得直冒冷汗，如果不回答说不定真会死在这里，我还这么年轻，好多事情都还没做呢，花样年华，怎么能死在一条狗的爪子下？争强好胜先放一边，我只好忍气吞声，带着颤音说道："玄月，我发誓成为你的主人！饶了我吧，我还不想死啊！"

"很好！我晚上会来找你的！"玄月满意地从我的身上跳下来，用舌头舔了舔被它咬过的伤口，只觉得清凉入心很舒服，等我回过神的时候，左肩的伤痕完全消失了，玄月也不见了。

"喂，杜金湘，你怎么了？发什么愣啊？"张娜用力地推了我一把，生气地说道，差点儿把我推到公路上。

我回过神，看见周围一切都很正常，我是怎么了？刚才是幻觉吗？我的肩膀？一串串的疑问使我摸不着头脑，不自觉地伸手摸向自己的左肩，什么也没有。

"你傻啦！从刚才就一直发呆，我们到底去哪里吃饭啊？"李珍莎也向我发起脾气来。

我只是发呆而已吗？迷惑不解问道："刚才你们有没有看见一条很巨大的狗扑到我的身上，还咬了我一口……"

"哎，你在说什么疯话啊？我已经饿得快不行了，我看你八成是动画片看多了，得了妄想症吧！"张娜轻佻地抬了抬眼，不高兴地打断道。

真的是幻觉？不！一定不是！我心里坚信不已，最后我们还是去了肯德基吃饭，整个下午，我都心神不宁的，一直想着那条叫玄月的狗，到晚上它真的会来找我吗？

第二章　和我一起驱魔吧

　　下班后，挤进了回家的地铁，去超市买菜，然后做饭。一边看动漫，一边吃饭确实是种享受，在搞笑的剧情中也忘记了玄月的事情，也许真的是自己的幻觉，直到冲凉、上床睡觉，它都没有出现。

　　睡得正香甜的时候，我略微感觉到有毛绒绒的东西，带着体温贴在我的身上。迷迷糊糊地睁开眼睛，发现玄月的舌头正舔在我的唇上，一阵恶心感随之而来，翻身起床借助月光看清它的样子，吓得花容失色，惊恐地退到一边，用力地抹掉嘴唇上它留下的口水，哆嗦着愤愤说道："你干什么？好恶心啊！哪里不舔，舔我的嘴巴！呸呸呸！"我拼命地吐着，胃里翻江倒海般难受，居然被一只狗轻易地夺走初吻，说出去丢死人了。我可是乖孩子，在学校恪守校规，从来没有谈过恋爱，出来后也是单身一人。

　　玄月高傲地说道："这样才能正式成为我的主人！成为我的契约者，湘湘！"

　　湘湘？！一阵恶心感又向我袭来，这种昵称加上它暧昧的语调，想酸死人吗？突然间想到什么，回过神惊异地问道："你怎么知道我的名字？我把门窗都关得死死的，你是怎么进来的？这可是七楼耶！"

　　"七楼有什么关系，你的姓名及你所有的记忆在我咬你的时候，全都记在我的脑子里了。要是不信的话，可以问我试试看，你所有的秘密！"玄月淡然回答道，然后伸出前爪舔舔，终于表现出狗该有的样子。

"咦？！"我惊讶地张大嘴巴，难以置信地瞪着它，很仔细地审视了它一番：这条狗到底是什么怪物？难不成自己进入了漫画世界？还是异世界？它慢悠悠地向我走过来，突然间抬起前腿站立起来，像人一样把前爪搭在我的肩膀，正色道："万妖国有妖魔跑了出来，这个城市已经陷入危险之中，你是被我选中的驱魔师，和我一起去驱魔吧！"

不是开玩笑吧，我只是一个柔弱的女人而已，像动漫一样被选中完成任务什么的我可不要。我不喜欢玩游戏，吓得正想后退，它的眼中闪过一道锐利的光芒，走近一步严厉地说道："不许退！你已经拥有了驱魔的魔力，不用怕，我会帮助你的！"

我疑惑地问道："为什么要选中我？我什么都不会，说什么我已经拥有了魔力，除妖这种事，我根本就办不到！再说，这个世界上怎么可能有妖魔？除非你告诉我，我已经进入了异世界！"这是我到目前为止想到的唯一理由。

它摇了摇尾巴，不高兴地打断道："当然有，你有见过会说话的狗吗？我就是个很好的例子！"

"这么说你也是妖魔了！"我揣测道，眼神迷茫不定。

"我不是！我是犬神，专门除妖魔的！"它生气地反驳道，眼中好像隐瞒了什么，变得很深邃。

"犬神，呵呵！我看不止是我动漫看多了，原来你也是啊！"我嘲讽地说道，忘记了害怕。

"你不相信也不行，跟我走吧，我感觉到有妖魔蠢蠢欲动了！坐到我身上来！"它说完一个转身，将屁股朝向我，再次摇了摇它迷人的白色长尾巴。实在是太可爱了，我忍不住想要抚摸它，伸出手还未触碰到它，它转过头训斥道："快点儿！磨蹭什么？"

"我？我还没有换衣服，你等会儿！"我慌乱地走向衣柜，在它面前脱掉睡衣。它看见赤身裸体的我，居然不好意思地转过头去。呵呵，这条狗越来越有意思了，我禁不住想笑，急忙换好了衣服。

"真的可以坐在你的身上吗？玄月！"我有些不好意思地说道，深怕自己的体重把它给压坏了，虽然自己还不到百斤，但再怎么说它也只是条狗啊，你见过有谁骑过狗吗?

"少啰唆!"它低吼一声,根本没有耐性,低下头从我的身后向上一拱,把我驮在背上,径直冲向窗台,并加快了速度。

"喂,玄月,小心窗户还没打开呢!"我紧张地喊道,惊恐地瞪大双眼。完了,肯定撞上!我心里默念道,祈祷神啊,救救我吧!

"你要抓紧,我跳了!"它大吼一声,从紧闭的窗户中央穿透出去。在快要撞上的一刹那,我紧张得闭上了双眼,心脏怦怦乱跳,只感觉到耳边呼呼的风声,很温和的气流。好像没事了,好奇地睁开眼睛,竟然发现玄月载着我在夜空中飞翔,此刻心情异常的激动,大喊起来:"飞起来了!好棒啊!玄月,原来你会飞啊!星星好美啊,从来没有这么近欣赏过!这个梦真希望不要醒过来!"

玄月汗颜道:"难道你现在还以为自己是在做梦吗?再不面对现实的话,我可要把你扔下去了!"

"呵呵,好,我相信你啦!别把我扔下去,真的会死人的哟!"我半开玩笑地说道,心里十分地开心,至于恐惧害怕什么的早就抛到九霄云外去了。它的尾巴偶尔会碰到我的身体,软绵绵的,感觉很舒服,没多久便沉醉在迷人的夜色中。

"湘湘,怎么不说话,睡着了吗?"它见我突然间安静下来,奇怪地问道。

"不是,玄月,你是从哪里来的?"我好奇地问道,想打听点什么,也许是心里不服气在作祟,谁叫它咬我一口,就知道了我所有的秘密,然而我对它什么都不知道。

"这个很重要吗?"它反问道,言语中带些清冷。

"身为你的主人应该知道吧!"我坚持道,用主人的身份压它,应该会告诉我吧。

"现在还不是时候,以后会告诉你的!"它淡淡一句带过,死不松口,气死我了。

"难道玄月还有一段很悲伤的往事吗?"我胡乱猜测道,故意逗逗它。

"你乱说什么啊?"它有些生气了,像犬夜叉一样爱发脾气。

"因为我从你的眼里看到了一丝隐藏不住的悲伤!玄月,你是不是半妖啊?会不会像犬夜叉一样,在新月的时候变成人的样子!"我微笑着说道,心里早就把它当成了犬夜叉,继续逗它玩,因为它实在是太可爱了。可以和最喜欢的狗狗沟通,绝对是件幸福的事。

我的无心之语,它没有回答,沉默半分钟之后,不耐烦地说道:"你真的是动漫

驱魔犬

看多了，对你没有好处，老是胡思乱想！"

"呵呵！你不愿意说就算了，跟你开玩笑呢？竟然认真了！你真的好可爱啊！"我情不自禁轻轻地抚摸着它的头，俯身趴在它的背上，有种冲动从心底冒出来，柔声继续说道，"如果真是那样，我不会像戈薇一样犹豫不决，马上就嫁给你！"

它害羞地转头望了我一眼，回头望着前方，不悦地说道："我才不会要你这个啰唆的女人呢！差不多快到了，做好准备迎战吧，第一次千万不要被吓到了才好！"

"嗯！知道了！"我正直身躯，低头俯视地面，惊怔片刻，失声说道，"居然来到这里了！"心里猛然一沉，这里就是李志明见鬼的地方。

"已经闻到魔物的味道了！我要冲下去了，抓紧啊！"它严肃地说道，低头直线冲向地面。我紧紧地抓住它背上的白色长毛，整个身体都贴在它的身上，耳边只能听到呼啸的风声，比飞机降落还要快上一倍，却稳稳地停在了地面。

我从它的身上跳了下来，环顾四周，现在已是凌晨两点多钟，周围一片宁静，昏黄的路灯一直延伸到远方，微风徐来，还能闻到淡淡的花草香味。没发现什么异常，我松了口气，不解地问道："这里很正常啊！玄月，这里真的有妖魔吗？"

"它来了！"玄月伸长脖子做攻击状，狗毛全都竖了起来，尾巴高翘，像头威武的雄狮，露出锋利的牙齿，眼睛犀利地瞪着前方。

我随它的视线望去，一个近似三层楼高的巨大黑影出现在眼前，它好像发现了猎物一般，摆动着臃肿肥胖的身体，十分兴奋地向玄月冲了过去，过身之处压倒一片树木。仔细一看，这只怪物就像是吃了催化剂异变的青蛙，长长的舌头滴着令人作呕的绿色液体，黏糊糊的。我顿时吓得两腿发软，呆怔在原地。拜托，我是第一次驱魔，竟然遇到这等怪物，太恶心了吧！就算是看过比这还要恐怖、恶心的电影，我还是感到非常害怕，毕竟这是现实中的怪物啊！说什么对恐怖有了免疫能力，现在全是废话。

"没想到这次有意外的收获，一看就知道美味无比，大餐要尽情享受！"魔物兴奋而激动地说道，干瘪而沙哑，像枯树摇曳在风中发出的声音。

"你的味道实在是太难闻了，果然是万妖国最低级的魔物！湘湘，还愣着做什么？快把周围封印了，不能让常人看见它！"玄月冲我大叫道，继而纵身飞扑向魔物，凶狠地咬住它的脖子。带着腥臭味的绿色黏液，也就是那魔物的血液从魔物的脖子上流出。魔物惨叫一声，挣扎着摇晃着脑袋，挥舞着巨爪拼命地想将玄月甩下来。

封印？！我着急地盯住玄月，摸遍全身想找出点东西，遗憾的是什么也没有，紧张地喊道："我不会啊！用什么封印？你快教我啊！"

"真是个笨蛋女人！"玄月生气地埋怨道，游刃有余地窜到魔物的另一边，避开魔物的攻击，冲我大声喊道，"内敛聚气于心，然后从你的心脏抽出符咒，喊出言念'封绝'就行了！"

我皱了皱眉，不好意思地说道："你说得是不是太深奥了，我不懂你的意思，能不能说简单一点儿！"

玄月差点气晕过去，叹了口气，似是懒得跟我多作解释，自顾自地飞到半空中，挥动爪子抓烂了魔物的脸，孤身奋战。魔物痛得嗷嗷悲鸣，变得更加愤怒，疯狂地在半空中乱抓，拼命地跺脚，制造出强烈的地震，周围的景物随之晃动起来。

玄月见大事不妙，严厉地训斥道："快点封印，周围要是受到影响，房屋倒塌压死人，我可顾不了这么多了！"后来才知道根本没有那么严重，只是玄月实在想不出什么方法刺激我，而我就信以为真了。

依目前的状况，加上玄月的口气，不容我再犹豫和惶恐不安下去，只能死马当成活马医了。我闭上眼睛，深吸了一口气，努力试着将气聚集，右手慢慢伸向心脏，暗自祈祷真的可以抽出符咒。突然，一道红色的光芒从心脏射出，随之出现一张画着奇怪符咒的红纸，真真切切地握在了手中，我惊喜之余立刻大声喊道："封绝！"

红光立刻向四周蔓延扩散，所及之处全部染成红色，一切生物连同天空全是红色，完全处于静止状态，像是时间停止一样。唯一在动的只有我、玄月和魔物，这个情景好像在哪里发生过，一时间又想不起来，回过神看见玄月还在战斗，紧张地问道："玄月，我已经封印了，接下来我该做什么？"

"我当然知道封印了，用不着你说。"玄月飞奔到我身边，抬起前腿站立起来，命令道，"从我的心脏拔出玄月神剑，然后杀了这头魔物！快点！"

"是！"我回答得很干脆，也干净利落地从玄月的心脏里取出了玄月神剑，因为我模糊记得有一部什么动画就是这样抽出"心剑"，所以没有半点儿怀疑。神剑放射出美丽的金光，剑身长120厘米，剑宽10厘米，剑柄上刻着一只白色的牧羊犬，和玄月一模一样。

"它过来了，坐到我身上来，我带你上去。千万不要分神，用剑直刺它的心脏，

驱魔犬

记住一定要刺中心脏！"玄月郑重地说道，最后一句"心脏"两个字加重了语气，再次提醒我。它略微低下身躯，示意我上去。

"嗯，知道了！"不知道为什么，我对玄月很有信心，大概是因为手里握着神剑，心里没有一丝畏惧。骑在它的身上，居然有种热血沸腾的快感。难道自己真有暴力倾向？

玄月很轻松地避开魔物的攻击，几个灵活的跳跃已经接近魔物的心脏位置。我下意识地握紧神剑，虽然手心里全是汗水，仍将剑尖对准魔物的心脏，借助玄月的冲力，竭尽全力地刺进魔物的心脏，随着剑身抽出，绿色血液如喷泉涌出。

魔物哀嚎一声，巨大身躯随着"轰"的一声巨响爆炸，消失在空气中，连残渣都不剩，跟动画片里的场景一模一样，也难怪我会怀疑自己进入了动漫世界。

玄月飞到上空稳住了身形，关心地问道："害怕吗？这可是最低等的，以后也许还有更难对付的魔物，说不定还会有生命危险！"

我摇了摇头，趴在它的背上，感觉很温暖，体力有些透支了，喘着气说道："有你在什么都不怕了！玄月，你真的好厉害！"

"封绝解除！"玄月说出言念，周围恢复成原来的样子，像是什么也没有发生过。

我惊异地瞪大眼睛，发现自己好像被骗了，失声道："玄月，你也会封印啊，为什么非要我封印不可呢？"

玄月不以为然地回答道："当然！只不过这些事情以后都是你来做。作为我的主人，不能全靠我，所以现在学会了不是很好吗？"

说得好像这一切都是我该尽的本分，我不服！"什么嘛！你什么都会，原来是你故意要我呢！万一我抽不出符咒封印的话，你岂不是真的会见死不救！"我半埋怨地说道，嘟着嘴不高兴地揉搓着它的狗毛，很快有了睡意。

"那倒不会，我相信你！能将玄月神剑拔出来的，只有你而已！"玄月意味深长地说道，它仰望一眼头顶的星空，眼中流露出不自然的光芒，感慨道，"湘湘，你会永远和我在一起吗……搞什么，原来已经睡着了。"

第三章　一秒钟也不许离开

"哎呀，糟糕了，迟到啦！"我惊慌地大声喊道，从床上一骨碌爬起来，赶紧换好衣服，匆匆忙忙地洗漱。昨晚深更半夜跑出去驱魔，累得半死回来，没想到一觉醒来都快9点了。

玄月趴在我的床下边，半眯着眼睛，冷淡地说道："一大早就吵死人了，给我安静一点儿！"

我走出卫生间，赶紧收拾好东西，半埋怨道："玄月，都怪你不好，如果不是昨晚跟你出去，我怎么会睡到现在才起来！不跟你说了，来不及吃早餐了，冰箱里有吃的，你要是饿了自己去拿！我要迟到啦！地铁，赶快去坐地铁！"拿上皮包飞快地冲了出去。

玄月抬头望了一眼我离开的背影，继而又闭上了眼睛。

我赶到公司时已经迟到近一个小时，人说倒霉起来喝凉水都塞牙缝，第一次迟到居然碰上老总检查考勤记录，不但被老总训话半小时之久，还被扣了这个月的全勤奖，这可是我有生以来第一次被处罚，情绪一下子变得很低落。

"哎，全勤奖就这样没了，两百啊！玄月这次真把我害惨了……"我唉声叹气地嘀咕道，回到自己的位置。李珍莎走到我的面前，又开始八婆起来："小杜，昨晚不会是去哪里风流快活去了吧，连你这种人也会迟到，太阳打西边出来了？"

我白了她一眼，只想编个谎话把她赶紧打发掉，没好气地回道："多嘴婆，我哪有你那么风骚啊！今天一个，明天一个，换男朋友跟换衣服似的！哎，昨晚楼下有群赌鬼，打了通宵的麻将，害我没睡好！"

"是吗？"李珍莎用怀疑的眼神瞅着我，阴阳怪气地进一步探问道，"以前怎么没听你说过！小杜，嘿嘿……有了男朋友公开一下又不会死人，偷腥可对不起咱姐妹哟！"

在她眼里，我就这么需要男人吗？我可是很独立的女人，我要抗议！正准备迎头回击，李志明突然紧张兮兮地跑来插嘴："咳咳！小李说的是真的吗？杜金湘，真有男朋友啦！带来让我们瞧瞧，我们也好想知道杜金湘男朋友的标准是什么样的。"我瞪了他一眼，没有理他吃什么飞醋，打开电脑，一本正经地说道："现在是上班时间，工作、工作！聊天可是要被罚款的！"

下午在我工作忙得不可开交的时候，突然听见外面传来喧哗声。

"狗跑进来了，快抓住它！"

"快点，别让它再乱跑了！"

"堵它那边，快把门关上，抓住它！"

狗？！我惊怔一下，马上反应过来，急忙跑出去，发现玄月被数名保安围追堵截，早已闹翻了天，女同事们被这只擅闯进来的大狗吓得哇哇大叫，男同事则联合保安一起抓狗。玄月可不是普通的狗，当然也不容易被他们抓住，听说保安在一楼就已经发现它，从逃生楼梯间一直追到了39楼，把他们累得疲惫不堪。

奇怪！玄月怎么会在众目睽睽之下跑来！"玄月，你在干什么？谁让你来了？"我失声喊道，与此同时，所有人的目光都聚集在我的身上，什么表情都出来了：吃惊的、傻愣的、尖叫的、大笑的，还有起哄吹口哨的。

玄月看见我，不管三七二十一，腾空飞扑了过来。我顿时吓傻了眼，不知该如何接它，条件反射地打开怀抱，一个重心不稳，我被玄月狠狠地按倒在地上，"咣当"一声，还撞倒了旁边的椅子，疼得我惨叫一声，差点儿摔成脑震荡。

保安主管闻言得知我就是这条狗的主人，立马走过来，诧异地问道："是你的狗吗？这种大狗应该拴在家里，跑出来会吓到人的！"

我默默地承受委屈，玄月会穿墙飞天，我能拿什么拴住它？只好不好意思地傻笑赔礼道歉："对不起！实在很抱歉，今天早上走得太急，忘了锁门了！下次一定会注意的！玄月也许是太寂寞了，才跑出来找我的吧！"

"好好地看好它，别再给我们添麻烦了！"保安主管不高兴地说道，带着其他保安出去了。

"哎，你真是会给我添麻烦！"我叹气说道，无奈地望着玄月，抚摸着它的头。它好像很生气的样子，一昂头咬住我的手，却没有用力，看我的眼神怪怪的，没多久就松开了嘴，走到一边趴下，闭上眼睛假寐。

同事们纷纷围了过来，用惊奇而又喜爱的眼光欣赏玄月，李志明不失时机地卖弄说道："这条狗真漂亮，白色的纯种苏格兰牧羊犬，很名贵的狗啊，恐怕要一百多万吧！"

同事们闻言，不禁咂舌道："不是吧，小杜，你哪来那么多钱啊？""看不出来啊，原来杜金湘还是百万富翁啊，居然能养这么纯种的狗！""这么有钱还做什么文员啊？""金湘是不是钱多了烧得慌，支援一下我们吧！""哎，现在是狗比人尊贵！"……

"我说你们有完没完啊！这条狗是朋友请我帮他喂几天的，真有那么名贵吗？看不出来！不就是一条狗吗？这么羡慕我，你们谁想要，谁拿去喂好了！没事做吗？要是被老总发现，扣你们的工资！"我不高兴地说道，回到自己的岗位上继续工作，并没有觉察到玄月悲伤的表情。同事们很快也作鸟兽散，回到各自的岗位上。

没过多久，玄月走到我的身边，咬住我的裙子不说话，不管我愿不愿意，拼命地拉扯，示意我跟它出去。

因有一份招标书急着打印出来，我看都没看它一眼，忙着手里的工作，不耐烦地敷衍说道："玄月，别闹了，没看见我很忙吗？没时间陪你玩，李志明比较闲，你找他陪你玩吧！"

玄月呜呜几声，见我仍然坐着纹丝不动，继而说出言念："封绝！"

周围立刻被封印起来，变成红色的静止世界，电脑当然也不能使用，我正想对玄月发脾气，它却抢先一步冲我怒吼道："湘湘，你还要在这种地方待多久？早上居然把我一个人留在家里，那种地方很沉闷，知不知道！"

"玄月？！"我一时语塞，它的样子让我心里莫名地紧张，急忙安慰道，"对不

驱魔犬

起,晚上一定陪你玩,现在我要工作啊!乖乖的,好不好?狗狗乖!"伸手正想抚摸它的头,它退后几步,霸道地说道:"以后你不用工作了,女人根本不需要工作,我给你生活费!从现在开始,不许你离开我半步,一秒钟也不许离开!"

"咦?!"我惊讶地张大嘴巴,半天回不过神来,它该不会把狗与主人的关系搞反了吧,一条狗给我生活费?谁会相信啊!我诚惶诚恐地说道,"玄月,你是不是气糊涂了……"

"不许和我顶嘴!"玄月愤愤地打断道,用命令地口吻继续说道,"马上去给我辞职!"

我无奈地耸耸肩,唯唯诺诺地回答道:"辞职?你不是认真的吧?没有钱会死人的!我这么辛苦地工作,就是为了要生存下去,现在加上你,我应该更努力才行!我早上还在想,要不要做份兼职呢!"

"都说不许顶嘴,没听懂吗?"玄月狮子吼似地冲我喊道,脖子上的狗毛竖了起来。

我吓得连连点头,它生气起来真可怕,不禁打个冷战,立刻答应道:"马上辞职,马上辞职!"

玄月得到满意的答复,解除封印,继而趴在我的办公桌旁边,美滋滋地舔着自己的毛发。我无奈地叹息一声,打了一份辞职书,垂头丧气地走进老总办公室。

"田总,我要辞职!"我毫无底气地说道,心想过几天再找份工作好了,我是无法想象狗可以付生活费给我。

田总用异样的眼神看着我,诧异地问道:"怎么,今天早上批评你一下,扣了你的全勤,你就想辞职了。杜金湘,心里是不是觉得很委屈啊?我从来都是赏罚分明,今天你迟到是事实!"

"田总,你误会我的意思了!其实是因为……"我叹息一声,实情怎么也说不出口,谁会相信一条狗可以命令我辞职,只好装出可怜的样子,声色俱全地说道,"我想了很久,觉得自己确实不太适合这份工作。这段时间感觉身心疲惫,但并不全是因为工作的原因,我想休息一段时间。田总,希望你能理解。"

田总沉默了一分钟左右,无奈地回答道:"好吧,我批准你辞职,去财务室结算一下工资!如果你休息好了,公司可以考虑再让你入职!"

"是吗?太谢谢田总了!"我感动得热泪盈眶,很感激地说道,"到时还希望田总不记前嫌,能让我恢复原职就好了!"

田总突然想到什么，兴致勃勃地问道："听说外面那条苏格兰犬是你的？我有个生意上的朋友很喜欢这种纯种狗，可以出到很高的价钱，考虑一下怎么样？毕竟养这种狗是很花钱的！"原来田总对玄月打起了主意，难怪对我这么好，汗！

"呵呵！"我心里一阵汗颜，笑着搪塞道，"这条狗是朋友的，他到国外出差几天，让我代他照顾一下。这种事我可做不了主，不过可以帮你传个话。"

从老总办公室出来，我长长地吁了口气，回到自己的位上，一边收拾自己的东西，整理要交接的资料，一边对玄月念叨起来："这下你满意了吧！在深圳很难找到好工作的，恐怕这次又要花半个月的时间找工作了。房租又贵，消费又高，怎么生存啊？"玄月耷耷脑袋，用爪子挠耳朵，然后用舌头理顺自己的毛发，根本就不答理我。

李珍莎见我在收拾东西，一脸的茫然，奇怪地问道："小杜，你在干什么？收拾东西？难道公司要调动？"

"不是，我辞职了！"我淡淡地回答道，好像不是在说自己一样平静，忙着手里的交接事务。

"啊？小杜，你辞职啦！"李珍莎大吃一惊，声音一下子提高几十分贝，同事们闻言全都凑上来，不解地说："怎么了，为什么要辞职啊？""杜金湘，难道你是在跟田总闹情绪？用得着吗？""就是，为了二百块钱辞职太不划算了！""小杜，难不成你真的找到金龟啦？""有可能被别人包养了吧，不然怎么会喂得起那种狗呢！"……

"哎！"我叹息一声，装出无可奈何的样子，饱含感情悲伤地说道，"一言难尽啊！实话跟你们说吧，因为家里出了事，我借了很大一笔钱，为了还债，只好去给别人当保姆，玄月就是他们家的狗。我要是真的被包养起来就好了！"

同事们纷纷投来同情的眼光，李娜仗义地安慰道："小杜，你欠了多少钱啊？可以的话，我们先凑上给你还钱，你这种大学生给别人当保姆，太不值了！"

李志明随声附和道："没错，我借钱给你，你还是留在公司好了，我们的钱可以慢慢还，没关系的！"

李珍莎立刻起哄说："我看你是想让小杜给你当保姆吧！"

"我才没有想过呢！只是觉得杜金湘这么好的女人给别人当保姆太浪费了！"李志明极力辩解道，分明就是心虚的表现。

同事们的关心让我心里直发虚，硬着头皮说道："我欠了一百多万，数目实在是太大了，大家的好意我心领了。谢谢大家！以后有机会，我会来公司看看大家！"暗想这一重磅炸弹没人接得住吧！嘻嘻！"

李志明闻言像泄了气的皮球，咂舌道："怎么欠那么多？家里到底出什么事要用这么多钱啊？"

"呃？这个？很难跟大家启齿，你们就不要再问了，我该走了！"我为难地说道，依依不舍地挥别同事们，带着玄月离开赛格大厦，结束了我的文秘工作生涯，展开了我传奇玄幻的驱魔生活……

第四章　我中了三千万

我仰望了一眼蔚蓝的天空，失去工作并不是很伤心，心里竟有一种释然的感觉，就当给自己放个长假，好好地轻松一下。自我安慰了一会儿，我感触地说道："玄月，我们回家吧！"

玄月回答的却是："湘湘，去买彩票吧！"它的话差点没让我晕过去，幸好我也没有戴眼镜，要不然真的会跌破眼镜了。我惊异地望着它，好像刚刚认识这只外星生物，脑袋里一片空白，半天没有回过神来。

玄月见我好像丢了魂似的，猛然一口咬住我的右手，霸道地命令道："你有没有听见我说话，去买彩票！"

我疼得吼叫一声，掉下一滴眼泪，深受委屈似地回答道："好嘛！别那么凶好不好？玄月，你咬得我很痛啊！"

"给我闭嘴！啰唆的女人！"玄月大吼一声，无视我的可怜，路人都用异样的眼神望着我们。这也难怪，在他们看来，玄月就像一条疯狗在对我这个弱小女人狂吠。

我抚摸它的头，迷死人地笑着，连连答应道："是，是，是。"

我们到了彩票投注站，前面已经排成一条长龙，我一打听，顿时吓傻了眼，这次的彩金居然有三千多万呢，今天晚上开奖，彩民们都在做最后一搏。我虽然从来没有买过彩票，也对此毫无兴趣，但知道有三千多万的巨额彩金时，心里也是激动兴奋到了极点。刚失去工作，什么都要赌一把了，不自觉地向大队伍靠近，买两张试试运气也不错。不过，当我看到那些彩民手上都拿着写好的号码时，我心里犯难了，没玩过要怎么填写呢？于是做贼心虚似的偷瞄彩民手上的彩票号码，对方十分警惕，见我望向他的时候，迅速地收进了包里，搜寻另一个下手的目标，还是不行，一连好几次都没有成功。

"切，有什么了不起，不就是几个号码吗？我乱蒙也能中！"我喃喃地嘀咕道，表示自己的不屑。

"湘湘，拿笔记下号码！"玄月突然严肃地说道。

"哎？玄月偷看到别人的号码了吗？"我蹲下去，俯在玄月耳边小声地说道，心中狂喜。

玄月狂妄地回答道："根本用不着！我不是说过给你生活费吗，这三千万应该够了吧！"

我惊怔一下，脑袋转不过弯，苦笑道："玄月，你该不会是跟我说笑吧！彩票真有那么容易中的话，就不会滚成三千万了！听他们说已经连续十几次没有出过特等奖了。"

"你照我说的做就行了。再啰唆，小心我咬你！记下号码，我只说一次！"玄月对我发威说道。

"我的记性不太好，能不能说两次！"我半开玩笑地说道，根本没把玄月的话当真，虽然不知道彩票的中奖几率是多少，但对于我来说，就像是火星撞地球的几率。

玄月立刻露出两排锋利的牙齿，头高高昂起，作攻击状，示意我如果再不听话就要让我好看。"马上记！别咬我！"我迅速从包里掏出纸笔，望着玄月傻笑。

"不许你重复我说的，记下来就好了。号码是1、3、7、9、17、26、28，特别号码22！"玄月正色道，果然只说了一遍，还好它说得比较慢，我全都记了下来，号码真怪，不管了，爆冷门才有赢的机会，我激动地小声说道："玄月，就算彩票不中，我也很开心，因为玄月对我真的很好！"

"这组号码买六次，刚好就有三千万了，除掉税金应该还有二千多万！"玄月轻描淡写地说道，好像十拿九稳一样，令我刮目相看，没想到玄月在这方面也擅长。

"嗯！玄月好贪心啊！我知道了！"半个小时后，我终于买到了两张彩票，六组号码完全一致，这让投注站的小姐很惊讶，把我当怪物似的，一直盯着我看了半天，那绝对不是看美女的表情。

晚上回到家，我把皮包往桌上一扔，彩票的事早就忘得一干二净，兴冲冲地做饭吃，看日本的动画片，和往常没有两样。我用电脑看动画片，方便下载，把电视留给玄月，让它可以打发无聊的时间。玄月对老掉牙的综艺节目很感兴趣，彩票的事好像并没有放在心上，很平静地错过了开奖时间。

第二天下午，我带着玄月去公园散步，路过昨天去买彩票的投注站，发现那里围了好多记者和彩民，玄月好像已经知道发生了什么事，张大嘴巴打个哈欠，淡然道："那些人恐怕都想看看连中六次特等奖的是个什么人物！"

我瞪大眼睛，兴奋地说道："咦？！玄月怎么知道？那我们也去看看吧，这个人居然能买中六次特等奖，太厉害了！"

玄月叹息一声，拼命地摇了摇头，好像是抓狂了，生气地吼道："那个人就是你，笨蛋！"

我没有反应，也许时间在此刻停止了吧，和"封绝"有些相似，只不过是我完全怔住，变成一尊蜡人像。也不知过了多久才反应过来，还是一副难以置信的样子，心里紧张得要命，傻笑道："玄月，别开玩笑了，怎么可能是我呢？"突然间想到什么，从皮包里翻出彩票，仔细地看了一遍，激动地连说话也带着颤音："连中了六次，那——六次——五百万，天啊——我中了三千——万啊！"最后高亢的一句，使所有人的目光全都聚集过来。

玄月大骂一句："笨蛋！"见所有的人一窝蜂似地拥过来，为避免殃及池鱼，竟然不顾我的安危，独自退到了远处隔岸观火。

"没错，就是她！"投注站的小姐一眼就认出我，高声呼喊道。

"真的是你中了三千万吗？太厉害了！""请问你中了三千万有什么感想呢？""你打算将这三千万怎么处理呢？""请问你什么时候开始买彩票的？""为什么这么肯定这组号码能中奖，一次性买了六次呢？"……他们拼命地挤上来，争先恐后地问着大相径庭的话，想从我这里得到他们想要的东西，而我的心里还在暗自嘀咕：他们怎么会知道这个投注站中了三千万？

记者们见我没有回答，用异样的眼神瞪着我，奇怪地询问道："小姐，你没事吧？请你回答我们的问题！为什么如此肯定这组号码能中大奖？"

"这个——我——"我将求助的目光望向身边的玄月，定睛一看什么也没有，天啊！它什么时候逃掉的？我心里苦不堪言，惊慌失措地向后退去，大声疾呼道："玄月！快来救我！"可是连喊了几声，玄月都没有理我，也许是围住我的人实在是太多了，它没有听见。此刻我终于体会到那些当明星的难处……

"汪汪汪！"玄月对着人群一阵狂吠，凶猛地冲过来，人们看见一条这么大的狗，样子十分凶恶，吓得让出一条道路。玄月护在我面前，威风凛凛地对着他们继续狂吠，他们这才明白我早有防备。趁着他们有了惧怕心理，我赶紧和玄月一起逃之夭夭。

两天后风头已经没有那么紧了，我和玄月一起，既激动又紧张地去指定地点领取二千多万的巨额彩金，然后分成二份存进银行，一份是我的，一份是玄月的。虽然电视和报纸等各大媒体大肆渲染我中了三千万的事，但彩票中心有责任为中奖人保密，没有将我的姓名及联系方式透露出去。中奖的事情也没有告知我的父母，因为这是玄月的命令，本来想穷根究底问它是什么原因，它已经不耐烦地冲我大发脾气，最后决定还是少惹它生气为妙。

下午疯狂地购物了一次，买的全是自己向往以久、望价生畏的东西，有了钱就是不一样，整个人也脱胎换骨一般，刷卡再不用担心透支、还款问题，大手大脚地花钱，也只花了两万多而已，要是没有中奖前的我，一定很难想象自己拿一年的工资来乱花会有什么后果。世界多么美好，感觉空气都是特别的新鲜，有了玄月的帮忙，从此我就是有钱人了！嘻嘻，极度兴奋中……

"喂，湘湘，你清醒了没有？"玄月不高兴地说道，见我拿着两张银行卡一个劲儿地傻笑，无奈地叹了口气。有了钱至于变成这样吗？

"还没呢！"我傻笑着回答道，自我陶醉地继续说道，"玄月，这不是梦吧，我变成千万富婆了呢！以前一年的年薪才两三万，一下子多了那么多钱，都不知道该怎么花了。我想买房、买车，到世界各地去旅游，吃遍天下美食……"

玄月干笑一声，轻蔑地打断道："不过两千万而已，就能让你傻成那样，你还真好打发啊！"

"我可是几辈子都没想过会有那么多钱！玄月，遇上你真是太好了，你是我的财神爷，我会好好供奉你的！嘻嘻！"我兴奋地说道，顺势给它一个热情的拥抱。它矜持地被我压在身下，样子腼腆可爱极了。

"玄月，不要嫌我啰唆，一直闷在心里会把我闷坏的！能不能告诉我，你怎么知道那组号码可以中奖的？"我好奇地眨着眼睛，柔声说道，轻轻地抚摸它的背，尽全力讨好它。这可是赚钱的好机会，当然不能错过。

它很温顺地侧身躺在地上，淡淡地说道："我只是用封绝控制了时间而已！"

"封绝可以控制时间吗？"我疑惑不解地望着它，眨眨茫然的眼睛。

它半眯着眼睛，被我抱在怀里的它，没有表现出以往不耐烦的样子，徐徐解释道："封绝可以控制一个小时之内发生的事情，不仅仅只是封印，做个空间结界而已，还可以把这一个小时之内发生的事情全部抹掉。看你一副白痴样，恐怕不明白吧！说得简单点儿，记得见你的第一个晚上吗？和你一起去消灭万妖国的魔物，它的大肆破坏你也看见了，毁掉了很多东西，我用封绝把它们变成原样，就像什么也没有发生过一样。懂了没有？"

我愣愣地点头，稍微明白了一些，兴致勃勃地说道："这么说来，玄月和我都有了穿越过去和未来的能力啦！穿越时空，好早就想玩玩了，那我要到古代去玩玩，看看秦始皇修建长城、李世民登基、武则天……"

"我看你还是不明白啊！笨蛋，我说的只是一个小时！在我们现在发生的时间中的一个小时，离我们那么遥远的年代，怎么可能？"玄月生气地说道，恨铁不成钢啊！

"咦，玄月还知道我们人类古代的事情！"我惊奇地感叹，投去羡慕的目光，赞不绝口地表扬道，"玄月不愧是犬神啊，什么都知道！"

玄月飘飘然地回答道："那是当然的！来到这个世界，什么都不知道怎么行！"

"玄月真的是好可爱！"忍不住抱住它的脖子，亲吻了它一下。它吓得全身微微一颤，一个翻身站起来，带着愠气骂道："谁叫你亲——亲我的？"

"咦？玄月好奇怪啊！只许你亲我，不许我亲你啊，不公平啊！"我撒娇说道，使出甜死人不偿命的招数，妩媚的勾魂笑容，是男人绝对要流鼻血了。

"给我住口！亲吻这种事可不是随便做的！"玄月沉声说道，似是有些惶恐不安，继而趴在地上，闭上眼睛不再看我。我嘟嘴生气，很委屈地说："你是我的宠物，我是你的主人，为什么我要听你的命令啊？"

　　"你只是我的契约者而已！"玄月没有睁眼，尾巴晃动到另一边，冷漠地回答道。

　　……

第五章　狂蟒之灾

　　这天在家里吃过晚饭，闲来无事，看着趴在一旁的玄月，半眯着眼睛打盹，时而动动耳朵、摇摇尾巴，好可爱啊！我情不自禁地抚摸它的背，半开玩笑地说道："玄月，作为宠物应该听主人的话。来，把你的前腿抬起来跟我握个手。"

　　玄月愣怔了一下，看到我一脸的傻笑和白痴样，愤愤地说道："给我搞清楚了，我可不是你的宠物，我是犬神！"

　　"怎么看也只是一只狗狗嘛，如果乖乖的话，给你骨头吃！"我继续逗它，拍拍它的脑袋。

　　玄月的狗毛倒竖起来正想发飙，突然发出呜呜声，正色道："湘湘，我闻到魔物的味道了，赶快出发！"

"嗯！嗯？这个时候？"我心中不停地诅咒那该死的魔物，早不来晚不来，偏偏在我和玄月玩得正开心的时候出现，虽然抱怨，还是很熟练地跨坐在玄月身上，双手按在它的背上。玄月冲出阳台，飞翔在夜空中。这段时间我一直都重复做着驱魔的事情，变得习以为常了。辞掉工作，然后中了三千万，住进真正属于自己的家，和玄月一起生活半个月了，好像是昨天发生的事，到现在还有些不敢相信，自己过着如同日本动画世界里的生活，说出去也很难让人相信。

"玄月，你有没有觉得，这两天出现的怪物越来越多了！"我迷惑不解地说道，心中暗自嘀咕：这怪物是一个比一个怪，一个比一个恶心，前晚对付了一个红色身子、人的面孔、马的蹄子，叫做窫窳(yà yú)的怪兽，而昨晚则是一个形状像鸡却长着三个脑袋、六只眼睛、六只脚、三只翅膀的怪鸟。

"嗯，是太不寻常了！魔物接二连三被送出来，万妖国一定出什么事了！"玄月神色凝重地回答道。

"玄月，万妖国到底是什么地方？一直你都没有跟我详细说过！那里面全是可怕的妖怪吗？"我的好奇心不是一般的强。

"不是，万妖国是妖魔们生活的地方，它们一般都很温和，只有生活在一些山上的魔物具有攻击性，可是这段时间被送出来的普通魔物都有攻击性，难道发生异变了吗？"玄月沉声说道。

"发生异变！发生什么异变了？玄月，是不是被施了什么魔法或是妖术？我们是不是要去找出异变的真相，然后和幕后……"我对玄月进一步追问道，一边揉搓它的狗毛。

"给我闭嘴！我们到了！"玄月一声怒吼打断我的话，这才发现是自己多说了话，急忙转移话题说道，"它好像已经发现我们了，抓紧我！"

"哦！"我还没有完全反应过来，一条巨大的尾巴突然向我们甩了过来，发出"呼呼"的风声，十分有力，如果被命中一定会变成肉饼。眼看就快打在我的身上，玄月收紧身体，朝右边迅速闪避，躲过一次又一次的攻击。

"是什么东西啊？刚才攻击我们的好像是条尾巴，可是就看不见身子！"我紧张地搜寻四周，因为今晚没有月亮，黑漆漆一片，看不清下面是个什么怪物。

"想看清还不容易，下去就知道了！"玄月猛烈地俯冲下去，脚刚着地，突然一阵晃动，下面好像有什么东西在动，玄月急忙再次飞到上空，然后跳到另一边。

它的紧急反应差点没把我摔下去，幸好及时抓住了它的脖子，不过因为条件反射抓得太紧，勒得它喘不过气，速度跟着变慢，一下子被对方击中右身，双双跌落在地上。

"湘湘，先把周围封印起来，快！"玄月紧盯着前方，严肃地命令道，并没有察觉到我已经受伤。

"疼疼疼！"我捂着骨折的右脚，疼得眼泪直掉下来，玄月的命令必须服从，否则它又会生气的。我忍着巨痛从心脏中抽出符咒封印，好想得到它安慰的话语，伤心地说道，"玄月，我的脚好疼！好像受伤了！"刚一抬眼，看见玄月面前一条与地面颜色相近的长蛇，居然有三十多米长，身上还长着猪毛，头呈三角形，眼睛是纯白色，吐出鲜红的芯子，发出的声音像是人在敲击木梆子，好像要将玄月一口吞进肚里。我顿时吓得六神无主，双手抱胸，直冒冷汗，全身直哆嗦，生平最害怕的东西，怎么会在今晚出现？老天爷，我怕蛇啊！一条小蛇就能吓得我魂飞魄散，更何况这条长达几十米的巨蟒，完全可以把我和玄月当小菜吞下去，难怪会出现在仙湖植物园这个地方。

玄月一个纵身，奋勇地冲上去，凶狠地咬住巨蟒的身躯，巨蟒顿时怒火冲天，摆动尾巴把玄月死死地缠住。

这不是去送死吗？蛇最拿手的不仅仅是毒牙，还能把猎物缠住令其窒息死亡。我早就吓得方寸大乱，加上玄月被巨蟒缠身，只知道一个劲儿地哭。

玄月并没有放弃，使出浑身解数，拼命地撕咬巨蟒，反而被缠得更紧。我该怎么办？不能眼睁睁地看着玄月死啊，我紧张地寻找可以用来攻击的武器，可是被封绝的东西一样也用不了，玄月并没有教我封绝之外的招数，唯一的希望只有玄月神剑了。我下定决心之后，吃力地站起来，一瘸一拐地冲到玄月身边，玄月的身体完全被巨蟒缠住，怎么才能拔出玄月神剑呢？

"玄月，我该怎么办？你的身体？"我着急地哭喊道，用力地拉扯巨蟒的身体，根本拉不开分毫，就像一只蚂蚁想搬动大象，太自不量力了。

"没关系的，一样可以抽出来！"玄月喘着粗气说道，声音变得很微弱，看来快支持不住了。

"是！"我闭上眼睛，伸出右手，居然从巨蟒的身体穿了过去，直达玄月的心脏，顺利地拔出了玄月神剑，霎时金光四射。

巨蟒此时也注意到我，张开血盆大口向我咬过来，我忘却惊慌，多半是条件反射，拿着神剑顺势刺中它的上腭，却无法将神剑拔出来。巨蟒哀嚎一声，松开玄月,高昂起上身,用力地摇晃,我的身体随即悬在空中,像秋千一样荡来荡去;如果松开神剑势必摔成粉身碎骨,要不就是还没来得及掉下去,就被它一口吞进肚里。

玄月喘息几下,拼尽全力冲上来,命令道:"快松开!我会接住你的!"

"不行啊!我不能把你的剑弄丢了!"我死死地抓住神剑,咬紧牙关,坚持说道,手心全是汗水,慢慢地打滑。

巨蟒被神剑刺中之后,开始抓狂愤怒,竟然用自己的头去撞地面,眼看快把我摔下去,突然神剑从手中消失,重力加速度坠落下去,我紧闭双眼,心想这次死定了,几秒钟后被玄月接住,驮在它的背上。

"还好吗?湘湘,没事了!"玄月温柔地安慰道。

我睁开眼睛,稍稍回过神,马上大哭起来:"对不起,玄月,我把神剑弄丢了!对不起,对不起!"应该庆幸自己得救才对,真不知当时自己的脑袋里想些什么,竟然说出那种话。

"神剑没事!我只是将它收了回来!"玄月淡然道,继而紧张地望着发狂冲过来的巨蟒,吃力地避开攻击,郑重地说道,"湘湘,一个小时的时间快到了,要是影响到周围就是大灾难,你明白吗?我们必须在十分钟之内收拾掉它,有把握吗?"

我调整好心态,暗示自己一定要保护好玄月,鼓足勇气说道:"就算没有把握也要上!玄月,我还能抽出玄月神剑吗?你的身体不要紧吧!对不起,因为自己怕蛇,害你一个人战斗,我保证下次再也不会了!"

"湘湘,你怕蛇?"玄月疑惑迟疑了一下,继而黯然道,"抱歉,没有想到你会怕蛇!这次难为你了!"

"什么话!作为你的主人,我不会再让玄月有危险了,为了玄月,我什么都不怕!不过这条蛇这么大,又这么长,哪里才是它的七寸要害呢?"我神色凝重地说道,发现玄月闪避的速度没有平常快了,而巨蟒的攻击力越来越强,不禁为它捏了把冷汗。

"我知道,我会帮助你的。湘湘,把玄月神剑抽出来!"玄月正色道,几次飞扑,闪到巨蟒的尾后,方便我拔出神剑。

我沉思片刻,很有把握地说道:"玄月,在地上太危险。这条蛇应该不会飞,只要我们绕到它的上空,再抽出神剑就行了!"

"你的意思是在空中抽出神剑?可是你会掉下去的!"玄月惊异地说道。要拔出神剑必须是和玄月面对面才行,坐在它的身上是无法拔出来的。

"没关系,你不是可以接住我吗? 我相信玄月!"我轻轻地抚摸它的头,希望能给它同样的信心。

玄月只是迟疑了片刻,巨蟒已经掉头扑了过来。玄月迅速昂头冲向上空,确定好位置之后,还是很不放心地说:"湘湘,真要这么做吗?"

"没关系的,跟上我就行了!"我笑着说道,继而一个翻身,从玄月背上跳了下去,下坠的速度非常快,比我想象中快多了,感觉身体被气流撕扯一样。

玄月闪电般俯冲下来,快速接近我,紧张地喊道:"湘湘,快抽出神剑!"

我吃力地伸手,可是自己的身体下降得太快,玄月好不容易接近我,却因为自己双手没有力气,白白地错过了机会。眼看离地面只剩下四十多米,巨蟒露出阴冷的嘲笑,张大嘴巴等我掉下去。

"简直太小看我了!"我生气地吼道,拼命地伸长手臂,玄月焦急地竭力加快速度冲下来,在我掉进巨蟒口中的一瞬间,玄月神剑终于拔了出来。我翻身直刺下去,神剑借助我身体的下坠力,划破巨蟒的喉咙,像划黄鳝一样,剖开了它的身体,继而变成荧光消失在夜空中。

我硬生生地摔在地上,全身酸痛无力,还好有巨蟒的身体作了缓冲,没被摔死。玄月惊出一身冷汗,走到我面前,对我劈头盖脸一阵痛骂:"笨蛋女人,居然做这么危险的事! 万一没有抽出神剑,你就变成它的晚餐了! 没想到自己也是傻瓜,竟然相信你说的!"

我一把紧紧地抱住它,心有余悸地大哭起来:"玄月,我真的好怕啊! 我还以为我死定了!"

"所以说你是笨蛋!"玄月柔声说道,用舌头舔了舔我的脸,稍微松了口气。

我突然感觉全身发冷、麻痹,呼吸越来越困难,心脏也越跳越慢,难道还没有从害怕中抽离出来吗? 我松开玄月倒在地上,意识渐渐模糊。

玄月这才发现我的右手臂有被牙齿划过的痕迹,伤口已经发黑,心慌地说道:"中毒了?! 那只魔物果然有毒,湘湘,千万别睡,坚持一下!"

我听不见它的声音,看不清它的样子,只觉得身体往下沉,眼皮很沉重,是自己累得筋疲力尽了吧! 好想睡啊!

第六章　式神凤凰

在昏昏沉沉中，感觉身体很难受，像被万只蚂蚁啃噬一样，连呻吟都不能，我快死了吗？心里这样想着，身体无法动弹，僵硬地躺着。玄月，你在哪里？玄月！

"湘湘，不会有事的！"玄月趴在我的身上，闭上眼睛，使用疗伤的魔法。它的身体发出白色的荧光，为我解蛇毒，蛇毒在慢慢清除的同时，我的体力慢慢地恢复过来，连脚伤也全好了。

好温暖！好像被谁温柔地抱着，很依恋地回抱住它，露出幸福而甜蜜的笑容。它矜持地挣扎了几下，见我睡得很香，也就不再乱动，静静地趴着，偶尔它的尾巴会轻轻扫过我的大腿，痒痒的却很舒服。

不知过了多久，我感觉精力充沛，奇怪，什么东西压在我的身上，好沉！难道被鬼压了吗？我猛然睁开眼睛，发现玄月的两只前爪正好放在我的胸部敏感处，惊怔一下，继而条件反射将它推了下去，生气地说道："玄月，狗狗是不能上床的！"

玄月在毫无防备的状态下，被我猛推下床，恶狠狠地回骂道："是你自己死抱着我不放的！还敢怪我！笨蛋，自己中了毒都不知道，要不是我，你早死了！"

我中毒了？我一脸的茫然，回想昨晚发生的事，不太记得什么时候中的毒，见它生气的表情也那么可爱，冲它抛个媚眼，傻笑道："对不起，玄月！谢谢你救了我！"

"哼，笨蛋女人！下次再乱来，我可不救你了！"玄月任性地说道，停顿一下，沉声关怀地问道，"身体好些了吗？有没有感觉哪里不舒服？"

"玄月，我好喜欢你啊！"听着玄月关心的话语，让我激动万分，一把将它揽入怀中，高兴地说道，"原来玄月也很关心我啊！虽然嘴上不饶人，心却是很温柔呢！"其实玄月就是爱面子。

"湘湘，"玄月凝神望着我，似乎有很多话想对我说，又顾虑很多，转移话题严厉地说道，"你应该学会怎么保护自己！不许傻笑，尽做些幼稚的事情！笨蛋！"

"是是是，我是笨蛋！有玄月在，我会学会保护自己，也会保护好玄月的！"我很认真地回答道，轻轻地抚摸它的头，心里早就有了保护它的责任感。

"你保护好自己就行了！"玄月不领情地说道，拉长身体伸了一个懒腰，正色道，"我看你也应该学会召唤式神了！"

式神？我茫然，没反应过来，思路突然清晰起来，一脸兴奋激动地说道："我也可以召唤式神吗？哈哈哈……"狂喜，动漫里的式神都是很厉害的，我最了解的当然是十二式神，可以召唤出这样的式神，那简直是帅呆了！喜不自禁地问道，"玄月，是什么式神？螣蛇？青龙？朱雀？白虎？玄武？还是……"

玄月见我发花痴似的，硬生生地打断道："别数了，不是你想象中的十二式神，你的式神是凤凰！"

"凤凰？！没听过！有什么攻击力吗？可爱吗？是不是传说中的神鸟啊？"我好奇地追问道。

"谁知道！那得看你的能力了！式神的攻击力有多强大，属性都取决于召唤的人，现在能不能顺利将它召唤出来还是未知之数呢！你高兴什么？"玄月冷淡地回答道。

虽然玄月不断地给我泼冷水，我依然兴奋，自我陶醉地连珠炮似问道："凤凰是不是龙凤呈祥里的凤凰？是不是要咏唱咒语才能召唤？咒语会不会很复杂？我怕我会记不住，玄月，快告诉我啊！"

玄月慢吞吞地回答道："你放心，不会有什么复杂的咒语，也不用什么阵法，你看的那些动漫里的东西，很遗憾地告诉你，全都用不上！"

"咦！"我很失望地叹了口气，"怎么会这样呢？人家已经做好思想准备了，原来什么都不是啊，那一点儿都不好玩，我还以为自己已经进入动漫世界呢！白欢喜一场！"

玄月作晕倒状，继而生气地说道："笨蛋女人，给我放聪明点儿，这是现实社会！不是跟你闹着玩，也不是什么游戏，完成任务就行了！给我从动漫世界里清醒过来，白痴女人！"

我心中不服气，坚持道："可是我不这么想，很难接受自己能听懂玄月说的话，和玄月一起除妖灭魔！我所认知的现实社会可没有这些东西……"

"给我闭嘴！啰唆！"玄月不高兴地打断道。

"玄月真冷淡！"我撇嘴埋怨道，情绪变得很低落，偏过头不理它。

玄月走到我面前，盯着我的眼睛。我要反抗，把脸转到另一边，继续不理它，心里真的郁闷极了。

"喂，你到底还要不要召唤式神啊？不愿意我不教你了！"玄月见我生气了，放缓语气说道。

"学，当然要学！以后你要是再惹我生气，我就会用式神收拾你！"我不服气地回答道，心里暗自偷笑。

玄月不屑一顾地回道："你的式神根本就伤不到我分毫，如果太差劲的话，还不如成为我的祭品！"见我一副要哭的样子，继而正色道，"召唤式神其实很简单，只要说出召唤的言念就行了！你的式神是凤凰，喊出'召唤，凤凰'就能召唤出来了！"

我难以置信地瞪着它，半信半疑地问道："真的不用念咒语？这么简单？"

玄月轻蔑地说道："是不是很简单，你自己试过就知道了！"

我兴冲冲地说道："好！我来试试！等一下，不用做什么动作吗？"还是有些不太放心。

"不用！"玄月不耐烦地回答。

"真的不用？"我眨着好奇的眼睛，不耻下问。

"不用！"玄月一阵汗颜，拼命地忍耐。

"真的，真的什么都不用？"我再次追问道，玄月被我问急了，狗爪子挥过来，将我打倒在地上，按住我的胸口，愤愤地说："你还有完没完？再啰唆试试看！"

"不问，再也不问了！马上召唤！"我急忙赔着笑脸，讨好地说道。它松开我，站到一边看着我召唤。

我站起来，犹豫了一会儿，心里还是没有什么自信，因为动画片里召唤式神的方法已经在我的脑子里根深蒂固，一时半会儿还接受不了这么简单的召唤术，毫无底气地喊道："召唤，凤凰！"立刻四处张望，周围一点儿动静也没有，唉，果然不行啊！我正想追问原因，看见玄月闭上眼睛趴在地上，由此而知我是多么的失败，玄月一定很失望吧！明明是那么简单的召唤术。

我可不是这么容易认输的，玄月你看着吧，我一定会把凤凰召唤出来的！心里下定决心之后，我一个劲儿地喊道"召唤，凤凰！"再加上一些自创的夸张动作，这些动作多多少少和动画片里召唤式神有些相似，我就不信你这死凤凰不出来。

玄月听我一遍又一遍地召唤，以为我在十分认真地练习，半睁开眼睛偷看，见我一副懒散游玩的样子，还做着那些笑死人的动作，顿时惊怔住，半天没反应过来，继而发狂似地怒吼道："笨蛋女人，你当是在玩吗？鬼跳个什么劲儿？真是被你气死了！"说完，冲出阳台飞了出去。

怎么了？我呆愣在原地，心里觉得很委屈，它真的生气了吗？我明明已经很努力地召唤了，为什么它这么生气呢？我飞奔到阳台，望着早就不见玄月踪影的天空，着急地一遍又一遍呼喊它的名字："玄月，玄月！"

跟我闹情绪，我还不高兴呢！喊了半天嗓子都喊哑了，我生气地回到屋里，闷闷地坐在床上，负气说道："狗狗居然跟主人闹情绪，太不合情理了！不听话的宠物，我才不稀罕呢！"

不知不觉中，我躺在床上竟然睡着了，一觉醒来已经是晚上，玄月还饿着肚子吧，我翻身起床，一边走向厨房，一边喊道："玄月，对不起，你一定很饿了吧，我马上做饭！"

它应该骂我才对，奇怪了，没有回应。我在屋子里找了一圈，这才想起来，玄月被我气得离家出走了。"难道它还在生气吗？至于吗？小气鬼！原以为生完气自己就会回来的，都这么晚了，玄月，你去哪里了呢？"我自言自语道，坐在客厅的沙发上愁绪万千，心里越想越担心：万一怪物出来了怎么办？它一条狗能应付吗？

这时，屋外划过几道闪电，紧接着轰隆隆的雷声响彻天际，暴雨夹杂雷电倾盆而下。"下雨了？玄月，还在外面，必须尽快把它找回来才行！"我急忙抓起雨伞，飞奔出门。

在雷电交加、狂风暴雨的夜晚，要找一条白色的牧羊犬谈何容易，我撑着伞在雨中艰难地走着，一遍又一遍地呼喊着玄月的名字，然而我的声音几乎被电闪雷鸣所掩盖，全身早已湿透，彻底被淋成了落汤鸡，心里却一直默念保佑玄月平安无事。

　　不知道找了多久，也不知道走到什么地方，感觉筋疲力尽，顿时心灰意冷，再也走不动了，莫名地害怕起来：玄月会不会再也不见我了呢？好不容易培养出来的感情，我已经喜欢上它了啊！想到这里，雨伞顿时从手中滑落下去，很快便被大风吹走，任凭暴雨淋湿这颗早已冰冷的心，呆坐在地上黯然神伤。

　　"笨蛋，你在这里做什么？"一个声音从后面传过来，好熟悉的声音。我转过头，仰起满是雨水泪水的脸，什么时候哭过也不记得了，只看见玄月安然无恙地站在我的面前，惊喜地跑过去，紧紧地抱住它，喜极而泣："玄月，我以为再也见不到你了，我以为你再也不要我了，玄月，我舍不得你，不要离开我，好不好？我以后会乖乖地听你的话，别再离家出走了！"看来这次又把主人与宠物的关系完全搞反了。

　　玄月愣了愣神，无情地责骂道："笨蛋，害我找你半天，跑到这里来淋雨！谁说我离家出走了！笨蛋女人！"

　　"嗯，嗯！是我不好！玄月，我们回家吧！"我高兴地说道。

　　玄月略低下身，温柔地说道："坐上来吧！我载你回去！"

　　我担心地说道："雷雨天在空中飞不怕被雷劈中吗？"

　　玄月立刻变脸，冲我怒吼道："笨蛋女人，给我闭嘴！我是犬神，这么容易被雷劈吗？给我搞清楚这点！再不上来，扔下你算了！"

　　"不要，玄月别丢下我！"我楚楚可怜地说道，翻身坐上去，紧紧地贴着它的身体作幸福状，"玄月，你能来找我，真的好高兴啊！"搞了半天，谁找谁啊？

第七章　螳螂的大镰刀攻击

　　回到家，全身湿漉漉的，衣服黏在身上很不舒服，赶快去冲个凉比较好些吧。望了一眼玄月，它的狗毛也紧贴身上，感觉像瘦了一圈似的，不停地滴水，不禁心疼地说道："玄月，跟我一起去冲凉吧！一直这样湿着，着凉了就不好了！"

　　话音刚落，玄月拼命晃动身体，甩了一身的雨水在我的脸上、身上，我竟然忘了狗的习性。它用鄙视的眼神望着我，冷声说道："会着凉的只有人类，我是绝对不会着凉的！"继而冲我大吼道，"再说，不要把我当成普通的狗，我是犬神！给我搞清楚，笨蛋女人！"

　　我管你是什么犬神，只要我喜欢，你也得听我的！我把心一横，拼命地拽住它的脖子进入卫生间，打开电热水器，淋在它的身上，坚持说道："雨水那么脏，不是甩干了就行！给我乖乖地坐着让我洗，否则明天要你好看！我不做红烧肉给你吃，馋死你！"这点可是玄月的死穴，记得第一次做给它吃的时候，它还是一副很不屑的样子，没想到后来吃上瘾了，一天不吃就会心慌慌的。嘻嘻，没想到犬神也会痴迷天下美食吧！

　　反正衣服也已经湿透，干脆脱掉衣服，和它一起洗好了。它见我脱衣服，立刻慌了心神，矜持地喊道："喂，你搞什么？笨蛋女人，脱衣服干吗？"

"咦？我不脱衣服怎么冲凉啊！衣服黏在身上很难受耶！你一条狗狗害什么羞啊？又不是男人怕什么？"说着，身上的衣服全脱了下来，热水从头淋到脚，娇声感叹道："好舒服啊！"

玄月看见我丰满的双乳、用手涂抹沐浴露的妩媚动作，顿时羞得站不稳脚，一下子趴倒在地上，紧张地闭上眼睛。我见它摔倒，急忙扶住它的身体，胸部正好贴在它的身上，关心地问道："怎么了？是不是地面太滑了……"

柔滑的触感，它全身不禁一颤，"嗖"的一声挣扎钻出我的怀抱，慌乱地夺路而逃，回到客厅，拼命地打滚儿。

"它到底是怎么了？"我满脸的困惑，刚才不是洗得好好的吗？突然跑出去，难道它被我的身材吓倒了吗？哈哈哈，心中狂喜……

第二天，我带着玄月去逛街，特意到宠物店转转，看见一条白色镶有紫色水晶的项圈很漂亮，很适合玄月，于是先斩后奏戴在了玄月的脖子上，满心欢喜地说道："果然和玄月很配，我决定买下了！"

玄月用爪子抓了几下，并不喜欢被束缚，不高兴地说道："湘湘，给我取下来！"

这时，店主走了过来，见我有些犹豫了，立刻自卖自夸起来："哟，小姐，你真是好眼光啊！这个项圈可是刚到的新货，今年最流行的，配苏格兰牧羊犬最显高贵的！你也不用麻烦取了，我给你算便宜点儿，怎么样？"

"我确实很喜欢这个项圈，只是玄月好像不太喜欢！"我为难地说道，望着玄月一副很不高兴的样子。

店主习惯性地把手搭在玄月的头上，微笑着说道："这条狗真是太漂亮了！狗当然不喜欢戴项圈，可是城市有规定，不戴项圈放出来，会被抓走的哟！这么大一条狗，最好用链子拉住它比较好。这样吧，你买了这个项圈，我送你一条长3米的链子，不会让狗感觉到拉得太紧，怎么样？"

我更加为难，玄月终于妥协说道："湘湘，买下来好了！"我感动得想哭，玄月太为我着想了，立刻对店主说道："好，我买下来，你说的，送我一条链子！"这个时候居然想着占便宜，不过羊毛出在羊身上，这个项圈可是花了五百多块买的。

"好，没问题！"店主笑开了花似的，立刻拿出一条银色的链子，给玄月套上，进一步推销道："我们这里还有许多狗用的玩具，要不挑几件，我算你便宜点儿！"店主实在太会做生意了，我一边退出店门，一边搪塞道："我还要带玄月散步，下次，下次再买！"拉住玄月飞快地逃走。

和玄月玩得正开心的时候，玄月突然间狗毛竖了起来，命令道："湘湘，快封印！"

"发生什么事了吗？"我吃惊地说道，警惕地张望四周，一切正常。正想说玄月大惊小怪的时候，玄月面前的空气裂开一条缝隙，仿佛打开了异世界的空间一样，随着缝隙扩大，一个倒三角形脑袋从里面探了出来，接着是粗长的脖子，两只巨大的镰刀似的前肢露出来，这个时候已经让我联想到螳螂。果然，不到一分钟的时候，这只巨型螳螂终于显露出它的真身。比起前几天出现的那些怪模怪样的魔物，这只长得还有些昆虫样。听玄月说，长得像昆虫的，都是很低级的魔物。

"好大啊！"我来不及感叹对方的身型，立刻从心脏中抽出符咒，喊出言念，"封绝！"

玄月紧张地盯住魔物，在魔物肆意地挥动它的武器时，在空中几次跳跃，跃到它的后颈上空，加快速度俯冲下去，勇猛地咬住它的脖子。

玄月每次都是在我没反应过来时先攻击上去了，魔物的肚子比百年榕树还要粗大，紧贴在地面作为支撑，可以毫不费力地挥舞它的大镰刀，上面的巨刺让人毛骨悚然，轻易就能撕碎猎物。魔物被咬住后颈，并没有流血，尖叫一声，镰刀向后方挥了过去，深深地插进玄月的身体，鲜血如泉涌流出，染红了它白色的狗毛。

我紧张地喊道："玄月，快到我身边来！"

玄月依然没有松开的意思，身体颤抖得很厉害。它是怎么了？不像平常的它，我这时才注意到玄月脖子上的项圈，另一头的链子被魔物的镰刀死死缠住，根本无法脱身。我深感内疚，全是我的责任，如果不是我一相情愿给玄月戴上，它也不会遇到这样的危险，顿时心急如焚，方寸大乱。

玄月被魔物死死地钳住，眼看它就快变成魔物的饵食，情急之下只好赌一把了，生气地冲魔物喊道："你给我住嘴，赶快放了玄月！否则我要你好看，听见没有？"

"玄月？！人类，你说它是玄月？"魔物半信半疑地问道，继而狂笑起来，"我找到啦！我找到啦！"

我一脸的茫然，难道它认识玄月？既然这样是不是好说话了呢，我正想说些好话讨好它，却听见玄月喘着气怒骂道："笨蛋女人，还等什么？快召唤式神！快啊！"

召唤式神，这个时候我能办到吗？如果它们认识的话，玄月也不会说出这种话了，为了玄月的安危，我拼了，大声喊道："召唤，凤凰！"一道蓝光从我的心脏中

驱魔犬

射出，同时感觉好像有什么东西飞了出去，直冲魔物风驰电掣而去。

"什么？！凤凰？你是……"魔物大吃一惊，愣怔在原地，未做出任何反应，身体被蓝光贯穿，化成荧光消失在空气中。

玄月回到地面，蓝光萦绕在玄月的头上，我飞快地冲过去，紧张地哇哇大叫道："玄月，你流了好多血，去医院，赶快去医院！这附近哪里有宠物医院？哪里有？"

"你不用太紧张，玄月有自我恢复的能力！"一个如银铃般悦耳的女声响起，这时的玄月完全恢复过来，身上找不到一丝血迹，我惊慌地望着四周："谁？谁在说话？"

"是我，公……召唤使，我是你的式神凤凰！"我终于看清楚玄月头上的蓝光原来是一只蓝色的鸟，鸡头蓝冠，尖尖的嘴，红色的眼睛，拖着孔雀一样的尾巴，整个身体长度大概有60厘米，发出蓝色的光芒。

"呃？你就是凤凰？"它与我们所了解的凤凰完全不一样，还不如说是一只蓝色小孔雀，我有些失望地说道，"原来你这么小啊，我还以为你会是一只很大的鸟呢！"

"讨厌！我真有那么令你失望吗？"凤凰娇声埋怨道，声音快要甜死人了。

玄月正色道："它就是你的心脏幻化出来的式神。我说过，它的攻击力和属性完全取决于你的能力，它之所以还这么小，说明你的能力远远不够！"

"什么嘛，我可是用它打败了那个怪物螳螂耶！"我不服气地说道，凤凰只是傻笑，飞落在我的肩上，很享受似地看着我和玄月像夫妻一样地斗嘴。

玄月突然间生气地说道："如果不是你用这该死的链子拴住我，我早就解决掉它了！这种小角色，能打败也不出奇！"

"玄月怎么能这么说，明明你也同意了，我才用的！"我反驳道，继而紧紧地抱住它，担心地说道，"我真的好害怕，我以为玄月……嗯，玄月，我会保护好你的，总有一天，我会让凤凰成长起来，好好地保护你！"

"笨蛋女人，谁要你保护了！"玄月舔舔我的脸蛋，意味深长地说道，"湘湘，努力变强起来，如果有一天我不在你的身边，也要好好地保护自己！"

"不要，玄月！就算你到天涯海角，嗯嗯，是天堂地狱，我也跟定你了！"我郑重地说道，突然想起怪物说过的话，不解地说道，"玄月，我觉得有些奇怪！"

"奇怪什么？"玄月不以为然地反问道。

我的好奇心又开始发作了："刚才那个怪物好像认识你，看它兴奋成那样，一个劲儿地喊找到了，让我以为你是它们巨额悬赏的猎物呢！"

"胡说什么呢？笨蛋女人，我可是什么都没听见，你一定是害怕得要死，出现幻听了吧！"玄月言辞闪烁，好像隐藏了什么秘密。

见它不愿意回答，我也不想追问下去惹它生气，我相信它总有一天会告诉我真相，于是傻笑说道："就当是吧！封绝解除！"周围很快恢复成原样，行人从我们身边继续擦身而过。

"前面好像出了车祸，玄月，我们过去看看吧！"我好奇地飞奔到事故现场，拼命地挤进人群看热闹，把玄月忘在一边。

凤凰再次飞到玄月的头上，小声地问道："真的什么都不告诉她，这样好吗？"

"现在告诉她，会让她承受不起的！以后再说吧！"玄月顾虑说道。

"随便你吧！犬神殿下！就算你用了'净忆术'，妖姬女王总有一天会想起来的，万妖国的逆魔已经开始行动了！魔物只有晚上才能被送出来，现在白天也被送出来了，看来他们已经控制了'光之边界'的守护神，目的已经很明显了！"凤凰意味深长地说道，在玄月头上飞了一圈，一下子消失了。

第八章　幻化人形的魔物

睡到中午才醒过来，对我来说是很平常的事，因为晚上要出去驱魔，直到凌晨四五点才回家。我翻身到床边，低头望向床下的玄月，见它还在憨睡，样子实在可爱，忍不住偷袭它，一个飞身扑到它的身上，撒娇说道："玄月，午安！饿了吗？想吃点什么？"

玄月挣扎着扑腾几下，忽然被吵醒的怒气爆发了，开口大骂起来："笨蛋女人，说过多少次，不要突然扑上来！"

"玄月才是笨蛋呢，每次都躲不开我的攻击！"我忍住笑说道，轻轻地抚摸它的背，白色光滑的狗毛真的很舒服，简直比兔毛还柔软几分。

它打个滚儿站了起来，抖动几下身子，摇头晃脑的样子可谓人见人爱，却是无情而冷淡地说道："还不快去做饭吃，呆愣到什么时候？笨蛋女人！"

我不情愿地站起来，很委屈地说道："玄月，我还是喜欢听你叫我湘湘，笨蛋女人这个称谓我不要，我没有你说的那么笨啦，再怎么说我也是北京大学毕业的，毕业证上可是白纸黑字写着我的名字……"今天的脑袋或许有些短路了吧，竟然跟它较真起来。

"给我住口！像你这种女人读上北大，一定是改卷子的人瞎了眼，要不就是弄错了你的考卷！"玄月硬生生地打断道，满脸的怒火，霸气十足，跟平常一样的火暴脾气。

"玄月好过分啊！"我委屈地掉下几滴眼泪，不知道为什么，这次我竟然将它的话当真了，生气地将枕头朝它扔了过去，负气冲出了家门。玄月的脾气我当然很清楚，任性好强，死爱面子，喜欢践踏别人作为乐趣，但是这一切在我看来，它只是在强装罢了，不想让人看清它的真面目。

玄月很轻松地避开枕头，好像在跟我玩游戏一般，抬眼望过来的时候，我已经不见了踪影，小声嘀咕道："这么容易生气，她今天到底是怎么了？还没睡醒吗？"

"笨蛋、笨蛋、笨蛋……"我一个劲儿地骂着玄月，不知不觉地走出了花园小区，来到附近的公园散心，坐在草地边的长凳发呆，思绪越飘越远。

"呃，这不是小杜吗？好久不见啦！"迎面而来的是李珍莎和她的新男朋友，见到我一副难以置信的表情，惊异地说道。

我回过神，打不起一丝精神，也没有久别重逢的喜悦之情，软绵绵地说道："哟，原来是你啊！"

"什么叫'哟，原来是你'？你好像没有一点精神，辞职之后在干什么呢？难道真的在当保姆吗？做得不开心，还是被雇主赶出来？"李珍莎一副同情我是天下间最可怜的人的表情，娇滴滴地说道。

我为难地羞红了脸，不经意瞅见她身边的矮胖男人，心想这女人又在利用工作之便傍大款了，是个转移话题的好机会，略带惊喜的神色赞道："这位是你的男朋友，真是仪表非凡，一定是哪家上市公司的大老板吧！"不记得是谁跟我说过，帅哥就老实说他帅；表情冷淡的要说他酷；长着一张娃娃脸的要说他可爱；长相一般的要说他大众化、亲切；难看的当然就是仪表非凡啦，至于这个非凡，嘿嘿！大家心知肚明吧！

男人闻言，骄傲地笑道："哪里？哪里？只是一家小小的上市地产公司而已，这是我的名片，请收下，如果是买房卖房方面一定可以帮到你！"说着，从怀里掏出一张名片，塞进我的手里，趁机抓住我的手不放，目光一直停留在我的胸部。这么火辣的身材，加上闭月羞花的脸蛋，难免让人胡思乱想吧。

旁边顿时打翻一缸子的醋，李珍莎狠狠地拧了一把男人的手臂，他疼得立马缩了手，这么明显的动作谁都看得出来，我装作没看见，本小姐乃是金刚不坏之身，笑着搪塞道："好，谢谢！我还没有这方面的问题！"半个月前我就已经买下这附近花园小区的三室二厅的房子，再不用为房子的事发愁了，居然小看我！切！在心里把他鄙视了千百遍。

"对了，小杜，你在这里干什么呢？难道你的雇主就住这附近，这里果然是有钱人住的地方，一套也要二百多万呢！最近生活还好吗？"她好奇地问道，说得我好像是菲佣一样，说不定在她心里已经认定我卖身还债了呢。

我想了想，避重就轻，半开玩笑地说道："我？！呵呵，公园这种地方并不只是用来谈情说爱的，我就不能来这个地方吗？"

"我当然不是这个意思，只是关心一下而已。你不是欠下巨债给别人当保姆吗？"她进一步不死心地追问道，八卦分量十足，怎么觉得她是故意在踩我呢！我比她美就是罪过吗？

男人立刻来了兴致，满脸的淫欲表情，兴冲冲地说道："原来小姐欠了很多钱，需要我帮忙吗？可以的话，我帮你介绍一份秘书工作怎么样？既轻松又有钱赚！"

"你胡说什么？小杜以前就是从事秘书工作，用得着你帮忙吗？小杜，不打扰你了，我们走！"李珍莎生气地说道，拖着男人消失在我的眼前。

"啊——"我长长地叹了口气，心想玄月会不会担心我，出来找我呢？它还没有吃东西，一定饿坏了吧！

正准备起身回去的时候，突然一阵暴风袭来，将我吹倒在地上，全身像刀割一般难受。奇怪，四周都没有起风的迹象，这风是哪里来的？纳闷之间，一个人影出现在我的面前，阴沉地问道："玄月在哪里？"

我顿时惊怔在原地，他怎么知道玄月的事？定下神仔细打量这个人，金色的刺猬头发，其貌不扬，高大魁梧的身躯，只需三个字形容——肌肉男。令我十分在意的是，他头上竟然长着两只牛角，我可以肯定那不是戴的化妆道具，倒有几分像《西游记》里的牛魔王。我还没有意识到恐惧，或许这段时间的驱魔增强了我的免疫能力，更何况这还比较有人样，站起来拍拍屁股，直勾勾地盯着他的牛角，失声奇怪地说道："喂，那个真的是你的角吗？"

肌肉男被我戏弄，顿时火冒三丈，一挥手，一阵暴风再次袭卷过来，我的身体飞了出去，撞在果树上掉下来，顿时咳嗽不止，生气地骂道："你搞什么？只是问你一下，冲我发什么脾气！我又没有因为你头上长角嘲笑你！"

"看来你还没有弄清自己的立场！我再问一次，玄月在什么地方？"肌肉男再次发狠地说道，黑色的瞳孔随即变成绿色，闪着诡异又森寒的光芒。

"切，神气什么？我就不告诉你，看你能把我吃了！"我好强地说道，再次从地上爬起来，感觉后背疼得厉害，一定是刚才撞伤了，用手揉了揉背部。

肌肉男步步逼近，阴冷地说道："你们有句话叫做'不见棺材不掉泪'，看来得让你受点伤才肯说实话！"他的右手平行举起指向我，我这次终于看清他手指间流动的风。

难道他会操纵风？是万妖国的魔物吗？以前见到的都是动物，这个人也是吗？难怪他头上长着角，并不完全是人吧？我心里一惊，意识到问题的严重性，背不自觉地靠在树上支撑身体，全身发虚，额头上直冒冷汗，望向四周，过路的旁人用异样的眼神看着我，看来要尽快封印才行。

肌肉男似看穿我的心事，冷笑说道："他们只会看见你，我的样子普通人是看不到的，所以就算你死在这里，别人也只会认为你是心脏麻痹而死！嘿嘿，现在是不是感到害怕了呢？"

我从心脏中抽出符咒，倔犟地说道："怕你我不姓杜，你想杀我也没那么容易！'封绝'！我担心的只是对着'空气'说话，别人会误会我疯了！我们还有句话叫做'吃软不吃硬'，我就是这种性格，你如果低声下气求我，或许我会告诉你。现在？哼，绝对不说！"周围立刻被我封印起来。

肌肉男露出邪恶可怕的笑容，他手中流动的风明显变强，连我都感受到那种让人窒息的压迫感。刹那间，暴风向我袭击过来，我瞪大眼睛，大声喊道："召唤，凤凰！"凤凰从我的身体飞出，与狂风碰撞在一起。

双方的力量开始还不相上下，没想到对方如此阴险，在我全神贯注看着凤凰攻击的时候，他居然使出一招暗渡陈仓，从侧面使风攻击我。

"小心，湘湘！"玄月在最紧要的关头赶到，迅速将我甩到它的身上，避开肌肉男的攻击，飞到上空。惊出一身的冷汗，它急忙紧张地问道："没事吧，湘湘？"

我瞬间反应过来，惊喜地搂住它的脖子，兴奋地说道："玄月，你来找我啦！谢谢你救了我！"

肌肉男控制风疯狂地袭击玄月和我，嘲笑道："玄月，你终于肯出现啦！"

"玄月，那个家伙好像也认识你！他也是万妖国的魔物吗？"我认真地问道，隐约想起了前几天的事。

"没错！他不是普通的魔物，在万妖国算是比较高级的，可以幻化成人的样子，没想到连他这种角色也跑出来！你怎么会和他碰上的？"玄月神色凝重地说道，身手敏捷地避开攻击。

"是他自己找上门的。咦？原来是个厉害角色啊，难怪用凤凰打不倒他，现在怎么办？凤凰还被困在风里面！"我忧心忡忡地问道，心里紧张得要命。

玄月沉思片刻，正色道："你的凤凰现在还对付不了他，收回来吧，只有用玄月神剑才能除掉他！"

"是吗？那我们再来一次空中接剑吧！"我满怀信心地说道，这次可以说是经验丰富了吧。

"胡说什么？上次差点儿送命，这次更加不行。对方可以控制风，风是无处不在的，在空中更加不利，风流更强，我已经避得很吃力了，绝对不行！"玄月生气地反对道。

"那我用凤凰分散他的注意力，然后我们再找一处比较安全的地方拔剑！"我提议道，低头望了一眼困在龙卷风里拼命扑腾翅膀的凤凰，心里却没有多少把握。玄月曾经告诉我，凤凰是将我的力量化作它攻击的力量，一旦它有危险，那我的性命也会受到威胁，但是我现在更加担心的是玄月，那个怪物绝对不是想和玄月叙旧这么简单。

"这样太冒险了……"玄月严肃地说道，语气果断决绝。

"玄月，作为你的主人，我的话你敢不听！"我生气地打断道，第一次拿出了主人该有的风范，表示自己的决心是不容改变的，接着伸直右手，呼喊道："凤凰，回来！"

凤凰从龙卷风中消失，再次出现的时候已经回落在我的右手臂上，对它命令道："你过去扰乱他的视线，使他不能集中精神对付我们，只要十几秒的时间就够了。一旦我拔出玄月神剑，你就回来！"

"是！"凤凰应了一声，如离弦的箭射了出去，在空中划过一道蓝色的弧线，冲到对方眼前，用啄木鸟的看家本领拼尽全力啄他的眼睛。他用双手拼命地护住自己的眼睛，成功地分散了他的注意力。

玄月选定好位置，落在离肌肉男并不是很远的地方，方便拔剑之后的攻击。它前腿抬起站立示意我行动，我迅速地拔出玄月神剑，翻身跨到它身上，剑锋直指肌肉男心脏位置。

玄月闪电般冲了过去，我大吼一声："凤凰，回来！"在凤凰消失的一瞬间，肌肉男比我们反应慢了一步，被我刺中心脏，化成荧光消失在空气中。

"呼——"我长长地吐了口气，紧绷的神经稍稍松弛下来，拍着胸脯自我安慰道，"好险啊，差点儿就玩完了！"我从玄月的身上跳下来，坐在地上想休息一会儿，体力被凤凰消耗得很厉害，呼吸变得很急促。

"湘湘！"玄月低声呼唤一声，从背后扑到我身上，它的身上发出白色的光，有什么东西渗入我的脑子里。

"什么事？想对我撒娇……"我的意识突然一片空白，瞬间倒了下去。

第九章　满月变身的玄月

　　玄月稳稳地落在阳台,我从它身上跳下来,沾沾自喜道:"今晚驱魔真是太简单了,十几分钟就将那只恶心的臭虫除掉了!冲凉睡觉,今天终于能在 1 点之前睡觉了,好幸福啊!"我被玄月用"净忆术"消除记忆已经过去了五天,那天的事情一点印象也没有了。

　　玄月慢吞吞地走回客厅,在原地转了几圈,显得局促不安起来。

　　我走进卫生间,打开热水器,一边冲凉,一边对客厅外的玄月兴冲冲地说道:"玄月,你有没有看见,今晚的月亮好大、好圆,明天就是十五了吧!明天晚上陪我一起赏月好吗?虽然比不上八月十五的月亮,还是很美的!"

　　玄月没有吭声,如果是平常又会骂我啰唆了,难道它睡着了吗?少见啊,今天明明很轻松的,它还没有洗呢。这么不爱干净,一定要教训它才行,我探出头望向客厅,没看见它,刚才明明在客厅的,小声喊道:"玄月,你在哪里?睡觉了吗?"

　　没有回应我,竟然不回应主人的话。"该死的玄月!"低声咒骂了一句,光着身子,大大咧咧从卫生间走出来,在客厅转了一圈,没有找到它,走进卧室,依然不见它的影子。奇怪,它去哪里了?我开始着急了,难不成它又一声不吭离家出走了吗?我又没有招惹它,也不见它发脾气,怎么会离开?我心里一紧,再次娇声呼喊道："玄月，玄月？跑哪里去了？玄月，听见没有？狗狗乖，出来，别玩了！玄月乖乖，你在哪里呢？快出来吧，别玩捉迷藏了，我会生气的哟！"

"吵死了！笨蛋女人，给我闭嘴！"一个急躁的声音从客房传出来，是玄月的声音。我急忙冲了过去，拧动门把手，该死，门竟然锁上了！突然间觉得有些不太对劲，玄月什么时候会锁门的？一定是不小心反锁在里面了，它那么爱面子，当然也不会求我开门的，于是担心地问道："玄月，你是不是被关在里面了？别担心，我马上开门！"

"不可以！"玄月急声说道，可是它的话音刚落，我已经在客厅找到钥匙，十分利落地打开了客房的门。眼前一幕差点没让我晕过去，一个身高1米8左右的少年站在我的面前，身穿黑色唐装长袍，腰间系着一条紫色腰带，一头银色的长发直垂到背部，紫瞳色的眼睛，俊美的脸庞，头上长着两只白色的狗耳朵，在我眼前还抖动了两下。我惊异地瞪大眼睛，不禁失声说道："犬夜叉？！不是吧？这玩笑开大啦！"惊讶地半天合不拢嘴，一时看傻了眼。

"湘湘？！"他看见我白皙的肌肤，点点水珠泛着晶莹的光芒，丰满的双乳上点缀两颗红樱桃，吞了吞口水，不敢再往下看，羞得脸色绯红，见我惊怔在原地，慌乱地低下头，闭上眼睛，尴尬地小心提醒道："湘湘，把衣服穿上，小心着凉！"

等反应过来的同时，羞耻二字已经满满占据了我的心，我狠狠地一个巴掌甩在他的脸上，愤愤地说道："原来，原来这才是你真正的样子！你好过分！居然瞒着我！"哭着跑回卧室，扑倒在床上伤心地痛哭，它不但夺走我的初吻，还无数次让他看见我的全部，这辈子算是栽在他的手上了，气死我啦！我的贞节啊！

"湘湘，对不起，我不是有意瞒着你的！我……对不起！"玄月走到房门前，沉声安慰道。当然，如果他要进来也是很容易的事情。

我愤怒不理他，哭得更厉害起来，发泄心中的愤懑和委屈：什么便宜都让他占了，自己也太吃亏了，一定要以牙还牙才行，现在就去扒光他的衣服，把他从上到下看个够本，要他知道欺骗我的后果，哼！心里这样想着，急忙从衣柜里翻出衣服穿上，怒气冲冲拉开门，一副要吃人的样子。

玄月双手按住房门踌躇着，自然不知道我开门，在我开门的一刹那，一个重心不稳，顺势倒进我的怀中，两人紧接着跌倒在地上，发出两声刺耳的惨叫，这两声都是我一个人发出的。他重重地压在我的身上，头发散落在我的脸上、脖子上，闻着有股淡淡的橘子香味，让我迷恋的味道，一下子怒火全消，沉醉再沉醉。玄月神色慌乱起来,双手支撑起自己的身体,尽量避免接触到我的胸部,紧张地问道:"湘湘,你有没有弄伤哪里?哪里疼啊?"而此时我的脚也不知道为什么正好缠在他的身上。

我愣愣地望着他,人比狗更容易表露出脸上的表情,他的脸色微红带点青涩,紫瞳色的眼睛温柔清澈,又高又直的鼻子,迷人勾魂的双唇微微抖动,完全不似狗狗那么霸气嚣张,如果不是一开始就知道他的性别,很容易被误会是个沉鱼落雁的大美人。最令我在意的是他头上的两只狗耳朵,可爱至极,哪顾得上自己的屁股和腰身的痛楚,禁不住伸手去触摸把玩,纳闷儿说道:"真的是狗耳朵?!"

玄月大汗,憋住怒火继续问道:"你真的没有受伤?让我……"看看两个字还没说出来,突然被我一把抱紧,手足无措起来,愤愤地说道,"放开,笨蛋女人,在干什么?"

我兴奋地说道:"玄月,你好可爱啊!真的是好可爱,比犬夜叉还可爱!"突然间又回想起跟他共浴的场景,一次、两次、三次……脑袋顿时僵住,继而热血翻腾、口干舌燥,他竟敢欺骗我!心中狂怒,一定要让他好看,我贴身上去,亲吻在他的唇上,过了好几秒才放开他,舔舔自己的嘴唇,露出坏坏的笑容,一副意犹未尽的得意表情。

玄月大惊失色,睁大眼睛看着我吻他,继而惊魂未定地推开我,退开几步,生气地说道:"笨蛋女人,你对我做了什么?"

"吻你啊!玄月,亲吻的时候应该闭上眼睛哟!"我不以为然地说道,嘴角勾起一抹媚笑,让人神魂颠倒,细细地回味刚才那个吻,虽然是因为一时生气才这么做,不过他的唇有股薄荷糖的味道,又柔又软,令我有种酥酥麻麻的触电感觉,暧昧地笑着继续说道,"你吻过我,还看了我的身体,我只是吻你一下,就算扯平!"

"你?!你竟敢……"玄月气得几乎说不出话来,怒目而视。

我得意扬扬地望着他,像刚打完胜仗的将军,接着他的话,气定神闲地说道:"怎么?觉得还不够是吗?那我们再来一次!"话说得恬不知耻似的,其实内心很害怕再来一次,自己根本没有这方面的经验,万一惹怒了他,自己岂不是要失身?

玄月深吸了两口气,努力抑制愤怒,站起来转身离开卧室,走到阳台遥望无尽的夜空,思绪越飘越远。

我长长地松了口气,没想到玄月第一次在我面前认输,难道是因为变成人后像犬夜叉一样失去了妖力?所以才不敢反驳我。哈哈哈,还不趁现在为所欲为,我暗自偷笑,很快跟到了阳台。

一阵微风徐来,吹起玄月的缕缕银丝,让人感觉他的背影很幽怨,我好奇地讪笑道:"玄月,在想什么呢?是不是失去了妖力,害怕魔物出来对付不了呢?你放心,有我在,一定保护好你的!"

玄月回过神,转过脸怒瞪着我,眼神锐利,生气地说道:"笨蛋女人,胡说什么?我现在的魔力比变成狗更强大,只是……"他止住声音,不再说下去,眼神突然变得很忧郁。

"只是什么?只是为了掩饰自己才变成狗的样子?"我接过他的话说道,隐隐感到有些不安。

他惊怔一下,略微点点头,沉默了一会儿,才皱着眉头说道:"我这个样子很容易被万妖国的人找到,所以才变成了狗的样子。对不起,我不是有心想要骗你的!"

"那好,既然不是有心,那就把所有的一切全都告诉我!"我正色道,直直地盯住他的眼睛,因为总觉得在他那双紫瞳眼睛下,隐藏了很多的秘密。

他面露为难之色,眼神中装满痛苦,咬咬牙没有说话,回过头望向远方,不敢看我。

我的眼泪瞬间滑落下来,想不到跟他相处快二十天了,他还是不信任我,多大的委屈啊!我都已经把他当心肝宝贝般疼爱,他却是这样对我!抽泣着说道:"玄月,我真有那么糟糕吗?对你来说,我一点儿也不值得你信任吗?只是一个契约者,一个你使唤的杀魔工具!"

玄月闻言,耳朵动了几下,没想到我会说出这种卑微的话,转过脸望着泪流满面的我,急切地说道:"我根本就不是这个意思,什么使唤的工具,你明明是我的主人!我瞒着你是为你好……"

"我才不想听那些冠冕堂皇的理由,我只知道,玄月你不相信我,根本就没有把我当成你的知心朋友!"我生气地打断道。在我心里,玄月真的对我很重要,这个意识很早就有了,所以当然对他很在意,在意他有没有把我当成朋友。

玄月倒吸一口气,没想到我这么较真,沉声说道:"我当然把你当朋友!"

"你胡说!"我不相信,一口否定。

"我没有!"玄月很平静地回答道。

"你就是!玄月是个大骗子!"我在他的耳边狂吼一声,这一次我是真的生气了,负气冲出家门。

玄月愣在原地,看着我冲出家门的背影,心里一阵凄凉。

第十章　我和狗狗的约会

　　我刚刚冲下六楼的楼梯,突然间后悔起来,自我反省地想着:刚才我的话是不是说得太重了,玄月会生气吗? 他明明说是为了我好的,可是我无法理解,为什么要瞒着我? 他定义的好是什么? 万妖国到底是什么地方? 为什么要找他呢? 为什么他要变成狗的样子陪在我的身边?

　　"啊!"我宣泄似地低吼一声,这么多的问题一股脑儿地冒出来,自嘲道,"想这么多干吗? 玄月又不会害我,他不说就算了! 简直就是自寻烦恼嘛,说不定玄月真的告诉我真相,我又会苦恼了!"

　　自我安慰之后心情好了许多,我迈开大步快速冲上七楼,刚打开门,正好撞上从里面出来找我的玄月,他正想说些什么,我抢先一步说道:"玄月,你不愿意说就算了,我们还是和以前一样,好不好? 我不会再问你了! 因为我发现自己,离不开你了!"最后一句话,语气有说不出的妖媚。

　　玄月闻言差点儿没晕过去,惊怔的眼神,夸张地张开嘴,难以置信地说道:"湘湘,你是怎么了?"该不会是下楼不小心摔坏了脑子吧。后面一句话在玄月听到我的回答时硬是咽了下去。

　　"什么嘛? 人家都不问了,你还以为我脑子出问题了!"我佯装生气,嘟着嘴唇,双手插腰,直勾勾地瞪着他。

玄月尴尬地笑了笑,不好意思地说道:"对不起!我只是有些惊讶,呵呵!呵呵!"

玄月傻笑的样子也很可爱,我就是这样被他深深地吸引,像万有引力般,永远逃不出他的魅力,笑眯眯地说道:"玄月,你什么时候可以恢复成狗的样子?"心里倒是希望他一直保持这个模样。

"嗯,24小时后!因为满月魔力太强,无法变回假身。"玄月淡淡地回答道。

我立刻兴奋起来:"这么说来,玄月可以维持这个样子一整天,太好了!玄月,明天陪我去逛街好不好?"

"为什么?"这次轮到玄月好奇。

"因为一只狗陪我逛街我激动不起来,很多地方都不能去,而现在的你就不同啦!"我心里打着自己的如意算盘:有个美男子陪在我身边,一定羡慕死别人。

玄月愣了半晌,平静地回答道:"好,我陪你去!"

"耶!"我高兴地跳了起来,扯着嗓子尖叫道,"玄月对我太好了!"

"那睡觉吧!"

"咦,玄月好扫人家的兴啊!"

"我累了,你要兴奋别出声就行了!"

"玄月?!怎么可以这样对待你的主人,我好伤心啊!"

"给我闭嘴,笨蛋女人!"

……

第二天还不到七点,我从梦中笑醒,兴冲冲地敲响客房的门,笑眯眯地唤道:"玄月,醒了吗?玄月,醒了没有?玄月……"

当我喊到第十声的时候,玄月再也无法忍耐,翻身下床,如往常一样大声骂道:"给我闭嘴,笨蛋女人!"接着"呼"的一声拉开房门,阴沉着脸,"吵死啦!大清早还不让人睡个好觉!"

我急忙赔着笑,主动又殷勤地挽住他的胳膊,他还是人的样子,呵呵,心中狂喜,玄月真是帅呆了!几缕银丝落在胸前,散发出淡淡的橘子香味,我忍不住把头贴了上去,迷恋地说:"玄月的头发好香啊!比狗狗的样子更可爱!你的狗耳朵,太可爱了!"说着,伸手摸了上去,轻轻地揉捏,爱不释手的样子。

玄月汗颜,拿开我的手,带着愠气不高兴地说道:"我还没有成年,有狗耳朵有什么好稀奇的！"

"没有成年？！"我眼睛一亮，心里琢磨着什么，一脸坏笑道，"原来玄月还很小啊，呵呵！"

"笑什么？别看我这个样子，我已经有三百岁了！"玄月气得脸色微红，愤愤地说道。

我脑袋嗡的一声，差点栽倒在地上，幸好还挽着他，摇了摇头，以为自己还在梦游，惊异地说道："不是吧，三百多岁还是未成年？玄月，那你的成年是什么定义啊？"

玄月脸黑沉下来，一把推开我，惊慌羞怒的眼神瞪着我，低吼一声："要你管！"径直冲出门去。

我急忙拦阻，死皮赖脸地笑说道："生气啦！我真的不知道……"

"你不是要我陪你逛街吗？还磨蹭什么？"玄月硬生生地打断我的话。

我瞬间反应过来，笑吟吟地望着他头上的狗耳朵，柔声说道："你等一下！"急忙冲进卧室，在衣柜里东翻西找，终于将买大尺寸的T恤和牛仔裤，还有陈年的一顶白色棒球帽找了出来，跑回玄月身边，嬉笑说道，"玄月，你这个样子出去会引人注意的；换上这身，我再帮你把这个地方遮起来就没有问题了！"说着，指了指他的狗耳朵。

玄月的狗耳朵动了动，沉默几秒接过我手中的衣服，回到客房换好出来，令我眼前一亮，不禁赞叹道："玄月真的好帅啊！看来刚好合身，幸好我当时买大了。这身也比较中性，适合你穿，看来今天也要给玄月买几件衣服才好！"

玄月不说话，愣愣地望着自己，总觉得有些不自在。这还是他第一次穿人类世界的衣服。

我一把拉住他回到卧室，让他在梳妆台前坐下，拿起梳子轻轻滑过他的银丝。玄月始终有些矜持，身体微微颤了一下，还是乖乖地让我梳头，他是狗狗时我帮他梳过不知多少次了，现在还害羞？我一边小心翼翼地束发，一边喜滋滋地说道："玄月的头发好细、好长、好柔软，留了三百年吧，好长的时间啊！你的头发没有剪过吗？"

玄月淡淡地回答道："没有，犬神的头发一般都长得很慢，而且成年后就不会再长长了。"

"是吗？玄月，你的头发用过什么香水吗？"我好奇地问道，深深地嗅了一下他的发香。

他转过脸莫名地望着我，反问道："为什么这么问？"

我轻轻撩起他一缕银丝，细细地品味道："有一股橘子香味，令人很舒服的香味。"

玄月夺下我手中的头发，仔细地闻了几下，露出狐疑之色，继而淡淡地说道："我什么味道也闻不出来，你在胡说吧！"

我正想坚持，转念一想不和他争，双手环住他的脖子，从后面贴着他的脸，望着镜中的两人，美美地说："玄月，你觉得我和你配不配？"

玄月闻言，惊慌失措，猛然抽身站起来，我"咣当"一声倒栽在地上，"哎哟！"疼得尖叫出来，屁股生疼，撒娇哭起来："呜呜呜……玄月，好痛啊！干吗突然站起来嘛？人家还没有心理准备！玄月！"

玄月望着眼前的可人儿，心下一紧，急忙上前安慰道："湘湘，哪里疼？我撞伤你了吗？"

我一把抓住他的手，霸道地说道："玄月，我要罚你！"

"罚我什么？"玄月平静地问道，脸上没有一丝惊讶的表情。

"和我约会！"我郑重地说出四个字，眼巴巴地瞅着他。

"什么？"玄月脑袋顿时一片空白，还没有转过弯。

我再次重复道："和我约会！"字字抑扬顿挫，铿锵有力。

他犹豫了片刻，深吸一口气，平静地回答了我的要求："好，我和你约会！不过，人类约会该做些什么？"

我借助他的手，毫不费力就爬了起来，拍掉身后的灰尘，露出一丝耐人寻味的微笑："没关系，我会告诉你！首先，就是手牵着手，去逛街！"说着，四根手指与他的手指交叉紧紧握住，另一只手拿起棒球帽戴在他的头上，确认完全遮住他的头发和耳朵后，我欢天喜地蹦出门，在一家餐厅吃过早饭，拉着他威风八面地坐进出租车。

"司机，麻烦你，去茂业百货！"我淡淡一句，转过脸一直盯着玄月，欣赏如画的俊美脸庞。

玄月见我目不转睛地看他，不好意思地问道："我脸上有脏东西？"

我摇了摇头。

"头发露出来了？"

我仍旧摇了摇头，他终于不耐烦了，低声怒道："那看我做什么？"

"因为玄月很帅啊！就像动漫里的人物那么可爱！"我故意用稚嫩的声音说道，朝他调皮地眨眨眼睛。

"扑哧！"司机给了我们一个很好的反应，差点失声笑出来，强忍笑意继续开车。在司机眼里，玄月就是一个不折不扣的大美女，怎么能将"帅"字用在她身上呢？

玄月阴沉下脸，不悦说道："把我当三岁小孩玩弄是吧！"

"哪有？"我继续装傻，低下头紧盯着玄月纤细的腰身，心里嘀咕道：玄月可是有三百岁了，哪像三岁小孩子呢。

出租车行驶还不到五分钟，玄月突然间脸都绿了，下意识用手按住胃，紧皱眉头，忍得难受，辛苦地说道："湘湘，还有多久？"

我没注意，抬起头瞥了一眼车窗外，行驶路段塞得水泄不通，心里却不以为然，有玄月陪在身边，等得再漫长也愿意，平静地回答道："大概还有十几分钟吧！"回过头这才发现玄月捂着嘴巴想呕吐的样子，紧张地问道，"玄月，你晕车？"

"呃？唔……嗯……唔……"玄月的脸色越来越难看，额头渗出冷汗，右手紧紧捂住嘴，不让胃里的东西倒出来。

"停车！司机，停车！"我急声喊道，拍打着司机位的椅背。

司机透过后视镜见此情景，立刻转弯，紧急刹车，把汽车停在了路边。我急忙扶住玄月走出汽车，刚走上人行道，玄月一手扶住栏杆，一手按住我的肩膀，低下头一阵猛烈地呕吐。

我吓得慌了手脚，一边在他背后推拿顺气，一边紧张地问道："怎么样？好点儿了没有？玄月，晕得厉害吗？"心里纳闷，玄月在空中飞行的速度都快赶上火箭了，怎么坐车反而晕呢？真是想不通！

玄月呕吐了好几分钟，这才抬起头来，脸色渐渐恢复血色，做完深呼吸后，气息也渐渐平缓下来。

我心里还是冷静不下来，像热锅上的蚂蚁，急忙再次问道："好点儿了没有？哪里不舒服？胃还难受吗？要不要去医院？玄月，你怎么样了呀？说说话，我急死了！玄月！"

"给我闭嘴！"玄月怒道，声音却不像平常有威慑力，软绵绵的夹杂一分柔和。

这时，司机等得不耐烦了，急躁地问道："到底还要不要坐车？"

我转过身，赶紧从包里掏出五十元的纸币塞到司机手里，干笑道："对不起，我们不坐了！"

司机用蔑视的眼光瞟了我一眼，找给我一把散钱，启动汽车扬长而去。

"呼——"我长长吐出一口气，回过头望着玄月傻笑，"玄月，既然你晕车，我们就走着去茂业吧！"

"你说什么？"玄月此刻望我的眼神似乎要将我千刀万剐。

"我说，我们走着去茂业，反正也不远！"我见他脸色一沉，急忙笑吟吟地补充道，"如果玄月不愿意，你还可以飞的话，我也不介意你带我飞一程！"

"嗯？！哦！"见玄月一脸的严肃表情，不敢怠慢，我急忙从心脏中抽出符咒，喊道："封绝！"心里不下百遍再次咒骂那该死的魔物，又挑这种时间出现，存心跟我过不去，不让我和玄月好好地约会，非将你碎尸万段拿去喂——喂猪！

此时，从地面冒出一只狐狸，身体娇小，就是一只普通的狐狸嘛！和以前见到的那些巨大魔物简直没法比，刚想松口气，突然惊见它长着九条尾巴。妈呀！这就是传说中的九尾狐啊，我算是长见识了！心中暗自惊叹，一时忘记这可是从万妖国出来的魔物。

玄月脸色变得很难看，对我沉声提醒道："湘湘，小心一点儿，九尾狐很狡猾！"

我不屑一顾地望着九尾狐，半罐水地插话说道："我知道它很狡猾，人们常说狡猾的狐狸……"

"笨蛋！它不只是狡猾，而且还很凶猛，是会吃人的！"玄月急声打断道，从心脏中抽出一张紫色的符咒，准备攻击。

我吓得脸色苍白，哆嗦得连舌头也打结了："你——你说什么——它——它会吃——人——这么小只动物，也会吃人？"

玄月见我吓得不轻，还不趁机多唬我一下，幽幽地说道："当然，不过它只吃人的心脏，对于它来说，人的心脏是最美味的食物，其他部位它是不会碰的！"

我赶紧捂住自己的心脏，恐慌地说道："玄月，快！快解决掉它！别让它吃我的心脏！"

"笨蛋！还不快召唤式神！"玄月厉声训斥道，将手中的符咒射出。

九尾狐眼睛忽闪忽闪着红光，见符咒飞过来，闪电般避开，跳到我的面前，身子一紧，全身的狐毛都竖立起来，冲我龇牙咧嘴，似在嘲笑我无能似的。

我顿时恼羞成怒，大声呼唤道："召唤，凤凰！"一道蓝光从我心脏处飞出，直冲九尾狐而去。

九尾狐眼见蓝光逼近，迅速向右边闪避。它的动作全被凤凰看穿，像跟踪导弹一样转出一条蓝色的扇形弧线，随即听见几声吼叫，像婴儿啼哭的声音。九尾狐被凤凰打掉一条尾巴，流出暗褐色的血液，愤怒地扑向玄月那边。

玄月立刻再次抽出符咒反击，却发现九尾狐从他身边急闪而过，如疾风一般溜之大吉。

"想跑？给我站住！"玄月怒吼一声，跟着追了上去。

"玄月？！"我的声音还未发出，玄月和九尾狐都消失在我的眼前。凤凰回落在我的肩头，看到我一脸的忧虑之色，轻声说道："依他们的速度，你很难追上的，还是在这里等比较好！"

"哦！"我失落地回应一声，呆愣在原地，叹息一声，暗示自己玄月一定没有问题。

突然，我又听见了婴儿的啼哭声。难道玄月追上九尾狐了吗？我兴奋地追寻声音过去，凤凰跟在我身后低飞。没过多久，一只和我差不多高的雕出现在我面前，头上长角，不太像一般的雕，心里一惊，警惕地问凤凰："它是从万妖国出来的吗？"

凤凰落在我的肩头，沉声说道："没错！这只蛊雕也是吃人的魔物！没想到这次一连送出两个魔物！"凤凰作好攻击准备，紧张又关心地说道，"我去对付它，没有犬神在身边，你要小心！"说完，犹如离弦的利箭射向蛊雕。

蛊雕再次发出婴儿般的啼哭声，扑腾着翅膀，张开脚上强而有力的弯爪和凤凰扭打成一团，打得难分难解，一时难以分出胜负。

我紧盯着凤凰的战斗，这才察觉到这两只魔物先用调虎离山之计将玄月引开，然后再来对付我，或许他们真正要对付的是玄月，不希望我拔出玄月神剑，这只魔物一定会想办法拖延时间，不让我见到玄月。想到这里，心脏一阵痉挛，不敢再想下去，真害怕玄月会出事，又自我暗示玄月正是魔力最强的时候，应该不会有问题。

正在我凝神思考开小差的时候，从空中出现另一只蛊雕，展开翅膀，张开黑色的大喙，伸开利爪向我俯冲而来。

"小心！"凤凰急呼一声，转身飞扑过来救我。当我回过神时，凤凰被两只蛊雕紧紧地抓住身体，进行五马分尸，蓝色的羽毛掉落一地。我惊出一身的冷汗，担心凤凰一命呜呼，惊慌失措地喊道："凤凰，回来！"

一瞬间，凤凰在两只蛊雕的鹰爪下消失，进入我的心脏。也许是凤凰伤得不轻，在它回来的同时，我感觉到心脏不停地抽搐，疼得直冒冷汗，禁不住半跪在地上，一手按在地上，一手下意识地捂住心脏，痛苦地紧皱眉头，脸部扭曲得不成人样。

两只蛊雕发出的啼哭声似在冷笑，扑腾翅膀产生的阴风阵阵向我袭来。我偏璺地抬起头，望着它们可怕的凶相，吞了吞口水，暗示自己镇静下来，不就是命一条吗？喘着粗气问道："你们到底想怎么样？我不许你们伤害玄月！"

它们没有回答，还是"哇哇"地吼叫，发出令人心烦的啼哭声，我愤怒地说道："我最讨厌小孩子哭了，给我收声！"一时气急攻心，心脏再次抽搐起来，只好加大力度按住，五指一收，紧紧地抓住胸口。

突然，两道黑光闪过，蛊雕哀嚎一声，双双倒地化成尘埃消失。

是玄月来救了我吗？我的脑海中闪现出这个念头，紧接着全身一软，仰面摆个"大"字倒了下去，松了口气。过了一会儿，见对方没有说话，侧过脸望去，看见一只魔物，长得很像一头牛，屁股后面却是一条马尾巴。我惊怔一下，立刻翻身爬起来，紧张地问道："你是谁？"

魔物很有礼貌地跪下两只前腿，然后站起来回答道："回公主的话，我是精精，是来接你回万妖国继承王位的！"

"嗯。"我轻轻地应了一声。等一下，我好像听错了吧，它刚才叫我什么？立刻瞪大眼睛，似笑非笑地再次问道，"你刚才称呼我什么？"

精精急忙改口尊称道："女王，女王陛下！"

我一个跟跄差点晕过去，只觉得脑袋发昏，勉强站稳脚跟，干笑道："你不是跟我开玩笑吧？"

精精很认真地回答道："女王陛下，奴才怎敢跟你开玩笑，玄月殿下没有告诉你吗？"

"等一下，你称呼玄月什么，殿下？！"我一脸严肃地问道，觉得问题越来越严重，已经超出我的想象范围了。

"是的，女王陛下！"精精的回答依然很平静，没有一丝心虚慌乱的样子。

"时候不早了，趁着封绝的时间还未过，请女王陛下跟奴才回万妖国吧！"精精正色道，牛蹄子跺跺地面，一道白光从地面射出，浮现出一棵草，它继续说道，"女王陛下，你受了伤，把这个草药吃下去就没事了！"

我拿起草药仔细地打量，叶子与榆树叶相似，方方的茎干上长满刺，却不扎手，根茎上有青色斑纹。疑惑地问道："这是什么草药？长得怪怪的！"虽然我很少接触草药，但这棵草我敢肯定绝对不是这个世界上有的东西！

"这是万妖国的牛伤，是治疗伤口的圣药。玄月殿下不在，只好让女王陛下服用这个了！放心，不会很苦，入口即化，不会有什么难受的感觉！"这个精精果然厉害，知道我怕苦！

我迟疑了一下，还是把草药放进嘴里，果然入口即化，什么感觉也没有，心脏已经不痛了，不愧是疗伤圣药。

精精走到我侧面，弯下身躯，恭敬地说道："请女王陛下到奴才身上来，奴才带女王陛下回去！我知道女王陛下还有很多疑问，一切都等回到万妖国之后，让相国告诉你吧！"

"等等，那玄月怎么办？我们还是先去找他吧，我很担心他！"我着急地说道，心里还惦记着玄月的安危。

精精突然脸色一沉，继而恢复平静，苦口婆心地说道："玄月殿下不会有事的，如果他知道女王陛下回到万妖国，会立刻赶回来的！相国很担心女王陛下的安危，万妖国现在很需要女王陛下，请随奴才回去吧！"

"可是！"我还是犹豫不决。玄月现在说不定还在和九尾狐战斗呢，我怎么能丢下他不管呢？九尾狐吃人的心脏，玄月现在可是人的样子……

精精打断我的思绪说道："女王陛下不必担心，玄月殿下是万妖国最厉害的犬神，如果女王陛下实在放心不下，回到万妖国后，可以命相国派遣人马出来寻找！"

"这样也好！"我最终被精精说服，也很信任它。救过我的命，应该不是坏人吧，于是骑到了它的身上。它飞快地奔跑起来，却跑得很沉稳，几分钟之后，它突然停了下来，在原地转了一圈，跺跺牛蹄。

我正想问它在做什么，突然眼前的空气裂开一道缝隙，慢慢扩大，从里面透出几缕柔和的彩虹光，形成光环，好奇地疑问道："这是什么？"

"回女王陛下，这就是光之边界，通往万妖国的通道！"精精恭敬地回答道，"请女王陛下坐好，奴才这就带你穿过去。光之边界现在很不稳定，稍有不慎，就会被带到万妖国其他危险的地方！"

一听到危险的地方，我立刻下意识紧紧地搂住它的脖子，突然听到后面一声高呼："湘湘，不可以！快回来！"是玄月的声音，我惊喜地转过头，正想对他说什么，精精载着我狂奔进光之边界。

玄月迅速冲了过来，努力伸长手臂想要抓住我，焦急地喊道："快下来，我会抓住你的！"

我急忙拍打着精精的牛背，怒声喊道："快停下来，精精，玄月，是玄月！快停下来！"

"笨蛋女人，还不快跳！"玄月更加着急了，生气地骂道。

玄月这招对我可是百试百灵，我闻言哪还坐得住，双手一用劲，翻身跳了下去。玄月拼命地把手伸过来，精精也不想放弃，一个转身冲过来，阻断我与玄月牵手，想把我再次甩到它的背上。

突然，一阵狂风刮过来，彩虹光环立刻变得不稳定，通道也跟着被扭曲，玄月和精精同时感应到大事不妙，异口同声地对我喊道："光之逆流，小心！"

"什么？！"我惊叫一声，被光之逆流冲击到身体，来不及呼喊玄月，便隐没在光之边界的通道中。

……

第十二章　死亡苣树林

精精两只前腿跪地，全身不停地颤抖，吓得脸色发青，畏畏缩缩地求饶道："相国，饶奴才一命吧，奴才办事不力！奴才真没料到玄月殿下会这么快赶过来，九尾狐他尽了全力，但是在满月之期，玄月殿下魔力强盛，实在很难拖住他……"

"给我住口！我好不容易才从光之边界把你们几个都送出去，没想到玄月没有拖住，妖姬也被光之逆流冲走不知所踪！为了你的计划，牺牲几只蛊雕和九尾狐算不上什么，可是现在，只你一个回来，还不如把脑袋放下！"逆魔相国怒声吼道，逆魔相国的真身是一只合窳(yú)，样子长得很像猪，一张人的面孔，却是面目狰狞，黄色的身子，红色的尾巴。自从前女王辉玉暴毙，守护女王的犬神青风也就是玄月的叔父也追随辉玉女王而去，当时只有三岁的妖姬公主跟着神秘失踪以来，逆魔相国趁机打着国不可一日无王的旗号，把持了朝政王宫，并以保护公主不周为借口，将玄月驱逐出王宫。

精精打了一个冷战，瑟瑟发抖地求饶道："奴才知罪，还请相国饶了奴才！奴才虽然没有把公主带回王宫，但是她已经进入光之边界，奴才很肯定她就在万妖国某处，请相国让奴才带手下去把她找回来！现在光之边界被破坏，谁也无法离开万妖国，只要公主还在万妖国，就是相国的囊中之物。有了她，这个国家还是属于相国您的！"

"嗯！"逆魔沉思片刻，嘴角露出一丝奸险的笑意，威喝道："好，我就给你十天的时间去把妖姬找回来，再找不到人，就把你送到座厘山去喂犀渠。"

精精闻言，吓得四腿发软，一下子趴在地上，全身战栗不止，恐慌地说道："奴才一定把公主找回来！"说完，战战兢兢地站起来，连滚带爬退了出去。座厘山在王宫西面一百二十里处，山里长着茂密的茜草，还有许多叫犀渠的魔兽，样子像牛，全身青黑色，发出的声音如同婴儿啼哭，是凶猛的肉食魔兽，专吃比它弱小的妖魔，有时饿得慌了，同类都吃。精精吓成那样，可想而知那是种多么可怕的魔兽。

逆魔眼中射出一道阴森恐怖的光芒，冷声说道："真没想到玄月居然抢先一步找到妖姬，定下契约，想要对他下手就难上加难了。哼，玄月，别以为你这样就可以赢得过我，我不会让你使用妖姬的力量的，没有斩昀(yún)剑，我还是这个国家的至尊！哈哈哈……"

……

耳边隐约听到风吹着树叶的"沙沙"声，脑袋嗡嗡作响，全身疲软动弹不得。我吃力地睁开双眼，映入眼帘的是一片树林，全是有着红色纹理的杨树，阳光无力地透过茂密的树叶散落下来，点点斑驳，微风吹来，树叶随风摇曳，柔弱的光线被扭曲得忽明忽暗。

我掉到森林里了吗？这是我醒过来的第一个反应；我好像被什么光之逆流冲走了！这是我的第二个反应；玄月呢？玄月在哪里？这是我的第三个反应。

我惊慌失措地张望四周，除了树还是树，地上连株花草都没有，一个人独处在这阴森潮湿的森林里，不由得心里直发毛，喃喃唤道："玄月，玄月，你在哪里啊？快来救我，我好害怕！"警惕地望着四周，拖着僵硬的身体在附近转了几圈，找不到任何出路，最后只好靠在一棵树上支撑这疲惫不堪的身体，意识渐渐模糊，最后不争气地昏睡了过去。

等我再次醒过来的时候，周围已经陷入一片黑暗之中，难不成我要在这种鬼地方过夜吗？我心里一阵恼怒，雄心壮志地站起来，拍拍屁股喃喃自语道："没有玄月在身边，我一样可以走出这个森林。玄月现在一定很担心我，我也很想玄月，我要找到他！不过，这个鬼地方，什么都看不见，伸手不见五指啊！看星星认路，你奶奶的，这该死的树把天空全遮住了！"

我像瞎子一样摸着一棵棵树木，小心翼翼地前进，暗自庆幸这个林子里没有野兽，至少到现在还没有碰见，胆子慢慢大起来，脚步也变得轻快许多。不知走了多久，隐约听到有"哗哗"的流水声，心中狂喜，来到这万妖国，什么东西都没有吃，滴水未进，怎么也得让我喝口水，渴死了就见不着玄月了。从光之逆流冲走我的那一刹那，我已经认定自己离开了我熟悉的人类世界，来到这个未知的万妖国，这个国家不知道有多少可怕的魔物，也不知道前路有多么渺茫，心里只想着尽快找到玄月，一起离开这个鬼地方。

寻着水声，没走多久便找到了水源，我万分惊喜地冲了过去，像在沙漠中吊着半条命找到了绿洲一样，一下子扑到溪水边，不管三七二十一，捧着水拼命地喝，直到喝饱为止。满意地揉揉全是水的肚子，抬头仰望一眼天空，原来我已经走出森林，天上一颗星都没有，只是一片深蓝色的天空，不禁感叹道："这里的天空还真是干净啊！什么都没有！"

话音刚落，一道彩虹好像故意跟我作对，渐渐浮现出来，像月亮一样发光，照亮周围的世界。"好美啊！晚上也能看到彩虹，奇观啊！"我再次感叹着，不自觉地站起来，愣愣地望着那道发光的彩虹，傻笑道，"要是我的手机没丢，一定把它拍下来给玄月看！干脆拉玄月一起来欣赏更浪漫一些！"

几道耀眼的彩光射进我的眼睛里，我低下头一看，原来水中有许多美丽的贝壳，五光十色，反射彩虹光闪闪发亮。我激动地伸手到水中掏出几个贝壳，慢慢把玩欣赏，欢喜地说道："好漂亮啊！呵呵，我还没有见过这么漂亮的贝壳呢，原来这万妖国还是有好东西，呵呵！再找几个把它串起来送给玄月！"我的手刚刚触碰到水面，突然看见一群鱼游了过来，是鲫鱼？心中狂喜，终于可以美餐一顿了！天啊！哪有鲫鱼长着一个脑袋十个身子的？吓得退后一步，跌坐在地上，后来发现这种鱼并没有攻击我，不算是什么凶猛的魔物，可是对它们已经没了食欲，蹲着身子仔细地观察它们在水里游来游去，把所有的事情全都抛在了脑后，什么都不记得了。

我长长地打个哈欠，睡意立刻涌上来，只觉得眼皮越来越重。真是奇怪了，刚刚才睡醒，怎么又想睡觉，难道是水有问题？当我想到这里的时候，眼前一黑，瞬间晕倒过去。

……

"喂？喂？醒醒！喂，醒醒！"一个模模糊糊的声音传入我的耳朵，渐渐恢复意识，闻到一股很香的烤肉味，猛然睁开眼睛，猴急地到处寻找香味的来源，直嚷嚷："有肉，我要吃，我要吃肉！"惊见一堆篝火上正烤着鲜鱼，浓浓的鱼香味扑鼻而来，急忙抓起来狼吞虎咽地吃着，哪里还像个淑女？

"怎么样？好吃吗？"一个柔细的声音传来。

我没有抬头，嘴里塞得满满的，含糊不清地回答道："好吃，好吃！"

"别着急，慢慢来，如果这里不够的话，我再到水里抓些来！"

"够了，够了！"我连忙回答道，突然想起忽略了什么，抬头望向声音的来源，脸上的表情由平静转为惊恐，再转为惊喜，因为它长得很漂亮，很像一头梅花鹿，头上中间位置只长了一只金色的角。我迷惑地望着它，问道："你是独角兽？！"我不太肯定，因为动画片里的独角兽是马而不是鹿。

"吓着你了？"我这才发觉它的声音好柔美，比唱歌还要好听。突然，它在我面前变成一个大帅哥，再次问道："现在这个样子，不会让你感到害怕了吧？"

我脸上的表情很夸张，难以形容，惊艳啊！橘红色的寸发，前额留有偏七分的刘海，黑色的眼睛炯炯有神，直挺的鼻梁，标准的男模身材。他长得比玄月还帅气，完完全全没有一点儿妖魔的样子，我是说没有玄月那样的狗耳朵，玄月在他面前只能算是可爱了！这可不是说玄月有张娃娃脸，而是个翩翩美少年。我傻笑着半天说不出话，也许是因为他是我来到万妖国后第一个见到的人，十分有亲切感。

"怎么了，我变得不像你们的样子吗？人类的样子是什么样的？"他微红着脸，不好意思地说道，作冥思苦想状。

我急忙说道："不是，很帅！简直是帅呆了！呵呵，是你帅得让我发呆了！我叫杜金湘，请问你……"

他温和地笑着，接过话说道："我叫德贞！不是独角兽，是天鹿！"他脸上露出两个小酒窝，美比潘安，不！是更胜潘安才对！

"原来是天鹿啊，难怪长得那么像鹿，呵呵！哦，差点忘了，谢谢你的鱼！"我拿着吃得精光剩下的烤鱼树枝在他面前晃了晃，舔舔嘴唇赞叹道，"没想到你烤的鱼这么好吃！"

他谦虚地笑了笑，柔声说道："是茈（zǐ）鱼的味美而已！"

"紫鱼？什么鱼？"我疑惑地问道，直直地瞪着他。

"就是在那条溪里的鱼啊！"他朝前边的小溪指了指，然后正色道："你一定是从芑（qǐ）树林里走出来的吧。那里一到夜晚就有很重的瘴气，你能活着走出来，喝了这沘（cǐ）水化解了瘴气，算你命大吧！"

我闻言惊出一身冷汗，缓缓吐出口气，还好出来得快，要不然死在里面都不知道怎么死的，那多冤啊！看来他对这里很了解，跟他打听打听，于是问道："这是什么山？"

"东始山！"他平静地回答道，狐疑地看着我。

"这里是万妖国的范围？"我继续问道。问这个问题时，多少存在一丝侥幸，希望自己不在万妖国就好了。

他的脸色一沉，微微皱眉，一本正经地反问道："你是万妖国王族的人，怎么会不知道这东始山是什么地方？还有，为什么你会在芑树林迷路？"

第十三章　守护神德贞

德贞的表情突然严肃起来，眼神中透出一道锐利的光芒，似要将我看穿一样，和刚才的温和形象有好大的反差,心脏一下子跳到嗓子眼,吞了吞口水,舌头像打了结似的,慌张说道:"我?我从未出过皇宫,当然不知道这里是什么地方。"编谎话我还是会一点儿的,嘿嘿!

"那你是怎么来到这里的?你出来应该带有随从才是!"他继续问道,字字铿锵有力,很有威慑性,更像审问犯人。

既然开头了就要死撑到底,我硬着头皮继续圆谎:"我偷偷溜出来玩的,没想到在这森林里迷路了!呵呵!"我继续傻笑,因为笑可以缓解我的紧张,也可以让对方放松警戒,俗话说得好,伸手不打笑脸人。

"胡说!"他一声怒吼,吓得我一屁股跌坐在地上,顿时哇哇大哭起来:"呜呜呜,干吗对我那么凶?人家只是迷路了,差点儿都没命了,你还这样子吓人家!玄月,玄月,我的命好苦啊!你在哪里?呜呜呜……有人欺负我!玄月……"

他闻言惊怔了一下,走到我面前,伸出右手,掌心向着我的心脏处,霎时红光大作,随即消失。他深吸一口气,冷声威吓道:"还不说实话,我就杀了你!"

"咦?!"我惊恐地瞪大眼睛,难不成他和玄月一样有探知记忆的魔法,脾气倒是和玄月一样霸道。看来对玄月的那一招对他完全无效,吓得浑身打战,把实话招了出来,"我是被精精骗到万妖国来的,在光之边界中遇到光之逆流,后来就掉到了这个森林里,我现在说的都是真的,不敢再骗你了!"

"那你刚才为什么要说谎?"他不依不饶地问道。

"是你先说我是万妖国王族的人,我怕我说不是会惹你生气,才跟着你说的!"我小心谨慎地回答道,顺便拍拍马屁,讨好他,心想他烤鱼给我吃,也不是什么坏人。

他伸手把我从地上拉起来,放缓语气正色道:"你本来就是王族的人,是十几年前失踪的妖姬公主。"接着毕恭毕敬地半跪在地上,低下头欣喜地说道,"恭迎公主回到万妖国,刚才微臣说话多有得罪,请公主恕罪!"

"啊?"我不是听错了吧,还来这招?上次精精就用这招把我骗到了万妖国,他想干什么?想到这里,我的头就变成两个大了,苦笑着说道,"你又想骗我到什么地方?"什么叫一朝被蛇咬,十年怕井绳?就是这么来的。

他抬起头,一脸的茫然,迷惑不解地反问道:"公主这话是什么意思?公主担心微臣是坏人?你看微臣像坏人吗?"

"这可是你自己说的,我可没说!"我嘟着嘴小声说道,心里默认,再次忍不住偷偷地瞄了他一眼，哇哈哈，真的很帅！看来我对帅哥没有抵抗力，说不定一个不留神，就会心甘情愿地跟他走了。谁叫人家活了二十多年，也没见几个帅哥呢，除了玄月，就觉得眼前这个男人最帅了！

德贞闻言，站了起来，凝视我的眼睛，柔声问道："玄月殿下没有跟公主提起过微臣吗？"

这句话我好像在哪里听到过，顿时惊怔了一下，失声反问道："难道你认识玄月？"

他微微点头，很自然地坦诚回答道："当然，认识都快两百年了！我和他还是好朋友呢！"

我惊喜地挽住他的手臂，之前对他的怀疑全部一扫而空，赶紧套近乎，激动地说道："真的？你是玄月的好朋友！那太好了，陪我去找玄月好不好？陪我去找他！你一定有办法找到他的，对不对？帮帮我嘛！"

"公主不用着急，微臣会陪着公主找到玄月殿下，然后一起回王宫！"他很认真地回答道，然后很温柔地为我擦去脸上的泪水。原来自己又哭了，不过这一次是激动的哭，羞得脸色微红，低着头羞答答地不说话。

过了一会儿，他见我恢复平静，正色道："公主，玄月殿下没有跟你说过有关万妖国的事情吗？"

我抬起脸，愣愣地摇了摇头，终于找到对象发泄心中的不满："他什么都没有跟我说，每次我想问的时候，他就骂我啰唆，我不敢惹他生气！明明我才是他的主人！"

"呵呵！"他轻声一笑，打趣地说道："原来玄月还是小孩子脾气，连以后的女王都敢骂，不愧是犬神殿下啊！"

我的脑袋里早就装满了疑问和迷惑，德贞应该是很好说话的人，虽然现在还捉摸不透他的脾气，不过比起玄月来，他对我这个公主还算尊敬顺从，倒不如从他口中套些话出来，于是干咳了两声，一本正经地问道："德贞，我有话想问你，你愿意回答我吗？"

他看着我突然认真起来的眼神，温和地说道："公主问话，微臣一定回答，除非是微臣不知道的事情！"

我拽着他的胳膊坐到地上，面对小溪方向，他有些不太习惯地扭动了一下腰身，想与我拉开一些距离，却被我死死地扣住手臂，紧接着贴身上去，靠在他的肩膀上，大概是有些累了的缘故，同时也觉得很有安全感，很温暖，毕竟万妖国的深夜实在太冷了。

他矜持地问道："为什么要这样坐在一起？"

我毫不犹豫地回答道："太冷了，想借你的身体温暖一下，不行吗？"侧过脸凝神望着他的眼睛，竟然脸不红心不跳。他显得更加不自然，受宠若惊地说道："公主，微臣只是一个小小的守护神，怎么能和公主席地而坐，不分尊卑，太失体统了！"刚才还想杀了我，现在又说尊卑，耍我玩呢！

"没关系！你和玄月是好朋友，这里又只有我们两个，而且我也没把自己当公主，你也不用拘于这些礼数！我们也做朋友好不好？你叫我杜金湘，我叫你德贞，什么公主、微臣的，听了心烦！"我急忙回答道，然后又笑着说，"玄月和我在一起的时候，他从来就没有顾及过这些，还经常欺负我呢！说我是笨蛋女人、啰唆什么的。"

"玄月殿下不一样，以后他是你的……"他突然间察觉到自己失言，把后面的话硬是咽了回去。

"是我的什么？"我当时并没有反应那么快，只是条件反射地问道。人之常态，他支支吾吾不回答，最后笑着搪塞道："玄月是犬神殿下，他是你的保护神！"

"正确说是契约者吧！玄月经常拿这句话来砸我！对我好冷淡哦！"我闷闷地说道，想起和玄月在一起的点点滴滴，心里很不是滋味，不由地更加担心玄月，也不知道他现在怎么样了，会不会因为与我失散，急得团团转呢？

他见我陷入沉思，小声地提醒道："公主，你不是有话想问微臣吗？"

"对哦，我差点儿忘了，呵呵！"我不好意思地傻笑，接着问道，"你和玄月是朋友，一定很了解他吧！他喜欢什么？不喜欢什么？他的生日是几号？他有没有女朋友？有时看着他的眼神很悲伤，是不是有什么伤心事？他有没有害怕的事或者人？"

他惊异地瞪大眼睛，完全在他意料之外，一时不知该如何回答，半天回不过神，尴尬地笑着反问道："这就是你想要问的问题？"

看着他一副大跌眼镜的神色，我微微皱眉，很认真地回答道："当然！我的问题有什么不对吗？"

他吃惊地说道："你不问我为什么你是万妖国的公主？不问我为什么玄月会与你定下契约？不问我现在万妖国由谁把持朝政？不问我是否可以让你回到王

宫……"

"好啦！"我的容忍也是有限度的，他的问题怎么比我还多啊！啰唆程度绝对不会输给我，再让他说下去，我都快郁闷死了，不耐烦地打断道，"这些都不是问题的重点，我现在只想知道玄月的事情！"现在我的心里全是玄月，哪还装得下其他政治问题。在人类世界，政治就与我无缘，在万妖国，再提政治、国家大事，我会头痛的。

他难以置信地望着我，从上到下仔细地打量我一番，皱了皱眉，似是在苦恼着什么。

"喂，快回答我啊！"我见他陷入沉思，很不高兴地冲他喊道，心里很着急。

他缓缓回过神，冲我嫣然一笑，淡淡地说道："我回答你可以，不过你要答应我回王宫！"

"好，没问题！"我着急地回答道，一不留神松开了他的手臂，满脸求知若渴的神情，直勾勾地望着他，眼珠子都快掉出来了。

他随即站了起来，看见月旳慢慢爬升上来，天边染上一层鹅蛋黄的柔色光晕，脸上浮现一丝迷人的笑意，很圆滑地说道："公主跟微臣回王宫之后，微臣再慢慢告诉你，有关玄月的一切！"说完，步子轻盈地朝山下走去。（PS：万妖国与人类世界不同，白天出月旳（xuān），解释为明，晚上没有星星，只有彩虹，彩虹是月旳留下的余光形成的七彩光，可以维持一个晚上。这里的月旳并不是地球上看到的月亮，湘湘觉得它很像，喜欢称它为月亮，月旳是一颗发光发热的恒星，和太阳差不多，但是没有紫外线，人类世界要是有它代替太阳，美眉们还用得着擦防晒霜吗？还用得着戴太阳眼镜吗？还用得着防紫外线伞……某些商家怒气冲冲地一脚把悠悠端飞。）

"啊？！你要赖！"我赶紧追了上去，不依不饶地撒娇说道，"快点儿告诉我嘛！玄月喜欢什么？玄月有没有女朋友？喂，越说你越走，站住！德贞，给我站住，快告诉我玄月的生日，还有玄月……喂，德贞！"我在后面不停地追，他的步子越来越快，明明是在走，我却怎么也追不上，跑得我上气不接下气，满脸通红。

不知道跑了多久，他突然间止住脚步，我心中狂喜，以为他改变主意要告诉我了，激动地跑到他的身边，双手按住大腿支撑住疲惫的身体，一边喘着粗气，一边兴冲冲地说道："终于肯说啦！跑得我累死了，德贞？！"

我抬起头看见他神色凝重，似乎有什么可怕的事要发生一样，心里骤然一紧，刚要开口询问,他沉声说道:"公主,立刻向南边跑,跑得越快越好,无论发生什么事,都不要回头!更不要担心微臣!"

"发生什么事了吗?"我疑惑地问道,突然惊见天空飞过来一大群蛊雕,黑压压的把月光都遮住了,禁不住吞了吞口水,强压制内心的恐慌,鼓足十二分勇气,大义凛然地说道,"我不会逃跑的!我绝对不会丢下你,一个人逃跑的!因为玄月从来没有要我逃跑过,只会命令我战斗。就算玄月不在我身边,没有玄月神剑,我也会拼命战斗下去!"怎么感觉好像某某动画里的台词。

第十四章　食人的迷梦花藤

德贞紧张地望着天空中声势浩大的蛊雕,正色道:"玄月之所以那么做是因为有他在,有玄月神剑,可以提升公主的魔力。现在这两个条件都不具备,公主必须离开。再说,这些蛊雕是冲着微臣来的,并不知道公主也在这里。请公主为了万妖国和玄月殿下,顾惜王族留下的唯一血脉!"

我拼命地摇头,坚持说道:"这个时候,我怎么能丢下你一个人逃跑,我办不到!如果玄月知道了,一定会很生气的!我不走,除非一起走!"

他转过脸望着我,气冲冲地把我贬得一文不值:"说了半天你怎么不明白呢?就算你留下来,你的式神凤凰根本就对付不了这么多的蛊雕;而且你留在这里,反而会让我分心保护你！还不快走！"

我着急地打断道："这个我当然知道,可是……"话还没说完,德贞不想与我无谓地争执下去,纵身一跃,飞到半空中,双手在胸口击掌展开,幻化出一把银光闪闪的钡(bèi)雪神剑,和蛊雕激烈地战斗起来,同时还要想方设法阻止向我冲过来的蛊雕。

我焦急地观望敌我的对战局势,德贞一个人要对付那么多的蛊雕,难免有些吃力,蛊雕发出的"哇哇"吼叫声,更叫人心浮气躁,烦乱不安。我气得拳头紧握,心想老是傻愣在这里,眼巴巴地望着德贞一次又一次为我化解危难,岂不是给他添乱吗? 看来只有离开,他才能毫无顾虑地突围,忧心忡忡地喊道:"德贞,只要我离开了你的视线范围,你就想办法逃走啊! 召唤,凤凰! "

德贞挥剑奋力地砍杀几只蛊雕,冲我大声回答道:"放心,我不会有事的! 快走! "

"凤凰,我们冲出去! "我对凤凰喊道,每根神经都绷得紧紧的。

"是! "凤凰应了一声,如利箭射向前方的敌群,为我打开一条血路,我追随如彗星般的蓝光拼命地奔跑,后面传来一阵又一阵的啼哭声,离我越来越远。

不知跑了多久,我的体力完全透支再也跑不动了,筋疲力尽地跪倒在地上,双手支撑地面,大口地喘着粗气,满脸通红,汗如雨下。

凤凰飞回我身边,关心地问道:"你还好吗? 刚才把你的魔力消耗得很厉害,先休息一下吧! "

我勉强挤出一个苦笑,差点忘了凤凰也是我身体的一部分,它用的可是我的体力,站着说话也不腰疼,可不能再让它继续消耗我的力气,于是喘息着说道:"我没事,回来吧,凤凰! "凤凰回到我的心脏里,我长长地吐了口气,再深呼吸几次,这才把气息调匀了一些。

也许是累得身体发虚,脑袋也是昏昏沉沉的,我刚站起来没走几步,两腿又开始发软了,看着四周陌生的环境,眼泪在眼眶里直打转,心里更是苦不堪言,好不容易找到一个熟悉万妖国的好人,没想到一群可恶的蛊雕偷袭,硬是把我们拆散了。

这时,我的肚子偏偏很不争气地"咕咕"叫起来,这座山与东始山恰恰相反,没有一棵树木,满山遍野全是韭菜,这是什么人干的好事,什么东西不好种,种韭菜? 简直就是恋韭菜狂! 真想对他暴打一顿,以解心头郁闷! 在抱怨的同时,自己还是忍不住饿,蹲下了身子,拔起几棵韭菜将就着往嘴里塞,咦?难道我认错啦,这韭菜开着青色的花朵,野草吧!算了,野草也吃,谁叫自己挨不住饿,又找不到其他东西,现在都饿得头晕眼花了,难不成饿死在这里吗?囫囵塞进嘴里,闭上眼睛硬是吞了下去,微带苦涩,有点像没有成熟的李子,但没有酸味,我想野草都是这种味道吧。没吃几棵就觉得很饱了,真是奇怪的野草。(PS:这种草叫祝余,人吃了它就不会感到饥饿,算你的运气好,还不多摘些做干粮!湘湘立刻反驳道:用得着吗?这山上全是这东西,就算放上千只羊在这里也未必吃得完,而且连株杂草野花都没有!)

解决了肚饿的问题,看着眼前的大山,突然感觉前路一片茫然,不知该何去何从,我记得德贞好像说过往南边走,可是身上又没有指南针。自从来到万妖国,我就成了路盲,辨不清东西南北了。跟着感觉走,先翻过这座山再说吧!最终我下了这个决定,迈开步子朝山上缓慢走去,也不知道这座山上会不会有魔物,一想到吃人的妖魔,心里就紧张不已,不停地暗示自己只是杯弓蛇影,什么都不会有。

这座山果然很大,走到山顶的时候已经是晚上,摸着夜路下山是不可能的,俗话说上山容易下山难,更何况是晚上,看来只有先在这里休息一晚。找到一块还算干净的地方仰面躺下,望着天空中的彩虹,已经没有昨天那样的心情去欣赏它的美丽。躺下几秒钟就感觉特别地冷,无奈这里没有任何可以燃烧的枯树枝和枯草,而那饱含水分的野草,要点燃更是不易,只能收紧身体,揉揉冰冷的鼻子,蜷缩成一团努力睡觉,最终疲惫战胜了寒冷,沉沉地睡着了。

早上醒来,月亮(正解是"月阳")已经升到头顶,饿得心慌慌的,随便塞几棵野草在嘴里吞下去,饥饿的感觉瞬间消失,浑身充满力量,看来昨晚休息得还是不错,也没有遇到怪物来偷袭我。我慵懒地伸个懒腰,深吸了几口新鲜空气,抖擞抖擞精神,步履轻快地下山。

突然,我闻到一股很醉人的玫瑰花香,在这漫山遍野全是野草的地方,还有玫瑰?我寻着香味找过去,前方开始起雾,雾气越来越大,视线范围慢慢缩小。这该死的大雾!我暗自咒骂了一句,心里正捉摸着会不会在雾中迷路,一个人影若隐若现,朝我的方向走来,心里骤然一紧,目不转睛地盯着他,神色恐惧不安。

玄月?!真的是玄月吗?我不是做梦吧!当那个人影在我面前变得清晰时,我惊喜若狂地冲了过去,紧紧地抱住他,同时闻到从他身上散发出来的玫瑰花香,意识渐渐模糊。他的表情很冷漠,回抱我的时候,感觉他的力气好大,全身都被他死死地缠住一样。我顾不上疼痛，因为他就在我的身边，是我日思夜想的玄月，激动得热泪盈眶，哽咽说道："玄月！玄月，我好想你啊，玄月！"

他把我抱得更紧，在我失去意识的最后一刻，只能感受到无数的像针一样的东西，刺进我的肌肤，顿时全身麻痹，眼前一黑，昏厥过去。

浓雾瞬间散开，玄月消失了踪影，我被一株奇美的紫色花藤缠满全身，悬在半空中。开着像玫瑰一样的紫色花朵，花藤上长满黑色长刺，深深地扎进我的每一寸肌肤，贪婪地吸食我的血液，而我什么感觉也没有了。

突然，一道蓝光从我的心脏射出，凤凰自我意识到危险，不用我召唤，冲破花藤飞了出来，如龙卷风般围绕花藤一圈，花藤刹那间燃起蓝色火焰，发出"咻咻"声，很快枯萎消失。我失去束缚掉落下来，凤凰急忙飞过来，小心地护住我稳稳地落回地面，然而我还是没有清醒过来。

凤凰在我的上空低飞几圈，在我周围筑起一道蓝色荧光的半透明保护罩，长啸一声飞走了。这凤凰不会以为我死了，打算弃尸荒野吧！我命苦啊！

大约过了一个小时，凤凰飞回我的身边，嘴里含着一颗被树叶包裹的牛伤，用它的喙小心翼翼撬开我的嘴巴，然后把牛伤慢慢塞进我的嘴里，入口即化。凤凰果然是聪明的神鸟，知道牛伤一遇唾液就会融化，很谨慎地用树叶包住了。

药效很快，我恢复意识，睁开眼睛，仍然一股脑儿地惦记着玄月，突然发现他不见了，急得到处寻找，心里感到揪心的痛，他竟然一声不吭地离开，把我丢在这里，好伤心啊！我焦急地呼喊道："玄月，玄月，不要丢下我！玄月，为什么？为什么离开我……"

凤凰在我面前飞来飞去，想引起我的注意，可是我的眼里除了玄月，还能容得下什么？而且凤凰的体型本来就娇小，现在要我注意它就更加困难。它见我一副失魂落魄的样子，又不听它说话，情急之下飞到我的耳边，很大声地冲我吼道："玄月根本就没有出现过！那只是幻觉，迷梦花藤让你产生的幻觉！"

玄月没有出现过？！我的脑袋嗡的一声，凤凰生气时所发出的尖锐声音真是震耳欲聋，让我瞬间清醒过来，转过脸神色紧张地问道："你刚才说什么？"

凤凰缓缓吐了口气，很严肃地一字一句道："我说，玄月根本就没有出现过，你刚才被迷梦花藤迷惑，差点儿就丢了性命！"

我歪着脑袋，迷惑不解地问道："什么迷蒙花藤？"（正解迷梦花藤）

凤凰飞落在我的肩头，用温柔而平静的声音，像学校里的语文老师解说文言文一样,徐徐解释道:"迷梦花藤,是万妖国里最常见的食人花。虽然自身魔力不强,但是它所散发出来的花香,可以迷惑人,使人产生幻觉。只要你心里想着什么,就会在你面前出现什么,正所谓心想事成。可是你一旦沉浸在自己梦中的时候,花藤上的毒刺就会刺进你的体内,使你马上晕厥过去,然后那些毒刺就会变成吸管一样,吸食你的血液,直到吸干为止,最后将你的尸体分解成它的养分,完全被它吸收掉。"

我吓得脸色惨白,全身发冷,口吃不清地说道:"不——是——吧! 这么——恐怖的——花! 我差点儿——被——它——分——分解?"

凤凰很自豪地说道:"要不是我感应到你有危险,及时冲出来救你,然后飞到千里之外的地方找来牛伤,说不定现在你已经消失了!"

我伸手抚摸它背上的羽毛,傻笑着讨好说道:"那还真是要谢谢凤凰了!"突然间想起什么,惊异地问道,"凤凰,你不用我召唤也能出来?"式神不是都需要经过召唤才能出来吗? 我一直这样认为。

第十五章　流落人界的真相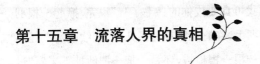

凤凰咯咯笑着不回答,想敷衍过去,我生气地把它揪了下来,拧着它的翅膀威胁道:"快说,你是不是存心戏弄我? 上次害得我在玄月面前出丑,惹他生气离家出走，不给我几个合理的解释，我就拔光你的鸟毛！"

凤凰挣扎了几下，无奈翅膀被我抓得紧紧的，又不敢伤害我分毫，委屈地讨饶说道："我并没有戏弄公主的意思，式神除了被召唤出来之外，确实也会根据自己的意识出现。只是玄月殿下命令我，如果公主不是很认真的召唤，我就不能出来，否则就会要了我的命！妖姬公主怎么和玄月殿下一个暴躁脾气，喜欢威吓人！"

它的回答还是让我心生疑窦，我脸色一沉，声色俱厉地问道："玄月是什么时候跟你说的，我怎么不知道？"

"公主当然不知道了，当时公主还是个三岁的小孩子！"凤凰为难地看着我，小心谨慎地回答道，生怕说错了一个字。

"小孩子？！"我狐疑地望着它，越来越可疑了，脑袋里一串串的问题随之涌出来。以前认为它只是个式神，听从召唤使的命令而已，原来它知道很多事情，居然还隐瞒到至今，今天要是不了解清楚透彻，我誓不罢休！沉思片刻，理清问题的思路，严肃地问道，"凤凰，你老老实实回答我，我真是在万妖国出世的吗？为什么我会在人类世界？"

凤凰点点头，又慌乱地摇了摇头，求饶说道："公主，你就饶了我吧，我不能说的！要是说出真相，玄月殿下一定会把我吃掉的！"

"哦！这么说来，你是不担心我现在就拔光你的鸟毛，把你给烤了吃？嘿嘿！"我怪笑说道，装出很阴险的声音恐吓它，舐了舐嘴唇，一副要享受美味的神色，想想炭烧凤凰会是什么味道呢？

凤凰为难地低垂下头，满是委屈和不安，如果会流泪的话，说不定已经泪流成河了。叫苦喊冤似地说道："公主，我真的不能说！当初答应玄月殿下留在公主身边，照顾公主，已经做到保护公主的本分。公主看在凤凰这二十年来尽心尽职的分上，就不要再逼凤凰了吧！如果公主真想知道真相，可以直接去问玄月殿下！"

我开始怀疑自己不是人类，这难以让我接受，生气地说道："玄月不在这里，我现在就想知道！凤凰，再不说的话，我可真要拔你的鸟毛了！"说完，揪起一根羽毛，毫不留情地拔了下来，拿着这根羽毛，在它的眼前晃了几下，继续威胁："还不肯招吗？那我就要继续了！你说是一根一根地拔，还是一把一把地扯下来？"过了几秒钟，见它还是不肯回答，我再次狠下心，拔掉了它几根尾部的羽毛。

凤凰再也坚持不下去，惨叫一声，声音凄厉无比，心疼地望着自己的尾巴，痛苦地说道："公主，别，别这样！回答，凤凰回答还不行吗？公主的确出生在万妖

驱魔犬

国，只是20年前王宫发生巨变，玄月殿下担心公主安危，连夜将公主送出了王宫，把公主带去了人类世界。"

"是什么巨变？"我继续问道，脸色越来越难看。

"凤凰不知详情，只是当时听玄月殿下说辉玉女王被害，王宫出现政变，逆魔相国只手遮天，把持了朝政。殿下恐其加害公主，要求我成为公主的式神，离开万妖国！"

突然得知自己的亲生父母是另有其人，而且我不是人类已成事实，心中不免痛苦和难受，无限惆怅地问道："辉玉女王？！是我的亲生母亲吗？她是怎么死的？"

"是的！当年逆魔相国说是女王因为镇压暴乱的狍鸮（PS：狍鸮，注音 páo xiāo，万妖国里凶猛的吃人魔物，形状是羊的身子，人的面孔，眼睛长在腋窝下，有着老虎一样的牙齿和人一样的指甲，发出的声音如同婴儿哭啼。）受了重伤，突然病情恶化驾崩。可是玄月殿下却认为其中有阴谋，冒着生命危险把公主带出王宫。后来如果不是玄月殿下继承了犬神之位，恐怕也遭到毒手了！逆魔相国以保护公主不周为借口，将玄月殿下赶出了王宫，后来发生什么我就不知道了！公主，这就是我所知道的全部，没有任何隐瞒，请公主务必在玄月殿下面前为我求情，凤凰的命就能保住了！"最后，凤凰恳切地说道。

我的脑袋顿时乱成一团，看来又是那些满是血腥的谋朝篡位。从来没想过自己会是万妖国的公主，还有这么一段令人生寒的背景，厌恶政治却偏偏与它扯上关系，我无奈地叹息一声，真是一件哭笑不得的事情，满脸都是苦恼和悲哀之情。

凤凰见我苦笑出声，担忧地问道："公主，你没事吧！"

我摆出一张苦瓜脸，反问道："你看我这个样子像有事的人吗？唉！玄月有没有搞错，把我带到人类世界，干吗还跑来找我？打乱我的生活！"

凤凰立刻为玄月解释道："我想玄月殿下也不想干扰公主无忧无虑的生活，只是万妖国出现了异变，连最普通的魔物都具有攻击性，只有身为王族的人才能镇压，而公主是王族唯一的血脉。玄月殿下寻找公主花了不少时间，同时还要消灭从万妖国送出来的妖魔，请你体谅一下殿下的苦心！"

我迷惑不解地问道："什么意思？不是他把我带到人类世界的吗？还会不知道我在哪里？"接着想起了什么，愤愤地说道，"我就说他怎么什么都知道，原来都是他一手策划的。可恶的玄月，下次一定要好好教训他！把他紧紧地搂住，疯狂地吻他一百遍！吼吼！"

凤凰着急地辩解道："当年玄月殿下通过光之边界时，遇到光之逆流，把公主冲散了，而公主掉到人类世界的时候，受了重伤。为了治好公主，凤凰耗尽了公主仅剩下的所有魔力；公主失去魔力之后，凤凰为了保护公主，只好留在公主身体里。后来玄月殿下找到公主的时候，恢复了公主的魔力，凤凰才得以被召唤出来与公主见面。凤凰敢以脑袋保证，玄月殿下在此之前，真不知道公主流落在人类世界的什么地方！说不定这20年，玄月殿下一直都在辛苦地找寻公主！"

我右手摸着下巴作冥想状，想起自己十岁那年差点儿被车撞死，读高中时有好几次差点儿被空中掉下的东西砸晕，上大学时还有几次差点儿在水中淹死……释然道："原来如此！一直都是你在保护我啊！"接着惊异地叫道，"搞什么，我怎么就这么倒霉！只是两次经过光之边界都会遇到光之逆流！气死我啦！"

"这不是公主的问题。因为万妖国的王族不像人类世界那样繁盛，仅仅只有几个人而已。为了保护未接受神授的王族，真魔王用光之逆流来禁止王族进入光之边界，以免流落到人类世界。"凤凰很温柔地解释道。

我愤愤不平地骂道："这哪里是保护？真魔王这个臭鸡蛋，设下这种可恶的陷阱，简直就是强迫！不！应该说是没有人权！我才不要待在这万妖国，我要回去，我要回人类世界！我是人类！"我大声吼道，发泄心中愤懑的情绪，心里不下千遍咒骂真魔王，害我与玄月失散。

凤凰苦口婆心地劝说道："不行啊，公主！你既然已经回到万妖国，就要回王宫做女王，维系万妖国的秩序，有好多事情等着公主去处理呢！"

一听到国家大事，我就头痛欲裂，连连叫苦嚷道："我不要！我不要！我才不做什么女王，我只想简简单单地生活。我受够了，受够啦！"以前总觉得生活很平淡无趣，现在充满刺激又不愿意了。

凤凰迷惑地问道："难道公主不想取回自己的王位吗？"

我很干脆地拒绝道："不想！谁爱当王谁当去！我才不稀罕呢！"

"难道你不想和玄月殿下在一起吗？"凤凰试探着问道，眨了眨清澈的大眼睛。

我惊异地瞪大眼睛，不解地反问道："我当女王跟玄月有什么关系吗？如果我不当女王，就不能和玄月在一起了吗？这是什么歪道理啊？"

凤凰干咳了两声，郑重地回答道："那是当然！如果公主不当女王，作为万妖国护国犬神的玄月殿下就不能和你在一起。他只能守护在女王的身边，就算女王驾崩也要永远守护！而且公主……"

我着急地喊着打断道："那我要当女王！当女王！我不要和玄月分开，我要永远和玄月在一起！永远在一起！"

凤凰吐了口气，正色道："既然这样，那就请公主回王宫吧！"

我迟疑片刻，顾忌地说道："那玄月呢？我还没有找到他呢！你不是说王宫有个叫逆魔的大坏蛋吗？如果我就这样回去，岂不是羊入虎口？"

凤凰细想了一下，赞同说道："那我们先找到玄月殿下再想办法回王宫，夺回王位！"

我笑着回答道："好！"突然间想到一个很严重的问题，吃惊地问道，"凤凰，你可以不用回到我的身体里，是不是？"

凤凰惊怔了一下，急忙搪塞道："公主这话是什么意思？我如果不回到公主身体里，就会消耗公主更多的魔力，现在公主的魔力还达不到随心所欲使用的地步。"

我有些失望地叹了口气，嘟着嘴失落地说道："原来你还是要用我的体力啊！算了，你是式神，不和你计较！回来吧，凤凰！"

凤凰回到我的身体之后，我顿时感觉脑袋发昏，眼冒金星，胸口异常滞闷，这才回想起来刚才把凤凰折磨得够呛，现在轮到自己自食其果了，禁不住跌坐在地上，休息了大半天才恢复过来。

第十六章　误上贼船

　　下山之后，看见一个大约有 500 平方千米的湖泊，泛着淡绿色的湖光，远远望去十分美丽壮观。我像发现新大陆似的，兴高采烈地跑到湖边，用手轻轻挥开湖面上的浮萍，然后双手捧水洗把脸，整个人都神清气爽了许多。湖水清澈见底，水里除了还算正常的鲤鱼、草鱼之外，还有一些奇形怪状的鱼，比如那条长着鱼的身子、蛇的头和六只脚、眼睛长长的像马耳朵的怪鱼，还有长着鱼的身子却有鸟的翅膀、发出的声音像鸳鸯鸣叫的飞鱼等等，一时看得入了神，旁边有人过来都茫然不知。

　　"喂，你在看什么呢？看得这么入神！"背后一个低沉的男声传过来，我吓得慌了神，差点儿一头扎进湖中，幸好他及时从背后拉住我，把我抱个满怀。

　　我矜持地转过脸，他长着两只兔耳朵，红色眼睛，皮肤白皙透着红光，兔子的三瓣嘴，整个形象就是一只兔子，还好没有兔嘴边的胡须。我忍不住噗笑出声："呵呵，兔八哥！哈哈哈……好可爱啊！"

　　他脸色一沉，立马松开我，不高兴地说道："什么兔八哥？你认错人了，我叫璵兔！"

　　"玉兔？！哈哈哈……"我笑得更大声，肚子都笑疼了，见他马着一张臭脸，急忙捂住肚子，勉强憋住笑，红着脸说道，"不好意思，你让我想起嫦娥了！"（汗~~~湘湘来到万妖国后就没有将名称正解过，以后她的错误请大家自行忽略。）

他满脸迷惑不解的神情，不耻下问道："谁是嫦娥？"

我心里暗自偷笑，戏弄他说道："哦，呵呵，你不认识！嗯，她是我姐！身边就有个跟你一样的'人'！"没想到又碰到一只这么可爱的动物，让我对万妖国全是吃人魔物的想法改观了。

他羞涩地笑了笑，露出两颗兔牙，赞叹道："那她一定长得和你一样漂亮！"

听到夸奖，我自然有些飘飘然起来，好奇地问道："玉兔，你在这里做什么啊？来喝水，还是来洗脸呢？这里的湖水好清凉！"

他仔细地打量着我，好像要在我身上打主意似的，眼珠滴溜溜地转动，笑着说道："今晚有一个盛会，我打算找个朋友参加，经过这里，看见一位美人在这里发愣，好奇过来看看。"

这时，从天边飞来一对鸳鸯，落在湖水中央，捕鱼嬉戏，好不快活。他不失时机指着湖面的鸳鸯问道："知道那是什么鸟吗？"

我兴奋地叫道："是鸳鸯！"我当然知道，在人类世界的刺绣上看见过不少，和这个一模一样，想唬我？没门！

他淡淡一笑，沉声说道："如果哪里出现这种情鸟，哪里就会有喜事！"

"是嘛，不知道是谁喜结良缘呢！"我目不转睛地望着那对幸福的鸳鸯，幻想那是我和玄月该有多好。

"有兴趣和我一起去参加今晚的盛会吗？很热闹的！"他突然间问道，眼睛直勾勾地瞪着我，闪动着如红宝石般的波光。

"参加盛会？！"我迟疑默想，说真的，自己根本不知道该走向哪里，眼看快到天黑，倒不如跟他作个伴，有盛会参加更是求之不得，顺便可以增长有关万妖国的见识，说不定可以打听到玄月的下落。很乐意地回答道，"好啊！远吗？这个盛会是不是很多人参加？是不是他们都像你一样可爱？有帅哥吗？"

他矜持地愣了一下，随即回过神笑眯眯地说道："不远，呵呵！就在前面的那座山上！"说完，抬手朝前面不远处的"座邦山"指了一下。

我顺着他手指的方向看去，这座山显然不同于东始山和韭菜山（正解：石脆山），有树、有草、有花，还有小溪，虽然这些奇花异树都没有见过，但总算是一座能让人接受、比较正常的山。

我和璎兔结伴上山,天色渐渐暗了下来,璎兔从怀里掏出一个发光的水晶球,直径大约有 10 厘米,能照亮的范围却有 3 平方米,比电筒光还亮许多。我好奇地望着水晶球,迷惑不解地问道:"这个水晶球是不是夜明珠啊?"

璎兔望着我惊讶的表情,奇怪地反问道:"你不知道这是什么吗?水荧灯!我们都是用这个照明的,不过王宫用的是很名贵的白晖灯。难道你是王宫里的人吗?"

我吓得脸色大变,这样也能猜到我是王宫里的人,拜托,我只是没见过而已,心里还是发虚,笑着搪塞道:"哈哈哈……怎么可能呢!如果我是王宫的人,身边肯定有大帮人跟着,对不对?哈哈哈……"心里暗想:这万妖国还有白炽灯?什么名贵?在我们那里根本就不值钱,普通得要死,我家里用的节能灯都比它高级,倒是觉得他手里的水晶球值钱多了。(PS:白晖灯很像奥地利水钻,一般的直径为 15 厘米,透明发白光,照亮的范围是 10 平方米,24 小时照亮,不消耗任何能量、无污染、无辐射,十分珍贵,如果硬是要用人民币换算它的价值,大概值 1 亿元人民币。咂舌!万妖国的国法规定只能用于王宫照明,私藏、私用都是杀头的大罪,十分残酷的国法……)

我们继续前进,山中的花草树林说不出的怪异,途中碰到一些行色匆匆赶去赴会的魔物,还好都没有攻击我们。这天下真是无奇不有,有像猿猴一样但长着一对白色耳朵的魔物;有形状像牛、长着翅膀、蛇一样的尾巴的魔物;还有马的身子、蛇颈羊头、全身长满刺猬刺的怪物……

璎兔一边走,一边为我解说,被我问多了,心里也就不耐烦了,我的啰唆可是出了名的,他能坚持到现在算是不错了。他带着愠气说道:"你能不能让你的嘴休息一下?"

我装傻笑着说:"没事,不累!玉兔,这是什么花?"

他单手抚头作晕倒状,拿我实在没辙,岔开话题催促道:"我们快点儿吧,时辰不多了!"说完,加快脚步冲到最前面,不再与我并肩而行。哼!怎么万妖国的都喜欢让别人追啊,德贞是这样,他也是这样。

我死缠烂打地追上去,兔子上山就是快,追得我气喘吁吁的,好不容易追到他,一把拖住他的手臂,喘着粗气说道:"慢点儿好不好?我都快累死了!"

他转过脸反问道:"你刚才不是说不累吗?"

真狡猾,居然反将我一军,我翻了个白眼,赌气不走了:"我累了,不去了!"

他有些着急了："说好的,怎么又不去了?你累的话,我背你上山好了!"

咦?居然对我这么好!呵呵,暗自偷笑捡到便宜了,我伸直双手示意要他背。他无奈地转过身,背对着我蹲下去。我兴奋地跳到他的背上,搂住他的脖子,开心地摇头晃脑,十足像个撒娇的小孩子。

他似乎很乐意背着我,脚步轻快,没走多久,他突然在一棵树下停了下来。

"怎么不走了?"我奇怪地问道,以为他走不动了,哈哈哈……知道我的厉害了吧!谁让你逞强?

"你饿了吗?想不想吃点东西?"他关心地问道,然后望着树上结的红得像草莓的梨子,眼神飘忽不定,有些犹豫不决的样子。

"这是什么果子?"我寻着他望的方向,果实长得不算太高,伸手就摘了下来,仔细地打量一番,这鲜艳的红色太诱人了,让我食欲大开,忍不住要流口水了。

他迟疑了一下,笑着回答道:"这叫红苏,水分很多,也很甜,要不要试试看?"

他话音未落,我已经大大地咬了一口,吃得津津有味,有点像红提的味道,水分多得像梨子,也难怪样子长得就像,吃到最后都没有吃到果核,真怀疑这棵树是不是从天上掉下来的,美美地回味道:"红苏?!这太好吃了,真想再吃一个!"正想伸手采摘另一个红苏,突然感觉头晕乎乎的,眼前越来越模糊,怎么现在就想睡了呢?眼前一黑,失去了所有的意识。

……

第十六章 误上贼船

PAGE·077

第十七章　凶狠残暴的穷奇

周围有股醉人的麝香味扑鼻而来，我极为享受地深呼吸一下，缓缓睁开眼睛，映入眼帘的是陌生的环境。大理石的墙面，到处都是像珍珠和水晶的华丽吊饰，十分的耀眼，七根白玉般的立柱围成花形，每根立柱顶上放着一颗水荧灯，把屋里所有的一切照得透亮。地面铺着不知什么材质的绿色地毯，而我正躺在一张宽大的檀香木床上，上面还铺了厚厚几床蓝白相间的兔毛做成的毛毯，摸着很柔软，很舒服。不禁失声惊讶道："哇！仙境啊！我不是在做梦吧！比五星级酒店还豪华！"

"王后，你醒了！"一个尖细得像太监的男声传入我的耳朵，迎而走来一位野猫般的男人，一头乌黑的长发直达腰部，手里端着一盆清水，走路的姿势确实是猫步没错，只不过看得我想吐了。

"呕——嗯？"胃里一阵剧烈的翻腾，我捂着胸口说不出的难受，他却步步向我靠近，继续用阴阳怪气的声音询问道，"怎么了，王后不舒服吗？"

我低下头不敢再看，伸出食指指向他，怒气冲冲地吼道："给我出去！我的美梦里不需要你！真是大煞风景！"突然回想起什么，惊怔地抬起头，瞳孔不知道放大了多少倍，惶恐地问道，"你——你刚才叫我什么？"来到万妖国，这种很具有震撼力的说辞时常萦绕在我的耳边，使我有种想自行了断的冲动。

"王后！奴才类儿前来服侍您洗尘更衣，然后和大王举行欢交仪式！"类儿规规矩矩地回答道，把水盆放在床边用黄金做成的洗漱台上。

"什么？什么欢交仪式？"我满脸狐疑地望着他，这万妖国的人说的话怎么就那么难懂呢，亏自己还是中国语言文学系的，我到底有没有拿错毕业证啊？难道是混出来的？

"你现在已经是大王的宠后，当然要举行欢交仪式，大王很喜欢你呢，只是看了你一眼，就立刻封你为王后了！今晚的选后盛典真是太热闹了！"类儿既羡慕又妒忌地说道，满脸的妖娆娇媚神色。他到底是不是男人？这么风骚！（PS：类儿是双性的妖魔。）

我总算听明白了一点儿，欢交仪式不就是上床嘛！像我这样说简单点不好吗？大家都懂！等一下，上床？我猛然醒悟过来，发现自己不正坐在一张床上吗？慌乱地尖叫一声，像饿狼扑食似的从床上蹦了下来，只可惜自己平衡度不够，如旱鸭子下水，一头栽了下去。类儿手忙脚乱想要扶住我，突然一阵狂风刮过，我顺势落在一位美男子的怀中，类儿吓得跪倒在地，战战兢兢地哆嗦道："大——大王！奴才该——该死！"

我望着美男子目瞪口呆，最近是不是在走桃花运啊！哇哈哈，让我接二连三碰到绝色帅哥，他抱着我定格在一个画面足足有五分钟之久，我仰倒在他的怀中，身体已成 45 度弧形，也不觉得腰疼。

"王后，你是不是有些饿了？"他见我嘴角流出的口水，微笑着问道。

哇哈哈！我要晕了，晕了！好有磁性的嗓音！玄月的声音略显孩子气，德贞的声音太过温柔，像摇曳在风中的风铃，就算是冲我发脾气的时候也是那么的娇柔，而他的声音有成熟男人的稳重和魅力，简直是迷死人了！不自觉地又在拿他们作比较。我吞了吞口水，发现自己失态了，回过神，微红着脸，很淑女地低声回答道："不饿！你是……"

类儿的战栗声再次传入我的耳朵："大王，奴才该死！奴才让王后受惊了！请大王饶命啊！"

我终于恢复了一些理智，离开他的怀抱，站在一旁，沉声疑问道："你是谁？他叫你大王？"

他有些不舍，最后还是顾忌什么松手了，脸色一沉，对着类儿低呵一声："还不快滚出去！"类儿吓得屁滚尿流地爬了出去，最后还不忘带上房门。

第十七章　凶狠残暴的穷奇

我低下的头忍不住一次、两次偷瞄他的脸,心如鹿撞,脸上泛起点点红晕。他歪着脑袋,盯住我的眼睛,佯装不知地搭讪道:"怎么了,不舒服?是不是屋内太闷了?"

我不自觉地摇了摇头,内心不断地暗示自己要镇定,怎么可以被帅哥迷了心窍,不是已经有玄月了吗?见异思迁、朝三暮四、喜新厌旧……一大堆坏女人形象的字句萦绕在心头,使我的思绪很混乱,极度混乱。

他突然间搂住我的腰,很熟练地在我耳边轻轻地吹了口气,弄得我心痒难耐,嘴上立刻扬起一抹掩饰不住的媚笑,接着在他快要吻上我的脸颊时,身体却条件反射地跳到了三步之外,吓得脸色惨白,心脏好像瞬间停止几秒钟的跳动,从齿缝中挤出一句话:"你——你干什么?"

他哼笑了一声,脸上说不出的奸淫和可怕,很自然地笑说道:"你是我的王后,你说我会对你干什么呢?"

"你?你——你敢!"我说得很大声,想威吓他,却没有什么自信,他就是类儿口中所说的大王没错,心里很慌乱:第一次怎么能随随便便和刚认识不久的男人上床呢?我的第一次给玄月还差不多!玄月,为什么我的心里一直想着他?难道——我爱上他了?我——爱上他了!没错,从看见他的第一眼,我就对他一见钟情了!顿时喜上眉梢,露出甜蜜的笑容。(介绍一下这位帅哥大王,名叫白虎 sī,在座邦山自封为王,用人类世界的话说就是土皇帝,真身是一只穷奇,形状像一般的牛,虎头虎爪,全身长着刺猬刺,发出的声音如同狗叫,是能吃人的。再告诉大家一个万妖国的常识,凡是王宫里的大臣、高级妖魔等都可以幻化成人形,有自己的名字,魔力越强,变成人的样貌越清秀俊美。)

在我失神想玄月的时候,他十分粗鲁地把我拦腰抱起,走向床边。我惊吓过度而回过神,拼命地挣扎叫喊道:"放开我,混蛋!放开我!再不放开我,我——我就要——召唤,凤凰!"在我被他放到床上的一刹那,把我彻底地逼急了,喊出召唤凤凰的言念。

过了片刻,凤凰没有从我的心脏中飞出,正在奇怪,他突然哈哈大笑起来,嘲讽道:"你以为还能召唤你的式神吗?"

"你什么意思?难道——你把凤凰怎么样了?"我半信半疑地问道,如果凤凰有事,我的身体也有感应才对,可是凤凰为什么在这紧要关头不出现呢?难道它以为我还不够认真,我都快牺牲了,还不出来救我?

“不过是只小小的凤凰，能耐我何？在你被送来的时候，我就已经把它封印住了！看来王后的魔力还不够强，以后还要多加历练才行！”他轻蔑地说道，眼中充满不屑的神情，接着故作温柔地说道，“王后请放心，我知道式神现在与你血脉相连，所以还不会为难它。我已经很小心了，这种封印不会伤害到你的身体，当然也不会影响我与你的欢交！”说完，右手托起我的下巴，仔细地端详我的脸，嘴角扬上一丝浅笑，十足满意的样子。

我倔犟地偏过头，绝不屈服于他的淫威之下，愤愤地说：“别以为这样我就会任你摆布，你要是敢碰我一根手指头，我就一头撞死在墙上。”

他坐在了床边，很赏识地赞叹道：“好！果然有胆量，我最喜欢得不到手的东西！”就像他喜欢那个人一样，得不到才更疯狂。

我撇撇嘴，不服气地说道：“很抱歉，我最讨厌你这不是东西的东西！”

他脸色一沉，看来是把他激怒了，猛然扑向我，把我按倒在床上，目露凶光，发狠说道：“别逼我对你动粗！我一口就可以吞了你！”

突然，瑱兔手持长剑冲了进来，鼓足勇气向白虎刺过来，全身却在不停地颤抖，同时冲我大声喊道：“嫦娥的妹妹，快逃！”我晕，搞了半天，居然忘了告诉他我的名字，害得他这样称呼我！

我一时没有反应过来，也许是吓傻了，他的出现让我回想起来，明明跟他在一起的，要去参加什么盛会的，为什么醒过来见到的人却不是他？还莫名其妙变成了白虎的王后，脑子里顿时塞满了一个个的问号，愣怔在一旁。

等我回过神的同时，又是一阵惊悸。白虎恢复原貌，一只虎掌压住瑱兔的胸口，发狂地怒吼一声，如疯狗的狂吠声，而瑱兔手中的利剑却在攻击白虎时，被白虎的魔力震飞到离他身体很远的地方。瑱兔眼角流着泪，掩饰不住的悔恨与悲伤。

白虎生气地咆哮道，“瑱兔，什么时候吃了天狗变得胆大起来？别忘了，是你自己把王后送到我身边的，现在就想反悔了吗？”(PS：天狗，形状像野猫，白色脑袋，发出的声音像猫叫，饲养它可以辟凶邪之气，吃了它的肉会增添勇气和力量，相当于人们常说的熊心豹子胆。)

“什么？”我惊异地瞪大双眼，可恨又可气地说道，“玉兔，是你出卖我的？”眼泪不争气地掉落下来，感觉心在滴血，好痛！这就是轻易相信陌生人的代价吗？是不是太大了？

白虎回头望了我一眼，变得更加愤怒，一口叼住瑱兔的脖子，把它甩到半空中,紧接着张开血盆大口,一口将璑兔整个儿吞了下去,最后伸出腥红的舌头舔了舔嘴唇。整个过程,璑兔连呻吟声都未能发出来。

"不要啊!"亲眼目睹如此残暴血腥的一幕,我吓得尖叫出声,脑袋一热,从床上猛地跳下来,飞快地冲到白虎面前,拼命地想掰开他的虎嘴,一个劲儿地喊道,"给我吐出来,把玉兔还给我!快给我吐出来!"

……

第十八章　双性天鹿

白虎变回人的样子,一把抓住我的双手,眼中像炽烈燃烧的火焰,闪着摄人夺魄的红光,而我的两只手腕被他一手握紧,疼得厉害,在他面前是那么的弱小无助、不堪一击,只能逞口舌之快,却动不了他分毫。

"放开我!你这头凶残的、可恶的、令人作呕的老虎,放开我!"我挣扎着叫喊道,声音却是那么的软弱,眼里满是为璑兔的死而悲伤的泪水。

"好!骂得好,我看你还能强撑到什么时候!"他冷冷地说道,轻轻一甩手,我跌落在地上,却不觉得疼,也许是地毯的缓冲,也许是悲伤过度。

我愤恨地瞪着他,如果可以用眼光杀死他,或许他死过不知道多少次了。

"你同情他,还是因为你爱他?所以他背叛了你,你也想要救他?"他突然间问道,对我愤怒的眼神视若无睹。

我很震惊,同时也不知道该如何回答,他就那么有自信我会是其中一种?你全错了!什么都不是。

他见我没有回答,继续冷嘲热讽地说道:"你这女人,这么容易受骗。被他出卖了,难道你就不恨……"

"别自以为是了!"我平静地打断他极富自信的推理,脸上也恢复了平静,此刻应该用心如止水来形容吧,没有悲伤、没有愤怒、没有开心,也不等于心死,那算是淡漠吧。我支撑着自己的身体爬了起来,因为我不想让他继续高高在上似的俯视我,骨子里的倔犟与反抗不容许我这么做,哪怕自己身高根本就不够。我从容地走到床边坐下,因为此刻的我,身体很虚弱,坚持不了多久,这房间也没有一张可以坐的椅子、沙发之类的东西,看来万妖国的卧室,除了装饰物就只有床而已。我没有抬头看他,视线停留在床头的五彩羽枕上,淡淡地说道,"我和玉兔认识也不过几个小时,更没有深入了解过对方,我连我的名字都没有告诉过他,所以他到死的最后一刻,也不知道我叫什么,更不知道我的身份。或许,他在见到我的时候,已经打定主意要将我送过来,听他说今晚有一个盛会,应该就是你选后的事吧。但是,从他最后舍身想要救我时,我就已经知道,你一定用什么威胁他,他才做了本不想做的事情。你以为我会恨他?你错了!我也不会同情他,他本来就是与我毫无关系的人,当然,你也一样!"最后一句话,刻意说得很重。

"你这话什么意思?"他厉声问道,上前几步走到我的面前,却没有对我动手。

"意思很简单,就算你单方面封我为王后,我与你还是一点儿关系都没有!因为我心里,已经有另一个人,那个人谁也代替不了!你的强取豪夺根本没有任何意义!我的心你得不到,我的人你更别想得到!就算像玉兔那样一口把我吞下去,我的灵魂也不是你的!"我很冷静地回答道,从容不迫地抬起头,正视他震怒的眼神,脸上依然平静,波澜不惊。

他气急败坏地搂住我的腰身,把我从床边拖了起来,下手很重,在他怀里有种快要窒息的感觉,威吓道:"你以为我不敢动你?"

"你当然敢,刚才如果不是玉兔闯进来,你已经得逞了。他坏了你的好事,你吃了他也算是他活该吧!"我冷冷地回答道,说出这话连自己都吓了一跳,有必要说得这么损吗?我到底是怎么了?变得如此冷酷无情,我是冷血吗?可是我的心明明在滴血啊,真的好痛!

他放声大笑起来，振奋说道："说得好！你绝对适合做我的王后！"

"你连我的身份都不知道，难道你就不怕我把你给吃了？"我说着连自己都听不懂的话，心里却在做垂死挣扎。

"你？！哈哈哈……"他放肆地大笑起来，幽幽地说道，"除了王宫里的人，还有谁可以使唤得了凤凰？"

他的话再次令我震惊，原来他什么都知道，既然知道也就是不怕与王族甚至整个万妖国敌对，从他敢自封为王就可以看出来，我怎么这么笨！暗自苦笑一声，敢情在万妖国，我才是天下第一大傻瓜！深吸了一口气，调整好心态，这个时候惊慌也没有用，他要杀我、吃我易如反掌，还不如表现自然一点儿。我露出淡淡的笑意，抿了抿干渴的嘴唇，坚定心中的坚持，抑扬顿挫地说道："既然你知道，那我也无话可说了。不过我还是那句话，你要是敢碰我一下，我就死给你看！"

"你以为可以要挟我吗？你还没有这资格！"他冷笑道，在我背后的手慢慢地滑向我的下身。

我的身体惊颤了一下，拼命挣扎，却被他抱得更紧，一个吻热烈地印在我的唇上，突然一道金光闪现，一阵钻心的刺痛感令他不得不松开我，惊异地瞪着我说道："你是契约者？"

契约者？这个词好熟悉！对我来说一定不陌生，可是脑袋一片空白，什么也记不起来。直到他下一句话提醒了我："你和犬神定下了契约！"

是啊，我想起来了，玄月曾经无数次对我说过这句话"你只是一个契约者而已"。我的心里跟着一阵绞痛，一直都让我耿耿于怀的事情又开始爆发了。

"和犬神定下契约的人，除了犬神，任何人和妖魔都动不了她分毫！"一个柔细动听的声音把我从回忆中拉了回来。德贞像救星一般出现在我的面前，我的眼泪瞬间滑落下来，没有温度，只有凄冷。我没有冲过去，白魇挡在我的面前，虽然不敢再碰我一下，却用魔力控制了我的身体，所以根本就动不了。

白魇转过身，表情由惊恐转为阴冷，最后变得温柔，面对德贞，眼里流露出让人捉摸不透的复杂情感。他喜欢他吗？我的脑海中突然闪现出这个怪念头，虽然自己不是同人女，可是他的神情让我情不自禁地往那方面想，曾经看过BL动漫，当然知道这种唯美的情感，让我如此羡慕的……

"公主，你没事吧！"德贞还是站在原地，关心的询问再次把我从想入非非里拖出来，他恶狠狠的眼光扫向白魇，十分震怒地对他骂道："你连万妖国未来的女

驱魔犬

王都敢动，我今天绝不饶你！"

白虎的表情依然处于惊喜和激动中，他一直都派蛊雕追踪德贞的下落，一次又一次地落空，没想到这次亲自送上门来，当然也是在他看到凤凰时预料之内的事情，公主在他手中，作为守护神的德贞一定会出现，只是来得太快，心中百感交集地说道："德贞，你终于肯来了！"说完，走过去牵住了德贞的手。五年前，一直忍辱负重等着犬神和公主回来的德贞，因为一时对逆魔的所作所为忍无可忍，发生一点口角，被逆魔以清剿座邦山魔物的名义派遣到这里。在与白虎大战七天七夜之后，白虎竟然爱上了这个令他着魔疯狂的人，德贞居然害怕起这个男人的痴缠，丢下逆魔的命令而去，没有再回王宫。白虎死缠烂打地对他猛追不舍，这样你追我逃了五年之久。当然白虎并不是喜欢男人，而是天鹿本身具有双性的体质，如果与异性结合，自然会变成男人或是女人；而德贞还没有被别人碰过，仍然保持着双性的体质，也难怪他的声音如天籁，柔中带刚。

德贞愤愤地弹开他的手，径直走到我的面前，解开白虎束缚我的魔力。我猛地扑进他的怀里，放声大哭起来："呜呜呜，德贞！他杀了玉兔，还欺负我！一定要教训这头恶老虎！"

"老虎？"德贞微微皱眉，猛然回过头，一道锐利的目光射到白虎身上，愤愤地说道："你刚才对公主做了什么？"

白虎顿时变得像个千依百顺的小媳妇似的，跑过来唯唯诺诺道："公主是犬神的契约者，我能对她做什么？你也知道我伤不了她的！德贞，我派出去的蛊雕一个都没有回来，你是不是把它们都杀光了？我一直都在找你呢！"

绝对有问题！那么凶残的白虎居然对德贞这么低声下气的，被我抓到致命弱点了，这下我要以牙还牙了。心里暗暗偷笑，把德贞抱得更紧，故意撒娇说道："德贞，我好冷！我看见他好害怕，把他赶出去好不好？"说完还不忘给白虎一个白眼，表情十分得意。

白虎目露凶光，说不定在他的心里已经将我千刀万剐了一百次。就是要这样气死你，谁叫你吃了玉兔，要你知道我的手段！我恨恨地想。德贞平静地说道："公主，我们走，离开这个地方！"

白虎立刻慌了心神，飞快地退到房门口堵在那里，笑嘻嘻地说道："德贞，别走，我出去！你放心，我不会再惊扰到公主。"哈哈哈，我更加得意地笑，突然间想起了什么，大声呵道："你把凤凰还给我！"

德贞惊异地看着我,问道:"他封印了凤凰?"

我点了点头,突然一阵风吹过,霎时迷了眼睛,等我再次睁开眼的时候,德贞已经闪到白虒的眼前,扣住了他的脖子,怒道:"快把凤凰交出来!"哇!德贞生气起来还真是可怕,幸好跟他是友非敌,而且还是他的公主,嘿嘿,白虒,你就自求多福吧!

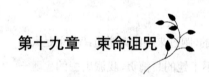

第十九章　束命诅咒

白虒面不改色,冷哼一声,意味深长地说道:"现在凤凰算不算我手中的棋子呢?德贞,你喜欢公主吗?"

我愣愣地望着他们,德贞倒吸一口气,松开了白虒,言语却没有丝毫的让步:"你想用公主的命威胁我?如果你敢对公主下手,我就算打不过你,也绝对不会放过你!"

"我就这么令你讨厌吗?"白虒茫然地问道。软的、硬的都试过了,他就是不屈服,或许正是因为他这个脾气,才会让自己爱他爱得那么疯狂,想得到他的身体、他的心、他的人甚至他的全部,爱一个人不需要理由,心里认定的人绝对不需要任何理由。

"没有,我对你没有任何感觉!总有一天你会后悔当年没有杀了我!"德贞很平静地回答道，语气很冷淡，也很无情，跟我的回答竟然如此相似。我忍不住想笑，却觉得气氛压抑，激动不起来。

"你！"白虓气得吹胡子瞪眼，干巴巴地望了我一眼，我故意冲他做个鬼脸，讥笑道："有人自不量力！ boy's love 休想，想吃蜂蜜还嫩了点！"虽然他们听不懂我在说什么，但有个阴森杀人的眼光射在我的身上，让我不禁打个冷战，瑟瑟躲进德贞的怀里。

这个举动把白虓彻底地激怒了，他伸直右手臂，举到头顶，喊出言念："以白虓之令，凤凰出来！"他的手掌顿时红光大作，凤凰瞬间出现在他的上空，不过它的样子好像不太对劲，身体被什么包裹住了，无法动弹。

"凤凰！"我失声呼喊道，扯住德贞的衣袖，紧张的心悬起来，急切地求道，"德贞，快救救凤凰！"

凤凰被白虓掐住脖子摆到了德贞的眼前，冷声说道："如果德贞愿意留下，我可以放了公主，当然也会把凤凰还给公主。要不然我立刻把它当祭品吞下去，公主还没有与犬神交合，如果凤凰死去，你应该知道公主会变成什么样！"

德贞没有回应，气定神闲地望着他不为所动，可是我着急了，凤凰与我同命相连，我还不想死啊，我还没有见到玄月，怎么可以死在这种地方？我伸手欲夺回凤凰，反而被白虓抓住胳膊，一把拖进他的怀里，扣住我的脖子，被他的魔力控制住，连声音也发不出来。

"放开公主！"德贞一声低呵，站在原地有所顾忌而不敢动。因为他心里很清楚，白虓什么都做得出来，他根本就不在乎公主的死活，哪怕万妖国从此消亡也与他无关。

"你就这么在乎她？"白虓生气地问道，把我掐得更紧。呜呜……痛啊，快要窒息了，德贞救命啊！我憋得满脸通红，可怜巴巴地望着德贞。

"她是万妖国的公主，我是守护神，必须保护公主的安全！"德贞强自镇定地回答，心里却是七上八下，慌乱得要命。

"就这么简单？"白虓不依不饶地继续追问，不到黄河不死心。

"就这么简单。快放了公主！我答应你留下来！"德贞最终妥协了，深吸一口气回答道。

救我也不用答应他啊！怎么可以答应他？我心里一遍遍地问着自己，德贞为了我要牺牲他自己，我好恨自己这么无能为力，一时气急攻心，引发潜意识中的魔力,身体发出灼热的蓝光,白虓顿时感觉到自己的手像被放进了油锅一样,疼得立马松开手,把我推到了地上。

"公主!"德贞心慌意乱地想扶起我,却被我身体内暴走的魔力击伤,口吐鲜血,倒在地上动弹不得。白虓由惊恐转为愤怒,在凤凰的身上施了咒术,然后强行推进了我的心脏,顿时锥心刺骨的痛遍袭全身,我的魔力瞬间消失,疼得直冒冷汗,呼吸越来越急促,快要窒息一样的难受。

"德贞,你怎么样?不会有事的,我用回原魔法救你!"白虓蹲下身扶起重伤的德贞,紧张地关切道。

德贞奋力推开他,艰难地靠近我,吃力地把我抱在怀里,见我脸色苍白如纸,心急如焚地喊道:"公主,公主!不要吓微臣!束命之咒?!白虓,你!你竟敢对公主……"震惊地瞪着白虓,恨得咬牙切齿。(PS:束命之咒是将诅咒下在式神身上,然后直接控制与其命脉相连的召唤使,令召唤使求生不得、求死不能,魔力尽失,是一种很毒的咒术。)

"是她自找的!她敢打伤你,给她一点儿教训理所当然!"白虓满不在乎地回答道,表情冷漠得像千年寒冰。

"快点解咒!"德贞愤怒地命令道,引起一阵剧烈的咳嗽。

"德贞!"白虓万分焦急地欲上前给他医治,却又不愿意接受这个命令,站在一旁事不关己地说道,"不解!中咒的人又不是你,我才不费这个神解咒!"

"你!"德贞气呼呼地瞪了他一眼,却又无可奈何,回头望着汗如雨下、疼得不停抽搐的我,轻咬一下嘴唇,把手放在我的心脏处,郑重地喊道:"以犬神之名命令你,凤凰,现在解除你与妖姬的契约,成为吾之式神!"

"你干什么?德贞!不可以!"白虓难以置信的话还未说完,一道蓝光从我的心脏中射出,凤凰进入了德贞的身体里,同时也将诅咒转移到了他的身上。

"德贞!"白虓惊慌失措地抱起痛晕过去的德贞,紧紧地搂在怀里,痛心疾首地说道,"为何做傻事?你明明知道,你只要求求我,我就会答应的,可是为什么宁肯自己受罪,也不肯对我妥协?现在你把咒术转移,我还有什么办法救你?你告诉我,我到底要做什么才能让你心甘情愿跟我在一起?公主对你真的那么重要吗?比你的命还重要吗?"

我慢慢缓过一口气,再没有生不如死的疼痛折磨,听着白虓说的那些肉麻的话,心里很不是滋味,放在平时我肯定恶心得想吐了,在我第一次看BL动漫就有

驱魔犬

这种感觉,可是现在真的很感动。看着焦急万分的白虎,我毫不客气地说道:"是你下的咒,为什么不能解?"

白虎凶神恶煞地瞪着我,右手一挥,我便悬在半空中,脖子被一股无形的魔力掐得很紧,双手完全使不上劲,挣扎着骂道:"臭老虎,放我下来!你想要干什么?死老虎!臭老虎!"

白虎一声怒吼:"快说,玄月在哪里?"

"我不知道!"我愤愤地回答道,我要是知道玄月在哪里,还会被你吊在这里任你折磨吗?玄月肯定会扒掉你一层皮,把你晒干做成老虎干喂鱼,把你的虎皮做成皮衣给我穿。

白虎更加愤怒,额头上青筋暴露,脸色铁青,发狠地再次问道:"再不说,我就杀了你!"说着,右手轻轻一握,我立刻感觉到自己的心脏像被他捏在手里一样,疼得忍无可忍,喘着粗气说道,"我——真的不——不知道!我——也在找他!"

"你没骗我?"白虎半信半疑地瞪着我,细细想了一会儿,神色黯然下来。他把手缩了回去,轻轻地抚摸德贞苍白的脸。我失去束缚,重重地跌落在地上,发出一声惨叫,恨恨地望着他,却又担心德贞,心里很不服气地说道:"只知道欺负我,算什么本事?现在你还不救德贞,真想看着他死吗?"

"如果他没有转移咒术,我当然能救他,可是……可是现在只有犬神才能救得了他,没有犬神解咒,德贞将永远沉睡下去!"白虎悲伤不已地说道。

"那你为什么不在他转移之前给我解咒?这是你自找的!"我生气地骂道,叹了口气,放缓语气说道,"这个诅咒现在只有玄月才能解吗?"

白虎微微点头,愣愣地望着德贞,没有抬头看我一眼。我皱皱眉头,声色俱厉地冲他喊道:"那还不快派人去找!告诉玄月我在这里,德贞受伤了,他一定会来的!"

白虎把德贞温柔地放在床上,嘴角扬起一丝奸笑,大声喊道:"来人!把公主给我带下去,严密看住!玄月就算不救德贞,也不会不顾虑公主的安危。公主,如果玄月不肯救德贞的话,我就会让公主再受一次束命之咒,看看他会不会见死不救!"

啊?阴险小人!我的话还未说出口,就被进来的两只蛊雕给架走了,不过还好,至少它们还不会吃了我。我一边尖叫,一边被这两只可恶的蛊雕凶狠地拖进了阴暗的牢房里。我趴在铁门上,不停地拍打铁门,愤愤地吼道:"放我出去！你个臭鸡蛋、臭皮蛋、死老虎、破烂鸟放我出去！你奶奶我可不是好惹的，放我出去……"

最后喊得筋疲力尽，软弱无力地滑落在角落，喃喃念道："玄月，你在哪里？湘湘被人软禁了，快来救我！玄月！"

……

第二十章　夜闯王宫

一个没有彩虹的晚上，王宫里灯火辉煌，白晖灯将每一个角落照得十分明亮，就连地上掉根针都能看得清清楚楚。内侍卫军如往常一样守卫王宫的安全，警戒森严。突然，一道紫光却无视他们的存在，迅速从屋顶掠过，犹如蜻蜓点水，眨眼之间消失得无影无踪。

房门上方贴的一张白色符咒掉落在地上，好像有阵轻风飘进屋里。王宫的布置就是与众不同，恐怕只能用富丽堂皇、超级豪华八个字形容，黄金做的椅子和书架、白玉做的书桌、水晶和钻石做成的装饰品等等。我想就算是人类世界古代的皇宫也不会奢侈到这个地步，不过在万妖国，距离王宫还不到百里的招摇山上，漫山遍野全是金银珠宝，取之不尽，用之不竭，魔力高强的人可以将它们随意变成自己喜欢的样子，这些东西实在太普通不过了，也难怪玄月在人类世界对那两千多万不动心。

这时，一个人影出现在书架旁，开始在房间里到处搜寻某件东西。

突然，房门"嘎吱"一声打开，闯进来一大群内侍卫军，把房间团团围住，那种架势恐怕连只苍蝇也不会放过。玄月见到侍卫军，站在原地没有再找，神色镇定而自然，因为他心里有数，放弃了。

内侍卫军一下子全跪在地上，玄月知道有个重要人物进来了。果然，从门口进来一位身型高大威武、满脸横肉的男人，一身蚕丝软甲，不只是刀枪不入，连普通的魔法也会被它轻易化去，他就是逆魔相国的爪牙欧诇(tù)将军。(PS：欧诇的真身是一只獦狚 gé dàn，形状像狼，长着红脑袋和老鼠一样的眼睛，发出的声音如同小猪叫。)

"玄月殿下，20年未见，近来可好？"欧诇近似挖苦地说道，冷眼扫视一眼玄月。

玄月轻蔑地冷哼一声，没有回答，简直就是目中无人的态度。

欧诇正想发火，但当着这么多人的面也不敢对玄月无理，毕竟玄月是万妖国一人之下万人之上的护国犬神，就算现在朝政被逆魔把持，表面上还是要做做敬畏的样子，带着愠气说道："玄月殿下是想找万妖镜吧？相国知道殿下会回来，要微臣在这里等候殿下，相国很想见殿下！请！"

玄月当然明白他话里的意思，又是不屑地一声冷哼，示意欧诇带路，内侍卫军立刻让出一条道路，恭恭敬敬地送玄月出门。

到达相国住的瑜华殿，欧诇命门外侍寝的类儿通报一声，得到批准之后，带着玄月进了相国的卧室，然后留下玄月退了出去，房里的布置比刚才那间还要豪华不知多少倍。逆魔整了整衣衫，似乎是刚刚从床上起来的样子，然后坐在铺了一张柔软的鹿蜀皮毛的椅子上，见玄月沉着冷静地站在离他不到三米的位置，眼里却是充满了敌意，嗤笑一声，悠然自得地说道："殿下，回到万妖国，也不通知微臣一声。这里明明是王宫，却要偷偷摸摸地进入自己的寝宫，也不怕人笑话。"(PS：鹿蜀，杻阳山中的一种代表吉祥高贵的魔兽，形状像马却长着白色的头，身上的斑纹像老虎而尾巴却是红色的，吼叫的声音像人唱歌。除了王宫里的人，都不允许捕杀和穿戴。)

玄月脸上很平静，单刀直入主题，沉声问道："你把万妖镜藏到哪里去了？赶快交出来！"

逆魔故意装傻笑说道："殿下此话意欲何为啊？这万妖镜一直都放在殿下的寝宫，你让微臣拿什么交给你？"

"放肆！"玄月怒声呵道，一脸的威严霸气，"你明知道万妖镜可以找到公主的下落，却把它藏了起来，逆魔，你……"

"微臣哪敢在殿下面前放肆！"逆魔冷生生地打断玄月的话，这已是大不敬，居然没有一点儿惧怕的神色，阴阴地说道，"万妖镜只有犬神殿下才能使用，如果可以知道公主在哪里，微臣就是不要这颗脑袋也会把公主找回来。只是这20年了，公主的下落未知、生死未卜，微臣日夜急得揪心，难以安稳，殿下非但不体谅微臣的苦心，还冤枉微臣拿了万妖镜……"

"你给我住口！你自己做了什么，不用我来提醒你。再问你一句，万妖镜在什么地方？"玄月勃然大怒道，一个巴掌狠狠地甩在逆魔的脸上，一个淤青的五指印随即浮现出来。

如果不是为了找湘湘，万妖镜成了最后一个希望，玄月也不愿意回到这个令他伤心悲痛的地方。他只想在人界陪着湘湘过一生，名利地位都不重要，却没想到最后还是回到了万妖国。只怪自己不忍心伤害她，怕她哭，才没有使用心相印魔法，以至于现在失散没有办法寻找，此时的玄月有些懊恼，看着逆魔就有种想杀了他的冲动，但是真要硬碰硬，逆魔的魔力也不是玄月可以在一招半式之内战胜得了的；更何况现在整个王宫都被他强占了，只要公主没有回到王宫，就算是犬神，也动摇不了他高高在上的相国地位。

逆魔摸了摸自己的脸，刚才留下的五指印在他的魔法下完全消失了，他阴阴地笑了几声，也不再惺惺作态下去，恢复了傲慢狂妄的本性，对视玄月冷得像冰锥的眼神，语气尖锐地说道："殿下，万妖镜是在微臣手中没错。微臣没有别的意思，只是希望与殿下一起接公主回宫！"

"你在跟我谈条件？"玄月生气地问道，脸上表情依然很镇定。

逆魔放声大笑起来，阴阴地说道："微臣有必要和殿下谈条件吗？"说完，对玄月使出光击魔法。

玄月眼疾手快地避开，闪身到逆魔身旁，准备擒住他再审问出万妖镜的下落。岂料逆魔嘴角勾起一抹邪恶的笑意，右手轻轻地拍一下椅子的把手，一支如闪电的利箭飞射过来。玄月心里一惊，迅速闪身避开滚落地上，紧接着一盆黑色黏稠的液体泼在玄月的身上，玄月呻吟一声，全身发出一道紫色的光芒，身体再也不听使唤,扑倒在地上无法动弹。

可恶!玄月暗自骂了一句,满头大汗,急促的呼吸声变得越来越微弱,偏瘫地抬起头,目光狠狠地瞪着眼前幸灾乐祸的逆魔,连骂人的力气都没有了。

逆魔半蹲下身子,阴笑道:"怎么样?玄月殿下!犬神最畏惧的两件东西微臣都拿到了,微臣是不是很厉害呢!为了今天,微臣可是花了不少心血,千辛万苦才找来的。看你一副丧家犬的模样,真是有损犬神的威严!啧啧啧!如果殿下一开始顺了微臣的意,也不会落到今天这个地步了!"

玄月长长地喘着粗气,难以置信地质问道:"飞雪针和黑色溪边血你是怎么得到的?你怎么知道这是犬神的致命伤?这可是万妖国的最高机密,连女王都不知道!"(PS:飞雪针是万妖国创国女神用最坚硬的青锴 pǔ 做成的长箭,箭中灌注了强大的魔力,比金刚石还坚硬百倍,不但可以当宝剑一样使用,还可引弓射出加强杀伤力,后面还有详细介绍,暂且不提。溪边是一种罕有的珍兽,样子像普通的狗,它的血可以让任何魔法和诅咒无效,特别是黑色溪边,在万妖国的数量还不到十只,它的血可以破除犬神的魔力,使其元气大伤,24 小时内不能恢复。)

"呵呵,微臣真是罪该万死,竟然忘记告诉殿下了!"逆魔冷笑道,意有所指地冷嘲说,"殿下,你可知道青风殿下是死在辉玉女王之前的!"

玄月心脏骤然一紧,眼中闪过一道难以言语的悲伤,脸部肌肉微微抽动了一下。青风不但是他最亲的叔父,也是教导他做人、教他魔法的老师。玄月一直把他当做偶像来崇拜,又想努力地超越他,这种敬慕的感情却在得知青风追随女王死去而消失,随之代替的只有悲伤和痛苦,还有痛彻心扉的怀念。从悲伤中恢复过来,瞬间明白一切,还是无法接受,玄月痛苦地问道:"你这话是什么意思?"

"哈哈哈……"又是一阵疯狂的嘲笑声,逆魔淡淡地说道,"我还以为殿下很聪明呢?这样还猜不到,需要微臣说得明白一点吗?青风就是被我刚才用在你身上的东西暗算的,现在殿下听懂了吧?"居然无耻到这个地步,毫不掩饰地说出真相,令玄月肺都快气炸了。

玄月痛心疾首地说道:"原来这一切都是你策划的!"无法忍住胸口的滞闷,吐出一口鲜血,继而狂笑道,"哈哈哈……逆魔,你就那么有自信我今天会栽在你的手上!我不知道你是用什么方法得知犬神的弱点,不过你今天要失算了!"

逆魔惊骇得脸色大变,马上恢复平静,冷笑道:"你现在魔力尽失,还能从我手中逃走吗?"

"为什么不可能？我玄月又不是笨蛋！"玄月胸有成竹地说道,声音突然变得中气十足,哪有受伤的样子？他沉稳地站起来,抹掉嘴角的血渍,扯掉身上的血衣,露出里面一层为他阻挡住溪边血的彩月霞衣,似笑非笑地说道:"你有准备,难道我就没有准备吗？青风和前女王的死,20年前我就怀疑了,要不然也不会带走公主。如果不是你把公主骗回万妖国,我也不会回来找你算账！别以为我是忘记了仇恨,我只不过不想把一无所知的公主牵扯进来,你偏偏要兵行险着,逼着我回来杀你！"眼中闪过一道凶狠的杀人目光,一步步逼近逆魔。

逆魔吓得慌了手脚,这次确实是自己失策,没想到玄月竟然诈伤,穿着护身的彩月霞衣,青风竟然将万妖国仅有的一件彩月霞衣送给了玄月,难怪当年翻遍青风的寝宫也没有找到。眼看着玄月步步进逼,逆魔只能一个劲地往后退,最后退到墙角再无退路,只好咬咬牙,心虚紧张地说道:"殿下你敢杀了微臣,就不怕出不了这个王宫吗？"

......

第二十一章　玄月受伤

玄月眼中闪过一丝迟疑,退一步正色道:"只要你交出万妖镜,我现在就不杀你！如果你将来继续作恶,纵使万妖国所有的人都想保你,我也一定将你千刀万剐！"

这时，欧逞手捧万妖镜急急忙忙赶过来，装出一副紧张和害怕的样子，对玄月近似求饶地说道："玄月殿下，万妖镜在此，请勿伤了相国！"他低着头，狡黠地转了转眼珠，将万妖镜的镜面朝上捧送给玄月，镜下方却有一只黑色的小瓷瓶，里面装的是黑色溪边血。

玄月小心翼翼地伸手接过万妖镜，突然欧逞将万妖镜抛向空中，玄月紧盯着万妖镜下坠的方向，却忽视了欧逞手中的小瓷瓶。一瞬间，欧逞右手持漒(hēi)光剑向玄月颈间刺去，在玄月偏头避开漒光剑的攻击时，左手洒出瓷瓶中的黑溪边血，泼在了玄月的脸上。

玄月来不及躲闪，闷哼一声，身形踉跄几步向后退去。他万万没有想到，这种卑劣的手段会在第二次真的得逞。眼见玄月被黑溪边血所伤，魔力尽失，逆魔趁机双手合十，然后在胸口展开幻化出一把闪着黑光的燚(zhì)风剑，凶狠毒辣地朝玄月的胸口直刺而去。玄月心里一紧，决定誓死反抗，暗赌逆魔现在还不敢杀了他，二十年前不能，现在也不能，沉着地望着剑光迅速逼近，突然一道金光闪过，"当"的一声利刃碰撞发出的脆响，燚风剑被硬生生地挡了下来，剑下是一把追月剑，持剑之人英俊潇洒，肌肤白皙如雪，浑身散发出淡淡的田园芳草香，他就是德贞的孪生哥哥德贤。

"德贤？！"玄月吃惊地呼唤一声，单凭他身上的气息和追月剑，就可以判断出他是德贤，而自己的身体早已不听使唤倒下去。德贤用力抬剑挥出，将逆魔的剑身推了出去，眼疾手快地伸手扶住玄月的腰身，顺势搂进怀中，紧张地喊道："玄月，你怎么样了？"

"小心！"玄月脸上闪过一丝笑意，晕倒的最后一刻还不忘叮嘱德贤，眼中充满了对德贤的信任。

德贤小心地扶住玄月，慢慢蹲下身体，就算他已经失去知觉，还是想让他舒服一些，继而抬起头，恶狠狠地对正走过来的逆魔和欧逞怒呵道："你们答应过我不伤害他的！为什么要伤害他？"

"这样不是更好吗？他受了伤，你照顾他，不正是合你的意吗？别忘了，玄月的致命弱点可是你告诉我们的！"逆魔放声狂笑起来，嘲讽地说道，"德贤，你想把玄月留在身边，我们只想得到妖姬，利益没有冲突，我们才能合作愉快不是吗？其实你心里一直都很恨青风，没有让你做守护神，而选择了你的弟弟。你觉得自己什么都比你弟弟强，却得不到应有的荣耀和重视，所以在玄月毫无防备的状态下使用了探知魔法，知道了犬神的秘密，借我的力量杀了青风。可惜啊！你没有想到，最后玄月还是没有让你做守护神留在他的身边……"

"给我住口！"德贤一声怒吼打断逆魔的话，眼中充满了杀气，瞳孔变成血红色，样子是那么地狰狞可怕，完全与他美丽的容貌不配。

"住口？"逆魔笑得更加疯狂，最后假惺惺地提醒道，"德贤，别忘了你与我的约定，尽快从玄月那里查出妖姬的下落。"说完，对欧逍使了一个眼色。

欧逍立刻将万妖镜递给德贤，德贤冷声说道："不用你提醒！我还不是你的手下，别想命令我，也别想威胁我！你应该很清楚我这个人，为了玄月，赔上自己百条命都在所不辞！"说完，接过万妖镜放进怀中，抱起昏迷不醒的玄月，轻松地离开了王宫。

欧逍忧心忡忡地对逆魔说道："相国，德贤那个人信得过吗？就这样把万妖镜交给他，万一他带着玄月离开万妖国……"

逆魔断然打断道："没有万一，光之边界只有守护神才能开启，哪怕他找德贞帮忙也没办法离开，因为光之边界到现在还没有恢复。就算他想逃，也只有躲在万妖国某处。派肥遗监视他，如果他有异常的举动，就威胁他说，会把他今天所做的一切全都告诉玄月，我就不相信他不害怕玄月痛恨他。哈哈哈……"（PS：肥遗，一种妖蛇，长着六只脚和四只翅膀，行动迅速敏捷，专做侦察跟踪的事情。）

"是，相国！"欧逍心满意足地退了出去，只剩下逆魔的奸笑声在王宫中回荡。
……

德贤将玄月带回了自己的住处，距离王宫南面五百里的旄（máo）南山上，一座天然的石洞。洞内用水晶和浑圆的玉石做装饰，摆放了几颗水荧灯，看上去简单质朴，十分干净整洁，洞内还有一处天然的小瀑布，哗哗的流水声，交织成一幅不问世事的逍遥画卷。

德贤在瀑布下的小水潭里打湿一块方巾，然后拧干，跑回玄月的身边，小心仔细又不失温柔地为他擦掉脸上犹如墨汁的黑溪边血渍，再跑回水潭清洗干净，就这样一连来回了四五趟，总算把玄月的脸擦干净，可是玄月额头上豆大的汗珠直冒出来，无论怎么擦都擦不干，狠狠地揪着德贤的一颗心，使他还不能完全放心。

突然，玄月的眼睫毛微微抖动了一下，虽然只是一个细微到可以忽略不计的小动作，却让德贤惊喜万分，紧紧地握住玄月的手，紧张地呼唤道："玄月，玄月，好点了吗？玄月！你睁开眼睛看看我啊，玄月！"

这次玄月的嘴唇也微微张开了一些，好像低低地呢喃什么，德贤急忙俯下身去仔细听，却听见玄月含糊不清地喊着湘湘的名字，一听就知道是个女人的名字，气得德贤妒火中烧，像只喷火龙似的，呼吸越来越急促，眼中不自觉地射出一道杀人的阴冷光芒。

"德贤？！"玄月缓缓睁开眼睛，看见德贤如此亲密地贴在自己身上，尴尬的脸上泛出红晕，却使不出一丝力气推开他，只好喊出了他的名字。

德贤闻言，慌乱地坐直身躯，偏过头心虚地说道："玄月，你醒了，感觉好点儿了吗？"

"是你救我回来的吗？谢谢你！"玄月很客气地说道。

德贤心里很不是滋味，硬生生地反问道："20年不见，变得见外了？"语气更像是质问，质问他为什么一离开就是20年。

玄月长长地叹了口气，不想回答他这个尖锐的问题，感觉特别地累，也许这就是失去了魔力的缘故吧，一时想到了什么，吃惊地问道："德贤，逆魔没有对你怎么样吧？"玄月很难相信他们可以从十恶不赦、狡诈奸猾的逆魔手中安然无恙地回来。

德贤轻松地笑了笑，不以为然地说道："我德贤要去哪里，要做什么还没有人能拦得住我！区区一个逆魔，能把我怎么样？我既不是他手下，也不是守护神，来去自由！玄月，我还把万妖镜一并带回来了，你要用它找什么人呢？对了，公主找到了吗？"

玄月难以置信地望着他，这个人总是让他始料不及，能逃出来已经算不错了，还能把万妖镜也夺了回来，惊喜地说道："你真的把万妖镜拿来了，快给我！"

"好！"德贤不慌不忙地从怀里掏出万妖镜，温柔地放进玄月的手中，深情似海地望着他可爱的笑脸。

玄月一边翻看万妖镜判别真伪，一边欣喜地说道："太好了，德贤！你帮我大忙了！公主回到了万妖国，可是却被光之逆流冲散了，所以我才心急如焚地潜入王宫取回万妖镜。"他停顿了一下，眼神瞬间暗淡起来，压低声音，沉声喃喃念道，"原来青风真的是被逆魔害死的！是他做的！"

德贤心里一紧，装作没听清楚的神色以掩饰内心的不安，笑说道："玄月，你刚才说什么？"

"没！没什么！"玄月愣愣地回答道，深深地吸了口气，调整好心态，对德贤微笑着说道，"德贤，你怎么知道我闯入了王宫，你不是一直都在旄南山修炼吗？"

玄月一语言中要害，德贤心里一慌，目光变得游离不定，故作镇定地说道："我——其实我是到王宫中偷冉遗鱼吃，突然看见玄月跟欧迤进了瑜华殿，有些担心你，就跟了上来。"

德贤好吃的脾性玄月当然很清楚，尤其是堪称万妖国美食中极品的冉遗鱼，只有王宫的渑（hóng）湖才有，所以对他所说的这番话深信不疑，讪笑道："你啊，为了偷吃，什么时候把命丢了都不知道！"

"我的命只是用来保护你的，当然为了更有力量，吃也是很重要的！"德贤半开玩笑地说道，却是用一双很认真的眼睛望着玄月：他没变，样子没变，脾气也没变！20年了，足足等了他20年终于又回到我的身边。

玄月轻松地笑了笑，感觉体力好像恢复了一些，正准备下床，突然德贤神色紧张地说道："这是干什么？你还没有好呢！快躺下！"连忙抓住他的手，另一只手按住他的肩膀不让他起来，很懂得把握力度，既不能让他动，又不会伤了他。

玄月无可奈何地笑着说道："我没事，已经好得差不多了！还是找公主要紧！"

德贤不肯让步，立马阴沉着脸，像教训自己不听话的孩子似的，坚持说道："给我躺下！再好好地休息一天，明天我陪你一起去找公主！否则，我就拿走万妖镜，你就自己想办法找公主吧！"

"你！"玄月不高兴地瞪着他，想发脾气却又发不出来，忍气吞声地说道，"算你狠！"说完，一手拉住被子躺了下去，然后负气侧过身不理他，恨恨想：总有一天，我会收拾你的，德贤！

德贤温柔地把被角掖好，坐在床边看着玄月的背影，脸上露出迷人的笑意，心里却是百转千回，这种心疼的感觉玄月他又知道多少？

第二十二章 戏弄德贤

"想和你再去吹吹风，虽然已是不同时空，还是可以迎着风，随意说说心里的梦……这是个什么世界，我已无心了解……明月几时有，把酒问青天，不知天上宫阙，今昔是何年……"一阵断断续续，时而叹息，时而悲伤的歌声从地牢里传出来，虽说不上绕梁三日，却也悠扬动听，只是让听的人有些摸不着头脑，稍微懂音乐的人就会感觉歌词怪怪的。不用去猜，把歌曲胡乱掺杂乱唱一通的，就是忘性大的杜金湘我了，谁叫那些歌词这么难记呢？就记得唱得最多的高潮部分。也许你会问我，被人关起来，在这阴冷潮湿的地牢里也能悠闲自在地唱歌？呵呵，我无奈地苦笑一声，自从被那该死的臭老虎关到这里来，我不是没有挣扎过、哭喊过、大吵大闹过，可惜，在这种连只苍蝇都不会来的地方，谁管我呢？到头来还不是自己折磨自己。不过这里有吃有住，就是晚上冷了点，虽然比不上在家里，可是来到万妖国，差点儿送命，这里的待遇似乎好多了，也算是自娱自乐吧！我杜金湘可不是那么容易屈服的人，想让我受罪，还早了百年呢！

我扯断一条从天窗蔓延进来的不知名的粉色蔓藤，奇怪吧，这花藤也有粉色的，而且开着奶白色的小花，十分美丽，我也觉得好玩，于是用了九牛二虎之力才拉扯下来，做成花环带在头上，只可惜这里没有镜子，想要臭美一下都看不见。又是无聊的一天，身上没有手机，看不了时间，也不知道现在是什么时辰。不好意思，我自从有了手机，什么钟表呀、MP3呀、相机呀、MP4呀、计算器、日历等等通通被它取缔，想想这手机真不错，功能如此齐全，现在离开它真是很不适应，没有电的日子不好过，没有手机的日子更不好过，原来令我日思夜想的不只是玄月一个，还有我那可爱的手机……

正当我埋天怨地、大倒苦水的时候，突然铁门"嘎吱"一声打开了。"咦？奇迹出现了，难道老天爷听到我的委屈，送救星来了？"我惊喜万分道，下一秒映入眼帘的人，害得我差点儿没被自己的口水呛死，"咳咳咳！"一阵干咳的同时，猛地扑进那个人的怀里，欢呼雀跃道："玄月，太好了，终于让我梦见你了！"暗自领悟：这一定是梦，玄月看我的眼神明明那么温柔，而且还是人的样子，平时他可是冲我狮子吼，摆脸色，哪像今天这么柔情似水！

玄月惊慌的眼神瞪着我，指着我头上的花环，严肃地说道："湘湘，这是谁给你戴上的？"

我离开他的怀抱，莫名地跟着指向自己头上的花环，没能理解他的意思，心里倒是十分得意，嬉皮笑脸地说道："好看吗？我自己编的，这里没有镜子，不知道好看不好看。玄月，你喜欢吗？"怎么感觉他的脸色越来越不对劲，一副难以置信的样子。他的眼中闪过一丝疑云，沉默片刻，不解地问道："你戴着它，没有感觉到什么不舒服吗？"

"有吗？我觉得很香啊，像香水百合的味道，不过味儿稍重了些！"我不以为然地说道，对自己的杰作十分欣赏。不过，他的表情很可笑，又是皱眉，又是迷惑，又是苦笑，继而脸色一沉，肃然说道："我不相信是你戴上的！你不知道这是什么藤吗？"

"不知道！"我很干脆地回答道，同时冲他翻个白眼，表示自己的不满，这万妖国千奇百怪的东西倒是不少，就没有一样我认识的，我要是知道它是什么，还用得着你用这种眼光看我吗？我不是白痴，而是不知道，不知道！玄月！我心里无声地抗议，撇撇嘴。

"你先自己拿下来，我再告诉你是什么！"玄月最后无奈地叹息一声说道。

我若无其事地半开玩笑："好，没问题！如果让我知道玄月你骗我，只想从我手中抢花环的话……"

"给我闭嘴，笨蛋女人，还是那么啰唆！"玄月厉声冲我发威了。哈哈哈……

驱魔犬

我的玄月,终于回复正常了吗?这才是我认识的玄月呀,怎么觉得自己有被虐的倾向呢?再一次冲进他的怀里,拿下头顶的花环,在手中转一个圈儿,扔到了墙角,用甜得腻死人的声音,撒娇说道:"玄月,告诉我,这不是梦吧!你真的来救我了?"

"笨蛋,胡说些什么?大白天做什么梦,给我清醒一点儿!"玄月用冰冷的语气十分生硬地呵斥道,眼中却闪过一道异样的光芒,似是紧张,又似恼怒。

"玄月,找到公主了没有?快点儿,这里的莽草太多了,待久了会影响到身体的!"一个急促的声音从外面传进来,接着飘进来一个白色的身影,右手持一把泛着金色光晕的剑。说是飘进来,那是因为他的步子太轻盈了,感觉像神仙一样飘然而至,给人眼前一亮的感觉。(PS:莽草是一种蔓生妖藤,粉色的蔓藤,开奶白色小花,芳香却有毒,闻久了会使魔力强大的人和妖魔失去魔力。它的生命力极强,在哪里都可以生长,一般地牢都会种植这种妖藤,以防止犯人使用魔法逃跑。)

"德贞?!"我惊异地瞪大眼睛,失声叫了出来,接着带着颤音激动说道,"太好了,你终于醒了,是玄月救你的吧?德贞,你没事就好了,我真害怕你会出事,变成睡美人呢!"说着,眼泪不自觉地流了出来,什么时候眼泪也多了起来,以前可是从未在人前哭过,也许就冲着他救过自己一命,也许是因为自己他才受的重伤。

他用更惊骇的神色回应我,紧张地抓住我的手,提到他的胸前,焦急地说道:"你说什么?德贞受伤了吗?他在哪里?快点儿告诉我!德贞怎么受伤的?快说!"

"哎呀,好痛啊!德贞,你搞什么?不会是失忆了吧!德贞不就是你吗?玄月,他是不是失忆了啊?玄月,我的手快断了!"我很受伤地说道,手被他抓得生疼,楚楚可怜地望向一边愣神的玄月。

玄月回过神,看见眼前的一幕,急忙拉开德贤,挡在我的面前,正色道:"你吓着她了!"

"她是万妖国的公主,我这样就吓着她了吗?她还不至于这么柔弱吧!"德贤不服气地说道,眼神愤愤地瞪着我。

感觉一道寒光直入心底,忍不住打个寒战,使我心里产生了些许怀疑,虽然也曾看见过德贞杀气腾腾的眼神,但并没有那么冰寒刺骨,所以我的第六感很快断定了:这个人不是德贞。

"你是谁?"我毫不顾忌地说出心中的疑问,揉揉发红的纤纤玉手,我又没得罪他,这种力度捏下来,想要了我的命不成?真是个不懂得怜香惜玉的怪人,虽然长得和德贞一模一样,也是帅到掉渣,可惜他的心肠太黑了点吧,亏我刚才还想给他一个深情的拥抱,下辈子你也别想了。

他依然没有给我好脸色看,厉声呵道:"快说,德贞到底怎么了?他在哪里?"

"我偏不说,急死你!"我带着看好戏的心情,决定好好戏耍他一番,冲我大呼小叫的,以为我会怕了你啊!普天之下,除了我娇宠的玄月之外,谁的面子我都不给。

他顿时恼羞成怒,脸色潮红,持剑的手在微微发抖。难不成他想一剑挥过来劈了我?我却不以为然,我就不信你还能当着玄月的面把我杀了!

"自以为像盛开的花朵,事实上化了妆还差不多,眼睫毛也没有比我多,你的美只是靠轮廓。"突然间想到了这首歌,略带戏谑的神情,洋洋洒洒地唱了出来,气得他吹胡子瞪眼,脸都变绿了,要不是玄月挡在我的面前,说不定他真会手起剑落,把我斩成两半。

玄月深吸一口气,这才不见几天,怎么变得更像小孩子?玩性丝毫不减,还有大增的趋势,转过脸一本正经地说道:"湘湘,你闹够了没有?"

"还没呢!"我很干脆地接话道。玄月的问话我都是有问必答,然后摆出一张诱人的笑脸说道,"玄月,你看他凶狠歹毒的样子,恨不得把我一口吞了。失忆又不是失心……"

玄月苦着一张脸,似乎也被我激怒了,愤然打断道:"笨蛋女人!他不是德贞,是德贞的双生哥哥德贤!"

"啊?!"我张大嘴巴,围着他转了一圈又一圈,仔细地打量又打量,我的第六感真的很准,翻然醒悟道,"哦!我就说嘛,他没有德贞温柔!早说嘛,害得人家当你失忆了呢!"

"你有给我说的机会吗?"德贤没好气地回道,然后对着玄月,略带讽刺地说道:"玄月,她真的是公主吗?从上到下都没有一点儿公主的样子,生性如此顽劣……"突然间发现自己失言,尴尬地把后话咽了回去,沉默不语了。并不是因为骂了我,而是因此否定了玄月的能力,堂堂万妖国的护国犬神,岂会把公主给认错了。

不过玄月倒是没有深究,他心里也很清楚德贤并不是存心的,而是被我给气疯了。他转过身正对着马上就要长篇大论的我,沉声说道:"不许说话,先出去!"

我心里很不服气,那家伙凭什么骂我,玄月非但不教训他,反而还站在他那边,我能不生气吗？早就憋了一肚子的火,正愁没地方宣泄呢,负气说道:"我不出去!以后就住在这里了!"

"你说什么?"玄月和德贤异口同声地诧异道。气死我了,连说话都同声同气了。

第二十三章　妒忌生杀意

"我说——我——不——出——去!"我一字一字重重地重复道。德贤气得脸比墨水还黑,一个闪身到我面前,不管三七二十一,把我拦腰抱了起来,然后扛在肩上。

玄月惊怔一下,居然露出一丝会意的笑容,在前面带路出去。

"喂,放我下来!放我下来!你搞什么?死德贤,放我下来,你知不知道你的肩膀很硬啊,比石头还硬!你是铁打的啊?我不舒服,快放我下来!你耳朵聋了吗?我叫你放我下来!死德贤!"我一边挣扎,一边大吵大闹。原来这个地牢真是来去自如,连个鬼影都没看到,更别说前来阻止我们出去了。

我在他的身上乱摇乱摆,他彻底地烦躁了,冷冷地丢出一句狠话:"再不老实点儿,我就打晕你!"

"你?!玄月!呜呜……玄月,他欺负我!玄月!"我哭喊道,可是玄月居然连头也不回,装作没听见,气死我了,有这个家伙在,玄月都不要我了!好伤心啊!我继续悲伤地哭诉,"玄月,怎么可以让他这样对我,我是你的主人,你都不帮我,没天理啊!我……我不活了!呜呜呜……放我下来,我要去死!我不活了!"怎么玄月还不动心啊?以前我这样哭闹时,他已经在我面前狗爪飞舞了。

刚回到地面,突然,从四面八方冲过来上百只魔物叫阵,团团把我们围住,天空中也盘旋着数不清的蛊雕,发出哇哇的啼哭声,吵闹得让人心烦气躁,相比起来我的吵闹就有些派不上用场,赶紧收声吧。德贤脸色一沉,终于肯把我放了下来,下意识地握紧了追月剑,并且将我护在他与玄月之间。玄月也是见过大场面的人,面不改色、大义凛然在站在原地,冷眼扫视一遍,从心脏中抽出紫色符咒,准备迎战,奇怪的是这群魔物虽有浓重的杀气,却没有攻击,只是将我们困在其中。

"玄月殿下,难得光临寒舍,也不通知本王一声,这么急着想走吗?"一个嚣张跋扈的声音传来,妖魔们立刻让开一条路,白虎威风凛凛地踏步而来。

一见到那只可怕的老虎,我的心脏就没有节奏地乱跳,紧张地向玄月那边挪了挪身子,他要是再对我下那什么要命的破咒,德贤可不会像德贞那样舍命救我呢。看不见我,看不见我!我掩耳盗铃似的暗示自己。

玄月没有吭声,冷眼正视着他,身上强大的魔力源源不断地溢出来,让人不敢靠近,显然是在示威了。德贤很有风度地讥刺道:"山中区区的一只穷奇,也敢自封为王?就不怕风大,闪了舌头!"

白虎这才注意到说话的人,发现他与德贞如此相似,不过他们的气息和魔力都不太一样,魔力稍微强点儿的都可以区分出来,脸上还是不免流露出一丝异色,迟疑道:"你和德贞是什么关系?"

德贤闻言,上前一步,急忙问道:"你见过德贞?"

"嗯?"白虎一脸惊异地望着我,奇怪地笑问道,"怎么?你们的公主没有告诉你们吗?德贞为了她差点儿把命都丢了!"

玄月和德贤同时望向我,我神色大乱,喊冤似的说道:"不关我的事,是那只臭老虎对我下咒,德贞为了救我,才变成……变成睡美人的!"心里觉得好委屈,不断地咒骂:这只可恶的死老虎,居然还恶人先告状,我诅咒你下三十八层地狱!有三十八层吗?我好像记错了,哎呀,不管了!总之,就是要他下到最深的一层,最多酷刑的一层,叫他永不超生!

"睡美人?!"玄月迷惑不解地看着我,神色还算镇定。德贤却顾不上许多,

驱魔犬

伸出右手就用探知魔法窥视我的内心，也许是他太急功近利，我感觉到心脏都快要撕裂了一样，脑海中的记忆被一一搜寻，疼得皱紧眉头，汗如雨下，身体却无法动弹一下，连声音也发不出来。好辛苦！难受死了！他要是再不收回魔力，我恐怕死定了！同样的魔法，为什么德贞使用的时候，我一点儿感觉都没有呢？

玄月大惊，立刻施展出阻挡魔法，将德贤的魔力镇压回去，愤然说道："德贤，你想要了公主的命吗？"在玄月看来，德贤只是下手重了点而已。

德贤气得脸色铁青，额上青筋暴涨，二话不说，一个闪身到白虎身前，举起追月剑朝他的胸口直刺而去。白虎也不示弱，迅速幻化出寒气逼人的岭(líng)冷剑，两剑相交，迸发出无数的金花和银花，看得人眼花缭乱，目不暇接。一把是神剑，一把是魔剑，都是所向披靡，威震山河，又有谁敢抱着必死的决心闯进去搅和呢？

我下意识捂住心脏，喘息好一会儿，玄月给我输送了一些魔力，才渐渐恢复过来，我气不过，生气地说道："玄月，他一次又一次地伤害我，你就不担心我会死在他手上吗？就算他是德贞的哥哥又怎么样？心肠恶毒得要死！你怎么对他这么纵容呢？有私心！"

"笨蛋女人，胡说什么呢！德贤只是一时情急想知道真相，再说你有式神护身，怎么可能伤得了你！"玄月淡淡地回答道，还没有注意到任何异常。

我顿时恼羞成怒，明明就是偏袒他，一不小心把心里的气话脱口而出："你……你明摆着让他欺负我！你喜欢他！"

"啊？！"玄月惊讶地张大嘴巴，都可以塞个榴莲进去了。那边正打得热火朝天，这边却在拌嘴赌气。他愣了片刻，居然有七八秒的时间没反应过来。我以为他默认了，心如刀割般难受，我承认是在吃醋，而且还吃了不少，眼泪如溃堤的洪水涌了出来，悲伤地抽泣道："原来，原来你真的喜欢他！就像那只臭老虎喜欢德贞一样！呜呜呜……我这个主人真没用，怪不得玄月对我这么冷淡，我全明白了！呜呜呜……"

"啊？！"玄月的嘴张得更大，好不容易回过神来，又是更猛烈的震惊，继而脸色一沉，厉声说道，"你刚才说什么？你说我喜欢德贤？笨蛋，喜欢这个词怎么可以拿来乱说？"

我心里燃起熊熊怒火，醋意正浓，更生气的是玄月居然也是那种人，曾经喜欢过 BL 动漫，而现在只有厌恶、唾弃，在现实生活中，我绝对不允许它发生在玄月的身上。愤愤地坚持说道："明明就是！你如果不是喜欢他，他都快杀了我，你却当做没看见！你如果不是喜欢他，为什么他说什么都是，我说什么都不是！你如果不是喜欢他……"一时再找不出什么理由，居然有了想要杀死德贤的冲动，一切都是因他而起，我不能让玄月在我心中的完美形象被这个坏心肠的男人给毁了，绝对不允许！

看见他们从天上打到地面，在玄月毫无防备的状况下，我突然从他心脏中拔出了玄月神剑，转身朝打得难解难分的两人冲了过去，厉声喊道："我今天非杀了你不可！"又有谁会料到我要杀的人是德贤？

在场所有的妖魔都惊呆了，愣愣地望着这突如其来的变故，大王没有发号施令，有谁敢妄动呢？可见白庹平时的作风有多恐怖。玄月惊怔一下，茫然看着玄月神剑从他的身体里抽出，当他反应过来却看见我拿着神剑刺向德贤，脸色一连数变，不知该如何是好。

德贤挡开白庹的一剑，惊见我气势汹汹地冲刺过来，还以为我是想杀白庹，慌乱地吼道："你来凑什么热闹？"突然发现那一剑并不是冲着白庹，而是冲着自己而来，脸色大变，躲开是不可能的，急忙挥出追月剑挡住玄月神剑，只听见"当"的一声清脆的碰撞声，顿时剑光大作，闪出无数耀眼的火花，刺得人眼睛也睁不开，与此同时，剑风吹走了离我们最近的妖魔，可见威力非同小可。

我大呵一声，拼命将玄月神剑压了过去，可惜我的力气哪里比得过他，弄得自己满脸通红，大喘粗气，而他却是神情轻松，还略带嘲讽的眼神看着我，小声说道："想报仇吗？大可以用你的式神杀我，何必亲自动手？就不怕我杀了你！难道说，你的式神已经不在你的体内？"他在用探知魔法时，早就知道凤凰已经进了德贞的身体，现在还来反问我，果然是一肚子的坏水，我岂能容忍玄月喜欢他！

第二十四章　痛的又何止是伤口

　　在我拿着玄月神剑杀进来的时候，白虓以为我是过来帮德贤的，稍愣了一下，却被德贤逼退一剑，这才发现我要杀的人并不是他，于是退出了战圈，后来觉得隔岸观火可不是他的性格，倒不如来个落井下石，给我一个顺水人情，说不定就会同意他和德贞在一起。他的脸上浮现一丝阴险的笑容，一个闪身，在德贤的身后出现，举起岭冷剑凶狠地刺过来，哪里考虑到德贤是德贞的亲哥哥？

　　我看见白虓出现在德贤的身后，想要暗算德贤，心里倒是觉得解恨泄愤，有他帮忙不是更好吗？让他死在白虓手上，玄月也不会怪我的，我要做的只是坚持挡住他的剑，分散他的注意力就行了。可是，当白虓快要刺中德贤的一瞬间，我的身体却出卖了自己的意识，重心偏离德贤，左手抓住他的衣角，将他拉到旁边，玄月神剑以闪电般的速度刺向白虓。白虓也是始料未及，惊异地瞪大眼睛，闪身来不及，收剑更是不可能的，只有加强魔力，霎时剑锋更盛，飞速地按原方向刺过去。

　　玄月大喊一声："小心！"想要提醒的人是德贤，可结果中剑的人却是杜金湘，顿时吓得神色慌张，方寸大乱，使用魔法飞身过来。

　　白虓被玄月神剑刺中胸口，伤口并不深，而我却被岭冷剑从心脏处刺穿身体，寒气直入骨髓，两人手中的剑都没有放开，却忽然消失无踪。看着白虓胸口刺眼的血红，我的手还悬在半空中，感觉不到胸口的痛疼，心里却是受尽煎熬：为什么呢？明明这一剑是要杀了德贤的，为什么自己要帮他挡这一剑？愚蠢可笑啊！只是害怕玄月会伤心？只是害怕玄月会责怪自己？玄月，我在你的心中又有多少分量？我是真的喜欢你啊！你在乎我吗？我为德贤受伤，你会不会在乎我呢？你的温柔只属于他吗？你凶我、骂我又有什么关系，我怕你忘了我啊！玄月，离开你的这段时间，日子真的很难熬呀！可是现在，我多么希望没有见到你，没有见到你和他在一起！原来心痛比这一剑的刺伤更痛上千百倍！

德贤惊怔在原地，脸上的表情很复杂，悲伤？痛苦？惊讶？悔恨？惶恐？什么都是，什么都不是，他没有想到公主会杀他，更没有想到公主会救他。他什么也不是，既不是守护神，更不是犬神，为什么公主会救他呢？

更加想不通的还有白虎，他捂住自己流血不止的伤口，忘了现在应该用魔法疗伤，而是难以置信地退后一步，露出难以理解的笑容，是做戏引他上当吗？居然还有这样的白痴，拿自己的命作赌注，她可是万妖国即将继位的女王，简直就是莫名其妙。他突然放声大笑起来，笑得那么毛骨悚然，吓得所有的妖魔都在瑟瑟发抖，谁都不知道，他们的王会对他们其中的哪一个下毒手，纷纷讨饶似的跪在地上，祈求正在发怒的王平息下来。

呤冷剑的寒气使我的体温迅速下降，意识慢慢变得迟钝，在我倒下的一瞬间，玄月扶住了我，可惜我现在感受不到幸福，身体里的血液就像找到了突破口一样，从伤口处汩汩流出，视线越来越模糊，几乎看不清他脸上的表情，忍不住想猜猜：是担心，还是紧张？是淡然冷漠，还是着急害怕？玄月，为什么你不说话呢？是我听不见你的声音了，还是你已经不屑对我说话？就连最后那一句"小心"也不是对我说的，所以我才会毫不犹豫地为他挡了这一剑吧！我终于为自己的奋不顾身找到了一个很好的理由，原来这一切都是为了玄月，那么死也是值得的吧！可是我不想闭上眼睛，我怕以后再也看不见玄月了，他的愤怒，他的笑容，他的可爱……

玄月凄然地抱着昏死过去的我，缓缓落下，默念道：湘湘，你不会有事的！我绝对不会让你有事的！他缓缓闭上眼睛，施展魔法，从他的身上放射出紫色的光芒。

德贤看见紫光闪现，大惊失色地阻止道："玄月，不可以用镇魂术！公主的式神不在她体内，你这样不但救不了她，反而会要了她的命！"（PS：镇魂术是一种疗伤魔法，用在将死之人身上，相当于死马当活马医。一般快要死的人，灵魂会飞

驱魔犬

出，所以用镇魂术强行镇住快要飞升离体的魂魄，然后将肉身恢复原样。只是这种魔法太过霸道，会有伤魂的危险，也就是救活后会变成白痴，除非有式神护体。湘湘被白虎刺中的那一剑，已经贯穿了心脏，性命危在旦夕，而湘湘只有凤凰一个式神，而且作为万妖国女王的式神，一生只有一个，在女王出世的那天降生，为女王而生，为女王而死。）

玄月惊怔一下，睁开眼睛收回魔力，难以置信地瞪着德贤："你刚才说什么，凤凰不在湘湘身上？"

"没错！如果凤凰还在公主体内，那她现在已经是一个死人了！"白虎止住笑声，冷冷地说道。

玄月不愿意相信，急忙用手按住我的心脏，喊出言念："犬神敕令，凤凰出来！"过了一会儿，凤凰没有出现，玄月这才相信他们的话，对白虎愤愤地质问道："你对公主下过咒！"虽然是问句，却是十分肯定的语气。

白虎敢做敢当地回答道："没错！你如果想救公主，就必须先救德贞，凤凰在他身上！"

德贤黯然补充道："是白虎在公主身上下了束命之咒，德贞又将咒术转移到了自己身上！"

玄月怒呵一声："白虎，你好大胆子，竟敢对公主下咒！"话音刚落，已经将我放下，闪身冲向白虎，经过德贤身边时，从他手中夺过追月剑，拼命地对白虎展开追杀。

白虎冷笑一声，急忙用魔法止住伤口的血，同时幻化出岭冷剑挡住玄月的攻击，这也是他意料之中的事，作为护国犬神，连万妖国的女王都保护不了，还称得上犬神吗？就算今天真的死在玄月手下，他也不后悔对公主下咒，他的心里只有德贞一个，不管用什么办法，只想要德贞留在身边就心满意足了。

德贤紧张地观望两人的厮杀，又看了一眼躺在地上面无血色的我，全身即将变成冰块，急忙用魔法将岭冷剑的寒气逼出来，止住伤口流血，护住我的心脉，着急地冲玄月喊道："玄月，再不想办法，公主真的会死了！"

半空中，白虎吃力地应付瞬息万变的追月剑，不敢有丝毫的迟疑，没想到玄月使出的追月剑，比德贤更胜一筹，好像他才是此剑的真正主人，把追月剑的奥义发挥得淋漓尽致。如果死在他的剑下，那德贞该怎么办？心里有了比自己的命还重要的人，岂能这样死去？冷声呵斥道："玄月，难道你想两个都不救？还是打算杀了我，救德贞一个？公主死了，你可以和她一起死，可是公主既未继位，下任犬神又未选出，万妖国就会消亡，难道这是你想要的结果？让整个万妖国跟你们陪葬？"说完，收回了龄冷剑，冷眼直视玄月直刺而来的追月剑，有本事你就杀！万妖国都不存在了，到时整个世界都会消失，整个地球都会消失，争这些还有什么意义？

白虓的话犹如五雷轰顶，玄月心脏抽搐一下，瞬间恢复了理智，稳住身形，收回即将刺喉的追月剑，剑风却将白虓吹飞了出去，一声闷响，白虓从空中坠落到地上，摔个仰面朝天，继而喷出一口鲜血，狼狈至极，吓得所有的妖魔都蒙上了自己的双眼，不敢看，只怕惹怒了白虓，将他们作为疗伤祭品，一口把他们吞进肚里。

玄月稳稳地落在白虓身边，将追月剑扔给德贤，一把将白虓抓了起来，发狠说道："带路！德贞要是死了，我要了你的命！"他真正关心的人可不是德贞，如果德贞一死，就算他是犬神也无法召唤凤凰出来，凤凰将永远禁锢在德贞的魂魄里。要等他转世将凤凰放出，恐怕玄月能等，杜金湘却等不了了。

白虓正视玄月凶狠的眼神，轻松地笑了笑，抹掉嘴角的血渍，正色道："你放心，我可是最害怕德贞死的人！"因为德贞是我最重要的人，这句话他没有说出来。

"你知道就好！"玄月满意地说道，松开了白虓，示意他立即带路。

德贤将我抱了起来，他只是不希望玄月碰我，可是看见玄月黯然神伤，自责地望着他怀中的人，又岂能不放手？这是他从未看过的悲伤，像一把利剑，深深地刺进他的心脏，痛得他无法呼吸。

玄月伸出双手，沉声对德贤说道："把她交给我吧！德贤，把公主交给我！"最后一句却是用命令的口吻。

德贤缓缓地回过神，木然地把我交给了玄月。这一刻，他突然发现自己原来离玄月越来越远，远到无法触及，远到看不清他的模样，更感应不到他的心。痛在心中持续，双拳紧握，指甲深深地扎进自己的掌心，血流不止，却比不上心中那永无休止的痛。

第二十五章　犬神破咒

　　白虓带着玄月进入他的卧室,偌大的檀香木床上,德贞神色安然地躺在那里,如果不是知道他中了束命之咒,还真以为他是疲惫得睡着了。

　　玄月怀中抱着我,轻轻一跃,转眼间便跳到了床上,这张床7个人睡绝对没有问题,空间大得都可以在上面跳舞了。玄月小心翼翼地将我放在床上,顺便看了一眼德贞,他的脸上毫无血色,还略带黑色,看来束命之咒转移到他身上后起了反噬作用,已经危在旦夕。

　　白虓看着德贞,露出满脸的焦虑之色,每根神经都绷得紧紧的,心里更是惶恐不安,玄月虽然答应救他,但要将凤凰完好无损地送出,同时会消耗他们两人不少的魔力,德贞能撑下去吗?

　　玄月微微蹙眉,神色凝重,抬起头对白虓命令道:"把续命归元珠拿来,你别告诉我,你没有!"(PS:续命归元珠,顾名思义就是只要还有一口气在,就能续命,但治标不治本,人会陷入昏迷状态,虽然有心跳和呼吸,却形同植物人。)

　　德贤闻言大吃一惊,奇怪地反问道:"续命归元珠?!青风殿下不是说弄丢了吗?怎么会在他手里?"

　　白虓冷笑道:"没想到什么事都瞒不过玄月殿下!没错,它是在我的手上,可是续命归元珠只能续命，却不能解咒救人，拿来有何用？"

"废话！我又不是给德贞解咒用的，我只是想在救德贞之前，护住公主的一口真气！"玄月勃然大怒，从床上跳了下来，落在白虎面前，阴沉着脸，威吓道，"是不是要我亲自将它翻出来，到时德贞和公主少根头发，我就要了你的命，然后夷平这座山。"

白虎苦笑一声，又没说不拿出来，用得着要挟吗？右手兰花一指，在空中轻柔地绕一周，一颗晶莹耀眼、弹珠般大小的水晶珠浮现出来。仔细一看，水晶珠里萦绕着五色琉璃光，深深吸引着每个人的眼球，似有一股强大的魔力，快要从里面溢出来一样。

玄月一见到续命归元珠，双手合十，然后如莲花般散开，续命归元珠便落进他的手里，接着一招蜻蜓点水，脚尖轻轻一踮，回落到我的身边，将续命归元珠打入我的心脏里，刹那间，犹如五色激光从我的心脏处射出，然后像烟花一样撒落消失。

玄月缓缓地舒了口气，续命归元珠已经发挥了它的功效，一个华丽优美的转身，像天外飞仙一般，眨眼之间落回地面。德贤望着玄月入了神，虽然对白虎为什么会有续命归元珠迷惑不解，但更在乎的是玄月的每一个动作，每一句言语，举手投足间都充满了无限诱惑的魅力，让他永远看不厌烦，他的眼中是只有玄月的世界，没有他什么都不再有意义。

白虎正视玄月，心紧张地悬了起来，一本正经地问道："有把握完全解咒吗？"

玄月轻笑一声，居然不相信我的能力，带着愠气反问道："你自己下的诅咒，还来问我有没有把握？早知如此，何必当初下手这么狠？你对公主都敢下此毒手，可见你凶狠残暴也不是虚传！当初青风真不该拿续命归元珠救你一命，还对辉玉女王隐瞒了实情，祸害了几百年！"

"你？！"白虎气得脸色铁青，想起了那段无法忘怀而又想强行忘记的往事，压下心中的怒火，继而不甘示弱地干笑道，"如果不是当年青风把它交给我，你现在还能救公主吗？"

玄月没有再出言反驳，只是脸上浮现出淡淡的笑意，让人捉摸不透他的心思。他伸出右手，放在德贞心脏上方，将所有魔力集中之后，在手上释放出来，喊出言念："犬神救令，解除契约，式神凤凰归位！"德贤微微一愣，难道玄月想先救德贞，然后在公主的身上解咒，公主受了重伤，只剩下一口气，能承受得住诅咒的噬心之苦吗？还是说玄月对公主十分有信心？

惊天破地的一声长啸，像是要震破骨膜的超声波，接着一道蓝光从德贞的心脏中飞出，在空中划出一条美丽的抛物线，径直射入我的心脏。我的全身禁不住痉挛一下，腰身向上骤然抬起又落下，痛苦地呻吟一声，额头渗出丝丝冷汗，双手不自觉地抓紧毛毯，竟然是从心脏传达到全身，如锥心刺骨的疼痛让我恢复了一些意识，伴随着急促的呼吸声，发出微弱而痛苦的呢喃呼唤："玄月！玄月！我不想死，救我！玄月，我不想离开你！啊——玄月！好难受！啊——"

那一声声撕心裂肺的呼喊，搅得玄月心痛一阵紧过一阵，却不敢有丝毫的慌乱，那只会扰乱他的气息，使魔力无法集中而前功尽弃，说不定还会要了妖姬的命。他的双手在空中如行云流水般画符，铿锵有力地念道："犬神敕令，净化！摧破！粉碎诅咒的束缚！成就吉祥！吾之式神，在犬神烈焰中重生，出来吧，凤凰！"随着他咏唱咒语，身上散发出紫色的流光之气，在空气中蔓延，在我的上空迅速汇聚，形成一团紫色的火焰。

一瞬间，凤凰从我心脏中飞出，长啸一声冲入紫色的火焰中，展开有着五光十色光环的翅膀，迎接犬神烈焰的洗礼而重生，蓝色的羽毛像点点荧光掉落在我的身上，消失于无形。我感觉到自己像脱胎换骨一样，所有的疼痛感也随之消失，缓缓地睁开眼睛，看见空中浴火重生的凤凰，它是那么的耀眼，蓝色的羽毛更加闪亮，像蓝宝石一样，让人心旷神怡，忘却所有的贪、恋、嗔、痴。

这时，玄月喊出最后的言念："犬神敕令，转生式神，凤凰归位！"

我似乎听懂了玄月的意思，下意识地向凤凰伸出双手，熟练地喊出言念："凤凰，回来！"

凤凰清啸一声，如清幽的箫声般悦耳动听，在我的上空飞舞一周，很快消失。我感受到凤凰回到了我的身体里，开始热血沸腾，气息从上而下运转全身一遍再回到心脏，不一会儿，便感应到续命归元珠在身体里运转，好像有什么东西从续命归元珠里缓缓流出来，进入我的血管流遍全身经脉，呼吸慢慢变得均匀，什么不安、异常的感觉都消失了，伤口逐渐愈合，最后连伤疤也没有留下，浑身充满了用之不尽的力量，精神也比从前充沛了百倍。

"玄月！"德贤惊呼一声。看见玄月面带欣慰之色，却变得虚弱至极，闭上眼睛栽倒下去，他急忙闪身冲过去，抱住了因魔力耗尽而昏迷的玄月，缓缓坐在地上，焦急地呼唤道，"玄月，你怎么了？玄月，你醒醒！"

这时，德贞也恢复了清醒，白虎一个箭步上前，扶起德贞，欣喜若狂地说道：

"德贞，你醒了，太好了！"如果不是有所顾忌，恐怕要将德贞抱个满怀，然后一阵狂吻了。

德贞茫然地望着他，不解地说："是你解的咒？怎么可能？"

"是玄月解的！"白虓高兴地回答道，却不知道玄月已经晕倒，眼睛里只有德贞，哪还注意到这些。

"玄月？"德贞更是一脸的迷惑，继而惊喜道，"他来了吗？在哪里？"

听到玄月的名字，我猛然坐起来，和身边的德贞对视一眼，感觉到有些不对劲，但很肯定不是出在德贞身上，一把推开挡住我视线的白虓，此刻哪还有什么畏惧，愤愤地说道："走开一点儿，你挡着我下床了！玄月呢？他在哪里？玄月！"我惊呼一声，望见德贤抱着沉睡中的玄月，意识到玄月出事了，吓得差点儿从床上栽倒下来，还好及时控制住了身体，哪里知道自己已经不再是一个普通人，一时情急之下，竟然无意识地使出了魔法，将挡在我面前的白虓吹飞到半空中，然后掉下来摔了个大马趴。

白虓随即爬起来，气急败坏地瞪着我，突然发现从我身上流出的魔力，强大到让他也会感到害怕，一股寒气直涌到心脏，不禁哆嗦了一下，后来又看到我与德贤争抢玄月更是惊得目瞪口呆。

我以居高临下之势，对德贤命令道："你抱着玄月干什么？他不是你的！快给我放开！"我怒气冲冲拉住玄月的手臂，想把他从德贤的怀里拉出来。

德贤也不甘示弱，把玄月抱得更紧，生气地回道："你没看见他为了救你和德贞，耗尽所有的魔力晕倒了吗？放手！你给我放手！听见没有，玄月会受不了的！"

我使出全身的力气拼命地拖住，就是不肯松手，怒瞪着德贤，愤愤地说："玄月是我的，你才该放手！我是玄月的主人，你是哪块料？再不放开，我就告你绑架！"

德贤继续坚持："你别以为你是公主就可以霸占玄月，只要你一天不是女王，玄月就不是你的，而且我又不是守护神，没理由听你的！你还不放开，把玄月弄疼了！"说完，很心疼地望着怀里的玄月，怎么惹上这么野蛮女人，真替玄月担心，要是她成了女王，迟早会把玄月给毁了。不行，一定要把玄月带走，离这个小恶女越远越好！

我气不过，什么东西都可以放弃，唯独玄月不能让给任何人。他的力气那么大，硬抢肯定抢不过他，打败他再说，于是大声喊出言念："召唤，凤凰！"

德贞看见凤凰从我的心脏飞出来，此时的凤凰比以前不知强大了多少倍，德贤抱住玄月肯定不能退让，大声呵止道："公主，住手！"话音未落，身体已经挡在德贤的面前，用锐利的眼神，直视凤凰像离弦的箭一样射过来，心里却没有多少把握可以接住凤凰这雷霆一击。

第二十六章　妖魔大军逼近

我惊见德贞自告奋勇地做了挡箭牌，反应竟然比以前敏捷了许多，急忙喊出言念："凤凰，回来！"凤凰在最紧要关头，距离德贞只差分毫时被召了回来，当确定它回到了我的身体里，我惊出的一身冷汗才冒了出来。换作是以前的我，一定愣怔在原地，眼巴巴地干望着凤凰伤害了德贞，然后悔恨不已，哭个天昏地暗。

德贞缓缓地舒了口气，见我余怒未消，平心静气地开解道："公主，德贤并不是有意想与公主争抢玄月殿下，只是玄月殿下现在昏迷不醒，需要有人照顾。公主如果能承受得住玄月殿下的体重，我叫德贤让开便是！"

白虎三步并两步走到德贞身旁，一手护住德贞，眼睛直勾勾地瞪着我，没给我好脸色看，好像是在警告我：如果敢伤害德贞，我就和你拼命。

我见德贞兄弟情深，加上玄月确实不是我可以抱得起来的，可是也不能便宜了德贤，两个大男人抱在一起成何体统？转念一想，又不是非要把玄月抱着不可，态度强硬地说道："德贞，帮我把玄月抱上床，后面照顾他的事由我来做。我不许德贤再碰他！"话说得直截了当，毫无商量的余地，听的人也是相当清楚明白。

德贞转过身望了一眼德贤，从他手中接过玄月，看见他眼里隐藏不住的悲伤和难舍之情，心里也不好受，谁叫他爱上了并不该爱上的人呢？可是他认定是自己的，又怎么会轻易放手？更何况打他心底看不起这位骄横野蛮的公主。德贞想到这里，内心隐隐有些不安，但又不知道该如何劝德贤打消对玄月的念头，因为他比谁都清楚德贤的脾气。唉！长长地叹息一声，怪也只能怪不该有双性的体质。

德贞把玄月放在床上后，觉得也该杀杀我的威风了，回转身温和地对我说道："公主，你说由你来照顾玄月殿下是吧，那么请吧！把你的魔力输送给殿下！"

"哎？你说什么？输魔力？我不会啊！"我一脸茫然地望着德贞。

德贞装作不解的神情，故意刁难我，奇怪地反问道："公主，殿下耗尽了自己的魔力，如果不输送一些魔力给他，他怎么自行恢复魔力啊？刚才一直都是德贤在做，你说要亲自来，我才让德贤放手的！"

"不是吧！他刚才真有做吗？我怎么看不出来！"我不服气地压低声音说道，怀疑他们是不是串通好的，刚才我怎么没看出来他是在输送魔力给玄月呢？

德贤先是一愣，继而会意过来，面不改色，也不吭声，以看戏者的心态旁观，知道德贞会替他好好地收拾这个不知天高地厚的公主一顿。

德贞摇了摇头，十分为难地说道："公主该不会是不知道怎么输送魔力吧？这下可难办了，公主不让德贤碰殿下，而我又没有完全复原，白虎的魔力对殿下有百害而无一利，找其他守护神又费时间，远水救不了近火，这可如何是好？"白虎站在一旁暗自偷笑，当然愿意配合德贞演这场戏，笑面虎似的说道："公主，你想让我救他吗？搞不好我的魔力会要了玄月的命！"

"不许你碰他！"我狠狠地瞪了白虎一眼，逞强说道："谁说我不会啦！输就输嘛，有什么难的！"我硬着头皮死撑，坐在床边，依葫芦画瓢，学着德贤的样子，十分笨拙地抱住玄月，试着用各种方法把自己的魔力逼出来，可谓是笑料百出，心里还直犯难：玄月说过我已经有了魔力，可是怎么运用我还真不知道，更别说把它输送给别人了。

这时，从外面传来急促的禀报声："启奏大王，大事不好！欧迫带领二十万大军攻上来，把座邦山重重包围了，说是要接妖姬公主和玄月殿下回宫。如果接不到人，就要铲平座邦山。"这家伙报的真是时候，那个"呕吐"也来得是时候，我的救星啊,可以转移他们的注意力了!

白虎冷哼一声,不悦地骂道:"他好大的口气!派二十万大军就想铲平我的山?逆魔也不是一次两次来招惹我了,考验我的忍耐度是吧,还没找他清算前账,他自己倒送上门来了,我倒要看看他怎么铲平我的山!"

德贞心里一惊,知道对方来者不善,冲着玄月和公主而来,逆魔一定经过周密的布置了,奇怪的是,为什么他们知道公主在这里呢?白虎与逆魔水火不容,不会是他通风报信,到底是谁做的呢?难道是跟踪玄月他们来的吗……

难得有了台阶给自己下,还不抢着下吗?我急忙走过去,对白虎说道:"我也去看看,那个令人呕吐的是个什么东西?德贞,你和德贤都留下来照顾玄月。德贤,给玄月输魔力的事就交给你了!要是你敢对他做了什么不该做的事情,我不会放过你的!"最后还不忘威胁他一下,虽然明知效用不大。就算我要妥协,也不能让德贤一个人留下来对着玄月,天知道会发生什么事,说不定一个转身,我的玄月就被他给……让德贞看着,就算是亲兄弟,也不会成为帮凶吧!存一点儿侥幸心理,德贞,你可千万不要出卖了我啊!

白虎抬眼打量了我一下,带着不屑的神情,显然他已经知道我要跟他去的原因了。他嗤笑一声,先申明道:"公主不会见到他吓得脚软吧?万一双方真的打起来,我可顾不上保护你!你可先想清楚了!"

德贞闻言回过神,心里忐忑不安,忧心忡忡地劝道:"公主,两军对战实在是太危险了,逆魔一直都在打公主和殿下的主意,还是让我去看看情况吧!"

"不用,你帮我照顾玄月就行了!"我断然拒绝道,继而生气地白了白虎一眼,居然小看我?我又不是纸扎的!口气很冲地说道:"笑话,你看我是需要你保护的吗?到时你别哭着向我求救就行了!"

呵!这嘴上功夫倒是挺厉害的!白虎淡淡一笑,转身和我一起离开了卧室,来到两军交涉对阵的地方。

欧逈一眼就认出了在白虎身后的我,至于他是怎么认出来的,我就不知道了,不过后来听玄月说,王族身上流动着王者之气,凡是魔力强大的都可以看得出来。欧逈急忙上前两步,却被白虎的护卫——两只蛊雕拦截,他一气之下,施展魔法,当着我们的面示威,杀死了那两只蛊雕。

白虎的蛊雕们发怒了,发出"哇哇"的啼哭声,猛烈地扑打强有力的双翅,顿时刮起飓风,所有的东西都被狂风卷动,刹那间天翻地覆,月阳无光,呼呼的风势越来越大，像要吞噬掉所有的一切。欧追身后的妖魔大军站在原地不动，定力十足，并没有受到任何影响，也没有发动攻击，只是跟着一个劲儿地大吼大叫，比起鬼哭狼嚎不知强了多少倍，声音震耳欲聋，就连心脏也感到异常压抑，强烈的气压让人喘不过气，这样的叫阵方式还真不是人受得了的。

我顿时感觉到头疼欲裂，捂住耳朵生气地对着白虎的耳朵吼道："臭老虎，你就不能让他们安静一点儿吗？吵死人啦！听见没有？吵死啦！"

白虎见欧追杀了他的蛊雕，对方已经对他宣战，哪里理会我的叫喊，一个闪身便到欧追的面前，杀气腾腾地瞪着欧追，继而右手一挥，他的妖魔全都安静了下来。欧追哼笑一声，也示意自己的妖魔收声，冷静地对视白虎凶光四射的眼睛，意味深长地说道："白虎，我今天来只是想迎公主回宫，不想多生事端。如果你想挑衅，那我奉陪到底。"

白虎正欲动手，我已经走到他们两人中间，神色自然而淡定，也不知道自己当时是胆大，还是根本就不害怕，居然右手一抬，拍住欧追的肩头，像兄弟似的搭话说道："喂，我说你这呕吐什么的，是来接我回宫的吧！这个排场不错，够壮观气派，我喜欢！"其实我哪里有看他带的大军，只是见他二人快要开打，为免殃及池鱼，先稳住再说。

所有在场的妖魔全都被我的话弄得一头雾水，愣怔在原地。还是欧追的反应最快，骂他也不生气，卑躬屈膝地笑着说道："公主，微臣当然是来接你回宫的。对了，怎么没看见玄月殿下呢？"

第二十七章　冰雪系守护神

　　我沉默了一会儿，上上下下地打量他，越看越觉得恶心，无论是书上、电视上，还是现实生活中，这些反派还没有一个长得顺眼的，没想到他还有自知之明，给自己取名叫呕吐，一边想德贞以前对我说过的话：王宫如今被奸臣握在手中，就算我是公主，回去说不定也是让他挟天子以令诸侯，多了一张王牌在手而已。玄月现在受了伤，凤凰也曾说过玄月差点儿死在那臭鸡蛋手中，绝不能让他们找到玄月，先赶走他们再说。我虽然讨厌德贤，但他至少还可以保护玄月，还有德贞在，应该不会有问题。我倒要跟他回去看看，那个臭鸡蛋到底长什么样，可以害死我妈，顺便找机会报仇。

　　"公主！你怎么了？"欧迫见我愣神，假关心地打断我的思路。

　　我回过神，怒瞪他一眼，他胆子还真够大，仗着有臭鸡蛋撑腰是吧！明知我是公主，还敢打断我的思绪！暂时不跟你计较，郑重其事地说道："玄月不在这里。我和玄月在光之边界失散，到现在我还没找到他呢！等回到王宫，再叫相国派人出来寻找吧！我也很担心玄月啊，不知道他现在怎么样了？我的玄月啊！你到底在哪里啊？想死我啦！玄月！"说完，装作很悲伤的样子，拼命地挤眼泪，不过这眼泪平时说来就来，可是今天却不给我面子，怎么挤也挤不出来，只好装模作样地拿衣袖擦眼角。

白虒听得莫名其妙，玄月明明就在他的王殿里，见我偷偷冲他打眼色，会意了几分，轻蔑地说道："欧迓，别以为我怕了你，如果不是公主在这儿，我非要扒掉你一层皮才放你回去见你主子！告诉逆魔，公主与我已经定下盟约，如果他要是再敢动我的山分毫，就违反了盟约，到时别怪我不给面子，夷平整个王宫。"

欧迓脸色一沉，不甘示弱地反将一军道："你放心，这件事我一定一字不漏地转告相国！公主，可以走了吗？"说完，挥手示意一只精精过来。

精精立刻蹲下四肢放低身体，我犹豫片刻，翻身坐了上去，有些不放心玄月，对白虒意味深长地说道："谢谢你的盛情款待，我回王宫去了。不用担心，我会照顾好自己的！我刚刚捡到的一只小宠物，现在还不能带它一起回去，麻烦你照顾了！"

白虒明白地点点头，看着欧迓带上我，随着他二十万大军，浩浩荡荡地腾空飞跃，心里倒有些担心我了。

我坐在精精的牛背上，在天空中鸟瞰座邽山离我越来越远，越来越小，回头望了一眼后面黑压压的一大群妖魔怪物，长得怪模怪样让人恶心不说，还时而吼出一两声震人心肺的嘶叫声，不禁吞了吞口水，对身旁寸步不离，像看守犯人一样的欧迓抱怨道："喂，呕吐，你能不能让他们安静一点儿？我都快被他们吵得气血攻心了，你想我死是不是啊？"

欧迓愣怔一下，冲妖魔大军一声令下："全军肃静！"怪叫声戛然而止。

我终于可以耳根清净了，阿弥陀佛！缓缓地吁了口气，又有些不耐烦起来，继续没好气地问道："喂！还有多久才到王宫啊？老是在天上飞，累死我啦！"

欧迓望了一眼前方，赔着笑脸回答道："公主，我们才走不到半个时辰，还没有离开座邽山的范围，不过快了，前面就是旄(máo)南山，翻过旄南山就到王宫了！"

"什么？你说还没有离开左帮山？你这什么速度啊？"我吃惊地瞪大眼睛，唠唠叨叨地念道，"这左帮山到底有多大啊？飞了那么久还没有出去！喂，有你这么行军的吗？到底还要多久才到毛兰山？翻过毛兰山又要多久啊？"（PS：请大家无视湘湘的错误！）

欧迓一听我嫌他慢，顿时一肚子的火，心里更是迷惑不解。他回过神，冲我假惺惺地笑："如果公主觉得速度太慢，我可以和公主先行回王宫！只是公主如果出现什么不适，千万不要责怪微臣！"说完，使出魔力狠狠地抽了精精一鞭子。

"你什么意思？"我莫名地望着他。突然精精像火箭一样射了出去，我惯性地向后倒去，吓得三魂不见了七魄，赶紧抓住精精的脖子，愤愤地骂道："死呕吐，你敢阴我！快停下来，给我停下来！太快啦，我晕啊！喂，死呕吐，我命令你快叫他停下来！听见没有？救命啊！晕死人啦！"

欧迫不以为然地紧跟而来，神情轻松，还幸灾乐祸地笑道："公主，这可是你要求的啊！说慢是你，说快也是你！公主的要求让微臣很为难啊！如果公主觉得身体不适，微臣倒是不介意抱着公主回王宫。"

谁要你这恶心的东西抱？我气得脸色铁青，愤愤地骂道："你！你？有你的！你给我记——"突然眼前一阵晕眩，再也说不出话来，顿时眼冒金星，胃里更是翻江倒海一般难受，从来不晕车、晕船、晕机，连坐在玄月身上也没晕过的我，终于体会到了晕精精的滋味，一手紧紧地抓住精精，一手捂住自己的嘴，堵住快从胃里倒出来的东西，差点儿把心、肝、肺都吐出来了。死呕吐，这笔账我加十倍记下了！

欧迫在一旁乐得开心，嘴角微微扬起，却不敢笑出声。突然，一道白光闪现面前，还未看清是什么，一个如雷贯耳的声音响起："守护神天龙迎接公主回王宫！"

精精和欧迫同时止步，瞬间停了下来，而我像遇到火车紧急刹车一样，被刚才的声音一吓立刻松了手，身体惯性地朝前方甩了出去，精精和欧迫惊异的呼喊声夹杂着我的尖叫声响彻天空，一道白光向我冲了过来，等我回过神的时候，已经安然无恙地落在一个人的怀中。

好险啊！虚惊一场的我吓得脸色煞白，心惊肉跳地喘了几口气，来到这万妖国，我的心脏就没有好受过。

"公主，微臣吓着你了？没事吧！"又是震人心魄的声音，我又不是聋子，用得着这么大声吗？我恨恨地瞪了他一眼，看清了他的样貌，继而两眼放光，被迷得不知东西南北了。一头乌黑油亮的长发直垂到腿后，像是砚台打翻的墨汁泻流而下，漆黑如天然黑曜石一般闪亮的眼睛，英挺的鼻梁，削尖的下巴，肌肤如雪，明明很帅的一个人，可是身体却冷如千年寒冰，真是大打折扣，让我不禁打了个寒战，怔怔地问道："喂，你是冷血动物吗？全身像冰似的冷死人了！"

他尴尬地憋红了脸，像盛开的桃花，急忙将我放了下来，然后僵硬地扶住我，要不是因为在天空中怕我坠落下去，恐怕已经不解风情地把我摔在地上了。

欧迫瞄了天龙一眼，不屑一顾的神态，轻描淡写地说道："公主不知道吗？天龙是冰雪系守护神，他的身体当然像冰一样。看来玄月殿下什么也没有告诉过你啊！公主，我们已经到达王宫的上空，可以下去了吗？"又是那句"玄月殿下什么也没有告诉过你吗"，好像我的无知都是玄月的责任。（PS：天龙的真身——虎蛟，属于龙的一种，身体是普通的鱼身，拖着一条蛇的尾巴，脑袋如同鸳鸯鸟的头，掌管四季中的冬季，使用冰雪系魔法。前面忘了解释德贞是什么守护神，现在补充一下，德贞是火系守护神，掌管四季中的秋季。）

哼！我鄙视了欧迟一眼，继而很亲切地望着天龙，就是没理由地想和他亲近，笑着说道："你也是守护神啊，和德贞一样。"

他惊怔一下，立刻问道："公主见到德贞了？他还好吗？"突然看见欧迟像盯贼似的靠过来，急忙掩饰道，"公主请随微臣回王宫！"

我见天龙神色不对，转眼正好对上欧迟的贼眉鼠眼，发威说道："看什么？没听见吗？我要回王宫！"低下头俯视一眼下面的王宫，哇噻！我的乖乖！这是什么王宫啊？整个王宫像是几百块巨大无比的白色玉石精雕细琢而成的灵霄宝殿，规模宏伟壮观，从天空中鸟瞰都觉得形象壮丽、气势雄伟，恨不得立刻冲下去，仔细地参观一下，说不定要用好几个月才能参观完吧，不过我有的是时间，反正回不了人类世界了，不是吗？所谓既来之，则安之。

天龙似乎看出了我的心思，放开我的另一只手臂，紧紧地握住我的左手，如断了线的风筝从空中悠悠地飘然落下，稳稳地站在王宫的巨大宫门前。

第二十八章　玉砌宫殿

　　刚落回地面,这才发现自己站在王宫面前是多么的渺小,就像一只蚂蚁站在巍峨的峨眉山下,细微到可以忽略不计。从正面观赏王宫,这才看清楚王宫是建在一座被拦腰削平的大山上,四周亦被大山环绕,犹如四龙拱珠,神圣而不可侵犯。一条蓝色护城河呈环形围绕王宫一周,像一条彩带束在山腰,美丽得让人惊叹。山腰上的宫殿全是用像金字塔一样的巨石砌成,只不过这宫殿的用料不是巨石,而是天然的白玉。听天龙说王宫的占地面积有一百多万平方公里,大致分为四宫七殿:四宫分别为玥(yuè)清宫、璗(liú)璧(yǐ)宫、谛(dì)谡(sù)宫、晟(shèng)贤宫;七殿分别为佑候殿、炘(xīn)膳殿、瑜华殿、储安殿、圣宁殿、倢(jié)伃(yú)殿以及伮(nú)俅(qiú)殿,大小房间共计 9999 间,象征长长久久,颇有点儿北京故宫的样子,全是用白玉砌成,晶莹圆润又透亮。我闻言咂舌,哪来那么多的白玉啊?工程竟然如此浩大!抬头仰望,屋顶或尖或圆,井然有序地分布各处,格局严谨,给人强烈的精神震撼,突现王权的尊严。

　　我急忙好奇地问道:"天龙,这王宫是怎么建成的?这些白玉是从哪里来的?"如果知道这王宫是怎么建成的,我岂不是可以解开金字塔巨石之谜,成为考古学家记入史页里,哈哈哈!心里美滋滋地开始幻想自己成为考古学家的一刻。

天龙愣了一下，觉得我的问题有点白痴，出于敬畏，一本正经地回道："是守护神用魔法修建出来的，白玉是从招摇山运来的，每隔五十年就会重新修葺一次。"

"什么？"我的脑袋好像被人狠敲了一记，感觉天旋地转，他的回答倒是简单干脆，可是这能拿去解释金字塔吗？不把我当神经病才怪，害我白白地欢喜了一场。

刚进入炜南门，两边阵形列队的全是幻化人形的妖魔，在王宫里，凡是魔力高强或是地位高的魔物，都必须以人的样貌面见王族，这是自真魔王创下万妖国就定下的宫规，不得违抗，只是有些并不能完全变成人的样子，多多少少还保留了一些妖魔的特征，比如头上长牛角、狗耳朵、马耳朵什么的，脸上长牛鼻子，猪鼻子，鹰嘴，还有的屁股后面拖着猫尾巴、马尾巴等等……反正是要多怪就有多怪，我已经看习惯了，也就没有多大吃惊，更何况我的眼睛一直被宫殿的金碧辉煌、豪华装饰物深深吸住，早已目不暇接。五颜六色的水晶和宝石镶嵌在白玉梁柱上；一幅幅冰晶雕刻而成的历代守护神、犬神和女王的画像，栩栩如生地浮现在白玉墙上；一盏盏如梦幻一般、在白天也夺目耀眼的白晖灯，错落有致分布各处；还有白玉台基、黄金护栏、碧玉走廊、珍珠帘，完全像是天然形成，没有半点雕琢的痕迹，好一座奢华艳绝、巧夺天工的白玉王宫，比世界十大宫殿奢华壮丽千百倍，你有见过哪个宫殿全是用珠宝玉器、黄金白银堆砌而成吗？这万妖国的王宫果然不同凡响，真是大开眼界啊！在这里做女王，真是比做神仙还快活！富可敌全世界了！哈哈哈，总算没白来啊，岂只是满足了自己的小小虚荣心而已！

天龙就像导游一样，一边引路，一边不厌其烦地为我解释王宫里那些稀奇古怪的建筑、耀眼绚丽的装饰品，身后跟着一大群宫侍类儿、精精和朱厌护卫妖魔，这排场隆重得让我美美地得意了一把。

没想到正当我轻飘飘如坠云山仙境之中时，刚刚提起的兴致却被眼前的瑜华殿完全破坏了，并不是瑜华殿不够华美壮观，而是住在这里的逆魔让人大倒胃口，把这好好的瑜华殿给糟蹋了。唉！暴珍天物，太可惜了！这是哪个家伙想出来的？一进王宫首先就要经过瑜华殿，早知道就不从炜南门进来了，气得我直翻白眼。后来得知从梵东门进入就是玄月的宫殿——玥清宫，更是把肠子都悔青了。（PS：万妖国的四道宫门正对着东南西北四座山，东方五行为木，梵东门对着招摇山，是金银珠宝产地，资源丰富，取之不尽，用之不竭；南方五行为火，炜南门对着旄南山，山上的物种及妖魔日后再说；西方五行为金，銮西门对着座厓山，也就是前面提到过有凶猛的魔兽犀渠的大山；北方五行为水，黍(tiān)北门对着松山，松山上的雪兔毛用来做衣服是最上等的，只有王族及地位高贵显赫的妖魔才能穿，当然还有其他的妖魔和奇树异草，先暂且不提。再补充一点，位于中间的王宫五行为土，形成五行相生的形势，意为生生不息。）

逆魔老远就笑盈盈地迎了上来，虽然看上去还算顺眼，却怎么也不愿意污染了自己的眼睛。天龙毕恭毕敬地向我引见道："公主，这就是逆魔相国！"

"没看见！"我生硬地丢出一句，摆明了自己的立场，望着天龙撒娇说道，"我的寝宫在什么地方？我已经没有心情再参观下去了，好累啦，想睡了！"

逆魔故意插在中间，死皮赖脸地挡住我的视线，赔着笑脸说道："公主，现在看见微臣了吧！从这里到鎏(liú)璧(yī)宫还需要一个多时辰，如果公主累了，可以先在瑜华殿休息！"（PS：鎏璧宫就是女王的寝宫，虽然湘湘现在的身份还是公主，但万妖国却没有像人类世界那样有太子和公主的宫殿，所以只有住在鎏璧宫的偏殿，等继承王位之后再移驾鎏璧宫的正宫。）

我绕开他，挽住天龙的手臂，小鸟依人般，甜甜地说道："天龙，带我飞过去，好不好？好不好嘛！"

逆魔犀利的眼神瞪着天龙，天龙为难地回望我一眼，眼神慌乱，好像有什么难言之隐，急忙推开我的手，没有答应。逆魔煞有介事地说道："公主，万妖国的宫规第一百七十八条规定，身为王族，不能在王宫内做出轻浮之举动，谨慎其言。咳咳，公主刚从人类世界回来，不知道宫规也是情理之事，从明天开始，我会在公主身边督促，直到公主熟知宫规为止。"后来我才明白他的意思，原来除了犬神之外，任何人都不许与我太过亲密接触。哼，这个破宫规，我要做了女王，誓要废除！

我愤愤地反问道："你这话什么意思？想寸步不离地监视我啊？"

逆魔仍然笑脸迎人道："公主误解。正所谓国有国法，家有家规，宫规从万妖国建立就有了，历经两万多年，56代女王，公主即将身为万妖国第57代女王，岂有不知之理？"

"你刚才说什么？两万多年？比中国的历史还长啊！56代女王，这个数字怎么回事儿？难不成一个女王在位几百年？有那么长命吗？咦？万妖国的国王全是女人吗？女权主义啊！"我惊讶地张大嘴巴，然后吐了吐舌头，脑袋陷入一片混乱之中，满脸的茫然与疑惑。

逆魔先是一愣，继而捶胸顿足，悲伤地呼天喊地道："哎呀呀！真魔王明鉴啊，妖姬公主连万妖国的最基本的常识都不知道,逆魔我难过之至啊!实乃万妖国之不幸啊!辉玉女王,是逆魔失职,愧对万妖国上上下下,不但让公主流落到人界,饱受颠沛流离之苦,现在还……"

"你给我住嘴!"我不耐烦地打断他。真是比绕在耳边的一大群苍蝇更可恶,我厉声怒道:"还有完没完啦?不就是跟裹脚布似的又臭又长的历史吗?以后我学就是了,本小姐不吃你那假惺惺的一套!你要跟随便你,你要诉苦走远点儿,你的孜孜教诲改天!天龙,我们走!"说完,我一把拖住天龙的手,大踏步向前冲,连走马观花的心情都没有了,心里只有出不完的怨气。这臭鸡蛋的啰唆,我是自愧不如!不对,他哪里是啰唆,纯粹是做戏,那些宫廷剧还看得少吗?只有奸臣才会用这么老掉牙的哭天抢地,虚伪地表现自己有多忠心,老奸巨滑的东西!

天龙被动地被我牵着走,一直想缩手回去,却不敢太用力,明知我迷路了也不吭声,后面跟着的妖魔才领教了我对逆魔的斥责,更是大气都不敢出一下,逆魔和赶上来的欧迫也是屁颠屁颠地跟在我身后,任凭我把他们带着到处团团转。走了很久还是没有转出瑜华殿,该死的,到底有多大啊?迷宫啊!我的方向感明明很强的,可是今天真把我累得够戗,这下把我给逼急了,突然止住脚步,后面跟上来的见我停下来,像多米诺骨牌似的倒下一片,只有逆魔和欧迫动作敏捷地避开了。看着后面前翻后仰的妖魔,让我哭笑不得。

逆魔急忙上前,死猪不怕开水烫,笑盈盈地问道:"公主可是累了?微臣的宫殿,公主觉得如何?玩得还尽兴吗?"

这个臭鸡蛋,当我是在游玩呢?肺都快被他气炸了,转念一想,我越是生气,他就越得意,先静下心来,一定有办法对付他。我摆出一张迷死人的笑脸,虚与委蛇地说道:"相国,瑜华殿确实不错!我很喜欢。卧室在哪儿?我想睡了,带我去吧!"这一招叫做以退为进,先让他掉以轻心再慢慢对付他,虽然平时看的只是动漫片和恐怖片,但是收拾奸臣还是有一招半式的,不然我在大学时的历史就白学了。

第二十九章　行刺的侵魔

当我睡得正香甜的时候，一道身影从瑜华殿空中闪电般跃下，无声无息地落在我的床边，头上长着四只鹿角，鹿身，马一样的脚蹄，人一样的手，拖着一条白色的狐狸尾巴。他的手中握着一把明晃晃的短剑，目露凶光，似乎有深仇大恨似的，举剑向我狠刺过来。当时我背对着他，他也并未看清我的样貌，原本他是来行刺逆魔的，只怪自己现在正睡在逆魔的碧玉床上，就在短剑快要刺中我背部的时候，凤凰感应到危险，一声长啸从我心脏中飞出，回旋一周急速射向他，他一下子被凤凰的攻击震飞出几米远，"咚"的一声闷响，重重地摔在地毯上，顿时血气翻腾，嘴角溢出血丝，眼神变得更加愤怒，也夹杂了一丝疑惑，从来不知逆魔也有护身式神。凤凰在半空中扑腾着翅膀，没有再攻击他，只是发出尖锐的警告声，示意他不许再靠近我一步，门外候着的赤鹜(bì)闻声，慌慌张张地开门，查看到底发生了什么事。（PS：赤鹜，真身是人面孔雀身的妖精，幻化为人形的宫女，全都长一个模样，分不清谁是谁，统一称呼为赤鹜。顺便插上一句，万妖国里凡是低级的魔物都没有名字，只有一个统称，比如精精、蛊雕等等，如果有能幻化成人形的都是一个模样，比如璇兔、类儿等等。）

他摔在地上的声音那么响，凤凰的尖叫声更是震耳欲聋，而我却浑然不知，仍然蒙头大睡，平时睡觉连雷都打不醒的，这点声响算什么呢？逆魔把我带到他的寝室后，我几乎是大吵大闹地把那一大帮围着我转的妖魔全打发走了，就连侍寝的类儿也哄走了。跟我开玩笑，居然让他们给我暖被，虽然逆魔告诉我类儿是双性魔物，比较像封建社会皇宫里的太监，但实在让我恶心得受不了，还怎么睡得着呢？后来逆魔不依不饶地给我安排了几个宫女赤鹜侍候，明摆着想监视我嘛，睡觉也监视，真是没人权！堂堂一国公主，还比不上普通人有自由，我坚决不肯，把她们全都推出了门外，终于耳根清静，倒在床上没多久就进入了梦乡。

他惊闻开门的声音，立刻幻化成人形，摇摆两下那唯一没有消失的狐狸尾巴，飞身上屋檐，俯视一眼看清了我的样子，知道找错了对象，从屋顶的天窗钻了出去。几个赤鹜赶进来，惊见凤凰盘旋在屋檐，顿时吓得脸色苍白，而我又躺在床上一动不动，以为我已遭行刺，像炸开了锅似的疾呼道："来人啊，有侵魔闯进王宫了！来人啊！有侵魔闯进王宫了……"

"好吵啊！让人睡个安稳觉好不好？"我终于被赤鹜的呼喊声吵醒，生气地抱怨道，用被子捂住脑袋，只想睡觉，就算天塌下来也不管。

凤凰回应一声，瞬间消失，回到我的身体内。赤鹜们听到我的声音，一时间悲喜交加，冲上来着急地拉开我的被子，一边仔细地查看我有没有受伤，一边紧张地问道："公主，公主，你没事吧？刚才发生什么事了吗？有侵魔闯进来了！你没受伤？"

"吵死啦！"我极不情愿地睁开眼睛，恨恨地瞪着她们，生气地责骂道，"搞什么？还要不要本公主睡觉啦？谁叫你们进来的？都给我出去！限你们3秒钟内消失！"

赤鹜们吓得脸色苍白，立刻退避三尺，跪在地上瑟瑟发抖，只有一位比较胆大的赤鹜，慎言道："公主，你的式神凤凰刚才通知我们有侵魔闯入，奴婢们担心公主安危，一时情急，冒犯了公主，请公主恕罪！"

"侵魔？是什么？凤凰飞出来了吗？我怎么不知道！"我纳闷地喃喃自语道，长长地打了一个哈欠。

这时，突然听见外面喧嚣声不绝于耳，好像有打斗的声音，我好奇地伸长脖子望向外面，其实什么也看不到，只是一种本能反应，不解地问道："外面怎么这么吵？发生什么事了吗？"

赤鹜猜测道："有可能是发现侵魔了吧！外面有欧追将军守着，他恐怕是难逃一死了！王宫他也敢闯，找死来的！”

“是吗？”我心里倒是希望这个擅闯王宫的侵魔，能替我好好地教训那个“呕吐”。立马来了兴致，从床上跳了下来，兴冲冲地奔了出去。赤鹫们紧随其后，生怕我会出事似的，紧张得不得了。

当我赶到事发现场，只见半空中两个身影急速晃动，他们打斗的每一个动作，快到无法用肉眼捕捉，我兴奋地高叫欢呼，比看动漫里的打斗场景更带劲，还不断地给侵魔打气：“喂，侵魔，加油！打败那个死呕吐！给他点儿颜色看看！加油，加油！别让我失望啊！侵魔，加油！”

在场的内侍卫军听见我的加油声，脸上的表情怪异夸张，全部黑线。万妖国的公主竟然给闯入王宫行刺的侵魔加油，自创国两万多年来头一次遇见，谁都不敢吭声，更不敢出言顶撞，遇到这样的公主，自认倒霉吧！赤鹫们站在我的身后，个个脸憋得通红，也不知是想笑还是想哭，无奈地面面相觑。

欧逅气得脸色铁青，干瞪了我一眼，出手更加狠辣，不留半点儿余地，每招都想置对方于死地，使对方只有招架之势。

逆魔相国闻风飞奔而来，看见我安然无恙地站在一边，一副激情高昂的样子为侵魔加油，走到我的眼前，故意挡住我的视线，阴沉着脸，严词教训道：“公主，这么危险岂是公主驻留的地方？万一侵魔伤了公主，叫微臣如何是好？侵魔乃是入宫行刺的，公主为何为他加油？你让保卫王宫安全的欧逅将军情何以堪？”这死皮赖脸的臭鸡蛋，老是想让我看他，以为自己长得倾国倾城啊！

我装作没听见，冲他翻个白眼，抬头望向空中打斗的两人，狡辩道：“相国，我当然知道这里很危险，不过有将军和相国在，我相信没有人能伤到我一根头发。我为侵魔加油是为了激起将军士气，你看他现在，英勇无比，气势汹汹，侵魔被打得落花流水、连连败退！”心里暗想：那个家伙肯定是输不起，招招狠毒，侵魔得罪了他，又加上我的呐喊助威，恐怕那侵魔没有好果子吃，看来还是我间接害了他啊。

突然，侵魔手持利剑，飞速转身朝逆魔相国行刺而来。这时，我才看清楚他的样子，一头棕色的寸发，轮廓分明的脸，蓝如大海的眼睛犀利有神，最让我喜欢的是他屁股上那条长长的白色的狐狸尾巴，忍不住想抚摸几下，一时望着入了神。

欧逅大喝一声，紧追上来。逆魔没来得及再教训我，惊见侵魔要行刺于他，立刻幻化出燇风剑，及时挡住了侵魔的剑锋，将魔力注入燇风剑，顿时红光大作，侵魔的剑被震飞了出去，他自己也被燇风剑刺伤胸口，紧接着又被追击过来的欧逅连踢几脚,滚落地上,伤及五脏六腑,狂喷出几口鲜血。

逆魔收起燔风剑,眼神充满了鄙视和轻傲:凭他这么一点儿能耐也想行刺于我。欧�')张狂地说道:"上次让你侥幸逃脱,这次还敢来?既然这么想死,我就慢慢地折磨你到死为止!"

侵魔不屑地冷哼了一声,看见我站在离他不到两米的位置,欺身上前,扣住我的右手,一把冰冷锋利的短剑抵住了我的脖子,同时大声道:"别过来,否则我就杀了她!反正都是一死,拉着万妖国的公主陪葬也不错!"

手被他抓得火辣辣的疼,还在浮想联翩的我一下子回过神来,同时感觉有股凉意从脖颈直入心底,低眼瞧了一下明晃晃的短剑,绝对是把削铁如泥的宝剑,见怪不怪地说道:"喂,老兄,小心你的刀子!万一你的手哆嗦得太厉害,我就没命啦!你想用我的命要挟他们,也得注意力道啊!"

侵魔拿短剑的手微微颤抖着,并不是害怕和慌张,而是自身伤得太严重,流血过多使他的意识渐渐模糊。他厉声冲我吼道:"公主,立刻叫他们退开,这把剑可没有长眼睛。"

我心里暗想,勇于闯入王宫,刺杀奸臣的绝对不是坏人,想必他也是对逆魔恨之入骨,不如帮他一把,救他出去。下定决心之后,我镇静地冲逆魔命令道:"相国,没听见他说的吗?想我死是不是啊?还不快退开!"

逆魔顾及我的安全,随即陷入沉思,没有任何回应,全军也按兵不动。我担心时间拖久了会有变故,偏过头对侵魔小声嘀咕道:"不想死就慢慢带着我向后退!你放心,我不会害你,反而还会配合你。再僵持下去,没有被他们杀死,你早已血尽人亡了!"

侵魔惊怔一下,随即反应过来,微微点头,略带困惑地小声问道:"公主愿意救我出去?"

……

第三十章　浮玉山的精灵

我的嘴角扬起一丝淡淡的笑意，正色道："你来刺杀逆魔，就是我救你出去的理由。有话出了王宫再说！带我一起走！"

侵魔难以置信地看着我，继而恢复平静。我见他坚定的眼神，似乎已经相信了我，于是冲着一旁还在思考对策的逆魔吼道："还不叫他们退下！万一他真的伤了我，这个责任你来负？我看你怎么跟真魔王和辉玉女王交代！"

逆魔回过神，与我大眼瞪小眼，继而大手一挥，心有不甘地命令道："全部给我退下！"

我心里暗喜，稍微施加了一点儿压力，他就妥协了，看来我这条命对他来说还有用处，微微偏头对侵魔小声说道："还愣着干什么，趁他们退下，快逃啊！"

侵魔向后退了几步，放下短剑，将我拦腰抱起，仰头冲上云霄，顺利地逃离了王宫。

欧迨望着远去的身影，忧虑地说道："相国，他把公主带走了，怎么办才好？要追吗？"

逆魔冷哼一声，愤愤地说道："我还真低估了妖姬，居然会利用侵魔脱身！"

欧迨不解地问道："相国，什么意思？不是侵魔挟持了公主吗？刚才……"

逆魔怒声打断道："哼！小小的山中精灵，还能伤得了妖姬？只要召唤式神，以凤凰的攻击力，杀他绰绰有余。看来妖姬对我早有戒心，回到王宫后就没有把我放在眼里。既然她一心想逃，我们就从玄月下手好了！"

"是！"欧迡不放心地再次问道，"那飞雪针的事……"

"暂时不用管他，就算妖姬知道了，只要玄月落在我们手里，她也做不了什么！"

……

"喂，这是什么地方？安全吗？他们不会找到这里来吗？你为什么想要刺杀逆魔啊？你一个人吗？没有同伴吗？你住在哪里啊？喂，回答我的问题好不好？走了那么久，也没听你说一句话，你聋了吗？"刚回到地面，我那啰唆和好奇的老毛病又犯了，追着他不停地问。

他终于按捺不住，停下脚步，长长地吐了口气，不悦地说道："我不叫'喂'！"

"那你告诉我你的名字，我就不喂了！难道你叫侵魔？闯入王宫几次了？那些宫女都认识你了！"我认真地说道。

他苦笑了一声，摇了摇头，汗颜说道："侵魔是对闯入王宫行刺的妖魔的称呼。我叫罜(wàng)真，是浮玉山的守护精灵，公主失踪了二十年，当然不知道发生了什么事。"

我追问道："发生了什么事？你告诉我啊！你不告诉我，我当然不知道啦！"

"你的问题还真多，赶路的时候少说话，万一惊扰了彘(zhì)，你的式神还不一定能对付马上聚集而来的彘。"说完，他放眼巡查了周围一遍，没有发现什么异常。

"志是什么？"我疑惑不解地问道，以示自己的好学精神。

他幽幽地叹息一声，边走边说道："彘是浮玉山最凶猛的魔兽，通常都是把妖魔撕成碎片后再慢慢享用。它们的食量大得惊人，一天至少要吃比它体重重几倍的食物。它们喜欢群攻，每天至少要捕食五六次。"

我听得毛骨悚然，紧了紧身子，急忙抓住他的手，心惊胆战地说道："我们是在浮玉山吗？那它们今天吃饱了没有？会不会出来攻击我们啊？"

他笑了笑，故意吓唬我说道："如果你还继续说话，就会把它们引出来的！"

我吓得赶紧捂住了自己的嘴巴，死死地闭上。他笑盈盈地看着我可爱的样子，禁不住伸手抚摸我的头，像安抚小孩子似的，温和地说道："走吧！"

没走多久便听见瀑布的声音，我好奇地问道："前面是不是有瀑布啊？"

望真微笑着说道:"没错,前面就是九龙瀑布!只要穿过那瀑布,就可以到浮玉轩了。"话刚说完,才发现我听了半截话就跑得无影无踪,急忙追了上来。

我被眼前的奇观完全怔住了,漫天倾泼的百丈飞瀑,带着巨大的水流,发出轰轰的如雷巨响,震得地颤山摇。巨量的水飞流直下,形成了大量的水烟云雾,犹如置身于仙境幻影之中。四面群山,峰峦起伏,幽幽山谷中,青山飞流,比起黄果树瀑布有过之而无不及。

我惊叹地吞了吞口水,跑到瀑布下的深潭前驻足,终于看清了它的庐山真面目,原来一共有九条瀑布,从两边至中间,水势逐增,两边的水流略小,涓涓细流,颇有秀美之感,中间的水量最大,磅礴而下,更具豪壮之势,从远处看就像只有一条瀑布一样。近前倾听发出的瀑布声,声音如雷贯耳,却让人身心舒畅。与瀑布零距离接触,水珠溅在脸上,像珍珠一般缓缓滑落,十分惬意,心里更是豪情万丈,不禁激情高昂地咏叹道:"势如万马奔腾阵,声似千山雷劈崩。天上银河白虎踏,镇宁潭水巨龙腾。水帘洞里神仙化,夜雨金街雾驾乘。谁把银屏挂九汉,任凭水画满天升。"

望真拍手称赞道:"好一句'天上银河白虎踏,镇宁潭水巨龙腾'。公主好文采!"

我回过神,微红了脸,不好意思地说道:"这诗可不是我写的,只是眼见此景,有感而发!这瀑布是我见过最雄壮、最令人心悸魄荡的瀑布了!本想用李白的那首《望庐山瀑布》,可是这种景观又岂是用'飞流直下三千尺,疑是银河落九天'这么简短的语句能表达出来的?"

望真望着我笑,突然脸色一沉,警惕地说道:"不好,蠡发现我们了!公主,快跟我走!"

不是吧?这么壮观的瀑布我还没有欣赏够呢!心里正抱怨,突然惊见六只老虎向我们包围过来,身形和样貌与华南虎差不多,唯一不同的就是长着牛的尾巴,细想一下,老虎可不是群攻的动物,看来它们就是凶残无比的魔兽。要不是它们比老虎更可怕,说不定我会抓它几百只带回人类世界,拯救一下濒临绝种的老虎。

它们眼中透着凶狠的红光,张开血盆大口,露出锋利如刀的虎牙,发出的吼声却如同狗吠,雄壮有力的虎爪在地上不停地刨挖出条条沟痕。突然,其中一只以猎豹般的速度向我攻击过来。

我惊出一身冷汗,情急之下喊出言念:"召唤,凤凰!"

一道蓝光从我心脏中飞出，凤凰呼啸一声，从正面反击，将冲上来的彘狠狠地击倒在地。彘发出呜呜的悲鸣声，激怒了其余几只彘，发了狂似的不停吼叫，同时从各个方向飞奔而来，使出它们拿手的捕食本领。凤凰扑腾翅膀，盘旋于它们之间，展开一场激烈的决斗，划出一条条美丽的蓝色弧线。

我紧张地盯着凤凰，它孤身奋战，能对付得了五只吗？心都快跳到嗓子眼，不禁为凤凰捏了把冷汗。没多久便看见凤凰越战越勇，顿时松了口气。

墨真急忙转身面对瀑布，翩翩起舞，舞姿曼妙又优雅，颇似唐朝的宫廷舞。大约过了一分钟，他停下舞步，双手合十，慢慢展开，咏唱道："吾之九龙瀑布，浮玉山的守护精灵墨真向你祈求，开启圣灵之门！"九龙瀑布就像被人撩起的窗帘，中间3条流势最强的瀑布断流消失，两边各3条瀑布水势继而增强，出现一个水帘洞，视野豁然开朗，原来里面别有洞天。墨真回过身急呼道："公主，快随我进去！"

与此同时，凤凰勇猛地击退了彘，六头彘二死四伤，受伤的彘夹着尾巴，慌乱地逃走了。墨真这才发现自己的担心是多余的，万妖国的公主岂能小看？顿时失落地低下了头。凤凰轻松地落在我的肩上，我惊喜地跑到他面前，见他郁闷的表情，不解地问道："怎么了？我已经把它们全都解决掉了啊！"

凤凰细声细语地问道："公主，他是闯入王宫的侵魔，差点杀了你，为什么还要跟他来到浮玉山？"

我耸耸肩，不介意地说道："他要杀我，早就动手杀我了！我相信他的心并不坏。"

墨真回过神，抬起头说道："公主，你在自言自语什么？是在怪罪我吗？我承认自己差点误杀了你，当时你睡在逆魔的寝宫，我以为你就是逆魔，所以才对你动手。不过我连你一根头发都没有碰到，你的式神把我打成了重伤，以至于后来功亏一篑。"言语中略带一丝责怪。

"我自言自语？你听不懂凤凰说话吗？"我疑惑地望着他，奇怪地问道。

他摇了摇头，回答道："原来它在与你说话啊，我只听见它鸣叫。式神与公主之间有契约，所以只有你能听懂它说话。"

"是吗？"我偏过头望着凤凰，问道，"凤凰，他说的都是真的吗？"

凤凰正色道："没错！作为公主的式神，除了公主与犬神能与凤凰沟通之外，其他妖魔都听不懂我在说什么。墨真是浮玉山的守护精灵，要不是他莽撞行刺公主，我也不会打伤他。公主，王宫与浮玉山的精灵一直相处友好。你问问他，为什

驱魔犬

么他要行刺逆魔？"

　　我点点头，对墨真问道："凤凰要我问你，为什么要去行刺逆魔？"

　　墨真脸色一沉，愤愤地说："逆魔夺走了我浮玉山的圣灵之物——飞雪针。"

第三十一章　禁魔法的浮玉轩

　　"你说什么，飞雪针？这怎么可能？遗失飞雪针会遭受天火焚身之苦，可是你还活着？"凤凰大惊失色地说道，持怀疑的态度。

　　我好奇地问道："凤凰，飞雪针到底是什么东西？遗失后真有这么严重吗？"

　　凤凰煞有介事地说道："何止如此，飞雪针还是唯一能杀死犬神的毒箭，玄月殿下说不定有危险了！"

　　一听玄月有危险，我吓得脸色大变，紧紧地抓住墨真的手臂，急声责怪道："你怎么能把这么危险的东西弄丢了呢？这下怎么办才好？玄月会不会出事啊？你这个守护精灵是怎么当的？怎么办啊？你说句话啊！东西是你弄丢了，你要负责任！我的玄月，我的玄月！呜呜呜，玄月千万不能死啊！呜呜呜……"

　　墨真见我着急得流下眼泪，一时乱了方寸，慌乱地说道："公主，你别哭啊！我的心都被哭乱了！公主，你别哭了好不好？飞雪针明明就是逆魔借犬神的名义，从我族强取豪夺去的。我们不给，他就灭了我们精灵一族……"他的神色一下子变得黯然凄怆，悲伤不已，再也无法说下去。

"啊？你说什么？逆魔灭了你们精灵一族，这是怎么回事？"我见他极为痛苦的表情，心情跟着变得很沉重。

塱真深吸了一口气，痛苦渐渐平息下来，正视我的眼睛，正色道："公主，随我到浮玉轩，我再把详情慢慢告诉你！"

"好！"我点点头，跟着他来到深潭前，凤凰回到我的身体里。

"公主，你会翔云吗？"塱真问道。

我不解地反问道："什么是翔云啊？我不明白。"（PS：翔云就是使用飞天的魔法。）

他无奈地苦笑一声："看来公主是不会了，请恕塱真失礼！"话音刚落，他突然将我抱了起来，飞身而起，优雅地跃过广阔的九龙潭，从打开的九龙瀑布穿过，进入了浮玉轩。九龙瀑布立刻恢复原样，中间的 3 条瀑布飞流直下，水势越来越强。

来到浮玉轩，犹如置身在海龙王的水晶宫殿，脚下清晰可见的流水，无声无息地流淌，就像悬浮在湖中的明珠一样。原来浮玉轩是这样命名的，可是怎么不叫"浮晶轩"或是"浮珠轩"呢？

这里和王宫的建筑大相径庭，规模只有王宫的百分之三。王宫用的建筑材料是白玉，而这里用的是像冰一样的水晶，整个浮玉轩就像是冰雕细刻出来的，屋顶、墙壁、阶梯、地面浑然一体，没有丝毫间隙，晶莹透明，在水荧灯的照射下闪闪发光，像一颗巨大的钻石，美艳得让人惊叹。与王宫的雄伟壮观比起来，这里更显得清雅高尚，犹如不问世俗的世外桃源，不被任何俗事尘埃污染。

看着眼前的一切，我的心变得很平静，不禁有些陶醉，从来没有感受如此安然写意，没有山、没有花草树木，却仿佛置身于大自然的怀抱中，没有鸟语花香，却让人忘却一切的争斗、烦恼和悲伤。

"公主，请随我来！"塱真思量再三，将我从沉醉中拉出来。我木然地应了一声，走在他的右边，跟着他穿过一条长长的走廊，大约走了十分钟左右，来到一间像宴会厅一样的房间。

偌大的房间里，只看见正中间一个直径 9 米的巨型水晶球，名为瀞（jìng）灵玉，镶在球体外的几颗水荧灯，少了几分柔和，发出诡异的光芒。这里的气氛让人感觉异常的压抑和难受，总有一种说不出的悲伤和怨恨，只有痛哭一场才能发泄出来一样，心情无比沉重。

墨真的神色十分凄怆，沉痛地走到潇灵珠前，刚伸出手触碰上去，潇灵珠里突然流动起无数黑色烟云，丝丝缥缈又似凝重，散发出很浓重的冤气。墨真被这股冤气刺得全身发麻，禁不住全身抽搐，半跪在地上，汗如雨下，咬紧牙关撑住，却始终没有松手。

我着急地冲上前，紧张地问道："怎么了？"

"先别过来！公主！"墨真痛苦地伸出另一只手阻挡在我面前，紧皱眉头说道，"这是我们精灵一族的冤魂，如果公主现在上前，只会加重他们的冤气，到时我也无法安抚的！"

"这到底是怎么一回事？为什么会有这么重的冤气？难道他们还有未了的心愿吗？你奶奶的，逆魔这个臭鸡蛋，居然做出这么残忍的事来！"我义愤填膺地说道，心里却在担心墨真，他能应付得了吗？冤气缠身可不是说笑的。

"原来你就是万妖国的公主，他们未了的心愿就是要你的命！今天我就要血祭圣灵堂，以告慰我屈死的精灵一族！"一个愤怒的女声在耳边突然响起，同时一把明晃晃的长剑向我背后刺了过来。

"不可以，恬儿！不能杀公主！"墨真急呼一声，变得更加痛苦，大冒冷汗，气喘如牛。

等我回过神的时候，凤凰又一次不听我的召唤，擅自冲出来，像离弦的利箭飞射出去，不知什么原因，它的动作突然变得迟缓了许多，声嘶力竭地悲鸣一声，消失在空中，我的心脏顿时一阵疼挛，浑身无力，忍不住按住心脏，痛苦地喘息。

眼见长剑快要刺中我的后背，墨真松开潇灵珠，及时闪身冲到我的后面，双手一合，封住了长剑的剑身，斥责道："恬儿，我们精灵一族绝对不能杀公主，难道你也想受天火焚身之苦？"

眼前的恬儿美若天仙下凡，水灵灵的大眼睛，面如桃花，唇如胭脂，白皙修长的手中握着一把名为"断玉"的宝剑。她生气地反驳道："那有什么关系！我们精灵一族被他们王族害得还不够惨吗？一千多条精灵的命全都丧在他们王族手上，再多我一个也不算多吧！你让开，我今天非杀了她不可！灭族之仇非报不可！"

"公主与这件事一点儿关系都没有！既然你要动手，我也阻止不了你！不过你要杀公主，先过我这关！除非我死了，否则绝不允许你伤害公主！"墨真展开双臂护住我，正视恬儿愤怒的眼神，语气坚决地说道。

恬儿更加气愤激动，却又无何奈何，愤愤地扔掉手中的宝剑。宝剑掉落在地上却没有发出任何声响,就像是羽毛飘落在地上一样。

我的心痛稍稍缓和了一些,转过身面对他们,心里自知有愧,怎么也不敢看恬儿的眼睛。墅真关心地问道:"公主,没事吧!在浮玉轩最好别使用魔法,会反噬自身,更加不可动用式神,会受伤的!"

恬儿不服气地怨道:"为什么要告诉她这些?让她尽管对我用式神好了,多用几次,叫她心脏剧裂而死,岂不是省了不少事!"

"不许放肆!"墅真生气地打断道,"公主一命维系着整个万妖国,如果她真有什么闪失,不是你和我担待得起的!"

"那又怎么样?不就是万劫不复吗?我们现在这个样子,又有何区别?"恬儿愤愤地顶撞道,怒瞪我一眼。

墅真见恬儿说话越来越没有分寸,生怕惹怒了我,大呵一声,岔开话题道:"恬儿!圣灵堂是你来的地方吗?还不快给我退出去!"

"少主,为什么要替王族的人着想?难道你忘了主父和我族精灵是怎么死的吗?"恬儿悲痛地流下眼泪,泪流满面地望着墅真。她不明白,为什么要默默承受所有的委屈,飞雪针被逆魔抢走,主父却要为此受尽天火焚身之苦,最后一族的精灵们全都死在逆魔手上,这一切不都是他们王族造成的吗?为什么少主还要偏袒王族?(PS:主父,就是墅真的父亲,浮玉山精灵之王的尊称。)

墅真沉痛地回答道:"我当然没有忘,这些全是逆魔做的!我还是那句话,与公主一点儿关系都没有!我向你保证,强夺飞雪针绝对与犬神和公主无关!恬儿,圣灵堂的冤气太重,你赶快退下去吧!静儿,带恬儿下去!"

这时,一个长得和恬儿一模一样的女孩出现在我们面前,只是性格与冒失莽撞的恬儿完全相反,显得彬彬有礼,文静地向我鞠礼道:"静儿见过妖姬公主!恬儿不知礼数,得罪了公主,请公主见谅!少主,后面的事情就交给少主了!静儿与恬儿告退!"说完,拉住恬儿的手臂,也不管她是否愿意,强行将她拖出了圣灵堂。

墅真望着我欲言又止,好像有什么难言之隐,苦皱眉头。

他刚才说的话,我一句也没有弄明白,迷惑不解地问道:"为什么在这里不能使用魔法?我的凤凰为什么会变成那样?"

墅真深吸一口气,正色道:"浮玉轩有阻挡一切魔法的强大力量!在这里,万妖国任何一个妖魔,包括王族在内都不能使用魔法,强行使用就会反噬其身,魔力越强大的,受伤的程度就越重。式神是王族用自身魔力供祀成长进化的,可以说是王族魔力的化身，所以公主放出式神，不但式神会死，而且公主也有性命之危。还好你的凤凰反应敏捷，及时发现，回到你的身体里，你和它才能幸免于难。"说完，长长地叹了口气。

我恍然大悟道："原来如此！不过我的凤凰越来越不像话了，我都没有召唤它就跑出来了，理应受点惩罚！"突然见他唉声叹气，奇怪地问道，"怎么了？望真，你是不是有话想对我说呀？"

望真左右为难地看着我，吞吞吐吐地说道："公主，望真对公主有一个不情之请，希望公主能够答应！"

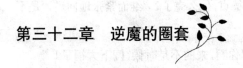

第三十二章 逆魔的圈套

"玄月，你醒了！你真是急死我了，玄月！"德贤惊喜地望着昏迷了三天两夜的玄月终于睁开了眼睛，一把将他搂在怀里，激动地唤着他的名字。

玄月木然地环视一周，疑惑地问道："湘湘呢？我是说公主呢？她应该没事了才对！"

站在一旁的德贞没有说话，转过脸不敢看他的眼神。德贤笑着岔开话题道："玄月，你睡了两三天，刚刚才醒，一定饿了吧！想吃点什么？"

玄月心里一紧，他很清楚湘湘是那么紧张他，恨不得日夜守候在他身边，不可能不见踪影的,于是用命令的口吻对德贞问道:"德贞,告诉我,公主在哪里?是不是出事了?"

德贞张开嘴却没有说出来,望着德贤,犹豫一下说道:"你问德贤吧!"

德贤恨恨地瞪了德贞一眼,竟然又把烫手山芋扔给他,见玄月严肃地正视着他,想要在玄月面前撒谎可是很容易被他看出来的。看来这个小人是当定了,只能支支吾吾地说道:"公主,呵呵!公主去……哦,公主是跟白虎出去游山了!"

玄月见德贤跟他说话时东看西瞧,当场拆穿他的谎言,生气地说道:"依公主的性格,绝不可能跟白虎去游山,还不说实话!把万妖镜给我!"

德贞一时情急骂道:"真笨,编个谎言都不会!玄月,你别着急,公主见玄月一直昏睡不醒,去采牛伤了,差不多该回来了吧!德贤只是怕你担心,出于善意才骗了你!"

"真的?"玄月半信半疑地看着德贞,执意说道,"那好,把万妖镜给我,让我看看公主现在的位置,我才能放心!"

"有白虎陪着,不会有事的!使用万妖镜要消耗不少体力,玄月三天未进食,体虚无力,就不要再耗损体力了!我去准备些吃的,德贤,好好陪着玄月!"德贞苦口婆心地说道,知道瞒不住玄月,准备逃离。

他话音刚落,白虎大摇大摆地走了进来,见玄月醒了,大笑说道:"我说这屋里怎么这么热闹,原来玄月殿下醒了!"

三人顿时愣怔当场,德贞回过神,捂住双眼作晕倒状:"完了!"

白虎满脸茫然,莫名其妙地问道:"德贞,什么完了?"继而紧张地问道,"是不是哪里不舒服?让我看看!"

德贞摇了摇头,无可奈何地说道:"你啊,来的不是时候,闯下大祸了!"

德贤怒不可遏地冲白虎吼道:"你给我滚出去!谁叫你进来的?"

玄月没有想到一向不爱说谎的德贞也骗他,心里气愤不已,怒视德贤,摊开右手生气地说道:"把万妖镜给我!德贤,快给我!"

在座邦山还没有人敢对他大呼小叫的,白虎正想发飙,顿时恍然大悟,轻描淡写地说道:"原来你们没有把实情告诉玄月殿下啊!难怪他发那么大的脾气。其实有什么,实话实说嘛!公主是被逆魔带回王宫了,不会有生命危险,放心好了!"

"什么?"玄月惊异地瞪大眼睛,从床上跳了下来,走到白虎面前,难以置信地说道,"逆魔来过了?什么时候?他把公主带走了?"

白虓回答道:"就在你昏倒后不久,逆魔派欧迤率领了几十万妖魔大军来到座邦山,公主担心你的安危,自告奋勇地送上门,现在应该被带回王宫了吧!逆魔胆子再大——啊——"突然一阵剧痛让他把后面的话咽了回去。

德贞狠狠地捏了一把白虓的手臂,打眼色示意他别再多嘴,然后笑盈盈地对玄月说道:"我突然间想起一件很重要的事找白虓,我们先出去了!"说完,拖着白虓退出了房间。

德贤叹息一声,走到玄月身旁,黯然说道:"玄月,我并不想骗你,可是现在你还不能回王宫!逆魔正想方设法对付你,我不希望你有危险。犬神可以再选一个,但妖姬毕竟是万妖国的公主,逆魔不敢把她怎么样,我们还是从长计议吧!"

玄月沉思半晌,深深吸了口气,用缓和的语气说道:"德贤,我想看看公主在王宫是否安好,把万妖镜给我,可以吗?"

德贤犹豫不肯。自从公主降世,玄月成为犬神,玄月的心里就只有公主一人,他们以前的那份感情早已不复存在,面前的玄月再不是以前的玄月,而德贤却还是以前的德贤,是公主夺走了他!想到这些,德贤的心被层层撕裂,不停地滴血,然而这种痛,玄月永远都感觉不到,因为他的心里只有公主,只会为公主担心、紧张。

玄月见他不说话,恳求道:"你放心,我不会回王宫,只是想看看公主。"

这时,一个粗重的声音响彻整个座邦山:"玄月殿下,逆魔奉公主之命,请玄月殿下速回王宫!"

玄月惊异地抬起头,辨明方向之后,急冲冲地跑了出去。德贤暗叫一声糟糕,逆魔竟然出尔反尔,还想对玄月下手,当初就怀疑逆魔是个不守信的小人,赶紧追了出去。

德贤赶到的时候,除了玄月,白虓和德贞也在场,周围全是白虓的蛊雕大军。相反,逆魔并没有率军前来,只有欧迤一个跟随在旁。德贤觉得事有蹊跷,走到玄月面前,谨慎提醒道:"玄月,小心一点儿!恐防有诈!"

白虓轻蔑地冷笑道:"呵呵,我还以为是谁大驾光临,原来是逆魔相国!什么风把你吹来了?我座邦山又不是招摇山,几天之内可以让万妖国两位大臣前来巡视,真是荣幸之至啊!"

欧迤气得脸色发青,却不敢在逆魔面前发威,闷了一肚子的气。逆魔皮笑肉不笑地回道:"万妖国的妖姬公主和玄月殿下都在贵山做客,我们做臣子的岂有不来之理！"然后对着玄月说道："玄月殿下，公主在王宫思念殿下成疾，请殿下随微臣速回王宫，以除公主之病痛！"

"你说什么？湘湘生病了？"玄月紧张地问道，禁不住向逆魔那边迈出了几步。德贤及时拉住了他，沉声说道："玄月，他们一定是想骗你回去，千万不要上当！"

"可是湘湘，万一她真的生病了……"玄月急得揪心地说道。

"公主是万尊之躯，如果公主真的生病了，逆魔还不急得跳脚吗？你看他神态自若，欧迟也在他的旁边，两位宫中大臣跑来，却不见其他妖魔，你不觉得奇怪吗？"德贤打断道，暗想逆魔应该更在乎公主才对，除非是公主现在不在他手上，他才急于想把玄月抓住，或者说是公主回王宫之后，不肯听命于他，所以才想用玄月控制住公主。

逆魔见德贤插手，意有所指地说道："德贤，公主生命危在旦夕，难道你想玄月殿下成为万妖国的罪人吗？还是说你不惜一切都要阻止玄月殿下和公主在一起，这是为什么呢？"

"逆魔，你！你乱说什么？"德贤气急败坏地骂道，突然看见玄月已经走到了逆魔的面前，紧张地追过去阻止道："玄月，不能跟他们走！只要我们用万妖镜，就可以知道公主现在是否安然无恙！"

逆魔和欧迟相视一笑，逆魔胸有成竹地说道："你以为万妖镜可以看到公主吗？"

"你什么意思？"玄月不解地问道，心里猛然一沉，怒声说道，"你们把公主带到了真魔殿？"（PS：真魔殿是供奉历代先王和犬神的神殿，与浮玉轩一样，拥有禁锢一切魔法的力量，是万妖镜唯一照不到的两个地方。玄月因为逆魔很有把握的神情，一时情急忽略了浮玉轩。）

逆魔不以为然地回答道："公主怕玄月殿下不能回宫，所以特派微臣和欧迟将军前来迎接，但微臣二人出宫之后，宫中便是危机四伏，微臣也是迫不得已才将公主安置在真魔殿，还请玄月殿下见谅！"

德贞走过来说道："玄月，我和你一同回王宫！我是守护神，理应守在公主身边！相国可有意见？"

逆魔笑道："本相当然没有意见！"

白虎闻言不愿意了，急忙对德贞说道："德贞，太危险了，你不能回宫！留在座邡山,由我保护你！"

逆魔脸色一沉,不悦道:"白虎,你是什么意思? 王宫什么时候成了危险之地?你再胡言乱语,休怪本相对你不客气！"

白虎瞟了他一眼,轻蔑地说道:"你什么时候对我客气了? 我白虎不吃你这一套! 用公主的命做要挟,简直就是乱臣贼子！"

欧迢再也沉不住气,愤愤地回骂道:"你岂敢对相国出言不敬,如果当时不是德贞,而是派本将军出征,你还能站在这里诽谤诋毁！"

"我诽谤? 呵呵! 你们已经臭名远扬了,用得着我诽谤诋毁吗? 大家心知肚明,这里有谁不知道你们做过什么！"白虎毫不示弱地说道。

玄月大吼一声,打断他们道:"够了! 逆魔,我跟你回王宫。德贞,德贤,你们谁也不用跟来! 公主想见的人是我,你们去了也没用! 德贤,我不想再看见你! 刚才你骗我的事我不想再提,立刻从我眼前消失！"

......

第三十三章　真魔殿战斗

德贤闻言,犹如五雷轰顶,愣怔在原地,还未反应过来,玄月已经随逆魔冲上云霄。欧迢冷哼一声,幸灾乐祸地说道:"看来这几天你也没有抓住玄月的心啊！

德贤,得罪了相国,有什么样的后果你应该很清楚,别说我没有提醒你!"说完,纵身一跃飞到天空中,尾随逆魔而去。

德贞心里焦急万分,很想追上去,可是却被白虎洞察先机,紧紧地拖住了手臂,眼睁睁地看着他们走远,生气地骂道:"还不快放开我!"

白虎死活不肯地说道:"人都已经走远了,你追回王宫也无济于事啊!这件事就让玄月殿下自己处理吧!"

德贤回过神,心里顿感失落,玄月明知有危险,所以才会阻止他和德贞,一个人孤身犯险回到王宫。逆魔手上有飞雪针,只要解除了与公主的契约,他回去连一线生机都没有。公主和万妖国可以没有玄月,德贤却不能没有玄月,不管玄月心里有没有他,一相情愿也好,自作多情也罢,就是不能眼睁睁地看着他去送死。他转过身对白虎说道:"白虎,帮我照顾好德贞!我去救玄月!"

德贞惊怔一下,激动地说道:"我也要去!白虎,你快放开我!"

德贤正色道:"你的魔法根本就不是逆魔的对手,去了反而误事!再说,天龙还受逆魔控制,万一你们对上手,玄月岂不是更加危险?你放心,我绝对不会让玄月有事的!"

白虎拍拍胸脯说道:"好!有你这句话,我就是不眠不休,也会照顾好德贞!"

德贞生气地说道:"我和德贤说话,你凑什么热闹?"

"怎么是凑热闹?德贤刚才明明是在拜托我照顾你!"白虎理直气壮地回答道。

"你!"德贞气得干瞪眼,白虎笑眯眯地安慰道:"德贞,别动气啊!生气对肝不好!"

德贞无奈地叹息一声,却发现德贤早已不见踪影,于是暗暗祈祷:德贤、公主和玄月,大家都要平安无事啊!

……

回到王宫,玄月马不停蹄地赶到真魔殿,焦急而紧张地呼唤道:"湘湘!湘湘!我是玄月,你在哪里?快出来见我!"然而真魔殿里空无一人,一连呼唤了十几遍,都没有人回应,于是转身对站在殿门外的逆魔生气地质问道:"公主不在这里,你把她藏到哪里去了?"

这时,天龙从逆魔身后站出来,面无表情,眼神怪异,生硬地对玄月说道:"玄月殿下,相国请你解除与公主的契约!"

玄月见天龙神色有些不太对劲,已然有戒备之心,冷静地回答道:"不可能!玄月身为犬神,除非是公主不要玄月,在真魔王面前亲口毁约,否则玄月绝不会解除与公主的契约!"话音未落,天龙突然身形闪出,手里握着的并不是他的御龙神剑,而是飞雪针。(PS:在真魔殿不能使用任何魔法,所有的神剑和魔剑都无法拔出来,飞雪针却不属于任何一类,而是超脱万物之灵箭。犬神在万妖国被赐予至高无上的魔法和不死之身,一生只为守护女王,但女王的寿命却是在接受真魔王神授时决定的,所以在女王驾崩之日,犬神就要借助飞雪针自尽追随女王,将所有的魔力传给下任犬神。真魔王将飞雪针交给既不是神,也不是妖魔的浮玉山精灵族保护,代代相传,为了避免被犬神之外的妖魔夺取飞雪针,还在浮玉山建起一座浮玉轩,用九龙瀑布做成结界,隔绝魔法和咒术,不过有一种魔法却例外,悠悠先卖个关子,暂且不提。)

玄月眼见飞雪针化成银龙闪电般袭来,心里骤然一紧,天龙在四守护神中用剑最为厉害,已经达到登峰造极,就算不使用御龙神剑,其他兵器也能运用自如,玄月心里有些困惑不解,天龙为何会对他出手?他们以前并非敌对,离开王宫20年,难道在他身上发生了什么变故?玄月没有时间再多想,急速避开天龙的致命一击,紧接着脚尖一踮,向后飞出,却因为魔法被禁锢,只退出了几米远,气息立刻变得紊乱,呼吸不畅,额头渗出豆大的冷汗。

天龙不给玄月任何喘息的机会,紧逼攻击过来。失去了魔法的玄月犹如没有了翅膀的小鸟,就连闪避也很吃力,被飞雪针刺中非同小可,看来除了让天龙恢复神志再无其他办法,于是怒声呵道:"天龙,你要干什么?给我住手,我是玄月!你是怎么了?作为守护神,却在真魔殿前行刺犬神,你疯了吗?"心中暗想:在真魔殿使用傀儡术控制天龙绝对不可能,到底是什么原因使他失去理性?逆魔给他灌输了什么思想?

天龙没有回答,只是动作稍微迟缓了一些,也没有再用致命的招式。一直旁观的欧追急了,从身后一魔物手中夺下长剑,威喝一声,欲冲进真魔殿,只是他忘了,真魔殿除了犬神、女王和守护神之外,任何妖魔都无法进入,当即被一股无形的冲击力弹出了真魔殿,倒在地上动弹不得,顿时口吐鲜血,胸闷气滞,目光变得更加愤怒。

精精急忙将受了重伤的欧追扶了起来,逆魔冷哼一声:"混账,真魔殿岂是你我能进去的地方?给我退到一边去!"

欧逅干咳几声，心中很不服气，甩手推开精精，愤愤地退到逆魔身后不远处，徒生闷气。

玄月见天龙有了些许反应，一边避开他的攻击，一边想方设法试探："天龙，逆魔到底对你承诺了什么？你这么相信他！"天龙虽然在剑术上很有天分，但是为人死板、不开窍，更没有主见，很容易受人唆使，而逆魔最擅长蛊惑人心。

天龙为之一怔，玄月趁机想要夺下他手中的飞雪针，他却突然回过神，手一缩，接连一个转身避开玄月的抢夺，反手将飞雪针刺出，抵住了玄月的脖子，没有伤及肌肤，力道和距离分毫不差。玄月没有想到他的反应如此之快，惊怔在原地，不敢再妄动一步，因为此刻的飞雪针可以随时要了他的命。

逆魔拍手叫好，笑着说道："天龙，做得不错！把玄月带出来！"

玄月被天龙推出了真魔殿，逆魔立刻从怀里掏出一个小瓷瓶，一把抓住玄月的右手，将瓷瓶里的黑色溪边血倒在他的手心。玄月无力反抗，疼得咬紧牙关，全身不停地抽搐，愤懑地瞪着逆魔，即使咬破嘴皮，鲜血从嘴角流出，也没有喊出一声。

一滴黑色溪边血出人意料溅到逆魔的手背上，他微皱眉头，却不想被别人发现，得意忘形地冷笑道："玄月殿下，现在我就实话告诉你好了，妖姬公主已经离开了王宫，所以需要你的帮助，公主才肯乖乖地回王宫。微臣这么做是迫不得已的，还请玄月殿下原谅微臣！"

玄月失去了魔力，脸上苍白无色，体力渐渐不支，忍不住半跪在地上，喘息说道："逆魔，你到底——对天龙——说了——什么？"

逆魔望了一眼天龙，感觉自身的魔力消失大半，还好并无大碍，半蹲下身，贴在玄月耳边，略带嘲讽小声说道："很简单！我对他说，只要你与公主解除契约，他就可以成为公主的护国犬神！"

玄月顿时醒悟过来，原来天龙也爱上了湘湘，继而哈哈大笑起来，对逆魔轻蔑地说道："这么无稽的话你也说得出来！你以为公主会答应吗？"

天龙面无表情地看着玄月，他心里的想法暂时还不能让任何人知道，哪怕是玄月也不能说，忍辱负重了20多年，不到最后一刻，绝对不能暴露，隐藏的最好办法就是沉默再沉默，他一直这样坚信不移。

这时，德贤手持追月剑，金光乍现，从天空中如猎鹰般俯冲下来，剑尖直指逆魔的心脏而去。逆魔反应迅速，随即幻化出爝风剑挡住了迎面而来的追月剑，飞溅出一片五彩荧光,吃惊地说道:"德贤?想不到你竟然追来了!"

德贤一边奋力攻击,一边生气地说道:"我说过,为了玄月,赔上我百条命也愿意!今天我就要带走玄月,看谁阻止得了我!"

德贤气势正盛,加上保护玄月的强烈心情,追月剑在手中如行云流水一般,横扫千军之势不可抵挡,只剩下三成魔力的逆魔被节节逼退,讨不到半点好处;受了重伤的欧迢连幻化漂光剑的魔力都使不上来,别指望他还能击退德贤;如果动用王宫的妖魔大军群攻,反而会乱作一团,说不定德贤正渴求这种机会好带走玄月。逆魔太了解德贤的行事作风,老奸巨滑地想了片刻,下意识地注意到了天龙,大声斥责道:"侵魔入宫行刺,天龙,还不速速拿下!"

天龙见玄月魔力尽失昏倒过去,心里很不是滋味,紧握拳头,努力压制住自己快要波动的情绪,突然听见逆魔向他发号施令,这才发现德贤闯入了王宫,将逆魔逼到只有招架之势。天龙迟疑了片刻,难道是逆魔故意试探他的忠心?迅速飞身上前,同时幻化出御龙神剑,剑身散发出阵阵寒气,就连周围也凝结了一团白色雾气,暴风骤雨般刺向德贤,樱雪飞舞,散满天空。

德贤惊怔一下,纵身一跃飞到半空中,天龙紧追上去,两剑相交,"当当"的脆响声不绝于耳,迸发出无数雪花、金花,两人越战越勇,越战越激烈,猎豹般的速度追击,剑术轻快敏捷,不见剑身,只见剑光流动异彩,像风中飞舞的飘带,又似万马奔腾。逆魔、欧迢连同场的所有妖魔全部仰头观望,紧张的心悬起来,激烈的打斗看得人眼花缭乱,目不暇接。

第三十四章　无坚不摧的飞雪针

　　突然，德贤用追月剑压住御龙神剑的剑身，冲天龙打了一个眼色，两人同时心领神会，飞身至更高处，继而虚张声势地打斗几下，两剑相交停了下来，似是僵持不下。德贤生气地质问道："天龙，你知道自己在做什么吗？今天我不带走玄月，他就会死在这里！"

　　天龙面不改色，断然拒绝道："不行！我不会让你坏了相国的计划！"

　　德贤闻言一怔，气愤地责骂道："你说什么？天龙，你脑子里进水了是吧，到现在还听命于逆魔，玄月可是万妖国的犬神……"

　　天龙神色依然冷漠淡定，铿锵有力地打断道："正因为玄月是万妖国的犬神，所以我不会让他死在这里！"

　　"还说不会，你刚才用的是什么你知道吗？飞雪针，唯一可以杀死犬神的神箭！"德贤激动地吼道，额头青筋暴涨，继而用力挥出一剑，挡开御龙神剑。

　　天龙追击直刺，每招点到即止，沉着地否定道："你胡说！什么飞雪针？我用的是冷冽剑，一把很普通的剑。犬神除了自尽，谁杀得了他？"

　　德贤的情绪更加激动，横扫一片金色剑花，飞溅空中，愤愤地说道："你知道犬神如何自尽吗？我现在就告诉你，用的就是你刚才使用的飞雪针！"

御龙神剑斜挑向上，化解追月剑的剑气。德贤的话犹如五雷轰顶，让天龙大为震惊，逆魔利用他对公主的爱慕之心，竟然骗他飞雪针只是一把普通的剑，不会伤到玄月，只要逼迫他解除与公主的契约就行了。没想到自己竟然愚蠢到这种地步，还好没有尽信其言，转念之间他又想到什么，大惊失色地问道："你怎么知道飞雪针？犬神自尽时绝不允许有其他人在场，就连守护神也不行，你怎么知道这些的？"

德贤方才发现自己情急失言，强词辩解道："我是从逆魔那里偷听到的！天龙，逆魔想要杀了玄月，你不能被他再三利用了啊！"

逆魔察觉到天龙和德贤的打斗有些不对劲，拿起飞雪针，见身旁一魔物手持一把金弦长弓，对其命令道："把弓给我！"

欧迟瞄了一眼已经昏迷的玄月，不解地问道："相国，这是做什么？"

逆魔干笑一声，使用魔力拉开金弓，引上飞雪针，箭锋瞄准德贤，阴阴地说道："我想看看这飞雪针除了可以杀犬神之外，是不是可以做其他用途！"说着，握住飞雪针的手猛然一松，飞雪针飙射而去，划出一道银光，势如破竹。

天龙无言以对，自知心中有愧，其中隐情还不能透露他人，迟疑片刻，停止了进攻。德贤深吸一口气，劝导道："天龙，你是守护神，保护犬神和女王才是你应尽的责任，怎可做了逆魔的傀儡？赶快清醒过来吧！"

天龙正想说什么，敏锐地察觉到身后有难以抵挡的冷箭射来，急呼道："小心！"话音未落，只见一道银光从右身急骤掠过，直射德贤的胸口而去。天龙眼疾手快，一招鱼跃龙门，旋转御龙神剑飞出，追上银光，一剑劈砍过去，激起万丈光芒，未让它行驶的轨道偏离半毫，反被它强大的力量弹开，身体一下子被震飞出去，从空中直直地坠落下来。

德贤见天龙的拦截丝毫无用，反被其伤，急忙用追月剑拼命地护住心脏，霎时被银光击中追月剑的剑身，发出"哧哧"的刺耳声响，银光的速度稍稍减弱，终于露出庐山真面目。德贤心里一惊，使出全身的力气抵挡，额头、脸上冒出豆大汗珠，在月吅下闪闪发光，脖子和手臂的青筋暴涨，血脉清晰可见，涨得满脸通红，魔力已经达到极限。飞雪针好像被注入了灵魂似的，一个劲儿地想要突破追月剑，逼迫德贤吃力地退出一步又一步。

天龙从天上掉下来，先被飞雪针击伤，后又摔得全身巨痛无比，还好用魔法及时护住了心脉，勉强还能站起来，只是气血不畅，无法再战，只能眼睁睁地看着德贤与飞雪针抗衡。

欧迢急切地说道："相国，飞雪针好像被他压制住了，赶快下令内侍卫军将他拿下！"

逆魔嘴角微微上扬，脸上说不出的诡异阴险，胸有成竹地回道："不急，先看看情况再说！他能撑到现在也算是奇迹了！"

欧迢还是满脸困惑，却不敢再多言半句，抬头再望向天空，突然间明白了什么，喜上眉梢。

德贤的力气被飞雪针消耗得所剩无几，追月剑渐渐龟裂，眼看快要断裂，德贤不忍自己的爱剑损毁，用尽最后一口气推出飞雪针，五指一收，追月剑瞬间消失。岂料飞雪针只被逼退了半厘米，按原始轨迹冲刺回来，德贤来不及闪避，眼看快要刺中胸口，突然从右边吹来一阵强势剑风，一条银龙夹杂刺骨寒气冲上前，竟压制住了飞雪针几秒钟时间，天空中漫天白雪飘落。

突然，飞雪针似吸收了对方的力量，银光大作，挣脱束缚继续向前冲射，只是方向稍微偏移，力道有所减轻，刺中了德贤的左肩下锁骨，箭身没入五分之一，差几分就贯穿身体。

德贤闷哼一声，向后跟跄几步，眼前一阵晕眩，身体从空中坠下。刚才压制飞雪针的银龙紧追过去，一瞬间接住重伤昏死的德贤，朝庞南山方向飞走。

逆魔脸色一沉，继而恢复平静，冷哼一声，命令内侍卫军全部退下，将玄月关进瑜华殿的深杳殿，独自一人返回寝宫。欧迢此时也猜到了几分，逆魔一开始并没有想抓住德贤，只要有了玄月，就不会影响他的下一步计划，可见德贤在逆魔眼中没有半点分量，更别说顾及他什么了。

在座邦山白虎的王殿中，德贞坐立不安，时而急得来回踱步，时而依在门前翘首顾盼。德贤追去王宫不久，德贞执意也要跟去救人，白虎磨破了嘴皮子也未打消他的念头，见劝阻无效，最后答应代他去带回德贤和玄月，要他安心留在王殿。可是白虎去了四五个时辰，也未见回来，眼前天色渐晚，德贞的心更加烦乱不安起来，一种不祥的预兆笼罩在心头，紧张得叫人窒息。在德贞身边陪侍的类儿，连大气都不敢喘一下，一脸焦头烂额的表情，生怕他发了脾气，白虎要是怪罪下来连命都得搭上。

突然，德贞看见了白虎的身影，怀中抱着的人吓得他脸色大变，箭步如飞迎了上去，见德贤身上插着一支摄人心魄的银箭，肩膀的衣衫早已染成一片血红，紧张地问道:"白虓,德贤他……不会有事吧!"

白虓看了一眼焦急万分的德贞,不想让他担心,平静地说道:"进去把他放下再说!"

"哦,好!"德贞如梦初醒地应了一声,迅速让开,然后跟着白虓进了卧室,急声说道,"白虓,拜托你先用回原魔法给他疗伤,我去拿牛伤来!"

白虓立刻阻止道:"不用了,我在回来的路上,已经用牛伤给他止了血!只是……"他欲言又止,低头瞧了德贤一眼,神色黯然下来。

德贞随即明白过来,惊愕地看着飞雪针,沉声说道:"这支箭不能拔出来吗?这是一支什么箭?竟然能伤了德贤!"

"不知道!"白虓缓缓吐了口气,心有余悸地说道,"不过刚才已经见识了它的威力,没想到我用尽全力也未能阻挡住。我看恐怕就连玄月神剑也未必能应付!"说完,双手合十展开,幻化出岭冷剑,递到德贞眼前,垂头丧气地说道,"你看看剑身!"

德贞仔细看向岭冷剑,剑身上全是龟裂纹,这是何等利刃,可以将白虓引以自豪的岭冷剑损坏到如此地步,恐怕需要不少时日才能用魔法将其恢复,再回头看着德贤,顿时眉头深锁,悔恨悲伤不已。

白虓见他伤心,既心痛又心疼,绞尽脑汁硬着头皮安慰道:"德贤不会有事的!你看,血不是已经止住了吗?"

德贞眼眶中溢满泪水,激动地说道:"难道要此箭一直插在那里吗?德贤不能死!我要用转移咒术!白虓,你帮我护住他的……"

白虓大惊失色地打断道:"什么?你还来这招!现在玄月被逆魔囚禁,德贤的伤势这么严重,转移到你的身上,加快了伤势恶化,如果不及时冶伤,你的命都没了,我不答应!"

"现在连箭都无法拔出来,德贤一样危在旦夕,我不能眼睁睁地看着他等死!"德贞坚持说道,声音略带沙哑,一滴热泪从眼眶滚落下来,在他的俊脸上画出一道泪痕,深深地灼伤了白虓的心。

突然,白虓紧紧地把他抱进怀里,语气强硬地说道:"我绝对不允许你拿命去换!德贤当然要救,除了转移咒术一定还有别的方法,我会想办法救他,别再轻易提出这种傻话来!你是我的!"

德贞错愕地愣在原地,一时没有反应过来,过了半晌才回过神,尴尬得脸色绯红，推了一下没能推开，偏过头不好意思地说道："你抱得太紧了！"

白虓闻言一怔，矜持地松开他，两人拉开一些距离后，正色道："你护住他的心脉，我再试着把箭拔出来！"

第三十五章　血战九龙瀑布

"公主，我先安抚他们，等他们怒气平息下来时，你再开始，可以吗？"塈真用很平缓的语气说道，脸上却掩饰不住一丝担忧。要将枉死的冤魂净化升魂，可不是件容易的事情，更何况是在无法使用魔法和咒术的浮玉轩。要不是瀞灵珠已然达到极限，眼看崩溃在即，也不会急着净化。幸好在行刺逆魔时，误打误撞把公主带回浮玉轩，虽然没有多大把握，但总比什么也不做，眼睁睁看着瀞灵珠崩溃、使精灵一族的亡魂变成恶灵危害万妖国好。（PS：升魂的意思很简单，就是人们常说的到天堂或是成佛。）

我懵懵懂懂地点头，塈真将净化精灵冤气的方法和我说了不下十次，可是我还是没能完全记住，真是记性超差，暗骂自己几句没用，却不愿见他失望，硬着头皮死撑过去，冲他微微一笑，他的脸上顿时泛起一丝红晕。

塈真深吸一口气，走近瀞灵珠，瀞灵珠里再次浮现出黑色烟云，变得混浊不堪。塈真伸直双臂，掌心置于瀞灵珠上，缓缓闭上眼睛，只见两道橘红色流光从他掌心溢出，环绕包裹住已成黑色的滳灵珠，使其变得微红发亮，可惜片刻不到便被黑云吞噬。

我的心紧张地悬起来，都快跳到嗓子眼儿，禁不住吞了吞口水，抿了一下干涩的嘴唇。曌真周而复始地将橘红色的光芒释放出来，一次又一次被吞噬，他的额头渗出丝丝冷汗，脸色越来越难看，然而滳灵珠里的黑云越来越浓重，像个煤球似的，根本无法把滳灵珠变成曌真所说的白色。

突然，滳灵珠出现一道细小的裂缝，曌真心里一惊，产生些许慌乱神色，终究无法阻止它的崩溃，只有加把劲在它崩溃之前净化所有的冤气。他用自己的双手按住裂缝，不让一丝黑烟从缝隙中流出，可是不到半分钟，裂缝逐渐扩大，"哧哧"地发出玻璃碎裂的声音，周围也开始龟裂。他吓得脸色大变，急忙深吸一口气，闷哼一声，将所有的力量都释放出来，橘红色的光芒再次环裹住滳灵珠。

"哧嘎！"一声脆响，滳灵珠再也承受不住浓重的冤气，全部龟裂成网状纹，缕缕黑烟从裂缝中迅速溢出，飘散在空气中，张牙舞爪地肆虐圣灵堂。

眼见此景，我再也耐不住性子等待滳灵珠变成白色，飞奔过去，一着急，把曌真教我的方法忘得一干二净，擅自用手紧紧地按住裂缝最大的地方，那些流出的黑烟就像上千把利刃，割痛我的手，脑海中飞速闪过一些画面，让我的意识陷入幻影之中：

曌真和精灵王主父站在供奉飞雪针的祭台前，两人神色凝重，似乎有一场前所未有的大灾难将降临于此。

"主父，飞雪针不能交出去，逆魔怎么会知道飞雪针的事情？"曌真紧张而困惑地说道。

主父陷入深思，自己守护飞雪针已有四百多年，青风在他这里借走飞雪针也才短短二十年，妖姬公主既未登位，也未召告万妖国要处死玄月殿下，为何逆魔会来到浮玉山讨要飞雪针？这其中一定有不可告人的秘密。飞雪针除了犬神和守护精灵王之外，绝不告知、给予第三人，连女王也不知道，为什么逆魔会知道飞雪针？层层谜团萦绕心间，沉重地叹了口气，伸手抚摸飞雪针。

曌真见主父叹气，避而不答，更加着急地说道："飞雪针只有你我和接任犬神之位的玄月殿下知道，如果玄月殿下要寻死，一定亲自来取，绝不会假手于人，再说，玄月殿下不是已经失踪了二十年吗？逆魔要它何用？泄露飞雪针之事可是要受天火焚身之劫，主父知道是何人所为吗？"

主父摇了摇头,黯然说道:"逆魔此次带着三十万大军前来,想必是铁了心强取。瞾真,这次恐怕是在劫难逃,我现在就把精灵王之位传于你!"

"什么?这怎么可以?"瞾真大惊失色道,不敢接任此位,"飞雪针一直都是由主父守护,瞾真还不能胜任精灵王,请主父收回传命!"

这时,恬儿神色慌张地半跪在门前,低下头禀告道:"主父、少主,逆魔相国在九龙瀑布外叫器,限令我们一日之内交出飞雪针,否则就要攻打浮玉轩。"

瞾真冷呵一声,正色道:"九龙瀑布布有结界,除了我们谁能打开,他逆魔还没有这本事!"

主父沉声说道:"怕只怕他放火烧山,逼我们出浮玉轩。瞾真,你别忘了,我们可是浮玉山的精灵一族,守护的不仅仅是飞雪针,还有整个浮玉山。"

瞾真神色黯淡下来,沮丧说道:"那我们就要交出飞雪针吗?逆魔一定是想叛逆真魔王,除掉玄月殿下,万妖国的秩序一旦打破,王朝崩溃瓦解之时,就会危及到人类世界。"

"这个我当然知道,所以我不会交出飞雪针!恬儿,你传令下去,精灵一族誓死要守护飞雪针和浮玉山,你去把静儿叫来,我还有话跟你们二人说!"主父严肃地命令道。

"是!"恬儿应声离去。

瞾真正视主父的眼睛,执意说道:"瞾真与主父一同抗敌,就算战死也是轰轰烈烈!"

主父郑重地命令道:"瞾真,跪下!"

"主父!"瞾真还想坚持,却见主父严厉的目光射在自己身上,心情沉重地跪在地上。

主父伸直右手,掌心向下置于瞾真头顶,郑重地说道:"吾之真魔王,浮玉山精灵王主父,承天授命,守护飞雪针,现将精灵王一位传于瞾真,恩请庇佑我浮玉山。如果今天飞雪针落于他人之手,天火焚身之劫难由主父一人承当!"

"主父!"瞾真闻言震惊,激动地说道,"主父已将精灵王传于瞾真,如果飞雪针遗失,天劫理应瞾真承担!"

主父严厉地打断道:"住口,天劫已定,岂容更改!瞾真,保护飞雪针的重担就交给你了!"

话音刚落,恬儿和静儿已经来到门外,主父招呼她们进去,正色道:"恬儿、静儿，我已经将精灵王传于少主，以后你们好好侍候少主，明白了吗？"

恬儿和静儿相视一眼，明白地点点头，异口同声地回答道："请主父放心！我们一定照顾好少主！"

"嗯！"主父欣慰地点点头，继续说道，"你们跟随少主到翠凤山避一避，如果浮玉轩保不住，你们就不要回来了。墨真，立即拿着飞雪针走！"

三人同时愣怔在原地，恬儿第一个激动地反对道："主父，大敌当前，我们怎么能离开？恬儿誓死追随主父！"

墨真知道主父心意已决，不敢再坚持违抗，拿起飞雪针，对静儿说道："静儿愿意与我离开吗？"

静儿蹙眉沉思片刻，冷静地回答道："大局为重！静儿当然愿意与少主一同离去！"

恬儿急切地说道："静儿，怎么你也贪生怕死？"

静儿沉着地反驳道："恬儿，这不是贪生怕死，今日逆魔率军前来抢夺飞雪针，如果飞雪针还留在浮玉轩，只怕大家都会牺牲在这里。相反，如果我们带走飞雪针，逆魔无计可施，自会退去，浮玉轩也得以保全！"

"静儿说得没错，恬儿，我们走吧！"墨真不舍地望了主父一眼，转身离去。

主父在圣灵堂集合所有精灵，下令誓死守护浮玉山，精灵们一听要打仗，个个心下慌乱，平时逍遥快活过着神仙般的生活，浮玉轩本是和平安宁的美好世界，没有世俗的名利争斗，尔虞我诈，与世隔绝，岂料会落到被王族派兵围剿的一天。

主父见精灵们躁动不安，神色黯然下来，本来保护飞雪针只是精灵王一个人的事，这些无辜的精灵连飞雪针是什么都不知道，今日让他们受这无妄之灾，心里更是过意不去，可是逆魔会因主父一句不关他们的事而轻易地放过他们吗？逆魔的心狠手辣、奸诈狡猾不是这些单纯的精灵们可以对付的，只有背水一战，保护飞雪针为上，说不定能侥幸逃过此劫，如果逃不掉，那也是命定的，怨不了谁。

正当主父凝神沉思之时，一个精灵恐慌地跑来禀告："不好了，主父！逆魔相国下令烧山！九龙瀑布周围已成一片火海，结界过不了多久就会被破坏，怕是要硬闯浮玉轩了！"

众精灵闻言大惊失色，一阵骚动，有些精灵竟怕得哭喊起来，主父威严喝道："大家不要慌！浮玉山的精灵们！逆魔竟然违背真魔王遗令，擅自犯禁，我们岂可这般软弱，任其宰割？精灵们，我们被赋予守护浮玉山的责任，为守护而战是我们的天职,理应抛开生死,不要胆怯,誓死守护浮玉山!我们冲出去,为自己的奋力战斗自豪吧!"

圣灵堂顿时变得鸦雀无声,全部沉默不语,不知是谁高喊了一句:"我们誓死守护浮玉山,与逆魔抗争到底!"顿时,响应的声音此起彼伏,精灵们不再惧怕,争先恐后喊着誓死守护浮玉山,高亢激昂的声音响彻整个圣灵堂。

主父带领一千多精灵冲出浮玉轩,齐心协力引九龙瀑布之水灭了浮玉山大火,在九龙瀑布前与逆魔的三十万大军交锋,烽火连天,浴血奋战一天一夜,杀得昏天黑地,风云变色,全部战死在沙场。主父见精灵们无辜惨死,就连手无缚鸡之力、乞求饶命的精灵也不能幸免,血染九龙瀑布,潭中清水已成浓稠的血水,昔日的青山绿水变成了阴森恐怖的地狱,惨状不忍目睹,心中万分悲痛,举剑自刎。

第三十六章　净化精灵的冤气

曌真和恬儿、静儿一起离开了浮玉山,刚飞到招摇山边界,忧心如焚的曌真再也控制不住自己,担心主父安危,一个转身飞奔回浮玉山。恬儿和静儿并没有出言阻挡,不约而同地尾随其后,回到浮玉山,却看见尸横遍野,血流成河,主父亦横死九龙瀑布前,逆魔大军正在用剑挑刺尸体,检查有无活口。见此惨状,他的情绪变得异常激动,恨得咬牙切齿,大喝一声,握紧手中的断玉宝剑,义愤填膺地直刺逆魔而去。

逆魔正在懊恼没有找到飞雪针,大发雷霆,突见瞾真想要行刺于他,更是怒火冲天,不到十招便将瞾真擒住。眼看瞾真危及性命,恬儿和静儿救人心切,竟然拿着飞雪针,毫不掩饰地出现在逆魔面前,飞雪针被轻易地夺了去。幸好静儿机敏过人,在逆魔得到飞雪针疏忽大意之时,救走瞾真,顺利撤回浮玉轩。

逆魔得到飞雪针之后,已然对浮玉轩失去了铲平它的兴趣,下令撤军。逆魔余下的二十多万大军撤退之后,瞾真三人怀着无比沉痛的心情,痛心疾首地收殓精灵们的尸体,却发现他们的冤气不散,用尽各种方法也不能告慰亡灵,恐其变成恶灵,只好将所有精灵的亡魂收入瀞灵珠,希望得以净化,可是日复一日,冤气不但没有得到丝毫净化,相反却越来越深重,直到今日不堪重负而崩溃。

……

我从幻影中恢复些许意识,眼中早已溢满泪水,悲伤得不能自持,愤懑的情绪似集结于心万年之久,快如火山般爆发出来,内息极为杂乱,呼吸越来越急促,一股咸腥的味道从胸口直涌上喉。

瞾真惊慌失措地说道:“公主,千万要稳定自己的情绪,如果受了冤气影响,会气结攻心的!无论你看到了什么,都只是精灵们残存的一些记忆罢了,不要放在心里!”

残存的记忆吗?我有些恍惚,神思飘远。原本淳朴善良的精灵一族,没有争抢掠夺之心,只有对世间美好的憧憬,过着悠闲自在、闲云野鹤的生活,突然遭到王族的残忍杀害,被杀害时产生的无量痛苦与怨恨,就像无形枷锁,把他们的灵魂牢牢地锁住,让他们无时无刻不在痛苦的折磨中,而不得开解。而这些残存的记忆就是痛苦与怨恨的来源,执念越深,冤气就越重,最终导致灵魂崩溃,化成戾气极强的恶灵,吞噬万物生灵。

我明白他们的心情,在幻影中看到的那场惨烈杀戮,并不是平常看恐怖电影一样没有任何感觉,那些血淋淋的场面,只会让我觉得弄虚作假,导演是在夸大其词,而逆魔在九龙瀑布前的凶残肆杀,如此真实地呈现眼底。凄惨的、绝望的哀号声不绝于耳,天空变得阴暗无光,大地凄怆失色,那些血肉模糊的尸体,血红如火的瀑布,像无数利刃,刀刀剜心割肉,痛得叫人窒息,只恨生不如死。

由于情绪过于波动,感同身受起了连锁反应,再也压不住冲上喉的鲜血,嘴角禁不住溢出血丝。冤气突然从我的掌心渗入,感觉到那些难以化解的怨恨,找到了泄愤的对象,在血脉中横冲直撞地肆虐,吸食榨干我的每一分精力。从瀞灵珠源源不断流出的冤气,全部流入我的身体里,不断扩张膨胀,似要撕裂开我的肉体,这种痛让我顿时清醒了几分,额头、脸上早已大汗淋漓,紧皱眉头,张开嘴大口地吸气、呼气,努力把气息调匀,然而一点儿作用也没有,体内魔力无法施展,夹杂流窜的冤气,变得更加紊乱不堪。

墨真急得乱了阵脚,帮不上任何忙,站在一旁只有干着急的份,心有余而力不足。

我气喘吁吁地望向墨真,见他急出一身冷汗,拼命死撑着笑说道:"你那是什么表情?干吗哭丧一张脸?我还没死呢!"

墨真错愕片刻,急如热锅上的蚂蚁,愧疚自责说道:"公主,墨真害了你!精灵们已然把你当做他们的容器,想要控制住公主,对逆魔乃至整个王族进行报复。可是公主娇贵的身体是容不下千条魂魄的,他们的冤气实在是太重了,你的身体会承受不了爆炸的。墨真……"他哽咽了一下,再也说不下去,眼角滑落一滴热泪,晶莹犹如水晶,闪动耀眼波光。

"容器吗?"我茫然无奈地重复他的话,一阵剧痛袭来,呻吟一声,禁不住双膝着地,骤然跪倒下去。

"公主!"墨真失声惊呼道,想要扑上来扶我,却在踏出一步后抑制住恐慌站定了。

瀞灵珠已然通体透明,上面的龟裂纹清晰可见。我的脸色因冤气沉积变得很黑,关公、包公见了都会自愧不如,幸好自己看不到,否则一定郁闷死。感觉身体很沉重,完全使不上一点力气,就像有一千头大象压在身上,被鬼上身还真不好受,更何况是一千只精灵鬼。抬眼正视墨真近乎绝望的脸,心里顿时没了底,我会死在这里吧!感慨万千涌上心头,这个时候居然想起了玄月,不知道他在座邦山是否安好?有德贤陪在身边,一定会把我忘了吧!真不想就这样白白地成全他们,我是那么的爱玄月,脑海中如旧日电影回放过去的记忆:玄月第一次以狗的样子,凶神恶煞地出现在我的面前;第一次对我发号施令,要我成为他的主人;第一次和我并肩作战,消灭从万妖国异变出来的魔物;第一次恢复人形,以为他骗了我,冲他发了脾气;第一次出于报复亲吻了他;第一次吃醋想要杀了德贤……

"公主,公主!墨真罪该万死,只为一丝侥幸,为了一己之私,害了公主!"墨真痛心自责的声音把我从回忆中拉了出来。

驱魔犬

我没有在意，缓缓地闭上眼睛，也许玄月和德贤在一起会更幸福吧！连玄月也不要了，还有什么事是放心不下的，坦然地接受了一切，心情突然间变得很平静，真想回到人类世界，作一个普普通通的杜金湘，而不是在万妖国灾难重重的妖姬公主。

我的身体似乎达到了极限，痛到不知痛，意识越来越模糊，就在快要失去最后一丝知觉的时候，心脏里好像有什么源源不断地溢出来，通过七经八脉，汇入丹田，气息瞬间平稳下来。这时，凤凰啸鸣一声，如风铃发出的脆响，激荡入耳，接着从我心脏飞跃而出，蓝色的身体泛起彩虹光，舞动曼妙的身姿，优雅地在我身边环绕一周，停在我的头顶，身形刹那间变大了十倍，展开五彩羽翅，将我护在双翅下，昂首啸鸣，引吭高歌，点点荧光犹如烟火散落下来，渗入我的每寸肌肤，体内乱窜的冤气渐渐平息下来。

我缓缓站起来，脑海中闪过无数景象，无意识地模仿景象中的每个动作，双手化作兰花，脚尖轻轻一踮，身形一跃已然落在凤凰背上，自然而然地流露出王者之尊。披肩的黑发迅速长长，垂至脚踝，褪去原有的黑亮，变成紫罗兰一样的高贵紫色，头上露出两只黑色的狗耳朵，眼睛变成金色，样貌与玄月倒有几分神似。我并没有在意这些，一心沉浸在那些一闪即逝的景象中，喃喃念道："凤凰在前，应变无停，驱邪缚魅，保命护身，智慧明净，心神安宁，三魂永久，魄无丧倾！"

此时，从我身上流溢而出的紫气，将身体内的冤气一一带出，化于无形，接着无数被净化了大半冤气的精灵的魂魄飘然眼前，围绕在我的周围，显现生前的样子，长得十分可爱水灵，每个精灵的脸上都浮现出平静祥和的神色。

我的嘴角扬出一丝浅笑，兰花指悠然一转，翻云覆雨间，凤凰低鸣一声，展开双翅，洒出万丈光芒，照射在精灵的魂魄上，温暖心肺，净化最后残存的冤气，我继续念动咒语："奉请守护万妖国之真魔王，加护慈悲，安慰于身，驱散摇动沉睡灵魂的不祥之风！精灵魂魄，净化升魂！"

话音一落，精灵的魂魄变得几近透明，他们脸上的最后一丝阴霾怨气已然褪去，带着幸福的笑容缓缓升空，直至消失。

第三十七章　摧破零限魔法

　　墨真见此经过，刹时呆愣当场，半天回不过神来，也许是被我的王者之气所慑。一眨眼，我已经悠然地站在他面前，凤凰回到我的身体里，只是我的样子还没有恢复，意识也好像不是自己的，面容淡定，正色道："墨真，飞雪针一事，错不在尔等，嫡不再追究！嫡会亲自向逆魔要回飞雪针，为浮玉山枉死的精灵讨回一个公道！"（PS："嫡"注音dì，在万妖国，女王自称为嫡，相当于人类世界的皇帝自称为朕一个意思。）

　　墨真"扑通"一声跪倒在地，俯身敬重地膜拜道："遵命！墨真谢过妖姬女王净化吾族精灵冤气，女王万岁、万万岁！"

　　"咦？"墨真的举动令我着实一惊，吓得退后一步，虽然类似的说辞听到乏味，但是他这一跪让我手足无措，顿时恢复了原来的面貌，错愕笑道，"望真，犯什么傻啊？向我下跪做什么？我受不起呢！"

　　他惊怔一下，茫然抬头注视我，女王的尊容消失无形，恢复成人类的样子，诧异道："公主？你怎么？变回来了！"他不由露出了些许失落的神色。

　　"变回来了？！"我不解地重复他的话，自顾打量一遍自己，没有察觉到什么不对劲，妩媚而又调皮地笑起来，"你耍我呢？我能变成什么样子？我不就是我嘛！"

我拉住他的手，他借力站起来，微微蹙起眉心，继而释然笑起来，喃喃自语道："这就是摧破一切的零限魔法吗？果然超越非凡！对浮玉山的禁锢视若无物！"见我神色异样奇怪地瞪着他，急忙掩饰道："公主不记得就算了！总之，谢过公主将我族精灵净化升魂！"

"啊？我做到了吗？我什么也没有做啊？"惊喜之中带着疑惑，见他神色镇定不似欺骗，柳眉上扬，沾沾自喜说道，"小意思，不足挂齿！呵呵！"心里暗想：差点儿命都丢了，下次这样的委托还是少答应为妙，一千条命都不够搭上的。

他顿时松了口气，轻声说道："公主也累了，我已吩咐静儿准备好房间，请公主移驾休息！"

"嗯！"我心不在焉地应了一声，转眼看见满是裂纹的瀞灵珠，移步过去，不禁有些惋惜地说道："裂成这样，恐怕都不能用了吧！"

墨真尾随而来，叹口气说："其实它已然崩溃，只是虚有空壳而已，再无效用，稍一触碰就会粉身碎骨，灰飞烟灭！"

"那还真是可惜了！"我摇了摇头，怅然若失，突然灵光一闪，眸中带亮，不自觉地伸出右手，掌心对着瀞灵珠，思维却是异常的清晰，念动咒语："真魔王有敕，坚固坚固，瀞灵珠，恢复原来的样子吧！"

刹那间，瀞灵珠耀出明亮白光，裂纹沿着裂开的方向迅速还原消失，恢复成没有一丝瑕疵、完好无损的瀞灵珠。墨真惊喜若狂，一时不知该说些什么，感激涕零说道："多谢公主！墨真谢过公主！"

我惊愕自己有这样的举动，缩手回来，望着掌心微微愣神，什么时候变得这么厉害？浮玉轩不是不能使用魔法吗？感觉到了，我能感觉到，魔力正在源源不断地流出来！这到底是怎么回事？谁能告诉我呢？

"墨真，你不是说浮玉轩不能使用魔法吗？"我正视他的眼睛，不解地问道，渴求找到答案。

他矜持一笑，反问道："公主自己怎么使出零限魔法都不知道吗？"

"零限魔法？是什么东西？"我茫然无知地问道，越来越困惑了，抿紧嘴唇思索片刻未果，又将求知的目光投向他。

他笑逐颜开，戏谑道："公主反倒是在耍墨真吧！墨真只是一个浮玉山守护飞雪针的精灵，怎么知道太多王族之事？公主既是以后的女王，对自身的魔法却置若罔闻，岂不贻笑他人！"

拿我取笑是吧！目中掠过不悦，嘟嘴抱怨道："这能怨我吗？我从小就在人类世界长大，什么魔法、万妖国听都没听过；回到万妖国，玄月又不在我身边，谁来教我这些？"

他一时无语应答，神色黯然下来，似有所思。我以为他在生气，飞雪针还在逆魔手上，如果我没有能力，飞雪针如何夺回？于是放缓语气说道："望真，你知道什么是零限魔法吧！你知道多少就告诉我多少，我会慢慢学的！我答应你，帮你把飞雪针抢回来怎么样啊？"

他深吸了一口气，意味深长地徐徐说道："零限魔法是王族才能使用的魔法，流传王族血脉。所谓零限，就是没有任何限制，超脱一切魔法咒语，可以毁天灭地，将一切归于无，也可以更新日月，将一切拯救！只是……"

他欲言又止，着实吊我胃口，急急问道："只是什么？说下去啊！"

"只是这种魔法并不是所有王族都能随意使用的，据我所知，万妖国创国两万多年来，只有十几位女王能使出零限魔法，辉玉女王也没能使出过！我知道的就这么多，或许玄月殿下会知道更多一些！"他压低声音说道，像是自己说了令王族难堪丢脸的话一样，有种深恶痛绝的负罪感。

"是吗？"我低头沉凝半刻，嘴角划过一丝不着边际的笑，想想自己比母亲还要厉害，自然有些自豪感流露出来，抬头见他神色异样，伸手拍住他的肩头以示安慰，嘻嘻一笑："我累了，想去休息了！明天带我在浮玉轩好好玩玩怎么样？我想浮玉轩不止这圣灵堂一个恐怖的地方吧！"突然瞧见他脸色大变，浑身惊颤，急忙说道："不恐怖，当我没说！呵呵！"傻笑着转身离开，留下莫名其妙的望真，还在为我刚才的话忧愁满腹。

……

在瑜华殿最右边不起眼的地方建有一座深杳殿，白玉外墙，青石铺地，殿顶比其他各殿偏低一些，有些格格不入，平添几许清冷和阴森，四周有逆魔的精精大军把守，戒备十分森严。天龙视若无睹，径直闯入深杳殿，精精知他是守护神，不敢妄加得罪，又因职责在身，只好排成几队挡住天龙去路，在他峻冷凌厉的神色下，胆怯地一步一步向后退去，最后退至殿门前，逼于无奈全体跪下，低头恳求道："天龙大人，逆魔相国有令，任何人都不可接近深杳殿。请天龙大人回佑候殿！"

天龙冷哼一声，浑身散发出勾心夺魄的寒气，精精们一哆嗦，禁不住打起冷

驱魔犬
Qumo Quan

战。天龙大声喝道："大胆，什么地方是守护神不能去的？还不快给我速速退下！难道这里面有什么见不得光的事情？"玄月软禁在深杳殿已是瑜华殿中公开的秘密，只是这层窗户纸谁都不敢捅破；一国之相，竟然做出触犯犬神、罪该万死的造反举动，可是女王不在位，又有谁敢和一手遮天、欺君罔上的逆魔作对？王宫四大守护神，天龙卧薪尝胆地留在宫内，德贞几年前被派往座邦山消灭白虎一去不返，其余两位守护神早在 20 年前相继失踪，逆魔再没有束缚约束，现在更是目中无人，无法无天了。

一个领队的精精战战兢兢地说道："深杳殿并未有什么见不得光的事情，只是逆魔相国交代下来，玄月殿下身体不适，需要静心休养！不容打扰！"

"玄月殿下身体不适？为何不在玥清宫，非要在相国的偏殿休养不可？待我进去扶他回玥清宫！"天龙借话发难，脸上没有任何表情，冷如冰雪。

精精无所适从，一时慌乱起来，牛背上冒出层层冷汗，硬着头皮回道："天龙大人，这……玥清宫空置了 20 多年，满是尘垢，已然不能居住，不过相国吩咐打扫，想必几天后便可以让玄月殿下回玥清宫！"

这家伙脑袋转得还挺快，天龙暗唾一声，脸上波澜不惊，双手轻轻一提，身前的两只精精未及反应，身形猛然跌飞出去，接连几下力拨千斤，拦路的精精应声落在天龙身后，东倒西歪失去原有阵形。

天龙推开殿门，刚迈入一步，突然一道剑光闪过，天龙身体微侧避过剑芒，抬手剑指顺势封住迎面袭来的漂光剑，嘴角勾起一抹不屑的冷笑，淡定自若地说道："欧迟将军，你也想阻拦不成？"

欧迟哼笑一声，收回漂光剑，冷言冷语道："相国有令，天龙大人可以探望玄月殿下，只是殿下身体不适，现在还未苏醒，恐怕看了也没有多大意义！"

天龙脸色一沉，平静说道："这当然没有什么意义，只是心意而已！微臣担心玄月殿下病情，必然要探望方可放心！"

"相国就是想让天龙大人放心，所以才让末将前来相迎！请吧！"欧迟扯开嘴笑了笑，身体侧向一边，做了个"请"的手势。

第三十八章　身处险境亦不屈

　　欧迱领着天龙经过几条蜿蜒走廊，七弯八拐，如同迷宫一般，大概20多分钟脚程，抵达一间黑漆大门前，门上画有一些面目狰狞的妖魔，充满阴森恐怖的气息。欧迱干笑说道："玄月殿下就在里面，请吧！相国给你一刻钟的时间。"说完，抬起右手施展开门魔法，黑漆大门"吱呀"应声打开，他站在原地不动，做了一个手势示意天龙进去。

　　天龙冷眼一瞪欧迱，暗下奇怪他为何不进去监视他们，移步进入房间，一盏白晖灯悬挂屋顶中央，屋内的墙上、地上、屋檐上都布满了莽草。天龙只觉胸口一阵气闷，魔力渐渐消退，原来他不进来是因为莽草的缘故，一般的地牢种植一两株便会让人软弱无力，眼下满屋遍布，这么浓重的毒气，谁也受不了。他冷哼一声，尽量调整好气息。放眼望去，突然看见玄月跪坐在地上，身上缠满了莽草，双手也被从屋檐垂吊下来的莽草绑住。天龙心里一惊，吓得脸色大变，急忙跑过去，情急之下幻化出御龙神剑，正想斩断莽草，可是莽草之毒早已吸入五脏六腑，魔力尽退，未及挥剑，剑已然消失。

　　天龙顿时怒火中烧：逆魔竟然如此大胆囚禁犬神，不！应该说是我早就知道他的谋反之心，不正因如此，才留在他的身边伺机下手吗？犬神在万妖国虽然不及女王重要，但是女王却不能没有犬神，如果逆魔想要除去玄月殿下，势必需要女王选出新一代犬神。当初逆魔答应将犬神之位让给我，恐怕只是安定人心而已，妖姬公主不一定会选择我。想到此处，他再也支撑不住身体，软瘫下来，急急呼喊道："玄月殿下！殿下！"

过了好一会儿，玄月微微睁开眼睛，吃力地抬眸，看见天龙满脸焦急神色，有气无力地说道："天龙，你怎么来了？这里莽草的毒气太重，赶快离开吧！你救不了我的！"

天龙沉默片刻，沮丧说道："玄月殿下，天龙没用，没有保护好你！"

玄月苦笑一声，淡然道："我就知道，你不是那种人。天龙，不要傻了，逆魔不是你能对付的，放弃吧！"

天龙坚持道："我不会放弃的！"

"你以为逆魔会信任你吗？"玄月突然打断道，声音骤然提高了几十分贝，觉得言语重了些，继而平缓压低声音道，"天龙，帮我做件事好吗？"

"殿下有什么吩咐？"天龙正色道，眼里闪动灼热的光芒。

玄月叹了口气，双手有些麻痹，略微挣扎了一下，牵扯到每寸肌肤生痛，额头直冒冷汗。天龙紧张说道："殿下，不要太过挣扎，否则莽草的毒会渗入更深！"

玄月扬眉苦笑几声，突然想起什么，幽幽说道："就算是犬神，这种毒吸入太多也够呛的，湘湘那日却安然无事！"

天龙不解地问道："殿下，你说什么？天龙不太明白！"

"没什么！"玄月轻轻摇头，正色道，"天龙，帮我找到公主，告诉她千万不要回王宫！"

"这怎么行？如果公主不回来，殿下性命堪虞！天龙来此正是想告诉殿下，一定会把公主带回来，救出殿下！"天龙郑重地说道。

玄月正视天龙，眼中闪过一道凌厉精光，吓得天龙不敢直视他的眼神，低沉坚持说道："不管怎样，天龙不会眼睁睁地看着殿下受苦！"

玄月无奈地笑了笑，正想说些什么，突然察觉到周围有异样，生气地骂道："你的话太多了！我说过，我是不会与公主解除契约的！你还是死了这条心吧！"因说话太过用力，气息顿时变得不顺畅，禁不住干咳了几声。

天龙不解地望着玄月，满脸的惊骇表情，为何他的态度会180度转变？突然看见玄月手指轻轻地划出一条弧度，冲他打了一个眼色，闭上了眼睛。天龙立刻明白了几分，斜眼看向右边墙角，感应到有肥遗化身隐藏某处偷听，脸上刹那恢复以往的冰冷，无奈地说道："既然玄月殿下态度如此强硬，微臣也没什么话可说了！相国会给殿下时间考虑，直到殿下答应为止！"说完，踉跄站了起来，故意扶住墙走了出去，感觉到墙角丛生的莽草中确有轻微动静，嘴边勾起一抹不易察觉的嘲笑。

欧追依在门旁，故意惊讶道："哟，这么快就出来啦，20年不见，还以为你有许多话想对玄月殿下说呢！"

天龙面无表情，冷冷回道："殿下说不通，碰钉子的事以后就免了！"

"哦，难不成你这次来是为了相国？"欧追轻蔑地说道，继而阴笑了几声。

天龙长长地叹了口气，无奈说道："本想替相国分忧，只怪自己不自量力了！"继而话锋一转，意味深长说道，"里面的莽草那么多，殿下现在体虚力弱，我看你也不必日夜监守了！"

欧追皮笑肉不笑地说道："正因为玄月殿下体虚力弱，相国不想有人闯入打扰。比如像今天的事，如果不是相国早已预料，恐怕会引起一阵骚动吧！"

天龙闻言，情绪没有一丝波动，淡定说道："既然如此，那有劳将军了！天龙不胜莽草之毒，先行回去休息了！"

"不送！"欧追冷冷回道，见天龙走远，拍拍手掌，一条青蛇从屋里钻了出来，瞬间伸展出六只脚和四只翅膀，抬起蛇头，吐着鲜血的芯子。

"肥遗，偷听到什么了吗？"欧追趾高气扬地问道。

肥遗大口地喘息几下，恢复了一些气色，敬畏地回答道："玄月殿下用了禁身魔法，奴才不能靠太近，所以很多话都听得不太真切，不过从玄月殿下最后很生气的样子来看，天龙大人似乎是为了劝玄月殿下解除契约！"（PS：禁身魔法是身处险境时，用魔法筑起一层保护圈，不让敌人靠近，只能用于防御，但是对莽草起不了多大效用。）

欧追惊异地瞪大眼睛，难以置信地说道："还真是低估了犬神的魔力，被关在这里已经有两天了，居然还能使用禁身魔法。范围有多大？"

"二十米左右……"肥遗迟疑两秒，怯生生地回答道。

"这么说来，你一直都只能待在墙边！"欧追眼中闪过一道凶光，冷冷问道。

"是的，将军……"肥遗突然有种大难临头的感觉，吓得说话声越来越小，心里惴惴不安。

欧迡气得脸色铁青，怒喝一声："没用的东西，给我滚！"

肥遗惊颤一下，全身像筛糠一样哆嗦起来，恐惧应道："是！"话音未落，身形飞速地爬走，消失在走廊尽头。

欧迡双手用力紧握，青筋暴涨，咬牙切齿道："玄月！莽草动不了你，还有别的方法，我不信还整不死你！"

玄月听见欧迡愤怒的声音，嘴角扬起一丝笑意，慢慢将蓄存的魔力释放出来，缠绕在身上的莽草被紫色火焰燃烧殆尽。他缓缓站起身，整了整凌乱的衣衫，右手轻捋，将贴在脸颊的银发梳到背后，紫瞳色的眼睛放射出一道异样光芒，目触之地，莽草被紫色火焰烧得片甲不留，瞬间消失于无形。

欧迡察觉到屋内有异动，刚一转身，突然惊见玄月立于门前，脸上洋溢着诡异可怕的笑容，心底产生一丝慌乱，急忙幻化出漂光剑，直刺玄月的胸口。

玄月身体微微一侧，右手剑指一夹，封住漂光剑的剑身，向后一拖，欧迡连人带剑被拖进房间，一个踉跄还未站稳，紧接着被玄月飞出一脚踢中后背，摔个大马趴。欧迡气愤不已，转身爬起来，凶狠地再次发动攻击，却被玄月一一化解。

欧迡越急越气，攻击早已乱了阵脚，处处漏洞百出，玄月则是神情轻松，游刃有余，笑说道："不是想整死我吗？把你的本事都拿出来啊！"

欧迡挥剑直劈玄月面门，气急败坏地骂道："别太得意，就算你有本事解了莽草之毒，你还是逃不出深杳殿的！"

"逃不出去，杀了你也不错！欧迡，虽然我不能擅做主张杀了相国，不过杀你还是有这个权力的！"玄月正色道，目中掠过一道浓重的杀气，"青风和辉玉女王的仇，就从你开始报！"说完，从心脏中抽出一道紫色符咒，封住漂光剑的动向，紧接着念动咒语："犬神有敕！裂破！"符咒顿时紫光大作，"砰"的一声巨响，漂光剑应声断成两截，"当当"两声掉落在地上，继而化成荧光消失。

欧迡痛嚎一声，捂住自己的胸口，血气翻腾得厉害，狂喷出一口鲜血，跌坐在地上，脸色苍白如纸，惶恐不安地求饶道："玄月殿下，不要！这不关我的事，饶命啊！"

"饶命？"玄月悲愤交加地说道，"青风死的时候，你有没有饶过他一命？我现在只是断了你的漂光剑，还没有要你的命，求我饶命？你不是也想我死吗？"

"不是……不是这样的！玄月殿下，微臣只是听命于相国，迫不得已的！微臣岂敢要殿下的命，只是做做样子保命而已！"欧迡极力辩解道。

玄月冷笑一声,笑声无比凄凉和痛苦,眼神暗淡下来,手中的符咒滑落地上,消失无踪。他仰天长叹一声,努力抑制快要涌出的眼泪,想起青风温和亲切的笑容,心中杀气立时暴涨,迅速抽出一张黑色灭魂符咒,狠狠说道:"你以为我会相信你吗?欧迟,我要你死!"

第三十九章　智勇 VS 奸邪

灭魂符咒眼看触及欧迟胸口,突然一道红光乍现,犹如火龙突袭而来,刺中玄月的手臂,灭魂符咒转瞬即逝。玄月急忙捂住流血的伤口,抬眼望见逆魔手持黑色燧风剑,威风八面地站在正对面,剑尖的鲜血像断了线的暗红水晶,滴滴渗入白玉地板,染成血玉。

逆魔上下打量一番玄月,奸笑说道:"玄月殿下不在房间里好好休息,还发这么大的脾气,难道说欧迟将军做了什么让你生气的事情吗?"

欧迟正想说什么,被逆魔手一挥,怒瞪一眼,那些到嘴边的话全都咽了回去,闷闷地望着玄月。溧光剑被犬神亲手折断,什么魔法也无法将其恢复,想要再铸造一把魔剑出来,至少要花上五十年的时间,欧迟现在相当于是被人拔了牙的老虎,再也威风不起来了。

伤口很快复元,似根本没有受过伤一样,就连衣衫上的血渍也消失得无影无踪,玄月冷眼正视逆魔,义正词严地说道:"欧迢以下犯上,我只是折断了他的潕光剑,以示惩戒!逆魔不会想为此讨回什么吧?"

逆魔讨好似的回道:"欧迢将军触怒殿下,受罚是应该的!"接着话锋一转,矛头毕露,"只是潕光剑是将军维护王宫安全的兵刃,就这样轻易折断岂不可惜?"

未等逆魔把话说完,玄月没有心思理会他的长篇大论,径直从他身边擦身而过。逆魔急速挥剑劈向玄月脖颈,玄月微微偏头躲过,燖风剑随即回旋斜刺玄月胸口,玄月剑指一挑,弹开燖风剑,紧接着身形向右飞跃而出,避开逆魔的趁势追击。几招过后,双方站立原地不动,四目冷视,面容淡定,各怀心事。四周无风无息,却溢出阴森森的寒气。

玄月表面上不动声色,实际用魔力强行压制的莽草之毒已然发作,体内气流乱窜撞击,搅得胸口疼痛一阵紧过一阵,加上连续使用魔法避开逆魔的攻击,体力到达极限,只能勉强站稳脚跟,无法再战。

逆魔看不出玄月有何异样,对他的犬神魔力有些忌惮,使出全力的攻击也被他游刃有余地化解,再战下去恐怕也讨不到什么好处,于是暗思对策,没过多久,奸诈狡猾的脸上浮现一丝猜不透的狞笑。他不慌不忙地笑盈盈道:"玄月殿下,想要去哪里呢?是不是思念公主,急于找寻?请殿下放心,我已经派天龙去浮玉山接公主了,还是请殿下稍安勿躁,留在深杳殿好好休息!"

玄月脸上掠过一丝不安:原来湘湘在浮玉轩,难怪他当日敢在我面前,镇定自若地说公主不在万妖镜的照射范围内,人在浮玉轩也没什么好担心的了。想到此处,他很快恢复平静,尽量调整好紊乱的气息,用平缓无波的语气说道:"你是说公主在浮玉山!浮玉山的风景不错,如果公主喜欢,也不用急于接回王宫!逆魔,立刻召回天龙,别打扰了公主雅兴!"

逆魔微微一愣,对于玄月这番话有些无所适从,继而笑着掩饰道:"玄月殿下不着急,王宫中倒还有一大堆的朝务等着公主定夺,命令一出……"

"朝务不是一直都有逆魔相国处理吗?而且这二十年来也治理得井井有条,也不急于一时!"玄月不悦地打断逆魔的话,接着郑重地说道,"公主在人类世界生活了二十年,突然回到万妖国,还有些不太适应,给她一些时间,逆魔不会连这也要计较吧?"

逆魔无言以对,气得脸色铁青,又没有借口发作,继而哈哈大笑起来:"玄月殿下考虑得周全,逆魔为公主人臣,理应为公主分忧,在公主还没有适应之前,就继续暂代管理吧！"

玄月冷瞪一眼，暗骂一声厚颜无耻，甩手即走。逆魔闪身上前，拦住玄月去路，假惺惺地关心道："殿下受了伤，应该在深杏殿好好休养，请殿下回屋里去！"

玄月压制心中怒火，剧毒在体内发作，疼得令人窒息，软硬兼施地说道："深杏殿不太适合我休养，觉得有些气闷。逆魔相国日理万机，这两天'承蒙照顾'了，我岂能再添麻烦，所以还是回玥清宫清静休养的好！"

逆魔沉思片刻，似笑非笑地躬送道："玥清宫本来就是殿下寝宫，只是人走殿冷，尘埃满布，才委屈殿下住在深杏殿。前两日已派人打扫，想必也整理出来了，微臣会派内侍卫军保护殿下安全，那么就请殿下回玥清宫休养身体吧！"

玄月闻言只觉恶心：人都决定留下了，还要派人监视，就凭内侍卫军也能阻止我出宫吗？多此一举！算了，既然湘湘没事，身边多几双眼睛也无所谓了。对逆魔微微一笑，灿烂生花又不失威严，婉言说道："那还多谢逆魔相国的关心！不用随侍了！"拂袖转身离去。

逆魔愣怔一下，回以干笑，望着玄月离去的背影，气得脸色铁青，阴阴说道："玄月，好戏还未开场呢！"

郁闷了半天的欧逞愤愤不平地说道："相国，玄月实在是太狂妄了！应该给他一点教训！"

逆魔瞄了他一眼，不屑说道："真是没用，漂光剑也能被他轻易折断！以后我还能对你委以重任吗？"

欧逞闻言，神色骇然跪倒地上，急忙辩解道："末将原以为莽草之毒可以减退玄月的魔力，没料到满屋的莽草，漫天的毒气，他一点儿事也没有，还能使用禁身魔法！他的魔力实在是太强大了！"

逆魔哦了一声，皮笑肉不笑地算起前账："刚才将军说什么'只是听命于相国，迫不得已的！只是做做样子保命而已！'，这话说得是我好像逼迫将军行事呢？"

欧逞吓得脸色苍白，磕头如同小鸡啄米，惶恐惧怕道："末将对相国忠心耿耿，绝无二心，相国并无逼迫末将！刚才只是权宜之计，多有触犯，还请相国见谅，饶恕末将口无遮拦！"

逆魔淡淡一笑，装作无所谓道："算了，当我没有听见！下次我要是再听到只言片语，你就自行谢罪吧！"

"是，末将遵命！"欧逞吓得三魂不见七魄，暗松口气回答道，停顿一下，想借机戴罪立功,主动请命道,"末将即刻带内侍卫军看守玄月,绝对不会让他逃出王宫！"

逆魔冷声阻止道:"不必了,他现在中毒不浅,恐怕已经昏过去了吧！"

欧追一脸茫然,不解问道:"相国是说玄月殿下中了毒？可是就算中了莽草之毒,也只是失去魔力,昏迷不太可能吧？"

逆魔嘴角扬起奸邪笑容,意味深长地说道:"莽草的毒虽然奈何不了他,不过加上无条草,恐怕就算他的魔力再强大,也会支持不住吧。如果我没有看错,莽草之毒并不是全无效用,他只是用魔法强行压制住罢了,一旦施展魔法,加上无条草之毒,毒气就会攻心,不但会消耗他的魔法,还会震伤内脏。呵呵,犬神也不过如此而已！"

欧追欣然大喜,卑躬屈膝地笑着说道:"原来相国刚才与玄月交手,就是为了让他毒气攻心！相国英明,末将佩服得五体投地！"

逆魔阴险得意地笑了几声:"青风都不是我的对手,玄月能奈我何？网中之鱼,挣扎也是徒劳,而且还会弄得自己鲜血淋淋,认命岂不是更好吗？"

"是！相国说的是！玄月他是自不量力,与相国作对只有自讨苦吃！"欧追溜须拍马说道,见逆魔欲走,急忙站起来,一手搀扶,点头哈腰、笑盈盈地送他出深杏殿。

玄月回到玥清宫时,全身已是大汗淋漓,脸色潮红,胸口滞闷难受,狂喷出一口鲜血,步履蹒跚跌至床边,吃力地扶着床沿爬到床上,仅存的魔力也迅速消失,望着白玉屋顶气喘吁吁,眼前一阵晕眩。过了好一会儿,他才无力地抬起双手,望着掌心一片黑色,嘴角勾起一抹冷笑,喃喃自语道:"在剑上淬毒,果然是阴险小人！恐怕需要一些时日才能解毒了！"他的意识越来越模糊,感觉眼皮越来越重,长长地吐了口气,抑制不住困乏,陷入昏睡中……

第四十章　琴音铮铮绕指柔

　　"我快闷死啦！救命啊！"远远就能听见我叫苦连天的声音。一连两天，墨真担心我的安危，哪里都不让我去，一直待在浮玉轩；而这浮玉轩真是一点儿生趣也没有，除了水晶还是水晶，日久生厌，就像被囚禁在玻璃樽中，什么都是透明的，一览无余，总有种会被人看透一样的感觉，让人郁闷到气愤。

　　静儿端坐在对面的五彩羽垫上，水晶相照辉映，更添几分姿色艳美，双手轻放在一架金丝楠木的古筝上，柳眉微皱，凤目掠过一丝为难，继而舒展眉颜，温和地微笑说道："公主可否听静儿弹奏一曲，以解公主之闷？"

　　我抬眸望了一眼古筝，什么年代了还弹这个？钢琴还差不多！转念一想，这可是在万妖国，哪会有钢琴这样的乐器，有这玩意儿算是不错了吧。可是这能将就吗？仔细看看，这古筝只有十三弦，比起在人类世界接触到的最为普通的二十一弦都差太多，恐怕音律有所欠缺。

　　静儿很懂察言观色，见我满脸不悦小瞧的神色，娓娓说道："公主可不要小看此琴，静儿弹奏虽说不上娴熟，但是此琴之音犹如天籁，公主不妨听听看！"

　　这时，恬儿玉手托着一盘光鲜诱人、长相可爱却又叫不出名字的水果，婀娜多姿走进来，宛如随风起舞的柳枝，绝对是一种视觉享受。她左手轻撩裙摆，跪坐在静儿身边,将水果盘放在粉水晶茶几上,脸上洋溢暧昧的笑,略带嘲弄说道:"公主恐怕对音律一窍不通,所以才会不想听,怕闹笑话!"

"谁说我不想听?恬儿,你以为我不懂吗?"我反唇相驳道,继而走到她面前,拿起一颗晶莹如玉,如冬枣大小的苹果,放进嘴里细细品尝,汁多味浓,香气四溢,不禁称赞道:"嗯,好吃!"说完,伸手去拿木瓜,这和普通的木瓜不同,瓜皮为橘红色,上面长满像草莓一样的小青色斑点。(PS:湘湘刚才提到的像苹果的水果名叫文茎,树木颇似橘树;另一种水果名叫檅(huái)木,树干形状像棠梨树,叶子是圆的,结红色的果实,果实和木瓜大小一般。)

恬儿突然拍开我的手,我尖叫一声缩回手,目瞪她一眼,暗骂一声小气。她笑着说道:"想吃东西,可以!只要你能说出这是中国的什么乐器,有何渊源?桌上的水果任吃!"

想考我?找错对象了吧!我凤目一抬,食指轻轻划过琴弦,琴音悠长颤于指尖,感觉不错,挺上手的,还好读大学时,因为无聊学过二十一弦的古筝,翻看了一些关于这方面的书籍,弦少一样用,总算是学有所用了。我笑盈盈地对静儿说道:"静儿,让我看一下可以吗?"

静儿随即起身,退后两步站于我身后,满怀歉意,温和说道:"恬儿之语过激,请公主见谅!"

"没关系,反正无聊,正好打发时间!"我满不在乎地说道,双手抚上琴弦,正色道,"筝,在中国有着两千多年的历史,早在公元前4世纪的战国时代,筝就已流行于秦、齐、赵等国,其中以秦国最为盛行,故有'真秦之声'、'秦筝'之称。同古琴一样,因有着古老的历史渊源,人们又将其称之为古筝。早期筝是五弦竹筝,秦始皇时期,蒙恬将筝改变为十二根弦,直到唐朝后期,才开始出现十三根弦古筝。以后随着时代的发展,古筝弦数逐渐增加。到了元朝,出现了十四弦古筝;到了明朝,出现了十五弦古筝;到了清朝,出现了十六弦古筝。进入20世纪60年代,古筝由十六弦逐渐增加到十八弦、二十一弦。古筝的音色古朴,优美而多变,既能表达优美抒情的曲调,又能抒发气势磅礴的乐章,并具备动静、阴阳,声韵并重的独特风格。最具代表性的作品是《高水流水》和《春江花月夜》,也是我最喜欢的两支曲子!怎么样?我有说错什么吗?"最后还不忘得意地扬眉一笑。

恬儿傻愣当场,居然知道这么多!回过神嘟起朱唇,不服气地说道:"纸上谈兵谁不会?有本事弹奏一曲让我们听听呀!就弹你说的那个什么高山流水!"

静儿见恬儿冲撞了我，急忙缓解气氛道："恬儿言语鲁莽，还请公主不要放在心上！是静儿一时兴起，想为公主弹奏一曲解闷，怎么能让公主亲身弹曲呢？"

"只会说不会做，虚有其表罢了！"恬儿继续火上浇油，根本不把在一旁打眼色的静儿放在眼里。

呵！好啊，和我杠上了呀！看来不拿些真功夫，还以为我是三脚猫呢！我轻轻一挑琴弦，一个高音骤起，清脆如鸟鸣，讪笑道："好啊，没问题！静儿，这古筝是哪里来的？"

静儿微微一愣，柔声回答道："听少主说，这琴已然有千年历史，好像是第54代女王翠娴女王从中国带回来的，是送给浮玉山精灵的礼物，并留下了一本琴谱。静儿就是参照琴谱学了一些皮毛，很多都不太懂。"

我略有所悟道："千年历史吗？看这古筝的材质和琴弦数，怕是从唐朝带回来的吧！"

静儿欣喜若狂道："公主知道此琴？"

"也只是知道这些而已！我刚才也有说过，唐朝时期出现十三弦，此筝为十三弦，材质为金丝楠木，做工精细，想必出自宫廷。"我一本正经回答道，右手轻轻划过古筝上雕刻的牡丹，韵味自出，展示其蓬勃生命，令人过目难忘。（插上一句，唐朝人对牡丹之爱，可谓空前绝后，湘湘判断此筝出自唐朝也是有根据的。）

恬儿不耐烦打断道："公主，请弹琴吧！切莫借此理由岔开主题！"

我与静儿对视一笑，无奈地摇了摇头，苦笑道："我有说过要岔开主题吗？既然恬儿催促，那我就弹一曲《高山流水》好了！"说完，左手轻轻按住，右手抹上琴弦，一串庄重的和弦琴音悠扬发出，以双手交替演奏的繁响，描绘出高山耸立的巍峨气魄，接着以双手交替的加花手法，引出小溪潺潺流水之声，而后又用右手劈、托、抹、挑、花指等演奏手法，配合左手的按、滑、颤音技巧由慢而快，描绘出清风拂弄着松柏翠竹时娇柔摇摆的形象，给人以清新秀丽、欢快舒畅的感觉，最后用大指加花衬托中指，奏出的主旋律及波浪起伏的连续切分音，营造出热烈欢快的气氛，好似潺潺细流汇集成滚滚飞瀑，直泻深谷，声响轰鸣。琴弦扬扬洒洒绕于指尖，化作铮铮之音，蕴涵天地之浩远、山水之灵韵。

一曲完毕，自己也似乎被净化了身心一样，不再觉得无聊难受。静儿和恬儿仍陶醉其中，恬儿再也掩饰不住内心的激动，赞不绝口说道："好曲！此曲只应天上有，人间哪得几回闻！恬儿心服口服了！"

静儿莺莺燕语道："不愧是《高山流水》，曲中意境让人神往！"

"很像浮玉山的九龙瀑布，是不是？"我突然一时兴起问道，继而叹了口气，很扫兴地说道，"可惜啊！知音少，弦断有谁听？俞伯牙创作的古曲《高山》、《流水》是表现古代文人雅士'巍巍乎志在高山，潺潺乎志在流水'的高雅情操的经典之作，因唯一知音钟子期的死，断琴明志，此曲遂成绝响，无人再能领略伯牙所弹之曲的绝妙之处。而我所弹之曲是后人所作的《高山流水》，多少有些缺憾！"

恬儿闻言一头雾水，眨眨眼睛，不解道："这曲子与伯牙有何关系吗？我觉得不错啊，很好听！"

静儿似乎领略到一些，柔声说道："公主不会缺少知音，静儿愿做公主知音！"

突然，墨真不合时宜出现，说了一句令人哭笑不得的话："知音是什么东西，能吃吗？我的肚子饿坏了！"

三人闻言作晕倒状，我趴在古筝上，发出一阵沉闷的弦音。墨真满脸迷惑，继续说道："恬儿，快去准备午饭吧！"

恬儿不悦地瞪他一眼，生气埋怨道："少主，真是没情趣！"说完拂袖而去。

墨真指着自己的脸，满脸无辜地说道："她居然说我没情趣？只是叫她准备午饭而已，我哪里得罪她啦！"

我竖起大拇指，无奈地苦笑一声："墨真，你真'厉害'！静儿，我们出去散散心吧！"说着，拉住静儿的右手，从他身边擦身而过。

他突然醒悟过来，急忙阻止道："公主，可不能出浮玉轩，外面危险！"

我白了他一眼，没好气地回答道："知道啦！没有你打开九龙瀑布，我还能插翅飞出去啊？鸡婆！"

静儿偷偷一笑，眼角弯起媚人的弧度，脸上浮现出淡淡一片红云。

"鸡婆？是什么？难道也是吃的？公主怎么老是拿吃的来取笑我啊？"墨真莫名其妙地喃喃自语道。

第四十一章　噩梦的先兆

　　恍恍惚惚间，一眨眼到了谛谡宫的朝殿，思想有些混乱，根本无法集中思考发生了什么事，缓步踏上九十九级白玉台阶，来到雕凤王座前，轻轻抚摸上去，竟有一丝凉意直达心底，涌出莫名的愁绪。感觉背后有一双阴森森的眼睛盯住自己，突然转过身俯视大殿，空旷无人，只有各色水晶、宝石等装饰物，在白晖灯下闪着诡异的光芒，一阵阴风袭来，吹得殿门"吱呀"作响，再加上回响音，犹如身处吸血鬼屋一般，不禁毛骨悚然起来，一秒钟也不想留在这里。（PS：谛 dì 谡 sù 宫是万妖国最神圣的宫殿，有朝殿、真魔殿和万圣殿，朝殿是群臣与女王商议国事的地方，也就是上朝听政的地方。）

　　"玄月，玄月！你在哪里？"我害怕得大叫起来，天啊！这是我的声音吗？那么沙哑粗重，像干涸而毫无生气的古井，只有痛哭过后才会有的感觉。我无助地摸着自己的喉咙，痛苦地干咳几声，像火烧一般难受，不自觉地退后一步，突然脚下一滑，跌坐在王座上，全身的汗毛都竖了起来：这到底是什么地方？简直就是地狱！玄月，我好害怕！快救我出去！

　　"玄月！玄月！"我不甘心地再次叫喊起来，只有他才能给我安全感，突然一阵恐怖的鬼笑声在大殿中回荡起来。"谁？是谁？出来！装鬼吓唬人算什么本事？给我光明正大地滚出来！"我壮着胆子大声喊道，我的回音在大殿中起伏飘荡，越传越远。眼睛紧张地扫视各个方向，看不出任何异常，不知道它会从什么地方出现。

"女王陛下，觉得很孤独是吗？没有了玄月殿下，陛下应该尽早选出新一代犬神，这样，陛下就不会觉得寂寞了！万妖国才能恢复正常！"我寻声望去，看见逆魔现身在王座下大殿的中央，满脸奸邪阴森的笑容，眸中闪动着令人生寒的波光。

我不解地望着他，心中已经是怒火冲天，愤愤地质问道："你是什么意思，玄月在哪里？你把他藏到哪里去了？"

逆魔哈哈大笑起来，继而收敛笑容，冷冷地说道："女王陛下此话何意？玄月殿下不是陛下下令处死的吗？"

"你说什么？"我的脑袋嗡的一声，极其震撼的话在耳边回响，一口气冲下白玉台阶，跑到他面前，喘着粗气狠狠地瞪着他，身上的杀气浓重地蔓延开来，"你刚才说什么？再说一遍！"

逆魔挑了挑双眉，似笑非笑地说道："陛下想听多少遍都可以！玄月殿下是陛下下令处死的，难道陛下忘了不成？玄月殿下身为一国犬神，居然与德贤做出苟合之事……"

"给我住口！我不许你再说！"我近乎疯狂地打断了他的话，把手一挥，紧紧地抱住自己的头，脑袋里一片混乱：到底发生了什么事？我究竟做了什么？是我杀了玄月吗？怎么可能？我的玄月，我杀了他？不……不可能，绝对不可能！玄月！玄月……

"公主，醒醒！公主，你醒醒！快醒醒呀，你怎么了？公主！"静儿满脸焦急的神色，见我脸色苍白如纸，额头直冒冷汗，不住发出梦中呓语，便紧紧地抓住我胡乱挥动的双手。一旁的恬儿也慌了心神，着急地说道："公主是不是在做噩梦啊？我去把少主叫过来！"

"恬儿，不行！我快抓不住了，公主挣扎的力气好大，快帮帮我！"静儿急急呼喊正欲跑开的恬儿。恬儿一个转身，双手拼命按住我的身体，紧张地说道："这样不是办法，静儿，你点子多，有什么办法能让公主醒过来？这个梦一定很恐怖，公主很痛苦啊！"

"我知道，公主现在一定是经历一些难以承受的事情！看来只有得罪公主了！恬儿，帮我按好公主，我要动手了！"

"啊？静儿，你要干什么？"恬儿从心底感觉到一丝不安。话音未落，只听见"啪啪"的两声，响亮的耳光落在我的脸上，我捂着生疼的脸，痛嚎一声，从梦中惊醒过来，猛然坐起身，声嘶力竭地喊道："好痛啊！谁打我？"

恬儿吓得两腿一软，跪倒在地上，低垂着头不敢说话。静儿神色还算平静，见我醒过来，缓口气平静地说道："公主被噩梦缠身，静儿斗胆打醒公主，请公主恕罪！"说完，毅然跪在地上，神色坦然地正视我的眼睛。

"我在做梦吗？原来是虚惊一场啊！"我心有余悸地喃喃念道，抹掉额头上的冷汗，做了一个平身的手势，感激道："静儿，谢谢你！如果不是你打醒我，恐怕我要死在梦里了！"

静儿微微一愣，关心地问道："公主梦见什么了，竟然如此痛苦？"

恬儿站起来，松了口气，立刻笑说接道："公主恐怕梦见自己被杀了吧！"静儿怒眉一扬，恬儿立刻收声，嘟起小嘴朝她做了一个鬼脸。

"是比自己死了还可怕！不行，我有些放心不下，我想去左帮山一趟！"我忧心忡忡地说道，翻身下床，迅速换好衣服。（PS："左帮山"正解"座邦山"。）衣服是静儿借的，自己穿的那件在来到万妖国后几经磨难，早就破烂不堪；回到王宫虽然换过衣服，可是王宫里的衣服一穿就是五六件，脱都很麻烦，更别说一件一件穿上去了。虽然不用我自己动手穿衣，但是想起那些王宫礼仪就头疼，还好在浮玉轩不用这么麻烦，守什么烂宫规。她的身材与我差不多，所以很合身，不过感觉很奇怪，质料很轻软，像是贴在身上一样。粉红色罗裙，缎带系腰，素白的兰花零星点缀在裙摆之间，若隐若现更显清新脱俗。

静儿和恬儿紧紧跟随身后，静儿平心静气地劝说道："公主如果出了浮玉轩，恐怕会被逆魔的妖魔盯上。如果玄月殿下还在养伤的话，公主还是不要轻举妄动的好，以免暴露了殿下的藏身之处！"

在浮玉轩无忧无虑地住了几天，差点儿就忘了玄月身边有个危险人物德贤，说不定他现在对玄月虎视眈眈，要不是今天做了这个梦，真要出事了还被蒙在鼓里呢！一想起逆魔在梦中对我说的话，心就扑通扑通地乱跳。我焦急万分地说道："如果我不去看他，恐怕真会出什么事了！"玄月一定会被德贤给吃干抹净了，我忧心忡忡地暗想。

疾步闯入墨真练剑的宁祥殿，突然一点亮光直逼眼睛而来，我心里骤然一紧，一道蓝光从心脏射出，凤凰呼啸一声，凤嘴一合，轻易地封住了断玉剑。墨真急刹车似的停下脚步，吓得脸色大变，惊出一身冷汗，手中的断玉剑却在凤凰的控制下。好不容易练到心剑合一的境界，公主突然闯入，差点儿就误杀了她，他回过神跪在地上，慌乱地请罪道："曌真该死，误伤公主！"静儿和恬儿更是吓得呆愣当场，半天回不过神。

自从使用了零限魔法之后，这浮玉山的禁锢对凤凰起不了一点作用，它是想出来便出来，连我都阻止不了。凤凰将断玉剑交到我的手上，回到我的心脏里，我这才缓过神来，喘了几口气，感觉到自己还有呼吸，一边将他扶起来，一手将断玉剑交还给他，庆幸说道："是我唐突，来得不是时候！不能怪你！"继而用恳求的语气说道，"曌真，求求你，打开九龙瀑布，让我出去，我担心玄月，这颗心一刻也安宁不下来了！"

曌真望了一眼静儿，似是责备的眼光。静儿眼中掠过一丝无奈。他收回目光，对我正色道："逆魔一心想要玄月殿下性命，如果公主去了座邦山，岂不是告知逆魔，殿下就在座邦山！"

"你就别劝我了，静儿刚才说了和你一样的话！我如果再不去，玄月——玄月恐怕就要被别人夺走了！"我急躁不安地抓住他的手臂，楚楚可怜地说道，"曌真，帮帮我吧！"

曌真惊讶问道："难道除了逆魔还有其他人想要殿下性命？"

看来这误会是越来越深了，我硬着头皮苦笑道："差不多吧！说不定他比逆魔还可怕，会让玄月的身心都受到重创！"

曌真一听这么严重，神色凝重地说道："既然这样，我和公主一同前往座邦山！"

我心里焦急，什么都肯答应，心急如焚地回答道："没问题！只要你让我去左帮山，你想怎么样都行！"

恬儿急声插话道："说得这么危险，为了保护少主和公主，我也要去！"静儿微皱眉头，眼中闪动高深莫测的波光，似乎在思考什么。

曌真一口回绝道："你和静儿留在浮玉轩，哪里都不许去！"

恬儿还想坚持，突然被静儿捉住左手，用眼神示意她冷静下来，然后对曌真正色道："少主，你放心，我们会留在浮玉轩等你们回来！"

曌真知道静儿心细如针，懂得方寸，很放心地说道："嗯！我们一定会安然无恙地回来！"

第四十二章　心中的黑暗

　　座邦山白虎的王殿主要分为虔霭（líng）殿、呈议宫和沁心苑，现在我和墅真所在位置就是白虎接见会客的虔霭殿。房间很宽敞，相当于一个网球场那么大，十根楠木顶梁柱错落有致分布各处，位于房间正中间设有一桌，两个上座，全是纯金打造，上空悬挂一块檀香木牌匾，隶书"虔霭殿"三个字，中间的霭字倒有几分像甲骨文，反正我是看不懂，把它误念成"虔雨殿"，墅真和陪侍的类儿立刻笑得人仰马翻，给我的打击不小，暗自发誓下次绝对不在万妖国做出同样的傻事来。顺着上座位两边各设有三十位宾客席位，皆用纯金，奢侈得令人咂舌，恨得人牙痒痒，可谓是人比人，气死人，这万妖国真是有钱到了随便挥霍的地步。

　　前去传话的类儿去了都有一盏茶的时间了，面对桌上的几样精致小吃我却没什么胃口。怎么还不见那臭老虎和玄月过来？难道德贤真的带着玄月私奔了吗？心里正在着急，胡思乱想的时候，白虎神色紧张地匆匆赶来，刚一见面还有些难以相信，急忙说道："公主，你怎么来了？不是在王宫吗？来得正是时候，公主快随我来！"话音一落，顾不上什么礼数，牵着我的手就往沁心苑奔去。

　　我觉得奇怪，心里有种不祥的预感，问道："出什么事了吗？是不是德贤把玄月带走了？"

白虎闻言一愣，停下脚步正视着我，反问道："不是玄月殿下叫你来救德贤的吗？他现在的伤也只有公主才能救啊！"

"什么？德贤受伤了？玄月叫我来的？我听不明白！玄月不是在你这里养伤吗？"我一头雾水，茫然问道。

白虎用更奇怪的眼神打量我，跟在我身后的瑂真对白虎说道："公主回到王宫后不久就被我带出来了，很多事情都不太清楚，你能详细说明一下吗？"

白虎如梦初醒般轻吟了一声，脸色一沉，正色道："公主，先随我救人！详情再慢慢告诉你！"说完，很紧张地示意我同往。

我陷入沉思：如果说玄月不在这里，那么有可能是逆魔在我离开王宫之后杀了回来！所以德贤才会受伤，这么看来，玄月岂不是已经落在逆魔这个臭鸡蛋手上啦！想到这里，心里骤然一紧，急忙对瑂真说道："瑂真，玄月恐怕出事了，立刻带我去王宫！"

白虎闻言立刻拦住去路，着急说道："公主既然已经到了这里，先不妨救了人，再一同前往王宫救玄月殿下，这样多份力量不是更好吗？如果公主单身前往，也无法救回殿下。逆魔不知道用了什么神兵利器伤了德贤，我与德贞都束手无策！妖姬公主，如果不施与援手，我怕德贞救人心切，做出傻事来！"

"搞了半天，原来你是担心德贞啊！"我恍然大悟道，轻声笑了起来，见他神色凝重，清了清嗓子，没怎么在意地说道，"那好，我就去看看。不过我先申明，我不懂怎么救人……喂！用不着这么着急吧？"我话还没说完，白虎突然将我拦腰抱了起来，一路飞奔到德贤的房间。

白虎很小心把我放了下来，抱歉说道："对不起，事情紧急，冒犯公主了！"此时，瑂真从后面紧追不舍地赶到，急忙把我护在身后，目露凶光，责斥道："放肆，竟敢轻薄公主！"

突然，正在为德贤输送魔力的德贞疲惫不堪地倒了下去，白虎眼疾手快扶住他，紧张地说道："德贞，你怎么样了？魔力再这样耗损下去，你也会没命的！"

德贞脸色苍白得没有一丝血色，嘴唇微微抖动一下，一阵猛烈的咳嗽，嘴角溢出鲜血，有气无力地说道："什么办法都试过了，还是拔不出那把剑！"他努力地抬眼，望着德贤肩上仍然插着的飞雪针，近乎绝望的悲伤，无力地闭上眼睛。

白虎急忙将魔力输送给德贞，身上散发出银色光芒，源源不断洒在德贞身上而被吸收，他郑重说道："德贞，我绝对不会让你出事的！"继而转过脸望着我，第一次用恳切的语气说道："妖姬公主，我想只有你才能把那把剑拔出来，求你了！我知道你与德贤之间有龃龉，但是我相信玄月殿下绝对不会看着德贤死的，你就当是为了殿下，救救他吧！"

"我？！"我顿时怔住了，不知道该怎么办才好，心里波涛汹涌，反反复复地挣扎：玄月，他一定很爱德贤吧！可是，我也爱玄月啊！我能容忍吗？不能！曾经还想杀了他，可是到最后一刻，却奋不顾身地挡下那一剑。我已经救过他一次了，还要再救他一次吗？我到底是怎么了？昨晚的梦境依然清晰地刻在我的脑子里，如果我救了他，总有一天，他会与玄月做出那种事来……不！不能救他！如果真的发生了，我会杀了玄月？我……我真的会……杀了玄月？！不要，我不要这种事发生！绝对！绝对不能救他！可是，见死不救，如果玄月知道，他一定会恨我吧！我宁愿他恨我，也不要他死在我的面前！玄月，我做不到！如果德贤今天死了，你就不会死，留在我身边也好，恨我也好，我都能接受！

望真看见飞雪针，吓得脸色大变，愣愣地走到德贤面前，望着飞雪针神情感伤，喃喃念道："这怎么可能？飞雪针竟然沾染了犬神以外的血，神圣不可侵犯的飞雪针，现在却被玷污，恐怕对犬神再也没有效用了！玄月殿下将会成为万妖国永生不死的犬神！"他转过脸望向我，见我双手抱胸痛苦挣扎的神情、全身瑟瑟发抖，猛然清醒过来，急奔到我面前，想要推醒神思混乱的我："公主，你怎么了？"

白庑脸上大汗淋漓，魔力消耗得厉害，喘着粗气说道："公主现在思想极度紊乱，想必是在救与不救之间难以做出决策。公主还未正式接受神授，心中难免有黑暗，再这样下去，她一定会精神崩溃！如果我没有看错，你应该有潋心魔法，能让公主冷静下来！"

"你是说公主正面临崩溃？"望真吓得浑身一震，急忙双手向上展开，幻化兰花，施展潋心魔法，奇光幻彩流于身体周围，源源不断从我头顶贯入心中。

当我决定不救德贤时，心中黑暗迅速膨胀扩大，眼前突然陷入一片黑暗之中，自我意识正在慢慢消失，手足无措地睁大眼睛，却只能看见黑色，形同睁眼瞎。现在的我，恐怕比瞎子还不如，至少他们的心中是光明的，是彩色的，而我心中却只有黑暗，甚至感觉不到自己的存在，无助、恐惧、惊慌吞噬我的一切包括身体，继而感觉不到呼吸，感觉不到痛苦，感觉不到任何声音，一切都是虚无。突然，一点针尖大小的光亮在头顶闪耀，虽然还无法将周围照亮，却像是在茫茫大海中矗立的灯塔，指明归航的方向。我欣喜若狂地望着犹如救命稻草的光亮，激动得热泪盈眠，接着听到一个悦耳静心的声音："公主，能听见我说话吗？我是曌真，公主别害怕，有我在，不会有事的！"

"望真，你在哪里？我好害怕！"我激动地哭喊道，拼命寻找那微弱缥缈的声音来源。

"公主，这是你的内心！应该直视面对，赶走心中的黑暗，就能走出来了！"

我愣怔一下，迷惑不解地问道："你说这是我的内心？"

"没错！公主是担心玄月殿下吧！我能感觉得到，公主害怕失去殿下，才不想救德贤。可是，公主有没有想过，殿下心中所想的是什么？我想，殿下一定很爱公主，即使不是犬神，即使你们之间还有德贤，但殿下深爱公主这份心情，就像公主深爱殿下一样！"

"一样？玄月也爱我吗？可是他与我之间不是只有契约关系吗？他真正爱的人是德贤吧！"我毫无底气地说道，神情沮丧。

"公主有听殿下亲口对你说他爱的人是德贤吗？"

"那他也没有亲口对我说爱我啊！他每次都是很温柔地对德贤说话，对我却是呼来喝去的！"

"这只能证明殿下很在乎公主！公主在人类世界生活了二十年，想必是相当清楚明白，面对陌生人是淡漠，面对朋友是亲切，面对亲人是关怀，面对爱人才会心痛与责骂，不是吗？公主没有把自己的心情告诉殿下，殿下又怎么说出自己的心情呢？如果殿下不喜欢公主，又怎么愿意与公主定下契约！我想不仅仅因为你是公主，他是犬神，还有他想要保护你的心是永远也不会变的！如果你想知道殿下心里的想法，下次见到他，问问便知，自己胡乱猜测，只会平添烦恼罢了！公主，你是万妖国即将继位的第57代女王，如果连你都迷惘了，万妖国的亿万臣民们该怎么办？"

听了曌真一席话，心里顿时翻然醒悟，豁然开朗起来，那针尖般大小的光亮突然暴涨扩散开，打开一片光明。我缓缓睁开眼睛，终于回到现实，正视曌真亲切而温和的笑容，领悟说道："谢谢你！如果不是你将我从黑暗中拯救出来，恐怕我永远也体会不了这份心情！"我停顿一下，望向仍然昏迷不醒的德贤，煞有介事地说道："今天就再救你一次，只要我对玄月敞开心扉，以后还会发生什么事，我都欣然接受！但是你要做了什么伤害玄月的事，我第一个就不放过你！"

第四十三章　秘密泄露危机

墨真微微一笑，明知故问道："公主打算救德贤了吗？"

我点了点头，叹口气说道："可是我现在想救他，却不知道该怎么救才好？望真，这把剑不是那么容易拔出来吧！如果能拔，那只老虎和德贞早就拔了！"

墨真望着我笑而不答，随即望向飞雪针，脸色凝重起来，沉声说道："这就是飞雪针！"

我惊讶地张大嘴巴，吞了吞口水，指着飞雪针，难以置信道："不是吧！你说这就是飞雪针？你不是说用于犬……"话未说完，墨真一把紧紧捂住我的嘴，打哈哈笑着掩饰道："我族宝物失而复得，可喜可贺啊！"继而贴在我耳边，小声谨慎道："公主，这件事越少人知道越好！这样对玄月殿下的危险会降低一些，明白了吗？"

这时，白虒停止输送魔力，将德贞抱到一旁的碧玉躺椅上，见墨真和我鬼鬼祟祟的样子，起了疑心："你说这是飞雪针，是你族的宝物？你是什么人，连我都看不出你的真身，难道你是精灵？"

"没错，我叫墨真，是浮玉山精灵族少主！飞雪针是逆魔从我族夺去的宝物！"墨真很率真地说道，眼神明亮清澈，似是没有任何隐瞒。

"浮玉山精灵族？逆魔为何要夺你族宝物？难道就是为了对付德贤吗？我想

德贤还没有那种分量！"白虎继续声色严厉说道，半点不留情面，誓要了解全部真相。

我灵机一动，急忙岔开话题说道："不管逆魔那臭鸡蛋为了什么强抢飞雪针，总之不会只是拿来挂墙欣赏。现在已经伤了德贤，以后难免还会伤害其他人，说不定是用来对付我的呢！呵呵！"

"你是万妖国的公主，我看逆魔他就是再大的胆，也不敢置万妖国的生死存亡于不顾。如果我没有猜错，飞雪针恐怕是用来对付玄月殿下的吧！这样，所有的一切都可以解释了！飞雪针惊人的破坏力无人能挡，就算是犬神也不例外！"白虎铿锵有力地推理说道，言语中带着几分张狂与自信。

"胡说！"我极力驳斥道，要是让白虎也知道了飞雪针的秘密，恐怕万妖国所有的妖魔都知道了玄月的弱点，那玄月以后岂不是处处受敌？绞尽脑汁搬出一大堆道理来，"有你那么推理的吗？哪一代的奸臣不是为了权力钱财，想要更大的官做，所以颠覆朝廷；想要更多的钱财和宝物，所以大肆收刮敛财，强取豪夺。看到别人权力比自己大就眼红，想方设法算计，陷害忠良；看到别人的宝物就想据为己有，这是很正常的事情！"

白虎不肯示弱，振振有辞说道："公主，这里可不是人类世界，并不像人类那样贪图富贵，万妖国视钱财如无物；逆魔已然是万妖国一国之相，权力是一人之下万人之上，现在更是把持了朝政，他还需要那么急功近利对付公主吗？不是王族血脉根本做不了女王！"

我正要力争到底，墨真苦笑打断道："喂，你们还有完没完？公主，还要不要救人啊？这飞雪针如果再不拔出来，德贤就真不需要公主救了！"

"当然要救！"我急忙回答，继而深吸一口气说道，"墨真，你想出什么办法拔出飞雪针了吗？"

"啊？公主与他争论是为了让我有时间想办法啊？"墨真满脸无辜地说道，"公主怎么不早说呢？墨真从一开始就知道方法啊！"

"那还不快说！害我费了半天口舌！"我生气地抱怨道，狠瞪他一眼。他叹了口气，无奈地自认倒霉，脸上很快恢复平静，义正词严地说道："公主上前握住飞雪针，然后施展零限魔法拔出来就可以了！"

我闻言一头雾水，上次怎么使出零限魔法都不知道，恐怕是瞎猫撞上死耗子，这次要怎么使出来？哪有那么多的死耗子让我这只瞎猫撞上？吐了吐舌头，怯生生地说道："没有别的办法了吗？"

　　垩真不解地反问道："难道公主还有比这更好的办法吗？"

　　白虓不知道什么是零限魔法，更没有听说过这种魔法，深表怀疑："这零限魔法真的可以拔出飞雪针吗？我与德贞什么方法都试过了，却始终拔不出来，只能止血，用魔力维持他的生命。"

　　垩真胸有成竹地说道："如果你怀疑的话，为什么一开始说只有公主才能救他呢？公主一定可以拔出飞雪针的！"

　　"那是因为我以为公主是玄月殿下叫来的！"白虓激动地顶撞了一句。

　　死就死吧！我硬着头皮上前一步，慢慢伸手握住飞雪针，一股刺骨的寒意直入心底，禁不住打个寒战，深深地吸了几口气，向上用力拔，飞雪针却丝毫未动，稳如泰山。

　　白虓紧张地盯住我，难以置信地说道："逆魔在飞雪针上施了魔法，我和德贞连碰都不能碰，公主竟然能将它抓住却没有受伤。"

　　"放心，一定可以的！我们现在能做的就只有相信公主！"垩真平心静气地说道，似是安慰白虓，其实是为了安抚自己，心里早就忐忑不安起来，紧要关头能否使出零限魔法，还是个未知之数。

　　我慢慢适应了飞雪针的寒冷，缓缓闭上眼睛，进入冥想状态，魔力从身上无穷无尽地溢出，周围萦绕一片紫色雾气，谁也看不清楚我的身形。我猛然睁开眼睛，喊出言念："召唤，凤凰！"凤凰呼啸一声，从我的心脏中射出，展开双翅，身体急速变大，将我护于它的身下。我再次开始变身，披肩的黑发迅速长长，垂至脚踝，褪去原有的色泽，变成紫色，头上露出两只黑色的狗耳朵，眼睛同时变成金色，接着念动咒语："奉请守护万妖国之真魔王，加护慈悲！凤凰赐予力量，摧破！"飞雪针应声拔出，德贤的伤口在凤凰羽翅的蓝色荧光下迅速愈合，神志逐渐恢复清醒，迷迷糊糊之中看见我变身后的样子，瞬间又恢复了原貌，还以为自己看花了眼，大为不解，惊异地瞪着我，半天缓不过神来。

　　凤凰回到我的身体里，我恢复意识，打趣地说道："看什么？几天不见，你不会真得了失忆症吧！德贤！"

　　"妖姬公主？"德贤吃力地撑了撑身体，感觉异常疲惫无力，瘫倒在床上，痛苦地呻吟一声，有气无力地问道，"是公主救了我？"

　　"嘻嘻，除了我还会有谁！"我耸耸肩，似笑非笑地说道，"你又欠我一个人情，

驱魔犬

现在你的命可是我的,不许你再乱来！"

墾真紧盯着我手里的飞雪针,紧张地问道:"公主,飞雪针可否交于墾真？"

"喔！不好意思！答应要将飞雪针夺回来,看来这次拿回来也没费多大力气！"我一边说,一边递还给他。他接过飞雪针,仔细看了看,终于松了口气说道:"还好,飞雪针没事！"

我脸色一沉,装作不悦地说道:"这么紧张它,我当时还在想要不要毁了它呢！省得让我担心！"

墾真激动地说道:"万万不可！虽然飞雪针的存在让公主担心害怕,但是对于我们浮玉山的精灵来说,是用我们精灵族的鲜血换回来的。再说我还要遵守真魔王的誓约,永远守护飞雪针！"

德贤闻言,脸上掩饰不住的悲伤,痛苦地皱皱眉头,似是在懊恼和悔恨。

我看见他神情黯然,竟然不自觉地关心起来:"德贤,你是不是哪里还不舒服？"

他没有看我一眼,沉声说道:"玄月……玄月还在逆魔手上！"

"我会把玄月救出来的！"我立刻接过话来,眼神坚定而决然,突然觉得气氛凝重了些,故意调皮笑说道,"我这个做主人的,怎么能容忍玄月落在那个臭鸡蛋手里呢？嗯！一定要给他点儿颜色看看,敢抓我的玄月！哼,将他五马分尸丢进大海,你们说好不好？"

白虎被刚才突然变大的凤凰吓得神色俱变,从未见过王族的式神可以进化到如此地步,虽然未能看清护于它身下的我,却被我释放出来的魔力吓得双手微颤,久久不能释怀,这种力量足以毁天灭地,问天下还有谁敢与之为敌。

我转过身,正好与他对视,见他目光有些呆滞,隐隐不安的脸色,不解地问道:"喂,老虎,我是说把逆魔五马分尸,你不会吓到了吧？又没说你！"

他慌乱地把双手背于身后,用力握紧不再颤抖,收敛心神恢复以往冷傲,略带嘲讽地说道:"笑话！我白虎还会被你吓到！只是在想公主何年何月才能达成心愿,把逆魔五马分尸！"

第四十四章　交托重任

"呵！你看不起我啊！"我嘟着嘴不甘示弱地说道。

德贤脸上浮现一丝浅笑，面前的妖姬并不是惹他讨厌，而是一种惧怕，怕她和玄月在一起，而自己什么也做不了，只能远观，好像自己并不属于这个世界，总有一天会从玄月的世界里消失。他的眉头再次紧了一下，缓缓闭上眼睛，然后睁开，茫然说道："公主此次回宫，务必小心！"

"嗯！德贤好好养伤！"我点点头回答道，心里对他的那份嫉妒不知何时已经化成关怀，如果玄月真的喜欢他，妒忌也没有用，逃避永远都解决不了问题，倒不如勇于面对。如果真有那么一天，一定要竭尽全力保护好玄月，死也不悔。

白厦突然心里一沉，惊异问道："公主打算即刻动身？"

"没错！"我沉思片刻，正色道，"我和望真两人去就可以了！逆魔既然对我还有所顾忌，应该还不敢犯上伤我。望真也只需要将我送到王宫门口就行了，你还要将飞雪针送回浮玉轩！"

望真立刻反对道："这怎么行？公主只身犯险，万一……"

"没关系！只要你把飞雪针平安送回浮玉轩，我就谢天谢地了！望真，你应该清楚我心里最担心什么！"我意味深长地打断道，然后用命令的口吻说道，"无论如何，飞雪针都不能再次落入逆魔手中！望真，好好保护飞雪针！”

望真沉默了好一会儿，郑重答应道："好！公主也要答应我，平安无事地回来，浮玉轩也好，座邦山也好，都会等着公主和殿下一起回来！”

"干吗？弄得好像生离死别似的！没那么严重啦！"我半开玩笑地说道，继而脸上绽放出灿烂的笑容。

一路上在云雾中穿梭飞行，我们什么话也没有说，各怀心事，气氛十分尴尬而凝重，空气也好像凝结了一样。两个时辰之后，我与望真到达王宫炜南门前，如果不是玄月在逆魔手上，还真不愿意从此门进入。回到地面，望真满脸更是忧虑不安的表情，让我心里一沉，前路一片渺茫，实在没有把握可以救出玄月，恐怕万分之一的机会都没有，只有尽力而为，感觉自己好像是接到艰巨任务的死士，随时都会死在这里。怕死我就不来了！自我暗示几遍，暗笑自己居然没有自信，白活了二十几年，不想让望真更加担心我，扯出一个笑脸说道："干吗死沉个脸，放轻松一点！我妖姬公主回宫，回自己的家，又不是去送死！你先回浮玉轩，守护好飞雪针，我救出玄月就去你那里做好，到时别对我们下逐客令就感激不尽了！”

此时此刻还有心情说笑，望真吃惊不小，眼前的妖姬公主是那么的耀眼，给人一种温暖而安心的感觉，继而舒展眉头，尽量用轻松的语气回答道："怎么会呢？在浮玉轩住下来都行！”

"是吗？那太好了，我还真担心你会嫌我烦要赶我呢！"我继续笑着说道，脸上看不出任何的胆怯与紧张。

望真突然凝视我的眼睛，很认真地说道："公主，答应望真，一定要平安无事回到浮玉轩！”

他的举动让我有些无所适从，愣了一下，搪塞回答道："好！我答应你！快走吧，让那些妖魔发现你就麻烦了，现在的你还是侵魔的身份呢！”

望真长长地舒了口气，转身冲上云霄，站在半空中，提心吊胆地看着我走进炜南门，一个华美的转身，朝浮玉山飞去。

……

还未到九龙瀑布，远远就听见有激烈打斗的声音，望真心里一惊，不知道什么妖魔趁他离开后前来偷袭，急忙加快速度赶到九龙瀑布，只见静儿和恬儿手持宝剑与一身影打得难分难解，由于身形移动的速度十分快，漫天雪花遮眼，几乎看不清对方的样子。周围已经覆上一层霜雪，气温下降很快，变成白茫茫的霜雪世界。

墼真顾不上细看，左手持飞雪针背在身后，右手施展魔法向敌方攻击过去。

"轰"的一声巨响炸起漫天尘土、雪花飞扬，还给大地一片绿色，气温慢慢回升。静儿和恬儿诧异望去，满脸惊喜地喊道："少主！"接着飞身到墼真身旁。

这时，敌方身形从爆炸中腾跃飞出，现身在墼真面前，毫发未伤，乌黑油亮的长发，黑眼睛，眼神锐利，威慑他人，脸上只有峻冷，没有任何感情，加上浑身散发出来的寒气，让人禁不住哆嗦。他手中的御龙神剑，剑身上下已被薄冰覆盖，周围雪花飞舞，与一身素白的宫廷服相衬托辉映，黑与白的完美搭配，简直是美不胜收。

墼真仔细地打量他一遍，迟疑道："你是守护神？！"

天龙右手一收，御龙神剑消失无踪，紧接着半躬身施礼，正色道："守护神天龙见过浮玉山精灵王！"声音还是那么洪亮惊人，没有半点儿屈服之意，唯有敬重诚意之心。

"你来这里做什么？难道还想强抢飞雪针？"墼真警惕地盯着他，语气略带愤怒，几分威慑。

恬儿喘着气，急声说道："他存心来挑衅的，我说过公主不在这里，他还是非要闯浮玉轩！"

天龙挺直胸膛，底气十足冷冷说道："公主是被精灵王劫走，天龙不想与你大动干戈，只想带公主回宫！"

墼真顿时不悦，沉声说道："是逆魔派你来的吧！看来他的如意算盘也有打错的时候，公主不在这里！如果你执意想搜浮玉轩，能过得了我这关再说！"

静儿表情十分沉着冷静，好言相劝道："天龙大人，公主确实不在浮玉轩，你在这里也守了十几个时辰了。如果公主在这里，知道玄月殿下出事，早就出来见你了。公主比你早走半个时辰，我看你还是到其他地方去找找看吧。"

天龙仍然坚持说道："为了玄月殿下，就是把浮玉轩翻过来，我也要找到公主！"

"你这人怎么不讲理呢？说过公主不在这里，你就是把浮玉山给翻过来，还是找不到公主！用公主的一句话，三个字形容你——木头人！"恬儿心烦气躁地说道，斜瞪了他一眼，表示自己的不屑。

天龙一愣，不解说道："公主这样说我？"

恬儿妩媚一笑，干脆来个落井下石："没错！还说你是呆头呆脑的……"

"恬儿！公主私底下说的话也拿来说，越来越不懂分寸了！"静儿神色严厉地阻止道,恬儿吐了吐舌头,再不敢吭声。

天龙顿感失落,没想到自己给公主印象如此差。过了一会儿,他回过神镇静地说道:"如果公主不在这里,为何不肯说出她的去向?分明就是想隐瞒实情!"

墅真沉思片刻:公主现在已经回到王宫,如果告诉他,或许公主的危险性会小一些;就算他听命于逆魔,身份还是守护神,当然会以公主的安全为重。经过考虑之后,语气诚恳地说道:"公主现在已经回到王宫,我刚刚将她送回去。如果你不信,可以回王宫,一看便知。"

天龙闻言半信半疑道:"公主真的回了王宫?"

墅真哼笑一声,不说就死缠烂打,说了又不相信,反问道:"我骗你对公主有好处吗?"

"没有!"天龙想也不想地回答道,沉默片刻,双手抱拳抱歉道,"刚才多有得罪,还请见谅!天龙还有要事在身,先行回宫!"

"不送!"墅真伸出右手示意,继而话锋一转,略带恳求说道,"请你保护好公主和殿下。"

天龙头也不回,不领情地冷冷回道:"不用你说,保护他们是守护神的职责所在!告辞!"

恬儿愤愤不平道:"少主,你看他,什么态度?哼,真是气死人了!"

静儿见天龙离开的身影越来越远,隐隐不安地问道:"少主,公主真的回王宫了吗?那岂不是很危险!"

"我知道,所以我先把飞雪针送回来,再去王宫救人。"墅真将飞雪针递到静儿手中,恬儿惊喜万分地叫道:"飞雪针?!少主,你是怎么把它夺回来的?"

"这件事以后再慢慢告诉你们。静儿,保护好飞雪针,不能再让它落入逆魔手中。事关重大,不容有失!"墅真威严地吩咐道。

静儿接过飞雪针,神色凝重地说道:"少主,我和恬儿会用自己的命保全飞雪针!少主万事小心!"

恬儿急急说道:"少主,恬儿要和你一起去救公主!"

"不行!"墅真毅然拒绝道,义正词严地说,"你的责任是保护静儿和飞雪针,比救人更重要!公主把飞雪针看得比自己的性命还重要,飞雪针岂容再失?恬儿,你认为你该做什么呢?"

恬儿轻咬朱唇,眼里闪动着忧伤的泪光,沉声回答道:"保护飞雪针!"

垩真满意地点点头，轻轻抚过恬儿的秀发，顺滑的发丝滑过指间，微凉入心，亲切地笑着安慰："不会有事的。"说完，一个闪身消失了踪影。

　　恬儿再也抑制不住泪水，扑在静儿的身上，放声痛哭起来。静儿轻叹一声，右手轻抚恬儿的头，神情感伤。

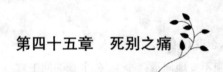

第四十五章　死别之痛

　　"逆魔，给我出来！逆魔你给我滚出来！想躲着我吗？信不信我放把火烧了你的瑜华殿？快给我滚出来！"我一路怒气冲冲地直闯入瑜华殿，吓得妖魔们相继跪在地上施礼，没有谁敢上前阻拦劝止，逆魔始终没有现身，上次在瑜华殿转了半天都没有转出去，这次显然也辨不清方向，只能见路就走，见门就闯，最后把我逼急了，像老鹰抓小鸡似的，随手抓起地上跪着的一只类儿，火冒三丈地吼道："逆魔呢？叫他出来见我！"

　　类儿吓得瑟瑟发抖，吞吞吐吐地回答道："相国在——在谛——谛谩——宫，公主请——请息怒！奴才这——这就去禀——报，公主回宫——宫了！"

　　我继续咄咄逼人地问道："玄月呢？逆魔把他关到哪里去了？快说！"

　　类儿惊恐万状地回答道："玄月殿下？奴——奴才不知道——殿下是——是否回宫了？殿下怎么——会被相国——关起来呢？公主——你一定……"

"他怎么不会？他的胆子比天还大！本公主回宫大半天了，他都不来见驾！"我愤怒地打断他的话，把怒气全发在他身上，伸手正想给他一巴掌，突然一个刺耳的声音在身后响起："逆魔见过公主！"

我停下手中的动作，松开类儿，类儿一下子软瘫在地上，吓得像摊烂泥。我转过身正视他阴险恶毒的脸，眼中透出凶光，杀气四溢，恨不得捅他一千刀才能泄恨，生气地质问道："玄月呢？你把他怎么了？"

逆魔仍是一脸邪恶的笑，拱手半弯腰施了一礼，佯装委屈说道："公主此话微臣担待不起啊！殿下刚一回到王宫，就突然病倒了，微臣正为此束手无策，在谛谖宫召集群臣商议，看用什么方法救治殿下。公主现在回到王宫，真魔王庇佑，殿下总算是有救了！"

我哪里听得进去，这种人是忠是奸要是还分不清楚，那我岂不是白痴？当我真是傻瓜戏弄啊！不耐烦地打断道："少说废话！玄月在哪里？我要见他！难道相国想说殿下现在身体虚弱，不适合见我？还是说你把玄月关起来了，要是被我看见治你欺君犯上之罪？"对付这种奸臣就是要先封住他的理由，要他找不到任何借口狡辩。

逆魔惊怔一下，重新审视了我一遍，眼中闪过一丝异样和不安，急忙赔着笑脸说道："公主误会微臣了！微臣岂敢对殿下无理！殿下正在玥清宫休养，请公主随微臣去看看。"

算你识相！我得意地瞟了他一眼，心中狂喜。他伸出右手，微低下头说道："公主，请扶住微臣！就算飞行到玥清宫也需要一个时辰左右，我想公主一定等不及，迫切想见到殿下，所以请由微臣用瞬移带公主一程。"（PS：瞬移就是一瞬间的空间转移。）

哟！变聪明了啊！我暗自喜道，表面却装作很平静，淡然道："那就有劳相国了！"说完，抬起自己的左手放在他的手中。他谦恭地回答道："岂敢！微臣只想为公主分忧罢了！"

我还没有什么感觉，不知何时便到了玄月的寝宫——玥清宫，我抬头望了一眼殿门上悬挂的牌匾，天啊！只有最后一个字能勉强认出是个'宫'字，前面两个字又不认识，吸取了上次的教训，闷在心里没敢念出来，转过脸对逆魔问道："这里就是？"

逆魔脸上掠过一丝凝重，若有所思，闻言回过神，笑盈盈地回答道："穿过此门后的走廊,右边第二间就是殿下寝身的地方!"

我正想踏入殿门,突然逆魔伸手拦住去路。我先是一愣,继而愤怒地喝道:"干什么?想要反悔吗?还是打算将我软禁在此?"

逆魔一反常态,威严地正色道:"微臣不敢!微臣只是想在此提醒公主,公主与殿下都已经回到宫中,如果殿下身体康复,请公主尽快继任王位,治理万妖国!"

我心里更加烦躁不已,只想赶快见到玄月,厉声说道:"你烦不烦啊?这件事以后再说!你给我站在这里,不许你踏入寝宫一步!"说完,用力推开他的手,加快脚步走向玄月的房间。

房门"吱"的一声应声打开,扫视一眼四周,如阳光般温暖的黄色羽毯铺地,到处悬挂着尊贵高雅的紫色纱帘,白玉柱上镶嵌海蓝宝石,闪烁清亮如海的光芒,一根梅花形水晶柱上放着王宫特有的白晖灯,灯上罩了一层紫色丝巾,将其耀眼白光变成淡雅脱俗的紫晖,朦朦胧胧似梦似幻。我立刻被房间里的布置吸引而陶醉,慢慢掀开一扇又一扇纱帘,终于看见玄月躺在前面一张碧玉软床上,心里骤然一紧,急忙跑到他身边,他真真切切在我的眼前,不是梦也不是幻觉。

"玄月,醒醒!玄月?"我以为他睡着了,伸出双手握住他的右手,一股冰凉入心,他的脸色苍白如纸,呼吸也很微弱,甚至感觉不到心跳。我顿时心慌意乱地将他扶起来,他的身体也是冰冷,一个可怕的念头浮现在脑海中,浑身惊颤,眼泪不自觉地流了出来,紧紧地抱住他,想温暖他的身体,哽咽恳求道:"玄月,我是湘湘,你不要吓我!我不要你死,玄月,求求你!睁开眼睛看看我啊!玄月!你快醒醒啊!别玩了,我害怕!玄月……玄月,我是你的主人,我命令你起来,听见没有!我不许你装死!快给我起来,玄月!呜……不要,不要玩了!求求你,醒醒吧!"

他没有睁开眼睛,他的身体依然冰冷,我的心被层层撕裂,痛不欲生,眼泪滴落在他的脸上,顺着脸颊流下,画出刺眼的泪痕。他就这样一声不吭地离开我,把我一个人留在万妖国,我为什么还要存在?这不是我的世界,人类世界也回不去了,我的世界已经随他的消逝而崩塌,沉入地狱。

不知何时泪已流干,心情突然变得很平静,或许已经失去了感觉,变得麻木。我缓缓将他放下,愣愣地整理他的银发,丝丝柔顺滑过指间。禁不住摸了摸他的狗耳朵,轻轻抚过他的脸,可爱的模样还是让我心动,真想再看一眼他那明亮的紫瞳眼睛。长长地缓了口气,自己觉得好像变老了几十岁似的,幽怨地说道:"玄月,你明明答应过我陪我一生一世的,说话不算话!我恨你!所以我要罚你,罚你说

驱魔犬

爱我一万次！你不说是吧，那好，你不说我就吻你一万次！"

我慢慢俯下身，轻咬嘴唇，只踌躇了半秒，利落地吻在他的唇上，淡淡的薄荷软香留于唇边，令人沉醉。记得第一次亲吻的时候，也是这种感觉，仍然能闻到他头发散发出的橘子香味。我并没有闭上眼睛，只想就这样吻着他，看着他，我怕我会忘记，忘记这份感觉，暗暗念道：玄月，我们永远，永远都要在一起！

阴差阳错地启动了零限魔法，而自己全然不知，还在痛苦地吻别，身上的魔力源源不断地输送给玄月。突然，他的眼睫毛微微动了一下，身体慢慢变得暖和，我并没有在意，直到他睁开眼睛，莫名地瞪着我，接着神色慌乱地把我从他身上推开，我都还没有反应过来。

"你在干什么？"玄月心慌意乱地质问道，脸色微红，狗耳朵动了两下，惹人怜爱喜欢，恨不得再次将他揽入怀中。

我愣愣地回答道："吻你啊！"脑袋仍然一片空白，还以为自己也死了。

"还说，亲吻连眼睛都不闭上，不害臊！"玄月闷闷地骂道，一个翻身下床，感觉神清气爽，浑身有劲。看来所中之毒全解了，原以为会花些时间解毒，没想到会这么快恢复。

我见他安然无恙站在自己面前，没想到刺激过度要这么久才清醒过来，失而复得的心情溢于言表，一个纵身跳到他的身上，差点儿把他压倒，惊喜若狂地说道："玄月，你没死？你真的没死！太好了，你终于醒过来了！我就知道，玄月没有那么容易死！"

"啊？！"玄月闻言一头雾水，抓住我勒住他脖子的手，一把将我撩了下来，带着愠气不悦道："笨蛋女人，我什么时候说我死了？"

我不服气地说道："全身发冷，呼吸全无，没有心跳，不是死亡的症状是什么？就差没有僵硬了！"

玄月顿时一头黑线，气得双拳紧握，恐怕很想狠 K 我一顿，愤然驳斥道："我要跟你说多少次，我是犬神，别把人类那一套拿来与我相提并论！笨蛋女人！我只是为了解毒，暂时进入休眠而已！"

"解毒？玄月你中毒了？"我赶紧将他全身上下仔细地打量一遍，愤愤地骂道，"是不是逆魔那个臭鸡蛋对你下毒？可恶的臭鸡蛋，我就觉得奇怪，为什么他那么容易就让我见你，原来是对你下了毒！我要找他算账！"说完就气急败坏地往外冲。

玄月三步并两步追上我，猛然抓住我的手，由于一时心急，没把握好力度，我一个重心不稳，转身撞进他的怀中，茫然无措地望着他的眼睛，奇怪地问道："为什么？你怕他吗？"

　　他无奈地叹了口气，平静中带着关心说道："我怕你，怕你出事！湘湘，逆魔身为三朝相国，不是你那么容易对付的，你的魔力还不够强大！我中毒是小事，他还伤不了我，只是暂时困住我而已，只要能见到你，什么都不重要！"

　　"可是，可是他那么对你，我——我忍不下这口气！一定要给他点教训！"我不服气地说道，怒眉紧皱，满脸不悦。

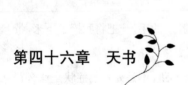

第四十六章　天书

　　玄月呵呵地笑了起来，温柔地说道："我是犬神，如果不是湘湘要我死，我是死不了的，明白了吗？"

　　"我不要你死！"我急切地说道，突然想起德贤和那个梦境，心里猛然一沉，紧紧地抱住他，害怕失去似的说道，"答应我，不要离开我！好不好？好不好嘛！"

　　他见我突然没来由地撒娇起来，微微一愣，继而和颜悦色地回答道："你是我的主人，你的命令我永远听从……"

　　"不！我不要做你的主人，我要——我要做你的——你的老——老婆！"我急切地打断道，激动得张口结舌地说出心里的初衷，目光灼灼地望着他。

"老婆？！"玄月惊异地瞪大眼睛，一时无言以对。她居然毫不避讳地说了出来，是震惊还是喜出望外连他自己都分辨不出，眼中不自觉地流露出真情，嘴角扬起迷人的弧度，温柔地说道："等你做了女王再说吧！"

我笑得眉飞色舞，拉着他的手随着心中激情的韵律旋转一周，舞姿曼妙动人，连连拍手叫好道："你答应我啦？哈哈……玄月答应我啦！"简直不敢相信，玄月真的答应娶我，不是在做梦吧？感觉妙极了！

"逆魔参见妖姬公主、玄月殿下！"一个可恶的声音不合时宜地回响在身后。不用想也知道是那个臭鸡蛋存心来煞风景的，玄月的脸一下子阴沉下来，眼神锐利，冷冷地瞪着他，心绪却是波澜不惊。他厚着脸皮干笑，继续陈词滥调地说道，"真魔王庇佑！公主一回到王宫，殿下的身体就康复了，实乃万妖国之福啊！"

我转过身也没给他好脸色看，打扰我与玄月相处的时间，要你好看！愤愤地怒斥道："大胆逆魔，把我的话当成耳边风是吧！我不是说过不许你踏入寝宫一步吗？来人啊，把他给我推出午门斩首！"

听到我的命令，数十只猿猴气势汹汹地冲了进来，一看对方是逆魔相国，全都站在原地，面面相觑不知如何是好，就连上前一步也不敢。(唉！湘湘又在误导群众，悠悠纠正一下，这些侍卫名叫朱厌，样子长得比较像猿猴，但头是白色的、脚是红色的，是王宫内侍卫军最主要的组成部分，派守瑜华殿、玥清宫以及佑候殿。顺便再提一下精精派守的地方有瑜华殿、蜜璧宫以及储安殿。每种妖魔各尽职守，后面会有相继介绍。)

一群胆小没用鬼！我心中暗骂一声，指着逆魔，冲他们喝道："没听见吗？他犯了欺君之罪，给我拖出去斩了！诛他九族！"

玄月一手挡了下来，冷冷地说道："公主心情不好，你们都下去吧！"朱厌们闻言，纷纷施礼谢恩，动作迅速地退了出去。我不甘心，正欲发火，却看见玄月把我的手紧紧地握在他的手中，示意我就此作罢。

逆魔嘴角轻轻上扬，似笑非笑地说道："公主，微臣提醒你一句，这里是万妖国，人类世界那一套行不通！微臣是一国之相，并不是你说斩就能斩的。看来，微臣必须尽快安排师仪，教导公主如何做万妖国的女王！"("师仪"就是教导女王读书和礼仪的老师。)

"你……你说什么？"我气得眼冒金星，怒火上涌，愤愤地骂道，"你是相国，我是女王，我当然有权要你……"

"公主！"玄月一声喝止下来，心平气和地对逆魔说道，"请相国尽快打点一切吧！"

"是！微臣告退！"逆魔拱手施礼，脸上露出胜利得意的笑容，转身退出。

"气……气死我啦！他……他实在是……太嚣张了！玄月，为什么你不让我教训他！"我气急败坏地埋怨道，拼命地跺脚，恨不得把那臭鸡蛋给活埋了，要不然就用满清十大酷刑慢慢折磨他。

玄月神色依然平静，扬起温和的笑容说道："湘湘，斗智不斗勇，岂能被他气得伤了身体？再说，你来到万妖国这么久，一直都没有好好地了解万妖国，我觉得确实有必要让师仪好好教教你。"

"你也这么认为？"我沉思片刻，细细想来：在这个陌生的异世界，不仅仅是这里的生物超出我的想象，就连文化也让我头疼不已，闹出不少笑话，我在人类世界学的知识完全用不上，要想在这里生存就必须去了解。难道我真要留在万妖国一辈子？那我在人类世界的父母怎么办？他们不是只有我一个女儿吗？哎呀，差点把他们都忘了！不行啊，我怎么能留在这里，这根本就不是我的世界。

玄月见我发呆愣神，轻轻地推了推我："湘湘，想什么呢？"

我冲口而出："我想回人类世界！"继而泪流满面，吵闹起来，"玄月，我要回去！我不要留在万妖国，我要回人类世界，带我回去，玄月！我想家，我想爸爸妈妈！我要回家！玄月……呜……"

玄月惊怔一下，连忙安慰道："湘湘，你是万妖国的公主，不能回人类世界了！难道你不想和我在一起吗？"

我抹了抹眼泪，瞪着泪汪汪的眼睛，一把鼻涕一把泪地哽咽道："当然想！可是……可是这里全都是怪物，我不要……"突然惊见玄月眉头一拧，吓得心慌意乱地改口道，"我没有说玄月是怪物！我……我只是不喜欢……不喜欢那些长相怪怪的妖魔！玄月，你生气了？我不是有心的！我答应留下来就是了，你不要生气嘛！"

玄月神色恢复平静，徐徐教诲道："湘湘，你是万妖国的公主，以后就是女王，治理万妖国是你的责任，要在臣民面前树立王者威信，眼泪可不能随便流！更不可能像今天这样乱发脾气，你可明白？"

"知道了嘛！"我嘟着嘴闷闷地回答道，暗想这玄月婆妈起来还真是无言反驳。

玄月突然露出为难之色，沉声说道："以前师仪都是风系守护神担任的，可是如今鹛綜下落不明，逆魔会找什么人来代替呢？"

"没娘？！"我不解地望着玄月，一知半解地纳闷道，"我是没娘了，爹也没了，逆魔该不会是想给我找个妈吧？"（鹛綜，读音：méi liáng，大家千万不要学湘湘闹笑话啊！风系守护神，真身是鸾鸟，属于凤凰的一种，掌管四季中的春季，使用风系魔法，也就是操控风流攻击。）

玄月错愕一愣，作晕倒状，右手抚上额头无奈说道："天啊！湘湘，看来是不教你不行了！不是没娘，是鹛綜！真不知道该怎么跟你解释，我还是写给你看吧！"他拉着我的手到了另一间书房，一开门，金色光芒耀眼夺目，很快适应光线之后，映入眼帘的是一排排纯金打造的书架，上面摆满了各式各样的书籍典藏，感觉像是进入了黄金图书馆。随手一翻，这些书并不是用普通的纸张做成，而是轻于鸿毛的绢纱，入手柔滑，就算是厚达一尺的书也只不过一两重，简直太神奇了。我禁不住惊叹起来："万妖国真是财大气粗啊，居然用丝绢，太浪费了吧！"

玄月微微一笑，一伸手，一本书落在他的手中，娓娓解说道："这些书的材质并不是你说的丝绢，这是用万妖国的纤绤树造出来。以后慢慢学吧，首先从这一本开始学起，把这本看完了，我想对于以后批阅奏章很有用，至少能写字就不错了！"（PS：纤 rén 绤 xì 树形状比较像橡树，可以抽丝如绢，制成纸张，和人类世界的造纸术差不多，只不过用的是魔法。嘻嘻！）

我不服气，汉字谁不会写啊，怎么说我的大学课程也是研究文学的，把我说得跟白痴似的，接过玄月手中的书，惊异道："《天书》？不会是无字天书吧！"

玄月无奈地摇了摇头，苦笑道："翻开看看就知道了！这本书是翠娴女王去了人类世界后，回到万妖国翻译出来的，看来真是帮了大忙了！人类世界的汉字文化发展实在太快了，现在都用简体字了。我刚去人类世界时，也是很不适应。"

翠娴女王？这个名字好熟悉啊，好像在哪里听过！我绞尽脑汁拼命地想，还是没想起来，翻开第一页，里面的内容吓得我花容失色，这不是康熙字典吗？不是，应该是更早的字典才对，里面的一些生僻字恐怕就连康熙字典也找不到。

玄月笑着说道："看来翠娴女王有先见之明，居然猜到第57代女王会在人类世界长大。"

我灵光一闪，难以置信地说道："难道说万妖国用的字全是唐朝时期用的汉字？太不可思议了！"想起来了，在浮玉轩弹琴的时候，静儿提到过翠娴女王，她去过唐朝，搞了半天，原来万妖国的字全是她从唐朝时期弄来的。

玄月摆摆手，一本正经地纠正道："错了，湘湘，汉字是万妖国传入中国的！人类世界其他国家的文字也是由异世界传入的。这个宇宙存在很多空间，就算是同一个地方也存在其他的异世界，有些异世界还处于原始社会，我说的这些你现在也许不太懂，以后再慢慢学吧！"

我大吃一惊，差点没被自己的口水呛到，瞪大眼睛说道："你说什么？不是吧！"

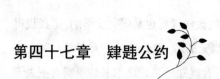

第四十七章　肆毙公约

玄月淡然一笑，嘴角弯起的弧度让人忍不住就想咬一口，紫瞳色的眼睛透出难以言语的尊贵，很自然而又带点嘲弄的意味回答道："就知道你会大惊小怪的！你所生活的人类世界只是一个很晚才开始发展的世界，可惜啊，也是不懂得珍惜，资源破坏最厉害的一个世界。"他停顿一下，眼神幽远，徐徐说道，"很多异世界都不愿意帮忙拯救了，但是万妖国不会，因为湘湘生活在人类世界二十年，对其已然产生了感情。凭湘湘的力量，一定可以挽回那个世界的毁灭。"

我尴尬地笑了笑，不相信地说道："没你说得那么恐怖吧！我还能成为超人拯救人类世界？你以为拍电影啊？我可不是三岁小孩子，尽唬弄我！什么很多异世界，我才不信呢！有几度空间？七度？八度？还是十三度凶间？"

玄月哂笑，摇了摇头，说不通似是有些无奈。他脸色一沉，一本正经地教导道："每个世界的空间、时间都不同。发展迅猛的世界，只要有方法穿越空间边界与时间伤口，就能到达另一个世界，订立契约关系，将文化传到另一个世界的任何一个国家。当有一个世界协助另一个世界发展的时候，第三个世界必须遵守肆匙(sì)公约，不得干预与侵犯。"（PS：空间边界就是连接每个异世界并可由此进入异世界的大门；时间伤口就是可以将时间逆转的通道，既能回到从前，也可以将时间加快，去到未来。）

　　我闻言一头雾水，茫然地眨眨眼睛，嘻嘻哈哈地问道："什么是肆违公约？"

　　玄月叹息一声，知道我又在误解乱译，转身走向一张翡翠玉案前，铺好一张纤绔纸，拿起一支绿色羽毛做成的毛笔，并未蘸墨，左手拂袖，右手从上而下，潇洒挥舞手中毛笔，笔尖自然有墨水溢出，书下"肆匙公约"四个字，笔锋刚劲有力，有棱有角，表现出坚毅强硬的一面。

　　我走过去并未看字，反而注意到他手中的毛笔，惊叹道："乖乖，这墨水是哪里来的？"

　　玄月一阵汗颜，微皱眉头，不悦道："你到底在看哪里？"

　　有没有搞错？这样就生气啦！我赔着笑脸，像模像样地看着他写下的字，竖起拇指赞叹说道："不错！不错，写得真漂亮！"心里直犯嘀咕：写得龙飞凤舞的，谁认识啊？

　　玄月眉宇间掠过复杂的情绪，一怒扔笔，毛笔掉落在玉案上，眨眼之间便回到了檀香木的笔筒里。他严肃地责骂道："笨蛋女人，这不是儿戏！记住这四个字！所谓'肆匙公约'，是这个宇宙最具威信的世界共同起草约束每个世界的和平公约，凡是可以穿越到其他异世界的都必须遵守这个公约。一共有九条，你给我记清楚了。第一，选定一个异世界的国家订下契约后，以自身文明带动契约国家文明发展；第二，契约国家自愿接受契约，建立两国友好关系，不能强制其接受；第三，在带动文明发展的同时，不得将自身力量传入契约国家，但不排除会影响契约国家文明；第四，不能干预契约国家自身文明发展，发掘自身力量，不能强占契约国家能量资源；第五，如果契约国家必须改朝换代才能发展下去，应当给予协助支持；第六，双方国家定下契约后，第三异世界的任何国家不得干预与侵犯，影响制定的契约；第七，契约国家不得闯入制定契约国家世界，更不能以入侵者占领，否则必将遭受世界毁灭；第八，契约国家永远受制定契约国家管理，但不得引导和制造契约国家走向毁灭，双方如有毁约，另一方必将遭受世界毁灭；第九，一旦有穿越空间和时间能力的世界进入另一个异世界，此公约立即生效，违反此公约必将遭受世界毁灭！听明白了没有？"

我闻言头大，用力地摇了摇脑袋，一脸苦相说道："玄月，你说得好复杂，能简明一点儿吗？"

玄月气得拳头紧握，恨铁不成钢地说道："笨蛋女人，还不够简单明了吗？"他长长地叹了口气，沉吟片刻恢复平静，无奈解释道，"好，我就说得明白一点。万妖国在光之边界形成了一条传输带，与人类世界的中国订立了契约关系，也就是说万妖国带动了中国的文明发展。中国的那些神鬼学说，多少都是受了万妖国的影响，比方说五行、八字命理、易经、风水等等都是万妖国的文化，融合了万妖国的魔法与预言之术；而那些鬼怪之说，都是万妖国的妖魔发生异变，通过光之边界逃到中国，引起了人们的恐慌，一传十、十传百传开的，后来万妖国为了制止妖魔肆意妄为，教会人们驱魔降妖之术，也就是你们常说的茅山法术之类。当然，这些都是肆匙公约影响的结果！人类世界的其他国家分别由另外的异世界制定契约，带动他们的文明发展，所以人类世界各国文化也都不一样，发展速度也各不相同。"

我似懂非懂地抿起朱唇，凝神思考，自我推理道："原来是这样啊！这么说来，那些妖魔鬼怪全是从万妖国跑去中国的啦！万妖国的女王还真是治理无方啊！"

玄月一掌拍在翡翠玉案上，愤愤驳斥道："胡说！万妖国每一代女王都是英明的国君！妖魔们之所以会跑到中国，还不是因为那里的人钩心斗角，权力战争引发光之边界不稳定造成的！光之边界是圣洁无瑕的，只有万妖国的守护神才能开启光之边界，将吉祥瑞兽送至中国，保佑天下太平，风调雨顺，但是人们一旦受利益权势所感思想腐化，这种负面思想会影响光之边界的空间不稳定，将万妖国的妖魔们异变送出去。异变的妖魔们拥有惊人的力量，吃人摄魂，如果不是历代女王与犬神镇压驱魔，中国早就不复存在了！"

"这么说来，前段时间光之边界不稳定，送出那么多的妖魔，也是受人们思想腐化所致？所以你就跑来找我，要我与你一同驱魔！"我很认真地问道，正视他严肃的眼神。

玄月眼中掠过不安的神色，沉声说道："一半是！"

一半？我不解地看着他，好像还有很多事情瞒着我，忍不住问道："那另一半是什么？"

驱魔犬

Quimo Quan

玄月沉默不语，眼底分明是难言的痛楚，一定是想起了什么伤心事，搅得我的心很不安稳，下意识地握住他的右手放于胸前，坚定地说道："玄月，无论发生什么事，我都不会离开你的！"说出这番话连自己都觉得莫名其妙，好像要失去了什么似的，一点逻辑思维都没有，明明是在问他影响光之边界的另一半因素，却无端地感慨起来。

玄月突然惊怔一下，迷惑地望着我，继而脸上恢复平静，温和地说道："我也答应你，无论发生什么事，也不会离开你！"

"嗯！"我眼中闪耀激动不已的波光，满脸幸福神色，转回正题问道，"影响光之边界还有什么原因？"

玄月感慨万千地深吸了口气，缓缓说道："万妖国本身的问题，守护神相继失踪，也是光之边界受到影响的原因之一。"他再次拿起毛笔，飞龙走凤地写下四位守护神的名字，指着天龙的名字，徐徐向我解说道，"天龙，冰雪系守护神，掌管四季中的冬季，负责降雨下雪，供给万物生灵维持生命的水源。"接着指向下一个名字继续解说，"德贞，火系守护神，掌管四季中的秋季，负责一切火种，给予温暖，驱走疾病之痛；鹏综，风系守护神，掌管四季中的春季，以风之力量吹走不祥之气，带来平安与吉祥；籁（dù）焗（juān），雷系守护神，掌管四季中的夏季，可以让冬眠的生物复苏。四位守护神不但各司其职，守护万妖国，还要在每年满华之夜施展魔力，维持光之边界的稳定，缺一不可。一旦守护神在光之边界施展魔力不均衡，光之边界就会变得很不稳定，形成空间转移，将万妖国的妖魔送出去，而送出去的如果不是吉祥瑞兽，就会受到人们负面思想影响，变得更加残暴，只有万妖国的女王和犬神才能将其消灭。"（PS：玄月所提到的满华之夜，是指万妖国晚上出现的彩虹不再呈现扇弧形，形成圆环形，像月亮一样呈现满月的状态，时间为人类世界的八月十五中秋夜。再解释一下万妖国的满月之日，是万妖国白天出现的月旸，一般都是呈现上弦月那样的弧形，在人类世界每月十五日时便形成圆形球体，也是犬神魔力最强大的时间。）

我凝神沉默了一会儿，不解地问道："为什么异变送出去的妖魔只能消灭，难道不能将它们送回万妖国吗？"

玄月无奈地摇了摇头，感慨说道："根据肆魅公约，不得引导和制造契约国家走向毁灭。异变的妖魔已经不能恢复其本性，凶残无比，会毁灭整个中国。如果将它们送回万妖国，反而会影响到其他妖魔引发异变动乱，所以只有消灭它们！"

第四十八章　惝恍魔法

　　我稍稍明白了一些自己的责任，正色道："万妖国的责任就是保护好契约国家，沿着它自身文明发展的轨迹，给予支持与协助，而不能干预和毁灭。如果万妖国的妖魔异变，经光之边界送到契约国家，我和玄月必须将它们杀掉，是这样吗？"

　　玄月舒展眉颜，欣慰地笑说道："没错！湘湘，你能明白就最好了！"

　　得到玄月的夸奖，我开心得手舞足蹈，毫不犹豫地说道："玄月，我们把四位守护神都找回来，好不好？如果守护神都在，那么光之边界就会稳定下来，妖魔们也不会从光之边界溜出去了。"

　　玄月见我很轻松地说出这番话，心里涌出无限忧愁。他沉默了片刻，调整好心态，眼中带些调皮戏弄之色，煞有介事地说道："湘湘，你能把我给你的那本《天书》看完，我就谢天谢地了！"

　　我不服气地顶撞道："呵，竟然小瞧我啊！我就把它看完给你看！"

　　玄月放声轻松地笑了起来，突然脸色一沉，一时难以相信，神色凝重地说道："浮玉山精灵闯进王宫了？"

　　我未能反应过来，莫名地望着他，他提升魔力感应王宫中流动的气息，继续说道："我感应到他的灵气，在瑜华殿！"

我心里骤然一紧，神色慌乱地说道："是望真？他怎么跑来了？简直就是乱来嘛，不是叫他不要跟来的吗？万一飞雪针又落在逆魔手中怎么办？"

玄月紧张地问道："你是说望真？飞雪针现在不在逆魔手中吗？"

我抓起玄月的手赶紧往外走，边走边焦急地回答道："逆魔用飞雪针打伤了德贤，飞雪针就留在了德贤的身上，我与望真赶去左帮山找你的时候，顺便救了他，拿回了飞雪针。我让望真带着飞雪针回浮玉山的，不想他居然闯进了王宫，真是个麻烦的精灵！玄月，快点，晚了飞雪针就真的再落入逆魔那臭鸡蛋手中啦！"

玄月明白了一切，来不及多想其他，站稳脚跟，一把将我拽入怀中，沉声正色道："走过去太慢了，用瞬移过去！"我还没来得及反应，只看见眼前景象一晃，眨眼间已经身处瑜华殿望真出事地点。

望真正被一群精精内侍卫军围困，脸色微红，累得气喘吁吁，看来双方已经激烈地打斗过一阵子，形成了僵持局面。欧追站在前方不远处指挥发令，咧着嘴笑，满脸的阴险小人神色，见到我和玄月出现，既不惊讶，也不跪安施礼，高傲狂妄地站在原地，放肆地说道："请殿下和公主退至一旁，侵魔闯入王宫，微臣正欲将其拿下！"

放眼搜寻却不见逆魔的影子，看来他不在瑜华殿，还不知道望真闯入王宫救人，那个臭鸡蛋不在，一切事情自然好办。我径直走到望真身前，凤目怒视精精，冲他们威喝道："他是浮玉山的精灵王，是本公主的贵宾，谁敢拿下？给我放下手中的刀剑，退下！"

精精们闻言惊怔，见我威严的神色，下意识地向后退出几步，放下手中的武器。我回头望了一眼望真，他不好意思地冲我微微一笑，摊开手示意飞雪针并没来带来，小声说道："飞雪针已经安全送回浮玉轩，请公主放心！"

欧追厉声喝止道："谁叫你们放下的？将侵魔速速拿下！"

精精一时手足无措，陷入左右为难境地，一边是内侍卫军统率将军，一边是万妖国公主，两边都不能得罪，手中放下的武器又重新拾起，剑锋对准了望真。

我一手护住望真，声色俱厉道："本公主的话也敢违抗？给我放下！谁敢伤他，我就杀谁，试试看！"

玄月目光一沉，紫瞳色的眼睛放出摄人心魄的光芒，不慌不忙、脚步稳重地步入精精们的包围圈。精精立刻敬畏地退出一条道路，玄月走到我面前，脸上平静得看不出丝毫情绪浮动，可是当他一转身面向精精的时候，所有的精精吓得四肢发软,禁不住跪倒地上,面如死灰般纷纷伏地求饶。欧逅清楚地看见玄月身上溢出的魔力瞬间增强数倍,面容冷酷似冰,眼中杀气浓重地弥漫四处散开,不自觉地跟着跪下,吓得瑟瑟发抖,说不出话来。

我见玄月只是往这里一站,威慑性就如此惊人,拍手叫好道:"看你们谁敢大胆放肆!"

逆魔突然出现在我们面前,想必也是用了瞬移,见此情景,不经意扫视到玄月的阴冷目光,神色惊骇,急忙施展魔力抵抗,一脸和气生财的样子,笑盈盈说道:"什么事惹怒玄月殿下要动用恊(xié)恍(xiāo)魔法?"(PS:恊恍魔法是以犬神魔力强行镇慑对方心神,只要看到犬神的眼睛,就会产生恐惧不安,失魂落魄只知跪地求饶。这种魔法太过霸道,一旦收回魔法,如果对方意志不坚,就很容易走火入魔,进入癫狂发疯状态,只能寻死解脱,做出令人难以想象的举动。)

玄月随即收回魔力,阴沉着脸说道:"欧逅三番两次忤逆公主,只是小惩大戒罢了!"话音一落,许多精精突然狂性大发,拿起自己手中的武器纷纷砍杀对方,玄月从心脏中抽出一张紫色符咒,念动咒语:"犬神敕令,束缚暴恶魔障,催破!"紫色符咒瞬间变成万千紫色荧火,如天网一般从空中散落下来,落在精精身上。精精们的哀号声不断传入耳中,声声凄厉令闻者心寒,随之化成一缕轻烟消失在尘埃中。玄月的眼中掠过一丝无奈的悲哀,转瞬即逝,恢复了威严的神色。

墅真以旁观者的心态看待,脸上倒是很平静,他是浮玉山的精灵,与王宫唯一牵扯到的只有飞雪针,自然这些也不是他该管的事情。

看到精精先是跪地求饶,在逆魔出现后突然失去理性,发狂杀人,继而死在玄月手上,我吓得两眼发直,全身僵硬,虽然不知道发生了什么,但是一瞬之间,上百只精精就这样蒸发消失,一时无法接受,哆嗦着从玄月身后抱紧他,喃喃问道:"玄月,发生什么事了?为什么会变成这样?那些精精都死了吗?"

逆魔瞥了一眼仍然跪在地上神情呆滞的欧逅,眼中透射出诡秘的光芒,厉声附和道:"欧逅既然做了冒犯公主之事,玄月殿下惩戒是理所当然!精精听命,立刻将欧逅押入㦤牢。"话音刚落,另一队精精内侍卫军从逆魔身后出现,将欧逅押解下去。(PS:㦤 yàn 牢是关押犯了罪行的妖魔和魔兽的地方,形同封建社会的刑部大牢和大理寺之类的地方。)

玄月反转身,温柔地拍拍我的后背以示安慰,柔声说道:"已经没事了!不用怕!"

逆魔这才看见塱真站在我身后，眼中掠过一丝惊异，嘴角勾起一抹阴冷的笑容，生冷地说道："原来浮玉山的精灵也在此！上次刺杀本相未遂，难道这次也是同一目的而来？"

我凤目一瞪，抢先一步说道："塱真是我请到王宫座客的贵宾，怎么会是行刺相国的侵魔？相国莫要误会！"

玄月俊傲的脸上带有三分戏谑，一本正经地说道："是我请塱真前来，向我禀明飞雪针失窃一事，听说好像是与相国有关！"虽未明说肯定，但这也是不争的事实。

逆魔闻言色变，很快强制镇定下来，装出一副被冤枉的神色，皮笑肉不笑地辩解道："飞雪针失窃了吗？微臣不知啊！这浮玉山一向与王宫素无往来，微臣岂会知道飞雪针是何物，何时被窃……"

"明明就是被你抢去的，还敢抵赖！"我生气地怒喝道，这臭鸡蛋厚脸皮还真不是一般的厚，离开玄月的怀抱，指着他的鼻子愤愤地说道，"逆魔，你做的坏事还少吗？抢走飞雪针，射伤德贤，还想要杀了玄月……"

逆魔悲天呼地打断道："公主，冤枉啊！这一定是欧迺背着微臣做的，与微臣无关啊！"

我闻言怒极，居然把事情全推到欧迺一个人身上，气得目露凶光，当即一脚向逆魔踹过去。玄月及时拉住我，搂住我的腰身，而我依然愤怒挣扎，愤愤地说道："玄月，不要拦着我，我——我今天非把他一脚踹到大西洋去不可！"

塱真帮助玄月奋力拖住我，我继续拼命地挣扎，今天不踢到逆魔这个臭鸡蛋的屁股誓不罢休。玄月用力地抱住我，一边硬生生地说道："逆魔，还不快退下！"

逆魔见此情景反倒不慌也不急，脸上说不出的阴险邪恶，火上浇油似的说道："公主，请你自重，注意一下自己的形象！失了身份！"

"你！你！你给我滚过来！臭鸡蛋，说什么呢？我失了身份怎么了？你奶奶的，有本事站过来！"我气急败坏地吼道，挣扎得越来越厉害。

玄月怒眼一瞪，眼底一片凌厉慑人的寒光，愤然地命令道："逆魔，还不快给我退下！"

逆魔嘴角扬起一抹邪笑，拱手说道："微臣告退！"说完，转身潇洒而去。

第四十九章　暂代师仪红叶

逆魔离开好一阵子，我依然怒气未消，还在拼命地挥拳踢腿，对着空气破口大骂逆魔。玄月拿我实在没辙，也懒得劝说，五指一张松开，我由于惯性猛地向前栽倒出去，还好另一边的望真拉得及时，要不然真会摔个大马趴，让我难堪了。我一个转身正对玄月，凤目一瞪，不悦地说道："玄月，逆魔那个臭鸡蛋太可恶了，明明就是他抢了望真的飞雪针，还打伤了德贤，抵赖不认账，人类世界那套对付不了他，也要狠狠地踢他屁股，你怎么能放他走呢？"

玄月沉思片刻，对我的抱怨不理不睬，终于明白为何逆魔会用飞雪针射伤德贤。原来他一早就料到湘湘会兴师问罪，只要飞雪针不在他的手上，就没有证据定他的罪，果然是老奸巨滑，现在将所有的责任推得一干二净，又用了欧逗做挡箭牌，实在很难办他。

我见玄月失神，以为他在想什么绝妙好计惩治逆魔，于是贴身过去问道："玄月，想什么呢？是不是想到什么办法整蛊那个臭鸡蛋啦？"

玄月回过神，见我的脸差点贴到他的脸上，吓得退后一步，急于掩饰内心，淡然道："逆魔始终是万妖国的相国，不是说办就能办他的！"

"那就这么算啦？"我嘟起朱唇，拉了拉他的衣袖撒娇，不高兴地说道。望真正想说些什么，突然从前方迎面过来八位赤鹫，来到我们面前一字排开，叩拜施礼："见过妖姬公主、玄月殿下！"接着从后面出来一位美人儿，一身低胸粉色大袖纱罗衫，内衣若隐若现，甚感妖冶，白色缎带系水蛇腰，勾勒出魔鬼般的身材，头戴一顶孔雀羽冠，显示其地位非比一般，披肩金色长发柔顺而亮丽，面如桃花，一双明亮的咖啡色眼眸，樱唇淡薄，走起路来婀娜多姿，步步生花，来到我的面前，用极其妩媚的声音，拂袖施礼道："暂代师仪红叶见过妖姬公主、玄月殿下！从今天开始，由红叶教公主宫廷礼数以及为君之道！"（PS：红叶的真身，是一只豹猫，不过万妖国的豹猫是人面猫身，除了与一般人类世界的豹猫体形相似之外，还长有三条尾巴。）

玄月沉吟片刻，一本正经地问道："师仪一职一向都由风系守护神担任，为何相国要派你前来？"这红叶其实还有另一个身份，就是逆魔的内伽（rú），也就是夫人的意思。在万妖国是以女子为贵，女人做大官也就不奇怪了。

红叶对玄月再行一礼，温文尔雅地回答道："风系守护神鹏综大人此时仍然下落不明，相国担心误了公主继位之事，所以派微臣暂代师仪一职。如果鹏综大人回到王宫，红叶必将交回师仪一职！"

短短几句话让玄月一时无言以对。在他离开万妖国这二十年里，王宫发生的巨变是他难以预料的，鹏综和篪焆的失踪显然也与逆魔有关。只有尽快查出他们的下落，恢复四位守护神的地位，才能在王宫更好地保护湘湘。

红叶见玄月沉默以示答应，继而正色道："公主以后的衣食寝居就交由红叶打点，殿下不必操心！公主路途奔波想必劳累，请随红叶洗尘更衣！"话音刚落，其中两位赤鹫立刻上前扶住我，将我强行架走。

我到现在都还没弄清楚是怎么回事，就要被她们带离玄月身边，当然一千个不愿意，吵闹道："你们要干什么？放开我啊！玄月，玄月，我不去啊！玄月，我要玄月嘛！喂，你们快放开我啊！"

红叶故意以身拦住玄月，行礼告退道："殿下，请回玥清宫休息！红叶告退！"其余赤鹫纷纷施礼，跟在红叶身后离开。

曌真见我被带走，心里焦急，眼中掠过一丝惊慌，对玄月问道："殿下，公主就这样被带走，会不会有问题啊？"

玄月知道这是逆魔一手安排，目的就是要他与湘湘分开，然后想办法再破坏他们之间的契约，操控湘湘，看来为今只有先找回鹏综。他回过神，在红叶出身阻拦的时候没有一丝不舍情意，内心激起的万丈波涛也平息下来，眼神中闪烁着睿智与淡定的光芒，不以为然地微笑道："曌真，不必担心，公主也该学学宫廷礼数了！你刚才也看到了，言行无礼放肆，哪有女王的样子？去我的玥清宫喝杯玉琼露如何？"（PS：用茶木的花朵做茶叶，泡出来的茶就是玉琼露，入口甘甜，茶叶清香回浓，可以食用，有缓解精神压力、舒缓疲劳之功效，还能养颜，是少女保持花样年华的必备佳品。茶木，是万妖国才有的一种树，形状像梅花树，开黑色的花朵，结血红色果实，黄色的枝叶。花朵入茶，果实入药，治昏眩之症。）

　　曌真惊怔一下，见他神色自若，必定有安心的理由，嘴角扬起一抹释然的浅笑，悬着的心也放了下来，回答道："那好，就去玥清宫坐坐！两次来王宫，都没有好好地欣赏一番，此番良辰美景误了岂不可惜，还有殿下相伴是曌真的荣幸！"

　　……

　　赤鹫将我带到瑬璧宫的浴泉殿，室内有一温泉，池内平面像盛开的桃花，占地大约有一百平方米，泉水呈现草绿色，滚滚翻腾，雾气缭绕，似梦似幻，房间里除了温泉池，在左边还有一处用锦绣屏风隔开的更衣室，一张翡翠贵妃椅横卧其中，供休息之用，一盏白晖灯悬挂中央，早已蒙上一层水雾，却无法阻挡其光辉，将更衣室和温泉池照得分外透亮。我望着偌大的室内温泉，竟然呆愣在了原地，脑子里变得一片空白，不知道是惊喜之余未能反应过来，还是在为一个人独享温泉，少了玄月相伴的遗憾。

　　红叶很快紧跟了过来，举止优雅地走到我身后，见我望着温泉池发愣，柔声说道："赤鹫，伺候公主入浴！"话音一落，与四位赤鹫一同上前，动作娴熟地除下我身上的衣服，然后以花样百出的手法，动作轻柔地按摩我的全身。

　　我惊怔一下，顿时回过神，双手抱胸慌乱地退开，紧张地说道："喂，有没有搞错？脱我衣服？你们想干吗？喂，别乱来！你的手摸到哪里去了？走开！"从来没有被人这样伺候过，说实话我可从来没有去过公共场所做什么按摩，不免紧张过度；更何况这帮人手脚麻利地将我周身按遍，连敏感处都不放过，多少有点害羞。

　　红叶见我向温泉池退去，担心我失足跌落，连忙施礼安抚道："公主，此泉水净身之前必须活络全身穴位，否则受了泉水的刺激就会全身麻痹！"

　　她的话还未说完，我的右脚跟已经踩空，突然重心不稳，"咚"的一声失足落水，溅起大片水花，泉水犹如万针刺心般扎进我的每一寸皮肤，全身顿时麻痹，无法再动弹一下，疼得惨叫一声，整个身体没入水中，连呛几口水进去，眼前一阵晕眩，在温泉池中溺水昏迷过去。

　　赤鸷们惊怔当场，一时不知如何是好。红叶也吓得花容失色，紧接着跳入温泉，施展魔法分开泉水，慌乱地把我救了上来。此时此刻的红叶哪还顾得上什么举止谈吐、宫廷礼数，全身沾水湿透，衣物紧贴于身，玲珑的曲线变得更加清晰透明，头发凌乱，可谓狼狈至极。她的双手伸到我的背部和大腿处，一把将我抱起来，送到更衣室，放在翡翠贵妃椅上，盖上一张如丝绸一般的松山雪兔毛毯。赤鸷们慌乱地围了上来，痛哭流涕，争先恐后地嚷道："公主，公主醒醒啊！公主？公主……"

　　红叶见我全身被温泉烫得发红，心里焦急万分，生气地喝道："不要吵！都给我安静，快去玥清宫找玄月殿下！"说完，强制自己镇定下来，施展魔法，护住我微弱的气息。

　　赤鸷们闻言止声，纷纷退避几尺，跪地伏身请罪，其中一个赤鸷应声领命，神色慌张地正欲出去，突然又被红叶叫住："不能惊扰玄月殿下，立刻去把相国找来！"赤鸷迷惑不解，一时愣在原地，公主受伤，只有玄月殿下可以救治，为何要找相国？

　　红叶见她站着不动，再次呵斥道："傻了吗？叫你去找相国前来！"刚刚任命暂代师仪，公主便出事，如果被玄月知道，就算是逆魔相国恐怕也担待不起，所以这件事必须封锁下来。

　　赤鸷胆怯地回答道："公主此伤不轻，恐怕只有殿下……"

　　红叶眼中掠过一道杀气，脸色随即变得阴沉恐怖，愤然打断道："放肆！还敢多言？照我说的去做！"

　　"是！奴婢遵命！"赤鸷不敢抗命，应声前往瑜华殿。

　　红叶心想这件事知道的人越少越好，转身望着其余七位赤鸷，嘴角勾起一抹嗜血的笑容，阴冷地说道："公主落水受伤都是你们保护不周造成的，岂能轻饶！"说完，右手轻轻一挥，一道红光闪过，在场所有的赤鸷来不及反应，全部香消玉殒，化作点点荧光消失于尘埃之中。

第五十章　野心

　　逆魔从瑜华殿形色匆匆赶到浴泉殿，却不见前去通报的赤鹭，依照他的行事作风，想必已经惨遭毒手了。红叶源源不断地将魔力输送给依然处于昏迷状态的我，全身溢出红光之气，见到逆魔再也掩饰不住慌张，急切地娇声问道："相国，公主一直昏迷不醒，怎么办啊？如果通知玄月殿下，他就有借口留在公主身边了。"

　　逆魔面容阴冷，眼神淡定自若，走到红叶身旁，语气平静地问道："知道这件事的都解决掉了吗？"

　　红叶点点头，脸色因魔力的消耗略显苍白，身上的衣服已用魔法烘干，只是头发还有些散乱。她向逆魔露出一个迷倒众生的媚笑，伸手抚上他的脸，妖邪地回答道："此事事关重大，红叶岂会不知！只是如此耽误下去，公主的式神怕是保不住了！"

　　逆魔嘴角勾起一个邪笑，一把搂住红叶的小蛮腰，顺势吻上她的樱唇，舌头灵滑地伸进去，情迷痴缠一阵子，奸笑说道："这样不是更好吗？公主继位之时，没有凤凰洗礼，玄月就拿不到斩昀剑，他就不能再做犬神，而我也可以堂而皇之地得到女王的力量，成为万妖国新的犬神！"

　　"哼，把红叶当做踏脚石踩了上去，就不要红叶了！"红叶顿感不悦，推开他的怀抱,眼神暗淡下来,任性地说道,"相国以后有了妖姬,就不要红叶了,红叶还那么尽心尽力为了什么?自找苦吃!红叶不依,现在就去找殿下!"

逆魔闻言立刻摆出一张万事好商量的笑脸,将红叶再次拉入怀中,赔着笑脸安慰道:"我的红叶,怎么生气了呢?就算我做了犬神,这颗心还是红叶你的,我只爱你一个!妖姬就算再迷人,我也不会喜欢她的,只是想得到她的力量而已。"

红叶沉思片刻,蹙起秀眉,担忧地说道:"妖姬真是拥有制造空间边界、时间伤口的女王吗?万一弄错了,怎么办?再说要是违反了肆匙公约,整个万妖国和人类世界就会毁灭,到时你我也难逃一死。"

逆魔不以为然地笑了笑,眼神放出异样光彩,野心勃勃地说道:"万妖国每两千年就会诞生一位拥有制造空间边界、时间伤口的女王拯救人类世界,这绝对不会有错!只要我们利用这种力量进入另一个异世界,定下契约,我们就成为了统治那个世界的神。肆匙公约只不过是形式上的条文,并没有规定万妖国不能同时有两个契约国家。嘿嘿!人类世界已经无药可救,很多和我们一样的国家都放弃拯救那个世界,仅凭万妖国的力量,恐怕也只有玄月那个笨蛋才会愿意,否则万妖国也不会落在我的手上,毕竟群臣们都一致赞同放弃人类世界!"

红叶低吟了一声,否认道:"至少四位守护神和玄月殿下持一样的观点。虽然天龙表面上服从于你,打开光之边界将妖魔们送去人类世界,恐怕也是想让妖姬公主回来继位吧!"

逆魔冷笑了两声,胸有成竹地说道:"这个我当然清楚,四大守护神只会听命于犬神和女王,他怎么可能违心背弃?不过稍加利用他罢了!红叶,我将师仪一职交于你,你可得给我好好看住了,绝不能让玄月破坏我的事!"

红叶温柔地将头埋进他的胸口,娇声媚笑说道:"相国,你放心好了!不过,公主的式神现在还不能死,万一被玄月察觉,逼急了他做出什么事来,恐怕相国也会头疼吧!"

逆魔食指轻点她的额头,调戏说道:"还是红叶顾全周到!公主这伤还难不倒本相,你去再调派几个赤鹫过来,不能让公主觉察到什么。"

"红叶遵命!"红叶深情吻上逆魔的嘴唇,舞动妖娆的身姿,转身缓缓步出浴泉殿。

逆魔来到我的面前,双手伸展悬于我胸口上方,使用回原魔法,很快救醒了我。

我缓缓睁开眼睛,感觉全身疲软无力,见逆魔瞪着一双阴险的眼睛,神色怪异地看着我，吓得惊叫一声，慌乱地跳了起来，松山雪兔毛毯顺势滑落，竟然一丝不挂地呈现在他的眼前，更是惊骇万分，手足无措地拾起毛毯掩住全身，愤愤地骂道："死色狼，看什么看？你怎么会……出现在这里？"愤怒之余冲出两步，伸手一巴掌打过去，逆魔眼疾手快地抓住我的手，厉声说道："公主，微臣并无冒犯公主之处，只是见公主晕倒，出手救治而已。请公主切勿动气，有失身份！"

我拼命地挣扎了几下，右手被他死死抓住生疼，满脸的愤恨表情，目露凶光，大声吼骂道："给我放手！我是公主，你竟敢抓着我不放？还说不是冒犯？逆魔你这个臭鸡蛋，快放开我！听见没有？来人啊！来人啊！放开我！"

逆魔没有松手的意思，反而笑盈盈地说道："公主刚刚清醒过来，就能大吵大闹，想必身体已然康复。微臣还是有些放心不下，想为公主再检查一下！"说完，将我拉入他的怀中，另一只手搂住我的腰身。我只觉骤然一紧，好像被点穴一般，全身无法再动弹一下，惊慌失措地骂道："你敢！你敢动我一下，我就叫玄月杀了你！"

"殿下吗？他现在恐怕也管不了吧！"逆魔狞笑道，把脸慢慢贴了过来。我的胃里顿时一阵翻江倒海般难受，极力挣扎偏过头，痛心暗呼道：天啊！要是真的被他吻了，我一定会恶心死的！救命啊！玄月！

这时，红叶领着几位赤鹭进来，惊见逆魔马上就要吻上我的嘴唇，心里直发酸，厉声阻止说道："相国，请勿惊吓了公主！"

在千钧一发之时停下动作，逆魔闻言立刻收敛笑意，松开我的手退到一边，意犹未尽地施礼道："看来公主身体无恙了，微臣告退！"说完，嘴角扬起一个得意的笑容，大摇大摆踏出浴泉殿。

我捂住发红的右手，恨恨地瞪着他离去的背影，心里觉得委屈，眼角滑落一滴泪珠。赤鹭们急忙上前为我更衣，一件肉色紧身无带内衣束胸，固定胸部保持高耸之势，内衣几近透明，恐怕跟没穿一样；三件薄如轻纱的绣腰襦，下束于浅紫裙内，再将裙子高束在胸际，然后在胸部下系一条黑色阔带，两肩、颈、上胸及后背无带且袒露，穿时由后及前，胸前用其他紫红丝带系束，外披一件透明深紫罗纱，总算穿衣完毕。

我早就没了耐性，要不是自己无衣蔽体，真不想被她们弄得像洋娃娃一样，不等她们将紫金王冠戴在头上，梳妆打扮，愤然甩开她们，疾步跨出浴泉殿，一心只想回到玄月身边。

红叶急忙上前阻拦道："公主前往何处？"

我顿时火冒三丈，生气地吼道："给我滚开！我要去找玄月！我被逆魔欺负，玄月一定会帮我教训他的！"

红叶一边打眼色命令赤鹜拦住我的去路，一边耐心地开导道："公主，这里虽然是銮璧宫，但是也不能这样有失仪态。公主还要学习宫廷礼数，在公主未继位之前，不能踏入玥清宫，这是宫里的规矩，希望公主不要让奴婢们为难。公主，请将紫金王冠戴上吧！"说完，将紫金王冠双手奉上，它呈流畅的半月形，万妖国独有的紫金打造，凤头含珠，镶嵌着由一千颗钻石和一百颗紫色宝石组成的花朵，璀璨夺目，巧夺天工，蕴涵着神圣而至高无上的权力，没有人能拒绝它的诱惑。

如果是在还没来到万妖国之前，看到这价值不菲的王冠，我一定激动兴奋得要死，然而现在我看着它感觉像是重重枷锁，压得我喘不过气不说，还剥夺了我的自由以及见玄月的权力，内心痛苦得想要拒绝呐喊：我不要王冠，我要玄月！

红叶见我踌躇犹豫，主动将紫金王冠戴在我的头上，然后右手轻轻抚过我的头发，所有的头发便服服帖帖地顺滑起来，整齐地垂下，犹如漫天倾泻的墨瀑，油亮动人。

我伸手摸了摸头上的紫金王冠，感觉无比的沉重，满含委屈的眼神，唯唯诺诺地说道："我真的很想玄月嘛！红叶，帮我叫他过来好吗？以后我会听你的话的，不发脾气了，好不好嘛？红叶！"

红叶的免疫力似乎很强，对我的请求置之不理，振振有词地正色道："公主只要安心学好宫廷礼数，掌握了为君之道，继承了女王之位，殿下自然会回到公主身边。现在急于一时，违反了宫规，对殿下很不利，说不定还会被赶出王宫！"

"你说什么？这是哪门子宫规啊？"我气得暴跳如雷，见她脸色一沉，只好压住内心的怒火，不甘心地问道，"是不是我学会了为君之道就可以继承王位，就可以见到玄月了？"

红叶满意地点点头，回答道："没错！还请公主忍耐一时！"

"那好，还等什么，赶快学习吧！"我急切地抓住她的手臂问道，"要学些什么？通通告诉我！"

第五十一章　品茗殿

　　玥清宫的品茗殿，是犬神专用来品茶聊天、休闲的地方，房间的布置风雅脱俗。墙上挂有几幅中国的山水画和字画，青纱屏风，绣花淡雅大方，又不失高贵气质。四周适当地放置一些精致美观的檀香木盆花架，摆放盆花多数为兰花，右边角落有一红木立柜，上面陈设各式储茶器，外观精美，分别储藏了中国十大名茶和万妖国独有的玉琼露。旁边整齐摆放了一排红木立柜，陈设几百套不同材质的茶具，都是从中国不同朝代带回万妖国收藏的，有古老的金、银、玉制茶具、唐宋时期的陶瓷茶具、元代中后期的青花瓷茶具、明代的青瓷茶具以及明清时期盛行的紫砂茶具等，让人眼花缭乱。正中央放置一张饮茶用的大理石桌，桌上放有一套齐全的茶杯、茶壶、茶碗、茶盏、茶碟、茶盘等银质鎏金专用于玉琼露的饮茶用具，造型上设计成玄月的真身牧羊犬的各种图案形象，旁边还放有一鼎檀香炉，悠悠袅袅、沁人心脾的幽香，使人心旷神怡，升华到高雅而神奇的境界。四张红木方凳围桌放置，玄月与墨真面对面坐下，准备泡上一壶玉琼露，茶水取用的是浮玉山上等的玉泉水。（PS：虽然万妖国将文明传入人类世界的中国，饮茶文化却是由犬神从中国带回万妖国的，然而万妖国的土质并不适合人类世界的茶树生长，所以只能采用万妖国的茶木花，将煮茶、泡茶、倒茶、敬茶与饮茶的文化延用下来。中国历史有很长的饮茶记录,已经无法确切地查明到底是在什么年代了,很多人认为饮茶就是中国人首创的,人类世界其他地方的饮茶习惯、种植茶叶的习惯都是直接或间接地从中国传过去的。每一代的犬神都会从中国带回上等的茶叶,储藏在品茗殿,玄月虽然也喜欢喝茶,但比较喜欢本地的玉琼露。)

玄月什么话也没有说,只是静心地用开水浇烫茶杯、茶壶,动作娴熟高雅,然后放入茶木花,再加入开水,水流从高而下,注入茶壶容量的五分之一。茶木花于壶中翻滚,在水中浸润,慢慢舒展开成花朵的姿态,茶香四溢,很快便完成了泡茶的第一次冲泡"高山流水";第二次冲泡时采用"凤凰三点头"手势,由低向高连拉三次,并使壶中水量七分满,随后提壶倒茶,将泡好的玉琼露双手奉上,含笑说道:"品尝一下,味道如何?"

墨真刚开始还能静心地看玄月泡茶,可是见他一直漫不经心的样子,似乎没有把妖姬公主的事放在心上,心里正干着急,闻言接过茶杯,急忙仰首一饮而尽,放下茶杯,满脸愠气地问道:"玄月殿下,难道你不担心妖姬公主吗?那个叫红叶的女人眼中透着邪气,恐怕会对……"

"什么都不用担心!"玄月毫不客气地打断他的话,端起茶杯,细闻茶香,独自沉醉在茗茶中,嘴唇轻碰茶杯,缓缓喝下一口玉琼露,悠悠说道,"公主现在在王宫是最安全不过的了,放心吧!静下心来品茶,这样才能真正品出茶的味道,像你刚才那种喝法,再好的茶也只不过是一杯白开水而已。玉琼露可以舒缓你的紧张与烦躁,本殿下很少为别人泡茶,你岂不是要辜负本殿下的一片苦心?"说完,又为墨真斟了一杯玉琼露。

墨真深深地吸了口气,觉得玄月的话似乎有些道理,妖姬是王族唯一的血脉,承继王位、接受真魔王神授的只能是她,并不像人类世界那样可以谋朝篡位,这才稍稍放松下来,抱歉地傻笑道:"是墨真多虑了!"继而端起茶杯,学着玄月的样子,闻了闻茶香,顿时心旷神怡,不禁赞叹道:"嗯,很香!这杯玉琼露经殿下精心炮制,果然不同凡响!"说完,优雅地品尝一小口,稍停片刻,细细感受玉琼露的醇香和甘甜,觉得回味无穷。

玄月继续说道:"中国的茶我也喝过不少,不过还是赶不上玉琼露,也许是我本身就喜欢甜的缘故吧!"

墨真一时之间有了兴致,出于好奇地问道:"听闻犬神嗜好饮茶,很喜欢中国历史文化,玄月殿下也是如此吗?"

玄月将手中的茶杯慢悠悠地转了一圈，又品尝一小口玉琼露，认真地回答道："嗯！中国的历史文化我非常喜欢，特别是中国的茶文化融合了中国儒、道、佛诸派思想，通过品茗来修身养性、陶冶情操、品味人生、参禅悟道，达到精神上的享受。饮茶应静心，创造一种宁静的氛围和一个空灵虚静的心境，当茶的清香静静地浸润你的心田和肺腑的每一个角落的时候，你的心灵便在虚静中显得空明，你的精神便在虚静中得到升华净化，你将在虚静中与大自然融涵玄会，真正放松自己，在无我的境界中去放飞自己的心灵。"

墨真听得一头雾水，对于浮玉山的精灵来说，并没有接触过中国，更别说了解中国的历史文化，笑着敷衍说道："殿下，你说的那些墨真无法真正领会，喝茶不就是为了解渴吗？做那么多无谓的事有何用！"

玄月长长地叹了口气，并不赞同他的话，这种对牛弹琴的事以后还是少做为妙，如果换做是湘湘，或许就不同了吧，毕竟她在中国生活了二十年。他沉思片刻，突然严肃地说道："墨真，有件事一直想问你，可以如实告诉我吗？"

墨真见他一脸严肃的表情，随即认真起来，问道："什么事？"

"二十年前，青风是亲自去浮玉山取的飞雪针吗？"玄月神色凝重地问道，心里波涛汹涌地翻滚着，重提那些伤心的往事，他的意识多多少少还是有些回避，无法面对那件突然发生的事情，青风的死对他的打击让他至今难以释怀。

墨真见他眼中闪动一丝波光，情绪也受到影响，压低声音正色道："不是，是风系守护神鹏综拿着辉玉女王的亲笔御旨，取走了飞雪针。"

"亲笔御旨？"玄月疑惑地望着他，放下茶杯，再也没有心思饮茶，不解地问道，"飞雪针一向都是由犬神亲自去取的，为什么会是鹏综拿着辉玉女王的亲笔御旨取走飞雪针呢？御旨的内容你还记得吗？"逆魔曾经对他说过青风是死在辉玉女王之前，这根本就不符合万妖国的国法，女王驾崩之后，犬神才能使用飞雪针自我了断，然而青风却不是，今天听闻墨真说飞雪针并非青风亲自去取的，这就更证明他心里的怀疑没有错，是逆魔设计杀害了青风。但是，令他不明白的是，为什么会是身为四大守护神的鹏综取走飞雪针，难道她与逆魔串通谋害吗？那如今她身在何处？如果说她已经归顺逆魔，为什么师仪不是她，而是红叶？一连串的疑问困扰着玄月，他的脸色变得越来越难看。

墨真深思片刻，很严肃地说道："御旨的内容是'婶将不久于世，青风殿下情深义重，守护婶直到最后一刻，取飞雪针一事交由风系守护神鹏综接办，望浮玉山精灵将飞雪针亲自交于鹏综,速速返回王宫复旨。'主父当时就很怀疑这道御旨的真实性。历代精灵王都是将飞雪针亲自交给犬神,并没有交托过任何一个人。除了真魔王以外,每一代的女王都不知道飞雪针的事,犬神使用之后也是放在指定的位置,由精灵王亲自取回。有史以来,飞雪针从未让除犬神与精灵王以外的人沾手过,但是这一次却是辉玉女王颁下御旨,派人前来,主父觉得匪夷所思,不愿意交出飞雪针,甚至与守护神鹏综大打出手,但后来不知道发生了什么事,主父同意交出飞雪针。"

"什么?精灵王没有告诉你原因吗?"玄月震惊地问道,气得脸色潮红,差点跳了起来。

墅真摇了摇头,沉重地说:"什么也没有说。主父只是说遵从辉玉女王御旨,交出了飞雪针。"他停顿了一下,深吸口气继续说道,"前段时间九龙瀑布一役,主父也因此而死于非命,这件事就算殿下想要追查,恐怕也无果了。"

玄月顿时大怒,拍案而起,愤愤地说道:"这根本就不需要追查,这一切都是逆魔一手策划的,总有一天,我会揪出它的合窃尾巴!作为犬神是不能把他怎么样,但是他想用对付青风的那套来对付我,就让他尝尝我的手段!"

墅真随即站起来,玄月怒火冲天的样子令他不免有些紧张起来,急忙安慰道:"殿下请勿动怒!既然知道是逆魔杀了青风殿下,那何不马上告诉妖姬公主,定他弑杀犬神之罪,只有公主才能把逆魔绳之以法。"

玄月闻言,愁容满面地坐了下来,怅然说道:"公主在没有继承女王之位前,是没有任何权利处理国家大事的,当然也不能治相国的任何罪责。何况……何况我与公主只是定下了契约,还没有用过心相印魔法,公主暂时无法接受神授!"

墅真瞪大眼睛,难以置信地说道:"你说什么,殿下还没有对公主使用心相印魔法吗?难道殿下还有什么顾虑?还是殿下根本就不想?"听到玄月这番话,他开始怀疑自己在浮玉轩的圣灵堂看到的不是真相,既没有接受神授,又没有接受心相印魔法,那为什么妖姬公主可以使出摧破零限魔法?

"不!不是的!"玄月极力辩解道,痛苦地皱紧眉头,心里暗想:如果湘湘继承了王位,就不能像以前一样嬉笑打闹,凡事都会以万妖国的国事为重,以前那个天真无邪、活泼可爱又爱啰唆的湘湘将不复存在,这并不是我所希望的,毕竟我爱的是那个爱撒娇又活泼的湘湘,而不是严肃冷酷无情的妖姬女王……

墅真见他低头沉思,脸上的忧愁溢于言表,担忧地问道:"殿下?玄月殿下,你在想什么呢？既然你爱公主，为什么不将心里的想法告诉她呢？"说到这里，他的心里为之一震，竟然有种心如刀割的感觉，为什么呢？他自己也不明白，只是希望玄月可以给妖姬幸福，仅此而已吗？还是因为他也爱上了妖姬，有些吃醋了？

玄月回过神，急忙掩饰自己的不安，吞吞吐吐地搪塞道："我没想什么，什么也没想！"

……

第五十二章　宫廷礼仪学习

第二天，天还没亮，公鸡也没打鸣，我就被红叶和那一大群的赤鹜吵醒，极不情愿地起床，开始了第一天的宫廷礼仪学习。（湘湘，万妖国有没有公鸡还不一定呢！也许有鸡妖，但绝非是会打鸣的那种。）

在人类世界不修边幅的我，现在学习宫廷礼仪，真是吃尽了苦头，从最基本的站姿、坐姿开始学习，红叶和赤鹜们轮番上阵为我纠正错误，简直比罚站还辛苦，但是从小到大我就没有罚过站啊，心里直叫委屈，感觉脑袋越来越沉，双腿发麻，腰酸背痛，整个人都东倒西歪起来，学习怎么站、怎么走路就花了一上午的时间，真想装晕倒，一辈子也不要起来了，让我真正地体会到：做人难，做万妖国的女王更难！

"公主，你的头歪了！眼睛应该正视前方！"红叶见我脑袋偏向一边，有气无力地站在那里，像棵歪脖子树似的，继续耐心地教导道，然后双手轻轻托起我的脸面扶正。

我不耐烦地推开她的手，叫苦连天地吼道："天啊，你就饶了我吧！我累了！想休息！"说完，一屁股坐在地毯上，一点也不顾及形象地倒个"大"字在那里，继而闭上双眼，眼不见为净。

红叶和赤鹫们紧张地跑过来，急忙扶起我，红叶不高兴地严肃说道："公主，即便是累了也不应该躺在地上，身为一国之君，怎么能做出……"

"好了，你烦不烦啊？玄月，我要玄月！玄月不在这里，我就不学了，什么烂规矩嘛，不能这样，不能那样，那做女王还有什么意思，我不做了！"我负气站了起来，打断她的话，拍拍屁股准备走人，却被前面的两名赤鹫拦住去路。

红叶威严地教训道："妖姬公主，这可不是你说不做，就可以不做的事情！只要你还活在这个世界上一天，你就是万妖国王族一脉相承的女王陛下！我说过，在你还没有学会宫廷礼仪、理解什么是为君之道、如何处理万妖国国事之前，你就不能去见玄月殿下！作为公主的师仪，红叶有权阻止公主！"

我转过身，愤愤地望着她，气得怒火直涌上来，又不知道该说些什么，咬牙切齿道："好！算你厉害！不就是罚站吗？有什么了不起！站有站相，坐有坐相是吧，这个还难不到我！站如松、坐如钟、行如风，这些道理我都懂，用不着你来教！"

红叶没有听懂我最后一句话的意思，心里有些纳闷，但多少还是明白我不服她，态度突然180度转变，笑脸迎人地说道："妖姬公主，站是作为一个女王最基本的礼仪，应该有至高无上的威信与庄重，请不要无视它的重要性。万妖国的礼仪起源于中国，虽然万妖国与中国定立了契约关系，但为了更好地了解中国，友好共存下去，作为女王就应该以身作则，学习中国的宫廷礼仪，公主在中国生活了二十年，想必这些礼仪应该难不倒公主才对。"

我惊异地瞪大眼睛，一脸郁闷地问道："你刚才说什么？这些礼仪是从人类世界那里学来的吗？"我还以为是从万妖国传入中国的呢。（湘湘，中国可是礼仪之邦啊！亏你还是专修文学的，丢人啊！）

红叶妩媚一笑，徐徐说道："看来公主还没有弄清楚自己的国家，是个什么样的国家吧？万妖国，从字面上就很容易理解，就是妖魔生活的地方。妖魔没有人性，当然要学习中国的礼仪。这里所有的臣民都是妖魔、精灵、神，当然公主与玄月殿下也是。"

"胡说,我是人类!"我极为心虚地辩解道,"我是人类……是人类……我是人类!"声音一次比一次小,一次比一次没有信心。

红叶缓步来到我的面前,仔细地打量我的脸,七分认真,三分嘲弄地说道:"嗯,从外表来看,确实很像人类,不过万妖国的女王都被真魔王赋予了人类姿态,隐藏了真身,一旦使用女王的魔力时,你真正的姿态就会显露出来。真魔王的真身是凤凰,犬神的真身是狗,那么公主的真身只有这两种可能。还有,在万妖国,魔力强大的妖魔和精灵,也能修炼成人类的姿态,想必这点公主已经相当清楚了吧?"

"你是什么意思?"我不解地望着她,为什么我的真身一定是凤凰或是狗不可?这其中有什么联系吗?

红叶自以为是地说道:"公主在中国没有听说过吗?妖精经过千百年的修炼成人,《白蛇传》总知道吧!在中国的那些妖魔,都是从万妖国送出去的。"

"你是说中国的那些妖魔全是万妖国送出去的?为什么要这么做?"我求知若渴追问道,也是因为心里好奇,原来那些鬼神之说都是真的,是万妖国搞的鬼啊!要是我真的做了女王,就绝对不允许他们再跑到中国去。

红叶见我求知欲高涨,想要吊吊我的胃口,漫不经心地说道:"当然要这么做,这也是以后你处理的国家事务之一!"

"什么?我不明白!红叶,为什么?快告诉我啊!把万妖国的妖魔送到中国去到底有什么目的,是想让人类感到恐惧吗?还是万妖国想要占领人类世界?"我紧张而又着急地问道,瞪大眼睛,直直地瞪着她,好像要把她所知道的事情全部看穿一样,然而她的眼神却是深不见底,那么高深莫测。

红叶露出耐人寻味的微笑,不慌不忙地说道:"公主的站姿就练到这里吧,想必公主是真的很累了,而且也到用午膳的时候了!"然后对身边一赤鹜命令道:"通知炘膳殿准备公主的午膳,送到鎏璧宫的逸心殿!"(PS:炘 xīn 膳 shàn 殿,是王宫的厨房,逸心殿是女王休息和用膳的地方。)

赤鹜领命,躬身施礼告退。红叶想要以用膳之名避开我的问题,我可不是那种随便就可以打发掉的。不给我答案,我就一直纠缠到底。一把抓住她的衣袖,撒娇说道:"你还没有告诉我,为什么把万妖国的妖魔送到中国是女王该做的事。"

红叶继续保持微笑,总让我觉得她的笑容很奸,好像隐含某种深意,她彬彬有礼地说道:"公主请随红叶到逸心殿用膳,路上会慢慢告诉公主!"

"不行，你先说了，我们再走！"我不依不饶地说道，站在原地一步也不动，看你把我怎么样。

"公主以为把万妖国的妖魔送到中国是为了引起人类的恐慌，或是满怀野心想要占领人类世界，这些想法都是错的！"红叶徐徐讲解道，"万妖国的妖魔并不都是可怕凶残的，还有象征吉祥、富贵与和平的。万妖国与中国的契约关系早在两万年前就已经订立下来，万妖国根据肄匙公约的约定，如果是太平盛世，人民安居乐业，为君仁厚，善待百姓，那么万妖国的女王就要批准将祥瑞之妖魔送出，造福人类；如果天下战事不断，为君残暴不仁，百姓苦不堪言，那么就有必要改朝换代，这时作为万妖国的女王就要将凶恶之妖魔送出，直到新的明君出现为止，肯定这位明君可以使天下太平，再出面消灭妖魔！公主，你可明白了，这些都是你以后要处理的国家大事。"

我沉吟片刻，喃喃自语道："肄匙公约我有听玄月提过，原来万妖国与中国是这样的关系，难怪会有'国之将亡，必有妖孽'这一说法，现在全都明白了！"突然之间想到什么，满怀祈盼的眼神望着红叶，激动地说，"红叶，现在的中国很太平，人们都安居乐业，是不是不用将凶恶的妖魔送出去呢？"

红叶点了点头，回答道："当然没错！"

我继续问道："那为什么前段时间会有那么多的妖魔跑到中国去，要不是我和玄月及时消灭它们，恐怕人类世界已经变成哀鸿遍野了！"

红叶闻言，秀眉皱紧，轻咬朱唇，心里百般滋味直涌上来，一时语塞，面对我炽热的眼神变得不安起来，片刻之后，强作镇定搪塞道："那是因为四大守护神有两位已经失踪，光之边界变得不稳定而引起的。公主不在王宫，逆魔相国为此也很是头痛，所以三番五次派人去找寻公主下落，现在公主总算是回来了，只要守护神归位，修复光之边界，妖魔们就不会异变而被随意送出去了。"

"玄月也说是妖魔发生了异变才被送出去的，那你知道另外两位守护神去哪里了吗？"问出这个问题，连自己都觉得有些白痴：玄月都不知道的事情，她怎么会知道，就算真的知道，也不会告诉我吧，毕竟她可是逆魔那头的人。

红叶似笑非笑地咧开嘴，一阵汗颜后，吞吞吐吐地说道："四大守护神，我只是知道天龙大人还留在王宫，德贞大人前段时间也失踪了，其他的什么都不知道了！呵呵……公主，你的问题是不是太多了？红叶只是师仪，守护神的事当然只有玄月殿下才清楚啊！公主……还是让红叶陪你去用午膳吧，再耽误下去，怕是菜都凉了！"

"嗯，那好吧！先吃饭！"头一次见她如此心慌，让我肯定了一件事：红叶一定隐瞒了一些真相，或许守护神的失踪与逆魔有关。哼！什么事情都往玄月身上推，知情不报，总有一天，非套出你的口风不可！

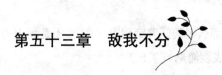

第五十三章　敌我不分

"在玥清宫多住几日吧！不是已经送信去浮玉轩了吗？还着急回去？"玄月一边送曌真出玥清宫，一边挽留道。(PS：在王宫内可以肆无忌惮地使用魔法，飞来飞去的，但是王宫的四大宫门都设有防御魔力的结界，并由四大守护神亲自派兵驻守，所以要出王宫还是只能走着出去。顺便说一下，四大守护神防守宫门的情况，风系守护神鹏综防守梵东门，雷系守护神镥焗防守炜南门，火系守护神德贞防守銮西门，冰雪系守护神天龙防守黍北门。四大守护神走了三个，自然其中的三个宫门便无人守卫，逆魔虽然指派自己的近身侍卫精精队防守四大宫门，但对于一些魔力高强的妖魔形同虚设，不过进来容易出去难，谁也不会笨到自行闯进王宫送死；当然，曌真是个例外。)

曌真踌躇一下，婉言谢绝道："在王宫已经逗留数日，浮玉轩现在就剩下静儿和恬儿两个人，怎么也有些不太放心。再说，妖姬公主这几天一直学习为君之道，都没有时间来这里，也不知近况怎样。不过，玄月殿下都不着急了，我还瞎担心什么呢？我留在王宫又没有什么事做，反而给殿下添了麻烦，逆魔一定会找机会发难，行刺他的罪名不可能就此抹去的，到时也会让殿下与公主为难，倒不如回到浮玉山，享受自在。"

玄月仰天沉默良久，像是想到了什么，眉宇间掠过一丝阴霾，很快消失无踪，他回过神来，也不想再多说些无意义的话，淡然说道："既然这样，我也不再强留了！守护飞雪针的重任……"

"你放心吧，殿下！我会用自己的命保护好它，不会再让其落入他人之手！"墨真很激动地接过玄月的话，心里有种说不出的愧疚感，守护飞雪针不再只是一种责任，更多的是对妖姬公主的承诺。

两人很快便来到梵东门前，墨真见玄月有些心神不宁，以为是为离别感伤，拍着他的肩膀安慰道："我们精灵习惯了无拘无束的生活，在王宫只是守宫规就已经让我吃不消了。殿下如果有闲心，请和妖姬公主一起来浮玉山做客……"。

话还未说完，天空突然落下无数雪花，墨真本能地抬头仰望天空，正纳闷春天怎会下雪，一道森寒的白光伴随漫天飞舞的雪花，闪电般地直冲下来，眼看就要刺中他的脸面，他迅速反应过来，飞身向后退出，白光紧追不舍。凭直觉，墨真知道那是一把锋利无比的剑，持剑之人更是剑中高手，而这种场景让他联想到数日前在浮玉山与守护神天龙打斗的情景，也是漫天雪舞，风流凛冽刺骨，手无寸铁又无半点心理准备的他，急于应付，避开对方不留余地又毫不犹豫的强势攻击，渐渐有些吃力。（PS：精灵并不能像妖魔和犬神那样使用魔力幻化出兵器，只能使用冷兵器。断玉剑留在了浮玉轩，所以这方面墨真就有些吃亏了。）

玄月惊见突如其来的刺杀，从攻击力以及使用的兵器，很快便判断出是守护神天龙，眼见两人缠斗在一起，却没打算直接出手相助或阻止任何一方，心想天龙应该会听自己的命令，于是大声喊道："天龙，住手！别再打了！"

天龙哪里听得进去。半个时辰之前，逆魔召见天龙，告诉他浮玉山的精灵墨真因行刺他的行动失败，逃往玥清宫，恐怕会对玄月殿下不利，命令他立刻到玥清宫保护。天龙在玥清宫找不到玄月的身影，就对逆魔的话信以为真，担心玄月出了事，在王宫各处心急如焚地寻找，终于在梵东门找到玄月，却见墨真单手搭在玄月肩上，误以为有危险，所以武断地对墨真动了手，一心只想着怎样除去这个危险，对其他事都充耳不闻。

两人的打斗进一步升温，从地面打到了天上，刀光剑影中搅得天昏地暗，鬼哭狼嚎。天龙根本就不知道浮玉山的精灵与犬神之间到底有什么联系，被逆魔灌输的一些思想所蒙蔽，只是单纯地认为墨真是来行刺逆魔相国、绑架妖姬公主、行刺玄月殿下的侵魔，必须除之而后快。墨真与天龙打斗的同时，当然已经辨明了对方的身份，可是无论他说什么，天龙都没有停止攻击他的念头，反而越发加剧了要杀他的决心。

眼见此景，玄月哪还耐得住性子好言劝解，正打算冲过去用武力分开他们的时候，殊不知另一个危险已经向他接近。花丛中有什么东西闪电般移动过来，穿行速度根本无法用肉眼捕捉，从一时分神的玄月脚边掠过，几秒钟内便消失得无影无踪。玄月突然觉得小腿被什么东西刺了一下，以为是自己担心墨真引起神经太过紧张，没有在意，可是当他飞到半空中时，魔力迅速消失，来不及反应便坠落在地，全身一阵抽搐，脸色苍白如纸，顿时醒悟过来：原来自己中了黑溪边血毒，魔力失去了大半，其中还混有蛇毒，加速了毒性的发作，恐怕几天都难以恢复。这才回想起刚才咬他的就是万妖国爬行速度最快的肥遗，只有这种魔物才不会受到黑溪边血的影响，所以他的毒牙中可以掺入黑溪边血去攻击敌人。

天龙虽然全神贯注、不留余力地对付墨真，但第一个发现玄月受伤的却是他，暗想定是墨真对玄月做了什么手脚，更是气愤不已，竟然使出御龙神剑的绝招——雪龙碎天。漫天飞雪旋转狂舞汇集到剑尖，以剑尖为中心形成龙卷风，一条冰龙呼啸着腾空出世，眼睛腥红如血，锋利如剑的龙牙，充满了暴戾与狂性，在墨真面前杀气腾腾地叫嚣，紧接着舞动龙躯凶猛地冲刺过去。

墨真感觉到前所未有的杀气直逼而来，震慑灵魂深处，全身竟然不能动弹，眼睁睁地看着冰龙划破整个天际，将蓝色的天空染成一片雪白，以万军不挡之势来结束他的生命。正当千钧一发之时，玄月用体内仅剩的余力，从心脏中抽出一张紫色灵符，用微弱的声音喊出言念："犬神敕令，裂破！"紫色灵符眨眼间从玄月手中消失，再出现时已经贴在冰龙的龙角上，散发出紫色烟雾，冰龙发出一声撕心裂肺的吼叫，化成点点雪花消失在空中。

天龙顿时惊怔在原地，不解地望向玄月，而玄月脸上浮现出一丝轻松，随即陷入昏迷，不省人事。雪龙消失之后，墨真感觉身体又可以行动了，于是紧张地飞奔到玄月面前，焦急不安地将他搂入怀中，急声呼喊道："玄月殿下，殿下？玄月殿下！"

天龙落在曌真身旁,杀气丝毫未退,峻冷的脸上隐藏不住一丝自责,将所有的愤怒发在曌真身上,厉声问道:"你为什么要对玄月殿下下毒手?"

曌真愣怔一下,被莫名其妙地扣上莫须有的罪名,继而无奈地苦笑一声,略带讽刺反问道:"如果是我对玄月殿下下了毒手,那为何他要在你杀我的关键时刻救我?不知是曌真对天龙大人做错了什么,令大人如此厌恶曌真,栽赃嫁祸,非置我于死地不可!"

天龙闻言,虽知自己有欠思索,却毫不退步地继续质问道:"如果不是你做的,那为什么殿下会魔力尽失,中毒昏迷?"

曌真瞪大眼睛,伸手探向玄月的心脏,证实天龙所讲非虚,玄月确实中毒失去了魔力,但却不知是什么毒可以让万妖国的犬神失去魔力,难道这世上还有除飞雪针以外的兵器可以使犬神受伤?作为封闭在浮玉山的精灵,知道的实在是太少了!想到这里,他抬眼望向天龙严厉的眼神,挺直胸膛证明心中无愧于天地,正色道:"我并不是想推脱罪责,只是我怀疑,在我们打斗的时候,有人趁殿下分心下此毒手,而这个人有可能是教唆你来这里的人!"

"胡说,如果真是他,玄月殿下不可能察觉不到!"天龙冷冰冰地反驳道,心中坚信逆魔相国想不动声色地对玄月下毒是不可能的,更何况他一直都有注意玄月,这使他对曌真的说辞更为恼火。

曌真并不理会他的生气,刚才只是试探说有人唆使,看来可以确定真有其人,继续振振有词地推理道:"或许并不是魔力很强的妖魔,不太容易感应他的气息,玄月殿下一直都在劝你住手,根本没有洞察对方敌意的时间。如果真要追究起来,你也有帮凶的嫌疑!"

"你说什么?"天龙被曌真的言语彻底激怒了,再也无法容忍下去,这是何等的侮辱和污蔑,变得气急暴躁起来,脸色铁青地吼道,"把殿下放开!先是行刺相国,绑架公主,现在又想绑架犬神,你浮玉山的精灵果然是想造反,相国派兵剿灭你们也并无过错!"

曌真闻言震怒,气得全身颤抖不止,这无疑掀开了他内心最深最痛的伤疤,眼神中透出一股浓重的杀气,咬牙切齿道:"逆魔灭我精灵一族,总有一天,我会向他讨回这笔血债!大人既然不信任曌真,那曌真也没有理由相信大人,在事情未水落石出之前,曌真绝对不会将殿下交于大人!"说完,双手下意识地紧了紧,把玄月稳稳地搂在怀里,缓缓站起身来,向后退出一步。

天龙不再多做口舌之辩,脑海中只有一念头:以武力解决。他立刻幻化出御龙神剑,向曌真右手臂直刺过去。曌真这次有了心理准备,眼疾手快避开一击,飞身闪避到空中,作为精灵,虽然没有很强的攻击性,但是防御却是一流的。不知是故意斗气,还是想让天龙冷静下来,与天龙玩起了猫捉老鼠,老鼠玩猫的游戏。

第五十四章　搅乱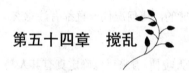

　　你追我逐两个多小时之后,仍未能分出胜负,半空中突然杀出一个蓝色身影,手持一把金光闪闪的追月剑,加入抢夺玄月的行列,这个人就是深爱着玄月的德贤。自从伤势复元之后,德贤一直在见与不见玄月的二选一题中挣扎,妖姬公主的两次救命之恩与爱恋玄月之情互相矛盾,困扰着他日夜不得安宁,最后还是决定见玄月一面,把心里的话全部告诉他,自己选择,倒不如让玄月选择来得轻松。也许是自己太自私了吧,总是把最艰难的决定交给玄月,就算遭到拒绝,也比关系不明来得干脆,说不定可以趁早死了这条心,当然命也可以不要了。

　　二对一,而且还是两个攻击力极强的对付一个只善于防御的曌真,使他更加吃力了许多,摆明了恃强凌弱,令他极为反感,略带嘲讽地说道:"没想到天龙大人还有帮手!"

　　德贤的追月剑立时扫出一片金色剑芒,差点儿就可以从曌真手中夺回玄月,只是对方身手极为敏捷,还带几分侥幸地避开了。其实德贤心里根本就没有打算要和天龙站在同一战线,他当然也知道墨真和妖姬公主是友非敌,然而就冲着他一直紧紧地抱着没有知觉的玄月,分明是种让人误会的暧昧关系,吃了一大缸子醋的他,哪还有心思理会发生了什么事,反正心里无法容忍别人抱着他的玄月就是了。他已然失去理智,剑尖遥指墨真脸面,气急败坏地吼道:"把玄月还给我!快把玄月还给我!"

墨真见他气得脸红脖子粗,而且在他妒恨的眼底深处,分明写着抢了他的心上人一般,心里不由好笑:有着两性体质的天鹿德贤爱上了犬神玄月,触犯万妖国的禁忌,就算是两情相悦,这种恋爱也没有幸福可言,更没有未来,剩下的只有绝望与痛苦,想想自己对妖姬公主的爱,不正是如出一辙吗?想到这里,他幽怨地叹息一声,倒吸一口凉气,正想说些什么,突然在天龙的攻击中醒过神来,也不知道自己是出于同情德贤,还是自己无心恋战下去,双手用力向德贤身前一抛,开口笑说道:"玄月殿下还是交给你吧,麻烦告诉殿下一声,墨真回浮玉山了!"说完,避开天龙刺过来的御龙神剑,转身直奔梵东门,扬长而去。

德贤眼见墨真将玄月丢给他,顿时吓得脸色大变,不知所措地接住玄月,虚惊出一身冷汗,看着怀中的人儿安然无恙,悬着的心终于放了下来,定定地站在半空中。

墨真突如其来的举动更是让天龙的反应迟钝了,木讷地站在原地,一时还没弄明白他为何如此轻易地将玄月交给了德贤,而自己与他则苦苦纠缠打斗那么久,手中的御龙神剑突然失去目标而停在半空,用剑气凝聚的雪花也因他的愣神而减少了许多。等他回过神的时候,墨真已然消失在梵东门外。

"到底是出什么事了?"跟在德贤身后匆匆赶来的还有德贞和白魇,两人一直站在梵东门不远处面面相觑,暗想这又是演的哪出戏啊?刚进宫门便碰到这种莫名其妙的事。德贞听闻德贤要到王宫找玄月,心里担心会与妖姬公主发生冲突,借说自己身为守护神,公主回到王宫,也应该担负起保护公主的责任,而白魇早就对德贞寸步不离,德贞要回王宫,他哪里还会待在自己的地方忍受相思之苦,所以死皮赖脸地跟了过来。

德贤一脸困惑地摇了摇头,他只是冲着玄月而失去理智闯进战局的,三人质问的目光同时落在天龙身上。天龙并没有理会他们灼热的眼神,将御龙神剑收好,平静地说道:"玄月殿下中毒失去了魔力,我要先去通知妖姬公主。德贤,你和德贞一起送玄月殿下回玥清宫,虽然犬神有自我恢复的能力,但也需要时间静养才行。"

德贤闻言色变,望着怀中的玄月,着急而紧张地追问道:"玄月究竟中了什么毒?我不相信墼真有能力对玄月下手,而且明知用毒是杀不了玄月的。他是浮玉山的精灵,有飞……"突然间惊觉自己差点儿说漏了嘴,把后面的话强行咽了回去,改口问了一句自己都觉得很欠揍的话:"妖姬公主还不知道吗?"德贤心里当然知道,如果浮玉山的精灵要杀玄月,根本就不需要下毒,用飞雪针即可,所以他才会这么肯定此事与墼真无关。

天龙一脸茫然,万妖国所有的妖魔都知道,犬神除非自杀,否则没有人可以杀得了犬神,最多只能控制他几天的行动,根本就是得不偿失的事情。他淡然回答道:"公主还不知道,她一直在鎏璺宫学习,未出鎏璺宫半步!事不宜迟,我先去禀报了!"说完,飞身向鎏璺宫的方向而去。

一个可怕的念头在德贤的脑海中飞快地浮现出来:有人从中挑拨离间,想借墼真之手杀了玄月,难道是逆魔?他用力地摇了摇头,尽量让自己不往这方面想,因为他越想,情绪就越难控制,生怕对失去知觉的玄月造成什么影响,于是带着玄月回到了地面。他走到德贞面前止步,沉思片刻,微微皱眉,像是有难言的痛苦从眉宇间散开,影响到整张面容,看起来甚为憔悴哀怨。他将玄月小心翼翼地递给德贞,压低声音说道:"还是你带玄月回玥清宫吧,我……不太方便……见……见妖姬公主!"其实并不是不太方便,而是在王宫里,妖姬竟然没能保护好玄月,让他受了伤。如果真和妖姬见了面,说不定会忍不住将怒火发泄在她的身上。

听到德贤说出这番话,虽然知道他心里很痛苦,但总算让德贞松了口气,同情和安慰的目光落在他的眼中,让他偏移了自己的视线。德贞正准备接过玄月,白虎立刻献殷勤抢先一步接过玄月,并不是争功好强,只是不想让心爱的人累着,笑盈盈地说道:"玄月殿下交给我好了,我会稳稳当当地把他送回寝宫!德贤你放心,我会帮你好好照顾他的!"

德贞担心德贤误会白虎话里的意思,不悦地骂道:"谁要你照顾?这王宫里还少了伺候的人吗?"接着对德贤安慰道:"德贤,你先回旄南山,如果玄月醒了、没事了,我会书信告诉你的。"他下意识地贴近德贤的耳边,小声提醒道:"如果你真的为了玄月好,你就应该放弃!妖姬公主是很会吃醋的!你要知道,两万多年来,没有一个女王可以容忍犬神身边还有其他人存在,玄月既然已经是犬神,你与他

驱魔犬

之间的那段感情就不复存在了，放了吧！"

白虒眼见两人说着悄悄话，好奇地想偷听，刚要凑近，突然被德贞一个转身，怒目圆瞪的神色吓得退回几步，站得远远的。

德贤心里一阵翻江倒海般难受，什么话也没有说，眼神却阴冷得可怕，这个道理他比任何人都明白，也想得透彻，可是他无法控制住自己的情感。这样的提醒出自亲弟弟口中，多少有种凄凉的感觉，谁也没有资格叫他放弃，就连妖姬公主也不能。他毅然地转过身，背对着德贞，冷冷地丢出一句话："德贞，你管的闲事太多了，管好你自己吧！"说完，斜瞟了一眼不远处的白虒，恋恋不舍地祝福一句：玄月珍重！一个纵身，往炜南门方向飞去。

德贞暗自叹了口气，神色黯然，明明最了解德贤的性格，却多此一举地想要说服他，是不是有点儿吃力不讨好呢？

白虒见德贞阴沉下脸，急忙上前体贴道："怎么了？刚才你对他说了什么？是不是他惹你生气了，我替你教训他！"

"不用了，我没事！"德贞扬起笑脸，眼中带点儿戏谑，淡然回答道，"我们还是先送玄月殿下回寝宫吧，万一妖姬公主提前一步赶到，她又要着急了！"

……

谛谖宫的候议殿，是朝中大臣上朝前休息的偏殿，平时很少使用，也少有侍卫把守。在其中的一间书房里，逆魔心不在焉地批阅着几份奏章。来这里的时候，他已经命令所有的妖魔大军撤出候议殿，也不让类儿和赤鹙随身伺候。这样诡异的气氛，很容易让人联想到他有不可告人的事情会在这里进行。

大概一个小时后，一条青蛇无声无息地爬了进来，在逆魔批阅奏章的大理石桌前停下，然后卸下伪装，露出六只脚和四只翅膀，飞到刚好与大理石桌面平行的位置，高仰起头，吐着鲜红的芯子，两只碧绿的眼睛注视着逆魔，似乎在等候差遣一般。

逆魔并没有抬头看他，右手轻轻一挥，大门应声关上，一边看着奏章的内容，一边漫不经心地问道："肥遗，事情办得怎么样了？"

肥遗恭敬而又惧怕地回答道："奴才已经按照相国的吩咐，将自己的毒牙抹上了黑溪边血。事情办得很顺利，玄月殿下并没有察觉到是我下的手。相国英明神武！万岁，万万岁！"最后还不忘拍马屁。

逆魔嘴角露出一个阴险得意的笑容，暗暗自负：玄月是只要一遇到朋友有难，自己就会乱了方寸的人。利用天龙去刺杀墨真,他自身的防御就会降到最低,这个时候对他下手简直就是轻而易举!玄月,好好看着我的一箭三雕之计是如何发挥作用吧!

他沉默良久,回过神问道:"天龙有没有杀了墨真?"

"没有,本来有一个很好的机会可以杀了他,只是玄月殿下出手阻止了!"肥遗小心谨慎地回答道,心里隐隐有些害怕起来。

"没有?玄月居然还有力气阻止,呵呵!"逆魔脸色一沉,继而冷笑一声,有股无形的杀气在空气中蔓延,吓得肥遗从半空中掉下,整个身体紧贴在地面,瑟瑟发抖。

"后来呢?"逆魔阴冷的语气追问道。肥遗哆嗦了半天,口齿不清地说道:"后来……后来德贤和德贞大人赶到,墨真……墨真把昏迷的玄月殿下交给德贤……就趁机逃走了……还……还有就是……"

"还有是什么?"逆魔嫌他说话太慢,脾气暴躁地吼道。

"是座……座邦山的白虒也……也跟着一起来了!"肥遗吓得魂不附体地回答道,全身扭曲得没有蛇样。

逆魔眼中透出一道精光,意味深长地冷笑道:"是吗?他也来了!"话音未落,突然一道黑光落在肥遗身上,肥遗来不及痛呼出声,瞪大难以置信的眼睛,怨恨又绝望的目光对上逆魔理所当然的清冷眼神,瞬间化成荧光消失在空气中。

逆魔右手一松,手中的燃风剑消失无踪,自言自语又像是回答肥遗最后的困惑:"你应该明白,为我做了事的妖魔都不会留下活口!"

……

第五十五章　魔兽之血

　　我累得趴在一张翡翠玉案上，双手无力地拖着沉重无比的脑袋，虽然翡翠玉案有丝丝凉意透过皮肤渗透到心里，却不能缓解这颗脑袋的疼痛欲裂，耳边萦绕着红叶那滔滔不绝的为君之道，无奈地看着红叶在我面前板着脸，身姿摇曳地踱着方步，时刻都是魅力无穷、精神焕发的样子。整整十天，除了睡觉，红叶一直都在我的面前讲述万妖国的历史，女王所担负的国之重任，学习宫廷礼仪、识字书写、批阅奏章……不禁感叹：她怎么有那么好的精神啊？她说话不累，我听得都累了。红叶虽说是逆魔那个臭鸡蛋的人，却是教导有方，我也在短短的十天里有了不少收获，了解认识到万妖国的很多事情，也不再错字百出，做出让妖魔们啼笑皆非的事情了，只是我那大大咧咧、爱啰唆的脾气还是一点也没改变。

　　红叶发现我又在开小差，干咳两声，一脸阴沉地瞪着我。我慌乱地回过神，为了表示自己认真听讲，心虚地随口问道："红叶，你刚才提到的座厘山，真的有很凶猛的魔兽吗？叫什么来的，我又忘记了！"

　　红叶嘴角轻轻勾起一个媚笑的弧度，让我不禁浑身一颤，僵直了身体，冲她摆出一个求饶的笑脸，天知道她又会用什么方法折磨我呢？这段时间以来，只要我说错一句话，写错一个字，她都会变着方法处罚我，比如说让我吃一些看上去好看,吃起来直想吐,甚至出现身体麻痹的水果,教育我外表好看的东西说不定是有毒的,害得我把肠子都悔青了;又比如说让我做一个高难度动作几个时辰,说是锻炼我的体力;还故意找一些凶猛的魔兽让我对付,说是强化我的魔力……所以,在她冠冕堂皇的理由之下,我很难以任何罪名治她的罪,自己却被她整得惨兮兮的,还得哑巴吃黄连,有苦说不出。

"公主,微臣记得讲解座厘山是昨天的事情,怎么今天就忘记了?"红叶笑得特别甜,美如桃花盛开一般,而我却感觉她的笑容像一把尖刀架在我的脖子上,凉意袭上心头,吞了吞口水,硬着头皮死撑,傻笑道:"你也知道我的记性特别差嘛!呵呵!红叶,多说一遍也无妨啊!让我温习一遍,我会记得更久些!"

"不知公主所说的更久些是多久呢?"红叶一步步向我逼近,让我有种泰山压顶的感觉,盈盈地笑道,"公主,微臣有个治记性差的偏方,想不想试试呢?"

我慌乱地站起来,本能地向后退几步,直到后背抵在了墙上,哆哆嗦嗦阻止道:"不——不用了!谢谢红叶的好意!你——你别再靠过——过来啦!站在原地,红叶,别再动啦,我——我有点过敏了!"说到过敏,真的起了一身的鸡皮疙瘩,她该不会又想拿我来试毒吧!

红叶终于在离我只有两步距离的时候,停下了脚步。我以为她放弃玩我的念头,刚想松口气,突然她右手一抬,死死地抓住我的手臂,看似温柔的安抚,实际上力度大得惊人,像要废掉这条手臂一般,火辣辣的疼。

她若无其事地笑说道:"公主,皮肤过敏了吗?微臣为你上药如何?"

"痛!"我忍不住痛呼一声,想要甩开她的手,却是无能为力,委屈的眼泪溢满眼眶。

"什么?"红叶下意识地加重了力度,脸上的笑容依然灿烂无比。

我感觉手臂的血肉连同骨头都快要一起碎掉,却不敢再喊痛,咬紧牙关硬生生地承受,眼泪瞬间滑落下来,疼得连站也站不稳了。心里恨恨地想:死红叶,下次一定加百倍还给你!

她好似能读懂我的心思,嘴角突然勾起一抹噬血的笑容,杀气瞬间溢出,吓得我连想都不敢想,开口求饶道:"红叶,我一定好好听话,不会走神了!下次不敢了,真的不敢了……"

"妖姬公主,天龙有事求见!"天龙冰冷的声音从外面传来。红叶立即松手退站在一旁,恢复她应有的高贵气质,正色道:"不用进来,站在外面禀报就行!"

天龙的出现简直就像我的救命稻草一般，只可惜红叶在担任师仪期间，权力比我这个公主还大，自然而然地成为王宫中位高权重之人，所有妖魔都要听从她的命令，所以我才会这么窝囊，忍气吞声了。好在天龙出现及时，稍稍扭转了一下局势，至少让红叶松了手，不然我这条手臂就真的断送在她手上了。

天龙微微一愣，心里顿生疑惑，却没有坚持，尽量用平静的语气禀告道："玄——玄月殿下中毒受了伤……"

一听玄月受伤，我百米冲刺般推开大门，着急地打断他的话："你说玄月受伤了？他在哪里？快带我去！"

天龙知道我性急，简单说出四个字："在玥清宫！"随即恭敬地伸出右手，在抓住我手腕的同时，我已随他飞到了半空中，径直向玥清宫奔去。

不到一分钟的时间，我已然从红叶面前消失，她大为震怒，一时冲动想追上来阻止我与玄月见面，转念间又想到什么，脸上浮现出意味深长的笑容，右手自恋似的轻轻抚摸一下粉嫩如水的脸颊，缓缓滑向轻柔的发丝直至发梢，放射出勾魂夺魄的光芒，化作一条粉色缎带在塗璧宫上空飘过，瞬间消失了踪影。

"玄月，玄月！"我一边急呼，一边横冲直撞地闯进玥清宫的逸安殿。还好，一路上并没有什么妖魔敢拦路，不然真不知道自己会做出什么狠事来。后来才知道，德贞送玄月过来的时候，担心玥清宫会变成我发泄的炼狱，故意遣散守护这里的妖魔侍卫。我有他们想象的那么可怕吗？真是的！我可是个女孩子啊！

人未到，声先到，守在玄月身旁的德贞和白虎听闻我的声音，急忙一同上前迎驾，两人还来不及施礼，我已经目中无人地从他们身边掠过，直奔玄月躺着的碧玉软床而去。

第一次在这里见他也是这样躺着，双目紧闭，无声无息，脸色苍白却如水般平静，那种如钝刀剜肉的痛楚再一次袭遍全身，让我生不如死。我不停地暗示自己：玄月对我说过，他只是在疗伤，只是为了解毒，暂时进入休眠而已！会好起来的，一定会好起来的，玄月是犬神，除非是自杀，否则是死不了的……

天龙和白虎静静地站在我的身后，两人出乎意料地心意相通，他们都知道，现在无论他们说什么，我都听不进去，甚至有可能会激怒我，找人出气。德贞的温柔却不容他袖手旁观，上前两步，刚要启齿说些安慰的话，突然被白虎捂住了嘴巴，在他耳边低沉地说道："如果不想公主伤心难过，进而发脾气连累别人，最好什么也不要说！"

德贞惊怔了一下，看见我身上因情绪失控而开始溢出的强大魔力，周围弥漫的杀气越来越凝重，瞬间明白过来，冲白虓点了点头示意他松手，白虓这才松手放开他。

一个念头先入为主占据所有思绪，在王宫中能伤得了玄月的只有逆魔，一边用红叶将我困在堻璧宫学习，一边设计伤害玄月，逆魔这个臭鸡蛋果然歹毒，上次放过他真是后悔莫及，这次等同于自己给了他伤害玄月的机会。如果不想个一劳永逸的方法除掉他，说不定玄月还会受伤，口口声声说要保护玄月，两次都没有保护好他，如何与德贤竞争？做了万妖国公主又能怎样？连一个相国都对付不了！

我强行压住快要爆发的怒火，一个转身，坐在玄月的床边，轻轻托起他的左手，因为只有这样才能平缓内心的狂躁与不安，还有那久久不能释怀的悔恨。下意识地咬紧嘴唇，一股带着咸腥的味道流入口中，脸上的森冷表情让在场的三人心中一震。

德贞再也不忍看我自虐，猛然跪倒在我的面前，甘冒被我训斥甚至会被用来发泄的危险，沉声说道："妖姬公主，请不必担心，玄月殿下很快就会恢复的！"

我深深地吸了口气，似有千斤重担压在身上喘不过气，一字一顿地问道："知道玄月中的是什么毒吗？"

三人互视对方一眼，茫然地摇了摇头。白虓虽然心疼德贞跪在地上，却不敢擅自将他拉起来，只有凭着自己的推理将妖姬公主的注意吸引过去，免除她一时生气对他造成的危险。他上前两步，站在与德贞平行的一条直线上，分析说道："我与德贞刚才仔细地为玄月殿下检查过，中毒并非植物，而是某种魔兽的血。"

"魔兽的血？"我狐疑地望着他，沉吟片刻反问道，"你是说玄月是被有毒之魔兽咬伤的吗？据我所知，万妖国有毒的魔兽不下一千种，但是能致伤犬神的却是屈指可数，而且都生活在离王宫最远的几座山上，何况四座宫门均设有防御结界，它们不可能会出现在王宫中啊！"

咬伤？脑海中飞快掠过一个念头，我急忙利落地脱掉玄月的上衣，检查有无咬伤的痕迹，忽略了身后还站着德贞三人。

天龙脸色大变，急忙尴尬地转过身，紧紧地闭上双眼，装作什么事也没发生一样，如果不是没有公主的同意，现在恨不得逃命似的离开，这个时候，最好还是装聋作哑的好。

德贞也慌了手脚，手足无措地低垂下头趴在地上，突然想起忽略了什么，急忙抬手将眼睛瞪得大大的白麂按在地上,尽全力地压住他的头,迫使他的鼻尖碰地。白麂当然没想到我的胆子竟然这么大,当着他们的面也能做出欢交之事,正想好好欣赏一番,却被德贞强压在地上,心有不甘地小声埋怨道:"德贞,干什么呢?"

德贞的话虽然小得细不可闻,却让我听得真切,心里一惊,顿时羞得脸色绯红,停止向玄月下身探去的动作,不禁暗骂:真该死,一时着急,把男女有别给忘了!我僵硬地转过身,对着跪趴在地上的德贞满脸惭愧又尴尬地笑,脸部抽筋似的,不好意思地说道:"德贞,麻烦你帮我检查一下玄月身上有无咬伤的地方!"

……

第五十六章 杀念

"呃?"德贞失声惊异,大着胆子抬起头望着我,错愕的表情令我哭笑不得,八成他想到其他地方去了吧。转眼看向另外两人,这才发觉自己刚才的举动有多白痴,这种令人难堪的气氛,使我的心不由得突兀乱跳。为掩饰内心的羞恼,急忙上前抓住德贞的衣襟,用力将他拖过来,推到玄月的床边,乱发脾气说道:"你倒是动作快点儿啊,如果真是咬伤,应该可以从伤痕上找出一些蛛丝马迹吧!"

德贞全身僵硬地杵在那里,一动也不动,望着玄月赤裸半身,脸上泛起一片红晕,不知如何是好,索性闭上双眼。

"喂，德贞，你搞什么啊？我让你帮我查看玄月的伤口，你闭眼干什么？又不是女人！还害什么羞啊！"我极为不满地说道，心里只着急玄月的伤势，竟然没有脸红。

正当德贞左右为难之时，白虎不以为然地站了起来。虽然在座邦山称王称霸，但为了更多地了解德贞，他对王宫所有的一切都了如指掌，自然明白德贞此时的心情，略带戏谑地说道："原来如此！公主以为从伤口的大小就可以判断出是什么妖魔或是魔兽所为。那么，知道了又怎样？找出解药吗？玄月殿下只是暂时的晕迷，有解药和没有解药，对于殿下来说只是苏醒的早晚问题。"

"不能怎样，我只是想知道，到底是谁想要伤害玄月，我绝不饶他！"我愤愤地顶撞道，眼中透出一股浓重的杀气。

白虎闻言大笑："哈哈哈……我还以为公主有什么高见，也不外乎是以牙还牙的本事！"

天龙这才发觉事情并没有往他想的方向发展，暗自松了口气，回过身面对我与白虎，却不经意地看见玄月衣衫不整，急忙转移视线，落在我的身上，又觉得不妥，最后只好低头紧盯着脚边的地毯。

"笑什么，很好笑吗？"我不服气地瞪他一眼，振振有词地说道，"在万妖国，不是以魔力来说话吗？不敬我者杀，这是万妖国女王做王的准则！如果不用武力树立威信，妖魔们还有谁会服我？"对于我来说思想真的很单纯，谁对我好，我就对谁好；谁对我不好，或是动了我喜欢的人，我就会跟他玩命。当然也有例外，逆魔一直还能活到现在，真是很无奈啊！不过，不是不杀，而是时候未到，就让他多活几天。

白虎眼中掠过一丝惊怔，不久前还只能哭着控诉他杀死了璵兔，什么也做不了的她，什么时候有了做女王的觉悟呢？心中不禁赞赏，脸上却不动声色地说道："说得很漂亮，不过就不知道妖姬公主能不能治理好你的天下！"

"要你管！"我冲他翻个白眼，跟他抬杠只会被他戏耍，才不会如他所愿呢！回头见德贞还是没有动手的意思，不耐烦地催促道："德贞，你倒是快点儿啊！"

天龙闻言惊骇，正欲阻止，却被白虎严肃认真地抢先一步说道："公主，犬神的身体可不是随便碰的，如果是公主自己来，倒是无可厚非。身为臣子，怎么能触犯天威？"

"你的意思是？"我迷惑地望着他，一脸的认真并不像是开玩笑，原来万妖国

驱魔犬

也有君臣之礼，不可逾越和触犯。轻咬嘴唇沉吟片刻，放弃了看玄月伤口的念头，沉声说道："你们都退下去吧！玄月由我一个人照顾好了！"

"是！"三人躬身施礼，恭敬地退出房门，白厩走在最后，很识相地关上房门。

我缓缓地吐了口气，坐在玄月床边，动作温柔地为他穿好宫服，看着他安详如睡的面容，原本搅乱的心竟然也平静下来，也许是内心的暗示起了作用，玄月是犬神，死不了的。

……

在瑜华殿内，一个身影神秘而飞速地在每个房间探过，像是在搜寻着什么重要东西。殿内的侍卫妖魔并没有觉察到他的行踪，自然让他更加肆无忌惮地到处搜索，然而每次的落空，使他的心情郁闷到怒火冲天，恨不得抓个侍卫来问一下，然而他也相当清楚，这件东西绝对不是谁都知道的。

"该死的老东西，到底把它藏到什么地方去了？"他气得不由咒骂出声，心中也动了杀念，浓重的杀气自身上散发出来，凝固了周围的空气，气温也似降低冰点。如果再找不到，那么就将瑜华殿杀个片甲不留，大闹一番后扬长而去，给那老东西提个醒也好。

一道似有若无的气息从远处闪电般逼近，他本能地转过身，魔力集于掌心，追月剑已然握在手中，毫不犹豫地举剑，向逼近的气息凶狠地刺去。眨眼之间，一个黄色身影轻松避开追月剑的强势攻击，在他来不及挥出第二剑的时候，一道森冷的黑光弥漫着死亡气息从他胸口掠过，他惊骇于对方身手敏捷和狠辣，同时飞身退开，反手以追月剑身挡住紧追而来的剑气，"当"的一声兵器碰撞的脆响，剑花四溅飞落，两人向相反方向退出大约十米的距离站定。

他下意识地低头看了一眼，胸口的衣服破了道长长的口子，一抹血痕从雪白的肌肤溢出，却有种说不出的妖艳。幸好闪避及时，只是受点儿皮外伤，根本不影响他再一次的攻击，然而他却没有再动手的打算。双目炯炯有神，冷傲不羁地望着对方，平息刚才紊乱的气息，将追月剑收回身后以示停战，却保持了高度的警惕，声色俱厉地质问道："你把黑溪边藏在哪里了？"

逆魔狡黠地咧开嘴角，似是装疯卖傻，笑脸迎人地说道："德贤，你是不是来错地方了？黑溪边是何等厉害的魔兽，想要困住它谈何容易，怎么会在我瑜华殿？"

德贤冷哼一声，不耐烦地说道："大家都是明白人，你知道我为什么会在你这里找它！早知道你是个贪心的人，当初就不该留它一条命，让你再三利用而伤害到玄月！"

逆魔的脸上并没有一丝情绪的波动，阴险的眼神落在德贤愤怒的眼底，似是大张旗鼓地告诉德贤他今天一定空手而回。心知肚明的事情也懒得拐弯抹角，不以为然地嘲讽说道："那你现在是后悔了？如果我不说呢？你难道还能杀了我不成！你擅自闯入瑜华殿，我完全可以以侵魔之罪将你诛杀，而你并不能在此之前通知玄月或是其他人，何况你不一定杀得了我！万妖国的妖魔死了都是灰飞烟灭，谁也不知道是死还是活，你要不要也试试看！"

"好大的口气！"德贤嗤笑道，身上释放出的杀气未减半分，反而越发浓烈起来，眼中闪过一道锐利的光芒，不轻不重地说道，"黑溪边现在的总数加上留在你这里的一只，一共还有八只，是万妖国最稀有的魔兽。虽然寿命长达万年，但是繁殖率和存活率极低，现在已经有濒临绝种的迹象。它们本身就是很难驯服的魔兽，如果要它们乖乖臣服，就必须以血供养，逐年增加噬血量，相国如果愿意以命保它，那就让它多活几天也无妨。就不知道相国你能养它到什么时候？看你的气色，好像最近很难满足它了吧。万一你不再供血，它要是魔性大发是很难控制的，所以引发的两种后果想必不用我说，相国也应该很清楚吧！我今天来也是想帮相国做件好事而已，既然不领情，我也没辙了！"说到最后，语气中透出一丝无奈，但脸上的神情却是冷然淡漠。

"你！"逆魔强压住快要冲口而出的怒骂，将自己与德贤的距离拉近了几步，见他将追月剑下意识地紧了一下，剑身的杀气登时强盛了数倍，知道先发制人讨不到半分便宜，脸上留有一丝不甘的愠气，装作很感激地说道，"看来还是本相国误会你的好意了！也不劳你费心，我还能处理好它！只不过……"他突然话锋一转，阴冷的目光带些戏谑之意，若有所指地说道，"我看你，还是想想怎么将玄月抢回来，才是你至关重要的事吧！这段时间以来，我一直让红叶压抑着妖姬公主的感情，激发她潜在的血气魔性，万一在你的身上爆发出来，很难想象会发生些什么有趣的事！"

德贤扬起一个阳光般的笑脸，毫不在乎地说道："公主的王者之气并不需要谁去激发，我看相国有些多此一举了！"他转过身，冷淡又似警告地说，"我想相国最好将你身边的黑溪边魔兽留得长久一点儿，因为它会成为万妖国最后一只黑溪边！"说完，身形一跃消失无踪。

逆魔的脸色由青转白，眼中竟是浓重的杀气，手中是依然散发着阴冷寒光的燋风剑,突然间爆发出低低的嗡鸣声,像要噬血一般,却在一瞬间消失了。片刻之后,他突然咧开嘴,充满邪气地笑了,心中已然有了另一个绝妙的阴谋。

……

第五十七章　座厘山的犀渠

　　德贤从瑜华殿出来,并没有按照德贞的意思回旌南山等候消息,而是直接出了銮西门,向座厘山的方向飞身奔去。此时此刻,他满脑子里都是杀念,也有深深的悔疚与自责。如果不是自己当初为了做守护神的事而对青风怀恨于心,不是想尽可能地留在玄月身边守护他,也不会做出出卖玄月的事情,暗藏在心中一直都耿耿于怀,如今变得更加深刻,压得他喘不过气,精神几近崩溃。除了杀光所有的黑溪边魔兽,他实在想不出还有什么更好的办法补救自己的过错,收拾这个烂摊子。(PS:魔兽和妖魔是两个不同概念的名词。魔兽很少有自己的思想,和人类世界的动物差不多,是一种食物来源,死后尸体是存在的。妖魔有自己的思想,前面章节也有提到过,他们通过修炼自身,魔力强大到一定程度时,可以幻化成人形,与人类无异地生活在一起,但不能去除身上的妖气,死后会化作荧光消失,好似根本没有存在过一般。顺便提一下,精灵是介于人与妖魔之间的生灵,传说是万妖国的妖魔与人类结合的后代,死后也能留下遗体,可以不受万妖国女王的统治。半妖，是魔兽与精灵结合的，在万妖国备受歧视，还有一种神兽，后面都会有介绍。神在万妖国有犬神和守护神，都是由上任犬神选出，并传授魔法和护神之力，除去他们的妖气，使他们拥有人类的身体。女王未接受神授之前，是化身为人形却没有妖气的妖魔，之后成为治理万妖国的女神，自然也就有了人类的身体。）

　　座厘山是万妖国的第二大山，占地面积为三百多万平方公里，山上的植被很简单，主要以茜草为主，是一种多年生草本植物，形状似小麦的叶子，可以长到一米多高，根是黄红色。山上有一种让万妖国的魔兽和妖魔们闻风丧胆的魔兽，称作犀渠，它们被称之为万妖国的刑罚者，凡是在万妖国触犯刑罚的妖魔和一些弱小的魔兽，都会被押送到这里来供犀渠享用。万妖国创国初期，犀渠在万妖国十二座山上行凶作恶，肆意杀戮，真魔王为了守护万妖国，下令并派军队剿杀所有的犀渠。经过十三年的持久战，双方都是伤亡惨重，最后与犀渠的魔兽王达成协议，将座厘山划分给犀渠所有，所有的犀渠迁到山上居住，终身不得离开，否则诛杀之；万妖国常年负责将食物送上，绝不饿死一只犀渠。

　　德贤到座厘山并不是游山玩水，更不想去送死，做犀渠的美餐，他是冲着生活在此山的另一种魔兽而去。黑溪边的存在已然成了他的心头刺、眼中钉，就算此行是如何的艰难与凶险，他也会不顾一切地冲进去。

　　眼前是一望无际的茜草，绿油油的一片连天，确实很像走进了农家麦田，德贤并没有沿途欣赏美景的心态，也没有这种习惯，只想尽快除掉扎在心头多年的芒刺。

　　突然，从远处传来羚羊的哀鸣声，一声声撕心裂肺般，强烈地震撼着德贤的心，他知道是犀渠又在饶有兴趣地猎食了。天性残暴的犀渠，并不喜欢主动送上来的食物，而是喜欢追逐猎杀游戏，耗尽对方最后一分精力，磨灭他们最后一丝希望，然后撕碎他们的血肉，手段极其残忍血腥，并不只是为了吃，有时觉得无聊了，也会自相残杀来找些乐趣，享受一个杀戮的过程而已。

　　德贤微微皱眉，他并没有拔刀相助的闲情逸致，而且要打败犀渠会消耗不少魔力，很难保证再遇到黑溪边时，还能不能将它诛杀消灭干净，紧握的双拳慢慢松开，暗示自己最好是离开它的活动范围。刚要转身，眼前的茜草丛一阵响动，一米多高的茜草犹如破竹一般从中心划开，显然有什么东西在迅速地靠近。

　　德贤下意识地将魔力集于手心，瞬间幻化出追月剑，剑锋在月阳下闪烁着灼灼金光。片刻之后，一只白色的羚羊慌不择路、跌跌撞撞地窜到德贤的面前，惊见

巫魔犬

逃命的生路被挡,一个重心不稳,滑倒在地上,望着德贤手中可以随时取它性命的长剑,惊惧的眼中布满了绝望,全身瑟瑟发抖。

德贤见对方只是一只弱小得可怜的魔兽,想必犀渠很快就会追到,如果去同情这种每天不计其数死在犀渠手上的魔兽,那么就是一百个德贤也不够应付。狠下心掉头欲走,几声犹如婴儿啼哭的吼叫声传入德贤的耳里,暗咒一声该死,心想唯有速战速决,手中的追月剑顿时金光大作,同时向声源处挥剑刺去。

剑气牵动风流加速,犹如狂风袭卷大地,吹倒大片的茜草,从上往下看,就像是形成了一个方圆几里的大坑。德贤在大坑中心站定,脸上没有丝毫的情绪波动,内息却有些紊乱,刚才的雷霆一击耗损不少魔力,可惜没有命中目标,追月剑发出低低的嗡鸣声,犹如发狂的狮子在向对方示威。

在他面前站着一只青黑色的魔兽,形状和大小像成年的野牛,身体十分强壮,褐色的眼睛向外突出,死死地盯住他,鼻中喷出热气,右前蹄十分兴奋地跺着早已碾碎的茜草。这只犀渠感受到了从德贤身上源源不断流出的强大魔力,当它追逐羚羊赶到时,冷不防被德贤攻击,盛怒之下却有掩藏不住的兴奋,好战是它们的天性,难得有机会遇到高手,怎么会轻易放手?

"还不快逃,我可不保证能杀了它!"德贤冷冷地对旁边早已吓得魂飞魄散的羚羊喝道,斜放下的追月剑再次平行举起,遥指眼前的犀渠,眼底透出冰寒冷冽的杀气。他暗自苦笑:希望这第一次,也是最后一次。

羚羊愣怔了半天才缓过神,眼中充满了感激和劫后余生的庆幸,瘫软的身体战栗几下终于站稳起来,一蹬前腿,不留余力地向远方飞奔逃窜。

犀渠眼见羚羊逃走,目前为止还不曾放走过一只猎物的它,鼻息顿时加重,似要喷出火来,四蹄下的气流急速涌动。德贤感觉到不祥的气息在扩散蔓延,强制心中引起的不安与躁动,集中精力盯住它,冷声喝止道:"如果不想我杀了你,最好别动!"万妖国只有很少的魔兽能用语言交流,不过像犀渠这种魔力强大的魔兽,在沟通方面还不是问题。

犀渠并不在意他的威胁,突出的褐瞳透出杀气腾腾的精光,它在原地来回地跺步,似是天生的暴虐之血在翻腾,兴奋地发出高亢的吼叫,德贤释放出的魔力,加强了它杀戮的欲望。突然,在它周围形成一股肉眼也能看见的强势气流,闪电般向德贤扑咬了过来。

德贤下意识沉稳脚步,从一开始就没打算退避,追月剑向后引退几分,同时将魔力注入剑身,剑尖霎时迸发出万丈金光,使出追月剑的绝招——乘风追月,打算一剑结果了它,省些力气。剑身周围的风流急速加快,听从召唤一般汇集起来,变幻出无数如利刃般的风刀,似要将所有触碰到的东西生生切碎。两股强盛的气流相互碰撞的一刹那,震耳欲聋的轰响声划破天地,从双方中心扩散而出的气流吹倒周身几十里内的茜草,进一步扩大了战场。

德贤虽然用剑风化解了犀渠的冲力和妖气,将它弹开几米,却感到胸口一滞,嘴角溢出血来,显然受了内伤。他一边运用魔法调息,一边思索犀渠下一步的进攻,手中的追月剑连续不断的嗡鸣声,似是警告和叫嚣。很少将魔力灌注到剑身来增强它的威力,每使出一次乘风追月,魔力就会大量耗损,这种玩命的手法最好还是少用。

犀渠游戏之心刹那间被冲得烟消云散,愤怒从眸底泛起,口鼻中喷出浑浊的气体,发出一阵怒吼,再一次猛扑过来。不断增强的妖气使它周身泛出阴森的黑光,德贤知道它真的被惹怒了,只能加大注入追月剑身的魔力,却不打算再硬拼一次,当它冲过来的时候,纵身一跃冲上云霄。犀渠见势随即人立而起,猛然张开血盆大口,朝德贤的脚踝喷去。德贤大吃一惊,但反应十分迅速,趁势空中一个翻身,一把揪住犀渠头上的龙角,稳稳地落在它的背上,追月剑借助身体的冲力,顺势从它的后颈刺入贯穿。

犀渠痛吼一声,黑褐色的血喷溅而出,踉跄挣扎几下,倒地气绝身亡。德贤酸软无力地趴伏在它的尸体上,低低地喘息着。刚才魔力消耗实在太大,以现在的体能去对付黑溪边,恐怕不太可能了吧!不知道是这只犀渠太过厉害,还是自己的身手已经退步了?他无奈地自嘲,眼底泛起一丝复杂的情绪,但很快便消失了。

不知何时,空气中弥漫着腥臊的气息,周围的气氛起了很大的变化,吹着不祥之风,实在安静得诡异可怕。德贤这才意识到犀渠的血将附近的犀渠都吸引了过来,它们以特殊的气味划分自己的领地,以妖气的强弱确定领地的大小,绝不容许另一只犀渠踏入半步,而且认为同类的血肉是天下间最美味的,也最能引起它们噬血虐杀的狂性,一旦见血,就会引起几天几夜甚至是几个月的血腥杀戮,直到附近几十公里范围内只剩下一只犀渠为止。可惜等他发现的时候已经太迟了,数十只犀渠如鬼魅般地出现在他面前,虎视眈眈地盯着他和他身下的同类尸体,眼中透射出的邪恶和凶狠,似是要将他剐碎了一般。

......

第五十八章　情动

夜幕缓缓降临，身在逸安殿的我却浑然不知，犹如一尊雕像般坐在玄月的床头，握着他微凉的手，目光呆滞地望着他，心中不断地祈祷他快点儿醒过来。殿中有白晖灯的照射，白天黑夜都是一个亮度，如果不出殿门，是很难区分出来的。

"妖姬公主，该用晚膳了！"德贞温柔细腻的声音从门外飘进来。我没有回应，只是酸涩的眼睛禁不住眨了两下，眼里饱含的泪水不经意地滑落下来。如果心里有份担忧和紧张，那么就不会觉得肚子饿了。

没有听见我的声音，站在门外的德贞微微蹙眉，满脸的忧愁担心。虽然不知道这位在人类世界生活了二十年的妖姬公主会有怎样的火暴脾气，但是万妖国的女王身上都流有阴狠噬血的魔性，一旦爱上了犬神，只要是涉及到犬神的事情，就会毫不留情地清除掉他身边所有的隐患，这也是他非常担心德贤的原因。这次玄月中毒受伤，从妖姬公主的言行举止就可以看出，她是那么地在乎玄月，为了不殃及到无辜，他冒险撤走所有守卫在玥清宫的妖魔侍卫以及随侍的类儿、赤鹜，就怕公主真的发起脾气来，这些妖魔恐怕一个都逃不掉。现在守护在公主身边的除了他，就是那个不知死活又死皮赖脸地跟着他的白鹇了。

白鹇下意识地按住德贞的右肩，沉声安慰道："不用担心，妖姬公主还不是那种弑杀成性的女王。在未接受神授之前，她还是那个爱哭爱闹的小公主而已！"

德贞闻言一愣，没想到他对王宫之事了解到如此地步，忧郁的脸上浮出淡淡的笑意。是啊，公主在未成为女王之前，她的性格还是蛮可爱的！他回给白虎一个感激的眼神，突然间问道："白虎，你觉得我们现在该怎么做？"

"啊？！"白虎惊怔一下，似乎不太相信德贞会向他征求建议，继而傻笑说道，"你是在问我怎么做么？"

"你白痴啊！这里除了你和我，我还能问谁？"德贞对他说笑的态度有些不满，脸色一沉，声音也提高了几十分贝。

"是德贞吗？"德贞刺耳的声音终于让我回过神来，我冲着门外问道，不知道他是不是有事找我。

德贞听到我的声音，急忙推开房门，施礼跪在我的面前，恭敬地回答道："回公主，是微臣！请问公主可以用晚膳了吗？我马上吩咐炘膳殿准备！"

我抬头望着他的眼神，目光依然呆滞，喃喃低语道："到晚上了吗？玄月还没有醒过来，这次恢复的时间是不是太久了些？"

德贞见我神思恍惚，敬畏地问道："公主，请恕微臣失礼没有听清。公主刚才说什么？"

"没什么！"我敷衍回答道，转头看了一眼玄月，低柔地说道，"叫他们送到这里来吧，如果玄月醒了，恐怕也饿坏了！"

"是！微臣这就去准备！"德贞立即起身，施礼退出。退出殿门后，对守在外面的白虎递个眼色，示意他小心守护。白虎一脸正色，点头示意他完全可以放心。

没过多久，我感觉到玄月的手指在我掌心微微触动了一下，惊喜地盯着他的眼睛，希望能在下一秒看见他苏醒过来。果然，玄月缓缓睁开了紫色的眼睛，看见我脸上的泪痕，原本安然的脸上掠过一丝诧异，疑惑地问道："湘湘，你怎么会在这里？"随即翻身坐了起来，抬手想要拭去我脸上的泪痕。我惊喜万分，却不知道该说些什么来表达自己的感受，只好用行动证明，猛然扑进他的怀中，胸口正好抵住他刚抬起的右手，把他抱得紧紧的，使他无法动弹。

"湘湘，你是怎么了？"玄月有些无奈，突然回想起自己是因为中了黑溪边血昏迷过去，想必她在这段时间一定是担心死了，才会有现在的举动吧。他柔声安抚道："湘湘，我已经没事了，我很好！"

"我知道，我知道你不会有事的！"我激动地说道，不知道这句话是对他说的还是对自己说的，始终不肯放开，继而眼神黯然下来。"对不起，玄月，我——我没有保护好你！对不起，是我不好！"眼中突然闪过一道凶光，恶狠狠地骂道，"逆魔竟然敢再次伤你，这次我一定不会放过他！"

闻听我将所有的责任往自己身上揽，玄月心里很不是滋味，又怕我现在根本对付不了逆魔，急忙辩解道："湘湘，不是的！这不关你的事，这次只是我自己不小心而已！其实并没有谁伤我，只是身体突感不适昏了过去，这和谁都没有关系！"

"你是在为逆魔开脱吗？还是你怕我根本就办不了他，反而会中他的道？"我不高兴地说道，眼底充满了不悦的神色，我有那么不堪一击吗？

玄月没料到我会如此敏感，轻轻一声叹息，左手抚上我的后背，轻轻地拍打几下，似是安抚我这颗狂躁的心，用平静的语气说道："没有什么事是湘湘办不到的，只是时间问题而已。湘湘如果真的想做，力量还要再变得强大些，玄月会永远守护着你！"

我温柔地松开他，有种受宠若惊和难以置信的感觉涌上来，毕竟他的身边还有比我优秀十倍的德贤不是吗？这是他的选择吗？只是想看看他的眼神，因为我相信一个人再会说谎，他的眼睛却骗不了任何人。他真的会永远留在我的身边吗？看着他如紫罗兰般美丽的眼睛如此坚定，澄清如紫水晶般耀眼，照射在我心里暖洋洋的，反而有些不好意思，脸上泛起一片淡淡的红晕，忍不住吻上他的嘴唇，薄荷般的清凉感觉从唇齿间滑入心扉，顿时一阵悸动。

玄月猝不及防被我吻上，全身僵直，瞬间瞪大的眼睛逐渐变得迷离，只觉得嘴唇传来丝丝的麻痒和甘甜。这次的深吻并没有给他任何的机会推开我，点燃了他心中的欲望之火，禁不住有些兴奋地颤抖，伸手搂住我纤细的腰身，动作轻柔地将我放倒在床上。

见他慢慢迎合自己，心里的激动直接传达到全身，醉人的红霞慢慢染上脸颊、耳根，微张的嘴唇中，断断续续传出低低的呻吟，听得他几乎控制不住自己逐渐混乱的神志，有些颤抖的手抚上我的身体，不知他用了什么手法，竟然将我的上衣逐件脱下，片刻之后，温热的掌心已然贴在我细嫩如水的肌肤上。

如雨点般的激吻，密密地落在了我的肩颈和胸口，在光滑雪白的肌肤上染出连片的红晕，整个身体虚软下来，双臂情不自禁地环抱住他的脖子，温热而急促的呼吸传到他耳边，身体的渴求也愈发地强烈。

"玄月，唔……玄月……别……别丢下我……唔……玄月……要……不要……"我语无伦次地喘息道,声音娇媚而妖冶,不禁心猿意马,他混乱的鼻息变得灼热,激烈的爱抚令我全身难以克制地轻颤。

突然,他的手伸向我胸口的敏感处,我惊惧地大声呻吟,浑身的肌肉顿时绷紧,在我即将脱口而出尖叫时,他猛然封住了我的唇,强行将我的声音压了回去,直到我一点点松懈下来。

缓缓地松开我,他好像瞬间恢复了所有的理智,努力克制住自己的欲望,双手支撑在我脑袋两侧,尽量避免身体的接触,眼中有清醒过后的惊慌和懊恼。

我诧异地望着他,身体残留了未能发泄的欲望,呼吸仍然有些急促,正想吐出心中的疑惑,突然见他脸色一沉,似是警觉到什么,一伸手,一张薄毯便盖在我的身上。等我回过神的时候,他的身影已经消失在我眼前,紧接着听见有玉器轰然落地发出的杂乱声以及白虓惊骇的阻止声:"住手,他是德贞!"

我循声望去,玄月左手死死地扣住德贞的脖子,右手上的一张紫色灵符差点儿就贴在了德贞的胸口上。德贞双臂颓然垂下,满脸惊乱和恐慌的神色,但那并不是怕死的神情,而是未经允许擅闯入殿的惊悸,所以他没有丝毫反抗和求饶的表现,只是静静等候犬神玄月的发落,地上一片狼藉,到处散落着食物和装盛食物的玉器碎片。原来是德贞按照我的吩咐,将晚膳送了进来,只是进来得不是时候。

玄月冰冷的目光刀锋般落在德贞脸上,身体本能地溢出强大的魔力,凶狠地说道:"德贞,你似乎忘了这里是什么地方,我允许你进来了吗?"

他的话让我浑身一颤,犹如冰水泼在我的身上,不自觉地蜷缩一下身子,将手中的薄毯抓得更紧。这是我所认识的玄月吗?为什么他的表情如此可怕?是因为我刚才吻他生气了吗?还是他自己在生自己的气呢?

德贞看见床上躺着的我头发凌乱、衣衫不整,玄月的怒火自然有了合理的解释,他的脸上立刻恢复了平静,恭敬地回答道:"德贞擅闯逸安殿,甘愿受死!"

白虓闻言,全身顿时僵硬。他当然知道除了女王之外,任何人都不能擅自进入逸安殿,违令者死,情急之下汇集魔力于掌心,幻化出龄冷剑,骤然向玄月侧身刺去。玄月并没有想过要德贞的性命,只是刚刚发生在这里的事情,绝对不允许有任何亵渎,正在犹豫恍惚间,惊见一道银光逼来,一时有些措手不及,手中的灵符径直迎向银光,喊出言念:"犬神有敕!裂破!"

符咒顿时紫光大作,"砰"的一声巨响,银光从玄月眼前消失,而他的怒火却是直线上升,纵身一跃,已然飞身到后退出十几米的白虓眼前。白虓为了护剑退出了玄月灵符的发动范围，倒抽一口凉气，来不及反应，玄月早已尾随而来，眼中闪过一丝慌乱，急忙挥剑抵挡他来势汹汹的攻击，却显得非常吃力。

就在玄月抽出灭魂符咒贴近白虓的时候，德贞顾不上多想，只觉得脑袋一阵发热，急忙幻化出钡雪神剑，直觉告诉他如果再不解救的话，肯定会后悔一辈子。他一个纵身上前，同时将魔力注入钡雪神剑，要破犬神的灭魂符咒是不可能的，只有想办法阻止他使用，一时之间又想不到什么好办法，暗叹道：就赌玄月不会杀我好了！

一条银龙冷不防地窜到玄月面前，突然间加入的对手让他极为震怒，紫瞳流露出阴毒之色，灭魂符咒转瞬间移开白虓的视线，凶狠地向银龙的主人逼去。

"住手！""不要！"两个惊骇尖叫的声音同时响起，白虓为保护德贞，将所有的魔力注入剑身，周围的温度骤降，冰冷的寒气伴随着冷剑，犹如离弦之箭冲刺过来，而我也以同样的速度甩开身上的薄毯，飞身向玄月扑了过去……

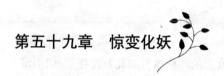

第五十九章　惊变化妖

当我奋不顾身冲向玄月的时候，由于护他心切，不小心使出了零限魔法，一道细小的蓝色光芒瞬间幻变出无比绚丽的彩虹光，只差分毫刺入我身体的伶冷剑，在彩虹光下突然失去了踪影。白虓被一股强大的魔力弹开，重重地摔在几十米远的地上,忍不住喷出大口鲜血,脸色骇然,全身的魔力暂时性消失,也不知道能否恢复,只是一个轻微的动作都会引起大量内出血。德贞受到的影响相对小些,被零限魔法震伤后,在离我和玄月几米远的地方勉强还能站稳,身体摇摇欲坠,脸色煞白,眼底尽是难以置信的神色,钡雪神剑不知何时消失无踪。玄月双手扶住我的那一刻,也感应到自我身上流溢出的魔力有多强大,幸好他是犬神,可以与女王的魔力相调平衡,要不然也会被这股魔力震伤。

恢复成女王模样的我,全然不知发生了什么事,凤凰全身泛着彩虹光,展开五彩羽翅护在我身后,长啸一声犹如箫音骤起,眼睛放射出湛蓝色的光芒,竟是阴狠的杀机,似是警告生人勿近。我紧张地望着玄月,关心地问道:"玄月,你没事吧!"

玄月扶住我光滑柔嫩的手臂,脸色霎时潮红,心慌意乱地伸出右手,一件宫服从床上飞到他的手中,闪电般给我穿上,这才敢抬头看我,发现我头上的狗耳朵,又仔细地打量一下我的头发和眼睛,脸上浮出一丝疑云,失声惊讶道:"湘湘?你怎么会……会有耳朵?"

我一时没有明白他的话,愣愣地注视他的眼睛,从他的眼中看出惊异和疑惑,还带有几分恐慌,或许是我看错,为什么他的眼睛里会有害怕?这是我从来不曾见过的。片刻之后,见他仍然傻傻在原地,我笑着戏说道:"玄月,我没有耳朵不成怪物啦!你的问题让我很生气哦!"说是生气,其实一点儿怒火也没有,只是想把他丢了的魂引回来。

玄月惊觉自己失言,垂眼不敢正视我的眼睛,强制内心的慌乱,心神恍惚地说道:"对……对不起!玄月知错,请公主责罚!"

"搞什么,玄月?突然一下子正经起来,让我心里很不好受啊!不是说过,不要叫我公主,要叫湘湘,我喜欢听你叫我湘湘!"我不以为然地笑道,把另外的两个早就抛到九霄云外,更何况现在他们谁也没有在我面前动一下,自然当他们不存在啦!

玄月惊怔一下,脑子里百转千回:她明明已经变身,为什么还能保持那种天真烂漫?难道是因为未接受神授?还是妖姬女王的性格本身如此?奇怪了,明明没有接受神授,为什么可以变身,可以使用零限魔法?这到底出了什么问题……

"玄月,你发什么呆啊?是我说错话惹你生气了吗?不要生气好不好!"见他仍然低头不语,我有些着急了,歪着脑袋去看他的脸,几缕紫色的秀发直直落入我的眼里,这才发现自己的头发变了颜色。下意识将所有的头发都抓到胸前,惊异地瞪大眼睛,吓得倒退几步,失声尖叫起来:"妈啊,我的头发,变成紫色了!玄月,我是怎么了?为什么会变成这样?到底发生了什么事?怎么会这样?"

一个悦耳动人的声音从身后传过来:"这是女王应有的颜色,妖姬公主!"

我惊骇地转过身,发现一只和我的式神凤凰有些相似的大怪鸟站在我的面前,以为是它干的好事,指着它的脑袋,愤然骂道:"是你把我的头发变成这样的?你赔我的头发,一头黑丝被你变成姹紫嫣红的,你以为很好看是吧!我不喜欢!识相的,快给我变回来,否则要你好看!"

众人大惊,凤凰奇怪地眨眨凤眼,一头雾水,委屈地说道:"公主,明明是你使用了零限魔法使自己变身,反而怪我变了你的头发,这从何说起啊?"话音一落,变回凤凰本身的面目,证明自己的清白,接着在我面前的上空盘旋低飞,似是等候我召唤它回到我的身体内的命令。

"我变身?!"我迷惑地反指自己的鼻子,将凤凰召唤回到身体里,转过身望向玄月,猛然想起他刚才说过的话,下意识地摸向自己的耳朵,吓得再一次尖叫起来,"我的耳朵没啦?我的耳朵!我没有耳朵啦,我的耳朵……"着急地大哭起来,像个小孩子丢了心爱的玩具。

玄月见我哭得厉害,急忙上前两步,一把抓住我的右手,引导摸向我的头顶,摸到了状似狗耳朵的东西,我的脸色一下子煞白,可怜巴巴地问道:"玄月,我真的是妖魔吗?"

玄月这才发现我并不能接受这样的自己,但这些都是不能改变的事实,早晚都要接受,还不如残忍些,于是放弃了安慰我的念头,装作不以为然地说道:"没错,你是万妖国的女王,这才是你真正的样子!"

我双手捂住自己的耳朵,痛苦地大叫一声,想要发泄出所有的情绪,这一切不都证实自己不是人类吗?我是一只妖怪!我是妖怪,这让我怎么接受?活了二十几年,突然发现自己不是人类,这是可笑还是可悲?我的情绪逐渐失控,疯狂而又拼命地拉扯那对长在自己头顶的狗耳朵,发狠地吼道:"我不要狗耳朵!我明明是人,不是妖怪!我不是妖怪!"恨不得将它扯得鲜血淋淋,撕掉所有妖魔的特征。

玄月见我失去理智,吓得慌了手脚,急忙抓住我的手,努力控制住我的挣扎,却没有多说一句话。德贞见状也顾不上调息内伤,跑过来帮忙。玄月情急之下给我穿上的那件宫服只是一件外衫,在我极力地挣扎和反抗下,很快便凌乱不堪,露出半个香肩。眼看快要撕破这唯一蔽体的衣衫,德贞担心以下犯上,眼中掠过一丝为难，最终还是松了手，不知如何是好地站在原地。玄月顿时被逼急了，下意识地用力握紧我的手腕，似是随时可以将我提起来，目露凶光，愤愤地训斥道："疯够了没有，笨蛋女人！给我安静点儿！听着，不管你变成什么样子，你都是万妖国的女王，更何况这本身就是你的真面目，女王就要有女王的样子！你要是觉得难看，我可以帮你割掉！怎么样？笨蛋女人，想好了没有？"

听到玄月的怒骂，加上手腕的疼痛，让我瞬间安静了下来，痛苦的眼神渐渐变得散乱，愣愣地望着玄月满脸怒容，脑子里一片空白。

"德贞，你和白虪先出去养伤。没有本殿下的允许，不许再踏进逸安殿半步。今天的事本殿下不再追究，下次不会再有这么好的运气！"玄月阴沉着脸，以殿下的身份冷声命令道。

德贞愣怔一下，很少见到玄月会用殿下的身份发出命令，恭敬顺从地下跪说道："是，德贞遵命！"没有半分不甘和怨言，只有无条件的服从，施礼告退，转身走向仍然躺在地上无法动弹的白虪，侧手一扶将他搀扶起来。

白虪禁不住一阵干咳，看见德贞眼底隐藏几分痛苦和难过，不由皱起眉头，却没有问他，依目前的情况，是不容许他们二人在这房间里多停留一秒，今天算是上演了一出自讨苦吃的闹剧。由于伤势严重，身体的重量全压在德贞身上，嘴角扬起一丝无奈的苦笑，明明要保护德贞，结果却是自己被他救了。

殿门应声关上，玄月的脸色仍旧难看，沉重的呼吸声似有无形的压力让他喘不过气，缓缓松开我的左手，却将我的右手拉到他的胸前，停留在他的心脏位置，郑重地说道："回答我的话，笨蛋女人！"

我惊颤一下，起了一身的鸡皮疙瘩，散乱的眼神终于集中到他愤怒的脸上，害怕地问道："让我回答什么？"

他的脸色一连数变，左手握紧拳头，恨不得一巴掌甩在我的脸上，好让我彻底地清醒过来，用命令式的口吻说道："把玄月神剑拔出来！愣着干什么？我叫你拔出来！"

"好好的拔什么……"剑字还未出口，玄月凌厉如刀锋的目光扫了过来，吓得我差点儿被自己的口水呛到，不敢再顶撞半句，满含委屈地拔出玄月神剑。

他一把抢过玄月神剑，悬在我的头顶上，冷声问道："再问你一次，是不是觉得这对耳朵难看？如果是，我就把它割掉。不过这并不能改变什么，你一样还是妖姬公主，是万妖国将来的女王，你不是人类，搞清楚了！"

我虽然感觉不到玄月身上的杀气，但是他的话犹如晴天霹雳，使我的大脑至少有半分钟时间一片空白，站在原地形同被点穴一般。等我回过神来，抬眼望着玄月的耳朵，才发现自己伤了他的心，我现在的样子不是和他一样吗？为什么我会如此厌恶自己的真身？这不是明摆着想划清我与他之间的界限吗？虽然自己心里想的并不是这个意思，但他会怎么想，会认为我并不爱他，讨厌他有对狗耳朵，明明那么爱他，却间接地伤了他的心，我真是笨蛋女人。他骂得一点儿也没错，玄月是在生我的气吧？

　　越想心里越觉得愧疚，紧咬嘴唇，却不知该说些什么话来弥补自己的过错，猛然扑进玄月的怀里，放声大哭道："对不起！玄月，我并不是讨厌……对不起！我……我只是不敢相信自己……不是人类。玄月，我……错了还不行吗？"话音未落，我已经恢复了人类的样子。

　　玄月神剑颓然落下，未触及地面已经消失无踪。玄月木讷地回抱着我，亲眼看着我恢复人类的样子，心里一阵翻腾，茫然地闭上双眼，深深地吸了口气，总算让她恢复正常了。

诡异的气息,空气中弥漫着浓浓的血腥味和茜草味,时而有如婴儿般啼哭的怒吼声响彻天际,一道白色夹杂金光的身影,在数十只凶狠扑咬的犀渠中跳着死亡之舞,地上遍布犀渠的尸体,大都是一剑毙命,触目惊心的鲜血染红大片茜草,使其褪去了原有的绿色。德贤和犀渠的战斗已经持续了七八个时辰,前仆后继而来的犀渠将近百只,随着空气中的血腥味越来越重,势必还会引来更多噬血虐杀成性的犀渠。

金色的剑光在黑暗中闪电般划过,一只与德贤相距最近的犀渠在突然人立而起的时候中剑倒了下去,后面的犀渠见状,纷纷退后几步站定,似是有些胆怯和畏惧,褐瞳中凶狠的戾气却未减半分。德贤的身上已有多处咬伤,伤口流出的血混合着犀渠飞溅的血将白衫染成点点斑驳,犹如白雪世界盛开的蜡梅。他冷冷地注视着犀渠,精神强制高度集中,不敢有丝毫放松,脸色因魔力消耗太多变得十分苍白,汗水淋漓,一边喘着粗气,一边趁机用魔法调养内息,持剑的右手因杀了太多的犀渠而变得麻木,微微颤抖着。追月剑沾满了犀渠的鲜血显得更加森冷恐怖,剑尖不停地滴着黏稠的血珠,剑身发出的嗡鸣声似是勾魂的死亡之音。

不到一分钟时间,迟疑不攻的犀渠竟然如同接到军令一般,再次向德贤发动狂暴狠命的反扑。德贤深吸口气,将魔力注入追月剑,迎向正对着自己奔来的犀渠,身形微倾,一剑刺中正中间一只犀渠的咽喉,紧接着一个转身压下,扫腿踢倒从侧身扑上来的犀渠的前肢,将它扫倒在地,在它未来得及翻身起来之时,追月剑已经刺入它的腹部。由于追月剑加注了魔力,所以无须刺中心脏也能令其死亡,虽然这样会消耗很多的魔力,而且会加快体力透支,但对付越来越多的犀渠绝不能恋战,这是他想到最好的办法。

面对犀渠一次又一次的围攻反扑,德贤越发没有耐性,可是想全身而退都很难。这附近的犀渠如此之多,可见德贤并没有猜错,被他杀死的第一只犀渠是非常厉害的魔兽,而且还占领了其他犀渠的领地,所以一旦它死了,这些犀渠都想趁机分一杯羹。

半个时辰之后,犀渠的进攻不知是第几次被德贤镇压下来,地上又多添了几具犀渠的尸体,有几只犀渠见讨不到好处,索性从地上挑选了一只犀渠的尸体,全然不顾其余犀渠对此抓狂的愤怒,潇洒离去。很快,留下来的犀渠只剩下最后五只,这五只显然与其他犀渠不是一个档次的,身上散发出来的妖气与第一只犀渠十分相似,褐瞳透射出血色的凶光,它们与德贤相距只有几米,却不敢再轻易进攻。

双方陷入前所未有的长时间僵持，德贤抓紧时间调匀气息，额头流下的汗水几乎模糊了他的视线，却无法掩去眼底的冰冷和锋芒，脸色更显惨白，却阴沉得可怕，手中的追月剑几乎失去了原有的色泽，呈现出暗红色。

五只犀渠围成一个半弧形，急促不安又愤怒地原地躁动，身上散发出来的强大妖气形成几股肉眼可见的气流，回旋在它们周围。

德贤举剑指向正中间一只犀渠，打了半天终于不耐烦地开口道："你们如果不想变成地上的死尸，最好学学你们的同伴，识相离去！"

被指着的犀渠愤怒地仰天长吼一声，示意拒绝和不屑，口鼻中喷出浑浊的热气，原地躁动的四蹄节奏瞬间加快，犹如在助跑一般，随着身上的妖气增强，快如离弦之箭向德贤发狠地扑咬过去。其余四只犀渠并不像先前那样发动群攻，而是留在原地不动，好像已经商量好了一般，一个接一个地上，誓要将德贤的体力消磨殆尽。

"真想找死是吧，成全你！"冰冷讥讽的笑意浮现脸上，德贤不打算再向追月剑注入魔力，虽然杀掉这五只犀渠会费不少力气和时间，但实在是没有更多的魔力可以虚耗下去，天知道杀光这些之后，还有没有其他的犀渠跑过来凑热闹，所以留存一些实力是非常必要的。眼见发狂的犀渠横冲直撞过来，德贤纵身一跃，跳到它的身后，一个回马枪杀它个措手不及，追月剑反手刺中它的背部，迅速抽出剑身，顺势横扫一片剑花，在它侧腹划出一道长长的血口子。

犀渠痛吼一声，后腿腾空向后蹬出，德贤大吃一惊，惊慌之余以追月剑抵挡，左手掌心推向剑身助力，硬生生地接住它的踢蹬，却因它的妖气太强，只能卸掉它一半的冲力，被蹬出几米远，滚落在地，双臂震得直发颤，如同碎裂般疼痛不已。

它得意扬扬地转身，虽然身上受了很重的伤，伤口流血不止，但突出的褐色眼睛却是无比的兴奋，流露出噬血如狂的天性。站在原地不动的犀渠发出助威的吼叫声，兴奋地喷出热气，似是有些等不及要上了。

德贤跟跄几步站起来，最后的冷静刹那间烟消云散，浓浓的杀气自漆黑的眸底泛起，怒气之下释放出全部的魔力，令它浑身微微一颤，不自觉地向后退了一步。它的畏惧迅速传染了其余几只犀渠，叫嚣的吼叫声迅速消失，凶狠的褐瞳装满了不安的警惕。

"你们最好一起上，我的耐性已经被你们磨光了！"德贤阴狠地呵斥道，再顾不上后果，哪怕是拼尽所有的魔力也要将它们杀光，于是将魔力毫不保留地注入剑身,追月剑骤然发出刺眼夺目的金光,与之前的光芒简直就是大巫见小巫。

数不清是第几次使出乘风追月,而这一次却使到了极限,德贤胸中的怒火被熊熊点燃,活了三百多年,从来没有像今天这样被魔兽穷追猛打过,更不说打破历史纪录地使用追月剑的绝招。要是让玄月知道了,不知道是丢脸还是好笑。想到这些,德贤就控制不住自己的情绪,剑气产生的风流急速加快,以剑尖为中心形成龙卷风之势,犹如坚不可摧的天罗地网,向正打算退却的四只犀渠袭卷而去。

一阵狂风卷起漫天茜草和犀渠的尸体,硬生生地切碎,一场血雨从天空中洒下,四只犀渠也被吹飞到半空中,全身被风刃割得遍体鳞伤,鲜血淋淋,活生生地被凌迟,千刀万剐。

原来乘风追月还有这样的效果,身上洒满了犀渠的鲜血和茜草汁,经过血雨的洗涤,德贤嘴角勾起一抹噬血的狞笑,似是癫狂。

最后一只犀渠眼底流露出难得一见的惊慌失措,全身像筛糠一样瑟瑟发抖,嚣张的吼叫变成低低的哀鸣,听起来就像婴儿哭哑了嗓子。

随着魔力和体力的透支,德贤从愤怒中恢复了平静,神思有些恍惚,愣愣地呆立在原地。它好像看出了些许端倪,以为可以乘虚而入,垂死挣扎做出最后的反扑,发了狂似的冲撞过来。只差最后一米的距离。德贤猛然回过神,手中的追月剑激射而出,一道金光闪过,犹如流星般刺穿它的身体,犀渠呻吟一声人立而起,随即栽倒地上气绝身亡。

看着最后一只犀渠倒下,德贤紧绷的神经终于放松下来,精神一松懈便再也支持不住身体,颓然跪趴在地上,大口地喘着粗气,汗水顺着脸颊不停地滴落下来,稍作休息之后,不由挤出一丝无奈的苦笑:还没有杀掉一只黑溪边,自己先倒下了。

“看不出你还是那样残酷不仁!”一个轻松调笑的声音从远处传来,片刻之后,一只金色麒麟出现在德贤面前。

第六十一章　守护神麒麟

德贤惊怔一下，觉得声音非常熟悉，抬眼望向声源处，脸色一连数变，又气又好笑地说道："原来是你！怎么，不敢以人的样子见我吗？还是因为你的样子变丑了？"久逢故人倍感亲切，自然松了口气，顺势坐在地上，放软了疲惫不堪的身体，双手支撑在身体两侧。

"呵呵，看来你还是欠揍啊！是不是刚才与犀渠打得还不够痛快？我和你再打一场如何？"麒麟依然笑眯眯地说道，眼底尽是戏弄的神色。

德贤顿时黑线，带着愠气恨恨地说道："你刚才一直在观战吗？是不是我死了你会觉得开心？不帮忙也就算了，少在这里挑战我的耐性！"

麒麟摇了摇头，转眼间变身成一个阳光般的男子，帅气的脸庞，淡金色的头发，在风中柔顺地舞动，碧玉色的眼睛，闪烁着睿智与乐观开朗的光芒，身高比德贤矮半个头。他半躬下身，歪着脑袋打量一番甚是狼狈的德贤，笑容更加灿烂起来："你现在的样子可比我差多了，瞧你身上多脏啊！经过血的洗礼，你内心深处流动的黑血开始沸腾了吧！"

德贤脸色一沉，挥手拍向他的脑袋，低喝道："滚开！见死不救，朋友都没得做！"说得是声色俱厉，却没有真的动怒。

他机警地闪身避开，戏笑一声，然后扮出一张苦瓜脸，满含委屈地说道："别说些伤人的话嘛！人家也是刚刚听说有个傻瓜孤身奋战百只犀渠，好奇过来看看，没想到是你这个傻瓜，而且也已经打完了！想帮也帮不上啊！这么久没见面，一见面连名字都不肯叫一声，难不成把我忘记了？"说完还不忘装作很难过的样子，偷瞄他的反应，心里却是百般滋味直涌上来。

"鹾焗，你调戏够了吧！"突然惊觉把"戏弄"说成了"调戏"，苍白的脸上浮上一丝尴尬的红霞，眉头微皱。和他说话总是正经不起来，自己也会被他三言两语给套进去，不得不承认他非常聪明，而且聪明到想揍他一顿。（PS：鹾焗注音 dù juān，万妖国的守护神，真身是麒麟。）

"我调戏？"鹾焗顿时瞪大眼睛，天鹿本身是双性，把德贤看做女人也是无可厚非，而他则是个不折不扣的男人。话说到这份上，不反驳就是默认了，他可从来没有想过喜欢德贤，纯属误会，于是激动地说道，"德贤，我什么时候调戏你啦？"

"好啦，算我说错话了，行不？我现在急需要静养，你能不能安静一点儿！不介意的话，帮我护法也行！"德贤哭笑不得地说道，摆摆手盘腿坐好，索性闭上眼睛，用魔法静心调养内伤。

鹾焗还想继续辩解，却见他完全没有理会的意思，轻叹一声，半埋怨地坐在他的对面，凝神思考：为什么他会来到座厘山？绝对不是手痒，想找人打群架还不简单？难道是逆魔发现我了吗？我在这里躲了二十年，不可能泄露了行踪。虽然现在还是很难确定德贤与逆魔之间有什么，但是当年他的举动实在让人怀疑。他这次来这里的目的是什么？

原本只是出来呼吸一下新鲜空气，没想到会碰上正在和犀渠拼命战斗的德贤，当时就想看看结果如何，直到最后一只犀渠死在他的手上，突然不知为何萌生了想杀他的念头，也许是担心什么，可是当走到他面前时，发现他眼中并无半点杀气，只有老朋友见面的感动和亲切，最终无法下手。

天生好动的他有些耐不住性子，对着德贤左瞧右看，喃喃自语道："恢复魔力需要这么久的时间吗？倒不如帮他一把好了，省得麻烦！"说着，将魔力集中于掌心推入德贤的体内。既然打消了杀他的念头，就帮他一次也无妨，毕竟他是德贞的哥哥，如果担心的事情发生了，再想办法补救好了。

德贤的身躯骤然一紧，全身肌肉紧绷，感觉到魔力缓缓不断地补充进来，放松地吸了口气，心安理得地接受了他的援助，很快便恢复了魔力，身上的伤也好得差不多了。

　　他睁开眼睛，感激地望着簵焗，却发现他的眼底带着若有所思的研判意味，不解地问道："我有什么令你怀疑吗？"

　　簵焗没想到他还是那么敏锐，急忙打哈哈笑着掩饰道："你哪里看出我在怀疑你啦？你又不是故意受伤，让我把魔力输给你的。呵呵！"装疯卖傻可是他的强项。

　　"你知道我说的不是这个意思！"德贤不悦地说道，拐弯抹角地说话可不是他的性格，于是单刀直入问道，"簵焗，我来座厘山让你起疑了，不是吗？这个地方本来就不是我该来的地方，任何人都会怀疑，何况是你。"

　　"既然你挑明了，我就问你几个问题，你只需要如实回答我就行了，至于真实性我自己会判断！"簵焗收起笑脸，正视着他，眼底一片凌厉直逼过来。

　　德贤很少见到他严肃的表情，只要是他现在这个样子，说谎绝对不是明智之举，无奈地苦笑一声，答应道："好，没问题！不过我有不回答的权力！"说话还是留有余地会比较好。

　　簵焗厉声问道："是逆魔派你来座厘山找我的吗？"

　　"不是！"德贤很干脆地回答道，心里突然有种莫名其妙的感觉，好像是自己忽略了什么。

　　簵焗沉思片刻，碧眸中闪过一丝异样，语气放缓了些："为什么会和犀渠战斗？你还没有到要与魔兽拼命的地步。"

　　"算我倒霉，不小心救了一只正被犀渠猎杀的羚羊。"德贤的语气带有几分无奈和自嘲，突然间意识到自己忽略的事情，惊讶地问道，"簵焗，你失踪二十年，难道一直隐藏在座厘山？当年为什么要离开王宫？"当年发生宫变的时候，德贤借口去咸阴山找赤鱬，抽身事外，就是为了避免被人起疑，回来后发现事情并没有朝他与逆魔约定的方向发展，辉玉女王驾崩，青风殿下被杀，公主、玄月、簵焗以及鹍综全都离奇失踪，这使他心里隐隐有些担忧，也许出现了一些纰漏，走漏了风声，这件事迟早会东窗事发，这绝不是他想要的结果。二十年后，玄月和公主突然回来，虽然与玄月见了几次面，却没有机会问他，现在遇到了簵焗，也是半天才反应过来问他，探听些虚实。(PS：赤鱬，生活在王宫北面第二座山咸阴山的汍(fàn)阳河，形状像普通的鱼却有一副人的面孔，发出的声音如同鸳鸯鸟在叫，味道鲜美堪比河豚，是万妖国第二大美食。德贤嗜吃如狂，所以借口去咸阴山找赤鱬根本不会引起任何的怀疑。)

篍焆愣怔一下：如果德贤与逆魔有勾结，二十年前的宫变他应该知情才对，为什么会说出这种话？就算如此，还是不能免除他的嫌疑，毕竟还有太多的疑点。

篍焆脸上掠过一丝复杂的情绪，精光流转的眸子让人摸不透他的心思，轻叹一声转开话题说道："原来如此，你真是一个不折不扣的傻瓜啊！"他笑着对上德贤困惑的眼神，脸上天真无邪的表情很容易让人产生错觉，好像德贤后面的问话根本就没有说过一样。

德贤一阵汗颜，握紧拳头恶狠狠地说道："你说什么？有胆再说一次！"

看着他发怒的样子，不可否认已经被牵着鼻子走了，篍焆笑盈盈地站起来，装作不以为然地说道："说你是傻瓜，你就认啦！"

"篍焆！"德贤咬牙切齿地喊道。见他打算脚底抹油开溜，愤然站起来，突然灵光一闪，嘴角扬起一丝浅笑，意味深长地说道，"玄月殿下和妖姬公主已经回到王宫，我不相信你不知道。难道做了什么违心事，不敢见他们了吗？作为守护神，你的觉悟呢？"

篍焆闻言震撼，愣怔在原地，脸色凝重，背对着德贤没有转身，心里翻江倒海一般汹涌着，强压住不安的情绪，用一种沉着的声音问道："是玄月殿下让你来找我的吗？他什么都知道了吗？"最后一句却明显带有颤音。

"不是。我并不是谁派来找你的，只是凑巧碰上。如果你不出现，我也不会知道你在这里。如果你有这么多的担心和怀疑，为什么还要出来见我，不就是想知道我为什么会来这里吗？"德贤不咸不淡地回答道，慢慢靠近他。

他猛然转过身，正视德贤平静淡然的眼神，十分生硬地问道："你了解我，就像我了解你一样，明知我心里想什么，为什么不干脆告诉我？"

"抱歉！我来这里为了什么不能说，这关系到一个人的安危，我只能说这么多了！你我深交三百年了，我要骗你，你当然看得出来！"德贤冷冷地回答道，目光中没有半分虚假，反而令他为难和忧虑重重。傻瓜都知道德贤最紧张在意的是谁，更何况是他。

他沉默地闭上眼睛，再睁开眼时，眼中不见有丝毫情绪，脸上绽放出灿烂的笑容，神采奕奕地笑说道："既然如此，那我们就分道扬镳吧！你要做什么我可管不着！"他停顿一下，神色凝重地正色道："如果见到玄月殿下，希望你不要将遇到我的事情告诉他。不过要是告诉给逆魔的话，就没什么关系，我想是时候跟他算笔账了！"

"你什么意思?"德贤不悦地反问道,眨眼之间镠焗却从他面前消失了,只有那悠扬婉转的声音从远方飘过来:"不要告诉我,你不承认!"

一句意味深长的话,让德贤脑子里一片空白,刹那间脸色煞白,不由暗自咒骂道:该死的,他不会什么都知道了吧!如果让玄月知道……需要灭口吗?他抬头凝视无际的夜空,彩虹不知何时从云层中钻了出来,银光照射在他的脸上,犹如黑曜石般的眼中却射出诡秘的光芒。

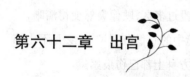

第六十二章　出宫

"玄月殿下,逆魔相国有封信函要奴才转交殿下!请问可以呈上吗?"玥清宫书房外传来精精毕恭毕敬的禀告声。

玄月坐在碧玉案前,手里拿着书卷却未翻阅半页,神思有些恍惚,突然听见精精的求见声,茫然回过神,漫不经心地回答道:"不用进来,直接把信呈上来吧!"

"是!"精精沉声回应道,前蹄轻踏地面几下,一封黄色的信函出现在它面前,转眼间穿过房门呈现在碧玉案上。

"退下吧,没有本殿下的命令,不许任何妖魔靠近书房!"玄月冷声命令道,精精不由浑身一颤,敬畏地回应一声,迅速退了下去。

玄月冷眼盯着信函,不屑地嗤笑一声,正打算毁掉信函,却不免好奇想看看他究竟想玩什么花样,拆开信函一看,上面只写了六个字:德贤在座厘山。

这是什么意思?玄月微锁眉头,细细琢磨字中含意:逆魔怎么会知道德贤在座厘山?是他想以德贤为饵,引我去那里吗?想用犀渠对付我?这不可能,他还不至于蠢到这种地步,那种魔兽根本伤不到我分毫……是黑溪边!他惊骇一变,黑溪边三个字差点儿脱口而出,强压内心的恐慌,继续沉着思考:如果逆魔想用黑溪边将我困在座厘山,还不如直接用黑溪边血让我陷入昏迷。选在那座山上,是想趁我昏迷之后,让犀渠杀了我,他这招也太阴损了点儿吧?可惜他忘了,没有一种魔兽可以吞得下犬神。

玄月冷然一笑,逆魔耍这些小把戏,是越来越没有水准了呢!他下意识地收拢五指,念动一个咒语,信函迅速燃烧起来,蓝色火焰在他手中犹如精灵般跳动,几秒钟后信函便化为灰烬。

抬眼不经意地扫视到檀香木供台上的万妖镜,玄月的嘴角立刻浮现一丝自嘲的笑意,怎么会把它给忘了呢?是真是假用便知。他举步走到万妖镜前,镜中映照出他俊美可爱的脸庞,紫瞳犹如紫水晶般闪亮动人。在万妖镜前结出一连串的手印,最后将汇集到掌中的魔力注入万妖镜,大声发令道:"犬神敕令,万妖镜,告诉我德贤的下落!"

万妖镜中原有的映像消失,生起一片紫云缭绕,飞速地流动形成一个深不见底的旋涡,似要将所有的视线硬生生地拉进去。没过多久,映像突然变得清晰,一个熟悉的身影在镜中晃动,是德贤没错!随着镜中的映像范围扩大,玄月不由惊出一身冷汗,德贤正与一只黑溪边魔兽缠斗,双方身上都已伤痕累累。

"这个笨蛋,怎么会和黑溪边厮杀起来了?"玄月不由咒骂出声,该不会是逆魔给他下了什么迷药,叫他去消灭黑溪边吧!他的目的何在?如果真是逆魔唆使德贤去剿灭黑溪边,那为什么又要告诉我呢?难道是德贤知道了黑溪边的秘密,逆魔担心德贤杀光了黑溪边,再无牵制我的东西,所以才会让我去阻止。这怎么可能,除掉这些危险因素,我可是求之不得呢。混蛋,他究竟想搞什么鬼?

越想越不明白,脑袋已被搅成一团糨糊,竟然无法理顺所有的问题,玄月开始心烦气躁起来,黑溪边可不是随随便便就能剿灭的,两万多年过去了,都没有让它们灭绝,当然有着不可忽视的强大魔力和生存本领。

看着万妖镜中的映像,德贤对付这只彪悍的黑溪边似乎有些吃力,玄月原地徘徊片刻,长长地吐了口气,右手愤然一挥,镜中的映像随即消失,恢复成一面普通的镜子，映照出玄月满脸的焦虑和不安。

推开房门，玄月飞身而出，随风舞动的银发，在月旸下犹如丝绸般柔顺而亮丽。

“玄月殿下？”德贞站在銮西门前，惊见玄月飞身前来，急忙跪伏施礼，“微臣德贞见过玄月殿下！”在王宫外面随便怎么称兄道弟、嘻哈逗笑都行，可是现在是在王宫，该有的礼数是不允许有任何折扣打的，加上最近发生的事情，德贞明白到君臣之间永远都无法逾越。

德贞身边的白虒倨傲不可一世地站在原地不动，脸色略显苍白，显然内伤并未完全恢复。想起那日被妖姬的零限魔法震成重伤，败得是一塌糊涂、狼狈至极，三天下不了床，心里就不免一肚子火，现在见到罪魁祸首玄月，当然不会有好脸色看。

玄月没料到德贞会守在銮西门，虽然这是他的本职工作，但自从逆魔掌控王宫之后，四大宫门便交给逆魔的亲卫队精精把守，怎么现在逆魔又调派德贞守卫銮西门了呢？是和他给的信函有关吗？

轻盈地回落到地面，玄月仍然没有弄明白这件事，正好对上眼中带有敌意的白虒，微微一怔，冷声问道：“你怎么还留在这里？”被湘湘打伤后算来也有五天了，还以为他吃不起大亏跑了呢。

“我喜欢！”白虒没好气地回答道。你管得着吗？这句话还未出口，突然感觉袖口一沉，整个人失去重心被拉倒，半跪在地上，耳边传来德贞小声的腹语：“不想给我找麻烦，就好好地跪着！”

白虒转眼看着臣服在旁边的德贞，心中一软，所有的骨气和高傲通通收敛起来，低垂着头，却不甘心地腹诽：玄月，少给我摆架子，犬神了不起啊？我才不吃你那一套，要不是看在德贞的份上，让我下跪，你八辈子都别想！

虽然看不清白虒脸上的表情，但从不屈服于他人的座邽山大王居然肯下跪，可见德贞的威力不同凡响，难不成这家伙看上德贞了吧？玄月略带兴味地挑起了眉，不由嗤嗤一笑，抬手示意道：“起来吧！”

白虒早就不耐烦地站了起来，恨恨地瞪了玄月一眼，随即扶起仍然恭顺万分的德贞，直截了当地问道：“你不会真的是来看我走了没有吧？恐怕会让你失望了，德贞去哪里，我就跟到哪里，休想分开我们！”

玄月惊怔一下，目光瞬间冰冷下来，不悦地说道：“难不成你想告诉我，你是嫁鸡随鸡，嫁狗随狗？我不会干涉德贞和你之间的事，不过必须征求妖姬公主的同意。德贞是四大守护神之一，如果他真的选择了你，那么就要放弃守护神之位。"

德贞慌乱地跪下，急忙辩解道："殿下，我不会放弃做守护神的，请相信我！"一句话出口，表明了自己的立场，同时也深深地伤了白虢的心。

白虢心里猛然一沉，变得晦暗而冰冷，眼中悲伤的情绪稍纵即逝，呆滞地望着立场坚定的德贤，怅然地轻叹一息。或许是自己太失败了，凭什么要他舍弃一切跟着我呢？他是守护神，是万妖国四大守护神之一，他怎么可能丢下自己的地位与荣耀，原来这一切都是自己一相情愿地做梦罢了。可是……

白虢深深地吸了口气，可是自己还是深爱着他，为了爱就要不择手段夺取，这才是我应有的性格。他嘴角扬起一丝怪笑，将所有愤懑的目光扫向玄月，咬牙道："妖姬公主那边我自会去说，不过我也不会左右德贞的思想。他决定的事或是做什么选择，我都会支持！"

"说得漂亮！只怕你到时做不到！"玄月冷冷地丢出一句，无心再与他做口舌之争，抬手扶起德贞，吩咐道："我要出宫一阵子，保护好妖姬公主！"

"是！"德贞一如既往地恭敬回答，虽然心中有疑虑和担忧，却也不敢多问，郑重地发誓道，"请玄月殿下放心，德贞一定誓死保护好公主！"

玄月欣然一笑，半开玩笑地说道："那倒不用。如果真要死，让白虢替你好了，他不是什么都愿意帮你做吗？"

白虢目光一冷，身上的杀气已弥漫开来，见德贞脸上浮现一丝红霞，羞涩地颔首无语，终于明白玄月的言外之意。难不成他小子已经答应了？笨啊，他不是说了不干涉他和德贞吗？暗自咒骂自己几句，回过神时发现玄月已经离开了王宫，而德贞已变成了万妖国版的望殿石。

德贞眼中无法掩饰的忧虑和悲伤慢慢扩散开来，让白虢心里骤然一紧，心疼啊！再也平息不了胸中的躁热和不安，生硬的声音从喉咙挤出："你……还好吧？"真蠢啊，连安慰的话都不会说，早知道用狠的，把玄月五花大绑丢回玥清宫，也不至于让德贞如此难受。

"嗯，还好！"德贞望着玄月离去的方向，眼神迷离，恍恍惚惚地回答道，思绪越飘越远。玄月，你该不会想一走了之吧？

第六十三章　人鱼

"妖姬公主……公主……妖姬公主！"赤鹫们焦急的呼喊声一遍又一遍地回荡在鎏鏖宫。我躲在暗处偷笑，玩捉迷藏我可从来没有输过，这次的挑战性很大，我一个人躲，几十个人找，够刺激吧？不过现在并不是游戏的时间，我已经彻底厌烦红叶在我面前唧唧喳喳地高谈为君之道，不就是那些什么派妖魔去人类世界，驱除邪恶造反的妖魔，维持什么平衡的事吗？用得着翻来覆去地讲吗？红叶的脑子肯定有问题，我要是再听下去迟早会疯掉。突然想起大话西游的唐僧倒是可以和她有得一拼，说不定连唐僧都会自愧不如、气得吐血。

已经有五天没有见到玄月了，那大玄月喝退德贝和白虎后，红叶很快便找上门来，把我从玄月怀里硬生生地拽走，那个气呀，到现在都想狠狠地揍红叶一顿，可是敢怒不敢 K，她对付我的那一手，算是领教到一物降一物了。

看着赤鹫们在宫里急得团团转，个个吓得花容失色，我的心里倒是乐开了花，一脸坏笑，差点抑制不住笑出声来。

红叶阴沉着脸站在一群慌乱不安的赤鹫中央，却仍然不失高贵的谈吐，媚态万千地训斥道："我只是转个身而已，你们就让公主失踪了，该当何罪啊？"说起她这个转身的工夫，只不过是被我花言巧语骗去葷葰园摘一朵忘思荔，说是能治愈相思病，这倒是给了我一个支开她的借口。呵呵，没想到我也会玩阴的吧！（PS：堇(huáng)葰(jùn)园，就是王宫的御花园，全都是万妖国最稀有珍贵的花草，也有人类世界的灵芝和人参之类的草药。）

赤鹭惊骇地跪伏在地，纷纷垂首求饶，红叶却不为所动地冷视着她们，眼中闪过一道浓浓的杀气。

我躲在暗处，双手捂住嘴巴偷偷窃喜，要不是在自己的地盘迷了路，说不定还看不到这出好戏呢。说实在的，在王宫待了这么久，还是分不清东西南北，真够丢人的，不过也不能怪我，谁叫这该死的王宫竟然比中国的故宫大十几倍。要是能碰上天龙和德贞就好了，至少可以让他们带我直接飞去玥清宫，也省了不少麻烦。

我蹑手蹑脚地转身离开，生怕被她们发现，飞快地跑了一段路后，小心谨慎地回头偷瞄了一眼，见没人追来，总算是松了口气，猫捉老鼠的游戏本小姐不奉陪了。

刚想抬头挺胸、光明正大地走去玥清宫，身后突然传来朱厌侍卫队的呵斥声："站住!什么人胆敢在王宫游荡？"不能怪他们无礼，只是刚才偷跑的时候，换上了赤鹭的衣服，而赤鹭在王宫一般都是三个以上行动，对于落单的我当然会怀疑了。

心头骤然一紧，还没来得及转身，从前面冲出另一支蛮蛮侍卫队，这下可真的是头大了，想要甩开他们谈何容易啊！

站在我眼前的蛮蛮侍卫队看清我的容貌，齐刷刷地跪了下来："奴才蛮蛮叩见妖姬公主！"

朱厌侍卫队一见这架势，也不敢多疑，立刻跟着跪伏于我身后，齐声说道："奴才朱厌叩见妖姬公主！"

惊见两队人马全都敬畏地跪下，没人敢抬头看我，自然让我找到了缝钻，上天待我不薄啊！还不趁机开溜，更待何时，于是撒腿便跑，等他们愣怔了半天，回过神望我的时候，我已经消失得无影无踪了。

呵呵，轻而易举地搞定了他们，那个兴奋啊！得意扬扬地哼着小曲，悠悠然步向我从未踏足过的洍湖，等我回过神来的时候，发现面前竟然有一个和鄱阳湖面积不相上下的淡水湖。

一望无际的湛蓝色湖水让我一时怀疑它是海洋，靠近岸边的湖面上盛开着娇艳欲滴的金莲，层层金色光晕在湖面迎风荡漾，犹如置身于蓬莱仙境。没有接天连叶无穷碧的气势，却犹如点缀在蓝天的碧玉星辰，璀璨夺目的金色烟火毫不吝啬地洒落凡尘。

正当惊叹不已，从远处游过来一群五颜六色的锦鲤，宛如可爱的精灵般在水中游玩嬉戏，纷纷探出好奇的脑袋，吐出连串的水泡，欢腾雀跃，像是在向我争宠讨好一般，可惜我没有鱼食喂它们。

没过多久，湖面起了翻天覆地的变化，水晕从某处扩散开来，很快卷起层层大浪，巨浪滔天般向岸边涌来，锦鲤们仓皇缩回水底，天空中也出现大片黑云，似是有一股很重的妖气弥漫了整个洇湖。

我茫然望着突如其来的变化，不知是反应迟钝，还是根本就不害怕，竟然愣怔在原地。突然眼前一晃，一条巨大的鱼尾向我横扫过来，右半身顿时麻痹，来不及呼救出声，一头栽进湖里，连呛几口水进喉，本能地紧闭上口鼻，拼命地挣扎，奋力向上扑腾，脑海中只闪现出一个念头：当初真该学游泳啊，淹死是不是太冤了？

感觉身体越来越沉，就像有谁抓住我的双腿，用力地向深渊拉扯，我的挣扎也到极限，眼前一片混沌，脑袋因缺氧而开始神志不清，再憋不住呼吸，嘴一松开，吐出连串的气泡。

渐渐模糊的视线，恍惚看见一个身影向我迅速游了过来，一把抓住我的双臂。一张柔软滑腻如果冻般的嘴唇印在我的唇上，缓缓度来几口气，让我恢复了些许意识，可是犬神的契约不允许我与他人有肌肤之亲，如万针穿心般的疼痛迫使他不得不推开我，这次玄月可真是害苦了我啊！该死的凤凰，还不快出来救我！湖水再次强行灌进喉咙，很快被呛得失去意识，向湖底沉下去。

昏昏沉沉中，一股暖流涌向心脏，僵硬冰冷的身体也慢慢恢复过来，微微睁开眼睛，一道橘红色光芒刺得我眼睛发痛，忍不住眨了几下，终于适应了它的光线。首先映入眼帘的是一张俊美的脸庞，深蓝如海的眼睛直勾勾地瞪着我，似是打量，又是好奇，嘴角扬起一丝诡异的笑容。随着视线往下移，不禁让我瞪大了眼睛，天啊，他竟然赤裸着上半身，结实的肌肉，几乎称得上晶莹的肤色让我产生了一瞬间的怀疑：这是男人该有的肤色吗？你奶奶的，比我长得还白呢！

惊艳的妒忌还未落下，又一波强势震撼向我袭来，他的下半身是橘红色鲤鱼身，原来刚才耀眼的光芒来自他的鱼鳞，长长的鱼尾正悠然自得地拍打着水面，溅起无数水花，洒在鱼鳞上闪闪发光。

美人鱼？这个名词在我脑海中转了几圈后终于浮现出来，可是很快便被自己否定，传说中的美人鱼不都是女子吗？这男的美人鱼也太荒唐了吧？

他见我清醒过来，比海还深的眸子调侃地眨了几下，咧着嘴笑道："你终于醒了！还好我反应够快，要不然真会把你当供品吞下腹了！还没有尝过女王的滋味，一定不错吧！"

什么意思？我闻言一头雾水，不解地瞪着他，疑惑地问道："刚才是你救我的？"看见他我可不认为自己已经下了地狱或是上了天堂，自然理解成是他救了我。

"嗯，怎么说好呢？"他为难地轻咬薄唇，继而眼睛一亮，找借口辩解道，"这只能怪你穿了一身赤鹭的衣服，让我误会是送上门的大餐。后来发现自己弄错了，及时把你救上岸来。"

我猛然一惊，弹跳起来，生气地大叫道："原来你是打算吃了我啊！"

"不知者无罪嘛，公主何必这么生气！"他一脸和气生财的样子讪笑道，自圆其说起来，"这洇湖有着许多万妖国妖魔们梦寐以求的东西，他们会不择手段地前来抢夺。我是洇湖的守护者，被真魔王赋予了保护洇湖的责任，所以除了犬神、女王和四大守护神外，擅入者死。今天公主身着赤鹭的衣服出现在这里，我当然会弄错啦！"说完还不忘委屈地叹息一声，似是我冤枉了他。

吃人都有这么好的理由，算你狠！我暗自腹诽，懒得和他计较，放眼望向远方，这才发现自己身在湖中央的一座孤岛上。说是孤岛也有些牵强，倒不如说是一个立于湖中的柱台，面积只有五六平米的样子，地面是光滑的大理石。他就立于柱台边上，鱼尾没入水中，时而拍打湖面，激起一片如梦般的晶莹水花，脸上洋溢着调皮得意的笑容，就像是一个小孩子刚刚恶作剧成功一般。

"你叫什么名字？"我突然没来由地问道，多半是出自本能反应，说了半天连对方的名字都不知道，是不是有点失礼了。冷漠淡然的目光落在他的身上，似是答与不答都无所谓。

哪有问对方的名字一点诚意都没有的人，或许万妖国的历史要被她改写了吧！突然发现自己的想法有些不着边际，他急忙回过神，简单而干脆地答道："七夜！"

第六十四章　立威

"七夜？"我诧异地望着他,细细地咀嚼道,"怎么听起来好像日本动漫里的人物名字！"茫然间又发现一个问题,我已经好久没有看动漫啦！一种怅然若失的感觉从心头涌上来！

"你说什么？"他似是没有听清,迷惑地追问道。

"我是说这名字很美,你是第七个晚上出世的吧？"我半开玩笑地说道,淡淡的笑容绽开,有一种噬骨勾魂的魅力。

他微微一愣,反应过来的同时气得憋红了脸,不悦地申辩道:"我不是第七个晚上出世的！名字是我老爹取的,想知道为什么问他去,不过他已经死了几百年了！"

"哈哈哈……"我再也忍不住大笑起来,没想到逗他会这么开心,眼睛眯成一条线,玩味地打量他生气的样子,如果不看下半身,他绝对是个不折不扣的大帅哥。

"有这么好笑吗？"七夜很不高兴地瞪着我,任性地一侧身子,翻身跃进水中,溅起一个大水花后消失了踪影,湖面很快恢复了平静。

不是吧？把我一个人丢在这种鬼地方！笑容顿时僵住,连忙喊道:"喂,七夜,你去哪里？把我送回岸再走也不迟吧！七夜……七夜,我不会游泳啊！我不笑了还不行吗？七夜,回答我啊！"很久都没有人回应,静如明镜的湖水让我的心里更加慌乱,一边搜寻湖面,一边苦苦哀求道:"七夜,别把我丢在这里啊！算我错了还不行吗？你回答我啊！"

"公主,发生什么事了？"一个清冷的声音从远处飘过来,我惊喜地转过身,以为是七夜回来找我,没想到是天龙。他停留在岸上的半空中,一如既往的阴冷表情,见我站在湖中央,很快便落在我眼前。

我的眼中满含委屈,激动地一下子扑进他的怀里,像只受伤的小鹿哭诉道:"是七夜欺负我啦！刚才还想吃了我呢,现在把我丢在这里,一个人跑了！"

天龙的身躯因我突然的撞入而顿时僵住,闻言一愣:"七夜？"眉宇间隐藏的怨恶杀气陡然释放出来,却用柔和的声音安慰道,"公主,别担心,我带你离开！请恕微臣失礼！"说完拦腰将我抱了起来,纵身一跃飞向天空。他的身体依然冷得像千年寒冰,让我不禁打了几个冷战,还好时间不算太长。

回到岸上,天龙尴尬地放开我,愣头愣脑地向后退了几步,似有些无措。我这颗悬吊着的心总算落回原位,右手拍拍胸口,松了口气感叹道:"还好你来了,要不然我就要困在那里过夜了！"

天龙的脸色比之前还要难看,目光中凝聚的杀气越来越重,让我心里猛然一沉,以为自己不小心得罪了他,正想说些什么让他消消气,惊见他手中幻化出御龙神剑,眨眼间从我面前消失,飞身落在湖面上,如履平地。

将魔力注入,剑身周围很快聚集萦绕了无数雪花,天龙持剑指向湖面,湖水却像锅里的开水立刻沸腾起来,暴喝一声:"七夜,快给我出来！"话音未落,一剑狠劈下去,激起百丈巨浪,犹如天女散花般,水花与雪花交织在一起,形成一幅惊天动地的幻美场面。

一个身影破浪而出,跃过滚滚浪花,扶摇直上,在月旯下闪烁着橘红色的光芒,一张英俊的面孔洋溢着轻佻不屑的笑容。七夜在半空中一招鱼跃龙门,完美的曲线划出彗星般的光芒,鱼尾强劲有力地向天龙劈头盖脸压下来。

天龙微一侧身偏头避开攻击,剑锋顺势斜挑,如毒蛇咬向对方腹部,身形跟着旋转半周,见对方迅速闪身,尾随追上。正欲使出狠招,对方却洞察先机,打一个转身钻入湖中,闪电般潜游到岸边,等他反应过来的时候,七夜已经现身在我面前,幻化人形,一身华丽的橘红色长衫迎风舞荡,竟有几分妖冶。

七夜犹如一支长箭,猛然势如破竹地扑向毫无防备的我,只觉得手臂一紧,整个人像只木偶般被他拉扯进怀中，如鹰爪般修长的鬼指甲压在我的咽喉上，一丝寒意直涌到心脏，身躯惊颤一下，迅速地恢复了平静，或许是已经吓傻了吧。刚才还置身事外地在欣赏一场唯美的打斗，没想到片刻之后，自己也成为了牺牲品。

天龙脸色大变，疾步逼向七夜，冲着他愤然吼道："放肆，竟敢对公主无礼！"手中的御龙神剑似是感应到了主人的愤怒，寒气更加凛冽刺骨，周围的气温随之降至零度。

七夜眼中的神采依旧璀璨夺目，手上很有分寸地把握了力度，不过看上去还是可以一招之内要了我的小命，讪笑道："天龙大人，何必这么生气！你实在是太冲动了，而且出招又那么阴狠，七夜实在是很不喜欢跟你打，所以想借公主挡挡你的杀气！只要你收回神剑，七夜自然会放了公主。"

"你还敢……"讨价还价四个字还未出口，惊见七夜稍稍施加了一点力度，缓缓滑过我的咽喉，一道淡淡的血痕浮现出来，慌乱地阻止道："慢着！只要你不伤害公主，你杀了我都可以！"话音未落，手中的御龙神剑已然消失，双手掌心向外举到胸侧，示意身上再无其余武器，眼中却仍然透出浓浓的杀气。

"杀你？"七夜不屑地冷哼一声，淡然道，"太麻烦了！如果你能自行了断也不错。"

"喂，你有没有搞错？"我实在有些看不下去了，虽然自己还在七夜的钳制下，但我再不说些什么，依天龙一根肠子通到底的性格，说不定真的把命交给他了。再说我也看不出他有杀我的意思，要不然他刚才那一下我已经挂了，说不定只是不服气被天龙压制，反逆一下也是常理中事，犯不着用命来小题大做吧！讲道理似的一本正经说道，"七夜，天龙只是做了他守护神应有的本分，犯不着为难他吧！你既然是真魔王授予为湘湖的保护者，自然就是万妖国的大臣，应为万妖国的女王办事效忠，我没说错吧！天龙也是我万妖国的四大守护神之一，你今天若是要了他的命，既犯了谋杀朝廷命官之罪，又是对女王不忠。你说我作为万妖国将来的女王，会放过你吗？到时可别怪我把这湘湖给抽干了，里面的活物一个也不留下！"软硬兼施，把威胁的话说得严重一些，能不能吃定他又是一回事了。

七夜猛然一惊，脸色铁青，一丝疑云从眼中稍纵即逝，继而讥笑道："公主，你好像忘了，现在你的命可是握在我的手中呢！"

"嗯，我没忘！"我嫣然一笑，眼神中闪烁着淡定从容的光芒，为避免被鬼指甲伤到，轻轻拖起他压在我脖子上的手，略带赞赏又似认真地说道，"你这指甲非常漂亮,留了多久才能留出这么长的指甲来呢? 要不要我帮你修修? "话音未落,袖中暗藏的匕首已然落入手中,锋刃抵在他食指上,只要一用力,相信他四只手指都保不住。这是玄月不久前送给我防身用的,刀刃加上刀柄还不到七寸,做工特别精巧实用,重量几乎可以忽略不计。它是用万妖国最上好的紫云铁打造,防水防火,永不会生锈,藏于衣袖中却不会伤我分毫,也不会影响行动,刀柄上刻有极美观简约的花纹,刀刃上则刻着"妖姬"两字,是把削铁如泥、出门必备的防身佳品。

在万妖国的臣民面前树立女王的威信是我的必修课程,看来红叶的教导算是派上用场了。只不过心里有些发虚,以魔力和强硬手段来治理国家,对于现在的我来说,还是很吃力的。

七夜没有想到我会反抗,自然轻视了我对他的威胁,现在被我反将一军,不禁好笑中又有几分恼火。他非常清楚这把匕首的威力,轻蔑地挑起眉,修长的鬼指甲不甘地缩短与手指齐平,似笑非笑地说道:"看来我还真是低估了公主的实力,七夜还真有些惶恐了! 刚才只不过和天龙大人开个玩笑,把公主牵扯进来实属不该,还望公主恕罪! "

"是嘛! "凤目一挑,我扯开嘴不着边际地笑了笑,"七夜原来也是喜欢开玩笑啊,那我也只是跟你开了个玩笑而已! 天龙,你也别介意了,他虽然对我无礼,但我没有放在心上,看在我的薄面上,算了吧! 七夜以后也别为此事找天龙的麻烦,否则我追究起来,嘿嘿,会让你觉得很麻烦的哟! "说完将手中的匕首收回袖中,当做什么事也没发生过似的,冲着他翻了个白眼。

他无奈地耸耸肩,小心地缩回自己的手,碰到这种难缠的公主,算是自认倒霉吧! 不过在万妖国历代的女王当中,她算是比较可爱的了,想必万妖国的将来一定很有趣。看来自己这种任性不羁的脾气真的该改改了,想到这儿,七夜嘴角边扬起一丝难以察觉的浅笑,玩味地舔了舔因离水时间太长而干渴的嘴唇,悻悻然笑道:"为了向公主赔罪,七夜愿意呈上人鱼的信物黑珍珠! "

第六十五章　誓死效忠的信物

天龙闻言一怔，惊异地失声说道："黑珍珠？不是人鱼对女王誓死效忠的信物吗？"眼神中除了惊讶还夹杂着些许怀疑。公主在未接受神授成为女王之前，人鱼很少会将信物交出，他们只会效忠万妖国的女王。况且，七夜连前两位女王都不肯给面子效忠，难道会效忠第三位还未成为女王的妖姬公主吗？实在是难以置信！

是对我表示忠心吗？看来是我赢了！我暗自偷笑庆幸，说实话，刚才把刀架上去的时候，还真害怕他会抵抗，我根本没有能力钳制他，现在手还有些发抖，毕竟这还是第一次用红叶教我的损招威胁别人。

神思恍惚中，七夜已经返回湖里，出来的时候恢复了人鱼的模样，手中捧着一颗直径约 40 毫米的黑珍珠，高举过头呈到我面前，脸上尽是恭敬与诚意，与之前简直是判若两人。不一会儿，湖面上起了很大的变化，所有的人鱼纷纷钻出水面，十分虔诚地向我施礼膜拜，场面的庄重与威严，竟有一种君临天下的气势。

"妖姬公主，七夜代表我族子民，向公主俯首称臣！我族子民愿为万妖国第 57 代女王誓死效忠！"七夜信誓旦旦地说道，垂首等候我的回应。

我茫然回过神，面对眼前的一切，感到十分窘迫，不知如何是好，目光落在眼前的黑珍珠上，它并不似人类世界那种天然黑珍珠一般，带有轻微彩虹样闪光的深蓝色或带有青铜色调的黑色，而是非常纯净的黑色，表面浑圆细腻光滑，自然发亮。

我在万妖国对各种上等的珠宝玉器已经司空见惯，结果还是被它神秘高雅的气质所吸引，在天龙俯首帖耳的提醒下，笨拙地伸手接过算是回应了七夜。黑珍珠握在手中的瞬间，一股清凉如风的感觉流遍全身，仿佛在火热的夏天投入大海的怀抱，不只是让人神清气爽、心旷神怡而已。

七夜发出一声人鱼专用的号令声，所有的人鱼尽数潜入湖里。看出我对黑珍珠十分满意，自我推荐说道："这黑珍珠不但可以宁神，还有驱邪去毒的功效，而且……"他顿了一下，嘴角扬起一丝黠笑，略带调侃地继续说道，"如果公主下次不小心落水，黑珍珠可以让你在水中自由呼吸，绝对不会有溺水的事发生！"

你奶奶的，拐弯抹角地骂人呢！我不会游泳很丢人吗？恨恨地瞪他一眼，怒火在黑瞳中熊熊燃烧，咬牙一字一句道："谢谢你的好心！天龙，给我教训他！你，不许还手，否则要你好看！"还没有吸取教训？让你知道得罪我的下场是很凄惨的！没有我这个挡箭牌，还不信天龙整治不了你！这一次我绝对不会喊停，看看谁笑到最后！

天龙冰冷如水的脸上露出怪异的笑容，干脆而响亮地回应一声，像是等待已久有些不耐烦了，随即幻化出御龙神剑，径直闪电般刺向七夜的胸膛。

你来真的？七夜惊怔一下，还好反应及时，而且在水中是他的地盘，自然稍稍占点儿上风。只是十几个回合下来，作为四大守护神的天龙还是比七夜厉害了那么一点点儿，很快就让他吃不消了。

七夜最不喜欢被人穷追猛打，望着我扬扬自得地看好戏的神情，不屑地嗤笑道："开玩笑，你说不还手，我就任由他打啊！了不起我躲！公主，恕微臣失礼告退了！"说完，避开天龙迎面而来的攻击，一个翻身跃入湖中，瞬间消失了踪影。

天龙见他潜入湖底，并没有死心，嘴角扬起一丝轻笑，纵身腾空而起，在半空中倒转180度，头朝下，举剑俯冲下去。剑身因注入魔力放射出耀眼的白光，周围回旋着无数的雪花，刺中湖面时，立刻形成一个巨大的旋涡，中心竟然深达湖底，似是要将整个涠湖都掀翻过来。

任凭天龙将涠湖搅得天翻地覆，七夜还是没有再露面的意思，很多湖中的魔兽都被卷入旋涡当中，发出凄厉的怪叫声。其中并没有发现人鱼的影踪，想必七夜洞察先机下令撤出了御龙神剑的影响范围,单凭他能在短暂的几分钟之内将所有人鱼撤走,就足以判断出他的能力非同一般。

是不是手段太过残忍了? 我惊异地望着天龙毫不留情地残杀无数生灵,心里开始发慌了,急忙大声阻止道:"够了,天龙,住手! 不要伤及无辜! 天龙,住手!"

天龙闻言立刻抽身收回御龙神剑,跪在我面前,双手拖剑高举过头顶,向我复命,脸上没有任何的表情,仍然冷冰如初。

出声阻止时,一切都已经太迟了,湖面上漂浮着无数魔兽的尸体残骸,还有许多残败不堪的水生植物。我的心情一下子变得无比沉重,这些难道都不是生命吗,为什么可以这么轻易地将它夺取,它们并没有错啊! 一滴泪顺着我痛苦的目光滑落脸颊,脑子里一片空白,指甲深深地嵌入掌心却不觉得痛,只有为自己犯下的错误而感到的愧痛和无地自容。如果不是我要求天龙教训七夜,就不会发生这种悲剧,没有想到我任性妄为的命令,会害死那么多条无辜的生命。

发自灵魂深处一声悲痛的吼叫,我愧疚地重重跪倒在地,神色凝重而痛苦,低低呢喃道:"我没想过这样,我真的没有想到会变成这个样子! 对不起,对不起……"一遍又一遍地重复道歉,然而内心深处却有一个声音不断地折磨着自己的良知:说对不起就可以挽回这些无辜惨死的生命吗?

"公主? 这不关公主的事,是微臣下手太重了! 请公主责罚!"天龙被我突如其来的悲痛情感吓傻了眼,急忙开口请罪道。整个万妖国都是属于她的,为什么她会为几只魔兽的死而流泪? 她不是万妖国掌管他人生死的王者吗? 对她来说,就算是滥杀无辜也是如吃饭一样再平常不过的事。他不明白历代女王都不在乎的生命怎么会让她如此自责和痛苦,虽然不懂,却不敢多说什么,只有将所有的罪责替她扛下来,或许会使她好受一些。

我茫然无助地抬眼望着他,从他的眼中看不出丝毫不安的情绪,只有接受命令和完成命令的顺从,为什么他会如此冷血呢? 就因为他那没有体温的冰冷身体吗? 沉痛地指着湖面上的浮尸,忍不住问道:"天龙,杀了那么多魔兽,你难道没有感觉吗?"

"他怎么会有感觉? 他只有对女王和犬神的忠心,除此之外便无他物了!"一个阴沉嘲讽的声音凭空响起,七夜幻化成人形,神色黯然地出现在我面前。轻轻地叹息一声,无奈地苦笑道:"妖姬公主,请恕七夜直言不敬。如果不想再造成今天这样的局面,在你下达命令之前,麻烦你先考虑后果,因为你的命令直接关系着无数条生命！"言语中夹杂着严厉与轻蔑。

"大胆！"天龙怒斥一声，正欲动手，却被我抬手拦了下来，正色道："他说得没错，我是没有考虑后果。七夜，人鱼有伤亡吗？"

"那倒没有！"七夜不咸不淡地回答道，两眼放射出灼灼寒光，轻佻地继续说道，"如果有，公主认为你还有可能毫发无伤地站在这里吗？"

"住口，七夜！"天龙脸色铁青地再次呵斥道，手中的拳头握得嘎嘎直响，似是要将七夜碎尸万段一般。

七夜哼笑一声，深蓝眼底透出冰寒冷冽，不屑地轻嗤道："怎么，说说而已就让你如此生气吗？那些被你杀死的魔兽只因没有感情，所以可以让你随便杀是吗？"

"你！"天龙气得满脸通红，一时语塞却也无言辩驳，开始只是想把他从水里引出来，没想到会把这些魔兽给牵扯进来。

我痛苦地闭了一下眼睛，用近似沙哑的声音沉吟道："好了，都别再争了！这件事都是因我而起，我会给七夜和这些魔兽一个交代的！"话音未落，袖中的匕首已然落于手中，像是要发泄出自己的痛苦和自责一般，狠狠地捅向自己的腹部，根本没有考虑要掌握什么力度，整个刀刃全部刺入了腹内，同时也吓傻了旁边站着的两人，惊呼声脱口而出，手忙脚乱地扶住我倒下的身躯。

鲜血从伤口处汩汩流出，将墨绿色的衣服浸湿了一大片，染成绛紫色，像一朵盛开的黑莲，是那么的妖冶媚人。一阵刺痛令我满头冷汗、口干舌燥，几乎难以控制的晕眩，要不是躺在天龙的怀中，他那如千年寒冰的体温刺激到我，让我感觉到冷，说不定已经昏死过去。血液不断地流失，让我感觉快窒息一般，大口地喘息着，仍然无法抑制大脑出现缺氧反应。

混沌的思想开始有些后悔自裁，谁会相信有人会为了几条鱼而自责到自杀？也许我就是这样的傻瓜吧！难怪玄月一直骂我是笨蛋女人，让他看见一定又会骂我了吧？没准还会说些什么难听的话呢，不过我也听不到了。真是讽刺啊！原来死亡之前的痛苦是那么的难受，但我并没有想过死啊，至少在将匕首刺入腹中的瞬间，我曾想过玄月一定可以救我的，他曾经对我承诺过，有他在就不会让我死的……

第六十六章　式神失控暴走

"公主，妖姬公主，请你振作一点儿！"天龙神色慌乱地说道，双手死死按住我的伤口，徒劳地想阻止血液流出。这个时候如果我死了，那么失去平衡制约的万妖国将和人类世界一同坠入地狱，这并不是他想要的结果。

跪在对面的七夜吓得脸色大变，不知是该生气还是该紧张，刚刚说要效忠于她，转眼间她便挣扎在死亡边缘，而自己却束手无策。女王的伤除了犬神，谁也救不了，不由腹诽犬神用那该死的契约害人。片刻的焦躁过后，他迅速恢复了冷静，发出一声如海豚的呼叫声，湖面突然出现十几只人鱼，继而命令道："速去将玄月殿下找来！"人鱼接到命令幻化人形，如闪电般冲破天际，向四面八方分散开，瞬间消失了踪影。

不忍见他们着急痛苦的样子，我勉强挤出一个无比僵硬的笑脸，有可能这个笑比哭还难看，但我已经尽力了，用干哑的声音呻吟道："天龙放心，玄月一定会救我的，我死不了的。你看我像短命的人吗？"如果真要死，也不能让他们为我这个傻瓜哭泣吧，他们可是男子汉大丈夫，在我一个小女子面前流泪像什么话，还不如一刀杀了他们干脆。

七夜明白了我的用意，尽量装作轻松地说道："我已经派人去找玄月殿下了，只要是有水的地方,人鱼要找的东西没有找不到的。你不会有事的!答应我撑下去,我可不想刚刚送出去的黑珍珠,原封不动地拿回来,这样我会很没有面子!难得我千年送第一次,而且是仅有的一次,别浪费了!"

"呵呵!"忍不住的笑牵扯到伤口,痛得我龇牙咧嘴,紧皱眉头,身躯禁不住颤抖起来,大口地喘息几下,总算是平静下来。

天龙紧张地安抚道:"公主,不要笑了,伤口的血止不住了!"继而狠瞪七夜一眼,用腹语恶狠狠地威胁道:不说话没人当你是哑巴!给我闭嘴,再惹公主,小心我要你的命!

七夜无奈地耸耸肩,白了天龙一眼,用腹语反驳道:真是好心招雷劈,难道你不知道用说话的方式可以转移她的痛苦吗?还是你有更好的办法可以阻止她流血?

天龙看着自己满手的鲜血,力不从心的感觉让他无言反驳,心中凌乱不安,眼神暗淡下来,痛苦的表情溢于言表。

"天龙,我的身体好冷,你还是不要抱我了!"我有气无力地半埋怨道,脸上没有半点血色,偏瘫地扭动了一下身躯,无法抵挡的睡意直涌上来,真的好想睡觉,但又不想我的体温和他的一样冰冷。人类世界的常识告诉我,人死了体温就没了,所以我不想自己的体温一再地下降。大脑的意识已经到极限,好像灵魂就要脱离身体的束缚,飞升出去,眼皮越来越重。

天龙这才意识到自己的体温是现在的她无法承受的,近似求助的目光落在七夜眼底。七夜什么话也没说,小心翼翼地接过他怀中虚弱的身躯,然后用魔力护住急剧下降的体温。

七夜的怀抱真的好温暖,慵懒地转身侧头,把自己的脸埋入他的胸膛,贪婪地感受着这份如冬日阳光般的温暖,沉沉地闭上了双眼。

在快要失去最后一丝知觉的时候,原本因失血过多而跳动迟缓的心脏,突然一阵剧烈地跳动,好像有什么物体在我心脏里挣扎翻腾,抑不住刀绞般的剧烈疼痛,虚软的身躯随着胸口的起伏猛然僵硬地抬起,呻吟声脱口而出,使我稍微恢复了一些意识。

然而,这仅有的一点儿意识让我瞬间神色骇然,冷汗再次浸湿衣衫,努力控制住快要突破心脏的暴动,用最后的力气推开七夜,咬牙道:"快逃,我控制不住了,凤凰……不要!"我果然是个做事不考虑后果的笨蛋女人,怎么忘了凤凰与我同命相连,每当我的性命受到威胁,它都会有所感应,然后将所有的危险因素除去。但是我现在是自杀,凤凰受到了同等程度的伤害,因为不是犬神的血祭,不是让它心甘情愿地献身,它的精神就会随之崩溃,出现本能的求生欲望,魔力就会暴走,禁止所有的东西与我接触,不管对方是人、妖魔、魔兽、精灵还是守护神,甚至是犬神,它都会拼命地斩尽杀绝。

在我推开七夜的一刹那,一道刺眼的蓝光从心脏中飞出,身旁的两人来不及反应,被凤凰急剧增强的魔力震飞出去,重重地跌落在几十米外的地方,抑制不住胸口的血气翻腾,同时口吐鲜血,只是七夜的伤势比天龙稍重一些,吐血后仍然不停地咳嗽。

一个直径约10米的浅紫色光圈罩在我的周围,形成一个固若金汤的结界,将我与外界完全分隔开来。凤凰狂躁不安地盘旋在我上空,发出震耳欲聋的嘶叫声,蓝色的身体泛起彩虹光,一双凤目泛出愤怒的血红色,身形急剧变大,展开的五彩羽翅扇起强劲的风流,刹那间风卷云涌、遮天蔽月,天空逐渐变成怪异的玫瑰紫色。

天龙跟跄几步站稳了摇摇欲坠的身躯,下意识按住胸口,不断地使用魔力阻挡一次又一次袭卷过来的强风,惊骇地望着头顶突变的天空,那是式神想与世间万物同归于尽的表现。原来妖姬公主的魔力竟然让凤凰变得如此强大,就算是四大守护神联手也未必是它的对手,更何况现在只有他和人鱼精灵王七夜,不禁紧皱眉头,一脸的无助和茫然。

七夜伤得很重,因为我的力气实在有限得很,并没有将他推开多远,以至于他直接受到凤凰的攻击,连站起来的力气都没有了。勉强支撑着身体坐起来,蜷缩成一团,用魔法护住自身不被凤凰发动的强风攻击,望着结界中的我,脸上的表情说不出的复杂,有不甘、气愤、着急,甚至还有一点点想杀了我的冲动。如果不是我乱来,搞什么自杀谢罪,他也不会这般窘迫,死死瞪着我的湛蓝色眼瞳,似要喷出火来。

他们都还平安无事,我总算松了口气,心脏犹如被置于丹炉中煅烧,那是凤凰不断吸收我的魔力所产生的负作用,反而将腹部的疼痛感觉转移到心脏,忽略了仍然流血不止的伤口。无比清醒地感觉到心脏传达到大脑的痛感,现在就算是大脑极度缺氧,凤凰也不会让我有机会晕过去,因为我一旦失去意识,它就无法再维持现在的模样,一味地索取力量,却忘了这只会加速我魔力的损耗,身体不堪重负而消亡。当然,现在的凤凰不会考虑到这些,它早已失去了自我的意识,毁灭世间万物成为它唯一的目标,谁也不许阻止。

再一次的剧痛令我倒抽口冷气,偏过头发现七夜的眼神晦暗而阴郁,我无奈地扯开嘴角,冲他抱歉地笑了笑,低低呢喃道:"对不起,我是个笨蛋女人!"

惊闻变故,从附近赶来的妖魔侍卫队,毫无例外地受到凤凰的攻击,不是被强风吹得东倒西歪,就是被它吐出的火球烧得灰飞烟灭。

天龙再抑制不住心头的愤怒与冲动,不可能眼睁睁地看着凤凰破坏这里的一切,虽然现在的体力很难维持御龙神剑的形态,但是仍然将所有的魔力集于掌心,将御龙神剑幻化出来。暴喝一声,纵身一跃飞到凤凰身前,举剑冲刺过去。

就算不能杀它,也要让它受伤乖乖地回到妖姬公主的体内。下定决心之后,天龙攻击的速度越来越快,招式越来越狠辣,然而凤凰的反击力也是十分强悍,几个回合下来,天龙愈发觉得力不从心了。

眼看天龙对付凤凰明显吃力起来,我咬牙硬撑着举高右手,大口喘着粗气,抿了几下干渴的嘴唇,声嘶力竭地发出微弱无比的声音:"凤——凰——回——来!"话音未落,右手已经颓然落下,心脏像要撕裂一般疼得我瞪大双眼,全身直盗冷汗,死死地咬住下唇,连呻吟声也发不出来了。

百试百灵的召唤突然失去了效用,凤凰如同杀红了眼的恶魔,如刀锋般的怨毒眼神扫在我身上,流了一地的鲜血更刺激了它的神经,变得更加疯狂残忍,对天龙不留余力地攻击,完全没有想过要手下留情。

"天龙,我们来帮你!"德贞和白虎很快也赶了过来,加入到拼死的战斗当中。三对一,让天龙恢复了一点儿信心,也给了他一些喘息的时间,抓紧时间调息后,感激说道:"来得正是时候! 白虎,它是公主的式神,千万要小心!"

白虎不悦地冲他翻个白眼,隐隐流露出一丝霸气,不屑地嘲讽道:"是叫我小心别杀了它,还是叫我小心别让它伤了我?"

天龙愤怒的眼神直直地瞪回去,冷冷地说道:"依目前的情况,你认为会是哪一种呢?"

"我认为会是前者,不过对你而言恐怕,就是后者了吧!"白虎轻松地调侃道,完全忽略了此时此景,更没有把叫嚣的凤凰放在眼里。

"先不要自夸,有本事就拿出来!"天龙却出乎他意料地没有生气,反而语气越加冷淡。

两人站在一旁凉快,却让德贞一人孤身奋战,闪身避开凤凰的攻击,终于沉不住气吼道:"你就不能专心对付凤凰吗?还有时间斗嘴,早知道不让你跟来了!"

两人互瞪一眼,各自飞身赶到德贞两侧,排成一线阻击凤凰。同仇敌忾的力量实在不容忽视,凤凰接连几次攻击没有得手,还差点儿被白虎拔了羽毛,变得更加愤怒,挥动五彩羽翅卷起狂风大浪,凛冽呼啸的狂风在耳畔响起,整个天地像要被掀翻过来。

……

第六十七章　裂破辟魔结界

很快,逆魔和红叶率领数万妖魔大军赶到洎湖,然而事态的发展已经远远地超出了逆魔的预料,顿时让他头大如斗,强制镇定下来后,迅速命令妖魔大军拿下凤凰。看着妖魔大军三番四次地冲上去,一批又一批地死在凤凰手上,他的神色越来越凝重。凤凰居然在对付德贞三人的同时,还有闲暇和余力去对付围攻它的妖魔大军,真不该让玄月去座厘山,谁会料到这式神突然失去控制,也不知道妖姬犯的什么傻,好好地寻死干吗?

一道严厉审视的目光落在红叶身上,该不会是她做了什么让妖姬心灰意冷的事吧?红叶立刻注意到逆魔要兴师问罪,露出颠倒众生的媚笑,满含委屈地说道:

"相国，红叶并没有逼过公主什么，红叶一直都很小心地伺候，绝对没有让公主生出一丝轻生的念头。"

如果不是红叶的逼迫，那妖姬自杀做什么？怀着疑问扫视一眼周围的环境，目光落在七夜的身上，顿时明白了一切，勾起一个嗜血的笑容。举步来到七夜面前，阴沉着脸，身上的魔力瞬间溢出，再不克制眼中的杀气，冷声问道："是你做的吗？你应该清楚妖姬公主对万妖国的重要性，难道你是活得不耐烦了！"

七夜抬头仰望一眼居高自傲的逆魔，目光平视望向结界中的我，完全不把他放在眼里，哼笑一声，不卑不亢地回答道："这件事是因我而起又怎么样？但我并不是活得不耐烦，让它把我的地盘搅得天翻地覆难道我会感到很开心？这都是妖姬公主的行事作风实在是傻得可爱！"明明没有让她负什么责任，只是跟天龙较真，耍耍性子，偏偏让她当了真，不是傻得可爱是什么。想到这些，他再次露出了无奈的苦笑。

"你说什么？"逆魔暴怒地扣住七夜的脖子，硬生生把他提了起来，恶狠狠地恐吓道，"我没有时间跟你磨嘴皮子，如果再找不出原因，你我都得完蛋！"说出这些话连他自己都不敢相信，毫不忌讳地撕下伪善的面具，将自己最真实的一面表露出来，只是因为没有任何办法阻止了吗？除了玄月，谁也无法阻止这场毁灭。性命攸关的事，还能顾虑多少呢？他也是怕死的，要不然也不会绞尽脑汁去设计玄月了。

七夜因过度使用魔法抵挡凤凰的攻击，体力消耗得所剩无几，加上受了重伤，经不住逆魔的妖气侵袭，很快恢复了人鱼的模样，只是下半身的鱼鳞失去了原有的光泽，变成暗红色，竟是斑斑血迹。他的嘴角挤出一丝冷笑，似是要将逆魔逼疯一般，不屑地轻嗤道："终于发怒了吗？我还以为逆魔相国永远都会保持一副运筹帷幄、指点江山、冷静沉着的样子，没想到公主的式神会逼你现了原形。哈哈哈……我果然没有看错，公主确实是值得我效忠的女王！"激昂的语调引起一阵猛烈的咳嗽，却没有求逆魔放手的意思。

逆魔闻言一怔。人鱼虽然居住在王宫，却不受任何宫规限制，一直都是独立存在的一支训练有素的大军，如果能得到他们的效忠，无疑是让万妖国更加稳固平衡。身为三朝相国的他，却没有看见前两位女王得到七夜认可，已经做了一千多年的精灵王，居然将自己的忠心献给了在人类世界生活了二十年的妖姬公主，恐怕杀了他都不会相信。

沉默片刻，他恢复了平静，松手放开七夜，仍然不死心地问道："你真的把黑珍珠交给了公主？"

七夜失去钳制后颓然落地，在陆地上鱼尾似乎起不了支撑身躯的作用，只能横卧地上，伸手轻抚刚才被逆魔掐过的咽喉，轻描淡写地回道："当然。逆魔相国要是不信，可以去搜身，只是公主现在身在结界中，如果相国有那本事进去，没有人会阻拦的！"

结界？！逆魔困惑地循着七夜的目光向我望过来，这才注意到那个保护着我，放射出淡紫色光芒的结界，失声惊呼："辟魔结界！"

"没错，就是辟魔结界！能看到结界里面的只有神和精灵，相国是妖魔，所以看不到公主在里面，更别说解除封印。除了玄月殿下，谁也别想进去！"七夜神色凝重地解释道，茫然无助地叹息一声，继续说道，"我不知道公主的魔力有多强大，还能支持多久，但是凤凰再这么肆意地吸收消耗下去，它还没有倒下，公主已经死于非命了！"

逆魔暗自咒骂一声，努力抑制心头的暴怒，目光随即沉冷下来，疾步走到结界前，紧紧地盯着它，里面确实什么也看不见，就像是面对一堵紫色的围墙，凝神思考对策：虽然已经派精精去座厘山截住玄月，但是未必能让他在短时间内赶回来。辟魔结界隔绝了外界所有的联系，所以我无论说些什么，妖姬都听不到，她只能看到外面的变化，什么也做不了，看来凤凰是决意要毁灭这里，才会使用这种最耗体力又保不住自己小命的结界。

我的眼睛空洞地看着天上的变化，心脏的疼痛仍在继续，不给我一丝喘息的机会，完全使不出半分力气去看其他地方，所以也没有注意到逆魔。脑子里一片空白，有的只是眼底映照出暴走的凤凰的身影，还有偶尔会出现在我眼前与凤凰战斗的三人。喉咙干渴得如火烧一般，大概是全身的血液都快流光了吧，再过段时间会不会变成一具干尸呢？脑海中突然闪现出这样一个怪念头，随即浮现出玄月的身影：紫色的眼睛、可爱的狗耳朵、随风舞动的银丝，玄黑色的宫服，紫色的缎带系在腰身上，勾勒出完美的身躯，还有最让我心动的是挂在脸上的清澈笑容，让我重燃一丝求生的欲望。

"玄月，我的玄月，你在哪里呢？"微弱的呼唤声从干燥的喉咙中艰难地挤出，嘴角扬起一抹轻笑，恍惚中像是真的看见了玄月，如同天使一般从空中降临到我身边。

我吃力地抬起双臂，迎接从天而降的玄月。他在空中结出一串复杂的手印，从心脏伸出一张紫色符咒，念动咒语："犬神敕令，裂破！"

符咒闪电般撞击结界，迸发出的紫色荧光逐渐消逝，结界上破开一个大洞，从上至下迅速消失，我的身体突然变轻，像羽毛一般悬浮到半空中，被玄月稳稳地接住，拦腰抱在怀中。

真实的触感，让我彻底醒悟过来，这不是梦，真的是玄月来救我了，惊喜的热泪夺眶而出，发出气若游丝的声音："玄月，我以为会死不瞑目了，见到你真好！"

玄月从心中泛起了一阵酸楚，如果不是人鱼及时找到他，说不定会让他因今天发生的事后悔一辈子，德贤那边只能放下不管了，至少还有自信德贤不会轻易死掉。望着脸色已然苍白的她，身体的重量也减轻不少，看来已经失去了三分之二的血量，还好她的魔力够强大，一般人早就挂了。握着她冰冷的右手，将魔力源源不断地注入她体内，见她气色稍稍恢复一些，柔声关心道："湘湘，感觉好点儿没有？"

我没听错吧，玄月他居然没有骂我，给他添了这么大的麻烦，换作平常早就发飙了，奇怪地眨眨眼睛，伸手摸向他阴沉的脸，眼神中尽是复杂的情绪。算了，我是伤者为大嘛，玄月想发脾气也会克制的，看他的脸色就知道，何必再惹他发怒呢？冲他嫣然一笑，很乖巧地回答道："嗯，好多了！"

"那好，现在就把肇事的凤凰收回来吧！"玄月正色道，目光一冷，将我旋转半圈，已经站立在他身前。我只觉脚下悬空，一个趔趄险些栽下去，却被他双手一扶，偎依进他怀中，总算在空中站稳了身躯。真搞不懂，一个万妖国的公主，居然没有像其他妖魔一样拥有翔云的能力。

耳边传来玄月低沉的念动咒语的声音，然后在我胸前结出一连串复杂的手印，我的心脏终于恢复原有节奏的跳动，感应到一股巨大的吸力，在心脏收缩扩张的同时，深深地吸引外界的某个目标。

"湘湘，忍耐一下，也许会很痛！"玄月低柔的声音回荡在耳边，我十二分放心地点点头，回应道："我会忍住的！"

"此术断却凶恶，消除不祥！缚、禁！犬神敕令，式神凤凰，归位！"随着玄月念动的咒语，凤凰突然被一道紫色的光环束缚了行动，光环不断地收紧，将凤凰硬生生地勒住，迫使它恢复原貌。

凤凰终于忍不住强加在身上的外力，发出悲凄的尖叫声，极力挣扎，慢慢地缩小身躯。德贞三人同时停止了攻击,谨慎小心地盯着拼命挣扎的凤凰,就怕一个不注意,让它逃脱。

我的心脏跟着一阵剧烈绞痛,比之前任何一次还要痛上百倍,稍稍恢复一点血色的脸瞬间惨白,额头直冒冷汗,紧绷的身体不断地轻颤。快要抑制不住痛呼出声,我重重地向下唇咬去,一声闷哼后,腥甜的味道流入口中,却犹如久逢甘露一般,贪婪地将它吞了下去,然而并不是所有的鲜血都能吞下去,嘴角的鲜血顺流而下,滴落在胸前。

没过多久,凤凰恢复成原来样子,蓝色的娇小身躯受到玄月施法牵引,闪电般向我冲过来,与我的心脏发生撞击的一刹那,几乎让我痛晕过去。从来没有感受到凤凰回到我的身体内竟会如此难受,还好有玄月在我身后卸去了凤凰冲击后产生的惯性,转过脸冲他露出一个苦涩而僵硬的笑容,开心地说道:"答应你的,我办到了!"说完,眼前一黑,晕倒在他的怀中,失去了所有的知觉。

……

第六十八章　心相印魔法

鎏璧宫的偏殿凤寝楼,我躺在一张宽大的碧玉床上,整整昏迷了一天两夜,在鬼门关走了一趟,可谓大换血,总算被玄月给拉了回来。他一直守护在我的身边,不让任何人接近这里，逆魔和红叶先后找借口要见我，其实也就想探视一下我的伤势如何，也被他愤怒地喝退了下去。德贞和天龙倒也识趣，一直都坚守自己的岗位，默默地守护在鎏璧宫外，不让其他妖魔有机可乘。至于白虎，当然是寸步不离地跟着德贞，却又不是心甘情愿为我守卫，整天无事献殷勤，德贞有时会接受，有时则是暴跳如雷，弄得他是哭笑不得。

也不知道自己睡了多久，终于恢复了意识，慵懒地睁开眼睛，首先映入眼帘的是淡紫色的纱幔，发现是在自己的寝宫，没来由地叹了口气，还以为会在玄月的怀抱里，多少有些失望了。正欲起床的时候，突然意识到自己的右手被谁紧紧地抓住，偏头望向旁边，玄月沉静可爱的睡脸落入眼底，忍不住细细地打量，犹如欣赏一件世间罕见的旷世珠宝，竟然抑制不住想要亲吻上去的冲动。

"玄月殿下，七夜有事求见！"突然外面传来清润的男声，玄月的剑眉微皱了一下，却没有立刻睁眼。我慌乱地闭上双眼，装作仍然昏迷不醒。我不知道为什么要这么做，也许是不想打扰他们两人谈话，又或许是想继续得到玄月的关怀，心里觉得美滋滋的。

玄月坐直身躯，睁开疲惫的睡眼，见我仍然在睡，眼中掠过一丝复杂的情绪，用压抑的语调冷声回道："我不是说过在公主未醒之前，谁也不见吗？"

"但这件事与公主有关，所以七夜斗胆觐见！"七夜恭顺地回答道，言语中没有半点儿不悦与着急。

玄月沉默片刻，淡淡地回答道："进来吧！"

"是！"七夜应声推门进来，反手关上房门，径直走到玄月面前，没等他开口，自觉地跪了下来，负荆请罪道，"公主自杀的事都是因我而起，请玄月殿下责罚！"

玄月愣怔一下，第一次见到七夜心甘情愿地跪于人前，人鱼是从来不会下跪的，就算现在的七夜幻化成人形，也从来没有跪过任何人。压下内心的疑惑，平静地说道："既然你提起这事，那好，就把事情的详细经过说一遍吧！至于责罚，要看是不是该罚，公主会做到这种地步，想必她自己有错在先吧！"

厉害，玄月连这个都知道。我的心里不由一惊，是趁他未发火之前赶紧道歉，还是继续装晕博取他的怜惜呢？我的五指下意识地收拢，紧紧地抓住薄被，咬牙决定还是装睡下去。

七夜将事情经过一字不漏地叙述了一遍，玄月的脸色越变越难看，胸口的起伏也越来越大，紧握的拳头似要将什么人生吞活剥了一般，强压住内心的暴怒躁动,用平缓的语气说道:"七夜,没你的事了,下去吧!"

七夜闻言一愣,不解地望着玄月阴沉的脸,明明是一副要吃人的样子,却还能镇定地说出不关他事的话。难不成是气糊涂了?那个差点儿要了妖姬公主命的罪魁祸首不正是我吗?为什么不追究?来这里之前就已经做好了以死谢罪的心理准备,妖姬公主是我七夜唯一愿意付出性命的人,让她受到如此大的伤害,难道就这么算了吗?他这个犬神是怎么当的?难道他不在乎她的生死,那为什么又拼尽所有的魔力救活她呢?

想不通的七夜愣怔地跪在原地,并没有起身退下的意思。玄月再也克制不住心头的怒火,两眼放射出灼灼寒光,十分凶恶地开口道:"你没听见我说的话吗?我叫你退下!"

七夜的身躯顿时僵住,迷惑的眼神再不彷徨,收拾混乱的思绪,淡定从容地施礼告退道:"是,七夜遵命!"起身走出凤寝楼,关上房门前还不忘补上一句,"七夜这条命是妖姬公主的,她随时可以拿去!"

玄月果然生气了,要怎么办才好?我的脑子顿时乱成一团,最后竟然变成一片空白,就是想不出怎么讨好他。

"笨蛋女人,你还要装睡到什么时候?"玄月突然冲我怒吼道,一把掀开我身上的薄被,顿时感觉到一股森冷的杀气已经弥漫开来,猛然睁开眼睛,映入眼帘的是玄月气得通红的脸颊,还有凶狠的目光。

我不禁打个寒战,不敢正视他杀气腾腾的紫瞳,怯生生地说道:"我没有装睡啊,刚刚才被你吓……"

"还敢狡辩!从七夜进来的时候,你就已经醒了,只是有他在场,我不想戳穿你,反正我也不想知道你出于什么目的。"玄月冷声打断道,一把匕首扔在了我的身旁,正是玄月送我防身却又拿来自杀的那一把。

我抱胸蜷缩成一团,愣愣地望着那把闪着暗紫光的匕首,刀刃上映照出我郁闷的面容。现在的我是无言以对,抱着任打任骂、随杀随剐的态度,默默地承受玄月已然暴发的怒火。

玄月见我避而不答,强压心中怒火,调匀紊乱的气息,咬牙道:"你把我给你的东西当成什么使用了?自杀?!想死也不要让我难堪!如果不想再见到我,大可以一刀杀了我,用不着自己死,你这个笨蛋女人!"

玄月无厘头的话听得我一头雾水,冷酷的声音重重地敲打在心上,困惑茫然地望着他，在他眼中看到了痛苦与懊恼，心里一紧张，纵身一跃扑向他，慌乱地辩解道："我不是想让你难堪的，玄月！对不起，我错了！我从来没有想过要用你送给我的匕首沾染上自己的鲜血，改变了你的初衷，让你伤心难过。我只是一时间头脑发热，完全没有考虑到后果，犯下大错，我真的很笨……"

一个热吻封在我的唇上，将后面的话哽在了喉咙里，肆意游走的唇舌令我忍不住战栗，一时间头晕脑涨的快感刺激每个细胞，继而放软了身躯，眼神逐渐迷离，呼吸也变得急促起来。

突然，我感觉到一股似有似无的魔力渗入体内，所有模糊而混乱的记忆碎片，在脑海中如播放旧日电影似的闪过，掺杂着玄月喜怒哀乐。这到底是怎么回事？为什么我能感应到玄月所有的情绪，还有他的记忆，虽然不是很清晰，却像是自己也亲身经历过一般。

短暂的拥吻过后，玄月的脸上泛起一片似火的红霞，目光中的欲望尽数褪去，又是一堆莫名其妙的话不冷不热地吐了出来："刚才我对你使用了心相印魔法，你所有的一切都在我的掌握之中，以后你要是还敢乱来，看我怎么收拾你！"

我迷惑不解地眨眨眼睛，暗自嘀咕埋怨：刚才还柔情如水，现在却说些狠话来威胁我，玄月真是好霸道啊！

玄月怒目一瞪，似乎听见了我的心声，冰冷的语气从齿缝间挤出："你说什么？"

我惊慌地搪塞道："没……什么也没说啊！"

玄月轻嗤一声，看似认真又似调侃地说道："现在你心里想什么我都知道，别以为可以瞒得了我。使用过心相印魔法之后，你的情绪包括你的身体状况，我都能感应出来，而且还可以定位你的位置，随时可以找到你！怎么样，害怕了吗？所以最好不要轻易拿自己的命来开玩笑，你这个笨蛋女人！"

咦？我惊异地瞪大双眼，有那么厉害的魔法吗？从难以置信中反应过来后是欣喜若狂的表情："玄月，你说的都是真的吗？那太好了，我以后想你的时候，你就会知道，然后无论天涯海角都会来见我，对不对？"

这个笨蛋女人的脑子到底是什么做的？难道不懂得节制一点儿吗？玄月一阵汗颜，不由摇头苦笑。经过她这次白痴似的自杀过后，已经铁定主意，无论她愿意与否，都要对她使用心相印魔法，免得她以后再胡来。虽然改变了使用这种魔法的初衷，但结果都是一样的，不想让她受到半点儿伤害。

见他的神思有些恍惚,我唯唯诺诺地问道:"玄月,你是不是觉得我是个大麻烦?老是让你操心!"

玄月回过神,淡然说道:"你知道就好,以后少给我添麻烦!"

"是,湘湘明白!"我露出一个邪魅的笑容,对刚才的激情还有些意犹未尽,顿时脸红心跳加速,略带羞涩地说道,"玄月,我……我还没有……"

"没有什么?"玄月不耐烦地打断道,眉宇间掠过一丝不悦,狗耳朵微微抖动了两下。

一种酥麻的感觉顿时涌上心头,再无法克制被他的可爱所点燃的欲望,一双媚眼微眯,双手扯上他的衣襟,疯吻在他的唇上,不给他任何推开我的机会。然而我却弄错了,玄月当然知道我心里想些什么,轻轻揽着我的腰身,并无勉强被动的神色,带着些许狡黠的笑意慢慢地在脸上绽开,一个吻还是没有关系的。

……

第六十九章　招摇山寻宝

在玥清宫的品茗殿,我端起一杯刚刚泡好的铁观音,细细地品味了一小口,茶香流连于唇齿间,让人欲罢不能,能在万妖国喝到人类世界的极品好茶,还真得要谢谢历代犬神的收藏了。更难得的是,红叶今天居然肯放我一马,可以和玄月尽情地幽会,真是天气好,心情也不错啊!

玄月愣怔地望着我,并不是因为我泡茶的功夫到家,而是我刚才说出要找回鹏综和簶焗的想法让他吃惊不小,目光中竟是难以置信的神色。也难怪,像我这种神经大条又不正经的女人,能说出这番为国为民的话,恐怕老天都要塌下来。

"玄月,想得怎么样了?"见他一直都不说话,我有点儿不耐烦了,一口气喝光杯中的余茶,很正式地坐直身躯,表明自己的认真态度。

玄月收敛心神,淡然问道:"为什么突然想要找他们回来?"虽然问得有些多余,但还是不自觉地问了。

"这还用问为什么吗?红叶说只要四大守护神归位,我就可以正式接受神授成为女王,然后就可以一直陪在你身边了!而且我还能光明正大地办了逆魔!"我没有半点隐瞒自己的目的,因为我现在发现,自从玄月对我施了心相印魔法之后,真的是什么事都瞒不过他,所以想瞒也瞒不住,倒不如干脆说出来。接着两眼发光,兴致勃勃地说道,"听说你有一面万妖镜,只要是在万妖国的任何妖魔,都可以用它找到,是不是?"

玄月不假思索地反问道:"你问这个干吗?谁跟你说的?"

"你不用管是谁告诉我的,正面回答我的问题。有,还是没有?"我不耐烦地接话道,灼热的目光看得他脸上飞起一抹红晕。

他微微点头,明白了我的用意,正色道:"没错。但是这万妖镜根本不能找到守护神,它只对妖魔有用!"有这心灵感应还真不错,不用我说太多话他都能明白我的意思,倒省了不少工夫。(PS:有些朋友或许会问,为什么湘湘开始来到万妖国,玄月想用万妖镜找到她,其实前面章节也有提到过,湘湘在未接受神授前也是妖魔。)

看出我脸上露出郁闷的神色,玄月急忙补充道:"要找守护神也不是没有办法!"

我的胃口再一次被他吊了起来,如饥似渴地问道:"什么办法?快说啊,玄月,真的可以找到他们吗?"

玄月淡然一笑,神色轻松地说道:"万妖国有一种特殊召唤守护神的符咒,只要启用这个符咒,就算是在人类世界的守护神都能感应到,并且及时赶到女王身边。守护神并不是时常留在女王身边听候差遣的,所以这种符咒便成为女王专用的联络方式。"

"那还不快拿出来！既然有这东西，找他们又有何难！"我欣喜若狂地说道，伸手便向玄月讨要。

玄月耸耸肩，漫不经心地回答道："符咒不在我身上，需要湘湘亲自去招摇山走一趟！"

"咦？不在你身上！"我失望地缩回手，撇嘴不悦道，"那去招摇山干什么？难不成那玩意儿还要花钱去买？"

玄月清了清嗓子，一本正经地说道："那倒不是。符咒在招摇山上，只有王族血脉的人才能找到！因为这种符咒十分特殊，并没有固定的形态，会根据每一代的女王而变成方便女王使用的东西，所以湘湘的符咒会是什么样子，连我也不知道！等找到之后，我再告诉你怎么使用吧！"他顿了一下，似明白了我的心思，补充一句道，"辉玉女王的符咒是一支玉簪！"

"哦，还有这么好玩的东西吗？"我玩味地笑了一声，对它产生了强烈的兴趣，迫不及待地拉起玄月的右手，兴冲冲地说道，"我们赶快去招摇山吧！"

玄月被我拉起身，拖离座位，差点儿一个趔趄，阴沉着脸不悦道："笨蛋女人，着急什么？带上德贞和天龙一起去！"

"不要，就我们两个去！"我很干脆地拒绝道，连拖带拉地将玄月推出门，坚持说道，"符咒不是只有王族的人才能找到吗？有玄月一个人保护我就行了，其他人免谈！"寻宝当然是情侣玩才有意思，难得可以借此增进彼此间的感情，把那两个一千瓦有余的电灯泡带上，岂不是失了兴致？大煞风景的傻事我才不会做呢。

去招摇山的途中，我饶有兴趣地构思了几十种招摇山的模样，万妖国的珠宝盛产地，是金银珠宝堆满整座山呢？还是像海盗藏的宝藏那样深埋在某个地方？当我和玄月降落在这片土地上的时候，才发现自己的想法有多幼稚，再一次大跌眼镜，让我心里产生了一种大千世界无奇不有的惊叹。

我使劲地揉了揉眼睛，用力地掐自己的胳膊，眼前一切真的让我傻了眼，高耸入云的树木上结满的不是果实，而是五彩美玉、珍珠玛瑙、金元宝和银元宝。除了传说中的摇钱树让我信服外，其他的珠宝玉石都是树上结出来的，打死我也不相信。

玄月拍拍我的肩膀以示宽慰，理所当然地笑说道："尽快接受这些事实吧！招摇山正如你眼前所见，傻愣也没有用。喜欢上什么，告诉我一声，我帮你摘下来！"

摘下来？说得倒是轻松，在人类世界被人们拼死追求的东西，竟然长在光天化日之下。不过这些珍宝真的很诱人,在月阳下,争芳斗艳地放射出属于自己的耀眼光芒,五彩斑斓、璀璨夺目。如果说我对这些名贵的珠宝没有任何感觉,那我肯定不正常了,只是看得眼花缭乱,要在多如繁星的珠宝中挑中一件,绝不是几分钟内就可以判断出来的,所以我想全部都要,但我这份贪婪只会是眼大肚皮小,吃不下去,也不知道从哪里吃起。

玄月见我一副苍蝇见了肉似的贪得无厌的表情,一阵汗颜,咬牙道:"整座山都是属于你的,挑不出来就别挑了。我们今天来的目的主要是找符咒,以后给你几年的时间慢慢选吧!"

够狠!用几年的时间来挑选珠宝,要是让人类世界某人听了,一定是恨得牙痒痒的。我无可奈何地翻个白眼,要是心里有个什么想法,玄月一定会知道的,到时自己不被他骂死也会脱成皮,倒不如让自己的脑子一片空白。收拾起所有不满的情绪,摆出讨好的笑脸,直入正题:"玄月,那我们要用什么样的方法才能找到它呢?"

"跟我走吧!"玄月眼中看不出一丝情绪,冷静清澈得犹如初冬的溪水。

我没有任何疑问,伸手拉住他的右手,温暖而柔软的触感让我一阵悸动。他似乎也感应到了,身躯不由一僵,随即又沉静下来,脸上泛起了一丝羞涩的红晕。

面前一个不足 5 平方米的深潭让我忍不住蹙眉,潭水是深蓝色,像幽灵般泛着暗紫色光晕,深不见底形同宇宙空间里的黑洞,总觉得与周围的珠光宝气极不协调,而且还有一种说不出的阴森恐怖气息弥漫。不由倒抽口冷气,头皮直发麻,脊梁骨上一丝凉意直窜入心脏,转过脸对上玄月平静无波的眼神,扯开一个僵硬无比的伪笑,带着颤音问道:"玄月,哪有什么符咒啊?你不会告诉我这就是目的地吧?"

"没错!"玄月见我满脸的惊惧表情,淡然回答道,毫无预兆地伸手一推,我就毫无心理准备地"扑通"一声,掉进了冰冷刺骨的潭水之中。

死玄月,不知道我不会游泳吗?我在潭水中拼命地扑腾挣扎,咒骂却被哽在喉咙里,发不出任何声音。玄月静静地立于岸边,仍然一副处之泰然的神色,隔岸观火似的见死不救。

我茫然无助地瞪他一眼,感到无比的凄凉和痛苦。谋杀主人,玄月是真的不要我了,我是该恨,还是该笑呢?真是讽刺啊!既然如此又何必三番两次地救我呢?难道真要死在你的手上才能让你安心吗?算了,死就死吧,虽然有些不甘心,不过死在玄月的精心设计之下，可以让他露出得意的笑容也不错啊！意识到这一点，我突然不再挣扎，对他绽开最后一个妩媚的笑容，任凭自己沉入深不见底的潭水之中。

闭上眼睛，静静地往下沉，这个潭真的很深呢，恐怕有几十米了吧？在我心甘情愿沉入潭水中时，七夜给我的黑珍珠似乎起了效用，可以让我在水中像鱼儿一样自由地呼吸，但是又能怎样，是玄月把我推下来，你认为我还有活下去的勇气吗？倒不如死在这里干脆。

突然，感觉到周围的水流不再那么温柔地抚摸我的身躯，就像一张无形的天网正在收紧，用力勒在我每一寸肌肤上，痛得我龇牙咧嘴，心脏急剧跳动而狂乱不安，全身肌肉不由紧绷起来。是因为水压的原故吧，看来已经足够深了，不是被淹死，而是被这强大水压折磨死，说出去笑死人。实在是受不了了，猛然睁开眼睛，我发现并不似刚入潭中时那样一片深蓝色，什么也看不见，而是透明得如水晶宫殿一般，几近明亮，视野无比广阔，看样子这深潭下的世界不只是几公里的范围，原来这深潭是个倒立过来的漏斗，下面别有洞天啊。不过，好歹是个有水的地方，怎么连条鱼或水草都没有，以为是纯净水啊！

第七十章　召唤守护神符咒

深潭中怎么会有亮光呢？不是阳光折射进水中的光亮，更像是深潭中有某个发光的物体照亮整个深潭。目光呆滞地望着未知的水下世界，神思恍惚间，从肌肤传来的刺痛感使我倒抽口冷气，猛然回过神来，接着便闻到一股腥甜的气息，这种味道不会让任何人陌生，是鲜血的味道。

竟然没有了痛的感觉，我诧异地望着从我身上流出，在水中丝丝晕开的鲜血，诱人的色泽缥缈如烟似梦，犹如在描绘一幅摄人心魄的死亡画卷，不由一声叹息，嘴角扬起一抹悲怆的轻笑，死也死得这么壮观、美丽，玄月还真是选对了地方。深深地呼吸，任由口中充满了腥甜的味道，却仍然不觉得满足，或许我有噬血的本性吧，咕咕地吞几口入腹，极其享受地舔舔嘴唇。生无可恋，死又何惧？我豪迈坦然地伸开双臂，展开怀抱，虔诚得像是在迎接等待已久的死神的降临一般，脸上的笑容也变得诡异。

层层晕开的鲜血终于汇集到一个地方，一条宽约一米、长约三米的紫色透明的符咒出现在我眼前，反射出紫红光芒，紧紧包裹住我身体的冰冷潭水突然变得像空气一般，托浮着我已然虚弱不堪的身躯，犹如悬浮在空中，飞一般的感觉，因失血而苍白的脸稍稍恢复了一些气色。

正当我迷惑不解地傻愣时，符咒跃跃欲试地急剧振动起来，犹如紫色火焰般舞出惊天地、泣鬼神的勾魂舞姿。片刻之后，符咒向中心一点迅速收拢，像是一条柔顺的丝绸被谁狠狠地揉捏成一团，顿时紫光大作，刺得我眼睛发痛，不得不闭上眼睛。

手腕处有一丝丝微凉的感觉浸入心肺，像是一颗颗水晶串成一条手链戴了上去。没有了刺痛感，好奇地睁开双眼，同时将左手收回到胸前，发现真有一条紫水晶手链戴在手腕上。平视前方，符咒已然消失无踪，平白无故多出来的饰物让我有些茫然无措，忍不住用食指轻轻触碰，除了水晶的质感并无特殊之处，无论我用什么方法，都无法将它取下来，似是与身体已经浑然一体。

这条紫水晶手链确实惹人喜爱，一根金线将二十五颗直径约五毫米的球形水晶串起，珠体特别通透，不含一丝杂质，每隔五颗便有一颗玫瑰花状的紫水晶，形象逼真、巧夺天工、莹润可爱。天然的葡萄紫色，明艳、洁净、无瑕，从深紫的底色中透出闪闪红色光辉，如果在人类世界也算是价值连城吧。难道这就是玄月所说的可以召唤守护神的特殊符咒吗？用王族的鲜血幻化出来，难怪只有王族才能找到。呵呵，这条紫水晶手链挺适合我的！

原来玄月并不是想杀我，这也要怪他没有说清楚就把我推了下来，任谁都会

驱魔人

误会。我脸上绽开灿烂的笑容，急不可耐地迅速游上去，借助黑珍珠的力量，原来想上去也是件很轻松的事情。

浮出水面，轻轻抹去脸上的水渍，拨弄开遮挡住视线的湿淋淋的长发，玄月如阳光般温暖的身躯出现在我眼前，伸手一提，整个人便落入他的怀中，飞身回落在岸边。

"玄月！"我柔声低唤，声音充满了无尽的欲望而显得喑哑，明亮清澈的黑眸染上一层迷蒙的雾气，诱惑的笑容缓缓绽开，伸手揽住他的脖颈，很明显我就是在勾引他。不过谁叫他这么亲密无间地抱着我，这只是一种自然生理反应而已。

玄月的身躯顿时僵硬，脸部肌肉有些抽动，冰冷的眼神透露出不屑，用魔法快速将我湿透的衣服和头发烘干，毫不留情地把我扔在了地上。

"疼啊！"我深受委屈地痛吼一声，冲他横眉瞪眼，真是不解风情的男人！什么时候才能学会体贴？

他仔细地审视我一番，冷冷地问道："符咒拿到了吗？"

过分！把我扔下水，连句关心的话都没有，只知道问符咒的事，心中不由恼羞成怒，一个箭步冲上去，扯过他的衣襟，霸道地啃咬上他的唇，灵滑的舌尖肆意挑逗他的极限，脸上绽放出坏坏的笑容。玄月，我要身体力行地惩罚你！看你还能忍到什么时候！

突如其来的酥麻感觉让他头昏脑涨，急促的呼吸声加上妖媚的呻吟刺激着他敏感的神经，目光开始散乱和惊慌，欲望在体内疯狂地叫嚣，几乎快要丧失那唯一的理智，他咬牙强行推开我，愤怒地吼道："笨蛋女人，忍耐是有限度的！给我适可而止！"

我厚颜无耻地笑了笑，邪魅的表情溢于言表，眼中流露出诱惑蛊人的似水波光，情深意浓地说道："玄月，我并没有让你忍耐啊！我们做——"后面几个字还没有说出口，压在我双肩上的手加重了力度，疼得我直咬牙。

"给我住口！"玄月厉声喝止，俊脸阴沉下来，强压心中蠢蠢欲动的欲火，调匀紊乱的气息，态度十分强硬地回瞪着我。对于我的投怀送抱不只是手足无措，更多的是避讳和顾忌。虽然这身体本来就是属于她的，但是没有神授之前，如果乱来会因无法承受犬神魔力而有性命之虞，所以只能忍耐下去。她难道不明白，一个男人要忍受情欲之苦往往比女人要辛苦得多，一次又一次地挑战他的极限，会令他发狂的。

我不解地望着玄月冰冷无情的脸，眼神明明透着温柔，为什么要装作冷漠？为什么心相印魔法只能在玄月施法时我能感受到他的感觉，以后都只是他感受我的感觉呢？多么希望可以读懂他的心思啊！到底爱不爱我呢？我不甘、气愤甚至还很委屈，抿紧嘴唇一言不发，眼中却有温热的液体不自觉地流出来，而且是一发不可收拾。

他心里一惊，心如刀割般难受，一时不知如何是好，这女人怎么一哭起来没完没了的？咬牙将我重新搂入怀中，轻抚我的秀发，于心不安地说道："湘湘，别哭了！我——我实在是……现在还不行……不要让我为难好吗？"

听着他不着边际的话，这也叫安慰吗？完全听不懂他想表达什么，暗自咒骂道：该死的心相印魔法，就不能让我感受一下玄月心里想些什么吗？什么乱七八糟的？

玄月一脸黑线，两人身体的接触，直接就可以感受到她心里的想法，嘴角扯开一个无辜又无奈的苦笑，眼神变得有些迷茫。片刻过后，怀中的人儿已经停止抽泣，收敛了心神，正色道："召唤守护神的符咒拿到了吗？"

我仰起满是泪痕的脸，望着他温柔如紫水晶般的眼睛，心情总算平复下来，左手腕拿到他眼前晃了晃，轻松地调笑道："你看，和你的眼睛颜色一模一样，漂亮吗？"光荣完成任务，玄月还不好好地夸奖我一番吗？

这笨蛋女人的情绪变化怎么会如此之快？哭得快，开心得也快，完全就是小孩子脾气，一时愣怔了半天，茫然回答道："嗯，漂亮！"

"那我要怎么启用它呢？"我眨着好奇的眼睛，妩媚而又调皮地笑起来，让他心神一阵恍惚。

他避开我那宛如妖精般诱惑人的眼神，沉声正色道："只需要喊出言念，召唤守护神的名字就行了，和召唤凤凰是一样的！"这一次他选择了简单易懂的方式教我，要是再像在人类世界那样闹出什么笑话，恐怕有失万妖国公主的身份吧？

我沉吟片刻，饶有兴趣地注视手腕上的紫水晶手链，指尖轻轻滑过线条流畅的紫色玫瑰花瓣，思绪越飘越远，心情也越来越沉重。马上就可以召回另外两名守护神，只要四大守护神归位，我就可以接受神授，正式成为万妖国的女王了，这样就可以和玄月在一起了。可是，这样真的好吗？玄月心里到底爱谁多一些呢？我排在第几位呢？如果我强要了他，他会不会很痛苦？

"湘湘，你放心，我永远都是属于你的！"玄月突然郑重其事地向我承诺道，吓了我一跳,差点儿惊叫出声,脸色顿时羞得绯红。真该死,明知他有心灵感应,还在胡思乱想!

我惶恐,有些受宠若惊,冲他尴尬地笑了笑:"玄月,不要老是感应我心里的想法好不好?没有了任何的隐私,我会觉得无地自容的!"

玄月手足无措地放开我,拉开彼此间的距离,脸上的愠怒未消,不甘地埋怨道:"笨蛋女人,你以为我想知道啊,谁允许你主动靠过来的!"继而压下心中的狂躁,正色道,"不是要召唤守护神吗?就召唤鹏综试试看吧!"

"好!"抿嘴一笑,投给玄月一个无比自信的眼神,深吸了一口气,集中意念召唤道:"召唤,守护神鹏综!"

……

第七十一章　雷系守护神归位

一道紫红色光芒从手腕处放射出来,如水波般晕开层层涟漪,紫水晶手链犹如断了线一般随着晕光分散而出,在我面前形成一道巨大的紫色符咒,与我在如愿潭中看到的符咒一模一样,通体透明却放射出紫红光。随着符咒有规律的振动,紫红光越来越强烈,最后变成暗紫色光芒扩散出去,周围的风流急速流转,整个空间似是要被扭曲一般,眨眼间符咒消失了,一切都恢复了平静,紫水晶手链回到我的手腕上，像是什么事也没有发生过。

确认周围的环境一切正常，奇怪，怎么会这样？什么也没有啊！我一脸茫然地望向玄月，希望他能给我一个很好的解释，是我召唤不到位，还是他故意耍我呢？为了报复我刚才强吻了他，寻我开心？

他的眼神同样是迷惑不解，微微蹙眉，脸上掠过一丝阴郁悲伤的表情，对上一双犀利的眼睛，急忙收敛心神，生硬地敷衍道："或许中途出了什么问题，并不是你的原因，或许符咒刚刚形成，魔力还不太稳定吧！你再试试召唤簬焆！"

我半信半疑地眨眨眼睛，他的神色有些不对劲，隐隐透着哀伤，到底是在想什么呢？气氛显得有些凝重了，于是调皮地笑说道："或许应该先用德贞或天龙试试看！"

玄月愣怔一下，只是心里一时急切地想要知道原因，当年鹏綜为什么会带着辉玉女王的圣旨去浮玉轩拿飞雪针，所以也没有考虑到召唤符咒是否有效，或许根本就没有怀疑过它，对于她的信任早就超过百分百了。他凝神正视我一副戏谑的神情，咬牙道："你就不能认真一点吗？要召唤谁随便你吧！"

"玄月生气了？"我反思还不行吗？可是面对他的可爱，我确实很难正经起来，公主应有的矜持和高贵优雅通通没有，狂放不羁、玩世不恭我倒是样样精通，不过玄月只要一生气，我这些脾性会马上收敛起来，换成撒娇。比如就像现在，一副唯唯诺诺的样子，瞪着一双水汪汪的乌黑大眼睛，扯着玄月的衣袖，用甜腻的像沾上了蜂蜜的声音说道："玄月别生气，湘湘知错了！马上召唤簬焆，这次我不会让你失望的！"

玄月一阵汗颜，又气又想笑，真是拿她没辙了，强压住内心突然难耐的躁热，用力甩开她的手，冰冷的目光回瞪过去，硬生生地说道："那还愣着做什么？这次我帮你提升魔力，希望可以召唤成功！"

我有些失落地叹息一声，调整好情绪，摆出一副认真的表情，凝神正视前方，底气十足地喊出言念："召唤，守护神簬焆！"

紫水晶手链放射出紫红光芒，再次断裂分散开，形成一道巨大的紫色符咒。随着符咒有规律的振动，紫红光越来越强烈，最后变成暗紫色光芒扩散出去，周围的风流急速流转，和刚才发生的情景一模一样，只是这一次有了小小的差异。

一个龙卷风突然从天而降，里面有个人影渐渐变得清晰，龙卷风转瞬消失，紫水晶手链回到手腕上时，出现的人垂首单膝跪在我的面前，身着素白长衫，淡金色

的长发直达腰际，从俯视的角度看去，给人一种阳光般的感觉。

事实正是如此，他迟疑地抬起头，用审视的碧瞳对上我的，那种充满阳光的朝气蓬勃立刻吸引了我，竟然惊艳到目瞪口呆的地步。

"喂，看够了没有？"一个略带戏谑和不耐烦的声音激荡在耳边，他自行站了起来，眼中掠过一丝不易察觉的轻佻。

我猛然回过神，吞了吞口水，尴尬地笑着掩饰自己对帅哥没有定力的表情，疑问道："你就是雷系守护神簏焗？"

他轻嗤一笑，正准备给她一个特别的见面礼，戏耍她一下，突然感觉有道严厉的目光落在自己身上，这才发现站在我身后的玄月阴沉着脸对视他，心中不由惊怔，匆忙跪下施礼道："微臣簏焗参见玄月殿下、公……妖——姬公主！"虽然内心迟疑了几秒钟，但是已经成为了妖姬公主的守护神，也只有她才能召唤，只是没有想到玄月也会在这里。该死的召唤术，才救了与黑溪边拼命只剩下一口气的德贤，正在用魔法给他疗伤，还没反应过来就被召到他们面前，什么心理准备都没有；更糟糕的是，刚才对妖姬公主的不敬已经落在玄月的眼中。惹怒了一只狗，后果可想而知，内心不由一阵苦笑。

我不知道玄月对簏焗的心理造成了多大的震撼，自顾自地笑盈盈地扶他起身，仔细地打量他一遍，阳光般的帅气就是不一样，连头发也是阳光的颜色，温暖怡人。我还真是艳福不浅，四大守护神见到的三位，都是大帅哥，就是不知道唯一女儿身的鹏综是怎样一个颠倒众生的大美人。

玄月从我身后走出来，眉宇间的凝重还未褪去，紫瞳也是凌厉得吓人，冰冷的语气带些霸气，单刀直入主题："簏焗，二十年前你为什么离开王宫？"

"玄月？"突然对上他冰寒冷冽的眼神，从未见过他如此这般严厉认真到吓人的表情，心弦骤然绷紧，有种说不出的窒息感，却不知该对他说些什么。簏焗或多或少地了解了二十年前发生的事，对于青风的死玄月受到的打击很大，现在有这种过激行为也是常理中事。本来这追查自己父王死因的事，应该是身为儿女该做的，然而我却没有玄月表现得那么强烈，或许是因为我没有对他们的记忆，感情也就只有血脉相连而已。换句话说，如果是生活在人类世界的养育了我二十年的父母离奇死亡，那我肯定会发疯地追查凶手，除之而后快，这就是他们存在于我的记忆中的影响。

簏焗闻言一怔，没想到这一天这么快就来临，修身养性了这么多年，似乎已经习惯悠然自得的感觉了，内心一阵慌乱，眼神无法集中在玄月身上，这种心虚又岂能逃过玄月的眼睛？一直都有密切留意王宫的他，当然知道玄月和妖姬已经回到万妖国，只是很多事现在还没有调查清楚，查了二十年仍然一团迷雾解不开，自然是无颜面见他们，只好为难地皱紧眉头，艰难地吐出一句话："追查鹏综为何失踪！"

"你说什么？"玄月大吃一惊，他不是和鹏综同时失踪的吗？下意识按住簵焆的右肩，紧紧地掐住他的锁骨处，眼中放射出慑人寒光，声色俱厉地说道，"你知道鹏综拿着辉玉女王的圣旨去过浮玉山吗？"

一阵钻心的疼痛使簵焆咬紧牙关，额头冷汗渗出，脸色发白，但又丝毫不敢闪避呼痛，勉强稳住身形，吃力地说道："微臣知道。但圣旨并不是辉玉女王亲自下的，圣旨上的玉印没有假，但内容却是被逆魔篡改过。"

玄月茫然松开簵焆，神色黯然下来，喃喃低吟："原来是这样，呵呵！证据找到了又能怎么样？"他深吸口气，怅然道："簵焆，把你当年知道的事情全部说出来！"

"是！"簵焆缓过一口气，不禁伸手抚上刚才被玄月掐疼的地方，揉捏几下缓解了疼痛，用极其平静的语调，将事情原原本本地叙述了出来，"辉玉女王驾崩前一天晚上，鹏综突然神神秘秘地潜出王宫，向浮玉山的方向飞去。本来这个时候四大守护神都应该守护在女王身边，等待玄月殿下继承犬神之力，她是新封的效忠妖姬公主的守护神，更应该留守王宫，此时的离开让微臣起了疑心，于是跟踪她到了浮玉轩。因浮玉轩有九龙瀑布做结界，微臣无法进去，就只能静候在外面，鹏综进入浮玉轩时，我清楚地看见她手上拿着辉玉女王的圣旨。等了大约两个时辰后，她出来的时候手里拿着一把很奇怪的剑，于是上前截住她，问她到底在浮玉轩做了什么。可是她只说是王命在身，无可奉告，然后突然对微臣动手。微臣见她神色不对劲，逼于无奈只好出手反击，没想到中途杀出几百只虪，让她趁乱逃走了。等我追回王宫的时候，宫中便传出青风殿下和辉玉女王驾崩的噩耗，殿下和公主失踪，鹏综也跟着失踪了。微臣为了查找鹏综的行踪，沿路追到了咸阴山，却遭到了狍鸮的攻击，受了重伤，等调养好伤回到王宫时，逆魔已经掌控了王宫。权宜之下，微臣选择隐藏在座厘山，调查出所有的真相。"

"你怎么知道圣旨上的玉印是真，旨意是假？"玄月听完他的陈述后，冷声问道，眼中浓重的杀气稍纵即逝，双手紧握成拳，似是在克制心头的暴虐。

簵焆沉吟片刻，正色道："当晚微臣在鹏综的房间里意外地找到了圣旨，偷看了圣旨的内容，后来逆魔闯了进来，抢夺了圣旨并当面将其销毁。也许逆魔当时很有把握可以杀了微臣，没想到微臣能侥幸逃脱，所以把真相告诉了微臣，说圣旨是他伪造的，秘密地派鹏综去执行。"他停顿一下，眼中掠过一道异样的光芒，叹息一声，黯然说道，"后来经过微臣二十年的调查，终于明白了逆魔为什么要伪造圣旨，因为……飞雪针是唯一可以杀死犬神的神兵利器！"

……

第七十二章　锁魂

"这不是真的，你胡说什么呢？飞雪针根本就伤不了玄月！"我惊慌失措地辩驳道，想要掩盖住事实，曌真说过这件事不能让别人知道，玄月的致命软肋怎可以暴露出来。

玄月有些惊讶我的反应，继而了然于胸，浅笑一声淡然道："没关系的，反正已经是天下皆知了；况且，籁焆是守护神，不会对我构成威胁的！"

"看来我还是该把它给毁了。要不是看在曌真的面上，我早就把它变成一堆废铁了！"我心有不甘地喃喃念道，总觉得心里堵得慌，眼中不由掠过一道杀气。（PS：大家应该不难发现湘湘现在已经很少会念出错别字了，呵呵，这也是多亏了玄月给她的那本《天书》！）

籁焆略带些玩味地挑起了眉，嘴角扬起一个耐人寻味的笑容，好玩的痞性不觉又流露出来,阴阳怪气地说道:"哦,看不出公主还很紧张殿下呢!"

"讨厌!"我娇嗔道,羞涩地低垂下头,脸上飞起一抹红晕,居然不好意思起来。玄月则是怒瞪他一眼,用腹语威胁道:"籏焗,不分尊卑,小心我撕烂你的嘴!"

籏焗会意冲他一笑,没有以殿下自称,想必没有怪罪的意思,继而笑得更加放肆起来,片刻过后才收敛笑容,言归正传道:"公主,既然能将微臣召唤过来,想必也可以召唤鹏综吧。她已经失踪了二十年,微臣一直打探不到半点她的消息。"

我为难地紧咬下唇,叹了口气,泄气说道:"在召唤你之前就已经试过了,没有成功,我还以为是自己出了什么问题呢!"

玄月应声附和道:"没错。照理说召唤符咒是强制性地召唤守护神,无论守护神在做什么,都会被召唤过来。可是,鹏综却成了例外,除非——她已经死了,但是我并没有感应到风的守护力消失。"

"这么说来,她有可能被谁锁魂了,这种禁锢之法太过残忍了吧。"籏焗沉吟片刻,心里还不太相信有妖魔可以对守护神下手,神色黯然地说道,碧瞳也失去了原有的光泽,变得晦暗阴沉。

"锁魂是什么意思?"我好奇地问道,算是江山易改,本性难移,不懂就问可是我一贯的作风。

玄月深吸了一口气,茫然地注视前方,沉声说道:"锁魂就是用禁锢魔法将灵魂控制住,使其失去自我意识,任人摆布!"

"难怪她会有那样的举动!"籏焗恍然大悟般感慨道,接连叹息几声。

我似懂非懂地望着玄月,挠挠头皮,继续打破沙锅问到底:"玄月,我还是不太懂,锁魂真有那么厉害吗?那困住一个人和困住一个人的灵魂有什么区别吗?"

籏焗忍不住嗤笑出声,这么白痴的问题也能问出来,讪笑道:"公主的提问好有趣呢!让微臣来回答你吧!困住一个人,他还有自己的思想,可以想方设法地逃走;困住一个人的灵魂,那他就没有了思想,自然也就不知道该不该逃走了;就好像人类世界说的那样,留住你的人,留不住你的心。"他停顿一下,故意摆出一副古代教书先生的模样干咳两声,正色道:"我想公主并不是想问这个问题,而是不知道该怎么问吧。其实公主是想知道无法召唤出鹏综与锁魂有什么关联,微臣有没有说错呢?"

切,不就是说我小白吗?有什么好拽的!我挑眉瞪他一眼,咬牙道:"知道我问什么,还拐弯抹角地说话,信不信我一脚把你给踹回去!"

"哈哈哈……"簶焐放声大笑起来,并未受我的恐吓影响到心情,见玄月冰冷的目光射到自己身上,随即止住笑声,认真地解释道,"公主使用的召唤符咒只是针对于守护神的身体,所以守护神会手脚不听使唤而被召唤过来。但是,如果守护神的灵魂被别人禁锢束缚,强行召唤的话,就会让守护神的灵魂脱离身体,那么召唤过来的也只是一副没有灵魂的空壳。幸好公主并没有使用强制召唤术,否则摆在我们面前的,说不定就是鹏绦的尸体了。"

有这么恐怖吗?我畏缩地吞了吞口水,还好玄月教我用的召唤术并不是他所说的强制召唤术,或许他就是考虑到这一点才没有教吧。转眼望向神色凝重似有所思的玄月,不忍打乱他的思绪,而且他身上散发出一种不似杀气却杀伤力极强的气势让我感到害怕。

簶焐似看出我的心思,用轻松的语气安慰说道:"或许殿下正在暗思良策,我们不妨等候片刻。"继而碧瞳闪烁,明亮清澈犹如落入湖中的一块碧玉,一脸的机灵活泼,调侃地笑说道,"听闻妖姬公主在人类世界生活了二十年,感觉怎么样?"虽然偶尔会因执行任务去人类世界,但很少去细细体会那些复杂的感情纠葛,面前的这位公主可是万妖国有史以来第一位在人类世界生活那么长时间的女王,怎么不叫人好奇。

感觉?虽然我很感激他的知己表现,但是突然问起在人类世界生活的感觉,一时不知从何说起,要打发时间也不用拿我开涮吧!面带为难之色,突然灵光一闪,笑着搪塞道:"酸甜苦辣,一言难尽!"

短短八个字带过,妖姬公主还真是不简单呢!簶焐兴味十足地挑眉,细细打量一遍眼前的美人,暗自思忖一番,嘴角上扬的弧度愈发明显了。他好像想到了什么,笑盈盈地问道:"公主,万妖国和人类世界,你喜欢哪个地方?想清楚了再回答!"

"咦?这个……"我一时语塞,眼睛四周打转,思绪一阵混乱。算算日子,来到万妖国已经两个月有余,经历了自己连做梦都没有想过的荒诞离奇,从一个平凡的上班族摇身一变成了万妖国的高贵公主,要风得风、要雨得雨,拥有高深莫测的魔力,身边还有玄月和三位守护神帅哥相伴,甚至还可以青春不老,成为统治万妖国几百年甚至上千年的女王。只是,到现在都还有些难以接受这些妖魔鬼怪、奇花异草,甚至是这座满树遍地长满金银珠宝的招摇山。虽然人类世界现在的污染严重,但也有我向往的东西,比如高科技的产物——电脑、电视、手机等等,还有我最喜欢看的动漫,人类长得再丑也会让我看着顺眼,至少不会倒胃呕吐,还可以过正常的生活……

"公主,很难做出选择吗?"籙焆见我沉默不语,眼中透出的兴味更浓,黠笑追问道,"如果玄月殿下也在人类世界,或许公主就知道该选哪边了吧?"

切,这个答案还用说吗,寻我开心是吧?我略带鄙视的眼神瞪他一眼,脑海中种种歪主意闪过,继而露出一脸坏笑:"籙焆,你是人类世界传说的四大神兽之一麒麟,如果谁能骑在你的身上,就可以成为天下霸主。我很想试试看!"从小到大,除了玄月化身的狗狗外,从来还没有骑过其他什么动物,曾经很羡慕那些小说和电视里骑在马上纵横驰骋的样子,那岂是一个"酷"字能形容,好歹让我抓住这个机会尝鲜,嘿嘿!还是麒麟!

籙焆闻言错愕,这女人果然不好欺负,三两下工夫就要骑到自己身上来,活了五百多年,头一次要被人当马骑,不禁好笑又有些恼火。扯开嘴角保持一个微笑的弧度,贴身上前拉近了我与他之间的距离,略带研判的眼神瞪着我,看得我浑身不自在,不敢把焦距对准他的如温玉般的碧眸。他突然嗤笑一声,带几分挑衅地说道:"公主,是想把微臣当马骑吧!知道骑了麒麟的后果是什么吗?导致一个国家灭亡!"后面一句话加重了语气,不容任何置疑的肯定。

呵,威胁我啊,我就不吃你那一套!未免他脚底抹油开溜,伸手轻轻扣住他的左手腕,眉飞色舞,极尽妖娆,笑吟吟地对他说道:"我就是把你当马骑了,怎么样?一个国家灭亡了,自然会有新的国家诞生!就像日夜更替一样很正常,这个理由不充分,驳回!你不是我的四大守护神?应该顺从于我才对!还不现出真身,难道说是想我逼你现出原形!"红叶教过我怎么将幻化成人形的妖魔打回原形,当然也包括了守护神。据红叶说,要消灭人形化的妖魔,必须要先将其打回原形,那么他的魔力就会暂时性消失,然后消灭起来就比较容易,看来与人类世界的灭妖之法差不多,也进一步证实了那些佛、仙、法术全是出自万妖国。

一番轻松的调笑让他身体微微一颤,然而他还是继续保持微笑,虽然看上去笑容很僵硬,但眼底的那份笃定和冷静,并没有认输的迹象。片刻之后,依着我扣住他的手腕,借力向前蹭了一下,贴在我耳边说道:"玄月殿下做你的坐骑还不能满足公主吗?既然如此,那微臣只好从命!任凭公主处置!"说完,略带挑逗地吹了口气,俊脸上尽是邪魅的笑,淡金色的长发愈发夺目耀眼。

怎么听怎么觉得这话说得太过暧昧,被他在耳边吹了热气,身躯随即一僵,脸刷地一下红了，怒目一瞪，咬牙道："你有被虐倾向是吧！信不信我在你身上留下999 条鞭痕，来证明我对你的爱呢！还不快变回真身，真想我打到你变身为止吗？"最后一句变成怒吼，将陷入深思的玄月惊醒，抬头望过来，困惑道："湘湘，你刚才说什么？"

"没……呵呵……没什么？"我笑着打哈哈道，与簏焗擦肩而过的时候狠狠丢出一句，声音低沉到只容我们两人听见，"你这匹马我是骑定了！"然后满脸堆笑，径直走到玄月面前，想分散他对着簏焗的注意力："玄月想到什么办法找回鹏综了吗？"

玄月没有深究他在凝神思考时到底发生了什么事，注视着我温柔如水的眼眸，似是在我身上看到一丝希望，正色道："既然用召唤术不能将鹏综召回，那么就用探寻术找找她的位置好了！"

……

第七十三章　探寻术

"探寻术？"我迷惑地望着玄月，"是不是类似追踪的那种魔法？"

簏焗从刚才的惊怔中回过神来，暗自苦笑，看来还真是得罪了一个不该得罪的女人，只是一时兴起拿她开个玩笑，她却撕破了脸威胁恐吓他，天真可爱的模样下却有一股子任性霸道，这倒有几分女王的样子。听到她把话题转到了其他地方,内心竟然有种如释重负的感觉,不免有些好笑,何时让这女人乱了心神。他无奈地苦笑着甩甩头,赶走脑海中混乱的思绪,连忙上前两步,站到玄月面前,正色道:"殿下,如果鹏综真的中了锁魂,用探寻术会不会……累及到公主?"虽然对玄月的能力充满自信,不免还是有些担心,说出了自己的顾虑。

玄月叹息一声,眼神黯然无光,怅然道:"没有别的办法了。如果四大守护神不能归位,公主也无法继承王位。我不可能杀了鹏综,再重新选一位守护神吧!"

"唉!对方是个狠角色,恐怕不会轻易让我们救走她的!毕竟在万妖国能禁锢守护神的屈指可数!"篛焆缓缓吐出口气,脑海中飞快地闪现出一些怀疑对象。说话的语气听似轻松,闻者却心情沉重。

"对方没有杀她是还有利用价值。如果真的救不了她,或许杀了她是种解脱!"玄月眼中似有波光闪动,仰望天空,强忍住了那一滴热泪,重新正视前方的时候,脸上已经恢复了平静。

面对他们的谈话,我更是困惑不解了,好像又插不上话,干着急地张了好几次嘴,又不知道该说些什么。玄月似是注意到了我的狂躁,紫瞳闪过一道异样光芒,沉声正色道:"公主,还是你来做决定吧!风系守护神鹏综是杀?还是救?如果是杀,公主只需要使用强制召唤术即可;如果是救,那么公主有可能要承受噬心刮骨之痛,而且不一定能救得了她。"

玄月不用湘湘这个名字来称呼我,想必是要我用公主的身份去决断这个问题,鹏综的生杀大权就这样交到了我的手中。虽然杀过妖魔,但多数都是出自玄月的命令,而且妖魔死后归于尘埃,根本不觉得满手沾染了血腥,现在要我自己决定杀死一个会留下尸体的守护神,确实很为难。紧咬嘴唇沉默片刻,正想说全由玄月做主,话还没说出口,玄月突然不悦地说道:"这件事只有公主才能决定,玄月不能替公主分忧!"

我脸上一阵发青,胸口极度郁闷,怎么又忘记了那该死的心相印魔法,害我再一次丢脸。汗颜羞愧地低下头,抬起头时已经换成一张迷人的笑颜,只能硬着头皮上了,大义凛然地说道:"救她!她是我万妖国的守护神,无论我受什么苦都要救她!玄月,教我使用探寻术吧!"

玄月脸上不见丝毫情绪波动,似是成竹于胸,走到我身后,从后面伸出双臂,整个人便偎依在他怀中。他的身躯挺拔如松,轻轻托起我双手,掌心对掌心。他缓缓闭上双眼,紫色流光之气从他身上散发出来,萦绕在我们周围,形成一个气流稳定的紫色光球,温柔如窃窃私语般在耳边响起:"湘湘,闭上眼睛。不用担心,我会帮你!你只要记住探寻术里出现的路线就行了,其他的事情交给我!"

我没有回头望他,只是很信赖地微微点头,随即闭上了眼睛,随着他与我的魔力同调,自身的魔力也不自觉地流溢出来。紫水晶手链突然有了变化,一团紫气从紫水晶玫瑰花瓣中溢出,以气流幻化成凤凰的形体,绕着手臂旋转飞舞直冲上来,手臂的经脉和血液也随着凤凰走势紧追而上,胀痛感侵袭而来,似是整条手臂都要炸裂开一般,疼得我直喘粗气。

气流状的凤凰突然从左肩钻入心脏,引起一阵猛烈的抽搐,呼吸一窒,里面似是有两只困兽在一个狭小的空间激烈地缠斗,誓要拼个你死我活,又如万只蚂蚁在啃咬撕裂每一寸心肺,身躯禁不住战栗起来,倒抽几口凉气仍然无法减缓疼痛,更有刮骨般的痛楚一阵紧过一阵袭来,脸色瞬间发白,额头冷汗直冒出来,一直怕玄月担心而紧咬的牙关,终忍不住疼而呻吟出声。

感应到玄月的身躯突然僵硬,我赶紧狠狠地咬上自己的嘴唇,将呼声强行压在喉咙里,只挤出了一些残破的颤音,嘴角已经渗出血丝,顺着下颌滴落到地面,溅开朵朵红梅。

闭上的眼睛原本什么也看不见,仿佛置身在黑漆漆的电影院里。刹那间,一块白色的大幕布立于眼前,幕布上突然升起一团迷雾,接着有了模糊的影像。随着影像越来越清晰,感觉自己好像飞了起来,穿梭云层之间,翻越高山,跨过河流湖泊,速度快如闪电。然而自身的疼痛并未因此而减轻几分,眼前一切随着身体摇摇欲坠,一阵晕眩迅速侵蚀了我的大脑。

就在快要失去意识坠落云端的时候,似乎有一股无形的力量扶了我一把,接着所有的痛楚与不适跟着消失,顿时身轻如燕,被紫水晶花瓣散发出的紫气牵引,不由自主地闪电般飞往前方。

突然,前面云海中出现一片群峰林立,峻峭高耸直达云霄,气势磅礴,雄姿灵秀。山顶被冰雪覆盖,宛如初绽的雪莲花,傲然于云海之间,不过我无心欣赏它的壮观和美丽,没有片刻停留,一路俯冲下去,连绵的群峦之间满布奇松异石,地势崎岖不平,悬崖峭壁纵横堆叠,如画美景一一从身边掠过。降至半山腰,身体继续向下自由落体式坠落,眼前出现一条顺千尺悬崖飞泻的百丈瀑布,急流奔腾,声震山谷,溅珠喷玉、水雾升腾,形成一处人间仙境。飞过瀑布,怪石遍布山涧,其形态可谓千奇百怪,似人似妖,似鸟似兽,形象逼真,令人心悸。谷底幽深,继续穿过一片檀树林,画面突然定格在一个嶙峋恐怖的山洞前,洞口两旁分别立着两尊面目狰狞、张开血盆大口、露出老虎一样锋利如刀的牙齿、体形像狮子一样威猛的石像,似是天然形成。仔细一看,石像的眼睛长在腋窝下,隐约透出噬血如魔的绿光,活灵活现,像要将我扑倒撕裂一般。

当我看到那双比幽灵和恶魔还要恐怖几十倍的眼睛,心中不由一阵慌乱,这不就是万妖国最凶猛的魔兽狍鸮吗?我的王母辉玉女王,就是为了镇压暴动的狍鸮而重伤不治驾崩的,未接受神授的我怎么可能对付得了这东西?胆怯地退后几步,甚至有想逃跑的冲动。然而一直指引我方向的紫水晶玫瑰,在洞口稍停片刻,闪电般飞了进去。

不是吧,要我进去?难道鹏综就被关在里面?头皮一阵发麻,心里更加惶恐不安,万一遇到狍鸮,岂不是死定了,还是不要进去了!转身迈出的脚却停留在了半空,迟疑地想如果就这么离开玄月一定会很生气,是自己决定要救的,出尔反尔岂不是小人一个?就这样踌躇犹豫了半天,一直在洞口徘徊不敢进去,也不甘心离开。

紫水晶玫瑰似是察觉到我没有跟上,从洞里折返回来,悬停在我眼前,发出紫红色光芒,晕开一波又一波的紫色涟漪,似是不耐烦地催促。

"湘湘,鹏综或许就在这洞里,最好进去确认一下。不用担心,一切有我!"玄月的声音从紫水晶玫瑰里传出来,虽然很微弱,却能听得真切。

我惊怔了一下,望着紫水晶玫瑰失神片刻,原来玄月一直都在我身边,继而喜上眉梢,眼眸里是全然的信任和激动,肯定地点了点头,强制镇定下来,豪气冲天地迈进洞府。

石洞里的景象出乎我的意料,并不像普通的山洞长满青苔、黑暗潮湿,没有滴水穿石,更没有什么石钟乳。洞内宽敞明亮,石壁更像是人工打造,比瓷砖还光滑,两边每隔一段距离便有一颗水荧灯,就像是公路两旁的路灯,放射出夺目的白光。走廊笔直延伸进去,深不可测,俨然进入一座地下王宫。我好奇地打量四周,一路上东张西望,露出惊叹不已的神色,暗自称绝叫妙,却忘了自己进入的是龙潭虎穴。

或许我应该重新审视一下周围的环境,虽然有紫水晶玫瑰指引,还是不免被这五步一小洞、十步一大洞搅得晕头转向,两眼发花。你奶奶的,这简直就是地下迷宫嘛!心底恨恨地骂了一句,继续跟随紫水晶玫瑰前行,不知道走了多长时间,到底深入到了何处,已经累得筋疲力尽,四肢发软无力,一下子软瘫在地,背靠在石壁上休息,仔细扫视一遍周围的环境,跟刚进洞府时一模一样。你奶奶的,该不会是在原地打转吧!

无暇去思考我是怎么离开招摇山的,总觉得现在的身体并不真实,也许这就是所谓的灵魂出壳吧!凝神注视紫水晶玫瑰,它依然放射出紫红光芒,这是我与玄月联络的媒介,如果不是有它在,我肯定早就趴下了,现在实在是走投无路了,有气无力地求助道:"玄月,能听见我的声音吗?我好像迷路了!"

"湘湘,你并没有迷路,紫水晶玫瑰会带你找到鹏综!赶紧起来……"玄月的声音越来越微弱,最后几乎听不到他说什么了。

我焦急万分地扶着石壁站起来,心底的担忧油然而生,一种不祥的预感直涌上来,难道玄月出事了吗?惊慌失措地冲紫水晶玫瑰喊道:"玄月?我听不到你的声音!玄月,你怎么了?回答我!"

"现在有事的人是你自己,我只是阻断了你们的心相印魔法!公主殿下,欢迎你来到我的王国!"一个嚣张跋扈、阴冷恐怖的声音回荡在洞中。

……

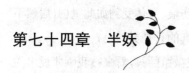

第七十四章 半妖

"谁?"我失声惊呼,吓得脸色大变,恐惧地瞪大眼睛扫视四周,心脏骤然收缩几乎快跳了出来,后背紧紧地贴靠在冰冷的石壁上,支撑住吓软的身躯。

"本王真没料到公主殿下会用探寻术来找鹏综,呵呵!"阴冷讥嘲的声音再次回荡洞中,一头看似狮子的魔兽不知从什么地方冒了出来,形态样貌与在石洞外看到的石像一模一样。

"狍鸮?"我惊慌失措地脱口而出,满脸惊骇的神色,畏缩地想后退,然而早就退无可退,只能眼睁睁地看着它一步步逼近自己,双手死死地按住石壁,恨不能把它推塌。

看出我在惧怕,它露出如刀锋般的虎牙,不屑地轻嗤,两眼射出阴狠的绿光,漫不经心地欣赏眼前的美人,一步一步地靠近,杀戮的欲望跃跃欲试,像是在玩弄到手的猎物。它轻蔑地嘲笑道:"怎么?公主殿下,使用探寻术,还怕我吃了你吗?"

什么意思?我迷惑地望着它在我眼前突然放大的面孔,绝对是一张令人倒胃呕吐的狰狞模样。我强忍胃里一阵剧烈的抽搐翻腾,更多的好奇占据了原有的恐慌,迟疑道:"你是魔兽,为什么会说话?"红叶曾经跟我说过,万妖国的魔兽和人类世界的动物差不多,是不会语言的,也没有任何思想,即便是有,也是魔兽与精灵结合的半妖,难道说眼前这只狍鸮是半妖?

"哈哈哈……"突然一阵狂笑打断我的思绪,它退开两步,拉开了我与它先前贴身的距离,一只人手猛地压在我的胸口,正确说是它的前掌,顿时感到一阵钻心的痛,似是要将我的心脏活生生地挖出来,痛得几乎窒息。它眼中泛起一道凶光,恶狠狠地说道:"公主殿下,你认为我是什么?"

我哼笑一声,嘴角带起不屑一顾的笑意,真是个讨人厌的家伙,对我不敬还想我给你好脸色?冷嘲热讽地说道:"半妖!你是半妖!"

它发出一声狂吼,又如同婴儿的哭啼声,好像万妖国里吃人的恶魔都会发出这种吼叫声,随即一掌击中我的胸口,未等我的身躯落地,一个巴掌狠狠地甩在我的脸上。

我趴伏在地上,胸口的剧痛引起一阵猛烈的咳嗽,血气直涌上来,干呕几次都没有吐出鲜血,脸上火辣辣地疼,却没有任何的伤痕。身体受到如此重创,居然不见任何的伤痕,而且身体也觉得轻飘飘的,难道真的只是灵魂吗?

它伸手一把将我拎了起来,感觉到它的手在微微颤抖,看来被我刚才说出的两个字气得怒火冲天了,现在正强行抑制住内心想要撕裂我的噬血魔性。半妖,无论走在哪里都会被唾弃、羞辱、打骂,所有的妖魔、神、精灵甚至连魔兽都看不起半妖，觉得它们肮脏不堪，是人神共愤的孽种，可以想象它们要生存下去有多艰难，要忍受多少求生不得、求死不能的痛苦。

"不许叫我半妖！"它发狂地冲我怒吼道，眼中蒙上一层血光，全身棕色的毛发倒竖起来，像是一头发怒的雄狮，咬牙切齿地说道，"不许叫我半妖！听见没有？"如果捏在手中的不是万妖国的公主，他或许早就将她碎尸万段，就像对待那些嘲笑它是半妖的妖魔和精灵，把它们都撕成粉碎，然后吞咽下腹，锁住它们的灵魂永世不得超生。

真亏自己还能笑得出来，后来回想起这件事，都觉得有些毛骨悚然。斜眼对上它凶狠噬血的目光，它这种连自己都否定自己的半妖根本不值得别人同情，轻笑一声说道："是半妖又怎么样？一样可以活得自由自在！为什么那么在乎别人的眼神？你能杀光所有轻视你的人吗？"突然惊觉自己用词不当，这万妖国应该不能用"人"这个字眼吧。有段时间我也很难接受自己是妖魔的事实，不断地麻醉自己，催眠暗示自己不是妖魔，但还是无法改变什么，既然如此，就让自己改变，变得更加坚强，活得更加开心。呵呵，现在好像不是该考虑这些乱七八糟的问题的时候。

为什么她会说出这种话？就像当年辉玉女王跟它说的一样，为什么要在乎别人的眼神？恍惚忆起二十多年前被逆魔挑衅，率狍鸮大军大举进攻王宫，与辉玉女王大战几千个回合，十天十夜，辉玉女王自始至终都没有嘲笑它的神情和侮辱的言语，难道是自己真的错了吗？

对上平静如水、犹如黑曜石般璀璨夺目的眼眸，没有半分蔑视和敌意，它那凶狠恶毒的目光片刻间柔和了许多，茫然无措地松开了我，神色黯然下来，内心泛起一阵酸楚，如鲠在喉般，声音喑哑得没有丝毫生气："不能。但是我绝对不能容忍自己永远都是半妖！"最后一句话突然变得高亢激昂，坚定的眼神令人生寒。

他的话再一次让我想起了动漫里的犬夜叉，它也是一个半妖，或许它们有着相同的际遇，拼命地想要变得更强大，变成真正的妖魔，只是它没有犬夜叉那么幸运，可以遇到像阿离那些生死相交的朋友。或许出于同情，我感慨地叹息了一声："只可惜这里没有四魂之玉，可以让你变成真正的妖魔！"

他闻言浑身一震，虽然不知道什么是四魂之玉，但听起来却像是一种可以使它变成真正的妖魔的东西，眼中精光闪过，瞬间抓起我的衣襟，幻化成人形，真切地命令道："四魂之玉是什么，快拿来！"

惊异他如此激动的反应，没想到他也能幻化人形，能将辉玉女王打成重伤也是理所当然的吧？半妖总想为自己争得一片属于自己的天空，苟延残喘地挣扎于生死边缘，只可惜他永远都不会明白，一个人并不只是活在别人的眼中。长长吸了口气，我瞬间恢复了平静，苦笑一声说道："那只是虚构出来的东西，并不真实存在！"

"你说什么？竟敢耍我！"原本已经压下的怒火再次复燃，气得脸色潮红，额头上青筋暴跳。

如果不是他发怒贴近我的脸，也不会觉察到他精致的五官，白皙透红的脸蛋，一双碧瞳锐利有神，弯弯的柳叶眉，高挺的鼻梁，削薄而轮廓分明的双唇，尖削的下巴，一头棕色的秀发直垂到臀部一看绝对会被误认为一个美艳妖魅的女子，愣怔的同时，疑惑已然脱口而出："你是女的？"

"谁说我是女的！"他勃然大怒地否认道，眼中充满教训的怒意，突然另一只手搂住我的腰身，嘴角牵起一丝邪笑，鲁莽而近似疯狂地吻在我的唇上。我的身躯顿时僵硬，还来不及推开他，犬神的契约抢先一步产生功效，嘴皮的刺痛发麻实在令他忍无可忍，恼怒地一掌将我拍开。

一阵猛烈的咳嗽后，我刚刚喘息过来，又被他再次抓在手里。他眼睛微眯成条缝，细细地打量我因呛咳而潮红的脸颊，勾起一抹噬血的冷笑，阴阴地说道："犬神契约对现在的你也有效吗？看来我应该用更好的方式招待公主殿下了！想不想试试锁魂？"

锁魂？脑子里瞬间一片空白，愣怔地望着他鬼魅般的狞笑，露出两颗像吸血鬼似的獠牙，一手扣住我右手的脉搏，张开大嘴向我脖颈的大动脉咬来。

"啊——"发自内心深处的惨叫，我眼前一阵发黑晕眩，禁不住跪倒在地上，惊恐万状地拍开按在肩上的手，紧闭双眼，疯狂地挥舞着双手，不让任何东西靠近自己。

"湘湘！湘湘！冷静一点儿，没事了！你冷静一点儿！"玄月脸色苍白得没有一点血色，仍然耐心地劝慰面前几近癫狂的人，用力地环抱住，却被她拼死抵抗，好几次砸中自己不能再承受一丝力道的胸口，疼得几乎昏厥过去。

站在一旁的簬焆脸色十分难看，看着两人痛苦地挣扎急得揪心，却是束手无策。从一开始使用探寻术，玄月殿下将妖姬公主本应承受的反噬之痛转移到自己身上，反而加剧了反噬效果，加上过度使用心相印魔法，魔力消耗十分厉害，无法抵御反噬，接连吐了好几口鲜血出来。刚才狍鸮阻断心相印魔法的同时还下了诅咒，殿下受了很重的内伤，仍然拼命将公主的魂魄带回来，然而公主现在神志不清，势必会加重殿下的伤势，可是自己什么也不能做，只能眼睁睁地看着。想到此

驱魔犬

处,他狠狠地握紧拳头,心中焦怒难平,眼中掠过种种复杂的情绪。

"笨蛋女人,还要疯到什么时候?给我安静点儿!"一个冷酷的声音同时撞进两人的心中,玄月感觉到自己的身体快要散架了,不得不大骂出声。

镣焆顿时惊怔得目瞪口呆,虽然常见玄月发脾气,但是对象换成公主就很难接受了,正想说些什么,突然间发现妖姬公主真的安静了下来,暗自松了口气。

"玄月?"听到玄月熟悉的斥责声,我终于恢复了一些理智,真真实实地感觉到他的拥抱、他的温暖,心中的恐惧立时烟消云散,瞟了一眼手腕上的紫水晶手链,转过脸却发现他嘴角的血渍以及他苍白如纸的脸色,悚然一惊,慌乱地反手抓住他的肩膀,惊惶失措地问道:"玄月,怎么会变成这个样子?到底发生了什么事?为什么你会吐血?玄月……玄月……"

玄月脸上露出一个欣慰的笑容,用极其微弱的声音回应道:"没事,休息一下就好了!"紫瞳瞬间失去了焦距,几乎抓不住我的位置,双眼缓缓阖上,倒进我的怀里。

"玄月——"紧紧地将他拥在怀中,彩虹光洒下一片银华,照在我的脸上,却感觉无比的刺痛,心也在不停地滴血,仿佛整个世界都在往下沉。

第七十五章 回宫

PAGE · 313

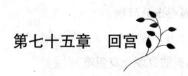

第七十五章　回宫

"妖姬公主，我们先回王宫吧！夜凉如水，别冻坏了万尊之躯！"簶焗在我身后紧张焦虑地站了一个多时辰，终于忍不住，敬畏地开口劝道，几次想伸手扶我起来，却没敢动一下。

眼睛茫然无神地盯着前面的如愿潭，潭水泛起层层波光，宁静中带着诡异的幽美，我的内心空落而无助，嘴唇微微颤抖了几下，下意识地将怀里仍然昏迷的玄月搂得更紧，怅然若失地说道："玄月，什么时候能醒呢？"像是在问玄月，又像是自言自语，对一旁的簶焗却是视若无睹。

簶焗心里一沉，上前几步正视着我失去了神采的眼睛，不由生起怜惜疼爱之心，柔声开导说道："殿下受了很重的内伤，只是需要些时间去调理恢复，不会有事的。微臣带公主和殿下回王宫，也可以让殿下好好休息！"

避开他温柔的眼神，低头望着玄月头顶的狗耳朵，心里堵得发慌，伸上抚上他柔滑如丝的银发，依依不舍地在银发间纠缠，深吸一口气说道："玄月的伤——是因为我的缘故吗？"

簶焗犹豫了半晌没有回答，心里像打翻了五味瓶，很不是滋味，看着面前的妖姬公主忧伤憔悴，事实如何说得出口，只会让她更难过罢了。

见他沉默良久，很明显是默认了，我长长地叹了口气，悲伤的脸上绽开了一抹心疼的微笑，用平静的语气喃喃说道："玄月也会使用转移咒术吧。我明明被打得那么惨，居然一点伤也没有，原来是玄月替我承受了下来。簶焗，我们回宫吧！"

簶焗听到最后一句喜形于色，突然想到什么，强装笑颜，嘿嘿笑道："公主，这次微臣就让你当马骑好了！"

"什么？"我抬头不解地问道，没有反应过来，眨眼之间，簶焗已经恢复了真身，一只金色的麒麟，威风凛凛地站在我的面前，身上的鳞片反射着彩虹光，五光十色，神圣而威武，就是活生生的神兽降世，半开玩笑说道："公主，难道你忘记白天对微臣所说的话了吗？"

"哦！"我恍然大悟，淡淡的笑容从脸上绽开，却没有开玩笑的心境，只是觉得心里暖洋洋的。刚想站起来，才发觉自己双腿因长时间弯曲跪坐而麻木，咬牙吃力地站起来，扶着玄月一步三晃地走过去，动作显得十分滑稽。

麒麟急忙踏出几步，身子一侧，正好接住差点儿滑倒的我，关切地说道："公主，小心！"他小心翼翼地蹲下，深怕自己庞大高挺的身躯让我犯难。

我艰难地扶着玄月趴在他的麒麟背上，然后单手一撑，抬腿熟练地翻身上去，

驱魔犬

然后扶着玄月倒进自己的怀里,尽量让他舒服一些,伸手紧紧地抓住麒麟的脖子,鳞片有些粗糙,但还不至于割手,紧接着不由自主地一夹麒麟腹。感觉到身下的麒麟微微战栗,也许从来没有被别人骑到背上过,甚是别扭和窘迫。

突然想起以前骑坐玄月的假身牧羊犬时,也不曾用上骑马的动作,也许麒麟比较像马,让我有了这种冲动,尴尬地冲他笑了笑,学着电视里安抚狂躁不安的烈性骏马一般,抚上他的脑袋,在麒麟角下方轻拍两下,嫣然一笑说道:"不好意思,让你受委屈了!"

"没——没关系,是微臣有些受宠若惊,在公主面前失礼了!"麒麟猛地摇摇脑袋,诚惶诚恐地说道,尽量稳住身形,纵身一跃腾上云霄。他的速度奇快,却很平稳,犹如闪电一般奔驰在夜空中,只能听到耳边刮过的呼呼风声。

麒麟刚刚落在梵东门前,从宫门内冲出一大群妖魔大军,团团将麒麟围住。为首几只妖魔看见麒麟身上的我和玄月,命令所有妖魔退后三尺,然后恭敬地跪在地上,气震山河似的说道:"奉逆魔相国之命,恭迎公主和犬神殿下回宫!"

你奶奶的,深更半夜不去睡觉,跑来跟我玩忠君效国的把戏,不知道这逆魔到底要搞什么鬼!心里正纳闷狐疑,却听麒麟冷声命令道:"公主和殿下自有籐娟护送回玥清宫,所有妖魔大军退下!"

"原来籐娟大人也回来了!"从妖魔大军队伍后面从容走出一个人影,正是逆魔,一双狡猾的眼中不时流露出阴毒,半真半假地笑道,"籐娟大人离开王宫二十余载,杳无音讯,本相一直忧心大人安危,现在总算放下心中大石。这次还将公主和殿下带回,真是辛苦大人了!"

"相国倒是忠心一片,这么晚了还要派军出来寻找寻公主和殿下!"麒麟意有所指地说道,语气中带有一丝嘲讽的意味,眼中尽是不屑与冷漠。

逆魔不急也不气, 脸和气生财的样子,撇开他的视线,仔细地打量了一下我怀中的玄月,故作关心地问道:"公主,殿下可是受伤了?"

又想在玄月身上动歪脑筋,我脸色一沉,不失威严地说道:"玄月只是累了。逆魔相国这么劳师动众的,是有急事找本公主吗?"

"没有!"逆魔继续笑着说道,卑躬屈膝一副奴才嘴脸,接着话锋一转,面带忧虑地说道,"只是今天一大早就得知公主与殿下去了招摇山,一直未归,微臣心里甚是担忧!现在公主与殿下安然无恙地返回,自然没有这个必要了!"接着右手一挥,身后的妖魔大军尽数退下。

这时，德贞和天龙闻讯赶来，当然也少不了那个像贴身膏药似的白虎，看见我身下的麒麟，脸上都是惊异的表情。天龙的脸色更显苍白，好像是有什么顾忌，站到了德贞的身后。

"天龙、德贞！"我惊喜地探头望过去，麒麟也看见了他们，故意从逆魔身边擦身而过，大摇大摆地驮着我和玄月走到德贞面前。

德贞立刻上前扶住玄月下来，和白虎一同小心谨慎地扶着玄月，抬头望着我，关心地问道："公主，殿下他是……"

我急忙打断他的疑问："先扶玄月回玥清宫再说！"接着翻身跳下麒麟，冲他们打个眼色，示意他们别多问。麒麟立刻幻化人形，故意提高声调说道："殿下没有大碍，只是帮公主找东西花了点力气！"

我转过身，对上满脸阴云密布的逆魔，看来簏娟突然回宫对他打击不小，心里暗自偷笑，冷冷地说道："本公主与殿下都已平安回宫，逆魔相国可以回瑜华殿歇息了！"

"是！公主，微臣告退！"逆魔瞬间恢复笑脸，不愧是三朝元老的奸臣，有着深藏不露的狡猾。可惜我不会像以前那样随便地乱发脾气，显得自己很没有风度，也失了王者之尊。在红叶那里学来的东西，就用在你的身上好了，总有一天会让你后悔莫及。

刚回到玥清宫，天龙便以守宫门的职责在身为由匆匆告退，簏娟由始至终看他的眼神十分复杂，仿佛天龙欠了他八辈子的钱债似的；而天龙的刻意回避，让他加深坚定了心底的某种想法，下意识地握紧了拳头。

守在玄月床边，德贞急切地问道："公主，这到底是出了什么事？为什么玄月殿下会受了重伤？"

我似是没有听见他的问话，什么也不想，什么也不说，只是静静地看着玄月平静的睡颜，内心早已不经意地筑起一道屏障，将玄月之外的一切通通隔绝。

白虎站在德贞身旁，见他一脸忧郁担心的表情，无奈地叹息一声，小声提醒道："德贞，公主现在只关心殿下什么时候醒过来。如果想知道，何不问问簏娟！"

德贞恍然大悟一般，求知的目光落在簏娟的身上，连忙问道："簏娟，到底发生了什么？殿下和公主是怎么找到你的？"

簏娟还在想天龙的事情，听到德贞的询问，惊怔一下回过神，将今天发生的事情原原本本地讲了一遍，对遇到德贤的事却只字未提。因为他现在还不确定，德贤跑去座厘山到底为了什么,先是与近百只犀渠拼了个你死我活,接着又异想天开地要剿灭稀有罕见的黑溪边,要不是他怀疑德贤的目的不纯一直跟踪,说不定这个玩命的笨蛋已经死在黑溪边嘴下了。

听完簬焗的叙述,德贞沉吟片刻,神色凝重地说道:"这么说来,殿下是为了保护公主才受的伤!对方到底是什么妖魔?竟然能困住鹏综这么多年,而且还能伤了殿下!"

簬焗摇了摇头,望了一眼呆若木鸡的我,无奈地说道:"公主紧张殿下的伤势,什么也没有说!"

白庑眼中闪过一道异样光芒,争强好胜在心里作祟,嗤笑一声,略感兴趣地挑眉:"我也想看看到底是什么妖魔这么厉害,使用探寻术也能让犬神受伤,他的魔力一定很强!要是我和他比试,不知道谁胜呢?"

"等殿下醒过来,自然水落石出!"德贞淡然道,对上白庑兴奋十足的眼神,冷哼一声道,"我们先退下去吧,公主也需要休息!"说完,故意拉着簬焗走出房间,等白庑反应过来,醋意直涌上来,气急败坏地追了上去:"德贞,等等我!"

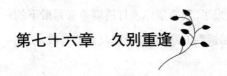

王宫北面的忝(tiān)北门,一颗白曎灯悬挂于宫门上,将宫门四周照得如白

天一样明亮，反而衬托出天上的彩虹暗淡无光。城门屋檐边，有一人临风而立，仰望无际的夜空，似是百愁在心，一身素白的宫服，下摆在风中摆动，萦绕的忧伤一点点随风飘零，气氛异常凄凉。

突然，一道闪电从天而降，声如雷鸣，划破夜的寂静，径直向那白色身影迎头劈下。他心中一悸，急忙向前一跃腾空而起，闪身避开，紧接着遭到无数的闪电急骤密集的袭击。他随即幻化出御龙神剑，沉着而冷静地以剑挡开闪电。漫天飞舞的雪花，包裹住如刀锋般的金色闪电，竟有惊天动地，荡气回肠的气势，仿佛并不是一场殊死搏斗，而是一曲淋漓尽致的剑舞。

几十个回合之后，他突然急身而转，举剑刺向宫门角落的阴影处，以雷霆万钧之势，将阴影中的黄色身影逼出，依然没有停手的打算，嘴角扬起一丝浅笑，将魔力注入剑身，顿时白光大作，周围的气温随之骤降，寒气凛冽。一剑直刺对方脸面，突然被对方剑指夹住剑身，剑光顿时消失，杀气全无，时间仿佛停止了一般，两人同时停止动作，冷眼对视，僵持了几分钟的时间。

"天龙，好久不见！"簶焗脸上绽开灿烂的笑容，打破沉默，轻松地调侃道，右手缓缓松开了御龙神剑，全身紧绷的神经放松下来。短短二十年的时间，他的剑术竟然更上一层楼，刚才如果没有全力接招，说不定已经受伤了。

天龙的表情一如既往的冰冷，收回的御龙神剑瞬间消失，不悦地说道："喜欢玩偷袭就别找我，我没时间跟你疯！刚才不是我及时收手，你的脸上恐怕就要多一条血痕了！"

"剑术长进了不少，脾气还是一样的臭！"簶焗不以为然地笑说道，眼中掠过一道精光，脸上却仍然挂着温和的笑容，"天龙，跟我上来，我有些事想问清楚！"说完，自己飞身上了宫门的屋檐，在天龙先前站的地方蹲坐下来，形容懒散。

天龙踌躇了一下，最后还是跟着上了屋檐，坐在了簶焗的身边，平静地注视着前方的夜空，隐藏住内心的疑惑，等他问话。

簶焗长长地吁了口气，同样凝视前方，用十分轻松的语气说道："天龙，有些事情我不想和你计较，但是既然公主已经回来了，我希望你能打消刺杀玄月殿下的念头！"没有用命令的口吻，也没有威胁和谈判的意思，似是朋友谈心一般，劝他不要做傻事。

天龙闻言一怔，心里百转千回，继而恼羞成怒，矢口否认道："你胡说什么，我怎么会刺杀殿下？"

"没有吗？"簬焆带着一脸温和的笑容,眼神锐利,仿佛那目光可以穿透一切,使人没有任何保留的余地,幽幽地说道,"天龙,过去的事情我都一清二楚,休想骗过我! 用刺杀玄月殿下的方式来博取逆魔的信任,这是不可能的! 逆魔是如何奸诈狡猾,不是你这种直肠子对付得了的! 全部交给公主处理吧,我相信公主可以的!"

当场被戳穿心事,隐忍了这么多年,玄月殿下没有瞒住,居然连簬焆也没有瞒住,怎么可能瞒得住逆魔? 天龙再也忍不住,咬牙说道:"簬焆,难道我真的做错了吗?"

"嗯! 不过没有人会怪你,殿下不会,我更不会!"簬焆沉声说道,心中那种不被信任的感觉再次涌上来,气不打一处来,转身一拳重重地击在天龙的胸口,抓住他的衣襟,压在他的身上,十分凶恶地开口道,"你这白痴,明明不会使计耍诈,却要硬逼着自己去做! 你把我们当成什么了? 我们不是朋友吗? 为什么乱作决定? 你以为凭一己之力可以对付逆魔? 知不知道,我有多担心你? 万一我没有控制住,真的杀了你怎么办?"

"簬焆?"天龙被他突如其来的拳头挥倒下去,错愕了半晌,终于回过神,嘴角扬起一抹浅笑,将脸上的冰冷融化,很想说些什么,声音却已哽在了喉咙,静静地凝视他激动的表情。

簬焆气得全身颤抖,望着他平静如水的表情,渐渐冷静下来,一把将他拉了起来,坐直身躯,正色道:"以后不许你一个人扛,有什么事尽管找我商量!"接着眼中闪过一丝愧疚,"对不起,以后我不会再逃避躲起来了!"

天龙闻言一头雾水,不解问道:"什么躲起来? 你不是跟着鹏综远走高飞了吗? 对了,鹏综呢? 她怎么没跟你一起回来?"

"你说什么,我跟鹏综远走高飞? 你说我们为情私逃吗?"簬焆气得脸色铁青,愤愤地说道,"我承认我喜欢鹏综,但还不至于做那种事! 守护神的禁忌,我一刻也没有忘记。"他突然想到什么,惊异地问道,"是谁告诉你的? 逆魔?"一个二十年前的巨大阴谋似乎就要浮出水面,让簬焆抑制不住地愤懑。

天龙也觉察到一丝异样,神色凝重地说:"青风殿下与辉玉女王驾崩之后,玄月殿下带着公主失踪,逆魔说你趁宫变带着鹏综私逃出宫,并派德贞和欧迌率领了妖魔大军捉拿你们,全国通缉,后来无功而返。逆魔怕这种王宫丑事被宣扬出去,对外说你们离奇失踪了! 德贞和我曾经怀疑你们已经遭了逆魔毒手,所以也没有仔细去追查，只是将全部精力放在对付逆魔身上。"

不屑地轻嗤一声，镂焗自嘲地笑道："想不到逆魔竟然扣了这么大顶帽子给我，编造我与鹏绦私逃出宫。呵呵，假借御旨，追杀我和鹏绦，一切都变得名正言顺了！"

天龙疑惑不解地问道："什么假借御旨？"

"逆魔假借御旨让鹏绦去办了一件事，被我发现了。他想杀了我灭口，还好侥幸逃过一劫，没想到倒让他捡了便宜。因为当年受了重伤，只好躲在座厘山养伤，一边暗中监视逆魔，一边追查鹏绦的下落，始终一无所获。"镂焗嘲讽地说道。

"逆魔让鹏绦去做了什么？为什么要杀你灭口？"天龙仍是不解，继续追问道。

镂焗没有回答，自顾思索片刻，仍然迷雾重重，理不清一丝头绪，迟疑道："逆魔究竟想要做什么？难道他真的打算毁了万妖国吗？"话一出口，自己的内心却否定了这种想法。

"这不可能！毁了万妖国，他也会死无葬身之地，作茧自缚的蠢事谁也做不出来！"天龙一口否定道，沉默了片刻，对上镂焗犀利的眼神，怅然地叹了口气，无奈地说道，"事情很复杂，我只知道逆魔一心想要除掉玄月殿下，但却没有加害公主的想法。他曾承诺犬神之位由我继承，我肯定那绝对不是出自他的真心，他一定酝酿着什么阴谋，我到现在还查不出来！想过从红叶入手，但还是不成功！"

"呵呵！"镂焗嗤笑出声，不禁好笑中又有几分恼火，正色道，"你这白痴，四守护神中就属你最单纯，怎么可能查到！虽然表面冷静如冰，可内心的想法什么也掩饰不了，谁都能看出你的心事，怎么能跟逆魔斗智斗勇？青风殿下都是死在逆魔手中，你以为自己能胜过青风殿下吗？"一不留神，将心里的真实想法说了出来。

"什么？"天龙失声惊异道，一副难以置信的表情，"这怎么可能，犬神不是只能死于自杀吗？"

"飞雪针你没听过吗？"镂焗想起来就一肚子的火，略带讥笑地说道，见他神色闪过一丝惊慌，哼笑一声，也不再掩饰什么，严肃地说道，"那天在真魔殿与玄月殿下一战，你用的不就是飞雪针吗？虽然逆魔将在场的所有妖魔都清理掉了，但我还是打探到了。你知道吗？我现在真想一个闪电劈死你！"

天龙闻言惊怔，内心愧痛不已，喃喃念道："我以为可以保护好殿下，没想到真中了逆魔的圈套。原来德贤说的都是真的！"

"哦，德贤也知道了？"镂焗目光一冷，两眼放射出灼灼寒光，嘴角勾起一个嗜血的笑容。德贤果然与逆魔勾结，真不该拼命救他，让他死在黑溪边手上岂不是更好。

"德贤说是从逆魔那里偷听到的。"天龙沉声回答道，见他身上的杀气暴涨，脸上不由露出一点惊慌，疑惑地问道，"有什么不对吗？"

"没什么，过去的事不要再提！特别是在公主面前，什么都不要说。天龙，给我记住，以后别再孤注一掷，做好自己的守护神本分就行了，否则我很难保证不杀你！"簶焗冷冷地说道。转身跳下屋顶，背对着他，下意识地握紧双拳，强制平息内心的狂躁和愤怒，平静地说道，"麻烦转告殿下和公主一声，簶焗要离开王宫几日，如果需要簶焗，使用召唤符咒就行了！还有，你和德贞，一定要保护好殿下和公主！万一有什么闪失，我一定杀了你！"

天龙望着簶焗离去的背影，紧皱眉头，眼神变得晦暗而冰冷，内心百般滋味涌上心头，竟有无法言语的痛楚。那个总是在他面前撒娇，一脸阳光、爱开玩笑的少年，今日为何变得如此冷漠阴狠，到底在他身上发生过什么？不由喃喃自语道："簶焗，难道连你也变了吗？"

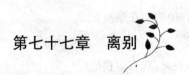

第七十七章　离别

天刚蒙蒙亮，整个王宫都显得异常安静，"轰"一声巨响伴随着一个女人的尖叫声从逸安殿传出来,极其刺耳,打破了原有的平静,紧接着听到怒骂声:"笨蛋女人,谁叫你趴在我身上啦!"

"哎哟!"我被玄月推下了床,揉着摔疼的屁股和后背,眼里满含委屈,很受伤地望着他。昨晚由于实在太困了,不经意地趴在他的身上睡着了,谁知道他伤愈醒来,毫不留情地一把就将我推了下去,完全不给我反应的机会,真是个不懂得怜香惜玉的家伙,一个大美人送进他怀里,竟然没有非分之想,照理说不是应该抱得更紧吗?是不是男人啊?我恨恨地想。

"玄月,干吗那么生气,人家只是——"我伤心地哭诉,楚楚可怜地盯着他,难道就不能对我温柔点儿吗?

"公主,发生什么事了吗?"殿外传来德贞关心的询问声,却谨记着玄月的警告,没敢开门进来。

玄月坐起身,双手紧握薄被,一张俊脸潮红,眼中似要喷出火来,苦苦忍住体内情欲的叫嚣。恢复意识之后,还没有睁开眼睛,就感觉到她均匀的呼吸,随着他的心跳此起彼伏,令他心痒难耐,睁开眼睛后,看见她竟然将脸埋在他的胸口,朱唇不偏不倚落在他敏感处,欲火自胸腹熊熊燃起,差点儿就失去理智将她压在身下;要不是突然将她推开,说不定真的把她吃干抹净了,万一出了事,恐怕也只能解除契约,才能保住她的命。这个笨蛋女人,非得要我发火吗?

他好不容易恢复平静,却瞧见我满脸的委屈,终是不忍,翻身下床将我拉进怀里,无奈地说道:"湘湘,我不止一次告诉你,未接受神授之前,别靠我太近!你——会受伤的!"最后一句说得异常沉重。

我由始至终都不明白他为什么要这么说,但又怕惹他生气,从来没敢多问,红叶不是说过,玄月是我的吗?难道他心里爱的人真是德贤,所以不想伤害我。我的心里一阵刺痛,紧紧地回抱住他,生怕下一秒他从我的怀里消失,郑重地问道:"玄月,你爱我吗?"

"湘湘?!"玄月闻言一怔,不知该说些什么,神思一阵恍惚,眼中闪烁着不知名的光芒,让我感觉他离我好远。明明近在眼前,他的心在哪里?

"公主、殿下,里面发生什么事了吗?"德贞再次的询问声打断了玄月的思绪,回过神吩咐道:"没什么。德贞,你把天龙和簬焗找来,我有事找他们!"

"是!"德贞应声离开。

"是关于营救鹏综的事吗?"我随口问道,因为一时也想不到玄月会找他们做什么,用探寻术已经查到了鹍综的下落,依玄月的性子,一定急于救人吧。后来我才发觉,原来他是刻意回避我的问题,真是失败,就这样被他蒙混过关。

没过多久,德贞便带着天龙进了逸安殿,遣退所有把守玥清宫的妖魔侍卫,并把白虎强留在玥清宫外把风。为此,德贞不惜献上自己的拥抱,倒便宜了白虎。那个家伙得了便宜还卖乖,竟然想要德贞的初吻,被我一脚踹出了殿门。

从天龙那里得知鎏焗离开了王宫,玄月没有丝毫吃惊的样子,只是淡然一笑,什么也没有说,好像知道他会离开似的。

……

"不行,我坚决反对!我也要去!"听完玄月的营救计划,我第一个大声反对。凭什么我一个人留下,他们都去咸阴山救人?

玄月耐心地说道:"你是公主,必须留在王宫,救鹍综的事交给我和守护神就行了,而且此行凶险万分,狍鸮不是你可以对付的魔兽。"

"不是魔兽,他是半妖!"我忧心忡忡地望着玄月,强词夺理道,"他绝非一般的妖魔,我不想玄月再受伤。虽然我知道犬神受伤后都能自行恢复,可是——可是我还是很担心,我怕……总之,我也要去!"

"不行,你必须留下!"玄月冷声坚持道,脸色阴沉下来,"如果你非要去不可,我就要德贞和天龙留下!"

"真的?太好了!"我欣喜若狂地接道,以为玄月改变了初衷。

"我一个人去!"玄月态度坚决地说道,"要他们日夜看守住你,不得离开鎏璧宫半步!"

"啊?"我顿时像泄了气的皮球,一脸沮丧地说道,"我留下就是了!德贞和天龙跟你去,多一个人多一分把握!不过……"我紧紧搂住他,一个热吻印在他的唇上,感觉他身躯轻颤一下,恋恋不舍地松开,恳求说道,"玄月,你们一定要平安回来,答应我!"

玄月安抚地笑笑,伸手抚上我的黑发,像安抚看家的小狗似的,柔声说道:"放心,不会有事的!你在王宫万事要小心,我已经吩咐七夜暗中保护你!"

一路送到黍北门,我仍然不肯放开玄月的手,德贞和天龙装作没有看见似的,极有耐心地静静等候。白虎执意要与德贞一同前往,玄月没有出言阻止。凭什么他就是特殊?正想借题发挥,玄月却说他不是王宫中人,想去哪里谁也拦不住。气死我了,真没天理!

白虤见我拉着玄月不放，不耐烦地催促道："公主，如果你再不松手的话，恐怕到了晚上也没能出发！"

我白了他一眼，不悦道："送别不行吗？"

"你的送别时间太长了！"白虤冷冷地回道。

"我又没有拉着你，要走随便！"我没好气地顶撞回去，冲他挤眉瞪眼。

"好了，湘湘，我们该起程了！"玄月打断我与白虤的口舌之战，用力抽出了自己的手，脚尖轻轻一踮冲上云霄，头也不回地朝咸阴山飞去。德贞和天龙匆匆向我施礼告别，腾空飞跃紧跟了上去。

白虤冲我得意地一笑，转身正准备走，我急忙叫住他，虽不情愿，但不得不恳求他："白虤，我知道你喜欢德贞，希望你在保护他的同时，帮我保护好玄月！"

"呵呵，犬神还需要我的保护吗？"白虤戏谑地笑道，见我一脸的认真和求助的眼神，干咳两声正色道，"我会尽力的！"说完，飞身追上德贞他们。

我呆呆地伫立在泰北门前，目送他们离开，心情变得十分沉重，玄月他们会平安回来吗？偶尔有一阵微风吹过，抚过我的脸面，轻轻吹起黑亮柔顺的头发，泪水止不住滑落下来。

"原来妖姬公主在这里！"身后传来温润柔细的女声，红叶行色匆匆地赶到，脸上挂着妖媚而伪善的笑容。

我急忙抹掉泪痕，慢慢回转身，强装笑颜正对红叶，疑问道："红师仪找本公主有事？"

红叶摆动水蛇腰上前几步，笑盈盈地说道："公主逃课两天了，也该回鎏璧宫学习了！"

"逃课？！"我茫然一愣，明明是她说放假一天，让我去玄月那里，只不过中途去了招摇山找召唤符咒，后来玄月受伤昏迷了一夜，一直守在他身边，今天还不到中午，何来两天？现在居然还说我逃课，真是有理都说不清了。无奈地耸耸肩，不冷不热地说道，"这么说来，红师仪打算处罚本公主？"其实我很讨厌跟她说话，像绕口令似的说些文言文，每次都要加上那些头衔尊称什么的，还要注意礼仪规矩，都快变成古人了，为什么万妖国不像人类世界那样发展，去掉这些该死的繁文缛节？

"微臣不敢！微臣只是想请公主回鎏璧宫继续学习罢了！"红叶诚惶诚恐地急忙跪下，低垂下头掩住了眼中一闪而过的狡黠。

"起来吧！本公主现在心情不太好，恐怕也学不进去，红师仪可否陪本公主去蘍葰园走走！"我冷淡地说道，脸上保持着平静。红叶能在这里找到我，想必我们回到王宫后一直没有逃过逆魔的监视，一股无法言喻的恐慌从心头弥漫开来，逆魔知道玄月离开王宫，会不会趁机对他下毒手，然后伪装成遭到了狍鸮的袭击？万一他又夺走了飞雪针，那玄月岂不是性命难保？不过还有德贞和天龙，不会有问题吧！

"红叶遵命！"红叶起身应承道，见我神思恍惚，眼中掠过一丝诧异，故意提高声调打断我的思路，"公主，你怎么了？是不是哪里不舒服？"

我惊出一身冷汗，回过神仍然觉得头皮发麻，四肢发冷，强抑住内心的恐慌，扯开一个僵硬的笑容，干巴巴地说道："没什么呀！很好，好得不得了！"突然灵光一闪，叫住正准备前面带路的红叶，"红师仪，逆魔相国人在何处，是不是忙于朝务？"

红叶愣怔了一下，随即掩去眼中的疑惑，恭顺地回答道："相国今日在谛谡宫与群臣商议国事，公主有事要找相国办理吗？可否让红叶代劳？"万妖国的国事与人类世界截然不同，不外乎就是些妖魔私斗群架要求镇压，各座山上妖魔的分派调遣之类的，还有就是魔兽食物的争夺等等。如果光之边界没被破坏，应该还有决定送哪些妖魔去人类世界的事务。想到这些我心里很不是滋味，这跟动物世界有什么区别？

我长长地吐了口气，如果我能随时注意逆魔的动静，是否可以阻止他对玄月下手呢？对红叶绽开一个绝美的讨好笑容："红师仪，以后国事都是要由本公主处理的是吧！"见她一头雾水地点头，我继续说道，"那么可以带本公主去谛谡宫吗？本公主想跟着相国实习一段时间。"

红叶蹙起秀眉，眼中不经意间掠过一丝狐疑，凝神考虑片刻，欣然答道："公主能有这方面的觉悟，乃是万妖国亿万臣民的福气！微臣马上带公主过去！"

天啊，饶了我吧！万妖国的臣民不就是那些让人头疼的妖魔吗？既然生为万妖国的公主，为什么要我在人类世界生活了二十年？痛苦啊！如果不是自己心脏够强，免疫力过高，恐怕早就被那些妖魔给恶心死了。心里叫苦连天，却没敢表露出来，无奈还要摆出公主的架子，跟着红叶去谛谡宫。

第七十八章　头疼的国家大事

　　红叶没有瞬移和翔云的能力，所以我只能跟着她步行前去谛谒宫，不过还没有走到一半，我已经累得走不动了。最后，我与她选择了代步的交通工具——精精，没想到精精内侍卫军还兼任坐骑，速度比起人类世界的宝马跑车毫不逊色，真是方便啊！

　　很快我们就到达了王宫最为威严壮观的谛谒宫：一只巨大的紫金凤凰展翅屹立在屋顶上，凤尾竟然长达几百米，线条流畅，华丽不凡，黄金雕刻的"谛谒宫"牌匾闪闪发光，宫殿仍是以白玉为主，突显庄重和神圣。

　　精精四肢全跪了下去，借助红叶扶手，我很容易就从精精背上跳下来，抬头仰望一眼那只紫金凤凰，根本就看不到龙的踪迹，进一步证明在万妖国是女王统治的天下。龙常常被选作守护神，没有被选中的神龙则可以到人类世界，以龙魂附身的方式挑选真命天子，拥有护龙真气就能驱邪避魔，统治天下，所以龙成为了人类世界的王者身份的代言。当然也有恶龙，于是造就了一代又一代的暴君，只有万妖国的女王才能夺走他的护龙真气，并且推翻他的统治，选出新的真命天子，将龙魂注入新君体内。令我奇怪的是，万妖国历代的女王好像都并不在意人类世界龙在上、凤在下，她们都不在乎了，我还去计较那些干吗呢？

举步踏进谛谖宫的朝殿,莫名的恐慌不由爬上心头,明明是第一次,触目之处却似曾相识一般,难道我来过这里吗?心神一阵恍惚,木讷地扶着红叶的手走进朝殿。

朝殿里的争论声立刻将我从失神中惊醒过来,逆魔和众位妖魔大臣惊见我突然地闯入,原来的争论声戛然而止,神色慌乱地纷纷跪下施礼:"参见妖姬公主!"

匆匆扫视一眼朝殿里的妖魔大臣们,个个都是人模人样的,穿着颜色各异、代表不同官级的朝服,与中国古代上朝没有什么区别。暗自松了口气,至少可以肯定上朝议事时不会倒胃口了,这些幻化成人形的妖魔大臣都比较顺眼,让我稍稍安心一点儿,紧绷的神经随之松弛下来,做了一个平身的动作,淡然道:"都起来吧!"

"谢公主!"妖魔大臣们起身后,分两列站好,右边为文臣,左边为武将,逆魔位于右边首位,左边首位四个位置悬空,是属于四位守护神的。这段时间经过红叶的教导,也认识了一些除逆魔外的妖魔大臣,官衔与中国古代秦汉时期相近:犬神位居群臣之首,站在女王身边,只负责保护女王,不参与朝政,当然另一个身份就是女王的王后,依次下去是相国和守护神、太守、统帅将军、御史大夫和太尉等等。

经红叶指引,我径直踏上九十九级白玉台阶,来到雕凤王座前,很自然地转身坐下,俯视殿下妖魔群臣。站在右边的第二位风铃任职太守,是个女儿身,一张瓜子脸长得倾国倾城,身穿黑色锦缎宫服,头戴珍珠玉冠,真身是狻,长相如豹子,头长牛角。她掌管万妖国所有的魔兽,相当于掌管了万妖国的粮仓。多方了解到她是现在为数不多的忠臣之一,经常与逆魔作对,刚才就是她与逆魔分成的两派争论修复光之边界的事情,我对她投以一个拉拢的讨好目光,她还我一抹清澈的笑容。

站在左边第五个位置上的是新上任的统帅将军,名叫战傲,国字脸,气质不凡,身材魁梧,一身的黄金战甲,分外耀眼,真身是蛮蛮。原本这个职位是欧逊的,可惜他得罪了亥月,又被逆魔弃子打入了漱牢,战傲取而代之。这个人毋庸置疑也是逆魔的爪牙。我满怀恨意地瞪了他一眼,他竟然没有反应过来,目光游离不定,循着他的目光看去,对方居然是逆魔,不知道他心里在打什么鬼主意。战傲身后几位太尉都是不折不扣的大帅哥,大多数是逆魔那边的人,有点令人失望,继续一路扫视下去。

"不知公主前来谛谖宫所谓何事?"逆魔严厉地瞪了一眼归列到右边第三个位置的红叶,却是和颜悦色地对我说道,阻止我用好奇的眼光继续打望。

我尴尬地收回在几位帅哥美女身上游走的目光,报以矜持歉意的一笑,搪塞道:"本公主流落到人类世界二十年,相国一直代理朝务,劳苦功高!本公主不甚感激,回到万妖国后自知有愧,努力学习处理朝务,现在想跟相国学习一段时间,所以今天就来看看!"

"原来如此!公主是想尽快熟悉朝务,逆魔和诸位大臣会尽全力辅助公主!"逆魔惊异地看向我,眼神中闪烁着怀疑之色,这位妖姬公主平时不是最讨厌国事吗?怎么今天突然有了兴致?斜眼瞟了一眼红叶,并不像是她怂恿而来。

"各位爱卿,你们刚才讨论什么话题?争辩得如此激烈!"我王顾左右而言其他,打乱逆魔对我的猜疑。

"启禀妖姬公主,四大守护神中的鹏综和箫焗已经失踪了二十多年,光之边界也被破坏,现在犬神殿下已经回到王宫,应该尽快选出新的守护神接替,修复光之边界!"首先开口的是站在红叶身后的御史大夫秋旭,长着一张普通的脸,身材也是中等,属于很不出众的那种人,恐怕是受了逆魔的唆使,他的眼神中掠过一丝慌乱,心里更是惴惴不安。

枪打出头鸟,不过这只出头鸟对于逆魔来说是可有可无,随时可以换成其他人,所以完全不用担心我盛怒之下来个杀鸡儆猴。我就偏偏不上当,带着一脸无知的笑容,漫不经心地说道:"谁有不同的看法?"

风铃上前一步站了出来,施礼正色道:"启禀妖姬公主,风铃认为这样万万不可。如果选新的守护神,那么鹏综和箫焗必死无疑。当年他们的失踪很有问题,到底是不是为情私逃,必须先查清此事,找回他们二人才是上策!"

"这件事早就一清二楚了,箫焗爱上鹏综,王宫早就传遍。他们触犯了守护神禁忌,趁着辉玉女王驾崩私逃还用得着查吗?本来就是死罪,让玄月殿下选出新的守护神,这样处死他们算是仁慈了!"战傲跟着站了出来,义愤填膺地说道。话音未落,另一位又站出来反对,两派又开始激烈地争辩起来,互不相让。

不是吧,这样就可以吵起来?每一个朝代无论怎么换,都少不了正派与反派的争锋相斗,万妖国也不例外,所以我讨厌政治,讨厌国家大事。我沉吟片刻,实在有些受不了,脑袋被他们吵得嗡嗡作响,好不容易编出了一套说辞,打断了他们的争论:"是不是为情私逃,我要亲自审问他们才知道。箫焗昨日已经被我用召唤符咒召回,现在玄月派他出去办事去了。至于鹏综嘛……她遇到了一件比较棘手的事情,玄月和另外两位守护神已经去支援了,过几天应该可以返回王宫。修复光之边界之事暂缓执行,选新的守护神这件事免谈!"

朝殿下立刻变得鸦雀无声，风铃惊怔片刻，显然我的做法出乎她的意料，秀眉微皱，眼底带着若有所思，继而露出一脸赞赏的笑容，恭顺地回答道："是！"转身回到原位，略带兴味地对视逆魔一眼。所有争论的群臣也都各怀心事，表情各异，却不约而同地跟着返回自己的位置。

逆魔面不改色，由始至终都没有参与到争论中，像个旁观者似的，嘴角勾起一个讥笑，闪烁算计光芒的眸子满含戏谑地盯着我，终于开口道："公主，派守座厘山的肥遗上报，前几日德贤残杀了上百只犀渠。万妖国的国法规定，犀渠是我国保护的魔兽，不得擅自虐杀，违令当斩。德贤以身犯法，逆魔望公主派战傲将军将德贤逮捕归案！"

犀渠理论上还可以算作万妖国的执法者，德贤跑去杀它们干什么？就算不是守护神，在王宫待的时间也有几百年了，还是德贞的亲哥哥，不可能不知道肆杀大量犀渠会触犯国法。一只两只还可以当做自卫，最多只是关几天，可是数量达到百只就很难说得过去了，真的是活得不耐烦了吗？如果真的抓了他执行国法，那么玄月一定会救他，必受牵连，万妖国的律法比人类世界更为残酷，到时候我该怎么办？竟然让我拿到这个烫手山芋，德贤呀德贤，你还真会给我出难题，更要命的是逆魔这个臭鸡蛋咬着你不放！天啊，这就是我要处理的国家大事？饶了我吧！

我暗自咒骂几声，怨毒的眼神射向逆魔，真想用眼神剐碎了他，双手死死地扣住王座扶手，直至指节发白，看来只能用缓兵之计了。我压制内心的愤怒，咬牙说道："德贤不是那种喜欢滥杀无辜之人，等玄月回来，查清此事原委再作定夺！"

逆魔冷声坚持道："公主，德贤残杀百只犀渠已成事实，应该尽早将其抓回，关入撖牢，再等玄月殿下回王宫后发落！"

这个臭鸡蛋，难道还想让玄月亲手杀了德贤，可恶之极！我生气地跳了起来，胸口翻涌着想要杀人的欲望，凌厉的眼神射向春风得意的逆魔，拿出了野蛮不讲理的手段，厉声喝道："大胆！逆魔，本公主说的话不算话吗？这里到底谁是君？谁是臣？你想要欺君犯上吗？"

众妖魔群臣惊怔哗然，慌乱地俯首跪地求饶，"请公主息怒！请公主息怒！"

逆魔见所有妖魔大臣都跪了下去，只好跟着跪下，仍然胸有成竹，面不改色地继续挑战我的极限："公主请勿动怒，公主的命令，逆魔不敢不从！只是德贤残杀犀渠国法难容，逆魔身为相国，必须提醒公主，法不容情！还请公主下令逮捕德贤归案！"说完自己便站了起来，露出一脸的伪善奸险笑容，意味深长地说道，"就算德贤的身份特殊,和玄月殿下的关系非同一般,也不能因此而纵容他藐视国法!"

"你!给我住口!"我气得全身颤抖,他竟然当着群臣的面说玄月与德贤有一腿,给我难堪,完全没把我放在眼里。不给他点颜色看看,还真以为我是好欺负。冷冷地与逆魔对视,双眼放射出灼灼寒光,毫不克制的杀气弥漫开来,我沉稳地走下白玉台阶,来到他面前,嘴角勾起一个噬血的笑容,一股威严的气势逼过去,抑扬顿挫地说道:"逆魔相国,你还真是忠心为国啊!本公主一旦决定的事,谁也别想改变!你可听清楚了,我不想再说第三遍,如今最重要的事是守护神归位,修复光之边界,抓捕德贤一事容后再办!没有什么事就退朝!"无视仍然跪在地上的群臣,我径直走向殿门,刚踏出一步,为防万一,又转过脸,冷冷地丢出一句:"如果谁敢背着我对德贤下手,无论他官居何职,立斩不饶!"

逆魔嘴角扯出一个意味深长的笑容,饶有兴致地喃喃自语道:"看来公主进步了不少!"

......

第七十九章 营救守护神

玄月一行虽然用了翔云之术,飞到咸阴山还是花了一天的时间。临近深夜,天上的彩虹隐在云层里,咸阴山千岩万壑,遍布奇松异石,在黑夜里显得更加阴森恐怖，像许多张牙舞爪的恶魔。从山谷中传出的风声像极了恶魔发出的狞笑，令人不寒而栗。

天龙从怀里掏出一颗水荧灯，周围立刻明亮了许多。玄月借着水荧灯的光亮看清了前方的道路，正色道："晚上是魔兽出没的时间，狍鸮也是在这个时候猎食，大家千万要小心。暂时先找个安全的地方休息一晚，明天早上再动身去狍鸮的巢穴！"

没过多久，天龙便找到一处比较隐蔽的小山洞，周围都有怪石和松树作掩护。说是山洞，其实也就是一块大怪石，经过常年累月的风化，形成了一个小洞穴。

"玄月殿下，请到里面去休息吧，外面由我和天龙把守！"德贞将洞穴仔细清理了一遍后，铺上比较柔软的干草，对站在洞外观察地形的玄月恭敬地说道。

白虎立刻反驳道："德贞，你也去休息吧，让我来！"

玄月淡然道："里面可供四人休息，都进去吧！这里比较偏僻，又很隐蔽，相信魔兽不容易找到这个地方。大家都累了，安心休息吧，营救鹏综需要充足的体力，我在外面做个结界就行了！"

白虎闻言当然是举双手赞成，毫不客气地拉着德贞率先进入山洞，软磨硬泡地让德贞睡在了他的身边。

玄月从心脏中抽出一张红色符咒，用手印在面前结出一个红色光环，喊出言念："犬神有敕，结！"红色光环以玄月为中心刹那间扩散开，如天网般罩住整个山洞，眨眼间便消失了。

天龙似有心事一般，寸步不离地跟在玄月身边，这时见他做完结界，嘴唇微微张开，声音却已哽在了喉咙，双手下意识握紧拳头，踌躇了片刻，吞吞吐吐地说道："玄月殿下……其实……我……那个……"

"天龙，你到底想要说什么？"玄月对他半天都没表达出来有些不耐，注视着他慌乱的眼神，立刻明白过来，淡然一笑，"篛焗昨晚找你麻烦了？别介意，他就是太紧张了一些，说话不留口德，难免会伤人！"

"天龙没有那个意思！我对不起殿下！"天龙自惭形秽，激动地说道。

"我都说过那些事已经过去了，更何况我现在不是好好地站在这里吗？"玄月拍拍他的肩膀，安抚地笑道，"以前你是逼于无奈听从逆魔的命令，我从来没有怪过你。不过在真魔殿发生的那件事，千万不要告诉妖姬公主，特别是在她继承王位后更不能说！"

"殿下！"天龙无言以对，眼中尽是悔恨和感激。

"好了，进去休息吧！天龙，别再对我说什么对不起之类的话，我很烦的知道吗？"玄月半开玩笑地说道，抚上天龙的后背，推着他进了山洞。

时间一分一秒地过去，洞外时而传来魔兽的怪叫声，令人心神不宁。山洞里因为有结界的关系十分安静，一颗水荧灯摆放在山洞的中心位置，将整个山洞照亮，一览无余。德贞、白虎和天龙都已睡下，低低的鼾声此起彼伏。玄月侧身躺着假寐，心里一直盘算着什么，确认那三人已经睡熟后，便小心翼翼地起身，悄悄地走到他们身边，使用魔法让他们暂时无法醒过来，独自一人离开了山洞。

穿过结界，玄月凭着杜金湘探寻术中所经过的路线，疾步如飞朝一个方向奔去，很快便找到了狍鸮的洞穴，躲在不远的暗处，凝神望着狍鸮的石像，观察洞口有无异样的动静。

突然，玄月感觉到背后有股奇怪的气流袭来，急忙转身的同时抽出一张紫色符咒，正欲攻击对方，一个人影闪现出来，小声地讪笑道："玄月殿下，精神不错嘛！"

"是你！白虎？你没有中我的催眠魔法！"玄月惊怔一下，眼中露出怀疑之色，立刻收回了符咒。

白虎不屑地哼笑一声，摇了摇头说道："你也太小看我了，那种情况下我能睡得着吗？当你张开辟魔结界时，我就开始怀疑你了。想一个人对付狍鸮，却把天龙和德贞叫来，无非就是想让你那个刁蛮公主安心一点儿。"

玄月无奈地耸耸肩，默认了他的说法，平静地说道："既然你知道了，为什么还要跟来？你放心将德贞丢在那个山洞里？"

"有你的辟魔结界当然一万个放心！不过，我对你不太放心！"白虎说着将脸贴了过去，加上语气带点暧昧，显得意图很不单纯。

玄月惊异地退后了一步，顿时恼羞成怒，愤愤地说道："放肆！本殿下可不是德贞，再说出轻浮的话，本殿下一定杀了你！"

"呵呵！"白虎站直身躯，双手抱胸打量玄月生气的样子，一张俊脸潮红，讪笑道，"不好意思，玄月殿下，刚才纯属口误！我对殿下绝无轻浮之举，是公主对你不放心，所以恳求我保护好你！"

湘湘？玄月闻言一怔，心中一股暖流涌过，失神片刻，脸上已恢复了平静，回过神正色道："白虎，狍鸮并不是你能对付的，而且这一只不是普通的狍鸮。你还是先回山洞，帮我看好德贞他们，免得他们乱来！"

"你是说那只半妖吗？"白虎嗤笑一声，讥讽地说道，"二十年前打伤辉玉女王的半妖珂男，轰动整个万妖国，无人不知、无人不晓。不过，我白虎还不知道'怕'字怎么写，既然被拜托了，就不打算失信于人。玄月殿下要做什么，我管不了，只是要将殿下毫发无伤地带回去，也好交差！"

见劝说无效，玄月也不想再多说什么，淡然一笑："要帮忙就来吧，废话那么多干什么！"

白虎一脸奸笑，搭上玄月的肩膀，打趣说道："观察了那么久，里面是什么情况？"

玄月弹开他的手，不悦地说道："拿开你的脏手。目前为止，一点儿动静也没有，好像是出去了！"

白虎不以为然地退开，笑着说道："趁着他出去猎食来救人，不用花费多大力气，玄月殿下真是棋高一招啊！"

"想说我阴险狡猾就明说，不用拐弯抹角骂人！"玄月狠瞪了他一眼，以为是来旅游的吗？无视他的调笑，径直走进山洞。

白虎兴味十足地挑眉，露出一丝耐人寻味的笑意，喃喃自语道："公主有意思，原来玄月殿下更有意思！嘿嘿，都很温柔呢！"随即追了上去，跟着玄月小心谨慎地穿行在像迷宫一般的山洞里。

一个多时辰后，白虎傻眼瞪着面前十几个洞口，有些无奈和沮丧。如果不是进入山洞前确认无误，还以为是进入了蜘蛛精的巢穴，强压怒火问道："玄月殿下，我们是不是迷路了？"刚开始还是一条笔直的大路，后来逐渐出现分岔洞口，洞口数越来越多，只是一味地跟着玄月走，也不知道走错了没有，总感觉自己被耍得团团转。

玄月脸上总是保持着冷静，似是胸有成竹，淡然道："这些洞口都只是一个幻觉，只要跟着我走就行了。洞口数一直在增加，说明我们没有走错路，一个迷魂阵还难不倒犬神。"他停顿一下，似是报复白虎刚才对他的无理，笑着调侃道，"如果你觉得是我耍着你好玩，自己可以试试别的路走，到时候真的迷路了，可不要怪我！"

"你……算你狠！"白虎不敢发作，俗话说人在屋檐下，不得不低头，他对阵法确实束手无策，只能忍下这口气，咬牙切齿道，"还需要多长时间？"

玄月幸灾乐祸地笑了笑，继续往前走，回答道："快了，没想到竟然这么顺利！公主使用探寻术的时候，还没有走到这里就已经遇到他了，看来他是真的出去了。"

哼，要些小聪明，趁人外出，不是光明正大地向他挑战，虚伪！白虓暗自咒骂道，突然发现玄月眼底一片凌厉慑人直逼过来，心虚地冲他傻笑，结果换来玄月一个轻蔑的冷哼。

"我希望你搞清楚，我是来救人的，不是来找人打架的！你别以为我不知道你心里想些什么！"玄月突然冷冷地开口，吓了白虓一跳，一阵汗颜，赶紧收了心神。

几分钟后，玄月停下了脚步，不再往前。白虓紧跟上来，莫名地望了他一眼，发现他脸上的表情依然平静，紫瞳中却泛起血红的色泽，身躯有些轻微地颤抖，拳头紧握，似是在努力控制心头的暴虐。

是什么让他如此生气？白虓纳闷地随着他的目光望去，只见正前方有个女人躺在地上，昏迷不醒，面容十分苍白，却有西施之美，一件红色锦衣破烂不堪，像是受了不少折磨，久禁于此。难道她就是风系守护神鹏综？没想到居然被整得这么惨。心中不由一阵惊悸。还没反应过来，玄月已经冲了过去。

他什么话也没有说，心里翻江倒海般难受，只是温柔地将鹏综扶了起来，盘腿坐好，将魔力输入她的体内，可是丝毫不见效果。

白虓实在是看不过去，硬生生地说道："中了锁魂，可不是那么容易恢复神志的！殿下何必浪费魔力，只有施咒之人才能解！为今之计，我们应该先离开这里，回到王宫再想办法！"

玄月闻言一怔，终于恢复了一些理智，神色黯然下来，沉声说道："锁魂并不是非要施咒之人才能解，这天下间没有犬神解不了的魔咒，只是……比较麻烦！"他将鹏综小心翼翼地放下，突然觉察到什么，惊骇失声道，"糟了，我们中计了，公主出事了！"

……

第八十章　夜袭

我静静地躺在床上，望着白玉屋顶发愣，今天真是累得够呛！第一次上朝，而且还只是中途插一脚进去，居然会这么费神，头疼。我是一个从来都不关心国家大事的人，偏偏就要处理这些烦人的事情，早知道就该在人类世界学一些政治上的尔虞我诈、钩心斗角，好像凡是与政治扯上关系的，都不是什么好事情，如果这样要持续个几百年，我一定会疯掉的。万妖国的朝务，只要想想浑身就起鸡皮疙瘩。唉！我长长地叹了口气，心里郁闷死了，不由翻了一个身。

眼前一张俊脸近距离放大，深蓝色的眼睛泛起蓝宝石般的光芒，一副戏谑的注视神情，嘴角边挂着一丝讥诮的笑意。我吓得从床上弹跳起来，惊异地说道："七夜，你什么时候闯进来的？"

七夜呵呵地笑着，半跪的身躯直挺起来，退出几步，拉开了距离，不羁地调笑道："在公主发愣的时候就进来了！"

"你进来做什么？"我没好气地问道，拨弄了一下胸前凌乱的秀发。

"当然是听从玄月殿下的命令，前来保护你的。只是不知道该守在门外，还是应该近身保护！"七夜带着七分认真，三分调侃地说道，完全没有君臣之间该有的礼节和约束。今天接到玄月的命令，一直都隐在暗处保护她，如果不是听见她唉声叹气,也不会紧张地跑进来看看。

想跟我玩?陪你就是。我沉吟片刻,拟订一个整人计划,抿着嘴笑,黑曜石般的眼睛闪着诱人的波光,优雅地站起来,走到他面前,扯过他的衣襟,贴近他的脸,用甜腻的声音说道:"七夜,玄月不在身边,我觉得好寂寞,你陪我好不好?"

七夜不敢妄动,这完全出乎他的意料,吓得脸色大变,嘴角微微抽动几下,惊慌失措地笑说道:"公主殿下,七夜承受不起!"

看着他满脸的黑线,我心里暗自好笑,继续整蛊,俯在他的耳边时,感觉到他耳根开始发烫,喃喃低语道:"七夜不是发誓对我尽忠吗?献上你的忠诚之吻吧!"话音未落,七夜身躯已经禁不住战栗,看来收到很好的效果呢,心里沾沾自喜起来。别问我为什么这么会撩拨人,那是因为……嘿嘿,秘密!

七夜满脸涨得通红,一阵又一阵的战栗,愤怒和欲望同时被点燃,手足无措地强行推开我。恼怒的话还未出口,眼角突然瞥到一道极细的寒光,一把将我扯到身后护住,另一只手闪电般夹住了寒光,相对默然,时间仿佛停止了几秒。

等我回过神才发现偷袭我的人,是我用探寻术时遭遇到的半妖。他一双碧瞳射出森寒的光芒,脸上的表情阴冷恐怖,手中一把宽约一寸、长约三尺的银色长剑,剑尖一寸处被七夜以拇指和食指钳住。

七夜显得极为冷静,嘴角扬起一个浅笑的弧度,僵持数秒后,轻蔑地说道:"珂男,二十年前率领狍鸮大军造反,闯入王宫弑君,与辉玉女王大战了十天十夜,最后全军覆没,却让你侥幸逃脱。今日前来,你又想刺杀妖姬公主,到底是为了什么?难道就为了自己的身份不被认同,所以想拉着整个万妖国给你陪葬?"

珂男嘴角勾起一个噬血的狞笑,反唇相讥道:"七夜,传言你一向自视清高,孤傲性烈,从不把王族放在眼里,什么时候开始效忠起公主殿下了?"

柯南?我没有听错吧?他什么时候成了名侦探柯南了?不对啊,这里可是万妖国,一定又是同音误解,以前犯的这种错误还不够丢脸吗?真是的,我在胡思乱想着什么啊?现在可是大敌当前,躲在七夜身后不见得就安全了。拼命地甩甩脑袋,赶走混乱的思绪,扯住七夜的衣袖,左右为难地支吾道:"七夜,那个……他的名字……怎么写啊?"晕啊,我怎么会问出这个问题,失败中的失败啊!

虽然我的声音低于蚊蚋,但是两人都听得真切,一阵汗颜,对方的脸色更是黑如锅底,额头青筋暴跳,怒喝道:"你想找死吗?"说着,手中的长剑用力向前推进,无视已被七夜封住的剑身。

呵呵，这么容易动怒啊！七夜的玩心大起，加重力道封死剑身，稳如泰山站在他的面前，脸上的笑容更加灿烂，幽幽地说道："妖姬公主只是怕弄错了你的名字，也是对你的尊重，何必这么小气呢！"说着转过脸望着我，伸出另一只手的食指，笑说道："公主把手伸过来，我写给你看！"

"真的！"我心中大喜，本来还以为在这个节骨眼上，说些不合时宜的话，七夜一定会暴跳如雷，看来会冲我发脾气的也只有玄月一个而已，于是连忙伸手过去，掌心向上摆在他眼前。

七夜快速地在我掌心写下"珂男"两个字，柔声问道："公主可记住了？"

"嗯！记住了！"果然不是柯南，还好这次请教了七夜，不然又要闹笑话了。

珂男被我们俩对他的无视彻底地激怒了，身上的杀气暴涨，一个转身，手中的长剑竟然变得如蛇一般柔软弯曲，两人的距离瞬间拉近，他一掌击中七夜的胸口，同时闪电般伸手向我抓来。

七夜踉跄一步，忍住胸口剧烈的疼痛，侧身阻断了珂男的攻击，一只鬼爪狠狠地划过他的手臂，留下五条深长的抓痕，顿时流出了暗红的鲜血。

七夜大口地喘息，额头渗出冷汗，目不转睛地盯着对方，放于胸前的鬼爪仍然滴血不止，散发出死亡的气息。一时大意，差点儿让珂男得手，虽然一直保持警惕，但没料到他出手的速度如此之快，太轻敌了，怎么说他也是曾经重伤过辉玉女王的半妖。

"嘿嘿！"珂男看了一眼自己受伤的手臂，发出一声恐怖的狞笑，手指蘸着鲜血，像享受美味一般卷进嘴里，细细地品尝，胸腹中翻涌着噬血的魔性，抑制不住地兴奋起来。

真够恶心的，我的胃里一阵翻江倒海般难受，眉头紧皱：这个人长着一张那么俊俏的脸蛋，为何要做出如此不相宜的事情来，还真对不起那张脸，真是人不可貌相。

"公主，你没事吧！"七夜将我从胡思乱想中拉出来，护住我继续向后退了几步，脸色略显苍白，嘴角溢出一丝血丝，看来伤得不轻。

我紧张地说道："七夜，你才是真的受伤了，要紧吗？"如果不是他及时伸出鬼爪抓伤了珂男，拼命保护了我，说不定现在我已经落入他的手中。这时我才想起自己是万妖国的公主，有权力不用岂不是浪费，大声喊道："来人啊，有侵魔闯入，来人啊！"

随着我的呼喊声，一大群的精精、蛮蛮内侍卫军冲了进来，将珂男团团围住，暂时控制住了局势。

我扶着七夜在床边坐下，想让他好好休息，颐指气使地一声令下："将侵魔给我速速拿下！"

一片刀光剑影下，精精和蛮蛮的身形挡住了我的视线，却可以听到珂男张狂的狞笑声，犹如死神般的身影在内侍卫军中游走，半空中飘浮的无数荧光，代表无数的生命消逝。

看着无数的精精和蛮蛮倒下，而他的身影离我越来越近，我的心里产生了些许慌乱，紧张地站了起来。七夜勉强支撑身躯，跟着站了起来，急声说道："公主，此地不宜久留，他们挡不了多久了，快跟我走！"

"不行，玄月说是他害死了我王母，我要杀了他！"复仇的欲望在心中熊熊燃起，杀气随着怒喝声从身上散发出来。突然觉得有些不对劲，到底什么地方出了问题？情急之下什么也想不出来，无疑是火上浇油，抑制不住心头叫嚣的暴虐，我眼中蒙上一层淡淡的血雾。

"召唤，凤凰！"一声言念冲口而出，凤凰从我心脏中飞出，发出一声箫啸，跟随我的意念，闪电般冲向嗜杀成狂的珂男。

眼见一道危险的蓝光逼来，珂男面不改色，反而露出一丝奸笑，继续斩杀围攻过来的精精。就在凤凰冲到他胸口的一瞬间，一只桃红色的光圈不偏不倚套住了凤凰的脖子，显得如此容易。光圈迅速收紧，死死地勒住了凤凰的脖子，无论它怎么挣扎，都是徒劳。

七夜眼见凤凰被擒，顿时心急如焚，闪身冲过去，拼命地攻击珂男，没想到被他突然拿出的一颗黑珍珠震得飞跌出去，身体撞在墙上，跌落下来，闷咳出几口鲜血，再也无法动弹。

惊怔的同时，我突然想起玄月那日对付失控的凤凰也是用的同样手法，只是钳制住凤凰的光圈颜色不同而已。心脏一阵剧烈的抽搐，疼得我汗如雨下，禁不住跪倒在地，倔犟地抬起头，看见他将凤凰牢牢地控制在手中，不停地喘息，愤愤地说道："有种就杀了我！"

他脸上露出得意的笑容，一手拎住凤凰的脖子，一手拿着黑珍珠，狞笑道："原来人鱼的传说都是真的。公主，这颗黑珍珠我就不客气地收下了！"

"你说什么？"我疑惑地瞪着他，心里一惊，顾不上心脏像要被捏碎般的痛楚，急忙伸手摸遍全身,满脸惊骇,震惊地吼道,"你什么时候拿了我的黑珍珠?还给我!"

第八十一章　受诅咒的公主

珂男轻蔑地哼笑一声,咂咂舌头,不以为然地说道:"这个对你很重要吗?"

"把它还给我!"我再一次对他咆哮道,心脏像被谁突然用力握紧,疼得我喘不过气来,急忙死死捂住胸口,然而痛楚丝毫未减。

剩下为数不多的精精和蛮蛮内侍卫军,再一次对他发动攻击,突然一道红光从他身上扩散而出,一阵凄厉的惨叫声过后,所有的内侍卫军瞬间化作荧光消失。

"你,给我住手!"我痛苦地发出一声吼叫,为自己的愚蠢痛不欲生,没想到一盏茶的时间不到,所有守护在凤寝楼的内侍卫军一个不留地被他杀光。早知道不该叫他们进来,轻易地断送了性命,亲手将他们送上了断头台,落得尸骨无存、灰飞烟灭的下场。

"只是杀了几个奴才,就让你如此生气吗?公主殿下!"他冷笑着说道,眼中充满了不屑和嘲笑,漫不经心地走过来,一边把玩手中的黑珍珠,一边幽幽说道,"这个不想要了吗?黑珍珠,是人鱼誓死效忠的信物,也是会给人鱼带来致命伤的武器。传说,黑珍珠都是用人鱼族长的眼泪提炼出来的,一代族长只有一颗,里面注入了血咒。一旦将黑珍珠交出，等于是把自己的性命以及全族的性命都交给了黑珍珠的主人。"说完，转过脸望向躺在地上，满含愤恨怨毒表情的七夜，继续讪笑道，"没想到他真是不堪一击呢！"

由于无法承受心脏传来一阵又一阵的巨痛，我一下子瘫倒在地，双手只能勉强支撑着摇摇欲坠的身躯。目前的情况不容我倔犟抗争，唯有委曲求全才能保住七夜的性命，压下心中的怒火，眼中尽是难言的痛苦，喘着粗气说道："你到底想怎么样才肯放了七夜？"

"哦？不是想让我放过你吗？"他冷笑一声蹲下来，提起凤凰摆在我眼前，用威胁的口吻说道，"只要我稍稍用力，你的式神就会消失，而你也将丧失所有的魔力，吐血而亡，难道你不怕吗？"

我不屑地轻嗤一声，双手禁不住地颤抖，心灰意冷地说道："反正都已经落在你的手上，你觉得我有向你讨价还价的资格吗？我只是希望你能放过七夜，他和你并无什么深仇大恨！"

"公主，七夜从来不怕死！不要求他！"七夜稍稍恢复了一些意识，心有不甘地说道，只是说几句，就让他汗如雨下，止不住地咳嗽。

"呵呵，还有力气说话啊！"珂男的眼中闪过一道凶光，在他要对七夜下手时，我借助自己身体的重量，抢先一步拖住他的手臂，急切地恳求道："不要，求你放过他！"明知不可能拖得住他，但还是想尽全力一试。没想到情急之下拖住的那只手上，凤凰近在咫尺，唾手可得。我毫不犹豫地抓住凤尾，用力地将凤凰从他手中拽出，扯落了一地的蓝色羽毛，或许是他没有料到我会突然反击，才让我得手。

我后退几步站稳脚跟，拼命地拉扯套在凤凰脖子上的光圈，竟然有触电的麻痹感觉，反正心脏已经疼得受不了，也不在乎这点痛楚，用尽全力终于将它拔了下来，扔到一边。"凤凰，回来！"话音未落，凤凰嘶鸣一声，却是凄厉无比，眼看就快回到我的心脏中，突然一只手闪电般伸过来，再一次抓住了凤凰。

"公主，这么想要凤凰回去吗？"珂男狞笑道，将自己的血点在凤凰的额头上，施加了什么咒语上去。凤凰惨叫一声，无力地挣扎了几下，凤头低垂下去，蓝色羽毛失去了所有的光泽，变得奄奄一息。

"你对它做了什么？"我气急败坏地说道，伸手想要夺回凤凰。

两手一错，凤凰猛然打入我的心脏，他嗤笑说道："还给公主也无妨！"

"啊——"声嘶力竭地痛吼一声，心脏骤然停止了几秒钟时间，等我缓过气的时候,感觉整个身体都不像是自己的,仿佛每一寸肌肤都在用力拉扯,每滴血液都凝固了一般,脸色铁青,涣散的焦距几乎看不清眼前的事物。难以控制的晕眩逐渐侵蚀了我的大脑,身体跟着软了下去。

"公主!"七夜惊呼的同时,珂男已经将我拦腰抱起,放在了床上。

七夜挣扎了几下,口吐鲜血,仍然起不了身,用尽最后一口气愤怒地说道:"你要是敢动公主,我绝对不会放过你!"

珂男无视他的威胁,拨开我额头的秀发,目光一冷,满脸黠笑,喃喃念道:"只要得到了你,我就可以长生不老,几十年的寿命对我来说实在是太短了!我不要再做什么半妖,我要成为犬神,要万妖国所有的魔兽、妖魔、精灵还有守护神都膜拜在我的脚下!"说完,露出两颗獠牙,狠狠地咬住我的颈部动脉,将毒素注入了血液里,直接传达到心脏和大脑,我的意识渐渐模糊。

什么也听不见,眼前只是一片雪白,脑子里空荡荡的,好像已经失去了所有的知觉。我在做什么?我是谁?我在哪里?

"放肆,放开公主!"簬焗接到了玄月的千里传书,和德贤一起赶回王宫,没想到一进凤寝楼,就看见珂男对妖姬公主轻薄无礼,生气地怒吼道,一个闪电向珂男当头劈去。德贤眼见此景也是怒发冲冠,幻化出追月剑,一个挺身举剑直刺他的背心。

珂男头也不抬,反手推出一束银光,化解闪电的强势攻击,紧接着拈花一指,封住了刺向他后背的追月剑的剑身,这才缓缓抬起头来,转身正视德贤,一脸不悦的神色,冷冷地说道:"真是自不量力,居然想趁我使用锁魂的时候偷袭我!"

"你说什么,锁魂?"德贤大惊失色,看见妖姬目光呆滞地躺在床上一动不动,脖颈处留下了两颗牙印,手中的动作迟疑一下,露出了破绽。

珂男脸上露出一丝邪笑,突然全力出掌击中德贤的胸口,意有所指地说道:"德贤,你喜欢的人不是玄月吗?我现在可是在帮你,还想阻止我?"

德贤一个趔趄,险些栽倒,被冲过来的簬焗从身后扶住,胸口血气翻腾,忍不住一阵咳嗽。簬焗小声对他说道:"辉玉女王都只是胜过他一招半式,你不是他的对手,玄月殿下很快就会赶过来,我们只要尽全力拖住他就行。"

"可是公主中了锁魂,万一他控制公主去杀玄月怎么办?"德贤慌乱中竟然忽略了珂男会知道他喜欢玄月的事情,忧心忡忡地说道,眼中闪过一丝恐慌。

"呵呵,你倒是提醒了我!"珂男如梦初醒般笑说道,碧瞳中流露出阴毒,略带兴味地望着他们，打了一个响指，命令道，"公主殿下，起来！"

灵魂深处响起不可抗拒的声音，妖姬的身体不由自主地起床，一双空洞的眼睛，幽黑无神，不见有丝毫情绪。

一只手轻轻抚过妖姬的脸颊，像玩弄一个没有思想的布偶，珂男得意地笑着，进一步命令道："公主殿下，杀了他们三个！"说着，托起她的手指向德贤他们。

"杀了他们！"口中喃喃念道，脑子里只有这一个声音，控制住了妖姬的行动，缓缓逼近德贤和簶焬。

他们无奈地一步步向后退去，退到了七夜的位置，德贤紧张地问道："现在该怎么办？"

"又不能伤了公主，还能怎么办？你也真是的，什么不好说，偏偏提醒他那个！"簶焬生气地半埋怨道，知道这只是一个赌气的借口，就算德贤不提醒他，他一样会这样做，现在到了进退两难的地步，说什么都是废话了。

德贤伸手扶起七夜，垂头丧气地说道："我看我们还是先离开这里再说吧！你不觉得奇怪吗？发生这么大的事情，逆魔怎么没有来？"

一语惊醒梦中人，簶焬沉吟说道："难道是逆魔和他勾结？"

"有这个可能性！"德贤同意道，这才回想起刚才被忽略的事情，更加肯定珂男与逆魔脱不了干系。惊见妖姬召唤出凤凰，凤凰犹如离弦的利箭冲了过来，急声喊道："闪开！"及时护住七夜闪身避开，一道红光擦身而过。

凤凰攻击失败，发狂似的嘶鸣，声音震耳欲聋，急速转弯反射回来，划出一条红弧。

簶焬急忙使出浑身解数阻止凤凰的攻击，无数闪电落在它身旁，将它困在闪电阵中，却伤不到它分毫。

七夜惊呼一声："凤凰的颜色怎么变了？"

两人闻言同时惊怔当场，仔细一看，凤凰周身泛着红光，羽毛深红如血，均难以置信地瞪大眼睛，锁魂竟然改变了式神？

"哈哈哈……"珂男发出一阵狂笑，兴奋地说道，"凤凰中了我的血咒，公主又被我施了锁魂，我不相信犬神还有能力解咒，哈哈哈……"

"谁说我没有能力解咒！"一个铿锵有力的声音凭空响起，在凤凰破阵而出的时候，一个紫色的光球罩住它整个身体，无论它怎么挣扎都是徒劳，玄月和天龙出现在众人的面前。

"犬神？哼，来得正好，我看你还是解除公主的契约，免得受罪！"珂男斜睨了一眼玄月，狂妄自大地说道，完全没有把玄月放在眼里。

玄月偏头望向德贤，关心地问道："有没有受伤？不好意思，因为救鹏综耽误了一些时间！"

天龙眼中隐隐有些担忧，玄月虽然毫不费劲地从珂男那里救回了鹏综，但是为了解锁魂之咒，导致他失血过多，还消耗了很多魔力，加上使用瞬移魔法赶回王宫，体力差不多透支。现在公主也中了锁魂，他能坚持住吗？

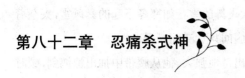

第八十二章　忍痛杀式神

玄月冷冷地看着十分嚣张的珂男，脸上平静如水，平淡地说道："珂男，放了公主和式神！"

"放？式神不是已经在你的手上了么？至于公主，她现在可是我的人了！"珂男笑着说道，从妖姬身后紧紧地环抱住她，一手托起她的下巴。

天龙气急败坏地骂道："你竟敢对公主无礼！"说着就要冲过去狠狠地痛揍他一顿，被玄月出手拦了下来，心中正怒火难平，却发现玄月并不是无动于衷，而是努力地克制住杀气，浑身微微直颤，双拳已经握得刺破掌心，流出血来。

"殿下？"天龙紧张地轻声唤道，心里是又急又气又担心。

"天龙，退到一边！"玄月尽量保持着平缓的语气，紫瞳死死地盯着被珂男挟持的妖姬，心里是无法言喻的痛苦与折磨。

德贤把天龙拉到了身后，自己则站到了玄月的身旁，伸手想要握住他流血的拳头，想借此平息他的愤怒，却被他避开了，一股莫名的愁绪涌上心头，悬在半空的手怅然缩了回去。抬眼望向得意忘形、满脸挂着讥诮笑容的珂男，目光随即变得阴冷，身上的杀气散发出来，手中的追月剑顿时金光大作，一个闪身冲了出去，出现在珂男的身后，径直刺向他的背心。

猝不及防的攻击令珂男神色微变，一个转身故意用妖姬挡在自己面前。德贤心里一惊，仓皇收剑却已经来不及，被自己的魔力反噬震伤的同时，剑尖已经刺入妖姬的胸口，然后消失。德贤整个人惊怔在原地，呆呆地望着鲜血从她伤口处汩汩流出，而她脸上一点儿痛苦的表情也没有，眼神散乱无光。

"湘湘！"玄月惊呼一声，再也克制不住心头的暴虐，浓重的杀气已弥漫开来，全身流溢出紫色的魔力，厉声命令道，"天龙，把你的剑给我！"

"是！"天龙不敢多想，立刻幻化出御龙神剑，交给玄月。

玄月接过御龙神剑，纵身一跃，跳到傻站着的德贤身边，伸手抓住他的肩膀，用力一提，将他扔到了天龙的身后，被簸娟眼疾手快地出手扶住。

玄月气势汹汹地举剑攻击珂男，招招狠辣，千变万化的招式完全不给对方喘息的机会。御龙神剑注入了犬神的魔力后，周围的温度骤降到零下十几度，房间里所有的东西都结上了一层冰霜，漫天飞舞的雪花如寒冬下起的暴风雪，夹杂着阵阵犀利的剑风，让人睁不开眼睛，胸腹间只觉滞闷难受。

珂男也不示弱，虽是半妖，魔力却出奇地强大。他从腰带中抽出惊鸿剑，顿时银光大作，剑身细长锋利，刚柔并济，犹如在空中飘舞的丝带，在舞出曼妙姿态时逐一化解了玄月的剑招，同时也不留余地地反击，杀伤力极强，每使出一招都能让人心惊胆战。

两剑相交，"当当"声不绝于耳，激起一片又一片剑花、雪花，双方激烈交战几百个回合，越战越勇，都受了一些轻伤，却占不到对方一点儿上风，始终胜负难分。

打斗到酣处，珂男脸上愈加兴奋起来，似是在享受战斗的乐趣。玄月一边攻击珂男，一边想方设法救妖姬，眼看时机成熟，终于找到机会可以接近她，左手迅速抽出一张紫色符咒，一剑挡开直刺而来的惊鸿剑，紧接着扫腿踢向珂男面门，在他侧身避开时，飞身赶到了她身边，将符咒贴在她的胸口，结出一串复杂的手印，喃喃念道:"犬神敕令,净化吧!摧破吧!粉碎诅咒的束缚……"

珂男这才发觉玄月完全没尽全力与他战斗,而是为了救妖姬敷衍应对,简直就是对他的一种侮辱,气得脸色铁青,继而嘴角勾起一抹阴笑,冷声低语道:"公主,杀了犬神!"

只有一直满怀恨意注视着珂男的德贤,才注意到他对妖姬下了命令。在众人还没反应过来时,惊见妖姬衣袖中滑出一把锋利的匕首,落入手中的同时向靠过来的玄月心脏刺去,而玄月竟然只顾着解锁魂,全然不知。他来不及思考,满脑子都是恐慌和紧张,在千钧一发之际,纵身一跃扑倒了玄月。

"你干什么,德贤?"玄月被莫名其妙地推倒,等于失去了仅有的一次救人机会,当即迁怒于他,气急败坏地推开压在身上的他,却看见妖姬手中的匕首近乎疯狂地刺了下来。

德贤被推开的同时,心里也是大为恼火,眼角瞥见一道寒光,本能地反手去挡,却被匕首刺穿了手臂,顿时血流如注。妖姬并没有因此而停止进攻,出手十分凶狠,将匕首抽出来之后又狠命地向玄月身上刺去。

玄月大惊失色,来不及反应,已经被德贤死死地抱住,在不能伤害妖姬的情况下,只能用自己的性命去换玄月的安全,也只有这样才能彻底地得到解脱。昨天深夜,突然失踪的篯焆回到了他养伤的小茅屋,二话不说就要杀了他,他不明白为什么篯焆救了他,回来之后性情大变,又要毫不留情地杀他,经过一番打斗之后终于得知了真相。原来篯焆知道了所有的一切,虽然很多都是他推理得出的结果,但与事实真相相差不大,他是第一个知道自己出卖了青风犬神的人,没想到最后却原谅了他,只说是不想让玄月殿下伤心,这件事他也不会对任何人说,当然,如果被妖姬公主知道,要杀要剐也是听天由命了。听了篯焆的一番肺腑之言后,德贤如释重负一般,没想到篯焆把他看得比他自己还透彻。他这辈子就犯了一个错误,那就是爱上了玄月,所以结局他不想也知道,只是这颗心无法控制住,那就让它停止跳动,永远地消失。

匕首如雨点般落在德贤的身上,刺出一片血红,他只想就这样抱着玄月,把头贴在他的耳后,感受他身上的温暖与战栗,眼中流露出无限的深情,脸上扬起一抹温情的浅笑。

天龙气急败坏地冲到珂男面前,疯狂地攻击他,只是希望可以让他稍稍分神,无法再用锁魂控制妖姬。两人很快缠斗起来,然而天龙愤怒之下的招数显得漏洞百出，很快就被珂男压制住，打成重伤。

　　见天龙毫无招架之力，篪焗心里十分着急，因鹏综被珂男折磨得不成人样，就算解了锁魂，魔力已经尽失，所以玄月让德贞留下为她输送魔力，助她恢复，早知道留下这个草包天龙，也不至于在这里帮倒忙。他草草地为七夜疗伤之后，也加入了战斗中。二对一，这让珂男更加兴奋，一边享受战斗的乐趣，一边还有余力控制住妖姬继续刺杀德贤。

　　玄月惊慌失措间却不知该怎么做，惊异地瞪大眼睛，难以置信地望着失去意识的妖姬杀红了眼，一双黑瞳如死水般深不见底，那张天真可爱的笑脸也换成了死神的狞笑，还沾染了几滴德贤的鲜血。心中不由悲痛万分，全身爆发出强大的魔力，形成一个紫色光圈，强行将妖姬弹了出去，然后使用回原魔法为只剩下一口气的德贤疗伤。

　　片刻之后，玄月使用催眠魔法让德贤暂时睡了过去，小心翼翼地将他放到地上，愤然站起来，紫瞳中放射出灼灼寒光，森严的杀气顿时暴涨，在胸前结出一串手印，抽出一张黑色灭魂符咒，忍痛无奈地甩向凤凰，喃喃念动咒语："犬神敕令，凤凰解除契约，成为吾之祭品！谨此奉请！真魔王加护吾身！缚鬼伏邪！邪鬼吞之！成粉碎！"凡是中了血咒的式神是无法恢复原来的样子了，如果就这样回到妖姬的身体里，只会让她受尽折磨，痛苦不堪，所以只有解除式神的契约，不再同命相连，杀了它。没有了式神，等于无法再从妖姬身上得到斩昀剑，而他也自然失去了做犬神的资格。

　　凤凰哀鸣一声，蓝色羽毛掉落一地，整个身体化作点点荧光消失。天龙和篪焗同时震惊，大声喊道："殿下，不要！"飞身赶过去想要阻止，却被玄月的禁身魔法弹开，根本无法靠近，只能眼睁睁地看着凤凰死去。七夜神色黯然下来，知道事已至此，无法挽回，暗自叹了口气。

　　玄月冷眼相对，一滴泪从他绝望而痛苦的眼中滑落下来，咬破食指，用鲜血在半空中画了一个符咒，用力推向妖姬，符咒犹如天网一般罩在她的身上，使她无法动弹。鲜血不停地从玄月的手指中流出，符咒几乎要抽空他所有的魔力一般，使他的脸色渐渐苍白，呼吸也变得急促起来。

　　珂男得意地大笑起来，冷嘲热讽地说道："犬神，我还以为会更有趣一些，没想到你这么快就放弃了！"

　　玄月无视他的嘲笑，继续施展魔法解锁魂诅咒，凝神注视着妖姬，看着她冰冷的面容上,终于有了一丝痛苦的表情,知道魔法已经产生了效果,却仍然不敢有丝毫的大意,因为解除了契约,他的魔力再无法与她同调,多少会产生一些排斥。王族的身体与其他妖魔、守护神都有所不同,不会接受除犬神以外的任何人疗伤,说不定还会震伤对方的五脏六腑。所以,他不惜拿自己的命做赌注,使用犬神禁忌了万年的魔法,只为了救她,心里最在乎的杜金湘。

第八十三章　真魔王

一片未知的黑暗中,唯一清晰的感觉只有恐慌和无助,我不知道自己在这个地方待了多久,什么也看不见,什么也听不见,只能感受到束缚在身上的沉重锁链,勒得我难受,似乎快要窒息一般。

我到底是谁?为什么会被困在这个地方?不断地试着想要发出一点儿声音,可是无论我将嘴巴张得多大,就是听不到一点声音从喉咙中发出来。我是哑巴吗?如果这就是我的命,注定要困在这里一辈子,我是不是就该认命了呢?可是为何心里会有不甘?总有一个模糊的影子在脑海中稍纵即逝,他是谁?对我很重要吗?

我不停地思考着这些问题,因为这是唯一证明我还活着的方法。虽然看不见任何的东西,还是将眼睛瞪得大大的,就是希望在下一秒看见一丝光亮。然而这一切都是徒劳，身心感到特别地疲惫，很快就陷入了半昏迷状态。

"笨蛋女人，谁叫你睡啦，给我起来！"一个声音划破黑暗的寂静，突兀回响在耳边。

"什么人？"我惊异出声，终于听见了自己的声音，原来我不是哑巴，为此正想高兴一下，突然看见一点荧光点亮在我眼前。

"看来还是有点效果！用他的声音可以让你尽快清醒过来！"声音明显出自那点微弱的荧光，紧接着荧光大作，瞬间幻化出一个天仙般的女人。她面如桃花，身材高挑迷人，一双金瞳放射出凌厉的光芒，唇如胭脂，葡萄紫色的秀发直达地面，却不沾染半点尘埃，身穿华丽尊贵的紫色万妖国女王服，浑身散发出令人敬畏的王者气息。她随手一指，我身上的锁链全数断裂消失。

呆愣了半晌才回过神来，我迷惑不解地问道："你是谁？为什么我会被困在这里？"

"真魔王！你中了锁魂，困在这里的只是你的魂魄而已！"她冷傲地回答道，神色威严。

"真魔王？"我喃喃重复了一遍她的名字，顿时觉得头疼欲裂，下意识捂住自己的脑袋，痛苦地说道，"我到底是谁，能告诉我吗？"

"妖姬，即将成为万妖国第 57 代女王的人！"她的语气没有丝毫起伏，平淡得近乎冷酷。

"我叫妖姬？"我惊疑不定地望着她，"你为什么来这里？是救我吗？"

"当然是来传授女王之位于你！犬神单方面解除了契约，又强行施用禁忌之咒召本尊前来救你，害得本尊从异世界跑回来，你这个妖姬面子真是大呢！不过也没什么，犬神解除契约，可以另外再找一个，你还是万妖国的女王！只是少了犬神的洗礼，魔力会暂时封印，直到找到下一个犬神为止，才有可能恢复自身的魔力！"她有些生气，略带讽刺的口吻说道，眼中却掠过一丝不易察觉的担忧。

"犬神是谁？"我的眼中仍然有些迷茫，脑子里一片混沌，什么也想不起来。

"扯了半天你还没有恢复神志啊，看来他已经快不行了！算了，让本尊帮你一把！"她伸出右手，食指点在我的心脏处，指尖一团紫色的火焰钻入我的身体里，顿时痛得天翻地覆，所有的记忆自脑海深处涌现出来，还有一些并不是我的记忆，是来自真魔王的暗示，紧接着眼前一黑，禁不住跪倒在地上。

"玄月！"我喘着粗气，唤出了一直缠绕在心间挥之不去的名字，神色骇然地

PAGE·348
Qumo Mong

说道，"你说玄月出事了？"

"是啊！"她缓缓吐出一口气，事不关己似的幽幽说道，"或许说不定已经没命了！使用那种禁忌魔法，比起飞雪针更能轻易地要了他的命！何况他现在已经不再是犬神，变成了普通的妖魔，很快就会烟消云散的！"

"你说什么？"我怒气冲冲地站起来，伸手想要扯住她的衣襟质问，却被一股无形的力量弹开，跌落在地上，忍不住一阵咳嗽。

她目光一冷，强大的魔力从身上流溢出来，严厉地训斥道："你是第一个敢对本尊不敬的女王！妖姬，如果不是辉玉只留下这唯一的命脉，说不定我已经杀了你！"

我赌气站起来，拿出自己原有的耍赖作风，不卑不亢地愤愤说道："玄月都不在了，我留着这条命做什么？你要杀就杀，别以为你是真魔王，我就怕了你！你有本事救我，就先救了玄月再说，别在我面前假惺惺地扮好人。他要是死了，我也死了算了！我知道你顾忌什么，不就是怕万妖国毁灭，光之边界随之消失，妖魔和魔兽全都跑到人类世界去肆虐吗？那该死的肆魔公约，我从来都不放在眼里！毁灭了整个世界又怎么样？打破宇宙间的空间平衡又怎么样？全都见鬼去吧！"

"你敢威胁本尊？"她神色一凛，声色俱厉地说道，"妖姬，我可以瞬间消除你的记忆，然后强加进一些不属于你的记忆！忘记了玄月，忘记了自我，你还会用他来威胁本尊吗？"

我握紧拳头狠狠地捶向地面，愤怒地瞪着她。没错，如果我失去了原有的记忆，我将不会再记得玄月，变成一个真正残酷无比的女王，这并不是我想要的结果。我痛苦地皱着眉头，继而强制内心的怒火，神色黯然下来，跪伏在她面前，咬牙恳求道："真魔王，对不起！你怎么罚我、打我都行，求求你救救玄月！"

"这样就低头了？"她有些无趣地说道，"妖姬，你是万妖国的女王，冷血和残酷才是你该有的性格！懦弱无能的你，能保护万妖国吗？能保护自己心爱的人吗？"

我没有抬头看她，叹息一声，感慨万千地说道："我没有做过女王，从小在人类世界长大，平凡无奇，只是平淡地过着普通老百姓的生活。是玄月彻底改变了我的生活方式，还被逆魔设计回到了万妖国，让我担负起一个国家的责任。我承认自己措手不及，没有能力治理国家什么的，而万妖国更是不同于人类世界，让我感到很无助。更令人痛苦的是，在人类世界生活了二十年，现在竟然发现自己根本不是人类。突然加在我身上的东西，几乎令我崩溃，是玄月一直给我活下去的勇气；而我也渐渐地发现，我深爱着他，不能没有他。这种感觉一天比一天强烈，我甚至为此差点杀了德贤，我觉得越来越不像自己了。所以，你认为现在的我，如果失去了玄月，还有活下去的理由吗？"长篇大论之后，我终于如释重负般吐了口气，这才抬起被泪水迷蒙的双眼，充满绝望地看着她。

她无奈地摇了摇头，正色道："他已经解除了契约，是不能再成为你的犬神了，你还要救他吗？"

我沉吟片刻，脑子里突然闪现出刚才她给我的暗示，一声悲怆的轻笑，语气坚决地说道："我知道还有一个办法可以再让玄月成为我的犬神，希望真魔王能成全！"

"你疯了吗？那样你就会变成一个普通的人类！就算成为万妖国的女王，也没有任何的魔力，你如何治理万妖国？如何压制那些暴乱的妖魔？"她脸色大变，生气地说道，眼中却掠过一丝不易觉察的狡黠。

我脸上绽开一个淡淡的笑容，平静地说道："我知道自己中了锁魂，被珂男控制了行动，有可能在此期间做了什么蠢事。玄月说过，锁魂除了施咒之人能解之外，就只有犬神耗费大量的魔力，用自己的鲜血化咒破除，相当费神，不只是伤害身体，而且魔力还会暂时消失。"停顿了一下，再也控制不住自己的情绪，眼中装满哀伤，接着黯然说道，"或许是我伤了玄月都不一定，而他却拼了命地想要救我。真魔王说他使用了比飞雪针还厉害的禁忌魔法，就只是为了要救我而已，我能无动于衷、袖手旁观吗？真魔王，你既然是万妖国的创国女神，一定有办法救他的，对吗？而且你也知道该用什么魔法让他再次成为我的犬神，如果你不帮忙，我只有自己做了！"我的眼中尽是坚定的渴求，还有仅存的一线希望。

她长长地叹了口气，目光柔和了许多，怜惜道："妖姬，每一代的女王为了犬神都做出了很大的牺牲，而你却竟然做到了这个份上。唉！多情总比无情苦，妖姬，我现将女王之位传于你。你，好自为之吧！"说完，右手在空中画出一个美丽的紫色圆环，套在了我的头上，逐渐扩大，从头到脚一路滑下去，顿时感觉整个身体热血沸腾，每个细胞都在扩张，好似要脱胎换骨一般，却没有任何的不适和难受。

"神授完毕！妖姬，你将永远保持现在这个年龄，有839年统治万妖国的时间。但是，如果你使用归命魔法，你将变成普通的人类，那么你的年龄就会正常增长，统治万妖国的时间就不会那么长了。"她一本正经地说道，试探着再次问道，

"你可想清楚了？如果不能保持长生不老,你和玄月的命都不会长久!"

"谁在乎天长地久,只在乎曾经拥有!如果可以和玄月在一起,哪怕只有一天的时间,我们也会彼此珍惜。如果一个人独活,就算是活一千年、一万年,又有什么意思?"我冷笑着反问道,凝神望着她,心里早已百转千回。

"那好,既然你已经决定了,我也无话可说。"她无奈地叹了口气,在胸前结出一串复杂的手印,"真魔王敕令,玄月为妖姬之犬神!破除禁忌之法!归命!"

我顿时感觉到心脏像要撕裂般一阵绞痛,忍不住紧紧地抓住胸口,脸色瞬间苍白,疼得汗如雨下,全身战栗不止,声嘶力竭地喊道:"玄月——"

······

第八十四章 万妖国女王降世

意识恍惚中,一股令人心醉的薄荷香味缠上舌尖,不由痴痴纠缠上去,舍不得放开。突然,那种令人心猿意马的味道消失了,我极度不满地睁开眼睛,对上玄月羞得绯红的脸,紫眸中尽是难以置信的眼神,顿时觉得一阵好笑,双手环住他的腰身下意识地紧了一下,眉飞色舞间,全然忘记了自己是从锁魂中清醒过来的。

"公主?"德贤三人惊异地看着已然变身成女王的我,简直就是几万年难得一见的奇迹。刚才只是看见玄月使用了一种可怕的魔法,结果伤得很严重,一直吐血不止,魔力尽数消失,而且他的身体某些部位也变得似有若无,似是要消失一般。片刻之后,公主就变了样子,和玄月重新定下了契约,献上忠诚之吻,使他恢复了犬神的魔力,伤势全愈,万妖国从来还没有出现过一位犬神可以定下两次契约的。

玄月尴尬地撇开我炽热的眼神,心神一阵彷徨,不知所措地说道:"妖姬女王,玄月何德何能让女王……"

听着这话总觉得不自在,一个热吻毫不客气地封住他的唇,我的心里却有些酸涩的感觉,真的好怕失去他。过了一会儿,慢慢地放开他,似是给了惩罚一般,露出一脸的坏笑,细声低语道:"玄月,说什么呢,我只要你好好地活着!其他一切都不重要!"

傻眼瞪着玄月与妖姬再次定下契约,珂男这时终于缓过神来,气得火冒三丈。眼看希望成为泡影,他失去了原有的理智和冷静,再也无法控制住情绪,举起惊鸿剑向玄月的背心凶狠地刺过来。

"找死!"眼角瞥到一点刺眼的寒光,我一声断喝,脸上如覆严霜,眼中掠过一道阴狠的杀气,立刻从玄月心脏中抽出玄月神剑,挥剑劈向那点寒光,只听到一声利刃断裂的脆响。等众人回过神时,玄月神剑已经刺穿珂男的左肩锁骨,剑尖从他背后露了出来。我回手抽出玄月神剑,那如海水一般深蓝的血液从伤口处喷射而出,接着才听到断裂的惊鸿剑落地的声音。这是我施展的最后一次魔法,随即变成了普通的人类,心里倒是真正地松了口气。

一切都发生得太快,谁都没有反应过来,当场惊怔在原地。看到我隐藏的阴狠一面,玄月脸上不由露出一丝惊慌,赶紧收了玄月神剑,却发现我已经恢复了人类的样子,整个人像虚脱了一样,身躯瘫软了下去。

"湘湘!"玄月暗呼一声,瞬间抱住了我的身体,见我脸上毫无血色,呼吸变得很微弱,不由心痛起来,急忙用魔法为我疗伤,却好像忌惮什么,沉声说道,"女王——"

"叫我湘湘!"我吃力地伸手挡在他的唇上,阻止他说话,竟有一丝沁凉的感觉流入心间,转过脸看向被我刺伤跪在地上的珂男,对上他绝望而毫无生气的眼神,有气无力却不失威严地说道,"珂男,你让辉玉女王太失望了!可惜了她给你的一百年寿命,你根本就不配!别用那种惊骇置疑的眼神看着我,接受神授时,真魔王已经让我知道了一切,辉玉女王是因你而死的。本来我应该为她报仇,一剑杀了你,可是她临死都希望你好好地活下去,所以我下不了手,再给你一次改过自新的机会。身为半妖的你，为了变得更强大，让所有的妖魔都屈服于你，不惜残杀无辜、狼狈为奸、绑架守护神、十恶不赦、泯灭人性……呃，说错了，你根本就不是人类，这四个字我收回。这样的你，为什么会得到我王母的怜悯？你扪心自问，是谁在你被那些妖魔围猎的时候救了你？是谁给了你强大的魔力？是谁以德报怨给你百年寿命？你竟然恩将仇报，还想控制我杀了玄月，像你这种妖孽，就算得到了天下，谁也不会从心底臣服于你。"

"要杀就杀，何必那么多废话！"珂男用手捂住自己流血不止的伤口，愤然说道，眼中只有不甘和怨恨，完全没有一丝悔意。话音未落，御龙神剑已经抵住他的喉咙，凛冽的寒气侵袭开来，却没有令他产生丝毫的恐惧，仍然面不改色地瞪着我。

"敢顶撞妖姬女王，信不信我现在就杀了你！"天龙冷冷地警告道，眼底透出怒火，浑身都散发出森严的杀气，心里更是郁闷到了狂躁的地步。

七夜和簶焬只是冷眼旁观，而簶焬的神色更像是在看一出好戏，嘴角略微勾起一个讥笑。

"天龙，把剑放下！"我平静地说道，这才发现被玄月抱在怀里，难免有失仪态。如果不是现在必须摆平这件事，要他体会到我不是在跟他磨嘴皮子、逗口舌之快，还真不想从玄月的身上离开。那么温暖的胸膛，给人安全感，那散发着橘子香味的银发，诱人的双唇……天啊！这个时候我竟然色心大起、想入非非了，急忙赶走胡思乱想的思绪，对玄月说道："玄月，放我下来吧，我现在已经没事了！"

"是！"玄月应声将我放了下来，换种方式扶住我。其实我的身体已无大碍，但是却不能让他放心。他随时可以感应到我心里想些什么，当时一阵汗颜，脸上的红晕渐渐淡去。

我正视着他充满怨毒的眼神，不由深吸了口气，声色俱厉地说道："珂男，你一方面不择手段地追求强大的力量，一方面则深深自卑于半妖的身份，苦苦挣扎了几十年，只为了寻求一个容身之地，到最后换来的只有无尽的孤独，仍然得不到别人的认可，你不觉得可悲吗？你既不是魔兽，也不是妖魔、精灵，更不是守护神，从小受尽了折磨和欺负，就觉得在万妖国很难立足，所以不断地寻求力量，想要成为真正的妖魔，甚至不惜一切都要挑战万妖国的女王，让她对你充分地肯定，要万妖国所有的妖魔都臣服于你。你的确在辉玉女王那里得到了强大的力量，她还给你延长了百年寿命，并且下令万妖国内不许歧视半妖。你满足了吗？没有，于是你继续绑架了守护神鹏综，让她成为你的武器，为你杀掉所有嘲笑、折磨过你的妖魔。所有的妖魔都怕了你,甚至是闻风丧胆、噤若寒蝉,年年向你献供。可是你还不知足,现在居然异想天开想要做犬神,狂妄到如此地步,我怎能不杀你?半妖只是你的借口,一切皆由你的贪心而起,并不是想为自己找容身之处。你根本就不值得任何人的同情,连做半妖都不配!"

"够啦!"他歇斯底里地怒吼一声,轻蔑地说道,"少在我面前装作仁义来教训我,说什么同情我,说什么要我好好地活下去,明明就是从心底里鄙视半妖,觉得我就是万妖国的耻辱,恨不得我从这个世界上消失。表面上对我假仁假义,暗地里派大军三番两次来围剿我们,杀光了咸阴山上所有的狍鸮。它们只是普通的魔兽,有些根本就没有参与暴动,却被你们赶尽杀绝,只剩下我一个,我的孤独和痛苦难道不是拜你们王族所赐?"

"你胡说什么?辉玉女王根本就没有下过御旨剿灭狍鸮!"天龙愤怒地反驳道,杀念如潮水般涌上心头,手中的御龙神剑几乎控制不住噬血的欲望,发出低低的嗡鸣。

见天龙情绪太过激动,我急忙安抚道:"天龙,把御龙神剑收了吧,不需要了!"

他极度不满地冷哼一声,却不想违抗我的命令,御龙神剑随即消失,仍然不服气地怒瞪着珂男。

我无奈地摇了摇头,沉声道:"珂男,你被逆魔骗了,一切都是他布的局。首先挑起你与辉玉女王的相互残杀,然后借你之手,控制鹏综取了飞雪针,杀了青风犬神,使辉玉女王得不到治疗而驾崩,最后还想杀你灭口,派大军上咸阴山剿灭狍鸮。由始至终,你都只是一颗任他摆布的棋子罢了!"

珂男难以置信地反驳道:"这不可能!他说要助我一臂之力,而且还破坏了宫门的结界,让我们顺利攻入了王宫。"

"没错,但是除你一个有本事逃走外,所有的狍鸮都被他下令杀掉了。死在辉玉女王和青风犬神手上的只有你看到的几十只而已。"站在一边的篛焗终于看不过去,开口嘲讽道,眼里充满了不屑的神色。

提到青风这个名字,玄月心中顿时凌乱不安,呼吸明显加快,垂下眼帘,努力控制住那歇斯底里的痛苦。我忽然感受到他因愤怒而微颤的身躯,急忙下意识地抚上他扶住我的手臂,嫣然一笑,轻声安抚道:"一切都过去了,玄月!我会帮你报仇的!"

玄月有些发愣,继而舒展了眉颜,冲我微微点头算是回应。

我回过头看见珂男怒发冲冠的样子，显然他是已经相信我与簬娟并不是串谋骗他，倒抽一口凉气，继续说道："珂男，以前发生的种种我都可以不再计较，刚才给你那一剑算是将前账一笔勾销。你放心，我并不是同情怜悯你，而是想成为你的朋友，希望你不要再做那些让我无法饶恕你的事情！至于你半妖的身份，我会制定出一个完善的法律来保护你们，不再受到种族的歧视！"无论是人类世界，还是在万妖国，这样的种族歧视难道还少了吗？人类世界自然有相关的政府部门去解决，我管不了，但我既然已经成为万妖国的女王，就要让这种歧视半妖的行为从万妖国彻底消失。

　　珂男已经明白我的用意和立场，心悦诚服地向我磕了几个响头，感激地说道："珂男一定改过自新，谢过妖姬女王不杀之恩，妖姬女王万岁、万万岁！"

　　"起来吧！"我欣然说道，做了一个平身的手势，用女王的口吻，义正词严地继续说道，"嫲正式封你为咸阴山的守护御史，咸阴山所有的一切都由你来守护。玄月，马上拟出御旨，通告万妖国上下。"

　　"是！"玄月应了一声，向我投来赞赏的目光，从而改变了一些对我的看法。

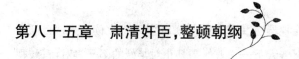

第八十五章　肃清奸臣，整顿朝纲

　　第二天早朝，我身穿紫色高贵的低胸绣凤女王服（PS：女王服饰在万妖国传

第五十章有详细介绍,女王的朝服与平时穿的衣服没有什么区别,只是最外面一件的裙摆上绣有展翅的凤凰。在万妖国的王宫里,颜色划分直接关系到官衔等级,以紫色为尊贵,其次是黑色、黄色、红色、白色、蓝色、绿色。女王的服饰都是以紫色为主,也只有女王才能穿紫色的服饰,犬神的朝服是黑色,相国的为黄色,师仪的为红色,守护神则是白色,其他官位的朝服都统一为蓝色,绿色一般都是赤鹭和类儿的宫服,而囚犯的衣服则是褐色。宫外就没有强制性的规定,除了不能穿紫色和黑色外,其他颜色都可以随便搭配穿着),头戴一顶紫金王冠,出现在妖魔群臣面前,目光如炬地看着他们,脸上露出少有的严肃表情。

四位守护神都精神焕发地站在谛谡宫大殿之下,经过一夜的调理之后,鹏综已经恢复了风系魔力,总算是全部归位了。

逆魔的脸色很难看,眼中布满了血丝,想必是一夜未眠。这也难怪,昨晚听到我轻而易举地降服了珂男,竟然能在真魔殿外接受神授,并且继承了王位,今日还要亲自早朝,气得他差点儿吐血,当时的表情真是大快人心。七夜回来禀报的时候,更是添油加醋地夸张了一番,笑得我们前翻后仰,差点儿喘不过气来。

我坐在女王宝座上,向玄月略微点头示意,他立刻大声传唤道:"传咸阴山珂男觐见!"

珂男身穿湛蓝色锦绣朝服,虽然长着一张沉鱼落雁般女人的脸,但迈着沉稳的步伐进入大殿时,那气宇轩昂的气质、英挺伟岸的身躯还是充满了男性的威武和刚毅。当玄月传唤他的时候,已经令几位大臣脸色大变,目露恨意,而他进来的时候,更是引起一阵不小的骚动,群臣们纷纷交头接耳,或是难以置信、或是蔑视、或是嘲讽,有些甚至鄙夷和低声唾骂。

我无奈地暗叹一声,想要让他们完全接受恐怕得费些工夫,还好玄月和守护神们有先见之明,早就给我拟好了几套解决方案,只要照着去做,应该没有什么大问题。我用一种安定而威严的声音开口道:"各位爱卿,请稍安勿躁!"目光如炬地扫视一遍他们,将身上的杀气释放出去,朝殿立刻安静下来,继续一本正经地说道:"玄月,宣读御旨!"

玄月拿出拟好的御旨,无视群臣疑惑的目光,郑重其事地宣读起来:"万妖国妖姬女王谨此奉请真魔王,召告天下——万妖国禁止对半妖的不平等对待、歧视及无故残杀,所有的妖魔、半妖、精灵、神都是万妖国的子民,在万妖国的国法上一律平等。凡煽动种族歧视,皆属犯罪,应依法惩处;对任何种族实施强暴手段和残杀行为,斩立决。为表嫦之决心,公平公正,特册封咸阴山珂男为守护御史,为嫦分忧,守护咸阴山。钦此!妖姬一年七月初三。"没想到万妖国的圣旨这么通俗易懂,言简意赅,我还真担心像中国古代那样玩文字游戏,字句华丽却是废话连篇,半天说不到重点;讲究骈句韵律,实则狗屁不通。虽然自己读大学时专攻过古代文学,但是谁让我不好好说话,出口就是之乎者也的,我一定跟他急;更何况万妖国里全都是妖魔,能像人类世界那样没事就诗词歌赋吗?想想那些长相怪异的妖魔鬼怪念唐诗的样子,就会起一身的鸡皮疙瘩。(PS:妖姬一年七月初三是以万妖国女王的名字作为年号来计算时间。)

御旨刚刚宣读完毕,珂男跪下谢恩,殿下立时一片哗然。逆魔再也按捺不住,站出来反对道:"妖姬女王,此事万万不可,万妖国从来未曾封过半妖为官,还请女王三思!"

我目光一冷,随即不动声色地比画出一个事先约定的手势,毫不掩饰眼中的愤恨,直视逆魔,不悦道:"御旨一出,岂能随便更改?逆魔相国是想要嫦失信于天下?你该当何罪?"说到最后,愤然地拍案而起,吓得所有的大臣除逆魔、守护神和玄月之外,全都齐刷刷地跪在了地上。还不趁此机会杀杀他的威风,我就不是妖姬。守护神的行动很迅速,没有引起逆魔的怀疑,想必是我已经成功地转移了他的视线。

逆魔闻言一怔,目不转睛地瞪着我,仍然坚持道:"珂男二十年前,发动狍鸮暴乱,重伤辉玉女王,本来就是死罪,为何今日妖姬女王不杀他,反而对他加封大赦?这如何让万妖国的臣民们心悦诚服?如果犯了死罪的都可以赦免,加官进爵,那万妖国的国法何在?如何治理天……"

"给我住口!"我一声断喝打断他的话,再不能克制早就被他点燃的怒火,两眼放射出森冷的寒光,以居高临下之势,阴狠地说道:"逆魔,不提二十年前的事,嫦还差点儿忘了要治你的罪。现在嫦就细数你的罪状,看看你犯了多少条死罪。辉玉一百一十五年,你故意隐瞒身份,趁着青风犬神到座邦山议和时,潜入沁心苑,对白虓下毒,并且对沁心苑内所有的妖魔痛下杀手,借此陷害青风犬神,导致议和失败;辉玉二百四十七年,故意煽动长蛇和九尾狐暴乱,致使松山血流成河,松山的资源损失惨重;辉玉二百六十二年,假传御旨,派大军剿杀旄南山赤鱲,差点儿造成赤鱲一族灭绝、生灵涂炭;辉玉二百七十九年,故意煽动獦狚造反,青风犬神不得不亲自领军镇压,导致双方伤亡惨重;辉玉三百三十三年,故意挑起翠凤山旋龟争抢地盘,发动暴乱,伤及无辜生灵,最后不得不派兵镇压;辉玉三百六十年,也就是在二十年前,你设计挑拨狍鸮暴乱,趁着辉玉女王与珂男相互残杀之时,假传御旨陷害守护神,用卑鄙手段杀害了青风犬神,逼走刚刚继位的玄月犬神,害嫦流落人类世界,把持王宫朝政;三个月前,你得知玄月犬神和嫦在人类世界,担心他总有一天回到万妖国后对你不利,派欧迫率妖魔大军前往浮玉山,抢夺飞雪针,残忍地杀害了浮玉山精灵一族,后来三番二次设计伤害玄月犬神,欺君犯上。以上种种,哪一条不是犯的死罪?其他的罪行更是数不胜数,在前两任女王面前犯的死罪更是多如牛毛,恐怕数上百年都不能尽诉你的罪状,就算是死上亿万次也不够!全国十二座山上,都有你的罪恶的行径!逆魔,嫦有说错一点吗?"我的语调逐渐激昂,到最后无法控制自己的情绪,气得全身直颤,眼中似是喷出火来。

逆魔脸色一阵青,一阵白,眼中仍然闪动着狡黠,心中万千念头飞逝,咬牙道:"你怎么知道的?"

"我怎么知道?"我冷笑一声,轻蔑地说道,"若要人不知,除非己莫为!逆魔,只因你身为一国之相,为万妖国建下不少汗马功劳,故能以功抵过,加上你没并未做出毁灭万妖国之事,前三任女王都是对你睁只眼,闭只眼。否则,你以为还能活到现在?但是,嫦与她们不同。嫦说过,凡是伤害了玄月的人,无论他是谁,我都会毫不留情地铲除!"说完,眼中掠过一道凶光,暗骂道:逆魔这个臭鸡蛋,居然活了差不多两千年,真是一只可恶的老王八!

"是吗?女王,当初真正出卖了青风和玄月犬神的人,你杀了吗?"逆魔意有所指地冷嘲问道,随即不屑地扫视了一眼殿中跪着的大臣,这才发现效忠于他的大臣已然不在大殿之上,全部是忠于妖姬女王和犬神的大臣,一丝寒意自心中涌出:是什么时候被杀的?难道是在宣读御旨之后,只要是反对御旨的,都可以判断成是我的人,守护神竟然能无声无息地杀掉他们,没有引起我的注意。果然是小看了这位妖姬女王,必须想办法尽快脱身。

我见他神色闪过一丝惊慌,嘴上却不服输,想要把德贤也牵扯进来。玄月直到现在还不知道是德贤趁他醉酒,神志不清的时候,用探知魔法知道了犬神的秘密。如果这件事被抖了出来,玄月对德贤心灰意冷我倒是求之不得,只怕这样会伤了玄月的心,我不希望看到他痛苦的样子。在真相没被逆魔捅穿之前,必须尽快杀了他,我急忙喝斥道:"放肆,杀害青风犬神的罪魁祸首就是逆魔你,还想狡辩？鹏综、簬焐、德贞、天龙四守护神听令，逆魔罪恶滔天，就地正法！"

"是！"四位守护神欣然领命，早就对逆魔恨入骨髓的他们，动起手来当然是毫不留情，招招狠辣。群臣不约而同地让出战场，围成一个大圈，将守护神和逆魔围在圈内，全体沉默冷视，似乎与他们无关，全然当做是看一出精彩的打戏。女王的命令绝对不可违抗，说一是一，说二是二，禁止擅做主张，争抢功劳，这就是万妖国的法律。

大殿之上立刻刀光剑影，电闪雷鸣，风卷残云，暴风骤雪，火光冲天，四位守护神都将自己的魔法发挥到淋漓尽致，拼尽全力战斗，誓要杀掉逆魔。逆魔不甘示弱，挥舞手中的黑色燆风剑，用扫、刺、撩、截的剑法来破解守护神的攻击，再用劈、穿、挑、扫等招式反击他们，剑飞如风，不断地变换招数，动作轻灵飘逸，再加上使用一些魔法攻击，看起来应付得游刃有余。

第八十六章　逆魔逃逸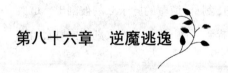

我凝神注视着守护神与逆魔的交战，却忽略了一旁的玄月。他的脸色变得有些难看，紫眸中闪烁着惊异之色，微微蹙眉，似乎想到了什么，呼吸明显变得急促起来，一个纵身冲进了战场，在众人没反应过来之前，夺下德贞手中的钡雪神剑，弓步直刺逆魔的腹部。

逆魔对突然杀进来的玄月有些措手不及,惊慌之下,仓促弯腰退出几步以避开剑锋,却被玄月抢占了先机,紧接着使用了瞬移,出现在他的右侧,回身后撩一剑,剑刃已经抵在他的脖颈处,三招之内便将他擒住。全场顿时变得鸦雀无声,四位守护神也停止了攻击,面面相觑,所有的妖魔都屏住了呼吸,似乎有种不祥的预感,悄无声息地弥漫开来。

逆魔一声冷哼,嘴角忽然扬起一个黠笑,环顾四周,略带挑衅地说道:"玄月殿下,怎么不使用你的灭魂符咒?在顾忌什么呢?"

"在本殿下没有弄明白之前,本殿下不杀你,谁也别想杀了你!"玄月冷冷地开口道,"四守护神退下!"

"玄月,你想知道什么,事实不是已经很清楚了吗?先杀了他再说!他恶贯满盈,谎话连篇,别被他骗了!"觉察到不对劲的我立刻反应过来,神色有些慌乱,极力想掩饰过去,急忙威喝道,"逆魔,你胆敢乱说话!"

守护神不敢违抗玄月的命令,互视一眼对方,纷纷退后几步,仍然目不转睛地盯着逆魔,以防万一,没有放松警惕。我一时情急,要跑下九十九级台阶太费时间了,连忙吩咐道:"天龙,即刻带婳下去!"

天龙应声飞到我面前,然后带着我飞到了玄月的面前。我紧张地看着他,不由自主地向前迈了几步,他却挟持着逆魔向后退出两步,并大声喊道:"妖姬女王,别过来!青风的死,玄月一定要弄个明白。谁也别想把真相隐瞒!"

"玄月,没有的事!逆魔他狡诈多端,一切都是他的阴谋诡计!"我越是着急,越是心里没底,看着玄月如此认真的表情,实在令我揪心。

逆魔闻言一阵狂笑,冷嘲热讽地说道:"玄月殿下,你听到了,妖姬女王心虚了!哈哈哈……知道她在维护什么人吗?"

"给我闭嘴!"玄月怒喝一声,不由按压剑身,逆魔的脖子立刻被割出一道血痕。德贞始终都不敢收回钡雪神剑,心被提到了嗓子眼,生怕收剑的同时会给逆魔反击玄月的机会。

"闭嘴?玄月殿下是怕知道真相,那为何又想留住微臣的性命?我想玄月殿下应该知道是谁出卖了青风和你,就是不愿意承认而已!只是不知道妖姬女王为何要维护他,所以变得有些焦躁不安了吧?"逆魔面不改色地继续嘲笑道,一副死猪不怕开水烫的样子,故意吸引众人的注意,垂下的手中突然握住了某样东西,却没有被任何人发现。

"我没有维护什么人！玄月，我……"我极力辩解道，猛然想起玄月的心相印魔法，一时语塞，惊慌不安地看着他，拼命地摇头。玄月，我只是不想让你伤心，你能明白我心里的想法，就不要再深究下去了，我不想看到你痛苦啊！

玄月怅然一叹，真相已然摆在了眼前，眼中瞬间变得黯然无光，整个身躯似是虚脱了一般，手上的力道一松，精神跟着松懈下来。逆魔扯开嘴角，露出一个阴笑，拇指顶开瓶盖，手臂用力向上一扬，一瓶黑溪边血迎面泼在了玄月的脸上。

逆魔的突然偷袭出乎玄月的意料之外，本能地伸手去挡，手中的钡雪神剑在众人发出惊叫时已然消失，衣袖、额头和头发上都沾满了黑溪边血，就像被泼了硫酸一样升起一团紫雾。他痛苦地呻吟一声，禁不住瘫软了下去。大殿内顿时像炸开了锅似的骚乱起来，群臣惊恐不安，逆魔趁着守护神抢着去扶玄月的时候，飞身逃逸，消失得无影无踪。

我气得暴跳如雷，恨得咬牙切齿，大声命令道："传媺御令，风铃、天龙立刻派大军追杀逆魔，阻挡者杀无赦！必须亲眼看到他消亡为止！簬焗、德贞，扶玄月殿下回逸安殿休息，想办法清洗掉他身上的血污，保护他的安全！鹏综，马上拟份御旨通告全国，罢免逆魔相国所有官职，并将他所犯罪行一一列出，凡是与逆魔勾结的都以同罪论处。发布通缉令，全国通缉逆魔，凡是有意藏匿逆魔者同罪论！珂男，你马上回咸阴山上任，如果发现逆魔踪迹，不惜一切都要杀了他。退朝！"

一连串命令发出之后，大殿内只剩下我一个人，显得异常冷清。没有歇斯底里的痛苦，只是有点儿过于清醒的麻木。暗自悲叹：真是愚蠢啊！早知道会发生这种事情，就不该当着群臣的面来治逆魔的罪，树立什么王者威信，大可派妖魔直接暗杀他，然后再随便找个借口说他突然暴毙，相信也不会有谁敢出来置疑；就算杀不了他，也可以让他不能再在王宫立足。逆魔的爪牙都在宣读御旨的时候，按照原计划由守护神们神不知、鬼不觉地解决掉了，红叶也在昨晚表示归顺于我，没有让她来上朝，根本就不用顾忌什么，我还费那么大的劲来演这场戏干什么？真是自讨苦吃！又是我害了玄月，该死的真魔王，知道玄月会心相印魔法，为什么要我知道这些？明摆着是拿我戏耍……不对，真魔王既然知道这些，为什么她不亲自杀了逆魔，而是如此纵容他呢？三代女王都没有定他的罪，到底留着他做什么呢？真是无法办他吗？这怎么可能！啊——好复杂！到真魔殿找她理论去，如果是把我和玄月当棋子玩，非找她拼命不可！

郁闷懊恼了半天，我愤愤地冲出了朝殿，像只没头苍蝇似的乱转，不知不觉地走出了谛谡宫，结果到了涵湖才察觉出了问题，脸上顿时黑线，唉声叹气道："啊，有没有搞错？真魔殿不是在谛谡宫吗？怎么走到这里来了？我又迷路了！"

"我的女王，又想去哪里啊？怎么不叫精精带路呢？"一个戏谑的声音回响在我耳边，抬头一看，七夜微笑着出现在我面前，满脸阳光。他还不知道今天早朝发生了什么事，否则也不会笑得出来了。

他惊觉我的神色不对，随即收敛笑意，郑重地问道："妖姬女王，出什么事了吗？是不是处置逆魔发生了什么变故？"果然心思缜密，很快就猜到了。昨晚计划时他也在场，只是不想让他参与进来，人鱼虽然可以发誓效忠女王，但却没有上朝参政的先例，如果他去了，反而会引起逆魔的怀疑。

我闷闷地回答道："让他给跑掉了，玄月受了伤！都是我太过大意了！"心里愧痛不已，眼中掠过无尽忧伤。

他的神色跟着黯然下来，沉吟片刻，支吾不定道："女王陛下，此事也许有些操之过急了。逆魔的势力庞大，并不是一朝一夕就能全部铲除掉的，而且他魔力强大……"见我的脸色阴沉下来，急忙改口道，"七夜没有那个意思，逆魔罪恶滔天，论罪当诛，当然是越快诛杀越好，请女王陛下息怒……"

"七夜，不用多说些无谓的话了。我现在心里堵得慌，有很多事想要找真魔王问清楚，你可以带我一程吗？"我满脸沮丧地说道，吓了七夜一跳，惊疑不定地看向我，却不敢说出心里的疑惑，连忙点头答应下来。

"请恕七夜失礼了！"七夜站到我身后，稍稍顾忌迟疑了一下，伸手搂住我的腰身，身体却本能地战栗了一下，吓得他赶紧缩了回去，连忙道歉，"七夜冒犯，请女王陛下恕罪！"说着就要下跪。我急忙转身扶住了他，微笑着说道："不关你的事！七夜，都是我的身份累了你，别把我当女王看待，我们做朋友好不好？"

他顿时惊怔在原地，目瞪口呆地望着我，很久才反应过来，受宠若惊地说道："七夜万万受不起！"

"什么受不起啊？你是不是看不起我啊？"我笑着打断他的话，调侃地眨了眨眼，看着他尴尬的脸上泛起一抹红晕，忍不住娇笑起来，笑得花枝乱颤。

"当然不是！七夜不敢违抗……"他急忙辩解道，脸色变得很难看。

"什么违抗啊？说得我好像逼你似的，这么不愿意成为我的朋友啊！"我继续戏弄他，郁闷的坏情绪一扫而空，一时把去真魔殿的意图抛到了九霄云外。

"当然不是！"他再次着急地辩解道，一脸黑线，一时不知如何是好，最后干脆低下了头。

　　我终于忍不住捧腹大笑起来，突然想起了什么，暗骂自己真是太过懒散了，随即止住笑声，一本正经地说道："好了，不逗你了。七夜，带我去真魔殿！"

　　七夜被我笑得脸色绯红，心里有些生气，又不敢发作，这时听见我的吩咐，却没有再多犹豫，深吸了口气，伸手搂住我的腰身，正色道："是，七夜马上带女王陛下过去！"说完，纵身一跃，带着我飞了起来，向真魔殿闪电般飞去。

第八十七章　有忠必有奸

　　七夜带着我到达真魔殿后，在此守卫的蛮蛮内侍内军全都齐刷刷地跪了下来。我做了一个平身的手势，吩咐七夜在殿门外守候，自己一脚毫不客气地踹开了真魔殿大门。正在气头上的我，就算是真魔王也不会放在眼里，要我做一只任人摆布的牵线木偶，宁死不从。

　　大殿内青烟袅袅，犹如置身仙境，正中间供奉着一尊紫金打造的真魔王神像，右手持剑，左手托着一只形态娇小、展翅欲飞的凤凰，形容严肃冷酷，供桌上摆满了各种祭品，与人类世界的庙里供奉神佛菩萨颇有些相似。

　　我正对着神像站定，怒目仰视它冷酷无情的眼神，突然有种莫名的恐慌袭上心头，强自镇定下来，端出女王的架子，十分霸道地开口道："真魔王，嫦有几件事不明白，请真魔王现身相见！"

　　时间仿佛静止了一般，周围什么变化也没有，我沉住气忍耐等着。然而时间一分一秒地过去，我渐渐没了耐性，眉头深锁，紧紧咬住下唇，目不转睛地盯着神像。半个小时后，我终于忍无可忍，愤愤地说道："真魔王，我已经等得不耐烦了，如果你再不出来，我就砸了这真魔殿！"

　　还是没有得到回应，再也抑制不住心头的暴虐，随手操起供桌上一个盛装水果的玉盘，凶狠地扔出去，这时奇迹发生了，玉盘竟然完好无损地悬停在离地还有一尺的地方。我正觉得奇怪，仔细打量玉盘，突然听到一个很无赖的声音："哎呀呀，本尊就出去那么一会儿时间，竟然有人在太岁头上动土了！"

　　我环顾四周寻找声音的来源，目光最终锁定在神像面前，这时的神像已经变成真魔王本身，手中的剑和凤凰都不见了。我一时愣神，似乎还不太适应神像可以变成真人。

　　她翩翩然飞下神坛，站在我的面前，紫眸中不时流露出摄人心魂的寒光，严厉地斥责道："妖姬，你好大的胆子，竟然来到本尊的真魔殿造次！"接着纤纤玉手一挽，被我扔出去的玉盘又回到了供桌上，盘里的水果一个不少。

　　我不慌不惧，理直气壮地顶撞道："终于肯出来啦！如果我不说砸了你的庙，你会出来吗？明明是你理亏在先，也不能怪我无礼！"

　　她不屑地轻嗤一声，露出讥诮的笑容，"敢顶撞本尊的，古今之下也只有你妖姬一个！"

　　"谢谢夸奖！"我不冷不热地接话道，无视她眼神中的阴狠以及浑身散发出来的死亡气息，连珠炮似的质问道，"真魔王，你身为万妖国创国女神，为什么要纵容逆魔作恶？前三任女王为何没有治他的罪？是你故意养虎为患，还是想让万妖国走向灭亡？真魔王是厌烦了万妖国，还是喜欢玩这些低级趣味的事情？"

　　她微微一怔，随即抬袖掩嘴，哈哈大笑起来，笑声犹如天籁婉转动听，紫水晶般的眼睛瞬间柔和了许多，透射出一丝怜爱之意，嬉笑着重复着我的话："养虎为患，想让万妖国走向灭亡，喜欢玩些低级趣味的事情。妖姬，本尊不得不佩服你的说辞！"随即收敛笑意，目光锐利地瞪着我，严肃地反问道，"本尊是那种将万妖国玩弄于股掌之中，以此为乐的神吗？"

　　"事实明明摆在眼前，你还想狡辩吗？"我不甘示弱，昂首挺胸地说道，"你通晓天下之事，却不愿出面拨乱反正！明明知道逆魔是一个什么样的奸臣，可是你却让他活了两千年,三朝为相,颠覆朝政,荼毒生灵!"

她嘴角微微上扬,哼笑一声,不以为然地说道:"妖姬,你在人类世界生活了二十年,应该非常了解那里的历史。试问,哪一个朝代没有奸臣?哪一个国家没有奸佞小人?有天必有地,有好必有坏,有忠必有奸,没有这些相对存在的事物,如何判断正反与对错?颠覆朝政?荼毒生灵?在你流落人类世界时,是谁将万妖国治理得井井有条?是谁在日理万机,为万妖国的国事操劳?"

我一时语塞,心有不甘地咬牙回答道:"是逆魔,那又怎么样?如果不是因为他,我王母不会死,王父更不会死,国事朝务也不需要他来处理,万妖国也不会变得……变得守护神失踪,光之边界不稳定,妖魔异变侵入人类世界,浮玉山精灵一族惨遭灭亡!还有无数死在逆魔手上的妖魔,万妖国的子民,他们何其无辜!"

"无辜?"她的眼神突然间变得锐利,用冷酷的声音说道,"妖姬,在这个世界弱肉强食、能者生存才是亘古不变的真理!妖魔们不择手段地找寻自己的容身之处,猎杀其他妖魔使自己变得更加强大,暴力残杀,才能让自己生存得更久一些。凡是弱小的妖魔、精灵和魔兽都会被这个自然规律所淘汰,如果要以仁义治国,只能换取万妖国的灭亡!我们所能做的,就是将暴乱的妖魔除掉,维护万妖国以及人类世界的平衡。"

我无言以对,心里像打翻了五味瓶,很不是滋味,沉声问道:"你说的这些与逆魔有什么关系?如果说奸臣都能维护世界和平,那这世上就没有坏人了!"

"妖姬,万妖国要的不是世界和平,而是空间的稳定与平衡!"她轻叹一声,郑重地说道,"万妖国与人类世界缔结契约的那一天开始,光之边界就变成了连接两个世界的纽带,一旦遭到破坏,妖魔们就会发生异变,侵入人类世界危害苍生。守护神最重要的职责就是守卫和修复光之边界,而女王和犬神的责任则是消灭从万妖国异变跑到人类世界的妖魔,相国的责任则是维护万妖国的秩序。逆魔虽然很多次故意制造暴乱,但都是因为这些妖魔无故残杀众多的妖魔、精灵或是魔兽,导致万妖国空间失衡,引起光之边界不稳定。你是知道的,光之边界本身就是很不稳定的空间转换带,很多因素都能将它破坏,比如说妖魔的相互残杀、暴乱、人类世界人心的丑恶、战争等等。万妖国的国法规定,只有参与暴乱的妖魔才能出动军队镇压,所以逆魔只是找个合法的镇压理由而已!"

"这些都只是万妖国的国法制定有问题,只要修改国法使其完善不就行了吗?奸臣就是奸臣,不会因他多做了几件好事就有所改变。"我不服气地回答道,坚持自己的观点。

她的眼中突然闪烁出不知名的光芒，嘴角略微勾起一个浅笑的弧度，幽幽地说道："国法确实需要完善！万妖国创国两万多年来，国法一直不断地修改，甚至想过引用人类世界的法律来治理万妖国，但很多法律要真正实行起来却很困难，万妖国的生灵并不像人类那样，人之初、性本善，妖魔们一出生就带着噬血的魔性，在残酷的生存环境中变得更加强大，如果要他们用爱去对待身边的妖魔，是绝对办不到的！所以，每一代的女王都必须冷酷无情地治理这个国家，以暴治暴，用自身强大的魔力让所有的妖魔、精灵、魔兽和神都屈服在自己的脚下，不从者格杀勿论。不过……"她忽然话锋一转，嘴边的笑意更浓，兴冲冲地说道，"妖姬，你将改变万妖国的命运！因为你与任何一代女王都不同，在人类世界生活了最能影响本身思维的二十年，你要制定出新的国法，万妖国会出现新的局面！"

"万妖国新的国法？"我有些发愣，不太明白她的意思。

"没错！"她眼中含有对未来美好的憧憬，充满信心地说，"妖姬，你与她们都不同，你有一颗仁爱之心，不需要使用残忍手段的逆魔的辅助，你的身边将会出现更多适合你统治这个国家的辅助大臣。"

被她说得一头雾水，这才回想起自己早就忽略掉的问题，没好气地说道："真魔王，既然你是万妖国的创国女神，为什么还要选出女王来治理这个国家，自己却置身事外？你不觉得自己太不负责任了吗？"

她闻言一怔，继而绽放出灿烂的笑容，笑着反问道："人类世界信仰神佛，但是这些神佛都亲自去普度众生了吗？没有，只是给了人们一个精神支柱而已！本尊也就是万妖国的一个信仰而已，不可能凡事都亲力亲为！再说，我现在喜欢到异世界去旅行，早就把这些事情交给万妖国的女王来处理了。我只需将魔力及寿命神授给每一代女王，然后到异世界去修炼，使自己变得更加强大！"

"原来你也只是为了自己变得更强大？根本不理会万妖国的死活，不觉得这样做很自私吗？"我愤愤不平地说道，眼中流露出不屑。

"你去烧香拜佛的时候，都是有求必应吗？"她目光一冷，隐含杀气，声色俱厉地反问道。

我毫不犹豫地反驳道："我从来都不烧香拜佛，不相信那些，求人不如求己！"突然间明白到她话里的意思，羞愧地低下头，沉默良久。

她脸上很快恢复了平静，淡然说道："只有自己变得更强大了，才能保护好自己想要保护的东西和人。妖姬,记住你刚才说过的话,求人不如求己,本尊不会再帮你。逆魔的事情就暂时告一段落,四位守护神和犬神都会辅佐你治理好万妖国。你退下吧!"

我无言以对,沉闷地叹了口气,等抬起头来看她的时候,她已经消失无踪,真魔王的神像恢复原样,犹如泰山一般屹立在神坛之上。

第八十八章　宫廷风云突变

走出真魔殿,我一脸的苦瓜相,立刻引起了守在殿外的七夜注意,壮着胆子试探问道:"妖姬女王,你没事吧,发生什么事了吗?"

不耐烦的眼光扫了过去,一声叹息,没有回答他。他心里猛然一惊,诚惶诚恐地说道:"七夜多嘴,问了不该问的,请女王陛下恕……"

"不关你的事!是我自己生闷气!"我急忙打断道,再不阻止他,又会听到那一大堆的陈词滥调,守护神和那些大臣们迂腐一下也就罢了,连七夜也这样,我会疯掉的。

七夜眼中掠过一丝诧异,再不敢多问,体贴地问道:"妖姬女王起驾去逸安殿吗?"

我长长地吐了口气,神情木讷地看向他:"嗯,七夜愿意再带我一程吗?"

“七夜遵命！”七夜恭顺地回答道。他刚刚走到我的身后，突然听到一阵嘈杂的声音从远方传过来，奇怪地探身望去，发现很多妖魔都惊慌失措，像见到了鬼似的纷纷逃命，一片妖气冲天，闹得天翻地覆。

直觉告诉我一定是出事了，眼睛紧盯着远方，急忙说道：“七夜，你赶快去打探一下，前方到底发生了什么事，速回来报我！”

七夜迟疑一下，神色凝重地回答道：“我立刻派人去调查，七夜还是留在女王陛下身边，保护女王陛下安全！”说完，用人鱼传令的方式，命令人鱼迅速打探消息。

没过多久，一道橘红色光芒乍现，继而幻化出人形，一个二十岁左右、一身军人打扮的男人跪下向七夜禀报道：“族长，不知是谁破坏了谳牢的结界，牢门大开，囚犯们全都逃了出来，正在大肆虐杀、吞噬，整个王宫已经陷入一片混乱，人人自危。籥焆大人和鹏综大人已经赶到谳牢，指挥军队镇压，局势还没有得到有效控制，请求支援！”

七夜不解地问道：“谳牢一向守备森严，结界固若金汤，怎么会出现这等纰漏？”

他神情沉静如水，没有丝毫的惊慌之色，立刻回答道：“属下不知！原因正在调查中！”

“立刻传令下去，人鱼一族全部听从籥焆大人调遣，务必将所有的囚犯抓回谳牢，实在控制不住，格杀勿论！下去吧！”七夜无奈地暗叹一声，见我在一旁早就乱了阵脚，神色慌乱地不知如何是好，一味地着急，原地徘徊不定，用平静的声音安抚道，“女王陛下不必惊慌，有籥焆和鹏综两位守护神大人在，应该很快就会控制住局面！”

“一定是逆魔这个臭鸡蛋搞的鬼，故意制造出混乱再逃走，简直是卑鄙无耻！”我气冲冲地说道，心中的慌乱已被愤怒冲得烟消云散，一时间气糊涂了。片刻之后猛然清醒过来，慌张地尖叫起来，“糟了，玄月！籥焆跑去抓逃犯去了，那玄月的安全谁来负责啊？德贞一个人能行吗？哎呀，我这个笨蛋啊！”心里只想着玄月的安危，却忽略了王宫已经陷入水深火热之中。

七夜凝神思考着问题，被我突然的大叫吓了一跳，连忙回应道：“女王陛下请放心，玥清宫派有重兵把守，还有德贞大人保护不会有问题的！”

“不行，我根本放心不下！七夜，赶快带我过去，越快越好！”我执意坚持道，神色更加慌乱起来，心乱如麻。一把抓住他的手搂住我的腰身，一边说道，“玄月这个时候就像是襁褓中的婴儿，根本无力反抗，万一德贞陷入苦战脱不开身，而那些妖魔大军也全是饭桶，玄月岂不是很危险！七夜，快点儿！求你了！"

七夜只好从命，哪还顾忌什么，贴身将我环抱住，飞上云霄。真魔殿在谛谡宫内，位于王宫西面，而玥清宫位于王宫东面，接近梵东门，就算是走直线，途中也要经过泹湖、晟贤宫、谳牢、炘膳殿、佑候殿、蓳葰园、塗璧宫，按照七夜现在这个飞行速度，至少也要花两个小时左右才能到达。唉，为什么七夜就不会瞬移啊？更可恨的是，我什么都不会，而且魔力尽失，只是一个普通的人类！我的心里，忽然有了变成人类的第一丝悔意。

我的心弦始终绷得紧紧的，脑子里开始胡思乱想。那些关押在谳牢的囚犯，大都是魔力强大却生性残暴、曾经发动过暴乱或是噬血成狂的妖魔，因为各种原因没能处死，有的被判了无期徒刑，有的被关了十几年，也有被关了几百年甚至是几千年的，现在找到机会逃出来，怎么可能乖乖地束手就擒？很有可能会血洗王宫，一吐积压在心头多年的怨气。万妖国的国法本身就是残酷的，没有一点仁道可言，除了死刑就是无期徒刑，可是这样的法律仍然无法很好地管制这些妖魔。魔性本恶，这就是人与妖魔之间的区别吧！

七夜很快便飞到了晟贤宫的上空，战火已经烧到了这里，妖魔大军和内侍卫军都在拼命地与逃犯战斗。双方施展各自的魔法攻击对方，厮杀声、喊打声、兵器碰撞声不绝于耳，激烈的战斗使得风云变幻，大地无光。只是这场战斗不像人类世界那样尸横遍野、血流成河，出现惨不忍睹的景象，眼前只能看到妖魔死后化作的点点荧光以及王宫内的建筑物被损坏后的残败不堪。

我们无意识地闯入战场，立刻引起了双方的注意，众妖魔大惊失色，表情各异，身穿囚服的妖魔们更是投来贪婪的目光。七夜立感大事不妙，一秒也不停留，闪电般冲出重围，还好妖魔大军反应迅速，在我们身后筑起一道防护墙，阻断了他们的去路，再次陷入混战之中。

"七夜，谳牢到底关了多少囚犯？我很担心控制不住！"躲过几次逃犯的追击后，我忧心忡忡地说道，沿途都是激烈的战场，无不让人胆战心惊，越来越没有自信心。在王宫学习了那么多的知识，唯独把谳牢给忽略了：使用了什么样的结界，囚禁了什么妖魔都不知道，只知道欧迺前段时间被逆魔关了进去，真是失败中的失败。

"我也不太清楚！"七夜无奈地回答道，不时与杀过来的逃犯战斗，极力保护我的周全，已经多处受伤，鲜血染红了衣衫。

变成普通人类的我，根本就做不了什么，反而成了他的累赘。我恨自己的无能为力，一种前所未有的无助感侵袭而来，悔意更甚，十分沮丧地说道："对不起，七夜，连累你了！"

七夜使出魔法弹开迎面而来的敌人，惊怔一下，嘴角边扬起一丝意味深长的笑意，不以为然地说道："女王陛下何出此言？七夜既然已经发过毒誓，就绝不会食言，保护女王陛下是七夜的责任！"不知何时，七夜护着我已经飞到了漱牢上空，天边残留着月旭的最后一抹余晖。

"妖姬女王？"下面传来惊疑不定的声音，我低头俯视下去，籇焆和鹏综吓得脸色大变，随即冲上云霄，来到我面前，籇焆惊骇失声道："女王陛下为何来此？这里很危险，还请女王陛下移驾真魔殿！"

"我就是听到漱牢这边出了事，从真魔殿赶过来。现在情况怎么样？能不能控制住？"我焦急万分地问道，眼睛不时地瞟向战场，妖魔大军已经死伤无数，不知道这是第几批攻上去了。

籇焆立刻使用魔法，在我们周围做了一个防护结界，使那些妖魔无法靠近我们，毫不避讳地说出真相："情况很不乐观，漱牢的结界破坏得很厉害，只有犬神才能修复。我们赶到这里的时候，有些囚犯已经逃出去了，几位将军正率七十万大军进行抓捕、猎杀，王宫会受到很大程度的破坏。微臣和鹏综只能暂时将部分囚犯困在漱牢，但是他们魔力高强，恐怕控制不了多久，这里难免一场恶战。女王陛下还是尽快回真魔殿，那是唯一安全的地方！"话音刚落，想起忽略了一件事，补充道，"玄月殿下那里不用担心，德贞和数十万妖魔大军在玥清宫负责保护，万一出现什么问题，德贞会立刻护送玄月殿下到真魔殿！"

身边无数的荧光升起又消亡，一阵紧接一阵，令人揪心地疼，我不禁潸然泪下，痛苦地问道："籇焆，是不是我做错了？如果没有治逆魔的罪，就不会发生漱牢结界破坏的事，也不会死那么多的妖魔……"内心愧疚不已，这绝对是逆魔对我的报复。

七夜早已按捺不住，急声否认道："女王陛下请不要自责！逆魔罪大恶极、万恶不赦、罄竹难书，女王陛下将其治罪，真是大快人心，举国欢腾！"

籇焆暗自好笑，却不敢表露出来，正色道："女王陛下，这里不宜久留，还是让七夜带你去真魔殿避一下为好！"

鹏综为人比较腼腆，这时也打破沉默，随声附和道："籇焆说得没错，关押在漱牢的囚犯都不是普通的妖魔，万一结界消失，一发不可收拾！"

我一时犯了难，心里惦记着玄月，小声嘟哝道："我想见玄月，没有看到他安全，我始终不放心！"

"女王陛下不必担心，玄月已经没事了！"一个清润熟悉的声音回响在耳边，身穿玄黑宫服的玄月瞬间闪现在我面前，紫瞳中柔情如水，神色自然。他的身边分别站着德贞和天龙两个俊美的大帅哥，可惜都被我无视了。

……

第八十九章　十二生肖守护神

"玄月，你没事了！"我惊喜地冲了过去，紧紧地抱住他，嘴里直念叨道，"玄月，你担心死我了！本来想去逸安殿，结果簬焆拦着我，不要我去，说什么很危险，要七夜把我带回真魔殿。可是我没看见你，不知道你怎么样了，真的很害怕……"

"好了，我的女王陛下，玄月不是好好地站在你面前吗？"玄月不耐烦地打断道，硬生生地推开了我，脸色一沉，正色道，"女王陛下，玄月请命修复谳牢结界，借女王陛下之血为引，使用聚魔阵，将所有的囚犯一并擒回！"

话音未落，天龙立刻反对道："殿下，此事万万不可，恐怕会威胁到女王陛下性命！"

"本殿下会做个结界，保护女王陛下周全！四位守护神，只需负责施法布阵，尽全力将引回来的囚犯逼入谶牢即可！"玄月严肃地坚持道，犀利的目光扫了过去，令天龙顿时哑口无言。

玄月的严厉态度让我不由得打了个冷战，虽然平时也是凶巴巴的，但从未见过这般冷酷无情，完全像变了个人似的，喜悦之色荡然无存，心中一阵郁塞，怯生生地开口道："玄月？我——你——那个——"天啊，我到底想说什么，玄月现在已经知道德贤出卖了他和青风，心里一定很难受，而我却不知道如何安慰他。

"女王陛下，可以借你的鲜血一用吗？请相信玄月，一定不会让你陷入险境！"玄月的语气稍缓，冰冷的面容上绽开一丝苦涩的笑意，刻意的掩饰却如同一把尖刀狠狠地刺进我的心脏，传来一阵尖锐的疼痛。我不敢再乱想下去，收敛心神，点头回答道："好，我相信玄月！"

玄月使用禁身魔法做好结界，然后将一张紫色符咒递到我手上，叮嘱道："请女王陛下拿好此符，无论发生什么事，都不能放开！"

"嗯，我知道了！"虽然心中有万千困惑和担忧，但始终都信任他，没有半分怀疑。

"四守护神就位！"玄月大声命令道，闪电般从我的衣袖中抽出匕首，在手中挽了一个刀花，我的掌心立刻感觉到有些麻痛。等我意识到去看的时候，玄月已经用魔法将伤口愈合了，没有留下一丝伤痕，匕首也回到了原位，似乎什么也没有发生。

四位守护神立刻背对着我们，站在各自的方位上。鹏综面朝东方，施展出风系魔法；簏焗面朝南方，施展出雷系魔法；德贞面朝西方，施展出火系魔法；天龙面朝北方，施展出冰雪系魔法。天地之间，以谶牢为中心，在王宫中形成一个巨大的魔法阵。

玄月从心脏中抽出一张紫色符咒，注入我的鲜血，顿时紫光大作："犬神敕令，以王族之血献祭，召万恶妖魔！"随着咒语发动，紫光呈放射状扩散出去，夹杂着一丝腥甜的味道，无限延伸到王宫各个角落。

没过多久，从四面八方涌来无数身穿褐色囚服的妖魔，张牙舞爪地朝着同一个目标狂奔而来。那些面目狰狞的恶魔们，发出想要噬血的狞笑狂吼，挥舞着奇形怪状又锋利无比的魔爪，使出浑身解数力图冲破守护神的魔法阵。

众位将军和王宫大臣率领的妖魔大军以及内侍卫军纷纷追击回来，无论是天上还是地下，形成一个环形战圈，将囚犯们全部团团围住，避免有漏网之鱼逃脱，并且逐渐缩小他们的行动范围。

玄月确认所有的逃犯都聚集回来，二话不说拉着我的手冲入澉牢，所有的囚犯也跟着追了进来。这里真的是监狱吗？看着眼前的一切，惊得我目瞪口呆，没有冰冷潮湿的牢房，没有不见天日的阴暗，没有森冷恐怖的刑具，竟然与其他宫殿的布置无二，装饰得富丽堂皇，院内种植奇花异树，芬芳迷人。

我使劲地揉了揉眼睛，以为自己到错了地方，或许在做梦什么的，哪个国家会这样善待囚犯的？星级的服务享受还差不多，实在是想不通啊！

在我走神的时候，所有的囚犯都被我的王者气息吸引过来，重重包围了我与玄月，只怪女王的血可以增强他们的妖力和魔力，比唐僧肉还抢手呢。玄月沉着冷静地在胸前结出一连串复杂的手印，铿锵有力地念动咒语："犬神敕令，十二生肖守护神子鼠、丑牛、寅虎、卯兔、辰龙、巳蛇、午马、未羊、申猴、酉鸡、戌狗、亥猪降临，奉请守护诸神！加护慈悲！缚暴恶魔障！急急如律令！"一道紫光从他身上释放出来，十二道奇异光束从天而降，落在十二个方位上，施展魔法困住所有的囚犯，紧接着在他逐个命令下修复澉牢结界，囚犯们全都安静了下来，各自散去。

玄月缓缓地吐了口气，抹去额头渗出的汗水，收回我手中的符咒，笑着对我说道："女王陛下，结界已经修复了，请随玄月出去吧！"

我猛然回过神，这才注意到站在我面前的十二位生肖守护神，都是人类的姿态，个个堪称俊男美女，绝对养眼的那种。神仙果然是不同凡响，可惜只是匆匆一眼，他们已经在我眼前消失了。

"玄月，他们是什么人啊？"我好奇地问道，两眼放光。我承认自己对帅哥还是没有定力，可是我绝对不是发花痴。试问谁见了帅哥不多看两眼的，除非她不是女人。

玄月不由一怔，脸色变得很难看，额头的青筋直跳，勉强压住心中的怒火，带着愠气沉声说道："十二生肖守护神，是玄月的式神！女王陛下，此地不宜久留，请随玄月离开！"

"哦，原来是玄月的式神啊！好厉害哦！咦？是十二生肖啊，怎么不是青龙、玄武、螣蛇那样的十二式神呢！生肖做式神，头一次听说，很新鲜啊！玄月能不能把他们再召唤出来？我想再看看他们，长得都好帅好美呢……"我兴奋激动得不停在玄月的耳边唠叨，一边被他拖着往外走，沿途遇到我们的囚犯都像是无视我们的存在一样，面无表情地与我们擦身而过，诡异的安静，有种被人操控了思想的感觉。

玄月将我带离谶牢之后，立刻从心脏中抽出一张紫色符咒，默念咒语，然后贴在谶牢的殿门之上，一道无形的光晕随之扩散而去。

见我们安然无恙地出来，四位守护神和七夜立刻迎了上来，天龙关心地问道："女王陛下有没有觉得哪里不适？"突然发现玄月脸上乌云密布，惊怔一下，随即听到我撒娇的唠叨声，不由跟着黑线。

"玄月，让我再看看那十二生肖守护神嘛！他们真的是猪马牛羊变的吗？好想看看他们的真身啊！"我紧紧地拽着玄月的衣袖，不依不饶地说道。

"不行，生肖守护神不是随随便便召唤出来的！"始终保持沉默的玄月，对我没完没了的恳求唠叨有些不耐烦了，冷冷地回答道，眼中掠过不悦的神色。

"就让我再看一眼，刚才强光太过刺眼，让我眼花缭乱的，都没有看清楚！"

"十二生肖守护神不是单单给你欣赏的！而且召唤他们一次会损耗我不少魔力！"

"我不管，我就想看看他们与玄武、螣蛇那些式神有什么不同嘛！"

"不行，绝对不行！"

"我就要！玄月，我要，我要嘛！"

……

众人无语中，站在最外面的妖魔大军和将军大臣们面面相觑，脸上的表情很复杂，不知道该哭还是该笑，只能装作视若无睹、充耳不闻，有的甚至背转过身去。鹏综和篯娟互视一眼，彼此心意相通，知道没那么快结束这场激烈的争论，点头示意后，向站在旁边的另外三人商量片刻，一致赞成通过，然后不动声色地退开，分别向站在远处愣神的妖魔们下达了命令。很快，妖魔们如潮水般退去，直至消失，只剩下看守谶牢的凫徯（注音：fú xī，形状像巨大的雄鸡却长着人一样的脸孔）内侍卫军，像根木头似的杵在自己的岗位上。

"笨蛋女人，你还有完没完啦！给我闭嘴！"玄月终于按捺不住爆发了，眼底一片凌厉慑人的寒光直逼过来，气得脸红脖子粗。

我吓得赶紧捂住了自己的嘴，心里咯噔一下，满含委屈地望着他。自从做了女王之后，玄月与我说话明显生硬了许多，而且开口闭口都是女王陛下，恭敬的语气让我觉得他很陌生，言行举止与在人类世界相处时更是判若两人，"笨蛋女人"这四个字好久都没有听到了，现在听起来却有几分亲切。想到这里，心中不免大喜，激动地扑进他的怀里，喜不自禁地说道："玄月，我还以为再也听不到你这样骂我呢！"

玄月惊怔原地，继而舒展了眉颜，释然道："笨蛋，难道你很喜欢我骂你不成！"

我将脑袋埋在他的肩窝，拨浪鼓似的摇了摇，柔声说道："不是，只是你现在相敬如宾的态度让我感到很害怕，怕你不在乎我了！不爱我了！玄月，一切都已经过去了，德贤的事，就忘了吧！他人都已经走了，难道你真要把他追回来，杀了他吗？"此时此刻，我也不知道自己是怎么了，为什么会说出这些话，刚才明明还执意想见十二生肖守护神的，现在却又扯到了另一个话题上。德贤是在收服珂男那天晚上不告而别的，现在想想，恐怕他已经料到纸包不住火了，无颜再面对玄月，选择了逃离吧！也许那不是逃离，只是不想死在自己心爱之人手上，让他独自承受痛苦。

玄月的身躯微微战栗了一下，痛苦地皱着眉头，眼中似有一丝云飘过，下意识地把我搂得更紧，压低声音痛苦地说道："我怎么可能下得了手！湘湘，我的心好痛！"

"玄月？"我手足无措地回抱着他，心中一阵凌乱不安，感受他不住地颤抖，原来玄月也有软弱的一面。玄月，我深爱着你，所以不必在我面前伪装坚强，好好地痛哭一场吧！可是，为什么你没有流下一滴眼泪？

第九十章　怆情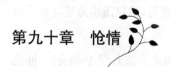

我今天的心情特别好，在鹏综的帮助下，很快便处理完朝务，早早就来到玥清宫见玄月。距上次惩恶除奸、修复谶牢结界已有半月，王宫的修葺工程已经完工，一切都恢复正常。

逸安殿的后面有一个造型别致的小花园，从天空中俯视下去，像一个篆书的"风"字，面积虽然不大，却是葱葱郁郁、繁花似锦，里面的每一株花草都是玄月亲自从葐蓓园移植过来的，只要有闲暇的时间，玄月就会到这个花园浇水施肥。二十年前，宫廷发生巨变，玥清宫从此人去楼空，想不到花园却没有荒废，仍然一派争奇斗艳的景象，似是有人暗中精心照料着。这段时间，玄月一直都喜欢坐在花园里发呆，一副心事重重、郁郁寡欢的样子，我不想他愁眉苦脸得像个木头人，于是想着办法逗他开心。

今天打算给玄月讲讲我在人类世界见过的一些趣事，可是见到他那张阴郁的脸，形容十分憔悴，原有的好心情顿时荡然无存，无奈打消了这个念头，坐在他的对面，吩咐赤鹜送来一些精美小吃和水果。气氛变得异常沉重，就连空气也令人窒闷，让我不知道怎么开口。

玄月似是从一开始就无视我的存在，紫瞳完全失去了光泽，变得晦暗而冰冷。我感到一阵揪心的疼，都过去大半个月了，还是不能平复下来，德贤对他的影响真有那么大吗？深爱的人却伤他最深，弄得满身伤痕，结果还是无法忘怀这份感情，想起这些就令我气愤不已，不记得是谁在我面前发牢骚，说了这么一句话："爱得越深，痛得越真！"现在算是铭刻于心了，不由得深深叹了口气。

"怎么了？"玄月突然间问道，凝神望着我，眼中掠过一丝复杂的神色，难不成他又感应到我的内心想法？

"我……呵呵——"我没头没脑地傻笑，明明做好心理准备陪着他沉默的，他却说话了，害我一时找不到话题，憋红了脸，急忙拿起一粒水果送到玄月嘴边，笑呵呵地说道，"玄月，吃珠果吧！很甜的！"（PS：珠果，形状像葡萄，颜色如同珍珠，水分充足、甘甜，湘湘把它称作万妖国的葡萄。）

玄月闻言一愣，犹豫了半刻，还是乖乖地张了嘴，几乎是囫囵吞了下去，目光游离不定，迟疑地说道："女王陛下不必天天都来陪玄月，请以国事为重。玄月很好，无须挂怀担心！"

"你这个样子也叫好啊？"我不悦地反驳道，随即站了起来，走到他身后，伸出双臂揽住他的双肩，脑袋轻轻地贴在他耳边，撒娇说道，"说了多少遍，要叫我湘湘！如果你不喜欢，叫我妖姬也行。我是你的妖姬，玄月，不要叫我女王陛下，更不要用国事打发我走！没有旁人的时候，我不是君，你也不是臣，那些君臣礼数通通给我见鬼去，我现在只想陪着你！作为你的爱人陪着你！"

玄月长长地叹了口气，蹙着眉头，愧疚地说道："对不起，我的心情不太好，怕影响了你！"

"你已经影响我了！"我毫不客气地反驳，一个转身，裙摆迎风飞扬，翩翩如蝶飞舞，毫无预兆地坐在他的腿上，伸手搂住他的腰身，紧紧地贴进他的怀里，贪婪地闻着他身上沾染到的淡淡花香。如果我不采取主动，那我永远都无法取代德贤在他心中的位置，更别说治好他心中的痛。

他的身躯顿时僵硬，心跳急速加快，尴尬的脸上泛起一丝红晕，矜持地说道："妖姬，你……"

"玄月，我已经授受了神授，继承了王位，你是我的了，我要你！"我十分霸道地打断道，有些赌气的成分，也不太自信。明知道强行索取行不通，还是想强占他，只要他成为我的人，就会断了他心中的想念。什么时候我的占有欲变得如此强烈？是骨子里的妒忌在作祟，还是害怕失去他？我是女人啊，不是应该温柔如水、小鸟依人吗？是不是弄反了？

玄月一时语塞，有些发愣，不知道他到底在想些什么。片刻之后，他变得像只温顺的绵羊，起身把我抱了起来，回到逸安殿，小心翼翼把我放在床上，面无表情地说道："玄月当然是属于妖姬女王的！只要是你的命令，我永远都会服从！"说完，竟然开始宽衣解带，眼中却没有半点情欲与愉悦。

看着他系在腰间的紫色缎带被解开，玄黑的宫服一件件地从他身上滑落下来，我的心头一股无名火登时直涌上来，翻身下床，一把抓住他的手。这时，他的身上只剩下最后一件薄如蝉翼的丝衣，颀长健美的身体清晰可见。

"你要干什么？"我恼羞成怒地瞪着他，更恨自己一时被妒忌冲昏了头脑。什么时候他变得如此乖顺了？

他的眼神有些迷茫，脸上的表情僵硬，却强颜欢笑道："女王陛下不是想要玄月吗？是嫌玄月衣服脱得太慢了？"说着，手腕一翻，耳边传来撕帛裂锦之声，最后一件丝衣竟然被他撕成了碎片，飘落在地上。

我惊慌失措地抱紧他，触及他光滑微凉的肌肤，激动地哽咽道："玄月！不要作贱自己了，这只会让我觉得自己很无耻、很卑鄙！我不强求你了，我不要你变成这个样子！欢爱是你情我愿的，我不想强迫你做不喜欢做的事情！我不要你总是把我的话当做命令去执行！那个喜欢骂我笨蛋白痴的玄月在哪里？那个自信可爱的玄月在哪里？德贤把你伤得体无完肤，我却不能抚平你心中的伤痛，你知道我有多痛苦吗？玄月，我是爱你的啊！不要再折磨自己，也不要再折磨我了，我忍得很辛苦！如果你再这样下去，我一定全国通缉德贤，亲手杀了他！玄月，你这个样子，我会崩溃的！"说到最后已经是泣不成声，泪流满面。

他神情木讷地听我把话说完，感受到滴在胸口的热泪是如此的滚烫，几乎要将他心中的冰山融化，痛苦地闭上眼睛，片刻之后缓缓睁开，干涩的声音从喉咙挤出："湘湘，其实我一直没有发现，原来我是爱着德贤的！我不知道这种爱与我对你的爱有什么区别，所以心里一直很苦恼。德贤出卖了青风，也出卖了我，可是我却下不了手杀他，违背了自己的誓言。湘湘，给我一点儿时间，让我弄清楚这份情感，和他彻底地做个了断；这样，我才能全心全意地爱你！"

"玄月，你要离开我吗？"我低低地啜泣着，泪水涟涟地望着他刻意隐藏痛苦而显得冷漠的脸，此时此刻才发现，我怎么也抓不住他，那颗心离我越来越远，而我的心正在层层被撕裂，寸寸被凌迟。

玄月轻轻托起我的下颌，抚过满是泪痕的脸，尽量保持平静的语调，柔声说道："我不会真的离开你，只要你有危险，我会立刻赶回来的。我是你的犬神，这一点永远都不会改变！湘湘，相信我，给我一个月的时间，好吗？"

几乎是哀求的语气对我说话，这真的是出自玄月的口中吗？我开始怀疑自己的耳朵。自信而高傲的他，为什么变得低声下气？我有些懊恼，却不敢发作，现在的他变得如此脆弱，就像一张被拉紧的琴弦，随时都有断掉的可能，所以我什么都不能做，什么也不能想，只能无条件地支持他。

凝神注视他紫水晶般的眼眸，脸上绽开一个绝对自信的笑容，坚定地说道："玄月，我相信你一定会处理好此事！无论结果如何，都不要觉得对不起我，对不起任何人，你只需要按照自己的意识去做就行了。我会等你的，哪怕是一年、十年、五十年，只要我还活着，我会一直等下去，直到你回来！"

他激动地吻上我的唇，灵滑的舌头钻进我的口中，痴痴地纠缠，回应着他对我的爱，久久不能释怀。

我的舌尖顺势缠绕上去，迷恋而又贪婪地吮吸着那股淡淡的薄荷香味，也许它将不再属于我，可是我也不会轻言放弃。在接受神授时，我已经对真魔王说过，不在乎天长地久，只在乎曾经拥有，我会珍惜和玄月在一起的每一天、每一分钟甚至是每一秒。玄月，就算以后你真的做出了决定，离开我，我也会祝福你幸福的！

突然，玄月的动作迟缓了下来，我的心里不由一阵恐慌，紧紧地卷住他的舌头，却被他挣脱了出去。

"玄月，今天就要走吗？"我勉强忍住泪水，用沙哑的声音问道，眼神中充满了渴求与不舍。

他迟疑了片刻，故意避开我炽热的眼神，沉吟道："嗯，我只想尽快解决这件事情，否则我无法抽离出来，会伤害到你。湘湘，我爱你，不想让你受一点委屈，你明白吗？"

"我明白，玄月！我爱你！这颗心永远都不会改变！"我信誓旦旦地说道，挤出一丝比哭还难看的微笑，摸向他的狗耳朵，轻轻地揉搓，带着几分戏谑的神情，几分认真的态度，意味深长地说道，"玄月，希望我是摘下你这对耳朵的人！"

他闻言一怔，脸色瞬间绯红，只觉得耳根发烫，神色慌乱地说道："湘湘，我……"后面的话他没能说出口，只是愣愣地望着我，继而板起一张脸，不悦道，"随便你高兴，想什么时候摘都可以！"

"嘿嘿！这可是你说的哟，我没有逼你呢！"我一脸坏笑，不想让他知道我心里有多痛，甚至不敢往这方面去想，因为这样的距离，我的心对他来说十分透明。

我和他没有再说话，默默地为他穿上衣服，临行前一直沉默不语，彼此注视着对方。大约过了一盏茶的时间，玄月扭头而去，只剩下我呆呆地伫立在原地，下意识地捂住自己的胸口，感觉到心逐渐冷却下去，结了一层厚厚的冰。

……